廣韻研究

陳新雄著

臺灣 學生書局 印行

《廣韻研究》內容簡介

陳新雄教授從國學大師林尹先生習聲韻訓詁之學，二十餘年，而自身擔任聲韻訓詁之學，教授於國內外各大學者，亦逾三十年。陳教授本其數十年教授研究之與經驗，於千禧年退休之後，特應本局之邀，將其一生功力所萃之聲韻學識，為本局撰寫《廣韻研究》一書，《廣韻》承繼《切韻》而來，《切韻》一書編撰之宗旨，首在「論南北是非，古今通塞。」故《廣韻》一書乃聲韻學樞紐，上可藉《廣韻》以探求上古遺音，中可藉等韻以求中古之細別，下可藉切語以明近代語音之流變，從而持《廣韻》以究方音之變遷。本書共分五章：第一章緒論，論及《廣韻》之價值、《廣韻》之版本、《廣韻》之淵源、韻書之總匯、相關之音系、《廣韻》之性質等各方面問題，皆詳分縷析，至為精要。第二章《廣韻》之聲紐，述及聲之名稱、聲目緣起、三十字母與三十字母、陳澧系聯《廣韻》上字之條例、《廣韻》四十一聲紐、《廣韻》聲類諸說述評、輔音分析、清濁及發送收、音標說明、四十一聲紐之音讀、四十一聲紐之正聲變聲、《廣韻》四十一聲紐之國語讀音。第三章《廣韻》之韻類，述及韻之名稱、《切韻》及《廣韻》之韻目、四聲及《廣韻》韻目相配表、陰聲陽聲與入聲、等呼、陳澧系聯《廣韻》切語下字之條例、二百六韻分為二百九十四韻類表、陳澧系聯條例與《廣韻》切語不能完全符合之原因、元音分析、語音變化、《廣韻》二百六韻之正變、《廣韻》二百六韻之國語讀音、《廣韻》二百六韻之擬音、《廣韻》聲調與國語聲調等。有前人研究之精華，有近代語音學之知識，更有陳教數十年教學研究獨到之心得。第四章《廣韻》與等韻，緒論談及等韻與等韻圖、四等之界說、等韻之作用、韻圖之沿革。然後分別討論《韻鏡》、《通志·七音略》、《四聲等子》、《切韻指掌圖》、《經史正音切韻指南》各韻圖之體製與內容，以及《切韻指南》之門法，反切名稱，運用及與今國語音讀之關係，皆作詳盡之介紹。第五章《廣韻》以後之韻書共收十九部韻書分別介紹其體製與內容。可謂元元本本，殫見洽聞矣。治聲韻學者，得此一冊，不啻《莊子》所謂「得其環中，以應無窮者也」。

自　序

民國四十六年春，余從瑞安師林景伊（尹）受業之第二年，師授予《廣韻》一冊，並為題識云：「中華民國四十六年，歲次丁酉三月廿五日即夏正二月廿四日持贈新雄，願新雄其善讀之。」余謹受教，退而循師指示，披尋《廣韻》，逐韻逐字，析其聲韻，勒其部居。初明義例，興味盎然。習之漸久，艱難時見，而志亦稍怠惰。師每察其情，必諄諄告誡，再三激勵。每謂「出乎其類，拔乎其萃。」又謂「吃得苦中苦，方為人上人。」並為剖析疑滯，必令盡釋而後已。因能終始其事，未曾中道而廢，及今思之，設非吾師之苦心孤詣，誨之不倦，又曷克臻此者乎！

戊戌之夏，我蒙景伊師之招，寄寓先生之家，更得日親謦欬，時聞要旨。先生性豪於飲，酒酣耳熱，舌轉粲華，妙義時出，漸漬日久，效驗日著，治學之道，聞之益稔。乃由《廣韻》而進稽《說文》，上窮詩韻，尋究諧聲，音訓讀若，莫不探源。逐字翻檢《廣韻》，對勘《說文》，而一一推跡其根源，考鏡其流變。每每挑燈夜讀，晨雞數唱，猶了無倦意。如是者歲餘，於《廣韻》之內含，雖未盡窺其奧窔，然亦略識腮理矣。

瑞安師嘗謂，聲韻、文字、訓詁三者，緊密相縮，缺一不可。一夕，論及聲訓之重要，乃對余言，昔黃君季剛有一《聲經韻緯求古音表》，以聲為經，以韻為緯，按其聲母及各類韻母之開合洪細，分別填入表中，即可知何韻為古本韻？何韻為今變韻？簡直易知，極為便捷。表雖帶來臺灣，然一時之間，不知置於何處？乃令新雄按師此意，重新設計一表。余遵師意，以一週時間，不眠不休，終於設計一表，並將《廣韻》二百六韻分別填入其中，古本韻、今變韻分別犂然。先師見後，大為讚賞，並謂較黃君原表尤為精要，乃立時交付印刷備用，今臺灣學生書局《廣韻聲韻類歸類習作表》即此表也。由於我能設計此表，先師認為我聲韻學已有相當基礎，故余大學一卒業，即介紹往東吳大學中文系任聲韻學，當時大學中文系主任為七十歲左右之洪陸東教授，不日，即雙手顫巍巍捧講師聘書致聘，其時余二十有四，令人十分感動，而亦終生以為榮也。

及入研究所，又從景伊師習《廣韻》研究，古音研究，昔之疑而未曉者，乃得盡析，散而未聯貫者，亦得溝通。此外又隨詩英師習語音之學，等較蘄春黃君與瑞典高氏之學，雖方法略異，而理實相通。因發憤探研古音之學，在景伊、仲華、詩英三師指導之下，盡六載之鑽研，以《古音學發微》一文而獲得教育部國家文學博士學位。《古音學發微》出版之日，先師為之序云：

「民國四十五年，陳生新雄始從余學，余以其資質聰穎，又能好學，故授以文字聲韻訓詁之要，未及一載，陳生已能通其腠理，而尤善聲韻。余固知陳生之必有成也，因督之教之，示以條例，明其方法，陳生悉心受教，益有所獲。民國四十八年，陳生畢業於臺灣師範大學國文系，受東吳大學之聘，講授聲韻學，條分理析，得其旨要，甚為從業諸生所讚仰。」

自此以後，余歷受國立臺灣師範大學、國立政治大學、中國文化大學、輔仁大學、淡江大學，東吳大學、高雄師範大學、國立中山大學、香港浸會大學、香港中文大學、北京清華大學諸校之聘，講授聲韻或《廣韻》研究與古音研究，歷時逾三十年。今《廣韻研究》方得出版，惜未蒙先師勘正，不知能否符吾師「善讀之」之垂示乎！先師仙逝，逾二十載，余退休以來，亦已四年，今歲七十，門人舉辦壽宴，出版祝壽論文集為慶，余嘗有〈七十自賦調寄江神子〉詞云：

> 讀書長記草玄亭。碧空晴。好揚聲。七十從心，論學理尤明。尚有千秋功未了，談逸戲，沒閒情。　　蕙蘭欣喜已成群。歲寒身。白頭新。桃李成陰，到處見爭春。今夕壽堂才濟濟，皆昔日，叩鐘人。

本書之作，即所謂千秋之功者也。語云：「莫把金針度與人。」吾師以無私之心，將金針度我，今我亦以此金針度與門弟子與世人，此一薪火相傳之精神，能告慰吾師於萬一者乎！

中華民國九十三年四月十五日**陳新雄**序於

臺北市和平東路二段鍥不舍齋

廣韻研究

目　錄

第一章　緒　論

一、《廣韻》之價值：

黃季剛先生嘗言：「音韻之學，必以《廣韻》為宗，其與《說文》之在字書，輕重略等。」錢玄同先生序本師瑞安林先生景伊《中國聲韻學通論》，析論《廣韻》之價值，深得其要，茲綜述於後：

㈠《廣韻》為韻書之宗：

錢氏云：「韻書始作于魏之李登，繼則有呂靜、夏侯詠、李槩、陽休之、杜臺卿諸人之作，至隋，陸法言撰《切韻》，而集其大成。唐有王仁昫、孫愐、李舟諸人增益陸書，至宋之《廣韻》刊為定本。魏晉南北朝之韻書集成于《切韻》，唐人增益《切韻》之書，勒定于《廣韻》，是《廣韻》者，實前代韻書之宗也。」按《切韻》雖有傳本，然多殘缺不全，即以全本王仁昫《刊謬補闕切韻》而論，其四聲之相配，韻部之相從，猶不若《廣韻》之整齊也。此後之韻書，如《集韻》、《禮部韻略》、《韻府群玉》、《佩文韻府》諸書，更無一不根據《廣韻》之同用、獨用韻目而加以合併者，故謂《廣韻》為前代韻書之宗，誠非虛語也。❶

---

❶　〈附錄〉

陳新雄《古今音變與韻書》

我今天主要是跟各位談一談韻書，因為韻書跟我們作詩有密切的關係。韻書的歷史非常地久，同時因為時代的不同，也有很大的變遷，這種變遷當中，就顯出古今的音變來了。

在我們最早的文學總集——《詩經》裡頭，詩人押韻完全憑他們語言裡面自然的聲音，所以三百篇詩當中，詩人都是根據他們自然的聲音而押韻的。如果我們要了解周代詩人押韻的情形，就要從《詩經》去歸納它的韻腳，才能夠了解上古韻部究竟有多少韻部？

韻書是從什麼時代開始的呢？談到韻書，首先要了解中國的聲韻演變，在周代那個時候，所使用的文字，是籀文與篆文，籀文跟篆文中形聲字的聲母，也就是形聲字所從的偏旁，非常地顯明，你一看就能看出來。例如融字，左邊从鬲，右邊从虫，我們就看不出這個字的聲韻關係，所以我們也不知道這個字怎麼唸！我們看籀文就非常清楚了，這個字是從鬲、蟲聲。今天這個融字右邊從虫，就看不出來了。而在籀文裡頭是從蟲聲，蟲跟融現在仍是是疊韻，它們的聲韻關係，就非常清楚了。漢代以後，籀文、篆文演變為隸書，經過隸變以後，有很多字看不出它的聲音來了。譬如「讀書」二字，讀字看起來，左邊從言，右邊從賣，那麼讀書的讀字該怎麼講呢？賣言！好像讀書就是賣言，也講得蠻好！其實不是，讀字右邊的偏旁原來不是從賣，它本來的寫法，要比現在複雜一點，那是個𧶠字，比賣字多了個口字，把這個口字省略以後，就像個賣字，今寫成從言從賣，賣字跟言字在一起，就看不出它的聲音來了。如果仍寫成𧶠字，就不難看出它的聲音來了。讀書的「書」字也是一樣，書底下的曰字，本來是個者字，者字可以唸成諸音，諸字就是從者得聲，所以讀書的書字，讀音本來跟諸字差不多，它本來就是從者得聲。但隸書把它簡化以後，我們就看不出它的聲音來了。這樣一來文字本身就沒有一定標示聲音的作用了。

漢代以後，各地方言開始變化，如果任其變化，那我們中國漢族的語言就沒有一定的標準，彼此之間的溝通就成問題，作韻書的人，想借韻書使我們作文章、作詩押韻有一定的標準，讓我所押的韻與你所押的韻，有共同的標準，彼此能夠互相溝通，所以作韻書的目的，就是為了我們作文章、作詩詞好運用。

韻書從什麼時候開始的呢？就因為漢代以後方言的變遷，使大家感到非常地不方便，所以到了三國時候，魏代的李登作第一部韻書，叫做《聲類》。《聲類》這部書沒有傳下來，我們只知道它是依宮、商、角、徵、羽分為十篇，那些宮、商、角、徵、羽代表什麼意思？我們現在也不大清楚。幸好晉代的呂靜模仿李登《聲類》而作了《韻集》，呂靜的韻書可以和我們後的韻書作一比較，我們後代的韻書是以平、上、去、入四聲來分卷，平聲字多，又分上下，故為五卷。也許李登的《聲類》所用的宮、商、角、徵、羽，就是沒有平、上、去、入這四個代表聲調符號以前，用來代表聲調的符號。可惜呂靜這本《韻集》也亡佚了，幸好唐代王仁昫寫的《刊謬補缺切韻》尚存，王韻前面有一張韻目表，把它以前各家的韻書，像呂靜的《韻集》，陽休之的《韻略》，夏侯該的《韻略》，李季節《音譜》，杜臺卿的《韻略》等，把這五家的韻書，彼此分韻的情況，在他的韻目下面注明，使我們能夠了解呂靜等各家分韻，跟後來《廣韻》等韻書分韻的異同。

我舉一個例子，譬如我們現在的《廣韻》，有一東韻，二冬韻；《詩韻》也有一東韻，二冬韻。但是這個二冬韻，在陽休之的《韻略》裡，就跟三江韻混在一起；而呂靜的《韻集》是分開的，從這個地方，我們可以理解到，今天的《詩韻》二冬韻跟三江韻分開，是從呂靜《韻集》開始的，一直到現在還是如此。從這些小注裡，可以看出各家韻書分合的異同。

真正傳世的韻書，是從隋代陸法言的《切韻》開始，為什麼陸法言的《切韻》能傳到現在呢？無論是我們剛才所提到的呂靜《韻集》也好，陽休之的《韻略》也好，夏侯該的《韻略》也好，杜臺卿的《韻集》也好，這些人的韻書是根據他們自己的方言編的，只適合他們自己方言使用，而不能施用於其他的方言。故陸法言在《切韻·序》裡特別提到：「江東取韻，與河北復殊。」江東就是我們現在所說的江蘇浙江一帶，河北就是河北省一帶，也就是指北方跟南方的方音不同。因為方言不同，所以江東的韻書只能施行於江東，不能適用於河北；河北的韻書只能施行於河北，不能推廣於江東。陸法言在編韻書的時候就想，要用一種方法編一部韻書，能夠適合於各地方的方言。

陸法言在《切韻·序》裡說：「欲廣文路，自可清濁皆通；若賞知音，即須輕重有異。」要賞知音的話，就要讓人懂得聲韻的不同。所謂輕重有異，在我們今天看來，就是一個開口音跟一個合口音的不同。什麼是開口音？就是沒有-u-介音的音，像 a 就是開口音，ua 就是合口音。如果要賞知音，這 a 跟 ua 的不同，就應知道區別。但是為了廣文路，為作詩押韻的方便，開口的 a，跟合口的 ua 可以在一起押韻，這就叫做清濁相通。像杜牧之的〈夜泊秦淮〉詩：「煙籠寒水月籠沙。夜泊秦淮近酒家。商女不知亡國恨，隔江猶唱後庭花。」這首詩的韻腳沙（ㄕㄚ），家唐時唸（ㄍㄚ），花（ㄏㄨㄚ）三個字的韻母有開口跟合口的不同，但為了廣文路，為作詩押韻的方便，開口的韻，跟合口的韻可以在一起押韻。

陸法言編《切韻》，想以賞知音做手段，達到他廣文路的目的。要怎樣才能賞知音呢？他說：「因論南北是非，古今通塞。」南北是空間的代名詞，古今是時間的代名詞，也就是說，既要照顧各地方言的差異，又要照顧古今語音的變遷。所謂是非，指南北方言相同叫是，不同叫非；所謂通塞，則指古今相同叫通，不同叫塞。

陸法言要怎樣注意南北是非、古今通塞呢？像工與江這兩個字，在某些方言裡是沒有區別的，譬如閩南語都唸成「ㄍㄤ」，讀得一樣，也就是說把一東跟四江混同了。在這種情況下，陸法言怎麼辦呢？現在南方方言沒有區別了，但是北方方言江與工唸得不一樣，他就根據北方方言來區別它。如果南方方言是有區別的，而北方方言卻沒有區別，他就根據南方方言來加以區分，像音與因二字，南方的閩粵人唸起來，收音-m 韻尾，嘴巴是閉合的；因收音-n 尾，嘴巴是張開的，可見是有區別的。陸法言在這種地方，他採取了這樣的原則，南同北異的，據北而分；北同南異的，據南而分；今同古異的，據古而分；古同今異的，據今而分。這樣分韻，就分得非常地細密。

他這種從分不從合的結果，在很大程度上，保留了各地方言的區別。因此《切韻》分韻分得很多，分成一百九十三韻，如果再按開合細分，就分成《廣韻》的二百零六韻。分韻分得這樣細密，各地方使用的人有沒有不方便呢？肯定是沒有的。為什麼呢？因為像《詩韻》的上平三江跟下平七陽，在北方方言沒有區別，可以在一起押韻。但是在南方，三江韻跟一東韻是一樣的。今把江韻獨立起來，使用南北方言的人都沒有不方便。在北方只要將江陽合併就好了；在南方只要將東江二韻合併就可以了，彼此都沒有不方便的地方。正因為使用的人都沒有不方便的地方，所以《切韻》一出，就打倒了一切方言韻書而獨步一時。

但是分韻太過細密，在作詩的人使用起來，總覺跟實際語言不能配合，而感覺不方便。《切韻》成書是在隋文帝仁壽元年，相當公元六百零一年，也就是七世紀初。《切韻》成書六十五年不到，唐高宗永徽六年，許敬宗得到武則天的喜愛，做了禮部尚書，奏請將《切韻》相近的韻合併，因為唐代開科取士，是要考詩賦的，詩賦押韻一定要有標準，不可人用其方。如果沒有標準，考試評分就沒有依據，所以士子一定要學習。就像今天的大專聯考一樣，只要按照高中標準本死背，那怕錯了，也不能不給分數。唐朝考試作詩押韻要有標準，那個標準是什麼？就是禮部的官令。許敬宗發現《切韻》裡頭，五支六脂七之這三個韻非常相近，所以他在官令裡宣布，作詩的時侯，五支六脂七之這三個韻可以同用，他在支韻下注明，與脂之同用，也就是說這三個韻可以在一起押韻。

能不能合併，要由許敬宗的官令來決定，如果以《廣韻》上平聲的韻目來說明的話，則二冬三鍾合併為《詩韻》的冬韻，五支六脂七之合併為支韻，虞模合併為虞韻，佳皆併為佳韻，灰咍併為灰韻，真諄臻合併為真韻，文欣合併為文韻，元魂痕三個韻則合併為十三元韻，各位一定聽說過「該死的十三元」這句話，一定會奇怪為什麼別的韻不該死，而十三元才該死呢？因為元唸ㄢ，魂痕唸ㄣ，收音不同，因為收音不同，容易把元韻字跟先韻字混在一起，把魂痕韻的字跟真韻的字混在一起，因為這個韻有兩種不同的韻母，容易讓人把它弄錯，所以我們覺得這個韻該死，就叫它做「該死的十三元」。還有寒桓合併成寒韻，刪山合併成刪韻。

許敬宗把這幾個韻合併，另外的韻不合併，他有沒有一定的依據？還是隨他高興？這就要談到聲音的變遷了。唐代的首都雖在長安，唐代人講話的聲音，大概是以洛陽的語音為標準，所謂東都之音，是天下之中，所以唐代合併韻書這些韻目，是以洛陽音作為標準的，洛陽音相近的話，才能合併。並不是看到它韻窄就把它合併。併與不併是有一定的語音標準。我們知道《廣韻》的五支六脂七之三個韻，它們每一個韻的字數都不算少，而許敬宗卻把它們合併在一起，可見並不是因為韻窄才把它們合併的。各位知道國語的ㄠ音，詩韻有三個韻可以讀成ㄠ音，他們是下平聲的二蕭三肴四豪，照我們現在的語音來講，應該是可以合併的，但是許敬宗沒有把這三個韻合併。肴韻在所有的韻當中，應該是最窄的了，許敬宗既沒有合併到蕭韻，也沒有合併到豪韻，尤可證明不是純粹屬於韻窄的問題了。有什麼證據可以證明肴韻是最窄的呢？我個人曾經把宋代兩位大詩人蘇東坡、陸放翁收在《十八家詩鈔》裡的七言律詩、七言絕句，按詩韻作過分韻類鈔。在《十八家詩鈔》裡頭收了蘇東坡的七律五百四十首，他押肴韻的一首也沒有！以蘇東坡這種天仙之才，竟然一首押肴韻的詩都沒有！陸放翁的詩將近萬首，《十八家詩鈔》收了他的律詩五百五十四首，押肴韻的也只有一首！東坡的七絕在《十八家詩鈔》裡選了四百三十八首，押肴韻的也只有一首。絕句只要兩個字就可以押韻，而東坡仍只有一首！放翁絕句六百五十二首，押肴韻的也只有四首，由此可見肴韻的確是險韻。既然這麼險，如果他讀的音像我們今天讀的音一樣，它跟蕭也好，跟豪也好，都很接近，為什麼不把它們合併呢？我想他所以沒有被合併，必定是他實際上的語音有區別，有他不可以合併的理由，否則的話，一定把他合併了。

唐代末年李涪作《切韻刊誤》，李涪時東都之音與陸法言的《切韻》已相差遠了。所以他批評陸法言《切韻》說：「東冬中終，妄別聲律，如吳人病風而瘖。」一東二冬分成兩個不同的韻，李涪聽起來沒有區別，不應該分成兩個不同的韻；中與終也一樣，不應該分兩個不同的音。今天中與終在閩南語裡是有區別的，可見陸法言分成兩個音是有道理的。李涪根據洛陽音沒有區別，所以他就罵陸法言的音如吳人病風而瘖，瘖是中風的人不會講話，講出來的話讓人不容易懂。從李涪這段記載，我們顯然可知，《切韻》的音雖經許敬宗奏請合用，但到了唐末李涪的時代，又起了變化。

正因為有了變化，到了北宋初年，根據《切韻》重修《廣韻》的同時，也就是宋真宗景佑四年的時候，又修了《禮部韻略》，《禮部韻略》在許敬宗奏請合用的基礎上，又重新把本來不同用的一些韻合併，根據戴震的考證，合併的地方共有十三處之多。《禮部韻略》是當時讀書人最重視的，因為凡是一本書冠上禮部字樣，就相當於我們現在的書冠上教育部審定字樣，這是政府權威的標示，不管它編得好不好，讀書人都得遵守。宋朝省試，要考詩賦，詩賦要押韻，不按《禮部韻略》押韻，詩作得再好，也都不可能被錄取。

《禮部韻略》只是把注明同用的韻，允許通用，猶未曾合併《廣韻》的韻目。真正把《廣韻》韻目合併的，是金韓道昭編的《五音集韻》，《五音集韻》把二百零六韻合併成一百六十韻，這是合併韻書韻目之始。南宋劉淵編了一部《壬子新刊禮部韻略》，根據景佑四年賈昌朝奏請擴大同用之注，合併成一百零七韻，因為劉淵是江北平水人，所以後人稱為平水韻。跟劉淵同時的金人王文郁，編了一部《平水新刊禮部韻略》，把劉淵上聲的迥韻與拯韻合併，因為這兩個韻的字數實在太少了，這就合併成一百零六韻了。今天我們作詩所用的詩韻，像《詩韻集成》、《詩韻合璧》就是從王文郁開始的。元代陰時夫、陰中夫兩兄弟也根據一百零六韻合編了一部《韻府群玉》，方便詞人檢查辭藻用的，所以影響力很大。他這個書每個韻都是以二個字、三個字、四個字一組，譬如說東字就根據古代辭藻：樹東、南東、湖東這樣把它組合起來，三個字一組的像竹籬東、水流東，四個字一組的如食西宿東。這個食西宿東是有典故的，根據《戰國策》，齊國有一位女孩子想要出嫁，東村跟西村都有一位男子向她求婚，東村的男子英俊而貧窮，西村的男子貌醜而殷富，女孩心裡猶預，不能決定。她母親就問她：「妳願意嫁給那一方？」這女孩子不答話。母親又問：「妳總要講啊！假如妳喜歡東邊就舉右手，喜歡西邊就舉左手。」這女孩子兩隻手都舉了起來。母親奇怪地問她：「什麼意思啊？」女孩子說：「我要在西家吃飯，東家睡覺。」這就是食西宿東典故的出處。因為把押韻的辭藻按兩個字、三個字排列下來，對作詩的人來說，檢尋韻藻，極為方便，故廣受歡迎，後世作詩用的韻書多從此出。

清康熙八年聖祖下令重修《韻府群玉》，增加字彙與辭藻，書修成後，賜名為《佩文韻府》。我們今天使用的《詩韻集成》、《詩韻合璧》一類的書，就是根據《佩文韻府》刪節而成，詩韻的來龍去脈，大概如此。

接下來談一談近體詩鄰韻相押的問題，我們平常作一首詩，是押一東韻的，能不能押到二冬韻去？也就是說能不能出韻？通常是不可以的，但在某種情況下是可以允許的。因為律詩八句，是以四韻為常，第一句通常是不一定要押韻的。如杜甫〈聞官軍收河南河北〉：「劍外忽傳收薊北，初聞涕淚滿衣裳。卻看妻子愁何在？漫卷詩書喜欲狂。白日放歌須縱酒，青春作伴好還鄉。即從巴峽穿巫峽，便下襄陽向洛陽。」八句中只有四句押韻，第一句是不須要押韻的。但是詩人又常常喜歡在第一句押韻，這樣就有五個韻，因為第一句的韻本來是不需要的，所以可以馬虎一點，可以借用鄰韻，也就是跟它相近的韻。什麼情況之下可以借用鄰韻呢？有沒有什麼限制呢？坦白說是有的。那就是只有在「孤雁入群」、「孤雁出群」格的時候才可以算不出韻。什麼是孤雁入群？例如第一句用二冬韻，底下四韻都是一東韻，古人叫它為孤雁入群。如果一、二、四、六句的韻是用一東韻的，第八句換用二冬韻，則叫做孤雁出群。還有一種叫做「轆轤韻」，律詩有四個韻，假如第二句、第六句用一東韻；第四句、第八句用二冬韻，這樣一進一退，就叫做轆轤韻，也是可以出韻的。但是出入鄰韻也不是每個韻都可以的，它有一定的範圍。範圍怎麼樣？在詩韻下面注得很清楚，譬如一東韻下面注說：「古通冬或轉入江」，換句話說，只能在這個範圍內入群出群或進退，不在這個範圍內就是出韻。

古通某或轉入某，這些通轉規則是誰定下來的？怎麼定的？中國最早研究古音的人是宋代的吳棫字才老，他作的《韻補》，是中國第一部專門研究古音的書，他看到古代的詩篇，像《詩經。鄭風。子衿》「青青子佩。悠悠我思。縱我不往，子寧不來。」思跟來是押韻的，以古音來講，同在之部。在《廣韻》裡頭，思是之韻，後世《詩韻》屬四支韻；來屬咍韻，《詩韻》屬十灰韻。吳才老看到古人的詩在一起押韻，他就在支下面注通灰。這個通轉的注就是這樣來的。吳才老從《詩經》開始，到宋代蘇軾蘇轍兄弟的韻文作品的韻腳，全部歸納，他歸納為九類：

第一類東：古通冬轉江。

第二類支：古通微、齊轉佳、灰。

第三類魚：古通虞。

第四類真：古通庚、青、蒸、侵，或轉文、元。

第五類先：古通鹽、寒、刪。

㈡《廣韻》為聲紐之宗：

錢氏云：「魏晉南北朝雖憙言雙聲，而未有為聲紐作專書者，至唐末始有守溫制成三十字母，後又增為三十六字母。近代學者番禺陳君及蘄春黃君先後以三十六字母與《廣韻》中之聲紐比勘，審其未盡密合，重為考定，而後魏晉至唐宋之聲紐始顯，是《廣韻》者又前代聲紐之宗也。」按聲紐之創，乃始於舍利，守溫為之增訂而成為三十六字母。然發音方法部位相同者，古人早已能辨，非待舍利守溫而始有也。《廣韻》一書，以切語上字定聲類，其系統秩

第六類蕭：古通肴、豪。

第七類歌：古通麻。

第八類陽：古通江轉庚。

第九類尤：古獨用。

這九類之中，特別是陽聲韻中，本來有三種不同的韻尾，像東、庚是收舌根鼻音-ŋ，真、先、刪是收舌尖鼻音-n，侵是收雙脣鼻音-m。吳才老都把它給混淆了。這三種不同的韻尾，代表三種不同的韻母系統，吳才老把它混在一起，很不合聲韻的道理，聽起來也不大和諧。雖然作詩按著他的通轉押韻，不能算錯，但總覺得很彆扭，不太悅耳。因此清代的邵長蘅作《古今韻略》，根據三種不同的韻尾把它們分開，變成十類，也就是把庚、侵分開，這樣就比較和諧悅耳。我們今天的《詩韻》，韻目下有兩種不同的注解，《詩韻集成》是根據吳棫九類來通轉；《詩韻合壁》是根據邵長蘅十類來通轉的。我個人的意見是比較贊成邵氏的通轉，因為音韻比較和諧。如果你不管，你只照吳氏那樣通押，我想古人用了幾百年，我們照著來用，應該是沒有問題的。為什麼吳氏一回兒說通，一回兒說轉，通與轉有沒有不同？通與轉實際上並沒有不同，注那個通轉的吳域本人，他唸起來，一東二冬聲音本來相近，他就叫通，一東跟三江聲音不相近，他就叫轉，他認為江要跟東押韻，聲音就要轉一個別的音，聽起來才和諧，所以他就叫轉。實際上通與轉是一樣的，並沒有什麼不同。

——見《古典詩絕句入門》，頁 75-86。

然，較之三十六字母尤為清晰，蓋已涵蓋古今聲紐之變，較之三十六字母之局限一隅者，殆不可同日而語也。

㈢《廣韻》為韻攝之原：

錢氏云：「今所傳韻攝書之最古者，為南宋張麟之刊行之《韻鏡》，此書不著撰人姓氏，余疑其出北宋之初，因其歸納韻部而為諸圖，與《廣韻》系統甚為密合，是《廣韻》者又韻攝之原也。」按等韻之學與韻書關係至為密切，分攝、定等、歸字、立母皆以韻書系統為依據，故欲明等韻圖配合諸韻為韻攝之理，非先明韻書，尤其《廣韻》不可。新雄按：余之識等韻，乃先將《廣韻》切語，分別填入《韻鏡》各轉韻字之中，然後何字在何等，始得其腮理。今特為拈出，為初學者告，幸初學之士留意焉。

㈣《廣韻》為反切之宗：

錢氏云：「反切之興，與韻書同時，上字表聲，下字表韻，一韻之中，因開合洪細，而又區分為二類、三類、或四類。自番禺陳君著《切韻考》，就《廣韻》中之反切用字而歸納之，成〈聲類考〉及〈韻類考〉兩篇，于是魏晉至唐宋之聲類若干，韻類若干，始瞭如指掌，是《廣韻》者又反切之宗也。」切語之理，雖自古有之，然逐字按反切注音，則自韻書始，故欲明反切之理，自亦舍《廣韻》無由也。

㈤《廣韻》為古音之本：

錢氏云：「周秦兩漢之世，未有韻書，自崑山顧君及嘉定錢君以來言古音者，皆就《廣韻》併合離析而定古韻與古聲之部目，至言及聲韻類例，更無不沿用《廣韻》之成法。」按江永已云古韻既無書，不得不借《廣韻》離合以求古音；近世自瑞典高本漢

（Bernhard Karlgren）以來，凡考古音之音讀者，莫不基於所擬《廣韻》之音讀以上推，是《廣韻》者，又研考古音之基礎也。

㈥《廣韻》為方言之基：

《切韻·序》云：「因論南北是非，古今通塞。」《廣韻》承之，故其書亦包含古音系統在內，既照顧古音系統，亦即照顧方言系統，因為各地方言皆自古音發展出來。現代方言之語音系統，雖未必皆從《廣韻》發展而來，然現代方言與《廣韻》聲韻母系統仍存在對應規律，根據《廣韻》系統以調查方言，仍屬可行，是以趙元任先生所擬《方言調查表》，即據《廣韻》聲韻系統而擬定，故謂《廣韻》為研究現代方言之基礎，實不為過也。

二、《廣韻》之版本：

陳澧《切韻考》卷六謂顧千里《思適齋集》有書宋槧元槧《廣韻》後各一篇，其〈書元槧後〉云：「今世之《廣韻》凡三：一澤存堂詳本，一明內府略本，一局刻平上去詳而入略本，三者迥異，各有所祖。傳是樓所藏宋槧者，澤存堂刻之祖也。曹楝亭所藏宋槧第五卷配元槧者，局刻之祖也。此元槧者，明內府及家亭林重刻之祖也。局刻曾借得祖本校一過，知其多失真，澤存堂刻各書，每每改竄，當更不免失真。亭林重刻，自言悉依元本，不敢添改一字，而所訛皆與明內府板同，是其稱元本者，元來之本，而亭林猶未見元槧也。至朱竹垞誤謂明之中涓❷刪注始成略本，不審何出？但得非見祖本早在元代，固未由定其不然矣。又局刻所配入聲與此本亦

❷　內侍，天子近臣，主持潔淨之事，故謂之中涓。涓、潔也。

迴異，疑宋代別有略本流傳如此也。」其〈書宋槧後〉云：「有曹楝亭圖記第五冊乃別配另一宋本，正揚州局刻本所自出，局刻多失宋槧佳處，刻成之後，依張氏轉改，將去聲目錄釅陷鑑三大字鑿補，而小字任其抵捂，戴東原撰《聲韻考》目之為景佑塗改，而不知其出於曹氏手也。」陳澧以為近人考《廣韻》諸刻本，未有如顧氏此二篇之詳明者，故備錄之於《切韻考》，紀曉嵐氏有〈書明人重刻廣韻後〉〈書張氏重刻廣韻後〉各一篇，考之亦詳。然謂略本在前，詳本在後，則未確也。蓋以詳本較略本，其刪削之跡，觸目皆是，可不辨而自明矣。陳澧因謂：「今世所傳《廣韻》二種，其一注多，其一注少，注多者有張士俊刻本，注少者有明刻本，顧亭林刻本，又有曹楝亭本，前四卷與張本同，第五卷注少，而與明本顧本亦不同。」

今據陳氏所分，詳述三種版本內容於後：

㈠詳本：

1.字多：共二萬六千一百九十四字。

2.註詳：共十九萬一千六百九十二字。

3.卷首載陸法言〈切韻序〉、孫愐〈唐韻序〉外，又注明隋、唐撰集增字諸家姓氏，所載孫序較詳。後有「論曰」以下一段文字。

4.各卷韻目上有切語。

5.卷末載有〈雙聲疊韻法〉、〈六書〉、〈八體〉、〈辨字五音法〉、〈辨十四聲例法〉、〈四聲輕清重濁法〉等六則附錄。

6.行世者有張氏俊澤存堂本、黎刻古逸叢書覆宋本、涵芬樓覆宋巾箱本。

7.臺灣翻印者有藝文印書館本、廣文書局本、世界書局本、中華書局四部備要本、百部叢書翻古逸叢書覆宋本、商務印書館四部叢刊所據巾箱本。

㈡略本：

1.字少：共二萬五千九百零二字。

2.註略：共十五萬三千四百二十一字。

3.卷首僅載孫愐〈唐韻序〉，又缺「論曰」以下一段。

4.各卷韻目上無切語。

5.卷末亦無〈雙聲疊韻法〉等六則附錄。

6.行世者有黎刻古逸叢書覆元泰定本、明內府本、顧亭林刻本、明德堂刊麻沙小字本。

7.臺灣翻印者有百部叢書翻印古逸叢書覆元泰定本、小學彙函明內府本。

㈢前詳後略本：

1.前四卷及卷首與詳本同。

2.後一卷入聲韻，字少注略，但與略本亦異。

3.卷末亦無〈雙聲疊韻法〉等六則附錄。

4.行世者有曹楝亭五種本。

三、《廣韻》之淵源：

《廣韻》一書，實據《切韻》而增廣，故王應麟《玉海》云：「景德四年十一月戊寅，崇文院校定《切韻》五卷，依九經例頒行，祥符元年六月五日，改為《大宋重修廣韻》。」王國維〈唐廣韻宋雍熙廣韻〉云：「釋文瑩《玉壺清話》云：『句中正有字學，同吳鉉、楊文舉同撰《雍熙廣韻》。』是宋雍熙中曾修《廣韻》。故景德祥符所修，名《大宋重修廣韻》。」（見《觀堂集林》卷八）黃季剛先生云：「今行《廣韻》，雖非陸君《切韻》之舊：然但有增加，無所刊削，則陸君書，固在《廣韻》中也。」（見〈與人論治小學書〉）《廣韻》一書既據《切韻》而來，則其與《切韻》關係密切，顯然可知。茲錄與《廣韻》有關之《切韻》諸書於後：

㈠切韻：《切韻》今佚，晚清發現殘卷多種，茲分述於後：

1.英國倫敦大英博物院藏得自敦煌莫高窟千佛洞唐寫本《切韻》殘卷第一種：存上聲海至銑十一韻四十五行，間有斷爛。

2.英國倫敦大英博物院藏唐寫本《切韻》殘卷第二種：存卷首至九魚，前有陸法言、長孫訥言二序，陸序前有一行：「伯加千一字」。長孫序云：「又加六百字，用補闕遺。」又「其有類雜，並為訓解，但稱案者，俱非舊說。」此二條皆《廣韻》長孫序所無。

3.英國倫敦大英博物院藏唐寫本《切韻》殘卷第三種：存平聲上下二卷，上聲一卷，入聲一卷，而平聲首缺東冬二韻，入聲末缺二十八鐸以下五韻，中間復有缺佚。

以上三種殘卷，有王國維手寫石印本，國人稱為切一、切二、切三；向來以為藏於法國巴黎國民圖書館，其實乃英籍猶太人史坦因（Stein）於敦煌所獲，史氏編號為 S2683、S2055、S2071。伯希和（Paul Pelliot）以其影片寄王國維，遂誤以為藏於巴黎者。高本漢於漢文典（GRAMMATA SERICA）：「And also a very extensive and important manucript of The British Museum （=Ts'ie Yun III） of the said Chinese Publication, there erroneously stated to belong to the Paris library.」（大英博物館有一批重要寫本即切三，中國出版品云藏於巴黎圖書館，乃係誤會。）

除此三種寫本之外，據姜亮夫《瀛涯敦煌韻輯》所載尚有巴黎未列號之乙，（即 P4917）柏林藏 JIVK75 與 P2017 諸卷，其中以 P2017 最為完備，時間亦最早。僅去聲殘三段（證鑑梵），入聲殘十一韻（洽狎葉帖緝藥鐸職德業乏），可據平上二聲及 S2683、S2071、P4917 諸卷補充之。全部四聲共一百九十三韻，以《廣韻》比勘，少平聲諄桓戈，上聲準緩果儼，去聲稕換過釅，入聲曷術，共十三韻，合之則為《廣韻》二〇六韻。雖然陸氏一九三部韻目得自呂靜、夏侯該、陽休之、李季節、杜臺卿等五家之書，（各家韻書大概請參見姜亮夫《瀛涯敦煌韻輯》）然每韻中所收之字，所用之反語，作一具體之安排，則陸氏苦心之所在。據以上殘卷，可測知《切韻》之內容當為：

I.　以平上去入四聲分卷，平聲字多，又分上下，共為五卷。

II.　平聲上二十六韻，下二十八韻，上聲五十一韻，去聲五十六韻，入聲三十二韻，共一百九十三韻。

III.　編次之例，以聲調統韻，以韻統紐，以紐統同音字，紐首字音，注以反切，亦酌錄又音又切，此正陸氏剖析豪釐，分別黍累之處，主於一反者，所以論定是非，兼存各家者，所以別具通塞也。

IV.　《切韻》以音為主，罕有注解，通用字多不注。注解之例有四：一、不言姓氏。二、不引書籍。三、少載地名。

四、不列奇說異聞。固有名詞，亦以載一義為常。

V. 陸氏字數據封演《聞見記》為一萬二千一百五十八字。今以各本相勘，字數極近。若以 S2071 之一萬一千七百十九字言之，反較記為少，蓋封氏所記乃長孫訥言增加六百字本也。

此外巴黎未列號之甲（即 P4746、P4917），亦即長孫箋注本與 S2055 同屬一系。至於 P2638、P2019 諸卷，亦載長孫訥言注序文，蓋其主要箋注，僅在加注釋、正字形而已。於音學系統，固無更改，故可歸於《切韻》系統。

㈡王仁昫刊謬補缺切韻：

王氏《刊謬補缺切韻》今有三本：一為法國巴黎國民圖書館藏 P2011 號劉復敦煌掇瑣本。二為國立故宮博物院藏項子京跋王仁昫《刊謬補缺切韻》。三為國立故宮博物院藏宋濂跋王仁昫《刊謬補缺切韻》。此三本內容不盡相同，其書要點，序詳言之曰：「陸法言《切韻》時俗共重，以為典規，然苦字少，復闕字義，……削舊濫俗，添新正典，並各加訓，……既字該樣式，乃備應危疑。韻以部居，分別清切，……其字有疑涉，亦略注所從。……謹依《切韻》增加，亦各隨韻注訓。」故宮兩本題下注云：「刊謬者謂刊正謬誤；補缺者謂加字及訓。」故此書之主要任務，乃增字加訓，刊正謬誤也。是故王韻韻部之分合，韻次之先後，與陸書基本上蓋相同。其惟一差異，上聲增五十一广，去聲增五十六嚴，補二韻共一百九十五韻，上下平聲韻目序數相啣接，不自為起迄。各卷韻目下注呂靜等五家韻目之分合，尤可考見《切韻》分韻之精神，實為南北是非，古今通塞，從分不從合，於瞭解《切韻》之性質，最有裨益。其第一種簡稱王一，又稱敦煌王韻，除劉氏掇瑣本外，又收入《十韻彙編》。第二種簡稱王二，又稱故宮王韻、項跋本、內府本，有北平延光室攝影本，上虞羅氏影印唐蘭手寫本，又收入《十韻彙編》。第三種簡稱王三，全王，又稱宋跋本，有廣文書局影印本。

㈢唐韻：

《唐韻》現存吳縣蔣斧藏唐寫本唐韻殘卷一種，及柏林藏VI 21015等五卷為天寶本，開元本亦有P2018及P2016等卷。是書王國維據卞令之《式古堂書畫彙考》及魏了翁〈唐韻後序〉考知：「開元中初撰之本，其部目都數，計平聲上二十六韻，平聲下二十八韻，上聲五十二韻，去聲五十七韻，入聲三十二韻，與巴黎所藏陸法言切韻同，惟上聲較陸多一韻，與王仁昫切韻同，則其部數固全用陸氏之舊。而魏鶴山所藏唐韻刪第二十八，山第二十九，蓋已增諄桓二韻，而齊韻後，又有移韻，故陸韻平聲上二十六者，增為二十九，蔣韻殘本去聲韻別稕于震，別換于翰，別過于箇，入聲別術于質，別曷于末，則平聲有諄桓戈，上聲有準緩果各三類可知。此本視開元本增平聲四，上去聲各三，入聲二，當是天寶十載重定之本，……然則唐韻前後二本，部目不同，前者尚是陸韻支流，後者則孫氏以己意分部者也。」

王氏所考指明四事：

1. 孫書有開元天寶兩本，前者部目次序與陸王大致相同，後者則分韻加密。
2. 分出移臡二字于齊韻，獨成一部。
3. 別諄于真，別桓于寒，別戈于歌，始于孫氏。（舉平賅上去入。）

4. 入聲別術于質，別曷于末。凡此幾皆《廣韻》韻部分立之所本。

㈣李舟切韻：

李書今佚。然可從大徐《說文篆韻譜》中考知，分韻參酌各本，故於《唐韻》部分無大變更。王國維〈李舟切韻考〉云：「唐人韻書以部次觀之，可分為二系，陸法言《切韻》，孫愐《唐韻》及小徐《說文解字篆韻譜》，夏英公《古文四聲韻》所據為一系，大徐改定《篆韻譜》及《廣韻》為一系。前系四種，其部次雖稍有出入，然大抵平聲覃談在陽唐之前，蒸登居鹽添之後，上去二聲準是，去聲之泰又在霽前，或并釅於梵，入聲則以屋、沃、燭、覺、質、術、物、櫛、迄、月、沒、曷、末、黠、鎋、屑、薛、錫、昔、麥、陌、合、盍、洽、狎、葉、帖、緝、藥、鐸、職、德、業、乏為次，不與平、上、去三聲部次相配，則韻自隋至於有唐中葉，固未有條理秩然之部次，如今所見之《廣韻》者也。惟大徐改定《說文解字篆韻譜》，除增三宣一部外，其諸部次第與《廣韻》全同。大徐於雍熙四年作〈韻譜後序〉云：『《韻譜》既成，廣求餘本，頗有刊正，今復承詔，校定《說文》，更與諸儒精加研覈，又得李舟《切韻》，殊有補益，其間疑者，以李氏為正。』是大徐改定《韻譜》，多據李舟，今小徐原本與大徐定本二者俱存，其間無大異同，惟小徐原本部次與《唐韻》同，大徐改本與《廣韻》同。」按重修《廣韻》之陳彭年，原亦江南舊人，又嘗事大徐，大徐改定《篆韻譜》，既用李舟《切韻》之次，則其修《廣韻》當亦用之也。然則謂《廣韻》部次即李舟《切韻》之部次，殆無不可也。至其書特色，王氏云：「取唐人韻書與宋以後韻書比較觀之，則李舟於韻學上有大功二：一、使各部皆以聲類相從。二、四聲之次相配不紊是也。前者如降覃談於侵後，升蒸登於青後，覃談之降，於古韻及文字之偏旁諧聲皆有依據，不獨覃談二部唐時早與侵鹽諸部字俱變而已。蒸登之升……，則本於呂靜《韻集》，其次勝於陸、孫諸書遠甚。至於四聲次序相配，觀下唐宋諸韻部次表自明，其尤顯者，在上去二聲末四韻……，李韻上聲末四韻以湛（即豏）檻儼范為次，去聲以陷鑑釅梵為次，入聲以狎洽業乏為次，是增改舊韻部目，以配平聲咸銜嚴凡者，而《廣韻》從之。」王氏又云：「要之，諸部以聲類相近為次，又平上去入四聲相配秩然，乃李舟《切韻》之一特色。李舟《切韻》之為宋韻之祖，猶陸法言《切韻》之為唐韻之祖也。」（觀堂集林卷八）

㈤五代刊本切韻：

據姜亮夫《瀛涯敦煌韻輯》所收五代刊本切韻共有一種。第一種為 P2014 之第一、三、四、五、六五種共七紙；P2015 卷一紙，實為 P2014 卷第一種之後面；P5531 卷之第一種，巴黎未列號之丙，實為 P2014 第一種之殘段。第二種為 P2014 之第二種，P2014 之第七種，實即與第二種遙相連接之殘葉，P5531 之第二種即 P2014 第二種之後葉。

五代刊本就板本言，雖為二種，然就韻系言，實為同一系之韻書。全卷字數約二萬四千字左右，實一切唐人韻書字數最多者，亦與《廣韻》字數最接近者。自韻部言，P2014 參合他卷，計其韻目共二百十部，較法言多十七部，較《廣韻》尚多四部。茲述其書要點於後：

1.平聲仙分出宣，上聲獮分出選，入聲薛分出雪。

2.蒸登在鹽添之後。

3.入聲術分出聿。

4.入聲尚多一與痕韻相配之韻。

5.昔韻併於錫韻。

6.入聲韻次雖依陸氏，然亦有相異之處。

(1)質後多聿。(2)術曷分出。(3)沒後多一韻。(4)昔併於錫。(5)緝藥鐸改為藥緝鐸。

此卷變動之大，超過陸韻系統之任一韻書，則必受陸韻以外各家之影響無疑，攷夏竦《古文四聲韻》所用韻部已仙宣分立，則此卷雖以陸氏《切韻》為據，恐尚採其他各家之說，而編成一直接影響於《廣韻》之書。

㈥**北宋刊本切韻**：

柏林藏 JIIDI 四種六葉乃同一刻本之散片。綜其要點如後：

1.本卷韻部與 P2014 全同，蓋孫愐一系之韻部部次。

2.收字最多，較孫愐增三千五百餘字，且有多出于《廣韻》者，而其所收之字，又多為一切唐人韻書之所無，更有出 P2014 卷之外者。

3.所收又音有更正 P2014 諸卷之處。

4.字義與五代刊本相合者十之九，與《廣韻》合者十之九・五，其唐人刊正陸韻謬誤之處，本卷亦多從之。

5.字次先後與陸系同，與五代刊本異。

6.韻中所各紐無在陸系之外，如 P2014 者，紐首字亦同於陸系，而異於五代刊本。

以是而論，則本卷蓋據孫愐天寶本《唐韻》，又採諸家增字增注之作，重新刊訂者，實為《廣韻》所據母本，宋人以為陸氏《切韻》之真面目者，殆亦此類刊本也。

四、韻書之總匯：

研究《廣韻》，純據某一版本已不足以考訂其音系，自敦煌寫本之問世，於是乃有匯集唐宋韻書於一編，以便後人檢閱研究之彙編本出現，此一工作創始於劉復主編之《十韻彙編》，其後則續有增益，誠所謂「前修未密，後出轉精」者也。茲據所知，述之於後：

㈠劉復《十韻彙編》：

是書由國立北京大學研究院文史部出版。所搜集者有《切韻》殘卷三種（即 S2683、S2055、S2071）王仁昫《刊謬補缺切韻》二種（即敦煌王韻與故宮王韻），《唐韻》殘卷一種（國粹學報影印蔣氏藏唐寫本《唐韻》殘卷），王國維摹日本大谷光瑞家藏唐寫本韻書斷片（大谷光瑞西域考古圖譜影印本），巴黎國民圖書館藏五代刊本《切韻》殘卷，柏林普魯士學士院藏唐寫本韻書斷片共九種，益以古逸叢書本《廣韻》共十種韻書，故名《十韻彙編》。此書排印採上下排列，諸本對照方式，各本韻書每韻收字多少及其異同，可展卷了然。每部之後，附有《廣韻·校勘記》。即就《廣韻》一書而論，諸本優劣，亦可得知大概，書後附有〈分韻索引〉及〈部首索引〉二種引得，極便檢查。卷首有魏建功、羅常培二序，尤為利用此書材料作研究者之指南。余以為此書之最大功用則為考訂《切韻》、《廣韻》之音系，檢字極為方便，頗利于吾人研究《廣韻》之參考。聞近有校補本《十韻彙編》問世，除卷首加入魏建功著〈十韻彙編資料補并釋〉與〈切韻韻目次弟考源〉外，又增入高昌出土之韻書殘葉（列考克編號 JIVK75）與五代刊本韻書殘葉（P2014），前者與《十韻彙編》簡稱「德」字者為同書，後者與簡稱「刊」字者為同書，故一併增入云。

㈡姜亮夫《瀛涯敦煌韻輯》：

此書列入姜氏《成均樓叢書》，乃姜氏於民國廿四、五年之際，棲止歐陸搜集巴黎、倫敦、柏林諸地所得敦煌所出韻書而成。全書二十四卷，卷一至卷九為字部，乃姜氏摹寫或抄錄各本韻書而成。其目為：

卷一：

P2129 卷抄本。

P2638 卷抄本。

P2019 卷抄本。

卷二：

P2017 卷摹本。

巴黎未列號諸卷之戊摹本。

S2683 卷摹本。

巴黎未列號諸卷之乙摹本。

卷三：

JIVK75 卷摹本。

附日本武內義雄本

S2071 卷摹本。

卷四：

S2055 卷摹本。

巴黎未列號諸卷之甲摹本。

附大谷光瑞所錄本抄本。

卷五：

P2011 卷摹本。

卷六：

P2018 卷摹本。

P2016 卷摹本。

Ⅵ21025 卷摹本。

卷七：

P2014 卷摹本。

P2015 卷摹本。

P5531 卷摹本。

巴黎未列號諸卷之丙摹本。

卷八：

JⅡDIa 卷摹本。

JⅡDIb 卷摹本。

JⅡDIc 卷摹本。

JⅡDId 卷摹本。

卷九：

巴黎未列號諸卷之丁摹本。

P2758 卷抄本。

P2717 卷抄本。

S512 卷抄本。

附 P2910 卷抄本。

P 為伯希和（Paul Pelliot）所得，S 為史坦因（Stein）所得，其他則藏於柏林。摹本影寫原卷大小品式無有出入者也；抄本則品式不殊而大小長短不與原卷合。卷十至十九為論部，論部乃姜氏對各書之考論；卷二十至二十四為譜部，譜則各卷綜貫之說，集唐人韻書之全備者，當以姜氏書為最。

㈢周祖謨《唐五代韻書集存》：

羅常培〈校補本十韻彙編序〉云：「原書出版後，我們陸續看到的唐本韻書，包括完整的和殘缺的，已將近三十種。除原書所收的十種外，其他私人蒐集的，還有姜亮夫教授《瀛涯敦煌韻輯》和周祖謨教授所編《唐本韻書彙輯》。所得材料已較《十韻彙編》出版時增益許多。魏建功教授曾就姜、周兩家所蒐集的資料中取其與《十韻彙編》有關的，先後加以整理說明，寫為〈十韻彙編資料補並釋〉（見北大五十周年校慶紀念論文集），足補原書之所未備。」

周先生後於一九八三年整理出版為《唐五代韻書集存》，由北京中華書局出版，共上下兩冊。茲錄其目錄及〈總述〉全文於後，以見周先生此書之概略：

韻書是按照字音分韻編排文字的一種書。遠自魏、晉時期應用反切注音的方法盛行以後，就開始有了粗疏的按音分字的韻書。後來為經籍作音的書不斷增多，學者在通習書音反切的過程中提高了辨音的能力，而且逐步有了系統的音韻知識，韻書纔有了新的發展。在南北朝時期，分別紐韻，區分四聲的韻書相繼產生。如梁夏侯該、北齊陽休之、李槩以及杜臺卿等各有述作，而審音分韻，互有異同。到隋代統一南北以後，臨漳（即鄴城）陸法言根據顏之推、蕭該、魏彥淵、薛道衡等人的討論，參酌南北韻書，編定為《切韻》五卷（公元 601），著重保持了當時傳統書音的音位系統，並參校河北與江東語音，辨析分合而不以一地方音為準，以利於南北人應用。雖然自成一家言而實際上是為了適應當時政治統一形勢的需要而作的。（詳見拙著《問學集》中〈切韻的性質和它的音系基礎〉）到了唐代，文人用力於詩賦，離不開韻書，於是《切韻》大行於世。可是陸法言書重在分辨聲韻，所收文字和義訓並不詳備，因此在唐代又有不少種增修的韻書。這些韻書大抵因承陸法言《切韻》，而又有所增益和變革。增益包括增字，增注，還有增加又音和異體字。變革包括改變體例韻次，改換反切用字和分韻加細。陸書分為一百九十三韻，常用的字大都沒有訓解，一韻之內，每紐第一字下先記反切和又音，次記一紐的字數，如果本字有訓解，則先列訓解，後列反切。字有異體，則云：「古作某」、「或作某」。唐人所修的韻書，見於記載的有二十餘家。現在傳流下來的寫本或刻本，保存比較多的主要是長孫訥言的箋注，王仁昫的《刊謬補缺切韻》和孫愐《唐韻》一類的書。這三種書的類例各不相同。

長孫書作於高宗儀鳳二年（公元 677），重點在於以說文訂補《切韻》，體製因承法言之舊，而字數略有增加，所增的文字大體都出自《說文》。原書的文字形體和義訓與《說文》不合的，多據

《說文》增加案語，箋記於原注之末。一紐的字數如有增加，則記載字數時注明幾加幾。

王仁昫書作於中宗神龍二年（公元 706 年）（拙作〈王仁昫切韻著作年代釋疑〉已有考證），全書分為一百九十五韻，韻次同於法言書，但增多了與平聲「嚴」韻相承的上去兩韻，反切大都依據陸書，而重點在於增字加訓。原書沒有訓解的，一律補加訓解；原書沒有收的字，都用朱書補綴於每紐之末，每紐第一字下不先出訓解，而先出反切，次出訓解。最後注一紐收字的總數，但不再注明「幾加幾」。至於異體或又音，一般都列在訓解之後。王韻在小紐第一字下先出反切，那麼按音檢字，就更為便利。

孫愐《唐韻》作於唐開元二十年（公元七三二）之後。據清人卞永譽〈式古堂書畫彙考〉所記明項元汴所藏憲宗元和九年（公元八一四）的唐韻寫本，分類總數與王仁昫書相同，所收文字為一萬五千字，最大的特點乃是增加訓釋。可是蔣斧印的《唐韻》則又是在孫愐以後的一種《唐韻》，分韻已經進一步增多。「真」、「寒」、「歌」平上去各分為兩韻，入聲「質」、「末」也各分為二。全書總有二百〇四韻。其注文之繁密，亦前所未有，這與項本孫愐《唐韻》序中所說注釋的情況是相合的。書中每紐第一字下先出訓解，後出反切和又音，最後記出一紐字數，與陸書、長孫書相同。（惟入聲「乏」韻先出反切，後出訓解，與王韻相同。）遇字有增加，則一律注明「幾加幾」。惟前一數字指一紐總數，後一數字指總數內所增的字數，體例與長孫箋注一類的書所說的「幾加幾」內容不同。更值得注意的是書中的反切用字改變極多，已非陸法言之舊，這是很大的變易。其後，韻書又有了新的發展。不僅收字加多，注釋加詳，而且分韻也增多，其中多到二百一十一韻的。以平聲為例，除「真」「諄」、「寒」「桓」、「歌」「戈」分立外，又從「仙」韻分出合口字，稱為「宣」韻，有的又從「齊」韻中分出「移」「鸍」二字為「移」韻，審音分韻更加精細。有的韻書一韻的紐次還改為按聲母的五音類屬來排列，秩然有序，這又是一種創新的體製了。

以上所說這些書同是以陸法言《切韻》為基礎而發展出來的，音系的大類並沒有很大的改變；但從書的體製上來說，《唐韻》以後的韻書和《唐韻》以前的韻書很有不同。可以說：分韻加多和注釋增繁是這一系韻書發展的一個總的趨勢。分韻加多，主要是把《切韻》中一些開合口字都比較多的韻分為兩韻，以便於尋檢。注釋增繁，不僅是增加義訓，而且增加了不少解釋名物和姓氏的材料。這樣，韻書就兼有多方面的用處，更符合社會的需要。所以到五代刻板盛行以後所刻的韻書都是這一類的。

現在所集的唐五代本韻書種類比較多，其中有些零篇斷簡連書名和作者都無可考。不過，根據上面所說的幾種韻書的體例，性質和內容來互相比證，也可以尋繹出這些韻書的類別和各類書彼此之間的關係。現在本書所分的七類只是一個粗疏的類別，是根據韻目、韻次、收字、反切和注文等幾方面來分辨異同而加以排比的。每一種書所安排的地位都是經過與其他寫本反復比較而確定的。凡性質和特點相近的就歸為一類。一類之內，有的是同一種書的不同寫本，有的只是性質相近的幾種不同的書，其中又以體製和內容相似與否比次先後。類與類前後的安排，主要是從韻書發展的趨向來定的。事物總是不斷發展的。

最初編韻詳於音或字體，其後乃詳於訓解，趨於時要，進一步則辨音加細，訓釋益繁。根據這樣一種情況，大體也就可以排出一個先後次第來。

這些韻書，書寫的年代有早有晚，但大都為冊葉裝，也就是古人所說的葉子本。每一種寫本都不免有脫落和錯字。錯字有因形近或因承上文而誤的，有因聲音相同或相近而誤的。由音近而訛的，有時也會透露出一點當時寫書人口裏讀音情況，值得注意。寫本的通例是在韻目上用朱筆記出韻目的數次，韻目有的也用朱筆來寫。每韻小紐第一字上大都加上朱點，以便尋覽。有的寫本在記一紐的字數時也用朱書，這是在寫完之後經過檢校而再加上的。不過，有些寫本就直用墨書。另外，唐人寫字在偏旁方面有不少通俗的寫法。例如「互」作「牙」，「氐」作「互」，「才」作「扌」，「侯」作「俠」，「匹」作「辶」，「匱」作「遺」，翻閱較多，自然可以熟悉。原來書寫的時侯，也有由於一時疏忽而寫錯的，寫者多在字旁加一墨點，或加三點表示這個字是不要的。有時把上下兩個字寫顛倒了，寫者就在下一字旁加一倒筆「ı」做標識。如斯二○五五《切韻》卷首有「伯加千一字」一行，「一」字旁有「ı」，這表明原文是「一千」而不是「千一」，因為寫時筆誤，所以在「一」字旁加「ı」來改正。這類例子是常見的，我們不應當讀為「千一」應當依寫書人的指示讀為「一千」。在《敦煌掇瑣》一書裏往往把字寫錯，這與不明唐人書寫習慣有關係。唐人韻書中注文與正文相同的字多半用「ㄟ」來表示，「ㄟ」即由古代的「二」字來的。五代刻本當中也有不用「ㄟ」而用一豎線「｜」來表示的，這又是晚出的簡易辦法。

陸法言《切韻》所表現的是南北朝齊梁時期傳統書音的一個音韻系統，並非一時一地之音，這在前面已經說過了。到了唐代，南北語音又有了改變，科舉考試，作詩押韻，以《切韻》為準，但文人苦其苛細，不得不略為變通。可是上層的讀書人仍然以《切韻》做為論音的依據，所以唐人所修的韻書幾乎沒有脫離《切韻》的成規，即使有人別創新裁，也很少流傳下來。現在所看到的這些韻書當中既沒有《韻詮》《韻英》那一類完全革新的書，也沒有發現與《廣韻》韻次完全相同的韻書。其中比較特殊的是裴務齊正字本《刊謬補缺切韻》和五代刻本《切韻》。裴本《切韻》改變韻次，五代刻本《切韻》改變紐次，這都反映出一部分唐人語音的情況。在反切方面，這些書裏互有異同。其中有些只是用字上的差異，與音類不相涉，但也有些牽涉到讀音的問題。屬於用字上的改變，各書的情況不同。在用字上為甚麼要改變，還不完全清楚。稍能理解的有兩種情形：一種是為避諱而改字。例如王仁昫書作於中宗時，為避太宗諱，改「民」為「名」（入聲質韻「蜜」字，民必反，改為名必反）為避高宗諱，改「治」為「直」（平聲鍾韻「重」，治容反，改為直容反；去聲御韻「筯」，治據反，改為直據反）為避中宗諱，改「顯」為「典」或「蕍」（上聲銑韻「銑」，蘇顯反，改為蘇典反；「典」多顯反，改為多蕍反）。又如蔣斧印本《唐韻》避睿宗諱，改「旦」為「案」或「旰」（去聲翰韻「翰」，胡旦反，改作侯旰反；「旰」古旦反，改為古案反）。另一種是反切上字不用正紐字，而改用旁紐字。例如脂韻「葵」音渠隹反；上聲「揆」則音葵癸反；又平聲「逵」音渠追反，去聲「匱」則音逵位反；這些都是正紐字互切的例子。可是從《唐韻》以後就略有改變。例如廣韻去聲遇韻的「樹」字，王韻作殊遇反，「殊」即「樹」之平聲，蔣本《唐韻》則作常句反；又同韻「芋」字王韻音羽遇反，羽為「芋」之上聲，《唐韻》則作王遇反；「常」與「殊」、「王」與「羽」聲同而不屬於同一韻系，這就是旁紐雙聲。反切用字的改變，在《唐韻》中最多。至於改變切語而涉及到讀音問題的，主要是聲母中的脣音、舌音和匣母用字的改變。例如支韻「鈹」字，王韻音敷羈反，當本於陸法言書，而箋注本《切韻》二改作普羈反；同韻「卑」字，箋注本一音符移反，而裴本《切韻》作必移反。又脂韻「邳」字《切韻》音苻悲反，而箋注本二作蒲悲反；同韻「胝」字，箋注本一作丁私反，箋注本二則作陟夷反。文韻「雲」字，箋注本一作戶分反，王韻則作王分反；同樣，月韻「越」字，箋注本一作戶伐反，王韻則作王伐反。覺韻「斲」字，箋注本一和王韻音丁角反，唐韻則作竹角反。又月韻「怖」字，箋注本一音匹伐反，《唐韻》則作拂伐反。這些都表明韻書的編者或寫者為切合語音的實際情況，對反切不免有所改動。不過，把反切完全徹底一一加以修訂的書並沒有發現。

在文字方面，這些書中以王仁昫書所收的異體和通俗字體最多。我們要了解唐代文字的通常寫法，這是最有用的書了。書中所載的通俗字體，如趋、帰、胥、来、緾、儁、高、将、潜、绳、隐、庿、袜、宋等都是承用已久的簡體字，很多至今仍然通用。劉復作《宋元以來俗字譜》止取宋元以後的字，而沒有上求之唐代（如《干祿字書》之類），未免數典忘祖。

在注釋方面，陸法言書原來是非常簡略的，從長孫訥言據《說文》補加一些訓解以後，到王仁昫作《刊謬補缺切韻》，每字都有了訓釋，不過還比較簡要，惟自裴本《切韻》以後，韻書訓釋增多，一字往往數訓，而且引書增繁。以裴本而論，除引五經《說文》以外，還引到《論語》《孟子》《呂氏春秋》《韓詩外傳》《淮南子》《東觀漢記》《獨斷》《爾雅》《方言》《釋名》《廣雅》《字林》《漢書音義》《字書》《玉篇》《山海經》《荊南異物志》顏師古《漢書集注》等書以及漢魏晉之間的辭賦；而蔣本《唐韻》則引書更加繁富。如《埤蒼》《聲類》《韻略》《纂文》《文字集略》《字統》《文字指歸》《音譜》以及《國語》《莊子》《風俗通》崔豹《古今注》《列仙傳》《三國志》《晉書》《神異經》《南越志》《何氏姓苑》等書，以前各韻書都不曾稱引，而且在不常見的字下大都注明出處。下至五代傳刻的一些韻書，踵事增華，文字加多，訓釋也更趨詳密，甚至還引及《文選》中的樂府詩。宋代所修的《廣韻》就是承襲這一類晚出的韻書而來的。

總起來說，現在所見的這些韻書就是唐代在不同時間內所流行的一些字典。其中的文字音訓固然多以前代書籍為本，但也登錄不少口語中通行的詞。有些字的寫法可能與現代不同，而詞義與現代仍有不少是一樣的。因此這些韻書對研究近代漢語之字、語音以及詞彙特別是詞義各方面發展的歷史都是極其有用的資料。至於各書的特點和彼此之間的關係，具詳於考釋部分，在此不一一詳說。（下略）

茲錄其細目於後：

第一類　陸法言切韻傳寫本

1.1(1)　切韻殘葉一（伯三七九八）

1.2(2)　切韻殘葉二（伯三六九三、三六九六）

1.3(3)　切韻殘葉三（斯六一八七）

1.4(4)　切韻殘葉四（斯二六八三、伯四九一七）

1.5(5)　切韻斷片一（見西域考古圖譜）

1.6(6)　切韻斷片二（列 TID）

第二類　箋注本切韻

2.1(7)　箋注本切韻一（斯二〇七一）

2.2(8)　箋注本切韻二（斯二〇五五）

2.3(9)　箋注本切韻三（伯三六九三、三六九四、三六九六、斯六一七六）

第三類　增訓加字本切韻

3.1(10)　增訓本切韻殘葉一（斯五九八〇）

3.2(11)　增訓本切韻殘葉二（伯三七九九）

3.3(12)　增字本切韻殘卷（伯二〇一七）

3.4(13)　增字本切韻殘葉一（斯六〇一三）

3.5(14)　增字本切韻殘葉二（斯六〇一二）

3.6(15)　增字本切韻殘葉三（伯四七四六）

3.7(16)　增訓本切韻斷片（斯六一五六）

3.8(17)　增字本切韻斷片（列 TVK75、TIV70+71）

第四類　王仁昫刊謬補缺切韻

4.1(18)　刊謬補缺切韻序文（伯二一二九）

4.2(19)　王仁昫刊謬補缺切韻一（伯二〇一一）

4.3(20)　王仁昫刊謬補缺切韻二（北京故宮博物院藏）

第五類　裴務齊正字本刊謬補缺切韻

5.1(21)　裴務齊正字本刊謬補缺切韻（北京故宮博物院舊藏）

下冊

第六類　唐韻寫本

6.1(22)　孫愐唐韻序

6.2(23)　唐韻殘葉（伯二〇一八）

6.3(24)　唐韻殘卷（蔣斧印本）

第七類　五代本韻書

7.1(25)　切韻唐韻序一（伯四八七九、二〇一九）

7.2(26)　切韻唐韻序二（伯二六三八）

7.3(27)　五代本切韻（伯二〇一四、二〇一五、二〇一六、四七四七、五五三一）

7.4(28)　寫本韻書殘葉（伯二〇一六背面）

7.5(29)　刻本韻書殘葉（列 TIL1015）

7.6(30)　刻本切韻殘葉（列 TIID1a、b、c、d）

附錄　韻字摘抄和有關字母等韻的寫本

1　韻字殘葉一（斯六一一七）

2　韻字殘葉二（斯六三二九）

3　韻字殘葉一（伯二七五八）

4　韻字殘葉二（伯三〇一六）

5　「馬」字殘葉（伯二六五九）

6　韻關辯清濁明鏡殘卷（伯五〇〇六）

7　歸三十字母例（斯〇五一二）

8　字母例字（北京圖書館藏）

9　守溫韻學殘卷（伯二〇一二）

4.1(18)　刊謬補缺切韻序文（伯二一二九）

4.2(19)　王仁昫刊謬補缺切韻一（伯二〇一一）

4.3(20)　王仁昫刊謬補缺切韻二（北京故宮博物院藏）

考釋五　裴務齊正字本刊謬補缺切韻

5.1(21)　裴務齊正字本刊謬補缺切韻（北京故宮博物院舊藏）

考釋六　唐韻寫本

6.1(22)　孫愐唐韻序（見“式古堂書畫彙考”）

6.2(23)　唐韻殘葉（伯二〇一八）

6.3(24)　唐韻殘卷（蔣斧舊藏）

考釋七　五代本韻書

7.1(25)　切韻唐韻序一（伯四八七九、二〇一九）

7.2(26)　切韻唐韻序二（伯二六三八）

7.3(a，b27)五代本切韻（伯二〇一四、二〇一五、二〇一六、
四七四七、五五三一）

7.4(28)　唐寫本韻書殘葉（伯二〇一六背面）

7.5(29)　刻本韻書殘葉（列 TIL1015）

7.6(30)　刻本切韻殘葉（列 TIID/a，b，c，d）

考釋八　韻字摘抄和有關字母等韻的寫本

1.韻字殘葉一（斯六一一七）

2.韻字殘葉二（斯六三二九）

3.韻字殘卷一（伯二七五八）

4.韻字殘卷二（伯三〇一六）

5.「馬」字殘葉（伯二六五九）

6.韻關辯清濁明鏡殘卷（伯五〇〇六）

7.歸三十字母例（斯〇五一二）

8.字母例字（北京圖書館藏）

9.守溫韻學殘卷（伯二〇一二）

輯逸　唐代各家韻書逸文輯錄

1.郭知玄切韻

2.韓知十切韻

3.蔣魴切韻

4.薛峋切韻

5.裴務齊切韻

6.麻杲切韻

7.武玄之韻詮

8.祝尚丘切韻

9.孫愐唐韻

10.孫伷切韻

11.弘演寺釋氏切韻

12.沙門清澈切韻

附表

1.切韻系韻書反切沿革異同略表

2.唐韻前韻書收字和紐數多少比較簡表

㈣潘重規師《瀛涯敦煌韻輯新編》：

香港新亞研究所一九七三年出版，潘師此編因見姜亮夫《瀛涯敦煌韻輯》訛誤累百千事不止，於是頻往來於巴黎倫敦，盡檢原卷，以校姜書而正其訛，因成《瀛涯敦煌韻輯新編》一冊。其有姜氏闕略失採者，是篇各綴以校記，而成《瀛涯敦煌韻輯別錄》一卷，唐人韻書無有詳於此者矣。誠所謂前修未密，後出轉精者矣。潘師新編目錄列之於下：

影寫瀛涯敦煌韻輯 P2129 卷抄本

P2129 王仁昫刊謬補缺切韻殘卷新校

P2129、P2683、P2019 三卷跋案語

影寫瀛涯敦煌韻輯 P2638 卷抄本

P2638 卷新校

影寫瀛涯敦煌韻輯 P2019 卷抄本

P2019 卷新校

影寫瀛涯敦煌韻輯 P2017 卷摹本

P2017 卷新校

P2017 為陸法言書韻目跋案語

影寫瀛涯敦煌韻輯巴黎未列號諸卷之戊摹本

P4879（即巴黎未列號之戊）新校

影寫瀛涯敦煌韻輯 S2683 摹本

S2683 新校

S2683 卷為陸法言切韻原書證案語

影寫瀛涯敦煌韻輯巴黎未列號諸卷之乙摹本

P4917（即巴黎未列號之乙）新校

巴黎未列號寫本之乙為陸氏原本證案語

影寫瀛涯敦煌韻輯 JIVK75 卷摹本

JIVK75 為唐初寫陸韻增字本跋案語

影寫瀛涯敦煌韻輯柏林藏切韻殘卷附錄日本武內義雄所錄本

影寫瀛涯敦煌韻輯 S2071 卷摹本

S2071 卷新校

S2071 為隋末唐初增字加注本陸韻證案語

影寫瀛涯敦煌韻輯 S2055 卷摹本

S2055 卷新校

S2055 卷為長孫訥言箋註本證案語

影寫瀛涯敦煌韻輯巴黎未列號諸卷之甲摹本

P4746 切韻卷第五殘卷（即巴黎未列號之甲）新校

巴黎未列號寫本之甲為長孫訥言別本證案語

影印瀛涯敦煌韻輯附大谷光瑞西域考古圖譜中唐寫韻書二頁

影寫瀛涯敦煌韻輯 P2011 卷摹本

P2011 刊謬補缺切韻殘卷新校

P2011 王仁昫刊謬補缺切韻研究案語

影寫瀛涯敦煌韻輯 P2018 卷摹本

P2018 新校

P2018 孫愐唐韻殘卷證案語

影寫瀛涯敦煌韻輯 P2016 卷摹本

P2016 新校

P2016 為增字定本孫愐唐韻殘卷證案語

影寫瀛涯敦煌韻輯柏林藏刊本之一原號為VI21025 卷摹本

影寫瀛涯敦煌韻輯 P2014 摹本

P2014 新校

補抄 P2014 第八葉第九葉

影寫瀛涯敦煌韻輯 P2015 卷摹本

P2015 新校

補抄 P2015 第二葉第三葉
影寫瀛涯敦煌韻輯 P5531 卷摹本
P5531 新校
諸唐末五代刻本韻書跋案語
影寫瀛涯敦煌韻輯巴黎未列號諸卷之丙摹本
P4747（即巴黎未列號之丙）新校
巴黎未列號丙本為 P2014 第一種之殘段證案語
影寫瀛涯敦煌韻輯柏林刊本之二 JIID1a 卷摹本
影寫瀛涯敦煌韻輯柏林刊本之三 JIID1b 卷摹本
影寫瀛涯敦煌韻輯柏林刊本之四 JIID1c 卷摹本
影寫瀛涯敦煌韻輯柏林刊本之五 JIID1d 卷摹本
影寫瀛涯敦煌韻輯巴黎未列號諸卷之丁摹本
P5006（即巴黎未列號之丁）新校
巴黎未列號諸卷之丁韻關辯清濁明鏡跋案語
影寫瀛涯敦煌韻輯 P2758 卷抄本
P2758 新校
P2758 卷跋案語
影寫瀛涯敦煌韻輯 P2717 卷抄本
P2717 字寶碎金新校
新抄 S6189 字寶碎金殘卷
S6204 字寶碎殘卷題記
影寫瀛涯敦煌韻輯 S512 卷抄本
S512 歸三十字母例新校
影寫瀛涯敦煌韻輯附 P2901 抄本

P2901 抄本新校

新抄 P3693 卷

新抄 P3694 卷

新抄 P3695 卷

新抄 P36961 卷

新抄 P3696 卷

新抄 P3798 卷

新抄 P3799 卷

新抄 P2012 守溫韻學殘卷

【附錄】

《十韻彙編·羅序》

這部書是我們現在已竟得到的《切韻》系韻書材料的總結集。

我們常說：凡是作一種學問，所研究的材料越擴張，學問的本身也越進步；有一分材料才有一分的結果，有十分材料才有十分的結果，根據很貧乏的材料去憑臆推斷，所得的結果當然也靠不住；這是歷試不爽的。就拿唐宋韻書的異同這個問題來說罷；從前的人因為《唐韻》行而《切韻》廢，《廣韻》行而《唐韻》又廢，始終對於《切韻》和《唐韻》的本來面目是不大了然的；他們展轉相傳，總以為《唐韻》對於《切韻》也和《廣韻》對於《唐韻》一樣，只是文字增多，注解加詳，其餘都是因仍舊貫沒有什麼變動的。可是在很早的時候，親眼看見過《唐韻》原書的人已竟證明這是不對的了。宋朝魏了翁（1178-1237）的《唐韻·後序》說：

《韻略》之得名，蓋以音韻各有畛略也。韻字從音從員，略字從田從各，皆一形一聲，茲其大端矣。是書號《唐韻》，與今也所謂韻略皆後人不知而作者也。然其部敘於一東下注云：「德紅反，濁，滿口聲。」自此至三十四乏皆然；於二十八刪、二十九山之後繼之以三十先、三十一仙，上聲去聲亦然；則其聲音之道，區分之方，隱然見於述作之表也。今之為韻者既不載聲調之清濁，而平聲輒分上下，自以一先二仙為下平之首，不知先字蓋從真字而來，學者由之而隨聲雷同，古人造端立意之本失矣。此書別出「移」「臡」二字為一部，注云：「陸與齊同，今別。」然則，今韻從陸本，疑此本為是。今韻降覃談於侵後，升蒸登於青後，以古語「三」字叶「今」，「男」字叶「音」，「徵」字叶「楨」，「夊」字叶「兵」，疑今書為是。今書又升藥鐸於麥陌昔之前，置職德於錫緝之間，方語「白」為「薄」，「宅」為「度」，「鳥」為「鵲」，「石」為「勺」，錫緝與職德聲為最近；蓋開創者多闊疏，而因仍者易精審。此皆為學者之所當知而舉世不之問也。余得此書於巴州使君王清父，相傳以為吳彩鸞所書，雖無明據，然結字茂美，編次用葉子樣，此為唐人所書無疑。其音韻雖與《易》《書》《詩》《左氏傳》及二漢以前不盡合，然世俗承用既久，姑就其間而詳其是否焉。若夫孫愐敘文較之今本，亦有增加書字處，要皆以此本為正。

由這段文章我們可以知道魏氏所見的唐人寫本《唐韻》和《廣韻》有四點不同：

第一、平聲不分上下，於二十八刪，二十九山之後即繼之以三十先、三十一仙；
第二、韻目之下分別注明清濁和呼法；
第三、自切韻平聲齊韻分出「移」「虄」兩字另立移韻；
第四、覃談、蒸登、藥鐸、職德的次序和《廣韻》不同。

後來王應麟（1223-1296）在《困學紀聞》裏，祇引了魏氏所說的：「《唐韻》於二十八刪二十九山之後，繼以三十先三十一僊，今平聲分上下，以一先二僊為下平之首，不知先字蓋自真字而來。」（卷八頁二十一）一段，把別的要點都忽略了，於是顧炎武（1613-1682）和戴震（1723-1777）因為看只看見王氏所引的話而沒有看見魏氏的原序，所以不知道「鶴山於何處多添一韻」；（《音論》卷上頁十，又《聲韻考》卷二頁十三）並且一方面說：「自法言《切韻》下至《禮部韻略》、《集韻》部分相承不改」，一方面又說：「唐時諸家韻書大致多本法言，韻亦各有微異」；這種猶豫兩可的結論，都是由於材料不充實的原故。不過顧戴兩氏雖然沒看見魏了翁的《唐韻・後序》，可是卻能應用顏元孫的《干祿字書》知道唐時韻譜的次序「平聲覃談在陽之前，蒸登在鹽之後，上去二聲倣此」；（音論卷上頁三）戴氏也能應用徐鉉改定《說文解字篆韻譜》所據李舟《切韻》吳棫《韻補》的上聲韻目和曹楝亭所刻宋本《廣韻》，考定《廣韻》上聲末四韻應以豏檻儼范為次，去聲末四韻應以陷鑑釅梵為次，現在傳世的《廣韻》儼釅在豏陷之前，是宋朝景祐以後根據《禮部韻略》所竄改。（聲韻考卷二頁七至頁八）他們對這個問題總算也有點兒新發現。

及至段玉裁（1735-1815）發現夏竦「古文四聲韻齊第十二之

後有移第十三，增多一部；下平先第一仙第二之後有宣第三，入聲質第五之後有聿第六，亦皆增多一部。下平之次：麻覃談陽唐庚耕清青尤侯幽侵鹽添蒸登咸銜嚴凡，上去配是；入聲之次質聿術物櫛迄月沒曷末黠　屑薛錫昔麥陌合盍洽狎葉帖緝藥鐸職德業乏，與廣韻集韻次第殊異。」（經韻樓集卷六跋古文四聲韻）於是才知道：魏鶴山所見的唐韻是在刪山韻以前多了一個移韻；夏竦所據唐韻下平先仙後增多第三宣韻和徐鉉所據的李舟切韻相同；並且拿顏元孫的《干祿字書》來比較，也發現它們的韻次是同系的。可惜他沒注意到徐鍇說文解字韻譜的原本。所以說：「惟入聲增聿部則無考」；又誤認孫愐《唐韻》部次與《廣韻》相同，所以說它是「約定俗成，莫之或變。」（同上）假使段氏看見魏了翁的唐韻後敘原文，他的結論當然就兩樣了。

在那個時候親眼看見魏氏《唐韻·後敘》全文並且有所貢獻的，實際上只有錢大昕（1728-1804）一人。（謝啟昆小學考卷二十九頁二十六亦載魏序全文但無所考定）他在《十駕齋養新錄·卷五·論韻書次第不同》一條裏把魏氏後序的要點都舉了出來，並且還參考了《干祿字書》，《古文四聲韻》，《說文解字篆韻譜》和鄭樵《七音略》內外轉四十三圖等，除去前人所得的結果以外，他又發現「徐鍇《說文篆韻譜》上平聲痕部併入魂部。」應用間接材料來推求唐宋韻書異同的，到了錢氏可謂集大成了。這時候即使再有聰明的人，　若是得不到新材料恐也難得有進一步的貢獻。譬如莫友芝（1811-1871）在《韻學源流》裏說：

按法言書既不傳，而廣韻猶題陸法言撰本，豈廣韻二百六韻之目，即法言舊部歟？法言序既舉支脂先仙等為說，則分部又必不自法言，豈自聲類即有此等部，而四聲既興，又以四聲界之耶？法言又云：「諸家各有乖互」，豈合諸家之部分而去取整齊之耶？皆不可考矣！（見廣州中山大學排印本頁十二）

他所懷疑的各點，何嘗不精闢呢？然而因為沒有材料來證實，終於諉之「終不可考」，這實在是很不幸的！近三十年來，唐人所寫切韻、唐韻和王仁昫刊謬補缺切韻的殘卷，陸續重現於世間，王國維生逢其會，一方面承襲乾嘉諸老考證略備的間接材料再作精詳的探討，一方面利用這些前輩所沒看見的直接材料更作進一步的證實，於是他在前人所得的結果以外發見：

一、唐人韻書的部次可分二系：陸法言切韻、孫愐唐韻和小徐說文解字篆韻譜、夏英公《古文四聲韻》所據韻書為一系；大徐《改定篆韻譜》所據李舟《切韻》和《廣韻》為一系。（《觀堂集林》卷八李舟《切韻考和唐時韻書部次先後表）

二、陸法言切韻比廣韻平聲少諄桓戈三韻，上聲少準緩果儼四韻，去聲少稕換過釅四韻，入聲少術曷二韻；共為一百九十三韻。（同書〈巴黎國民圖書館所藏唐寫本切韻後和唐時韻書部次先後表〉）

三、切韻和唐韻一系的韻書去聲泰韻在霽韻之前。（同書李舟切韻考）

四、唐韻有開元天寶二本，開元本部目和陸法言切韻全同，惟上聲較陸多一韻；天寶本增平聲四（移諄桓戈）上去聲各三（準緩果稕換過）入聲二（術曷）「前者尚是陸韻支流，後者則孫氏自以己意分部者也。」（同書〈書式古堂書畫彙考所錄唐韻後〉）

五、徐鍇說文解字篆韻譜原本所據切韻改陸韻冬韻「恭蜙」二字入鍾韻，「縱」字入用韻，與孫愐唐韻合；但平聲齊後無移韻，入聲以聿為術，且無曷韻，與孫愐韻殊。（同書書小徐說文解字篆韻譜後）徐鉉改定篆韻譜所據李舟切韻除增三宣一部外，與《廣韻》全同。（同書〈李舟切韻考〉）

六、古文四聲韻所據唐韻除平聲齊韻後有移韻，仙韻後有宣韻外，上聲獮後有選韻，去聲梵後有釅韻，入聲質後有聿術二韻。但獮韻「蔲」字下注「人兖切」，而部目中選字上注「思兖切」，二韻俱以「兖」字為切；又目中「聿」字注「余律切」，術字注「食律切」，二韻俱以律字為切。蓋淺人見平聲仙宣為二，故增選韻以配宣；又見術韻或以術為部首，（如唐書）或以聿為部首，（如小徐所據切韻）遂分術聿為二，而其反切未及改正。其本當在唐韻與小徐所據切韻之後。（同書〈書古文四聲韻後〉）

我們對於王氏這許多新發現，自然不能不佩服他眼光的明敏，功力的精密，可是假使他沒看見過這些直接材料恐怕就不會有這麼許多貢獻了。所以唐宋韻書的異同，是從魏了翁到王國維因為材料陸續增加才逐漸認清楚的，這段經過恰好可以作我開頭所說：「有一分材料才有一分的結果，有十分材料才有十分的結果」那兩句話的一個例證。現在我們再舉一個反面的例。陳澧（1810-1882）的

《切韻考》是想從《廣韻》的切語裏來推求陸氏切韻體例的一部書，他以為：

> 切語舊法當求之陸氏《切韻》，《切韻》雖亡，而存於《廣韻》。乃取《廣韻》切語上字系聯之為雙聲四十類；又取切語下字系聯之，每韻或一類，或二類，或三類四類；是為陸氏舊法。隋以前音異於唐季以後，又錢戴二君所未及詳也。（切韻考序）

他系聯聲類和韻類的原則是：

> 切語上字與所切之字為雙聲，則切語上字同用、互用、遞用者，聲必同類；切語下字與所切之字為疊韻，則切語下字同用、互用、遞用者，韻必同類。（同書卷一頁二）

他所用的方法是：

循其軌跡，順其條理，惟以考據為準，不以口耳為憑，必使信而有徵，故寧拙而勿巧（同書序）。這是很合乎近代科學精神的，此外，他根據同音字不分兩個切語的例來剔除《切韻》以後的新增字，又參照顧（炎武）張（士俊）曹（寅）所刻《廣韻》和徐鉉校定《說文》，徐鍇《說文篆韻譜》所據的音切來校勘同異，擇善而從，也有許多地方和《切韻》冥合。不過，他的方法雖然這樣謹嚴，他的功力雖然這樣精密，畢竟為材料所限，還不能盡合《切韻》的真相。比方說：我們現在已竟知道《切韻》的韻部比《廣韻》少了諄準稕、桓緩換、戈果過，和儼釅術曷十三韻，實際上只有一百九十三韻，而陳氏卻說：「《廣韻》平上去入二百六韻，必陸氏之舊也。」（同書卷三頁一）這是和《切韻》本來面目不合的第一點。又如：陳氏根據《廣韻》切語上字考定切韻聲類為四十類四百五十二字，認為這就是隋以前雙聲的區域。可是，在我們現在所得到的幾種本子裏有許多切語上字是這四百五十二字所沒有的。例如：

繃	北萌（廣）	逋萌（王二）
湓	匹問（廣）	紛問（王二）
獖	蒲本（廣）	盆本（切一、王三、王一）
坌	蒲悶（廣、王一）	盆悶（王二）
並	蒲迥（廣）	萍迥（王一）
旦	得按（廣、王一）	丹按（王二）
黹	豬几（廣）	眡几（切三、王一、王二）
[illegible]	楮几（廣）	絺履（切三、王一）
靂	郎擊（廣、唐）	閭激（王一、王二）
劑	遵為（廣）	觜隨（切二、切三、王一、王二）
接	即葉（廣、唐）	紫葉（切三、王一、王二）
焌	倉聿（廣）	翠恤（切三、王一）
笡	遷謝（廣、唐）	淺謝（王一、王二）
全	疾緣（廣）	聚緣（切三、王一、刊）
崒	慈卹（廣）	聚卹（切三、王二）
[illegible]	漸念（廣、王一、唐）	潛念（王二）
酋	自秋（廣）	字秋（切三、王二）

蘸	莊陷（廣、唐）	滓陷（王一、王二）
臭	尺救（廣、王一、唐）	鴟救（王二）
稱	昌孕（廣、唐）	齒證（王一）　蚩證（王二）
俟	床史（廣）	漦史（切三、王一、德）
恭	九容（廣）	駒冬（王二、刊、切三冬誤東）
媿	俱位（廣）	軌位（王二）
玃	居縛（廣、王二）	遽縛（唐）
豈	祛狶（廣）	氣狶（切三、王一）
區	豈俱（廣）	氣俱（切三）
㰦	丘倨（廣）	卻據（王二）
揆	求癸（廣）	葵癸（王一、王二、切三葵誤蔡）
饐	烏恨（廣）	恩恨（王一）
邑	於汲（廣、唐）	英及（切三、王二）
蟹	胡買（廣）	鞵買（切三）

這些有圈的字（今改為下加橫線）雖然還不至於影響到聲類的分合，可是《切韻》以降的反切上字不以陳氏所舉的四百五十二字為限，卻顯然易見；這是和《切韻》本來面目不合的第二點。再者，上平脂韻「尸」字《廣韻》諸本均作「式之切」，混亂之脂兩韻的界限，關係頗大，陳氏據二徐的反切改作「式脂切」（同書卷四頁十二）和「切二」「切三」「王二」諸本的切語恰好契合，這是他很精切的地方。但是凡韻的「凡」字《廣韻》作「符咸切」，也把凡咸兩韻的界限混亂了，陳氏卻以為「此韻字少故借用二十六咸之咸字也。徐鍇符嚴反，亦借用二十八嚴之嚴字。徐鉉浮芝切，蓋以借用他韻字不如用本韻字，故改之耳。然芝字隱僻未必陸韻所

有也。」（同書卷五頁十六）殊不知在「切三」「王一」「王二」三種唐寫本裏「凡」字都作「扶芝反」而沒有一個作「符咸切」的；這是他和《切韻》本來面目不合的第三點。還有上聲獮韻「雋」字張本《廣韻》「徂兗切」，但明本顧本誤作「祖兗切」，和「子兗切」的「臇」字同音，把從精兩母的聲類給混亂了，陳氏能遵守張本的反切不為明本顧本所誤，而與「王一」暗合，這是很有斷制的。（同書卷五頁四）可是上平真韻的「真」字《廣韻》諸本都作「側鄰切」，拿照母二等字來切照母三等字，和全書的聲類系統不符；並且二仙「甄」字注又「章鄰切」二十一震「振」字注云又「之人切」「甄」「振」兩字的又讀均在真韻和「真」字同紐，「章」「之」兩字既然屬照母三等，足徵側鄰切是不對的：可惜陳氏卻沒有校勘出來。（同書卷四頁三十三）我們現在只要翻開「切三」一看，立刻就可以知道「真」字本來作「職鄰反」了：這是他和《切韻》本來面目不合的第四點。像陳氏那樣的功力，假使不受材料的限制，當然就不至於有這四點遺憾了。

最後我們拿王國維來舉一個例。王氏對於隋唐韻書源流的貢獻，我在上文已然表彰過了，可是他在〈陸法言切韻斷片考〉裏說：

> 斷片「伊」字上有「市支反」三字未知為何字之音。以行款求之，此三字上當無他注則非此字之第二音。脂韻中以「支」字切之，殊失界限，或係轉寫之訛。（《觀堂別集後編》頁二）

乍一看起來，他的話似乎也還有道理，不過我們現在翻開「切二」「切三」兩本殘卷來審核，就可以知道「伊」字上面原有「祁」字，本音「渠脂反」又音「市支反」，王氏的推想完全錯誤。這篇文章作於民國六年八月在他手寫切韻殘卷（民國十年九月）的前四年，拿他前後所得的結果來衡量，就可以知道材料多寡對於考據上的重要了。

以上這兩個例可以告訴我們：在材料不充實的時候，就是膽大心細的聰明人也難免有推想的錯誤。真正的科學方法是歸納和演繹互用的。觀察一些事實之後，先提出幾種可能的假設來擴充觀察的範圍，增加事例的數量，最後才能得到所要證明的通則。所以盡量羅舉有關係的事實對於一個問題的解決上是極重要的。編輯這部書的旨趣就是要把關於《切韻》系韻書的材料結集起來，給從事這一方面研究的人準備下一些比較充分的事實，使他們不至於再有前人曾經有過的缺憾。

有人說：這些材料從陸續發現以來大部分已竟被人利用過了，現在把它們結集在一塊兒還有什麼用處呢？這種話實在是似是而非禁不住仔細考慮的。要知道，沒有材料固然不能出好貨，有了材料不會運用也一樣不能出好貨。同是一樣的磚瓦木石會因匠人建築的巧拙造出不同的房屋，同是一樣的雞鴨魚肉會因庖師烹調的好壞生出不同的滋味。植物學家和樵夫一同進森林，一個就著眼到每棵樹木的形態和分類，一個卻祇看見幾百幾千梱的柴火。藝術家和水利工程家一同去看瀑布，一個祇去欣賞景色的美麗，想著怎樣描寫下所得的印象，一個卻驚歎勢能偉大，想著怎樣利用它來推動機械，可見一種材料不會只有一種用法的。關於這部分韻書的材料，姑無論還有好些是前人沒有見過的，即使他們完全看見過，也未必能夠利用得一乾二淨，使我們連發生新問題的餘地都沒有。現在我且隨便舉幾個例：

第一、《切韻》韻目和《聲類》《韻集》以降的韻書有沒有異同？

關於這個問題從前莫友芝已竟懷疑過，他以為：「法言序既舉支脂先仙等為說，則分部又必不自法言，豈自聲類即有此等部，而四聲既又以四聲界之耶？法言又云：諸家各有乖互，豈合諸家之部分而去取整齊之耶？」（引見前）他的目光總算夠敏銳的了。後來王國維看見了故宮本的王仁昫《刊謬補缺切韻》（王二）就應用平聲一所注陽（休之）呂（靜）李（季節）杜（臺卿）夏侯（詠）五家韻目的異同作了一篇六朝人韻書分部說。（《觀堂集林八》頁四）不過因為「平聲二首缺數葉，而上去入三聲又有目無注，故此五家與陸韻部目之異同，遂無由知。」及至本編所收的敦煌本王仁昫《刊謬補缺切韻》（王二）重見於國內，魏建功先生才參酌兩種本子的韻目下所引的五家異同，作了一篇呂靜夏侯詠陽休之李季節杜臺卿五家韻目考（《北京大學國學季刊》三卷二號）各為考定韻部約數並加解釋，比起王氏的文章來實在詳細多了。將來《切韻》以前的諸家反切整理就緒，更可以把這個問題反映得清楚一點，對於《切韻》論定「南北是非，古今通塞」的性質也就用不著再辯論了。

第二、《切韻》的反切用字是否和《廣韻》的音類有出入？

我在上一段裏曾經舉出陳澧《聲類考》四百五十二字以外的一些反切上字，不過那都是對於音類沒有影響的。關於脣音和舌音兩組我卻發現《切韻》裏的「類隔」反切比《廣韻》裏的多，例如：

豍	方兮（切三、王一）	邊兮（廣、刊作迷）
琫	方孔（切三、王二）	邊孔（廣）
繃	甫萌（切三）	北萌（廣、王二作逋萌）
表	方小（切三、王一）	陂矯（廣）
湓	紛問（王二）	匹問（廣）
繽	敷賓（切三）	匹賓（廣）
帊	芳霸（王一、王二）	普駕（廣）
鈹	普羈（切二）	敷羈（廣、王二）
丕	普悲（切二）	敷悲（廣、切三、王二）
怖	匹伐（切三、王二）	拂伐（廣、唐）
邳	蒲悲（切二）	符悲（廣、切三、王二）
滮	扶彪（王一、王二）	皮彪（廣）
浮	薄謀（切三、王一）	縛謀（廣、王二作文謀）
輣	扶萌（切三、王二）	薄萌（廣）
蜱	無遙（切三）	彌遙（廣）
緬	無兖（切三）	彌兖（廣）
詺	武聘（王一、王二）	彌正（廣、唐）
戇	丁降（王二）	陟降（廣）
鮎	都陷（王一、王二、唐）	陟陷（廣）
斲	丁角（切三、王二）	竹角（廣、唐）
羺	女溝（切三、王二）	奴鉤（廣、王一作奴溝）
女	乃據（王二）	尼據（廣、唐）

我們固然知道《廣韻》裏脣音反切祇有純粹的（一二四等）和

附顎的（三等）區別，還沒有像《集韻》那樣判然分成重脣輕脣兩組，可是從脣音「類隔」逐漸減少這一點來看，似乎因襲《切韻》的反切已然敵不住實際流行的語音了。至於切韻裏的舌音「類隔」多在二等字出現，以及泥娘兩母界限不清的現象，也都是值得我們注意的。此外切韻裏有四個以喻切影的例：

倭　与和（切三）　　烏和（王一）　　烏禾（廣、王二）

婐　与果（切三）　　烏果（廣、王一）

啞　與雅（切三）　　烏雅（王一）　　烏下（廣）

跪　與洽（切三）　　烏洽（廣、刊、王一、王二、唐）

同在一種寫本裏而有這麼幾個內部一致的特別切法，我們就不能把它們僅僅當作偶然的例外，假如是由「烏」形訛為「与」，再由「与」類推為「與」，那麼問題還比較簡單，如其不然，就得很費一番解釋了。還有：

兄　詩榮（切三）　　許榮（廣、王二）

囂　詩【嬌】（切三）　　許嬌（廣、王一）

自然也可以說「詩」是「許」的形訛，可是《顏氏家訓·音辭篇》說：「通俗文曰：入室求曰搜，反為『兄侯』，然則兄當音『所榮反』，今北俗通行此音，亦古語之不可用者。」敦煌寫本《守溫韻學殘卷》也有「心邪曉是喉中清」（見劉復《敦煌掇瑣》下輯四二一頁）一句話：這樣看起來「詩榮」「詩嬌」兩切語是否單是形訛，就大有考慮的餘地了。最後一個有趣味的例就是喻母三等在切三裏和匣母不分的現象。民國十七年我作〈切韻探賾〉的時候曾經提出一個「越」字，切三作「戶伐反」，而故宮本王仁昫

《切韻》和《唐韻》《廣韻》都作「王伐反」，在當時我衹以為是由匣變喻的例，並沒有去深究它。最近中央研究院歷史語言研究所的同事葛毅卿君又發現上平虞韻「于」字切三作「明俱反」，文韻「雲」字切三作「戶分反」，他認為「明俱」是「胡俱」之訛，並且斷定在《切韻》殘卷第三種裏喻母三等和匣母不分。雖「明」字究竟是「胡」字之訛，或是「羽」字之訛，還在兩可的情況之下，可是「戶伐」和「戶分」不會是「王伐」和「王分」的形訛，恐怕是沒有疑義的。況且敦煌寫本經典釋文尚書音義殘卷蠻夷滑夏的「滑」字作「于八反」，而今本作「猾」音「戶八反」，前後顯然不同，也是匣于遞變的一個有力證據。所以葛君的推斷似乎漸漸找到這個問題的核心了。

第三、在《廣韻》的諄韻以外應否再從真韻裏分出合口一類？

凡是看見過《切韻》和王仁昫《刊謬補缺切韻》殘卷的人，都可以知道從真寒歌裏分出的諄桓戈三類是孫愐《唐韻》以後的事。現在《廣韻》的真軫震三韻裏還殘餘著幾個沒有分淨的合口字，從反切下字來看，這些字也是應該併入諄準稕三韻裏去的。高本漢（B. Karlgren）因為上聲軫韻的「敏」字用「渠殞切」，「殞」字用「于敏切」「殞」「敏」兩兩互用又與準韻反切下字不相系聯，所以在臻攝的甲（真）乙（欣）兩韻以外，又分出一個丙韻來，他最初在中國音韻學研究裏把這一類擬作 jin（六六二頁），後來在分析字典裏改寫作 ĭwɛn，最近在漢語的詞系裏又改作 ĭwĕn，照我看來，這實在是不明沿革，強作分別！因為「殞」字在《廣韻》裏雖然跟準韻不相系聯，可是在王仁昫《切韻》裏本來是可以系聯的。案《廣韻》準韻有「麇」字「丘尹切」，義為「束縛」，這個字不見於《玉篇》和《類篇》，疑即「䊴」字，《玉篇·糸部》「䊴丘隕切，束縛」；《集韻》「䊴渠隕切，《博雅》束也」；敦煌本和故宮本王仁昫《切韻》都有「麇丘隕反，束縛一」一條；因此我們知道「縻」和「麇」都是「䊴」字的形訛，「丘尹切」本是由「丘隕反」所修改，照王仁昫的反切來講，軫韻不應該在準韻以外另有合口。所以我們對於《廣韻》真韻的「麏、囷、贇、筠」，軫韻的「窘、隕」，震韻的「呁」等都算是諄部，並不另分一類。至于「敏」字借用「隕」字作切，那祇是因為脣音聲母的混亂，從它不變輕脣一點來看，我覺得它還應當屬于開口。假使沒有王一和王二兩種殘卷作參證，恐怕因為這個字的牽涉，我們就不敢下確定的斷案了。

第四、《切韻》冬韻裏的恭蜙樅等字是否從孫愐《唐韻》起就改入鍾韻？

《廣韻》鍾韻有「縱蹤蹤豵樅磫豵熧赹」九字「即容切」，「恭龔供珙邛共哄㭟髸鴆」十字「九容切」，「蜙淞凇鬆倯憽」六字「息恭切」，「樅鏦從瞛縱瑽摐樅縱赹鬆趤」十二字「七恭切」「銎篘」二字「曲恭切」，且於恭字下注云：「陸以恭蜙縱（字當作樅）等入冬韻非也。」有人以為；大徐本《說文》恭俱容切，縱即容切，蜙息恭切皆在鍾韻，徐鍇《說文篆韻譜》裏恭蜙二字也在鍾韻，縱字在用韻；大徐《說文》既然用孫愐音，那麼，把這些字從冬韻改入鍾韻，當然也始於孫愐了。不過在「切二」「王二」和五代刊本裏「恭蜙樅」諸紐都屬於冬韻而不屬於鍾韻，「縱蹤豵熧」諸字卻本來就在鍾韻裏頭。那麼，從五代刊本來推斷，可知這種修改當然不會很早；況且《說文篆韻譜》所據的《唐韻》平聲齊韻後沒有移韻，入聲沒韻後沒有曷韻，又拿聿當作術韻，也顯然和孫愐的《唐韻》不同。所以，這種修改是否始於孫愐恐怕很難確定。在孫愐《唐韻》的平聲殘卷沒有發現以前，我們祇能承認這是五代刊本以後的現象。

以上幾個例，不過是隨便摭拾，聊舉一隅罷了。我相信讀書得間的人一定還會觸類引申，發現許多前人所沒有提出的問題。所以這部書的功用，不是給從前研究切韻的人作結束，而是給以後研究切韻的人作引端；希望善於運用材料的讀者能夠從這一批東西裏對於隋唐音系更有進一步的新創獲！

這部書的編輯計畫完全是由劉半農先生擬定。最初所收集的材料只有三種《切韻》殘卷，兩種王仁昫《刊謬補缺切韻》和唐人寫本《唐韻》，五代刊本切韻，古逸叢書本《廣韻》，所以定名為《八韻比》。凡是已有景印本或刻本的都拿原書來翦貼。從二十一年十月至十二月由蔣經邦郁泰然領導周殿福吳永淇郝墀依照這種計畫把初稿貼鈔竣事。後來因為行款參差，既不美觀，又不便對照，所以二十二年春季才改用現在的編法，除《廣韻》用原書翦貼外，其餘的都照擬定的格式另鈔，不拘原來行款，書名也改作《八韻彙編》。秋季又由魏建功先生提議加入西域考古圖譜和德國普魯士學士院的《切韻》斷片各一種，於是再由《八韻彙編》正名為《十韻彙編》。計自二十二年秋季到次年夏季，前後參與校繕工作的有郁泰然，孫琳，晉笙，吳永淇諸君。同時又由吳世拱用宋巾箱本、澤存堂本、符山堂本、曹楝亭本和段玉裁手校本的《廣韻》來……對校古逸叢書本的缺誤，作成《廣韻校勘記》，附錄在各韻的末尾。至於總目和目一目二三種是二十三年由周殿福吳永淇編錄的。到我來北平的時候，除去目二和《廣韻校勘記》還沒清繕，敘例還需要補充外，全書的大部分都已竟完成了。綜計起來，這部書從開始到完成一共經過兩年有半，凡三易其稿，參與工作的前後共有八人，而始終其事則為郁泰然、周殿福、吳永淇三君，尤以周君致力獨多。至於我自己，除去補擬凡例以外，並沒有甚麼貢獻。現在全書既然印成，我祇把編輯這部書的旨趣，功用和經過，略述如上。關於韻書的體製和源流，材料的來源和系統，魏建功先生的序裏已然說的很詳細；各種寫本和唐代諸家韻書的關係，時賢也有不少的揣測；我在這裏恕不一一贅敘了。

中華民國二十四年十月十二日羅常培序於北京大學文科研究所語音樂律實驗室。

《十韻彙編·魏序》摘錄

「見知現存殘缺中古韻書提要」：

甲、國內傳存的：

一、唐寫本唐韻一種　　吳縣蔣斧藏

國粹學報館影印本

清光緒三十四年二月晦（1908.3.31）蔣斧由羅振玉的介紹從北京琉璃廠書鋪裏得著了這書。後來國粹學報館影印發行。全書四十四葉，每葉二十三行，每行都有烏絲欄為界字數不一，（大字約十六七小字約二十六七。）祇存去聲（有缺）入聲兩卷。入聲題稱「唐韻」。這是唐時白麻紙的「冊子」本，紙的大小據蔣氏跋云：「高慮俿尺一尺一寸七分，寬一尺七寸五分。」每卷之首列韻目；（入聲之首可證。）韻中目字以朱筆書寫，韻次數字記在闌外上眉，與韻目字同行；韻與韻間或提行頂格寫，或不提行但空格寫。

韻中每紐字數在每紐第十字訓解反切之下註明；有時作「幾」加「幾」，是前數為原有的，後數為增加的。紐與紐間無標識。冊中印記都是宋明人，沒有清代的，蔣斧云：『此冊為都門故家舊藏；冊中有「宣和」「御府」二印「鮮于」一印，「晉府」及「項子京」諸印，柯丹丘觀款一行，杜檉居詩一首，無本朝人一跋一印，蓋自入晉府以後即未嘗寓賞鑒家之目矣。』王國維有書後，以為是孫愐書，否認蔣斧陸法言切韻原本及長孫訥言初箋注本之說，凡舉八證。書中所存韻目如次：（闕的加方括弧）

去聲	入聲
〔一送〕	一屋
〔二宋〕	二沃
〔三腫〕（新雄案腫疑為用之訛）	三燭
〔四絳〕	四覺
〔五寘〕	
〔六至〕	
〔七志〕	
八未	
九御	
十遇	
十一暮	
十二泰	
十三霽	
十四祭	
十五卦	

十六怪

十七夬

十八隊

十九代（存大半）

〔二十廢〕

〔二十一震〕

〔二十二稕〕

〔二十三問〕

〔二十四焮〕

二十五願（存小半）

二十六慁

二十七恨

二十八翰

二十九換

三十諫

三十一襇

三十二霰

三十三線

三十四嘯

三十五笑

三十六效

三十七號

三十八箇

五質

六術

七物

八櫛

九迄

十月

十一沒

十二曷

十三末

十四黠

十五鎋

十六屑

十七薛

三十九過	
四十禡	
四十一勘	
四十二闞	
四十三漾	
四十四宕	
四十五敬	
四十六諍	
四十七勁	
四十八徑	十八錫
	十九昔
	二十麥
	二十一陌
	二十二合
	二十三盇
四十九宥	
五十候	
五十一幼	
五十二沁	
	二十四洽
	二十五狎
五十三豔	二十六葉
五十四桥	二十七怗
	二十八緝

	二十九藥
	三十鐸
五十五證	三十一職
五十六嶝	三十二德
五十七陷	
五十八鑑	
	三十三業
五十九梵	三十四乏

二、唐寫本刊謬補缺切韻一種　　國立北平故宮博物院藏

北平延光室攝影本　　　　上虞羅氏印秀水唐蘭寫本

這部書因為歸入書畫範圍而得保存，直到十四五年前羅振玉王國維等在清室整理書籍才發現，後來有延光室攝影傳流，唐蘭仿照原款式手寫一通由羅氏印行。紙質大小尺寸要等故宮博物院影印原狀之議實現時才能明白。原件現在裝潢成冊頁，計三十八葉，每葉二十九行，每行有界闌疑是朱絲，字數不一，大約大字在二十六至三十之間，平上去入分五卷，而平上各有殘缺，計：

平聲上存前九韻，七葉；

平聲下存後二十一韻，七葉；

上聲存前十八韻，五葉；後九韻帶零，一葉十行；（十行與去聲相連接。）

去聲全部完整，七葉四十行；（首十九行與上聲相連接為一葉，尾二十一行與入聲相連接為一葉。）

入聲全部完整，九葉八行。（八行與去聲相連接為一葉。）

最初是「卷子」還是「冊子」本，無從知道。若是卷子，依現

存情形可以看出每卷的分量大抵是二百九十行，長度就是連接今本同樣大小的十葉的總長；殘缺部分應該是平聲上下各缺今本同樣大小的三葉，上聲缺與今本同樣大小的三葉。（去聲較少卷中當有餘地約四十七行；入聲正十葉。）書首題名「刊謬補缺切韻」，下注「朝議郎行衢州信安縣尉王仁昫撰」。次行題「前德州司戶參軍長孫訥言注」，又「承奉郎行江夏縣主簿裴務齊正字」。今通稱「故宮本王仁昫題」。載王仁昫序，次長孫訥言序，次列字樣，次為本韻正書；王序之前詳記全書「卷」「韻」「紐」「字」四事：

一、四聲五卷；

二、大韻總有一百七十五；

三、小韻三千六百七十一；（二千一百廿韻清，一千五百五十一韻濁）已上都加二百六十五韻；

四、凡六萬四千四百廿三。（言舊二万二千七百廿三言，新加二万八千九百言）

所謂「四聲五卷」，是平聲分上下卷，而韻目數次並不另自起訖。（下平所存自三十四豪起）所謂「大韻」，即是韻部。所謂「小韻」，即是韻中各紐。所計「言」數，即是書中字數。每卷首列韻目，韻中目字以朱筆書寫，韻次數字墨筆記在上眉，與韻目字平行；韻與韻間，平聲上下和上聲上半都是提行頂格寫，而上聲下半及去入二聲就不一定，也有不提行但空格寫的。韻中每組字數在每紐第一字訓解反切之下注明；祇有平聲上的部分有時作「幾」加「幾」，前即舊有，後是新加。紐與紐間，加朱點分別。如果從這些例上來說，本書很像不是王仁昫的著述。書名下本有注道：

刊謬者謂刊正訛謬；

補缺者加字及訓。

平聲上韻目二冬八脂十八真十九臻下都注有取舍呂靜夏侯詠陽休之李季節杜臺卿分合標準之處，上去入就沒有了。至少這合於「刊」「補」條件的才是王仁昫的。王國維有書後以為：王仁昫書以「刊謬補缺」為名，對於陸法言次序大約沒有什麼改動，這個本子「蓋為寫書者所亂，非其朔也。」王仁昫序裏自述做書的緣起，因江東南道巡察黜陟大使侍御史平侯口嗣先（姓待考）到信安縣，見了仁昫所著字樣音注律（？）（原有律等二字，文理似應屬上而不識為一書名否。）很加讚賞，又勸他把陸法言切韻加以刊正增加，所以他就「沐承高旨，課率下愚，謹依切韻增加，亦各隨韻注訓，仍於韻目具數。」（序中語）敦煌出另一本，還能見到刊正陸書的地方，拿來與本書比勘，詳略同異又有出入。如那本上歌韻鞾字下說，「陸無反語，何口誣於今古，」這本上有「希波反」；那本上止韻汜字下云，「陸訓不當故不錄」，這本上的訓注與那本相近而較略；那本上范韻范下注「符凵反，人姓，又草，陸無反語，取凡之上聲，失，」字數三，這本上正作「無反語，取凡之上聲」，而又云「亦得符凵反，說文作從水，又姓也」，字數六；那本上广韻广下注「虞俺反，陸無此韻目，失」，這本上有广韻目，並作「魚儉反」；那本上遇韻足字下說，「案緅字陸以子句反之，此足字又以即具反之，音既無別，故併足」，這本上正是緅字子句反，足字即具反，兩字分紐；那本上屑韻凸字下注，「陸云高起，字書無此字，陸入切韻，何考研之不當。」這本上正無凸字；那本上洽韻凹字下注，「下，或作容，正作㾤，案凹無所從，傷俗尤甚，名之切韻，誠曰典音，陸採編之，故詳其失」，這本上也收了凹字，注「下也，亦窖。」這樣看來，這本當是參合陸王兩書的混合本了。這部書韻中紐與紐之間都用點子隔開。唐寫本唐韻線韻颯字注「陸無訓義」證韻瞪字注「陸本作眙」麥韻鰯字注「陸入格韻」，這本裏，颯有訓義，瞪正作眙，有「格」韻而無「鰯」字。宋《廣韻》鍾韻注恭紐注「陸以恭蜙縱等入冬韻非也，」這本裏正在冬韻。這都足以證明這本書是陸王混合，而於韻目次第的特別尤可注意。由上面說的幾點不過顯出非陸亦非王，但是四聲韻目次序大體相貫自成系統，就有它的自身價值，雖然內容是混合的。其目如次：

平聲上	上聲	去聲	入聲
一東	一董	一凍	一屋
二冬		二宋	二沃
三鍾	二腫	三腫 （疑用之誤）	三燭
四江	三講	四絳	四覺
五陽	四養	五樣	五藥
六唐	五蕩	六宕	六鐸
七支	六紙	七寘	
八脂	七旨	八至	
九之	八止	九至	
〔十微〕（目存而書亡的）	九尾	十未	
〔十一魚〕	十語	十一御	
〔十二虞〕	十一麌	十二遇	
〔十三模〕	十二姥	十三暮	

〔十四齊〕	十三薺	十四霽	
		十五祭	
		十六泰	
〔十五皆〕	十四駭	十七界	
		十八夬	
		十九廢	
〔十六灰〕	十五賄	二十誨	
〔十七臺〕	十六待	二十一代	
〔十八真〕	十七軫	二十二震	七質
〔十九臻〕			八櫛
〔二十文〕	十八吻	二十三問	九物
〔二十一斤〕	十九謹	二十四靳	十訖
〔二十二登〕	二十等	二十五磴	十一德
〔二十三寒〕	二十一旱	二十六翰	十二褐
			十三黠
〔二十四魂〕	二十二混	二十七慁	十四紇
〔二十五痕〕	二十三佷	二十八恨	
平聲下			
二十六口	二十四銑	二十九霰	十五屑
二十七口	二十五獮	三十線	十六薛
二十八口	二十六潸	三十一訕	
二十九口	二十七產	三十二襉	十七鎋鎋
三十口	二十八阮	三十三願	十八月
三十一口	二十九篠	三十四嘯	

三十二口	三十小	三十五笑	
三十三口	三十一絞	三十六教	
三十四豪	三十二晧	三十七號	
三十五庚	三十三梗	三十八更	十九隔
三十六耕	三十四耿	三十九諍	
三十七清	三十五請	四十清	
三十八冥	三十六茗	四十一暝	二十覓
三十九歌	三十七哿	四十二箇	
四十佳	三十八解	四十三懈	
四十一麻	三十九馬	四十四禡	
四十二侵	四十寑	四十五沁	二十一緝
四十三蒸	四十一拯	四十六證	二十二職
四十四尤	四十二有	四十七宥	
四十五侯	四十三厚	四十八候	
四十六幽	四十四黝	四十九幼	
四十七鹽	四十五琰	五十豔	二十三葉
四十八添	四十六忝	五十一㮇	二十四怗
四十九覃	四十七禫	五十二醰	二十五沓
五十談	四十八淡	五十三闞	二十六蹋
五十一咸	四十九減	五十四陷	二十七洽
五十二銜	五十檻	五十五鑑	二十八狎
			二十九格
			三十昔
五十三嚴	五十一广	五十六嚴	三十一業

五十四凡　　　　　　　五十二范　五十七梵　三十二乏

乙、國外流散的：

三、五代刻本切韻若干種　　法國巴黎國家圖書館藏

攝影本

葉德輝書林清話一，「刻板盛於五代」條末了說：

光緒庚子（1900）甘肅敦煌鳴沙山石室出唐韻切韻二種，為五代細書小版刊本，惜為法人伯希和所收，今已入巴黎圖書館。吾國失此瑰寶，豈非守土者之過歟？原注「載羅振玉鳴沙山石室祕錄。」王國維跋手寫切韻殘卷末段說：光緒戊申（1908）余晤法國伯希和教授於京師，始知伯君所得敦煌古書中有五代刻本切韻。嗣聞英國斯坦因博士所得者更為完善，尚未知有唐寫本也。羅氏祕錄是記述與伯希和問答之詞，想與王氏見伯希和同時，他們祇是聽伯希和說，並未得見原物。伯希和自編敦煌將來目錄，羅福萇譯本裏有切韻唐韻而無寫本或刻本情狀的注共四號：

二零一四　切韻殘九紙

二零一五　切韻殘三紙

二零一九　唐韻

二六三八　背唐韻

我國在倫敦藝術展覽（一九三五年十一月開幕），法國參加，由伯希和選定敦煌古籍十七種，天津大公報（二十四年十月六日）第一萬一千六百零三號，巴黎通訊載其詳目，內有二零一四、二零一五兩號：二六六六（藝展陳列號碼）二零一四（伯希和號碼）大唐刊謬闕切韻刻本，僅選兩葉與會。

第一葉：上半面高 24c.m.寬 19c.m.；

下半面高 24c.m.寬 18c.m.。

上半面韻目數字為印字朱色；

下半面則印字黑色。

末標「大唐刊謬補闕切韻一部」一行。

第二葉：僅半面印字，高 24c.m.，寬 27c.m.，韻目數為用朱筆寫。

二六六七（藝展陳列號碼）二零一五（伯希和號碼）切韻刻本，亦僅選兩葉與會。

第一葉：高 24c.m.寬 44c.m.，韻目數字朱印。

第二葉：高 24c.m.寬 43c.m.韻目數字朱書。

記者在二〇一四號下云：「是書為唐王仁昫撰，書名上標『大唐』兩字，則為唐代可知也。」伯氏珍拱這刻本韻書，不輕示人的情形，於此可見。十九年（1930）北平市中忽發現攝影韻書十六葉，展轉為我們所得，檢視印記有「國家圖書館」（Bibliotheque Nationale）「鈔本書」（Manuscrits）「Don4502」相紐的圖章，我們知道這該是國人想望了三十年的五代刻本韻書了！攝影是十六葉，而且又沒有半個字可以找出是什麼人的什麼韻書。我們在伯希和目錄中可無法找出一種刻本韻書的記載，我們衹有憑智慧去分析這十六葉攝影。我在北京大學國學季刊三卷一號上發表過一篇冥中摸索的考證。（唐宋兩系韻書體制的演變）現在由這段通訊裏指示出我們從刻板形式上獲得了暗合事實的結果。我把十六葉分別成甲乙丙丁戊五組：

大字的六葉：乙、丙、戊。

小字的十葉：甲、丁。

照這通訊上的話，大字的就是二零一五號的切韻，小字的就是二零一四號的刊謬補闕切韻。我之分析五紐由於韻目的討論，近來再細看影片，小字本上隱約找出了 2014 號碼的痕跡，大字上隱約找出了 2015 號碼的痕跡，可是並不想再有什麼具體結論的表示。照伯希和目錄，2014 是九紙，我們得到十張影片，我細看原件應是七紙，所以我們還少二紙，而「刊謬補闕切韻」的名目就未憑空結撰出來了。照伯氏目錄 2015 是三紙，他寫切韻，是否也有一個刻著「切韻」的原件，自是問題；並且依我看六張影片的原件卻又該是四紙，這更是問題。關於這些刻本原狀不明瞭，我想不加懸揣。十六葉的體製已詳國學季刊中。現在就通訊社所寫，略記疑點：2014「大唐刊謬補闕切韻」題字是一張末葉，我們不能必斷是王仁昫無疑。故宮本王仁昫韻祇寫「切韻」，敦煌掇瑣本王仁昫韻都寫「刊謬補闕切韻」，體制原不一定。後人復刻前代的書並不改字，澤存堂刻廣韻依然題「大宋重修廣韻」，有「大唐」字樣還可以有五代刻的可能。隋唐韻書作者蜂起，名稱相襲相重的屢見不一，我們不能因為知道王仁昫有刊謬補闕之作，遇有刊謬補闕的就給王仁昫遇缺即補。故宮本王韻與敦煌本掇瑣本王韻不相同，這刻本也不與那兩本相同。第一宣韻不是兩個王韻裏有的；第二鹽韻五十一的次第不是王韻的系統；第三宣韻三十三和鹽韻五十一排不連攏；第四三十五豪影片注 2014(8)與注 2014(5)的肴韻殘葉影片確係同板的兩張印本，然則 2014 總號下的各紙必是從書的形式上的觀察集合起許多殘葉來的了；從這四點上看，我們反不敢說什麼肯定的話了。（通訊未載韻目名稱，也很覺可惜！）

這樣，我們姑且說刻本韻書是兩種，還期待材料更充分的得到，好細加討研。兩種所存韻目韻次如次：

〔二零一四〕

一東（殘損鈔配刻印相連）

二冬（鈔配接一東下缺尾）

兩韻原件一紙，2014(3)影片二紙。

九魚（殘損存八行下段）

十虞（存十一行接魚韻）

原件一紙，2014(4)與(3)殘損邊廓相同，影片一紙。

三十仙（殘損存十行上段二全行）

三十一宣（損二三字）

三十二蕭（存二字）

三十三（宵）（缺僅存三個半邊字）

三十四肴（首數字缺）

三十五豪（存七行）

原件二紙 2014(5)及(8)影片四紙。

五十侵（存一行又三字）

五十一鹽（存十二行）

原件一紙，2014(9)，影片一紙。

二十三旱（存一行又四字）

二十四緩

二十五潸

二十六產二十七銑（存二行末損）

原件一紙，2014(2)，影片一紙。

〔二零一五〕

一東（殘損存十數字）

二冬

三鍾（末有三板字樣）

原件一紙，2015(3)，影片一紙。

十二齊（十九行又五字）

十三佳（六行）

十四皆（六行）

十五灰（三行末有十一板字樣）

原件一紙，三十四行，最完整，2015(2)，影片二紙。

二十五盍（三行）

二十六洽（九行）

二十七狎（五行半）

二十八葉（十五行半）

二十九怗（一行）

原件一紙，2015(1)又記 2011(5)影片二紙。

三十三職（損六行又半及二字）

三十四德（存九行二行有缺下損）

原件一紙，2015(1)重，影片二紙。

四、唐寫本切韻殘卷三種　　法國巴黎國家圖書館藏

王國維手寫石印本

伯希和敦煌書目明載為韻書的，二零一四，二零一五以外有二零一九，二六八三都記著是「唐韻」，並沒有這寫本切韻；倫敦博物館藏敦煌書目裏也出查不出；——當然，我們所知的目錄本是羅福萇氏苦心孤詣會最寫成的，難得全備。王國維光緒戊申時晤見伯

希和，只知道伯氏得到五代刻本切韻，終他之身沒有能寓目；後來又聽說斯坦因得著的還要完善，那就迄至今日國人都沒有見著了。唐寫本呢，王氏起初並不知道；在民國初年伯希和寄了許多古書攝影給羅振玉王國維，韻書不在內；等民七八之間，羅王先後寫信向伯希和指明了要求這寫本的攝影，到民十秋季才寄到了天津。當時王氏在上海費了二十三天工夫鈔寫成了，（1921.10.1 至 23）並且加以考跋，（同年 12 月 8 日脫稿）石印問世。（見王跋）這是我們近年學者藉資論據而通稱的「王寫切殘一、二、三」三本。原本情形無從說起，但由王本略敘一二。

第一種存上聲十一韻，四十五行，下段間有損缺，損缺形式行款數目對稱，疑是「葉子」本兩面書寫的；（參看西域考古圖唐寫本《唐韻》條）計：

海韻，三行半截；

軫韻，三行半截，遞為增長；又，四行整行；又，一行末尾，作整行計；

吻韻，二行半截；

隱韻，二行半截；

阮韻，六行半截；

混韻，一行半截長；

又，四行整行；

又，一行末尾，作整行計；

佷韻，一行半截；

旱韻，四行半截；

又，二行整行；（次行下略缺）

又，一行末尾，作整行計；

潸韻，二行整行；

又，一行末尾，作整行計；

產韻，三行整行；

又，一行末尾，作整行計；

銑韻，三行半截；

我很覺得，從軫韻五行向前是一面，從軫韻六行向後到阮韻一行是一面，從阮韻二行向後到混韻三行是一面，混韻四行向後到旱韻四行是一面；從旱韻五行向後到產韻二行是一面，從產韻三行向後是一面，那就是三葉。這種，韻目字多半提行高一格寫，不注數次每紐有點標記，訓註簡單，往往單註反切和字數。王國維考訂以為是陸氏原本，並論字跡定作初唐寫本。

第二種存平聲九韻，一百六十九行，每行約大字二十一二字。首行題「切韻序，陸法言撰。」次行題「伯加千一字。」次陸序，序尾緊接長孫訥言序，下又接「切韻弟一，平聲上廿六韻」韻目。韻中連錄各韻，但記數次，無點式及提行諸式。每紐先注反切，字數後注訓解，及先注訓解後注反切字數，兩法並用，而前者為多。通常字多不訓，但注反切，又字數有作「幾」加「幾」的。王國維考訂以為長孫訥言箋注本，舉長孫序語『又加六百字用補闕遺，其雜口並為訓解，凡稱「案」者，俱非舊說』，與韻中新加字及案語為證；論字跡定作開元天寶間寫本。

第三種存平上入三聲四卷。平聲上首殘缺：東冬二韻全無，鍾存三行殘，江存四行殘，支存十六行殘四行全，脂以下不缺。入聲後五韻缺。其餘間有損缺，或者有些是鈔寫時因為漫漶缺錄的，計十八臻，十五清，二十侵，二十一鹽，四十一有，四十二厚，一屋，二十一盍，二十二洽諸韻。每韻卷首題「切韻」，韻目及韻中情形和第二種大略相同而有些不全同：

注解在反切前；

字數不注明增加；

有增加字同於第二種而不注新加，但尚有十五個字注明；

第二種的案語刪而未盡，未刪案語全與第二種同。

王國維考訂以為節鈔長孫箋注本，字跡時代與第二種同。

三種原寄攝影五十三紙，見王氏寫畢題記。所存韻目，王氏據以考知陸法言韻與《唐韻》

廣韻有別。茲為列目：（阿拉伯碼分注所據三本）

平聲上	上聲	入聲
一東 2	一董 3	一屋 3
二冬 2		二沃 3
三鍾 2	二腫 3	三燭 3
四江 2	三講 3	四覺 3
五支 2,3	四紙 3	
六脂 2,3	五旨 3	
七之 2,3	六止 3	
八微 2,3	七尾 3	
九魚 2,3	八語 3	
十虞 2,3	九麌 3	
十一模 2,3	十姥 3	
十二齊 2,3	十一薺 3	

十三佳 2,3	十二蟹 3	
十四皆 2,3	十三駭 3	
十五灰 2,3	十四賄 3	
十六咍 2,3	十五海 1,3	
十七真 2,3	十六軫 1,3	五質 3
		六物 3
十八臻 2,3		七櫛 3
十九文 2,3	十七吻 1,3	
二十殷 2,3	十八隱 1,3	八迄 3
二十一元 2,3	十九阮 1,3	九月 3
二十二魂 2,3	二十混 1,3	十沒 3
二十三痕 2,3	二十一佷 1,3	
二十四寒 2,3	二十二旱 1,3	十一末 3
二十五刪 2,3	二十三潸 1,3	十二黠 3
二十六山 2,3	二十四産 1,3	十三鎋 3
平聲下		
一先 3	二十五銑 1,3	十四屑 3
二仙 3	二十六獮 3	十五薛 3
三蕭 3	二十七篠 3	
四宵 3	二十八小 3	
五肴 3	二十九巧 3	
六豪 3	三十晧 3	
七歌 3	三十一哿 3	
八麻 3	三十二馬 3	

九覃 3	三十三感 3	
十談 3	三十四敢 3	
十一陽 3	三十五養 3	
十二唐 3	三十六蕩 3	
十三庚 3	三十七梗 3	
十四耕 3	三十八耿 3	
十五清 3	三十九靜 3	
十六青 3	四十迥 3	十六錫 3
		十七昔 3
		十八麥 3
		十九陌 3
		二十合 3
		二十一盍 3
		二十二洽 3
		二十三狎 3
十七尤 3	四十一有 3	
十八侯 3	四十二厚 3	
十九幽 3	四十三黝 3	
二十侵 3	四十四寑 3	
二十一鹽 3	四十五琰 3	二十四葉 3
二十二添 3	四十六忝 3	二十五怗 3
		二十六緝 3
		二十七藥 3
		二十八鐸 3

二十三蒸 3	四十七拯 3	二十九職 3
二十四登 3	四十八等 3	三十德 3
二十五咸 3	四十九豏 3	
二十六銜 3	五十檻 3	
二十七嚴 3		三十一業 3
二十八凡 3	五十一范 3	三十二乏 3

原件好像是在倫敦，記得二十二年歲杪伯希和來中國的時候，曾經對我說是斯坦因的照片，他轉送給王氏的。附記待考。

五、唐寫本王仁昫刊謬補缺切韻一種　　法國巴黎國家圖書館藏　劉復敦煌掇瑣刻本

敦煌掇瑣下輯 101，收刻伯希和敦煌書目 2011 號唐寫本韻書一種。羅福萇所輯譯目裏 2011 是寫的殘地志注「損甚」。劉復博士留法的時候，親自鈔錄回來，注明原號，當憑他作準。大約這些古寫本到了國外，經過許多次整理，難免沒有變動原狀的情形，所以同是 2011 號，既有此書，又有前列刻本韻書零頁。據掇瑣目說，原書殘存四十二斷片，但沒有詳記情狀。記得我借觀劉先生的鈔本，那裏是記著「某頁正面」和「某頁反面」的。大約有二十來頁，這四十二斷片該是二十一張「葉子」吧？我照掇瑣注的頁數起訖查過行數，最多是三十六行。每行字數不定，書存五卷，而都有損殘，首尾最壞。每卷首加韻目，末計韻數，詳註增音添字情形，題「朝議郎行衢州信安縣尉王仁昫字德溫新撰定。」書與故宮本不同韻目與王國維寫三殘卷同；目下注呂靜夏侯詠陽休之李季節杜臺卿五家分合情形，及依違之處，故宮本但平聲上有。王國維跋故宮本時，以為是陸法言切韻原本中所有的；這本裏還有說陸法言的，

所以知道是王仁昫的話。我曾經根據這些注語做過五家韻目考，載國學季刊。韻中每韻都提行起頭，不注韻次，每紐有點標識。（是否朱筆待問）這部韻書的序已不存，想來故宮本那部韻序該是據這派書鈔錄的。在前故宮本下已錄這書中刊正陸法言的注文八處；還有兩處，因故宮本缺佚未曾寫出，在這裏補錄：

隱韻蒼字下云：瓢，酒器，婚禮所用。陸訓巹敬字為蒼瓢字，俗行大失！阮韻言字下云：語偃反。言言脣急。陸氏載此言言二字列於切韻，事不稽古，便涉字袄！留不刪除，庶覽者之鑒詳其謬。王寫切一切三隱韻巹字下注正云，「瓢，酒器，婚禮用。」《廣韻》就將巹蒼合為一字了。王寫切三阮韻正收言言二字，「言語偃反；言，言言，脣急，去偃反。」《廣韻》承襲下來。有一點很有趣；《唐韻》（蔣本）殘本裏記的陸韻三處，在王寫切殘，故宮本，以及這本裏互有異同，我們一看就明白，究竟陸本原來面目與那種比較相近了。

唐韻	切殘	故宮本	敦煌本
颷（線韻）「陸無訓義」。	缺	「風氣再颿穀」	缺
瞪（證韻）「陸本作眙」。	缺	眙，「又作瞪」。	眙
鬲（麥韻）「陸入格韻」。	陌韻格紐下（切三）。	正有格韻，相當陌韻；又有隔韻，相當麥韻；鬲在格韻	缺

我們不能不注意陸韻韻目和唐人韻目有無同異，那麼這本韻目

下面的注字既和故宮本平聲相應，而故宮本入聲之有格韻，又與唐韻講的陸韻相合，王陸混合之跡更加顯明；然則唐人韻目是否已有變化，不問可知。現在在王仁眴的韻目下面看到取捨分合的注，我們說王仁眴韻目同於陸氏，又安知不是改自王氏呢？五代刻本中間有「大唐刊謬補缺切韻」一頁，便是那小字本有「宣」韻的那一種；現在和這本對看，第十七頁上的二十八個韻目裏「先」「仙」之後並無「宣」韻目，第八九兩頁上「仙」韻特別完全也沒有把「宣」字獨立起來。那本的宣韻第三十一該是連了平聲上數的，依照這本上去韻目看，宣韻排不到三十一，「宣」排到三十一的次第，要有「諄」「桓」韻才對，上聲便要有「準」「緩」「選」，去聲也要有「稕」「換」，這本裏是都沒有的。那小字本還有一頁「鹽」韻排在五十一，看來應是和三十一宣的韻目相關，由「宣」向後到「歌」後加「戈」，再數到「鹽」正得五十一；不然，像我曾經解釋過的在「齊」韻後出「移」韻，再加「諄」「桓」「戈」，數到鹽也正得五十一；前一說法「宣」韻是李舟韻徵，後一說法「移」韻是孫愐韻徵。最近巴黎通訊，（大公報載）記者惜乎沒有告訴我們是些什麼韻目，尤其是與「大唐刊謬補缺切韻」題字同頁的韻字和他所屬的韻目。如果這題字無王仁眴名，而竟是與「宣」「鹽」兩韻的相關，我們也許可以添出幾種假設：

刊謬補缺切韻也許不止王仁眴一種；

孫愐或李舟書也許有刊謬補缺之名；

或許別有像故宮本混合意味的韻書叫刊謬補缺。

所最可疑的就是有題字的一頁恐怕原來不與這些小字本相合。那麼，這王仁眴韻才或許有與那頁題字的一種的可能。這本韻目和所注各家分合以及新舊字數，還很有可研究的地方，錄之如次：（以韻目和正文相參寫定，凡根本殘缺的但列韻目，外加括弧。）

平聲	上聲	去聲	入聲
一〔東〕	一董（多動反）	一送（蘇弄反）	一屋（烏谷反）
二〔冬〕		二宋（蘇統反）	二沃（烏酷反）
三〔鍾〕	二腫（之隴反）	三用（余共反）	三燭（之欲反）
四〔江〕	三講（古項反）	四絳（古巷反）	四覺（古嶽反）
五〔支〕（存字）	四紙（諸氏反）	五寘（支義反）	
六〔脂〕	五旨（職雉反）	六至（脂利反）	
七〔之〕（存字）	六止（諸市反）	七志（之吏反）	
八〔微〕（存字）	七尾（無匪反）	八未（無沸反）	
九魚（語居反）	八語（魚舉反）	九御（魚據反）	
十〔虞〕（存字）	九麌（魚矩反）	十遇（虞樹反）	
十一模（莫胡反）	十姥（莫補反）	十一暮（莫故反）	
十二泰（他蓋反）			
十二齊（徂嵇反）	十一薺（徂禮反）	十三霽（子計反）	
十四祭（子例			

反）			
十三〔佳〕	十二蟹（鞋買反）	十五卦（古賣反）	
十四〔皆〕（存字）	十三駭（諧揩反）	十六怪（古懷反）	
		十七〔夬〕	
十五灰（呼恢反）	十四賄（呼猥反）	十八隊（徒對反）	
十六咍（呼來反）	十五海（呼改反）	十九代（徒戴反）	
		二十廢（方肺反）	
十七〔真〕	十六軫（之忍反）	二十一〔震〕	五質（之日反）
十八〔臻〕			
十九〔文〕	十七吻（武粉反）	二十二問（無運反）	六物（無弗反）
			七櫛（阻瑟反）
二十〔殷〕	十八隱（於謹反）	二十三焮（許靳反）	八迄（許訖反）
二十一〔元〕	十九阮（虞遠反）	二十四願（魚怨反）	九月（魚厥反）
二十二〔魂〕	二十混（胡本反）	二十五慁（胡困反）	十沒（莫勃反）

二十三〔痕〕	二十一很（痕懇反）	二十六恨（胡艮反）	
二十四〔寒〕	二十二旱（胡滿反）	二十七翰（胡旦反）	十一末（莫割反）
二十五〔刪〕	二十三潸（數板反）	二十八諫（古晏反）	十二黠（胡八反）
二十六〔山〕	二十四產（所簡反）	二十九〔襉〕（存字）	十三鎋（胡瞎反）

平聲下

二十七先（蘇前反）	二十五銑（蘇典反）	三十霰（蘇見反）	十四屑（先結反）
二十八仙（相然反）	二十六獮（息淺反）	三十一線（私箭反）	十五薛（私列反）
二十九蕭（蘇彫反）	二十七篠（蘇鳥反）	三十二嘯（私弔反）	
三十宵（相焦反）	二十八小（私兆反）	三十三笑（私妙反）	
三十一〔肴〕（存字）	二十九巧（苦絞反）	三十四效（胡教反）	
三十二豪（胡刀反）	三十皓（胡老反）	三十五號（胡到反）	
三十三歌（古俄反）	三十一哿（古我反）	三十六箇（古賀反）	
三十四麻（莫霞	三十二馬（莫下	三十七禡（莫駕	

反）	反）	反）	
三十五覃（徒含反）	三十三感（古禫反）	三十八勘（苦紺反）	
三十六談（徒甘反）	三十四敢（古覽反）	三十九闞（苦濫反）	
三十七陽（與章反）	三十五養（餘兩反）	四十漾（餘亮反）	
三十八唐（徒郎反）	三十六蕩（堂朗反）	四十一宕（杜浪反）	
三十九庚（古行反）	三十七〔梗〕	四十二敬（居命反）	
四十耕（古莖反）	三十八〔耿〕（古幸反、目存）	四十三諍（側迸反）	
四十一清（七清反）	三十九靜（疾郢反）	四十四勁（居盛反）	
四十二青（倉經反）	四十迥（戶鼎反）	四十五徑（古定反）	十六錫（先擊反）
			十七昔（私積反）
			十八麥（莫獲反）
			十九陌（莫白反）

			二十合（胡閤反）
			二十一〔盍〕（存字）
			二十二洽（侯夾反）
			二十三狎（胡甲反）
四十三尤（雨求反）	四十一〔有〕（存字）	四十六宥（尤救反）	
四十四侯（胡溝反）	四十二厚（胡口反）	四十七候（胡遘反）	
四十五幽（於虬反）	四十三黝（於糾反）	四十八幼（伊謬反）	
四十六侵（七林反）	四十四寑（七稔反）	四十九沁（七鴆反）	
四十七鹽（余廉反）	四十五琰（以冉反）	五十豔（以贍反）	二十四葉（與涉反）
四十八添（他兼反）	四十六忝（他點反）	五十一㮇（他念反）	二十五〔怗〕
			二十六〔緝〕
四十九蒸（諸膺反）	四十七拯（蒸上聲）	五十二證（諸 反）	
五十登（都騰	四十八等（多肯	五十三嶝（都鄧	

反）	反）	反）	
			二十七〔藥〕（以灼反目存）
			二十八〔鐸〕（徒落反目存）
			二十九〔職〕
			三十〔德〕
五十一咸（胡讒反）	四十九豏（下斬反）	五十四陷（戶韽反）	
五十二銜（戶監反）	五十檻（胡黤反）	五十五鑑（格懺反）	
五十三嚴（語𩐝反）	五十一广（虞俺反）	五十六嚴（魚俺反）	三十一〔業〕
五十四凡（符芝反）	五十二范（符山反）	五十七梵（扶泛反）	三十二〔乏〕

以上韻目。

冬　無上聲。陽與鍾江同。呂夏侯別。今依呂夏侯。

脂　呂夏侯與微韻大亂雜。陽李杜別。今依陽李（杜）。

真　呂與文同。夏侯陽杜別。今依夏陽杜。

臻　無上聲。呂陽杜與真同韻。夏別。今依夏。

以上故宮本韻目下注。

董　呂與腫同。夏侯別。今依夏侯。

旨　夏侯與止為疑。呂陽李杜別。今依呂陽李杜。

語　呂與麌同。夏侯陽李杜別。今依夏陽李杜。

蟹　李與駭同。夏侯別。今依夏侯。

賄　李與海同。夏侯為疑。呂別。今依呂。

隱　呂與吻同。夏侯別。今依夏侯。

阮　夏侯陽杜與混佷同。呂別。今依呂。

潸　呂與旱同。夏侯別。今依夏侯。

產　陽與銑獮同。夏侯別。今依夏侯。

銑　夏侯陽杜與獮同。呂別。今依呂。

篠　陽李夏侯與小同。呂杜別。今依呂杜。

巧　呂與晧同。陽與篠小同。夏侯並別。今依夏侯。

敢　呂與檻同。夏侯別。今依夏侯。

養　夏侯在平聲陽唐，入聲藥鐸並別，上聲養蕩為疑。呂與蕩同。今別。

（梗）　夏侯與靖同。呂別。今依呂。

耿　李杜與梗靖迥同。呂與靖迥同，與梗別。夏侯與梗靖迥並別。今依夏侯。

靜　呂與迥同。夏侯別。今依夏侯。

（有）　李與厚同。夏侯與□同。呂別。今依呂。

（琰）　□□□范豏同。夏侯□□□同。今並別。（中缺）。

广　陸無此韻目，失。

范　陸無反，取凡之上聲，失。

宋　陽與用絳同。夏侯別。今依夏侯。

至　夏侯與志同。陽李杜別。今依陽李杜。

泰　無平上聲。

霽　□□□與祭□□（缺）。

祭　無平上聲。

怪　夏侯與泰同。杜別。今依杜。

隊　李與代同。夏侯為疑。呂別。今依呂。

廢　無平上聲。夏侯與隊同。呂別。今依呂。

願　夏侯與慁別，與恨同。今並別。

諫　李與襇同。夏侯別。今依夏侯。

霰　陽李夏侯與線同。夏侯與同。（案『與』字下當有脫字，若以銑韻例之，疑『夏侯與同』四字為衍文。）呂杜並別。今依呂杜。

嘯　陽李夏侯與笑同。夏侯與效同。呂杜並別。今依呂杜。

效　陽與嘯笑同。夏杜別。今依夏侯杜。

箇　呂與禡同。夏侯別。今依夏侯。

漾　夏侯在平聲陽唐，入聲□□並別，去聲漾宕為疑。呂與宕同。今□

敬　呂與諍同，勁徑並同，夏侯與勁同。與諍徑別。今並別。

宥　呂李與候同。夏侯為疑。今別。

幼　杜與宥候同。呂夏侯別。今依呂夏侯。

豔　呂與梵同。夏侯與㮇同。今別。

陷　李與鑑同。夏侯別。今依夏侯。

嚴　陸無此韻目，失。

沃　陽與燭同。呂夏侯別。今依呂夏侯。

櫛　呂夏侯與質同。今別。

迄　夏侯與質同。呂別。今依呂。

月　夏侯與沒同。呂別。今依呂。

屑　李夏侯與薛同。呂別。今依呂。

錫　李與昔同。夏侯與陌同。呂與昔同，與麥同。今並別。

洽　呂與口口口夏侯別。今依呂。（此條借鈔劉君底本如此作。今刻本作：『李與狎同。夏侯別。今依夏侯。』並存之。）

葉　呂與怗洽同。今別。

藥　呂杜與鐸同。夏侯別。今依夏侯。

以上這本韻目下注。

卷三首行下記：

右卷一萬二千一十六字：

二千七十七舊韻。四千一百二十一訓。三十三或亦。五文古。二文俗。一千三百三十補舊缺訓。一千一百一十五新加韻。二千八百一十二訓。三百六十七亦或。一十九正。三十一通俗。四文本。

卷四首行下記：

右卷一萬二千一十四字：

二千三百三十二舊韻。四千九十七訓。（或）三十五或亦。二文古。一文俗。一千七十六補舊缺訓。一千二百四十六新加韻。二千七百六十訓。三百九十二亦或。三十五正。二十三通俗。六文本。

卷五首行下記：

右卷一萬二千七十七字：

二千一百五十六舊韻。四千四百六十五訓。三十一或亦。九文古。一文俗。八百四十八補舊缺訓。千三百三十三新加韻。二千七百七十四訓。四百一十六亦或。一十九正。一十九通俗。二文古。四文口。

以上各卷記字數。

六、唐寫本韻書斷片一種　　日本大谷家藏

西域考古圖譜影印本　　王國維摹入韻學餘説後有觀堂別集後編排印本。

日本大谷光瑞繼斯坦因伯希和之後，探險西北，在新疆和闐庫車吐魯番等處得了一些古物，薈最印成西域考古圖譜上下二卷，大正四年（1915）出版。原圖卷下(8)之(2)是這斷片的正面，並且題稱「唐鈔唐韻斷片（吐峪溝）」；(8)之(3)是這斷片的反面，並且題稱『同上之裏面』。每面都是九行，殘字是支脂兩韻；我寫錄的字數與王國維錄印字數略有出入：

		支　韻	脂　韻
全字	王	十九	二十一
	魏	二十一	二十二
半字	王	二	一
	魏	三	三

王國維有考證，以為是陸法言切韻之長孫訥言箋注。王氏之說曰：

> 孫愐唐韻無字無注，蔣氏所藏殘本二卷足以證之。支韻之危枝二字，脂韻之諮維雖三字，皆無注；又支韻之皮，脂韻之比茨遲伊四字，但注反切，反切者陸韻所本，有非長孫氏所加也。是斷片四十字中無注者多至十字，則全書可推而知此當是長孫氏注本。

如果「但注反切」的就當作「無注」論，王氏說蔣氏藏「孫愐唐韻無字無注」便是問題！蔣氏藏唐韻，御韻語字去字署字詎字絮字助字耡字處字凡八字都是但注反切，占全韻八分之一有餘；遇韻輸字雨字聚字付字娶字。暮韻吐字護字訴字　字惡字，也是但注反切的，其他舉不勝舉。我們以為王說長孫本雖無從斷定其然否，孫愐唐韻無字無注卻可敢用他自己的觀點來否定了。王氏跋三殘卷的時候，認定切二是長孫本，現在檢看這斷片正和那本相似，可以補充王說。

切　二	斷　片
庀（有注）	卮（無注）
枝（無注）	枝（無注）
皮（符羈反三）	皮（符羈反五）
疲（無注）	疲（？）
比（又必履婢四扶必三反）	比（又必履婢四扶必反）
諮（有注）	諮（無注）
茨（疾脂反七）	茨（疾脂反六）
遲（又直利反又按說文從辛又作遅）	遲（又直利反）
伊（於脂反三）	伊（於脂反？）
維（有注）	維（無注）
雖（按說文從唯出聲）	雖（無注）

若與切三比較，除了支韻缺了，脂韻茨下「七」字，遲「又直吏反」，雖注「辝」以外，更覺相近。王氏弟子劉盼遂跋這斷片（原誤稱二殘箋）以為是陸法言原本，已正王說。照此說來，切韻

三殘卷的王氏考訂若成立，這斷片反與他所謂長孫箋注節鈔本相近，而所謂長孫箋注本反有不同，豈不是一個疑問了？（劉氏舉了切二䪼茨二字之間有新加「趡」字斷片沒有，今查《切三》也沒有。）至於劉氏說這是陸法言原本，乃是從否定長孫箋注本而承認王說孫愐無字無注立論。我們已經反證了《唐韻》之非無字無注，未嘗不可是孫愐諸人的書，但沒有確實本子做對照，只有讓這問題存疑了。原件款式等無可說。

七、唐寫本韻書斷片二種　　德國柏林普魯士學士院藏攝影本　　日本東北帝大文化雜誌武內義雄氏論文附錄印本天津益世報讀書週刊二十六期譯載

德國列考克（Albert August Von Le Coq）和格倫威得（Albert Griinwedel）在斯坦因伯希和之後，相繼去新疆探檢，所得古物藏在柏林普魯士學士院。我在二十一年（1932）從友人趙萬里先生得見唐寫韻書兩張影片，當時借鈔，並且看出是一個斷片的兩面，計存上聲止韻以下的幾韻；趙君僅僅告訴我是德國來的，藏之何處，全不能詳。原件大約兩面各存十三四行，是下半截，有界闌，韻紐上無點識。我將鈔錄的送給劉復博士收進了十韻彙編。但是沒有去決定這是那一種韻書。等到十韻彙編已經印好，快要作序的時候，日本武內教授正發表了論文，敘述他在德國普魯士學士院看列考克格林威德吐魯番文件檢出兩張唐寫本韻書斷片，知道其中一張就是我們已經得著的。我就以小川環樹先生的介紹，得著武內教授的好意，送給了我另一張沒有見到的斷片的影本。（我這裏致謝他們兩位！）這一斷片是去聲韻震韻到願韻，行間有界闌，紐上有點識，（當是朱筆）韻目註數次，每韻提行；所存是是上半截，兩面各五

整行又兩半行。武內論文有王俊瑜君譯載天津益世報讀書週刊二十六期，他考訂結果將兩片都認為是陸法言切韻。我覺得兩個斷片從大體上看是一個系統，而原件很像是兩處的東西。上聲的一片，我過錄得全字一百零二，半字七；去聲的一片，得全字四十九，半字十三。上聲有紐下注新加字數，武內氏以為刪了新加字就髣彿是陸氏原本。這正與西域考古圖的斷片問題一樣，就是：切三比切二似乎早些了，切二就不能是長孫箋注；而孫愐唐韻又並非無字無注，這種斷片與切三切一以至切二，又何嘗不能與長孫以外，如孫愐之類的各家相關呢？去聲的韻目是二十一震，二十二問，二十三焮，二十四願；震韻前面的半行可以看出是二十廢的吠茷喙三字；武內從震稕不分和韻目數次為二十一到二十四的特徵上，斷定這是陸法言原本。他用夏竦古文四聲韻韻目當作孫愐唐韻的標準；（竦進書序稱為唐切韻）據王國維考證孫愐共有兩本韻書，開元本和天寶本，開元本韻目與王仁昫（敦煌本）韻同出陸韻而上聲均多一韻，然則這斷片的韻目安知不是孫韻？蔣氏藏《唐韻》，王國維說是孫氏天寶本，韻目增加，才另名《唐韻》，原有第一次韻當是所謂「孫愐切韻」；如果這話成立了，再加天寶本與這種斷片一樣注訓簡略的印證，我們可否說是孫氏《切韻》？這都成為無從查考的懸案，我們放著吧，我現在將《十韻彙編》未收的一頁補錄在下面：

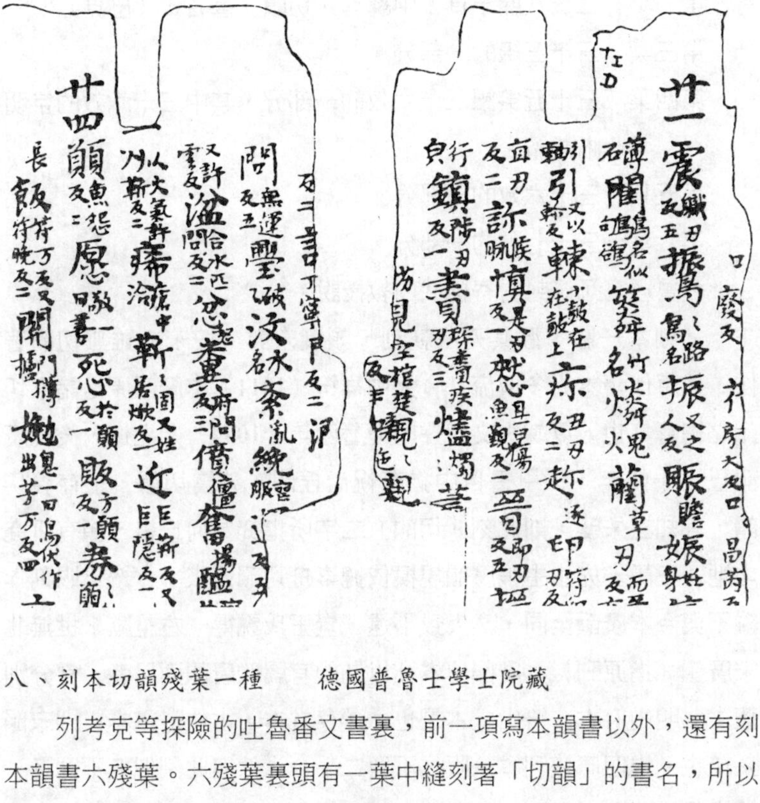

八、刻本切韻殘葉一種　　德國普魯士學士院藏

列考克等探險的吐魯番文書裏，前一項寫本韻書以外，還有刻本韻書六殘葉。六殘葉裏頭有一葉中縫刻著「切韻」的書名，所以我們稱他為切韻殘葉而不能指實是誰的著作。日本武內教授記述在日本的東北大學文化雜誌上，我們才知道五代刻本韻書以外又有這一種切韻的刻本。我又承武內教授的好意，得他送了一張刻了書名的殘韻書影。從這一張書影大體上可以想像是宋槧本。全部六張書影，我們還沒有得見著，據武內教授的敘述：

第一葉　去聲慁韻的末尾，存十五字；及二十七恨的全部與二十八翰的頭上十數字。

第二葉　二十八翰半頁，中縫有「切韻」書名。（已見）

第三葉　三十三線的一部分。

第四葉　三十五笑跟三十六效的一部分，其中三十六效的字明晰能讀。

第五葉　三十六效的一部分。

第六葉　三十七號的一部分。

我曾經寫了一封信寄給武內教授說：

『刻本一影，觀其刀法款制，頗疑宋槧。按宋人雖無切韻著作，然唐代舊本尚多傳流。今大中祥符（1011）本廣韻原是諸家切韻之總纂集也。夏竦古文四聲韻慶曆四年（1044）始上進，後於廣韻已三十餘年，徵引書目中猶有祝尚丘韻，義雲切韻，王存義切韻，郭知玄朱箋，則此刻「切韻」二字所指究為何氏書，頗有研究之地。王靜安先生主張廣韻規模依據李舟切韻而來。今按見賜刻本縱不與今本廣韻全同，然大致不遠，豈王氏說得一左證歟？世無北宋廣韻（指原刊）；廣韻傳本竊以為頗有羼雜唐韻面目者，當分別觀之，明內府本，符山堂本是也。澤存堂本，古佚叢書本，則宋韻系統也。惟四庫叢刊本，版式不與二系合，然與此刻似無不同者，儻得見全豹，一為勘讀，能證定鄙說宋槧可信，連類而更訂定四部叢刊本，豈不大快！蓋叢刊本內容與澤存堂本相合，澤存本版式與古佚本同而不與叢刊本同，雖同自宋本傳播，其間時期先後或有線索可尋。且書自吐魯番出土，若竟為宋槧不謬，是中亞華番文化往來之跡，迄宋猶有餘烈，抑亦史實之珍聞矣。』

武內教授的論文對這一種材料的意見大致是：

一、這材料雖少，有刻著「切韻」的書名，是最快意的。

二、這材料雖不容易判斷時代，但相信是已有相當的古的東西。

三、他不知道和五代刻刻本切韻是同種不是。

四、這種韻目次序和注解很與孫愐的韻相近，但和蔣氏印的唐寫本唐韻不相同。

五、他比較兩種廣韻和這種韻書的異同，以為與明內府本相近，他據四庫提要說，有『也許是嚴寶文，裴務齊，陳道固三家切韻之一的同類』的設想，也就是說是『唐末切韻的一種』。

我們再約略提出這部韻書殘存的面目的幾點：

一、版式像巾箱本。

二、每半頁九行。

三、每行字數約有大字十四五個。

四、版心刻『切韻』書名，頁數，刻工名，（可惜看不清楚！）

五、每一小韻一紐刻一小圈。

六、每紐首字下先注解，次反切及字數。

七、注解中有用本字為訓的，本字用一直線代替，與近代韻書例同；如『光鑭』作『光一』，『粲彰文章皃』作『粲一文章皃』是。

八、注解與每紐字數比兩廣韻或同或異，而反切則全同，惟用「反」字。

九、每紐字序，各本韻書本不全同，這本與四部叢刊本較近。

十、兩韻之間，聯貫或另行，我暫時不能知道，存疑。

我們如果從四部叢刊廣韻的翰韻行款看，似乎都是行十五字，不過廣韻半葉十行，此書九行，不同。翰韻的一張殘葉起首是：

（布袋）矸（石淨。）岸（涯一又水際五旱反十一）……

叢刊本廣韻翰韻第十五行也是：（布袋）矸（石淨。）岸（水涯高者五旰反）……

殘葉第六行首是：

欗（飦相著）

第七行首是：

（患也又奴丹反）䌫（縕也）

叢刊本翰韻第二十行首是『爛』字的注，二十一行首是『欗』字的注，正是行中字注等的差變而到這裏相差一個字的注釋，行數是相等的；二十二行首又正差一個字：

難（患也又奴丹切）

這只要用兩本對照來看，便可見到。我不想更有什麼具體的結論，因為我們第一沒有見到書影的全部，第二版心刻工的姓名儘有尋求的機會，第三原件的尺寸沒有實在記載，第四發現的環境和旁證足以斷定年代的起迄範圍沒有查明；我給武內教授的信上說的話也不過是個假設罷了。我現在在這裏報告讀者一個大概，並且為報謝武內教授的好意，將他送我的一葉書影附印出來。我更希望得到全部的材料以後，再有切實的意見陳述。（註：這照片右下方有三行多碎的，「秦官」云云，是另一葉上的，大約德國人給修理時搬過家來了！）

九、唐寫本韻書序二殘卷　　法國巴黎國家圖書館藏

劉復敦煌掇瑣刻本

敦煌掇瑣下輯九九，收刻伯希和敦煌書目二一二九及二六三八兩號卷子。按羅譯目二一二九是大乘密嚴經，注云「背為詩經鴻雁之什訓詁傳第十六，未注韻序；二六三八是清泰三年寫文書，注云

「記敦煌事，有河西都僧統印，背唐韻」，正合。掇瑣注云：『此序有甲乙兩寫本。』甲本二一二九號，自開首起至「仁壽元年也」止。乙本二六三八號，開首殘缺，「選精」以下完整。這都是沒有寫成的殘篇。

十、寫本守溫韻學殘卷一種　　法國巴黎國家圖書館藏

劉復敦煌掇瑣本　　國學季刊一卷三號排印本

羅譯伯希和敦煌書目不載此書，按敦煌掇瑣下輯 100 收刻，注明 2011 號，再查羅目，但稱『漢文書類』而已。掇瑣記原件分為三截。首行存『南梁漢比丘守溫述」題字一行，劉半農先生故擬名『守溫撰論字音之書』，吾友羅莘田曾經研究過一番，做了一篇跋文，稱之為『敦煌寫本守溫韻學殘卷。』我們對於這一個卷子可以說是最早的等韻書。羅君的文章裏說了四件事：（原文見中央研究院歷史語言研究所集刊第三本第二分。）

一、守溫的時代問題。

二、守溫字母的數目問題。

三、守溫字母對照梵藏字母與正齒二三等音及重輕脣音的分化問題。

四、等韻刱始及繁分門法問題。

原件第一截首行題『南梁漢比丘守溫述。』次列字母三十，與相傳三十六字母不同。（詳見羅文）次為『定四等重輕兼辨聲韻不和無字可切門』，舉『高』『交』兩字為例。這是等韻書稱『門』的最早記載。次『四等重輕例』，分平上去入四聲，按所有例字的等例，現存的《韻鏡》與之相同。這兩項的『重輕』一詞似乎指的分等的標準，我覺得是在後來等韻書同一轉圖中同一聲母分四等重

輕的辦法。這與日本源為憲口遊反音頌所謂『輕重清濁依上，平上去入依下』，可以互相發明。空海《文鏡秘府·論調聲》云：

> 律調其言，言無相妨，以字輕重清濁間之須穩。至如有「輕」「重」者，「輕中重」「重中輕」，當韻之即見，且庄字（側羊反）全輕，霜字（色庄反）輕中重，瘡字（初良反）重中輕，床字（士庄反）全重，如清字全輕，青字全濁。

論文意云：

> 夫用字有數般，有輕，有重，重中輕，有輕中重；有雖重濁可用者，有輕清不可用者。事須細律之，若用重字，即以輕字拂之便快也。

夫文章第一字與第五字須輕清聲，即穩也。其中三字縱重濁，亦無妨。如『高臺多悲風，朝日照北林。』若五字並輕，則脫略無所止泊處。若五字並重，則文章暗濁。事須輕重相間，仍須以聲律之。如『明月照積雪』則『月』『雪』相撥；及『羅衣何飄飆』，則『羅』『何』相撥，亦不可不覺也。

『重輕』一詞像是指聲母清濁而言。空海的時代比守溫早，我們可以看出等韻名詞函義的變遷來。七音略所用的『重輕』，就單指韻母開合了。這一段例字中間有一點與韻書有關，就是平聲有『勬』字注『宣』韻，上聲有『免』字注『選』韻，可以藉此考見這卷子所據的韻書而決定其時代（羅文已詳言之），我在前面五代刻本韻書三十一宣韻的問題下，說了巴黎通訊記者稱為王仁昫刊謬補缺切韻的可疑。現在這裏就連帶的將我們決定守溫卷子時代的一個證據存疑起來了；雖然我是和羅君的主張相同，也只好等待王仁昫韻有無『宣』韻和有宣韻的『刊謬補缺切韻』是不是王仁昫的書兩個問題證實了。

再說。原件第二截上缺，不能定名，內容是講齒音只有兩等輕重的。這是齒音反切相當於類隔而不得切音的例子，我們所以找不出在後來門法裏的歸宿。後來門法是屬於反切的 Positive 方面的解釋，這種最初 Nagetive 方面的規定就絕對消滅了。這表現反切早先是活動的拼音，因上下字的聯讀而顧及兩字聲類的輕重；語音字音起了古今的變化，反切字沒有更動，就興起門法來做注腳，固定了拼音法式。

原件第三截是：

『兩字同一韻憑切定端的例』；

『聲韻不和切字不得例』；

『辨宮商徵羽角例』；

『辨聲韻相似歸處不同』。（下缺）

這裏使我們注意到『反切』的名稱和韻書名『切韻』的意味。我們對於『反切』一詞總以為初始稱『反』或言『翻』，唐末諱言『反』而改云『切』。從這卷子所載，我們可以得些解釋：

一、『切』是聲母。

『定四等輕重兼辨聲韻不和無字可切門』，『高』字下云：

……若將審穿禪照中字為『切』，將高字為『韻』，定無字可『切』。

『交』字下云：

……若精清從心邪中字為『切』，將交字為『韻』，定無字可『切』。

卷子第二截云：

……若將歸精清從心邪中（字）為『切』，將歸審穿禪照中第一字為『韻』，定無字可『切』。

……若將歸審穿禪照中字為『切』，將歸精清從心邪中第一字為『韻』，定無字可『切』。

這四條前『切』字都是指聲母。又『兩字同一韻憑切定端的例』：

諸	章魚反	葅	側魚反	辰	常鄰反	神	食鄰反
禪	市連反	潺	士連反	朱	章俱反	傷	庄俱反
承	署陵反	繩	食陵反	賞	書兩反	爽	疏兩反

所謂『同一韻』是反切下字相同，以反切上字定音之輕重叫做『憑切定端的』。後來門法裏『憑切門』的名目與此相承。這『切』字也是指聲而言。

二、『切』是拼切。

上舉前四例的後『切』字和『聲韻不和切字不得例』的『切』字都是拼切之意。

三、『反』是兩字相切之音的名稱。

我以為『切』有名動兩義：名詞是指『聲』，動詞是指『拼音』，而和動詞『切』的意義相當的名詞是『反』。我們看卷子裏凡舉反切的地方都用『反』而同時用『切』，細加比勘，文法上顯然有的分別：

高……若將審穿禪照中字為切，將高字為韻，定無字可『切』，但是四等喉音第一字　如高字例也。

交……若將精清從心邪中字為切，將交字為韻，定無字可『切』，但是四等第二字　如交字例也。審高『反』，精交『反』，是例諸字也。

……若將歸精清從心邪中（字）為切，將歸審穿禪照中第一字為韻，定無字可『切』。尊生『反』，舉一例諸也。

……若將（歸）審穿禪照中字為切，將歸精清從心邪中第一字為韻，定無字可『切』。生尊『反』，舉一例諸也。

這是說：『怎樣怎樣就拼切不出字來，像某某反的例子就是。』『兩字同一韻憑切定端的例』中列舉某某『反』，更明白的分出了：

<table>
<tr><td rowspan="2">反</td><td>切</td><td>章</td><td>側</td><td>常</td><td>食</td><td>市</td><td>士</td><td>章</td><td>庄</td><td>署</td><td>食</td><td>書</td><td>疏</td></tr>
<tr><td>韻</td><td colspan="2">魚</td><td colspan="2">鄉</td><td colspan="2">連</td><td colspan="2">俱</td><td colspan="2">陵</td><td colspan="2">兩</td></tr>
<tr><td>切</td><td>(字音)</td><td>諸</td><td>葅</td><td>辰</td><td>神</td><td>禪</td><td>潺</td><td>朱</td><td>傷</td><td>承</td><td>繩</td><td>賞</td><td>爽</td></tr>
</table>

『聲韻不和切字不得例』中云『夫類隔切字有數般，須細辨輕重，方乃明之，引例於後』。所舉之例：

都教『切』罩，不云都教『反』罩；　他孟『切』牚不云他孟『反』牚；

徒幸『切』瑒不云徒幸『反』瑒；　　方美『切』鄙不云方美『反』鄙；

芳逼『切』堛不云芳逼『反』堛；　　苻巾『切』貧不云苻巾『反』貧；

武悲『切』眉不云武悲『反』眉；　　疋問『切』忿不云疋問『反』忿；

鋤里『切』士不云鋤里『反』士。

又釋『詩云，在家疑是客，別國卻為親』，皆以『切』作『拼』義，而不用『反』字。

『四聲重輕例』，『辨聲韻相似歸處不同』中列反切，稱『反』而不用『切』字。

四、『韻』是韻母。

五、『切韻』做書名與『聲韻』做書名一樣，（不過『聲』字又牽涉到『四聲』的問題。）這個定義，後來等韻書裏承襲未變；也許是等韻家興起的詞類，做韻書的許多人取以名書，那末我們對於『韻書』和『等韻』的發生時代先後上將要有更新的討論了。

六、『反』『切』初有名動之別，後改動作名而廢棄了原有之名；所以中古韻書裏注音現在見到幾種字樣：

甲、『某某反』；

乙、『某某切』；

丙、『某某反』『某某切』互用。

從『反』改稱『切』，『反切』二字成一詞。

十一、唐寫本歸三十字母例一種　　英國倫敦博物館藏

日本東洋學報第八卷第一第四兩號載

日本濱田耕作東亞考古學研究斯坦因氏發掘品過眼錄載

羅常培敦煌寫本守溫韻學殘卷跋錄

這件原物據濱田氏記，厚褐色紙書，文字頗精美。我們在羅譯倫敦的敦煌書目裏沒有見到著錄。這件寫本也該是等韻的書。三十字母的問題，羅常培君跋守溫卷子一文中言之甚詳。我看守溫卷子三十字母和這一例也許是一書的兩段，不過兩者次第卻不相同。

本件是：	*	守溫卷子是：	
端透定泥	*	脣音	不芳並明
審穿禪日	*	舌音	端透定泥是舌頭音
心邪照	*		知徹澄日是舌上音
精清從喻	*	牙音	見（君）溪群來疑等字是也
見溪群疑	*	齒音	精清從是齒頭音
曉匣影	*		審穿禪照是正齒音
知徹澄來	*	喉音	心邪曉是喉中音清
不芳並明	*		匣喻影亦是喉中音濁

守溫卷子第二截精清從心邪五母在一組，字母裏『心邪』分入喉音，前後分岐，未知其故。本件三十母次序，似有意義，似無意義，一時也不能說出具體的意見。現在依羅君錄本附載下面，以備學人考研。

端	丁當顛故	見	今京犍居
透	汀湯天添	磎	欽卿褰袪
定	亭唐田甜	群	琴擎寋渠

泥	寧囊年拈	疑	吟迎言魚
審	昇傷申深	曉	馨呼歡祆
穿	稱昌嗔覘	匣	形胡桓賢
禪	乘常神諶	影	纓烏剜煙
日	仍穰忎任	知	張衷貞珍
心	修相星宣	徹	倀忡檉縝
邪	囚祥餳旋	澄	長蟲呈陳
照	周章征專	來	良隆泠鄰
精	煎將尖津	不	邊逋賓夫
清	千槍僉親	芳	偏鋪繽敷
從	前墻暂秦	並	便蒲頻苻
喻	延羊鹽寅	明	綿模民無

又按韻鏡前字母圖中有『歸納助紐字』，與此例所列字相仿；圖後有『歸字例』，說明切字時尋求字音歸宿聲類的方法，與此例標題之意相同。我們雖沒有見到和韻鏡相同的等韻圖在敦煌寫本裏，但如前一卷子和此件都可以算得等韻圖的影子已經包孕在裏面了。

以上十一項材料的情狀大致如此。我們居然能夠纂輯在一起，實在不是一件簡易的事。劉復博士，他很辛勤的蒐羅設計，拿宋大中祥符本廣韻做了樞紐，對照排列著另外九種古殘韻書，定名『十韻彙編』。這中間究竟是多少種韻書還是問題，不過約舉材料的大體類數而言；像五代刻本恐怕就得分為兩本，而德國藏的刻本還沒有收進。材料的種數之確定要在材料的內容經過學人緻密研究以後才辨得到。那末這一部韻書的結集，第一個意義倒是『聽候編遣』

了，考訂其詳細系統。

姜亮夫《瀛涯敦煌韻輯》自序：

此書寫定於十五年前，次年辛巳為余四十初度，因序生平，以弁書首，時好攈摭，不能自雄，頗學邯鄲之步，遂忘蹴躃之譏。然受梓無時，緘固篋笥，經歷年所，不自檢論，今以朋好之助，亟上棗梨，行且問世，則撰述原委，半世祕藏，有不能已於言者，而時日云邁，多所更革，尤非舊序所能預聞，則別為之序，亦不得已也。然此書之成，於余舊序，有足以說明其動機與情懷者，因刪節於篇，以存其真。

廿四年春，余以幽憂之疾，輕裝渡重洋，止於巴黎，交其碩彥，遊蹤所及，往往見故國寶物，軼在海外，皇然臚列，有若耀兵。夫敝帚青氈，尚不容於苟竊，況守國重器，豈能聽其浩劫，亦余之所甚恥也。乃裹鉛槧，置器械，走其藏室，記其體貌，論其品質，攝其圖像，拓其銘刻，蓋欲以告國之有恥者，有以自雪之也。凡得匋銅玉石之器，書畫簡冊之屬，下及雜藝另散之物，三千餘事，為書十卷。陶土之美者，有仰韶齊家之采陶，戰國漢魏之明器，隋唐五代之泥俑，而兩宋遜清之窯瓷，尤為豐繁；吉金之美者，有殷周之寶器，齊楚之宗彝，鼎大如缸，壺高齊人，吳越錯金之劍，戰國狩獵之壺，鍾鐸鈴鸞，簠簋敦盂，釜鑊甗鬲，爵斝觚觶，戈矛斤鏃，秦權漢鑑之屬，無慮數百餘事，多國人之所不及見者，玉石之美者，蒼璧黃琮，青圭白琥，動多三代之物，大圭三尺，牙璋八寸，玄璜瓏瑒，弘璧琬琰六瑞之等，瓊琚衡牙，蔥環瑱耳，佩玉之傞，歷世璽鈴，宋清玉冊；下至玉盎碧碗，緗篋玄鎮，珊瑚之架，瑪瑙之篋，無不夥頤陳陳，而玉散之器，尤多不可勝數；書畫之美者，則李龍眠之鬼子母，郎世寧之血汗馬，最為神俊，而摩詰輞川之圖，松雪金焦之卷，徽宗逸妙，徐熙清上，馬遠勁俊，韓幹奇放，汴子京之跋識，董玄宰之題按，多有畫史之所不載，書府之所未錄，而唐宋壁畫，西昌佛圖，尤為大觀，非中土之所能粹集；其餘雜藝之美者，則殷虛甲骨，漢陵石獸，西埵竹簡，塞上雕塑，閩侯漆器，百粵牙刻，秦晉石佛，藏衛毛罽；下至舟車乘輿，几杖旌旗，銅鼓金鐸，刁斗旄旃之屬，靡不纖細畢備，皆輦自夏土，盜自遜朝（圓明園所劫寶物則全貯封登伯膚 Fountainebleaw 之拿皇廢宮之中，不甚歡迎東方人士游覽，余得魯弗爾 Louvre 博物館祕書某女士之介，賄守者得作竟日記錄）亦有達官貴人事夷豪商，爭為搜尋，相與盜賣者矣。嗟乎！國尚可竊，況在形巧，盜跖狐父，難責以義，而宗彝寶器，不能自守，祏主封樹，易而買醉，其尤可哀也夫，其尤可哀也夫！

二十五年之夏，遊觀略遍，遂訪書於國民圖書館，因友人王君有三之助，得睹敦煌遺簡，雖非所好，而知其瑰寶，因自思量，發為宏願，倘能善藏其事，蓋亦有當於學術之鼓吹，勞瘁之力，尚可一賈，遂排日入館，選字書韻書五經老子之屬，擇其要者，抄寫、響拓、攝影、校錄，日盡數卷，垂暮歸寓，更即燈下，比次論列，夜深漏永，終不知疲，得凡百數十卷，次年春，欲罄歐之敦煌經卷而觀之，乃攜以訪英倫博物館、柏林普魯士學院等，其志未酬，而倭禍洶洶，勢已燎原，情志惶楚，不容優遊，欲以便道一觀俄羅斯建邦新民之術，及遼東淪喪之慘，遂經從柏林入莫斯科，新政之觀，多益神思，而款留之優，頓忘卻倦，即東入嫩江，南經長春，則容止之禁，同於囚僇，生命之機，懸於虎狼，我民胥痛，豈是不思，亦已焉哉！迨抵北平，則慘烈之風已扇，而荼毒之禍遂起，俯仰愧怍，不知何以報國，反側而思，計無所從，乃戴星南下，暫止吳門，借人前庭，曝書永日，思集滬杭白下之藏於一許，抱守殘缺，以俟太平，事猶未集，而滬難斗發，數四趨車，僅得野望，復歸闤闠，則空城遠揚，棲息無所，至於白下，則友人之家，毀於飛鳶，瓦礫之中，僅收斷冊，馳驅未停，顛連而西，即至長安，大江以南，相繼淪陷，於是而圖書論撰之屬，全遭毀滅，十年披心之蓄，棄於一旦，檢理篋笥，僅敦煌散卷尚能相隨，邦國殄瘁，豈復尚能為小己得失之計乎！

時歐戰又起，余之所得，將成孤本，而飛鳶時驚，懼更毀廢，遂以餘日，覃思博辨，歷時三載，成韻輯二十四卷，尚有諸經校記文史雜錄之屬，亦相次就緒，然余自年三十以來，音韻文字之書，即已廢置不觀，韻輯之作，情非得已，年來喜讀顧王之書，知學有當急，飣餖補苴，益不可忍，往往輟筆，棄置經旬，而血戰得失之端，縈繞尤甚，心不甯謐，故執筆為文，不易密勿，余年十六，即病短視，模錄卷子，虧耗益甚，今年初夏，幾至失明，今其書雖幸有成，而至始即非所好，黽勉將事，不敢告勞，惶惑之情，惟心自知，衡之以義，又豈能免於君子之譏乎！舊時所論，思理雖有可商，而當時心情之真，不敢自祕，故錄之如此，其有今茲宜為申言者，亦得數端，故別記之如次：

余書之成，日日在家國惶亂小己得失之中，今加檢校，尚有應申述者二事，一則當日僻處下邑，師友懸絕，鄴架無書（即至為普通之集韻、隋書經籍志、音學五書等皆不能得）。於是研究之法，僅能就敦煌卷子作個別分析，再進而為綜合比較，每事僅有繁瑣之內證，而無輕簡之旁證，範圍無由擴大，遂不能攝照前後，為歷史之正確批判，影響亦無由加深，遂不能鑽幾研微，為學術領域之精邃發掘，此其一。乾嘉諸老對聲韻之成就，誠有不世之望，而時人專精之業，亦別有所在，然前者或失之局，後者或失之誣，孰從孰舍，實多侜張，且材料殘斷，無一全者，雖有倕巧，不能補綴。故不能不借助於書式、紙幅、殘痕、敗跡，凡此皆諸老先生及近世賢達之所不屑為，而余乃思入綿渺以求之，論有不能繩之以往則，法有不能衡之以常度者，此其二。集此二因，遂生二弊，一曰行文繁瑣，二日統系未嚴，自成書時，即已覺察，當時國事方殷，而家難繼作，身手局蹐，不容更張，而朋從之嗜痂者，贊其有獨創之功，慫恿刊行，更張之計，遂爾中輟。年來稍檢群書，而敦煌韻卷，唐世祕籍，世復有得，比勘得失，尚無大謬，乃補切韻系統一篇（即韻部總論之前論也。），稍採旁證，以定統紀，其有異說，以後為斷。（馬斯伯樂告余切韻以長安音為準，余初頗信之，即檢敦煌各卷，則知歐洲學人，似不免於弇，陋其所本，并非陸書，亦遠於陸氏本旨，徒為異說而已，余不敢有獨創，亦不敢作妄語。）余初討論諸卷子之時，即有意以原照片影印，而附以敘論，迨余以海寧王先生寫切韻三種與原片細校，以王先生之精審，達於音理，而誤者且三百五十餘事。且書式裝樣可為討論之資借者至多，而殘紋斷跡足証明一書內容之真象者尤不可計度，凡此種種，皆不能自照片中詳之，世固不妨有照片一本，以供清玩，而精加摹錄，校對無訛，雖蠹跡魚痕，必肖原卷，依其品式大小，无稍差殊，其對學術研討之用，必遠勝照片无疑，故余以二年之力，親為描摹，務求精當，有無訛誤，雖不敢必，而甘苦備嘗，心力交瘁矣。

余書以敦煌名，而其中有吐魯番所得二卷，以其與切韻系統攸關，故亦附錄論之，名從多數，故不更為二卷立名，以省繁重。

故宮博物院於戰後影印宋濂跋王仁昫刊謬補缺切韻，至近年始於友人處假得，瑰寶再世，不覺狂喜，頗思合巴黎內府三本，以定王氏一家之學，上探法言之宗系，下明廣韻之從屬，而久病之身，尚未勿藥，因採其韻目，列入韻譜一文，而 P2011 平聲韻目下，所注呂夏陽李杜五家分合之旨，則仍存舊作，自上去入三聲推得之目而不改者，一為病軀所不容，二以存余舊規模已耳。

本書所錄巴黎各卷中有未列號之卷甲乙丙丁戊五種，蓋余讀卷時柏里和原未編目者，上年得科學院告知未列號之甲為 P4746、P4917，未列號之乙即 P4917，未列號之戊即 P4879，則王君重民於余離法後為之續編者也，不及一一追改，且未列號之丙丁兩種恐國內仍無所知，則仍存其舊，使不至混淆先後，亦余存實之一意也。柏里和氏選送倫敦中國藝術展覽陳列各卷，為余所未得見者，歸國四年，於魏建功兄處得睹照片，以未親原卷，不敢論列，俟異日與他所得卷共研之，以作本書續補云。

此書寫定亦既十五年矣。余學殖荒落如故，今雖已上棗梨，而自視缺然也。

周祖謨《唐五代韻書集存》序：

唐本韻書自宋代以後流傳日少，偶有傳本，輾轉於收藏家之手，也只作為古代的書畫來珍賞，對書的內容並不重視。自二十世紀初，唐本韻書迭有發現。除蔣斧本《唐韻》和故宮博物院所有的兩種《刊謬補缺切韻》以外，其他都出於甘肅敦煌莫高窟和新疆吐魯番地帶。出於敦煌的，在 1907 年至 1908 年之間，都被外國侵略者所劫掠。英人斯坦因劫去的藏於倫敦博物院圖書館，法人伯希和劫去的藏於巴黎國家圖書館。出於新疆吐魯番的，在 1902 年間為德人列考克所得，藏於柏林普魯士學士院。這些出自敦煌和吐魯番的古韻書，少者存幾行，多者有幾卷，現在所能見到的存於國外者總計有二十七種不同的寫本和刻本。

這些寫本和刻本流入外人之手以後，深閉固扃，幾十年間，不曾整理。原物皺摺的既不能裝潢展平，零散殘破的也不能安排整治。有的隨便粘貼，任其雜亂；有的前後倒置，上下不接。同是一種書，或分裂為兩段、三段；有的不是一種書，而又粘接在一起。甚至於把一葉粘附在另一葉的背後，用紙糊起，不能展開來看。鹵莽滅裂，出人意表。足見他們對此完全無能為力。其中還有些寫本斯坦因與伯希和各掠奪其一部分，而分散在倫敦和巴黎兩處。例如王國維曾經抄印的《切韻》第一種存上聲「海」韻至「銑」韻，原物在倫敦（斯坦因編號二六八三），但很少有人知道還有上聲「感」「敢」「養」三韻字一段在巴黎（伯希和編號為四九一七）。又例如伯希和編號三六九三、三六九四以及三六九六的一部分與斯坦因編號六一七六同是一書，本來是相連接的，而被割裂為二，東西異處，難為延津之合。總之，這些寫本和刻本韻書為外人所攫奪，所損壞，要希望他們去加以整理是不可能的。因此我們有責任把這些分散在各處的韻書，不論多少，都編印在一起，分別異同，辨章源流，使這些沈霾千載的古籍能成為人人可以取用的資料。

在這一方面，我國的學者曾經費過很多的精力，做了不少辛勤的工作。在一九二一年，王國維首先把倫敦所藏的三種切韻殘卷根據照片抄錄印行。一九二五年，劉復又把巴黎抄回的王仁昫《刊謬補缺切韻》和兩種《切韻》的序文刻入《敦煌掇瑣》。後來，在一九三六年，北京大學又出版了《十韻彙編》，把當時所能見到的幾種唐代韻書都編輯在內。一九五五年，姜亮夫先生又把自己以前在國外摹錄的一些韻書集為一編，名為《瀛涯敦煌韻輯》，對原本的行款，紙葉的大小和內容都有細緻的介紹，同時也做了很多研究工作。至於單篇論著。數量也很多。足見我國的學者對敦煌所出的古籍一直是關心的。並且盡可能摹錄刊布，以便學者研究探討。這也正是我國人民一向珍視自己的歷史文物的表現。可是由於原物遠在國外，受著種種限制，不能把所有的韻書都能摹錄出來，所以還有一些重要的寫本在以上各書裏都沒有收錄。就是在已有的摹印本和刻本中。文字和行次也都不免脫誤，不見原物，就不能校正。所幸北京圖書館經過多年的努力，大部分的材料都有了照片。王重民先生在這方面曾經盡了很大的力量。解放以後，中國科學院又獲得斯坦因所劫去的全部敦煌古籍的顯微膠片。這樣，我們就完全有可能把國內外所存的唐五代韻書都盡量利用照片影出來，供人研究。

韻書是按照字音分韻編排的一種字典。這些唐五代的韻書對我們研究古代漢語的用處很多。它不僅是我們研究六朝以迄隋唐古音的重要憑藉，而且也是研究文字、詞彙以及詞義的重要資料。因為從隋代陸法言編定《切韻》以後，到唐代，就《切韻》進一步刊正字體和增字加訓的書很多，這些書中在字形方面記載了很多異體字和簡體字，我們可以從中看到不少文字在表音、表義和書寫方面發展的情況和規律。另外，在這些書當中雖然以字為單位，但是一個字所代表的是一個單音詞還是一個複音詞的一個詞素，一般訓解中還是可以看得出來的。所以，一部韻書既是字典，也是詞典，可以做為我們研究唐以前詞彙的材料。更值得注意的是有些韻書在書面語詞彙之外還記載了很多當時的語詞彙，這對研究近代語的參考價值更大。在韻書中，字的訓解總的發展趨勢是由簡單而趨於繁富，除採自訓詁書以外，還往往增添一些當時通行的新的意義。由此來看，要研究訓詁和詞義的發展，韻書也是相當重要的材料。總起來說，韻書的用處有考詞、定字、辨音、明義四個方面。如果僅僅認為唐本韻書對研究漢語的中古音有用，那還是不夠全面的。我們應當善於從中發現對我們實際有用的東西，不能只看到一方面，而忽略其餘。

現在所編錄的韻書包括唐五代的寫本和刻本，一共有三十種。其中沒有著者姓名的居多，有些連書名也沒有，現在只能根據書的體例，性質和內容來編列。凡體例、性質、內容相近的則歸為一類。這樣大體可以分為七類：

⑴陸法言《切韻》的傳寫本。　這一類寫本收字少，沒有增加字，通常應用的字大都沒有訓解。全書分為一百九十三韻。韻紐第一字下先出訓解，後出反切和又音，再記一紐的字數。如果沒有訓解，則只有反切和字數。與以下幾類韻書相比較，時代較早，應是陸法言書的傳寫本。

⑵箋注本《切韻》。　這一類書以陸法言書為底本，分韻和體例與陸書相同，只是字數略有增加，而且在原注之外往往附有案語。其中案語，或解釋字體，或補充訓釋，一律以說文為準。新增的字也大抵出自說文。這一類書都屬於長孫訥言箋注本。

⑶增訓加字本《切韻》。　這一類書重點在於增訓或增字。韻

次和紐次還是陸法言書的面目，而反切用字或小有不同。其中有的則是在一紐第一字下先出反切，後出字數，訓解則列在最後，在體例方面與陸書不同。但作者都無可考。

⑷王仁昫《刊謬補缺切韻》。　王仁昫書根據陸法言書重修，刊正謬誤，增字加訓，分為一百九十五韻，比陸書增多兩韻。全書字數大有增加，每字下都有訓解，而且詳載異體。每韻一紐第一字下一律先列反切，後列訓解和又音以及或體，最後記出一紐的字數，與以上三類體例不一樣。

⑸裴務齊正字本《刊謬補缺切韻》。　這是根據長孫訥言箋注本《切韻》和王仁昫《刊謬補缺切韻》等書編錄的一部韻書，分韻為一百九十五韻，但韻目的名稱和次第大有變革，在字的歸韻方面也與王韻有不同，所以做為另外一類。

⑹《唐韻》寫本。　這一類都是屬於孫愐書的一系。孫愐《唐韻》分為一百九十五韻（詳後考釋），在陸韻之外，又增加數千字，而特別詳於訓釋，引書繁富是其特點。現存的蔣斧《唐韻》，去聲有五十九韻，入聲有三十四韻，分韻又有增加。但每紐第一字下先出訓解，後出反切和又音，最後記出一紐的字數，仍與陸韻體例相同。遇有增加字，則加字數目與原來字數合計，然後再注明其中有哪幾個字是新加的，體例比較謹嚴。

⑺五代本韻書。　這一類是在《刊謬補缺切韻》和《唐韻》之後分韻最多，收字最廣的《切韻》。不僅「真」「諄」、「寒」「桓」、「歌」「戈」三類四聲開合有分，而且「仙」韻的合口也分立為「宣」韻。在反切用字方面與王韻、《唐韻》也很有不同。有的韻書又把「仙」韻入聲「薛」韻的合口分立為「雪」韻。有的

韻書從「齊」韻內又分出「移」韻。這些都與以上各類韻書不同。

以上七類韻書當中，除陸法言書以外，著作年代比較清楚的是長孫訥言箋注本《切韻》、王仁昫《刊謬補缺切韻》和孫愐《唐韻》，其他雖然沒有年代可考，但是根據書的內容與這三部書相比較，也可以大體上區分出一個先後類別來。這樣，既可以從中看出唐代韻書發展的情況，同時也可以瞭解宋修《廣韻》與唐五代韻書的關係。現存的這些韻書可以說都是《切韻》一系的韻書，如唐人所作《韻英》《韻詮》一類的書並沒有發現。儘管有些殘本沒有書名，但不妨根據內容擬名為《切韻》。

現在能夠見到的這些韻書，凡是有照片的都用照片影印。有的原本污黯，攝製不夠清楚，則另附摹本或摹刻本，以便參閱。在這些寫本中都不免有錯字，要全部校訂是不容易的，現在只取其中行數少的稍作比勘，寫成校記，其他不能細校，讀者當善於辨析，不可為寫本所誤。書中所收每種韻書，都略為考釋，說明原書的體製、內容及其特點，並與有關的韻書相比較，指出異同，闡明彼此之間的關繫，以便讀者參照比證，做進一步的探討。

本書除匯集這些唐五代寫本和刻本韻書之外，還收錄兩部分資料。一部分是敦煌所出與音韻有關的一些書籍的寫本，包括字母等韻與依韻摘抄的一些材料。另一部分是唐代郭知玄、韓知十、蔣魴、薛峋、裴務齊、麻杲、武玄之、祝尚丘、孫愐、孫伷、弘演寺釋某、沙門清澈等諸家韻書的佚文。這些佚文對我們瞭解唐代韻書的發展和字的音讀訓解都有一定的用處。

另外，最後附有兩個表。一個是〈切韻系韻書反切沿革異同略表〉，一個是〈唐韻前韻書收字和紐數多少比較簡表〉。這兩個表對瞭解唐代《切韻》系韻書的發展情況是有幫助的。

這部書的編寫始於一九四五年，隨手摹錄，並舉其要點，辨章源流，著成考釋三十餘篇。爾後隨著新材料的發現和認識的改變，又陸續有所更訂和補充。不過擱置多年，未加整理，期待有更多的材料，加以增補。但是，二十餘年之間，竟無所獲。因不辭譾陋，即以此問世，使千餘年前先民精力之所寄，得以彰顯，不致廢墜無聞。全書分上下兩編，上編包括總述、唐五代韻書三十種，又韻字摘抄和有關字母及等韻的寫本九種，下編包括考釋、輯佚和附表。書中「考釋」部分未必完全允當，尚希讀者指正。

全書在編寫和印刷過程中，曾得到北京圖書館、中華書局的同志熱情襄助，所用的照片一換再換，又都是趙誠同志想盡辦法，竭力求其美備才得以付印的。謹在此統致謝意！

周祖謨序於北京大學一九七八年元月

潘重規師《瀛涯敦煌韻輯新編》序——切韻系韻書的新結集*

唐代以前的韻書，傳世的為數極少。魏建功先生〈十韻彙編序〉據前代著錄所稱引的，羅列了一百六七十種名目，而實在完整存在的不過十來種。這十來種裏面可以認為中古聲韻學史料的竟只有一部經過積累增改的《大宋重修廣韻》。直至近代西北探險發現了古寫本和最早刻本書卷，我們才著實新添了許多重要的史料。這些寶貴材料，從甘肅省敦煌縣鳴沙山莫高窟千佛洞等石室裏和新疆省天山北路吐魯番左近的沙磧中發現後，幾乎全部被外國人捆載而去。當時中國學人聞得消息後，費盡心機，求一見而不易得。葉德輝《書林清話·一》「刻板盛於五代」條說：

> 光緒庚子（1900）甘肅敦煌縣鳴沙山石室出《唐韻》《切韻》二種，為五代細書小版刊本，惜為法人伯希和所收，今已入巴黎圖書館，吾國失此瑰寶，豈非守土者之過歟！

王國維〈跋手寫本切韻殘卷〉的末段說：

> 光緒戊申（1908）余晤法國伯希和教授於京師，始知伯君所得敦煌古書中有五代刻本切韻。嗣聞英國斯坦因博士所得者更為完善，尚未知有唐寫本也。

到民國十年（1921），王國維手寫石印本號稱巴黎國家圖書館藏的唐寫本切韻殘卷三種問世，國人為之耳目一新。魏建功敘述這書印行的經過說：

> 伯希和敦煌書目明載為韻書的，二零一四、二零一五以外有二零一九、二六三八都記著是「唐韻」，並沒有這寫本《切韻》；倫敦博物館藏敦煌書目裏也查不出；當然，我們所知的目錄是羅福萇氏苦心孤詣會最寫成的，難得全備。王國維光緒戊申時，晤見伯希和，只知道伯氏得到五代刻本切韻，終他之身沒有能寓目；後來又聽說斯坦因得著的還要完善，那就迄至今日國人都沒有見著了。唐寫本呢，王氏起初並不知道，在民國初年伯布和寄了許多古書攝影給羅振玉、王國維，韻書不在內；等到民國七、八之間，羅、王先後寫信向伯希和指明了要求這寫本的攝影，到民十秋季才寄到了天

> 津。當時王氏在上海費了二十三天工夫抄寫成了（1921.10.1至230），並且加以考跋（同年12月8日脫稿）石印行世見王跋。這是我們近年學者藉資論據而通稱的「王寫切殘一、二、三」三本。

其實這三個卷子，並非巴黎所藏。魏建功氏說：

> 原件好像是在倫敦，記得二十二年歲杪伯希和來中國的時候，曾經對我說是斯坦因的照片，他轉給王氏的。後來姜亮夫先生收入《瀛涯敦煌韻輯》的倫敦藏S2683，S2055，S2071即是這三個卷子。

由於王國維費盡心機，得見流入海外的唐人所寫《切韻》和國內保存的蔣斧所藏《唐韻》，以及故宮流出的王仁昫《刊謬補缺切韻》的殘卷。於是他一方面承襲乾嘉諸老考證略備的間接材料再作精詳的探討，一方面利用這些前輩所沒看見的直接材料更作進一步的證實。因此他在前人所得的結果以外，獲得很豐富很重要的發現。例如考明陸法言《切韻》本為一百九十三韻，比《廣韻》平聲少諄桓戈三韻，上聲少準緩果儼四韻，去聲少稕換過釅四韻，入聲少術曷二韻，打破向來《切韻》《廣韻》二百六韻韻部相承未改的舊說。像這類新發現，大大激起國人找尋新材料的慾望。接著，在民國十四年，劉半農先生從法國國家圖書館所藏敦煌本中，錄出了文件一百零四種，分為三集：上集是文學史的材料，中集是社會史的材料，下集是語言史的材料。下集中關於韻書的，有P2129唐韻序、P2012 守溫撰論字音之書、P2011 刊謬補缺切韻。這些新材料，由北京大學研究所國學門，用木板刻成，定名《敦煌掇瑣》。到了民國二十一年。劉半農先生擬定編輯計畫，把收集的三種《切韻》殘卷，兩種王仁昫刊謬補缺切韻和唐人寫本唐韻、五代刊本切韻、古逸叢書本《廣韻》排比剪貼，定名《八韻比》，後來改稱《八韻彙編》。廿二年秋季，魏建功先生提議加入西域考古圖譜和德國普魯士學士院的切韻斷片各一種，於是再由《八韻彙編》正名為《十韻彙編》。到了民國廿三年夏天，彙編本文已寫定待印，而劉半農先生逝世，遂由羅常培先生董理遺稿，補製凡例，於民國廿四年印行。在這時期，昭通姜亮夫先生訪書巴黎，也搜羅了許多敦煌韻書材料，回國後，完成了《瀛涯敦煌韻輯》一書。在他的自序裏，敘述他搜求編寫考訂成書的經過頗為詳盡。他說：

> 二十五年（1936）之夏，遊觀略遍，遂訪書於國民圖書館。因友人王君有三之助，得睹敦煌遺簡，雖非所好，而知其瑰寶。因自思量，發為宏願，倘能善蒧其事，蓋亦有當於學術之鼓吹，勞瘁之力，尚可一貫。遂排日入館，選字書韻書五經老子之屬，擇其要者，抄寫響拓攝影校錄，日盡數卷，垂暮歸寓，更燈下比次論列，夜深漏永，終不知疲，得凡百數十卷。……次年……倭禍洶洶，勢已燎原，……（返國）……時歐戰又起，余之所得，將成孤本。而飛鳶時驚，懼更毀廢，遂以餘日，覃思博辨，歷時三載，成韻輯二十四卷。
>
> 余初討論諸卷子之時，即有意以原照片影印，而附以敘論。

逮余以海寧王先生寫《切韻》三種，與原片細校，以王先生之精審，達於音理，而誤者且三百五十餘事。且書式裝樣，可為討論之資借者至多，而殘紋斷跡，足證明一書內容之真相者尤不可計度。凡此種種，皆不能自照片中詳之。世固不妨有照片一本，以供清玩。而精加摹錄，校對無訛，雖蠹跡魚痕，必肖原卷，依其品式，大小無所差殊，其對學術研討之用，必遠勝照片無疑，故余以二年之力，親為描摹，務求精當，有無訛誤，雖不敢必，而甘苦備嘗，心力交瘁矣。

本書所錄巴黎各卷中，有未列號之卷甲乙丙丁戊五種，蓋余讀卷時，柏里和原未編目者。上年得科學院告知，未列號之甲為 P4746，未列號之乙即 P4917，未列號之戊，即 P4879，則王君重民於余離法後為之續編者也。不及一一追改。且未列號之丙丁兩種，恐國內仍無所知，則仍其舊，使不至混淆先後，亦余存實之一意也。柏里和氏選送倫敦中國藝術展覽陳列各卷，為余所未得見者，歸國四年，於魏建功兄處得睹照片，以未親原卷，不敢論列。俟異日與他所得卷共研之，以作本書續補云。

觀姜君自序所言，知道他編寫《敦煌韻輯》，付出的心力時間確實是非常之多。我們再看他此書的凡例，更可以瞭解他編寫時的謹嚴態度和精密計劃，凡例說：

凡稱摹本者，皆影寫原卷大小品式無出入者，其稱抄本者，品式不殊，而大小長短不與原卷合。

字部各頁，皆照原卷影錄，其有殘痕剝紋，亦一並描出，匡格行線亦依其粗細大小為之。惟無匡格，或匡格已缺而可斷知者，則以虛線表之。

字部各頁版心之高與原卷同，惟卷幅寬，多有非本書半面所能容者，遂折為兩面，凡原卷一頁折為兩面者，則缺魚口處之邊緣以明之。凡非折為兩面者，則四垂邊緣皆具。

諸卷每於韻目韻首紐首之處，多以朱書作大豆標點之，本書以印刷及整潔計，皆一律用小圈標之。

諸卷每紐計數字多用朱書之者，本書亦用墨筆，凡此皆各於考論該卷時明之。

各卷稱名，一依原件所題，所以便人之覆案。惟 Pelliot 各卷魚口處，與論部中有作 P 者，所以省繁重也。

原卷中有曼胡不明者之字，本書皆以口號記之，每一口號代一字，一字之中有偏傍或一部分不明者，亦各隨勢以口口若口諸號代之。

劉復《十韻彙編》所采瀛外韻書，有多出本書者，以例言可采入附錄。然劉氏 P2011 卷誤訛多至二千則，因以不敢信彙編之不誤，惟有俟得原卷，再為續補。

原卷皆當時寫本，多有遺誤。然本書以保存原卷真面目為目的，故決不校定，余別為校勘記，與此書別行。

姜氏此書寫成後，於一九五五年十月，由上海出版公司出版，八開本，線裝四巨冊。書首總目敘錄介紹全書內容云：

右敦煌韻輯二十四卷總目，全書共分三部，計字部九卷，皆摹錄原卷者也，共收三十三種，計原卷摹本二十七種，附錄六種。論部十卷，則所以考論記述字部三十卷之作也。譜部五卷，所以綜攝字部諸內蘊，而比其同異者也。初，余遊巴黎，以友人王君有三之助，得遍閱柏里和氏所得敦煌經卷。有三以余稍閑聲韻，慫恿料檢諸韻書卷子。余於音學雖已久廢不理，而自念此亦責之所在，不容推謝，遂勉力為之。後復攜以走倫敦柏林諸處，以校其所藏。歸國後，寄食長安，展轉來潼，此卷尚能苟全，乃即二十七年冬，從事考研，至今年四月，而論述摹錄一切皆畢，其得失將以待世之讀吾書者，然有數事，尚不能已於言，願於此述之。

初余閱卷時，先求良工攝為影片，更以影片與原卷對讎，復以蠟紙覆原卷上影其品式大小，并緣殘痕處錄其韻字。又以別紙照原卷抄錄一過，故每卷皆有三樣本。既歸國，則以蠟紙影樣以配抄寫本於別紙。更以影片細校。校畢，乃躬自影錄而為此書。故每紙之成皆反覆六七次，雖未必即與原卷逼真，而所差必極微。然原卷有行款極亂，字跡極草率者，如倫敦之 S2055，則摹寫時亦偶然徑直其行次，方整其筆畫，要以不失其真為度。今既殺青，皆曰摹本云。又原卷P2129、P2638、P2019、P2758、P2717、S512 等六卷，或為敘跋，或為他種字書，書之內容，不必求助於行款品式之研究而可探知者，當閱卷時，但有寫本，而不為影樣照片。今茲錄為正本，亦但曰抄本云。又諸未見原卷，引自他書之頁，則各各附於相類各卷之後，名曰附錄。其有他家考證之語，可為吾說張目者，亦或隨原本錄入，此又一事也。

巴黎諸敦煌卷，由柏氏編目者，僅及半數，此中韻書余皆一一得見。然當時倫敦開中國藝術展覽會，柏氏曾抽選此刻本數頁以去，余因以遺其一斑。此於十六卷中已詳言之，將來當別為續編，更加徵錄。故巴黎所得脫遺最少。倫敦諸卷編目既未全，而又無相與往還之士，僅翟理斯博士面以相假之百數十卷，然韻書特少。普魯士博物館，余所得本有八種，歸後亡其三。故英德兩京之藏，恐尚有為余所不知者，他年有緣，當更往訪之云，此又一事也。

余平日小有所集之書，兩次滬難，全遭毀滅。年來旅食南北，蓬轉無定，借書不易，購亦無力，故為各卷考證，不能借助於舊說，但能就卷子各各求其自證，以各卷互為比勘而已。其為文不能敷與旁達，然頗能自守藩籬，歸其本真，雖取證之材料甚少，而自圓之方術極真。大抵每卷各為一文，先敘品質款式，然後分論韻部聲首反語注釋字體諸端，而其中倫敦之 S2071、巴黎之 P2011 兩卷最為完整，遂詳考兩卷，以當中心，而為考論各卷之標準，然後相與比合上下出入，定其先後繁簡，以求其為陸本，為長孫本，為孫本，為王本，為唐末本，為北宋本，宏綱既明，諸維皆振。反似較引他書以佐說者，為益切實，為益彰顯。然諸篇考證，雖以 S2071、P2011 為尺墨，而各卷仍求其能獨自成篇。故諸論證之處，似多冗贅之說，蓋以證求其密，理求其切，語求其暢，義求其顯，雖有傷於詞費，而實便於瀏覽，此又一事也。

譜部諸篇，實各卷綜貫之説，雖為全書之總攝，實與一代一學之源流系統有關。故其取材泛出本書之外，近及於吳縣蔣氏之唐韻，內府王氏之刊補，遠及於夏竦鉉鍇之撰著，宋人之廣韻，凡足以佐觀省者，靡不徵擇焉。取材既廣，故體性不能以本書為限，合之此冊，可增佳妙。離而為篇，亦各獨立，別子為宗，不害本支，此又一事也。

上述兩種切韻系韻書的結集工作，在劉復《十韻彙編》出版後，學術界認為得了切韻系韻書材料的總結集。而在姜氏《瀛涯敦煌韻輯》問世後，學術界也認為是海外切韻系韻書目前最完備的總結集。更由於姜氏一再指陳以前大學者王國維、劉復抄錄的錯誤，以及他自己摹寫校對的審慎精詳，學術界心目中都認為這部韻輯應該是最少錯誤最接近原卷的總集。因此，我於一九六七年秋天，在法國國家圖書館觀覽飄零在異邦的國家瑰寶的敦煌卷子時，只打算順便將姜氏提及他未曾收入韻輯中的少數卷子抄錄回來，作為姜書的補充。至於姜書已收錄的韻書，我和所有讀者都信任姜氏長時期細心工作的成果。所以披閱到這些原卷時，僅僅留意卷子的款式，筆法的工拙，楮墨的精粗，作一番欣賞把玩。沒有想到要將姜書和原卷互相核對，來證明姜書是否與原卷相符。因為這樣作，徒然浪費我閱讀其他卷子的寶貴時間。但是由於一個偶然的觸發，在閱讀期間，鄰座有來自日本的馬淵和夫教授，他接連數日攤開《敦煌韻輯》，用敦煌卷子互相核對。待他停止核對工作後，我也從久居巴黎的吳其昱博士借到《瀛涯敦煌韻輯》一套。隨意校對一卷，發現有不少錯誤。又取 P2129 王仁昫刊謬補缺切韻殘卷互校，發現原卷第一行，原文作「刊謬補缺切韻序　　朝議郎衢州信安縣尉王仁昫字德溫新撰定」。這最重要的一行，姜氏的摹本竟然漏抄，而且在序文之首擅自添上「王仁昫序」四字，使我不禁駭然。序文中「又支脂魚虞共為不韻，先仙尤侯俱論是切」，原卷並無反語，姜抄則每個韻目下皆有反語，如「支（章移反）脂（旨夷反）……」。這些反語顯然都是姜氏臆加的。短短的序文，除此之外，還有許多的錯誤。於是我檢出姜氏指稱劉氏誤抄二千條的 P2011 刊謬補缺切韻卷，和姜書核對。此卷巴黎館裝釘成冊頁，字甚工整，小韻皆朱點，計字數皆朱書，惟因朱色不甚顯明，故姜多漏去。如「差（楚宜反不齊）」，原卷齊下有朱書的「一」字，姜漏抄，全卷類此者甚多。又姜抄作缺文的，也多可認出，如「徒（度都反口又或作述步行廿一）」，原卷缺文作「空」，正是注釋徒字的意義。原卷「述作「辻，正是「徒」字另一寫法，從土，從辵。全卷這類的錯誤也非常之多。甚至《敦煌掇瑣》、《十韻彙編》並不錯而姜抄錯的也不少。如原卷「漪（於離反水名八）」，《掇瑣》、《彙編》都不錯，姜抄「名」作「文」，又漏抄名字下朱書「八」字。雖然漪字的意義應該是「水文」，《廣韻》也作「水文」，但是姜氏凡例中已說明「以保原卷真面目為目的，故決不校定。」這是姜氏自己的錯誤，不能算做劉氏的錯誤。像這一類的錯誤在一卷中不斷的發現。因此，我決心把姜書通校一遍。經過一個多月的時間，巴黎所藏的卷子全部校完。跟著我就去倫敦，住在鄰近大英博物館一間旅店，每日往博物館校閱敦煌韻書。發現姜書幾乎每一卷都有重要的錯誤。例如 P2017 卷可能是陸法言原書，除不全的序文外，有極具價值的四聲相承的一百九十三韻的韻目。這麼重要的韻目，姜氏摹本至少有六十個以上的失誤。其中因不能認識而記下的缺文，幾乎可以認出。如「十三（口口）佳」，原卷缺文是「旨膎」二字，「廿（口欣）殷」，原卷缺文是「於」字等等。韻目上本有反語，姜氏漏抄的也非常的多，如「二一震」原卷作「廿一（職刃）震」，「二二問」，原卷作「廿二（無運）問」等等。原卷的字，姜氏誤認的也不少，如「隊」韻是「徒對」反，姜誤「對」為「葑」；原卷「廿八諫」，姜誤「諫」為「謙」等等。還有更大的錯誤，姜氏摹本「卌七（無反語取蒸上聲）」，原卷作「卌七（之口）拯」，並非無反語；姜氏摹本「五十一（無反語取凡之上聲）范」，原卷作「五」，「十一」以下原缺，這些都是姜氏私自擅加的。姜氏一再表明他忠實謹嚴的態度，而有如此重大的過失，不獨造成音韻史上的錯誤，也傷害了姜氏全書可靠的信譽。此外，如P2016 摹本，姜氏審定為增字更定本孫愐《唐韻》殘卷，並說明云：「本卷僅存一葉，凡二面，共二十七行，前後皆殘損。前面存二十行，起孫愐《唐韻·序》「克諧雅況」句，序文六行，承以上平韻目，韻目五行，承以東韻字九行，至櫳、朧字而止。後面起公字註公息忘七行，終罞字。我把原卷核對後，其中個別字不算，前面「克諧」以上，漏抄了序文兩行五十餘字，後面公字註「公息忘」以上，漏抄夾註六行，凡二百餘字。P2638 存《切韻》《唐韻》序，姜摹本「有可昭其憑」，原卷作「有可紐不可行之及古體有依約之並採以為證庶無壅而昭其憑」，姜漏抄二十一字。至於卷子中抄寫改正錯誤的符號，和特殊的標記，姜氏的錯誤也非常之多，如 P2638「子細言之研窮」，「言之」字旁有衍文符號，姜氏漏抄，便不知道原文是「子細研窮」，S2683 切韻殘卷，原卷阮韻上有一朱筆寫的特殊符號，表示韻目當提行。姜氏誤認為文字，因而發出不可靠的推論。經過通校全書的結果，更使我感到有替姜氏作一修正本的必要。因此準備在歐洲多逗留一段時期，來完成這一工作。不料在一九六七年九月廿五日的黎明，突然接獲舍弟從臺北打來長途電話，知道先母患腦溢血，正陷於昏迷狀態中。立即趕辦訂票手續，在候機時間，仍往博物館直至中午十二時半趕校完最後的一卷韻書，即於當天下午六時由倫敦飛紐約轉飛東京，於廿八日下午趕到臺北，停留兩個月，先母病漸好轉，到十一月返香港，回校授課。由於我決意替姜君作一個新的修訂本，恐怕校對不夠精確。在一九六九年往意大利參加漢學會議之便，又往倫敦、巴黎把姜書已收錄的和未收錄的敦煌韻書卷子，重新再細校一遍。除普魯士學院所藏的韻書，據云已燬於二次一戰外，其他各卷都作成「新校」，姜書提到 P2014、P2015 的缺頁，和未提到的 P3693、P3694、P3695、P3696、P3798、P3799，以及 P2012 等卷，都已補抄。還有姜抄的字寶碎金，僅收 P2717 殘卷，我補輯 P2058、P3906、S6189、S6204 各卷校成較完足的本子。回港以後，把所有卷子的校寫，都親手重抄一遍。我深深知道抄本有時比照片更重要，所以在校對抄寫時，十分小心。例如 S2071：「馳（直反）」，原卷直下有「知」字，因為裝裱時把知字位置移開，以致姜氏漏抄。又 S2055：「蕤（儒隹反三加一《說文》草木）」，原卷「草木」下有「垂皃」二字，倒寫側註於前行之末，以致姜抄脫去。又 P2018：「宗」注「作冬反一」，原卷非「一」字，是斷紋。諸如此類，都非細心核對原卷不能辨明。所以卷子上的一點一畫都不能忽略，如 P2019 卷首行損泐，可從點畫認出「數人定」三字；P4879 卷第三行殘餘的點畫，可辨認出是「握筆各記綱紀」數字；諸如此類，都應該像勇士保衛疆圉般，寸土必爭，不可有絲毫的失落。又姜書中論部、譜部二部門，譜部是摹寫本的總結賬，我覺得姜氏摹寫的基礎並不穩固，目前也還未到結總賬的時候，所以這一部門暫時存而不論。論部是姜氏考論字部的個人意見，姜氏表明他的考證是「就卷子各各求其自證，以各卷互為比勘」，故我依據姜氏每篇論文，把姜氏根據字部所得的結論，加以案語，指出字部原卷的真相與姜氏立論不符之處。如姜氏論 P2011 卷反切用字與前後諸家之異同，說：凡與本卷相異者，《廣韻》多與本卷合，而不與 S2071 合。蓋以時論，《廣韻》與 S2071 益相遠，茲亦舉十二證以明之。如租 S2071 作「則胡」，在精紐，而《廣韻》與本卷則用側字切，在莊紐。齊字 S2071 以見紐之俱字切，而《廣韻》與本卷以從紐之徂字切，蹁字 S2071 以蒲切，《廣韻》與本卷皆以部切。嚚字 S2071 以審紐之詩切，《廣韻》與本卷以曉紐之許切。倭字 S2071 以喻紐之與字切，《廣韻》與本卷則以影紐之烏字切之。尤字 S2071 用雨字，《廣韻》與本卷均用羽字。阮字 S2071 以魚字切，《廣韻》與本卷以虞字切。劑字 S2071 以從紐慈字切，而《廣韻》與本卷則以精紐茲字切。勦字 S2071 以床紐之鋤為切，《廣韻》與本卷以精紐之子字切之。鬌字 S2071 以從紐之在字切之，《廣韻》與本卷以郡紐巨字切之。想字 S2071 以心紐之思字切，《廣韻》與本卷以從紐之息字切之。嗛字控字 S2071 以古字切，《廣韻》與本卷以苦字切。諸切語上字，雖有字異而聲實同者，然字異聲亦異者，數亦夥頤。古今音變，蓋皆一部分之擅易，而非全族通譜，故有變有不變矣。

我寫的案語是：

規案：姜氏引證多不可據。「租」字，《廣韻》「則吾切」，本卷作「側胡反」，切語上字與《廣韻》異；而 S2071 卷作「則吾反」，正與《廣韻》相同。齊字，《廣韻》「徂奚反」本卷作「徂嵇反」，S2071 作「俱嵇反」，「俱」乃「徂」之形誤。S2071 為陸氏原書，韻目反語上字作徂；S2071 卷上聲薺作徂禮反，可證「俱嵇」當作「徂嵇」。蹁字，本卷反語損泐，無從知其上字。姜謂《廣韻》與本卷皆以「部」切，不知何據而云然。囂字，S2071 反語上字本作「許」，姜誤抄為詩字。S2071，本卷及《廣韻》皆同作「許」也。倭字，S2071 作「与和反」，「与」乃「烏」之誤字。婐字，S2071 作「烏果反」，姜誤抄「烏」為「与」，「婐」乃「倭」之上聲，知倭當為「烏和反」也。劕字，S2071 作「茲損反」，姜誤抄「茲」為「慈」。本卷混韻精清從心四字：劕，茲損反；忖，倉本反；鱒，徂本反；損，蘇本反。與 S2071 卷反語全同。勦字，S2071 與本卷及《廣韻》同作「子小」，姜誤以勦之又切「鋤交反」為勦之正切。鐈字，S2071 在小反，其平聲喬作「巨朝反」，「在」蓋「巨」之誤字。想字，S2071 反語上字用思，本卷及《廣韻》用息；思息同屬心紐，姜以息為從紐誤。嗛字控字，《廣韻》上字均用苦；嗛字，S2071 用古，本卷用苦。控字，S2071 上聲忝韻：「嗛，古簟反」；其平聲「謙，苦兼反」，入聲「愜，苦協反」；皆與《廣韻》切語同，疑上聲「古簟」乃「苦簟」之誤。又本卷去聲送韻：「控，古貢反」；其上聲「孔，康董反」；入聲「哭，空谷反」；皆溪紐字。且送韻已有「貢，古送反」，則「控」作「古貢反」，當亦「苦貢反」之訛。至於「尤」

之上字或用「雨」，或用「羽」；「阮」之上字或用「魚」，或用「虞」，字屬同紐，不足為異。是姜氏所舉例證，什九皆誤，則所論不足信賴明矣。總括起來，我對姜書字部，作了一番新校的工夫，並補抄姜書未收的倫敦巴黎所藏的韻書卷子；對於姜書論部，作了一番訂正的工夫，而譜部則存而不論。因此，我這一部書分為三部份；第一部份是摹印姜書三十三種卷子，和我新補抄的十二種卷子。第二部份是核對姜書字部新校。第三部份是姜書論部的案語。為了便於觀覽，以卷子為經，每一卷子先列姜的摹抄本，跟著便是該卷子的新校和案語。定名為《瀛涯敦煌韻輯新編》。一方面表示本書是姜書的加工，一方面也表示本書是姜書的延續。中國學術典籍是中國民族文化精神智慧的結晶，它是具有永恒不朽的生命的。我們都只是為它服務的工作人員，但我們都對它有崇高親切的敬愛。我們希望一個接一個的貢獻心力為它做出有價值的工作。我指正姜書的錯誤，補充姜書的遺漏，但是列寧格勒藏有一萬二千葉敦煌卷子，其中未必沒有韻書殘卷，也許還有其他未知或未發現的材料，都需要文化工作者為它繼續不斷的服務。所以我也希望我的書能有一分參考的價值，而得到為它服務的人的指正和補充。

羅莘田先生在《十韻彙編》完成之後，他寫了一篇序，指出《十韻彙編》「這部書是我們現在已竟得到《切韻》系韻書材料的總結集」。他又鄭重的說；

> 這部書的功用不是給從前研究《切韻》的人作結束，而是給以後研究《切韻》的人作引端。

他在序文中列舉例子做切實的證明，我極同意羅先生的見解。同時我也舉幾個例來證明《瀛涯敦煌韻輯新編》這部書也可適應羅先生的啟示。

我們知道姜亮夫先生搜羅敦煌韻輯時，P2014 卷缺少第八、第九兩頁。這兩頁由伯希和選送倫敦參加中國藝術展覽時，天津大公報（二十四年十月六日）巴黎通訊曾報導其詳目云：

二零一四（伯希和號碼）

大唐刊謬補闕切韻　　刻本，僅選兩頁與會。

記者在 2014 號下云：「是書為唐王仁昫撰，書名上標『大唐』兩字，則為刻於唐代可知也。」魏建功先生《十韻彙編·序》根據大公報記者所寫，記下他的疑點說：

> 2014「大唐刊謬補缺切韻」題是一張末葉，我們不能必斷是王仁昫無疑。故宮本王仁昫韻衹寫「切韻」，敦煌掇瑣本王仁昫韻都寫「刊謬補缺切韻」，體制原不一定。後人復刊前代的書並不改字，澤存堂刻《廣韻》依然題「大宋重修廣韻」，有「大唐」字樣還可以有五代刻的可能。隋唐韻書作者蜂起，名稱相襲相重的屢見不一見，我們不能因為知道王仁昫有刊謬補闕之作，遇有刊謬補闕的就給王仁昫遇缺就補。故宮本王仁昫與敦煌掇瑣本王韻不同，這刻本也與不那兩本相同。第一宣韻不是王韻裏有的；第二鹽韻五十一的次第不是王韻的系統；第三宣韻三十三和鹽韻五十一排不連攏；第四三十五豪韻影片注 2014(8)與注 2014(5)的肴韻殘葉影片確是同板的兩張印本，然則 2014 總號下的各紙必是從

書的形式上的觀察集合起許多殘葉來的了；從這四點上看，我們反不敢說什麼的話了（原注：通訊未載韻目名稱，也很覺可惜！）。

魏氏又比較 2014 和敦煌掇瑣中 P2011 兩卷的異同，作出極有見地的推論，他說：

五代刻本中間有大唐刊謬補缺切韻一頁，便是那小字本有「宣」韻的一種，現在和這本（規案：指 P2011 卷）對看，第十七頁上的二十八韻首裏「先」「仙」之後並無「宣」韻目，第八九兩頁上「仙」韻特別完全也沒有把「宣」字獨立起來。那本宣韻第三十一，該是連了平聲上數的，依照這本上去韻目看，宣韻排不到三十一，「宣」排到三十一的次第，要有「諄」「桓」韻才對，上聲便要有「準」「緩」「選」，去聲也要有「稕」「換」，這本裏是都沒有的。那小字本還有一頁，鹽韻排在五十一，看來應是和三十一宣的韻目相關。由「宣」向後到「歌」後加「戈」，再數到「鹽」正得五十一；不然，像我曾經解釋過的在齊韻後出「移」韻，再加「諄」「桓」「戈」數到「鹽」也正得五十一，前一說法「宣」韻是李舟韻徵，後一說法，「移」韻是孫愐韻徵。最近巴黎通訊記者惜乎沒有告訴我們是些什麼韻目，尤其是與「大唐刊謬補缺切韻」題字同頁的韻字和他所屬的韻目，如果這題字無王仁昫名，而竟是與「宣」「鹽」兩韻的相關，我們也許可以添出幾種假設：

> 刊謬補缺切韻不止王仁昫的一種；
>
> 孫愐或李舟書也許有刊謬補缺之名；
>
> 或許別有像故宮本混合意味的韻書叫刊謬補缺。
>
> 所最可疑的就是有題字的一頁恐怕原來不與這些小字本相合。那麼，這王仁昫才或許有與那頁題字是一種的可能。

魏氏未見P2014第八、九兩頁，能夠提出上舉多項疑問，可說是目光如炬。但我們得見P2014第九頁，末行標明「大唐刊謬補闕切韻一部」，而這一頁正反面有職韻的殘字，及卅四德、卅五葉、卅十六乏的韻目及殘字。可見此本入聲有三十六個韻部。又P2014卷四前頁殘存第卅五清至五十八凡的韻目，第四種又有卅一宣韻目，可見此本平聲有五十八個韻部。P5531與P2014是同類的本子，它的第一頁殘存有廿雪、廿一錫兩韻，雪韻是由薛韻分出的入聲新韻部。此本如上去聲存在，合計韻部當有二百一十部。不獨多於P2011和宋濂跋本王仁昫刊謬補缺切韻，而且也多於宋人增修廣韻。夏竦古文四聲韻所據唐切韻，平聲後有移韻，仙韻後有宣韻，上聲獮韻後有選韻，去聲凡韻後有釅韻，入聲質韻後有聿術二韻，正是與P2014相近的韻書。大概陸法言切韻盛行以後，韻學家剖析益密，王仁昫據一百九十三韻增為一百九十五韻，孫愐又增訂為二百零五韻，晚唐人根據刊謬補缺切韻分析增加到二百十韻。我們過去以為切韻系的韻書時代越後，分部必定越多。現在看來，晚出的大宋重修廣韻的韻部還是繁簡適中的本子。切韻、唐韻是韻部較廣韻為簡的韻書；P2014卷大唐刊謬補闕切韻及夏竦、魏鶴山所見的切韻是較廣韻韻部為繁的韻書。大唐刊謬補闕切韻因卷首殘缺，失去撰人姓名，可能是晚唐人根據王仁昫的切韻增編續修的。即宋濂跋本標明王仁昫的，我們有證據證明它也還是經過後人續修的。由於 P2014 末葉的問題，魏氏不能解，因此 P2012 守溫韻學殘卷內容牽涉到 P2014 卷，對於守溫韻學殘卷的年代也懸而不敢決。羅常培敦煌寫本守溫韻學殘卷跋云：

> 今案卷中四等重輕例所舉，「觀（古桓反）關（刪）勬（宣）涓（先）」及「滿（莫伴反）矕（潸）免（選）緬（獮）」二例，勬字《廣韻》屬仙韻合口，而此注為宣韻，免字屬獮韻合口，而此注為選韻；其宣、選二目與夏竦《古文四聲韻》所據《唐切韻》同。而鉉鍇《說文解字篆韻譜》所據《切韻》，徐鉉改定《篆韻譜》所據李舟《切韻》，尚皆有宣無選；陸詞、孫愐、王仁昫等書則並無之。據王國維〈書古文四聲韻後〉謂：「其獮韻中莬註人兗切，而部目中選字上註思兗切，二韻俱以兗字為切，蓋淺人見平聲仙、宣為二，故增選韻以配宣，而其反切則未及改。其本當在唐韻與小徐本所據《切韻》後矣。」又《古文四聲韻》引用書目有祝尚丘韻、義雲《切韻》、王存義《切韻》及《唐韻》四種，則其所據韻目當不外乎祝尚丘、義雲、王存義所為。若就增選韻以配宣一點言，其成書尚在李舟《切韻》後。王國維〈李舟切韻考〉既據杜甫「送李校書二十六韻」斷定李舟在唐代宗乾元之初年二十許，《切韻》之作當在代、德二宗之世。則守溫、夏竦所據之《切韻》必不能在德宗以前。且半農先生亦嘗據其紙色及字蹟，斷為唐季寫本，故舊傳守溫

為唐末沙門，殆可徵信。

魏氏也在《十韻彙編》序裏說：

這一段例字中間有一點與韻書有關，就是平聲有勬字注宣韻，上聲有免字注選韻，可以藉此考見這卷子所據的韻書而決定其時代（原注：羅文已詳言之）。我在前面五代刻本韻書三十一宣韻的問題下，說了巴黎通訊記者稱為王仁昫《刊謬補缺切韻》的可疑。現在這連帶的將我們決定守溫卷子時帶的一個證據存疑起來了；雖然我是和羅君的主張相同，也只好等待王仁昫韻有無宣韻和有宣韻的《刊謬補缺切韻》是不是王仁昫的書兩個問題證實了再說。

我們現在補全了 P2014 卷的缺葉，事實顯示給我們，《刊謬補缺切韻》是有「無宣韻」與「有宣韻」的兩種。無宣韻的在前，有宣韻的是晚唐人據《刊謬補缺切韻》分析增益而成的本子。守溫是晚唐人，所以他根據當時流行的韻書來供他等韻學說舉例。單是這一葉韻書已經在韻學史上佔有非常重要的位置，發生非常鉅大的作用了。由這一個例證說明了材料的有無、多少、完缺，對於學說的發明和結論的可靠與否是有多麼大的關係。

我們再舉一個例說明材料正確的重要。羅莘田先生根據《十韻彙編》所得的新材料，提出了新問題，他在《十韻彙編》序裏說：

切韻裏有四個以喻切影的例：

倭　与和（切三）　烏和（王一）　烏和（廣、王二）

婐　与果（切三）　烏果（廣、王一）

啞　與雅（切三）　烏雅（王一）　烏下（廣）

䏿　與洽（切三）　烏洽（廣、刊、王一、王二、唐）

同在一種寫本裏而有這麼幾個內部一致的特別切法，我們就不能把它們當作偶然的例外，假如是由「烏」形訛為「与」，再由「与」類推為「與」，那麼問題還比較簡單，如其不然，就得很費一番解釋了。還有：

兄　詩榮（切三）　許榮（廣、王二）

囂　詩〔嬌〕（切三）　許嬌（廣、王一）

自然也可以說「詩」是「許」的形訛，可是《顏氏家訓·音辭篇》說：「通俗文曰，入室求曰搜，反為『兄侯』，然則兄當音『所榮反』，今北俗通行此音，亦古語之不可用者。」敦煌寫本《守溫韻學殘卷》也有「心邪曉是喉中音清」（見劉復敦煌掇瑣下輯四二一頁）一句話。這樣看起來，「詩榮」、「詩嬌」兩切是否單是形訛，就大有考慮的餘地了。

我們看羅氏舉出六個字的反語的異同，似乎發生了問題。但是我們把新校的結果加以審核，發現與原卷頗有出入。S2071（即切三）啞，原卷作烏雅反，王國維誤抄作「與」，姜亮夫抄誤作「与」。䏿，S2071 原卷作「与洽反」，王國維誤抄作與。婐，S2071 原卷作烏果反，王國維姜亮夫均誤抄作「与」。婐是「倭」的上聲字，「婐」的上字既是烏，則倭的上字也應該是影紐字「烏」。「䏿」的平聲字是「猎」，「猎」的反語是「乙咸」，「乙」是影紐字，則䏿的上字也應該是影紐字「烏」。況且這四個字的反語上字，P2011 卷（即王一）全部作「烏」，可見這四個字的反語上字，S2071 卷也應該作「烏」。「婐」、「啞」原卷本作「烏」，「倭」、「踒」則原卷誤「烏」為「与」。又囂字，S2071 原卷上字作「許」，王國維、姜亮夫均誤抄作「詩」。「兄」、「囂」二字反語的上字，P2011 均作「許」，可見「兄」作「詩榮」的詩也是 S2071 卷的誤字。羅氏懷疑說：「同在一卷寫本裏而有這麼幾個內部一致的特別切法，我們就不能把它們僅僅當作偶然的例外。」這個懷疑既失去了可靠的根據，自然也不必懷疑了。我們根據正確的新材料，可以得到正確的新學說；如果根據不正確的新材料，推論出來的新學說，自然也不正確了。因此我們必須把握新材料的正確性，纔能消除不正確的新學說，纔能產生正確的新學說。我整理這部《瀛涯敦煌韻輯新編》，目的便是在繼續前輩學者的努力，尋回失落在海外的學術新材料，正確的呈獻給學術界人士，作為發明新學說的可靠的根據。我希望從事學術的朋友，為了愛護中國學術的共同心願，不斷的予以指正和修訂，使到我們獲得的新材料越來越豐富，越來越正確。我們不分先後，不分彼此，我們一切都是為了愛護中國學術的共同心願。

五、相關之音系：

研究廣韻，切韻、廣韻之本書固應詳為推校，明其體制外，其相關書籍亦有足以取資者。條其細目於次，其有後世學者研究之論文，亦附錄其論文名稱、作者及其出處於下：

I. 釋玄應一切經音義。

1.周法高〈玄應反切考〉❸。

2.王力〈玄應一切經音義反切考〉❹。

3.周祖謨〈校讀玄應一切經音義後記〉❺。

II. 釋慧琳一切經音義。

黃淬伯〈慧琳一切經音義反切考〉❻。

III. 顧野王玉篇。

翁文宏〈梁顧野王玉篇聲類考〉❼。

IV. 日僧空海萬象名義。

周祖謨〈萬象名義中之原本玉篇音系〉❽。

V. 陸德明經典釋文。

1.王力〈經典釋文反切考〉❾。

2.謝雲飛〈經典釋文異音聲類考〉❿。

3.邵榮芬《經典釋文音系》⓫。

---

❸ 見《史語所集刊》，二十本，頁 359-444。

❹ 王力《龍蟲並雕齋文集》，第 3 冊，頁 123-134。

❺ 周祖謨《問學集》，上冊，頁 192-212。

❻ 《史語所專刊》之六。

❼ 《國立臺灣師範大學國文研究所集刊》第 15 號。

❽ 周祖謨《問學集》，上冊，頁 270-404。

❾ 王力《龍蟲並雕齋文集》，第 3 冊，頁 135-211。

❿ 《國立臺灣師範大學國文研究所集刊》第 4 號。

VI. 曹憲博雅音。

董忠司《廣雅研究》⓬。

VII. 李善文選音。

周祖謨〈論文選音殘卷作者及其方音〉⓭。

VIII. 大徐說文音。

1.嚴學宭〈大徐本說文反切的音系〉⓮。

2.周祖謨〈唐本說文與說文舊音〉⓯。

IX. 小徐說文解字篆韻譜。

X. 大徐說文解字篆韻譜。

王勝昌〈說文篆韻譜之源流及其音系之研究〉⓰。

XI. 朱翺反切。

王力〈朱翺反切考〉⓱。

XII. 集韻。

⓫ 臺灣學海出版社出版，民國八十四年六月初版，臺北市。邵氏此書分七章共541頁，邵氏認為王力《經典釋文反切考》只是舉例性質，過於簡略。日本學者坂井建一《魏晉南北朝字音研究》一書僅研究陸德明弔錄各家反切，對陸氏本人反切，則全然未及，不免遺重就輕之弊。邵氏為彌補此憾，撰寫此書，乃對陸氏反切進行全面分析整理，考定陸氏聲、韻、調系統，並對其音值加以構擬，信陸氏之功臣也。

⓬ 國立政治大學中文研究所碩士論文。

⓭ 周祖謨《問學集》，上冊，頁177-191。

⓮ 北大《國學季刊》，第6卷第1號，頁45-144。

⓯ 周祖謨《問學集》，下冊，頁723-759。

⓰ 《國立臺灣師範大學國文研究所集刊》第19號。

⓱ 王力《龍蟲並雕齋文集》，第三冊，頁212-256。

1.邱棨鐊《集韻研究》⓲。

2.林英津《集韻之體例及音韻系統中的幾個問題》⓳。

六、《廣韻》之性質：

《廣韻》直接繼承《切韻》而來，明《廣韻》之性質，亦即明《切韻》之性質，關於《廣韻》、《切韻》之性質，歷來論者已多，歸納前賢之說，約有三類：

㈠兼包古今方國之音：

江永《古韻標準·凡例》云：「韻書流傳至今，雖非原本，其大致自是周顒、沈約、陸法言之舊，分部列字，雖不能盡合於古，亦其時音已流變，勢不能泥古違今。其間字似同而音實異，部既別則等亦殊，皆雜合五方之言，剖析毫釐，審定音切，細尋脈絡，曲有條理。」是江氏以為《切韻》之書雜合五方之音而成書者也。戴震《聲韻考》卷三云：「隋唐二百六韻，……雖未考古音，不無合於今大戾于古，然別立四江以次東、冬、鍾後，殆有見于古用韻之文，江歸東、冬、鍾，不入陽、唐，故特表一目，不附東、冬、鍾韻內者，今音顯然不同，不可沒今音，且不可使今音古音相雜成一韻也。不次陽、唐後者，撰韻時以可通用字附近，不可以今音之近似而淆亂古音也。」其後段玉裁成《六書音韻表》更申明戴氏之旨。其言曰：「法言二百六部綜周、秦、漢、魏至齊、梁所積而成典型，源流正變，包括貫通，長孫訥言謂為酌古沿今無以加者，可

⓲　中國文化大學中文研究所博士論文。

⓳　國立臺灣大學中文研究所博士論文。

稱法言素臣。如支、脂、之三韻，分之所以存古，類之所以適今，用意精深，後人莫測也。」又云：「四江一韻，東、冬、鍾轉入陽、唐之音也。不以其字雜廁之陽、唐，而別為一韻繫諸一東、二冬、三鍾之後；別為一韻以著今音也，繫諸一東、二冬、三鍾之後，以存古音也。」是段氏以為《廣韻》分韻兼顧古今音也。章太炎先生〈音理論〉云：「不悟《廣韻》所包兼有古今方國之音，非並時同地得有聲勢二百六種也。（且如東、冬于古有別，故《廣韻》兩分之，在當時並無異讀，是以李涪《刊誤》以為不須區別也。支、脂、之三韻惟之韻無合口音，而支韻開合相間必分為二者，亦以古韻不同，非必唐音有異也。若夫東、鍾；陽、唐；清、青之辨，蓋由方國殊音，甲方作甲音者，乙方則作乙音，乙方作甲音者，甲方或又作乙音，本無定分，故殊之以存方語耳。）」是章太炎先生更提出《切韻》、《廣韻》之分韻於古今方國之音，皆已兼顧。蘄春黃季剛先生〈與人論治小學書〉云：「《廣韻》分韻雖多，要不外三理：其一、以開合洪細分之。其二、開合洪細雖均，而古本音各異，則亦不能不異；如東、冬必分；支、脂必分；魚、虞必分；皆、佳必分；先、仙必分；覃、談必分；尤、幽必分是也。其三、以韻中有變音無變音分；如東第一（無變音），鍾（有變音）；齊（無變音），支（有變音）；寒、桓（無變音），刪、山（有變音）；蕭（無變音），宵（有變音）；青（無變音），清（有變音）；豪（無變音），肴（有變音）；添（無變音），鹽（有變音）；諸韻皆宜分析是也。」錢玄同先生《文字學音篇》云：「（古今沿革之分）則陸法言定韻精意全在於此，吾儕生于二千年後，得以考明三代古音之讀法，悉賴法言之兼存古音，且此事不明，不特古音無由通曉，即驟覩《廣韻》之分部，必將致疑于吾中華母音何以有若是其多。驗諸脣吻而韻異音同者又甚夥，求其故而不得，遂以《廣韻》為非。……今案《廣韻》二百六韻中有古本韻，有今變韻。」羅常培〈切韻探賾〉亦謂：「《切韻》則欲網古今南北的聲音，兼蓄並包，使無遺漏。」先師林先生景伊（尹）《中國聲韻學通論》云：「法言古今沿革之分析，約而言之，可得四端：一、古同今變者，據今而分。二、今同古異者，據古而分。三、南同北異者，據北而分。四、北同南異者，據南而分。《廣韻》據而增改之，故二百六韻，兼賅古今南北之音。」以上諸家所謂古今南北之音，大體指周、秦迄隋、唐各地之方音。然亦有以為古今之範圍僅指魏、晉南北朝而言者，則黃淬伯〈討論切韻的韻部與聲紐〉一文，可為其代表。黃氏云：「從〈切韻序〉裡的要點，把他分開引申，表明《切韻》的內容，不是單純的；材料的性質，有時間性的，有空間性的，這部書非獨出心裁，創作新韻的，因藉現存的材料，加以繩削的；看待這部《切韻》，不妨看作一部集大成的古今（魏至隋）韻彙罷了。……《切韻》的組織法，大約依著諸家舊韻，斟酌韻部的分合以為經；依著當時方音、兼包並蓄、別出互見以為緯。」王力《漢語史稿》則認為《切韻》系統只代表文學語言之語音系統，此種語音系統純屬書面語言，而此一系統則參照古音與方音來規定。王氏云：「依古音應該分別的音，就給它們分別開來；哪一種方言能與古音系統讀出一個分別來，它就算是合於規範，這個規範雖然是人為的，卻不是沒有根據的。」王力《漢語音韻》進一層闡釋其根據云：「《切韻》照顧了古音系統，也照顧了方音系統，凡古音能分別而當代某些方言已經混同，某些方音還能分別的，則從其分，不從其合，這樣韻部的數目就多起來了。」

㈡《切韻》為當時之音：

戴震《聲韻考》嘗云：「隋、唐二百六韻，據當時之音撰為定本。」雖與其前說略有矛盾，然既以為據當時之音，則自然係其主張。陳澧《切韻考》更進一步以為「陸氏分二百六韻，每韻又有二類、三類、四類者，非好為繁密也。當時之音實有分別也。」當時之音究以何地之音為準，戴、陳均未指明，瑞典高本漢（Bernhard Karlgren）則以為乃六世紀與七世紀初長安方音。高氏於《漢文典》（Grammata Secrica）中云："The language spoken in CH'ang-an, the capital,in Suei and early T'ang" time (6th and early 7th c.A.D.). This language, the S-C Ancient Chinese most fully represented by the dictionary Ts'ie Yun (published in 601A.D.) has been reconstructed by me in E'tudes sur la phonologie Chinoise (1915-26) and the Reconstruction of Ancient Chinese (T'ong Pau XXI) 1922)"「隋代及唐代初年（六世紀及七世紀初）首都長安之語言，極為完整記錄於《切韻》中（公元六零一年成書），余已於《中國音韻學研究》及《古音之重構》二文中構擬其音。」

但亦有主張所謂當時之音乃指洛陽而非長安者，李于平〈陸法言的切韻〉一文云：「有人因為切韻序有『論南北是非，古今通塞』的話，就說切韻代表的語音系統包括古今四方的，這種看法是不足信的。……任何時代都有方言的差別，切韻的時代也不例外，可是切韻時代有方言的差別，並不能說切韻就包羅各地方言的音系。切韻序末題『大隋仁壽元年』，隋的都城在長安，因此也有人說切韻代表長安方言。陳寅恪先生〈從史實論切韻〉指出，陸法言和劉臻等都不是世居關中之人，切韻序提到呂靜《韻集》等五書，都不是關中人之著作。切韻序批評『吳楚則時傷輕淺，燕趙則多涉重濁，秦隴則去聲為入，梁益則平聲似去。』列舉各地方言的缺點，沒有提到中原，可見劉臻等認為中原即洛陽及其附近的語音是正音，因此認為切韻代表洛陽語音，不代表長安語音。」

㈢《切韻》為雅音或書音：

陳寅恪氏〈從史實論切韻〉一文，則以為切韻所據者為洛陽及其近旁士大夫集團所操之雅音。其言曰：「更就顏黃門論金陵洛下士庶語之優劣觀之，知其必有一衡度之標準，此標準為何？殆即東漢、曹魏、西晉以來居住洛陽及其近傍之士大夫集團所操之雅音也。」（嶺南學報九卷二期）王顯、邵榮芬〈切韻的命名〉與〈切韻的性質〉一文，即推衍陳氏之說，以為切韻乃在當時洛陽音系的基礎上，適當的吸收其他音系之個別音類編寫而成。趙振鐸〈從切韻序論切韻〉一文亦有類似之見。趙氏云：「洛陽一帶的話是切韻音系的基礎，但是在某個具體的音系上，陸法言也曾有所去取，採用了一些別的方言中他認為精切的音，削除了一他認為疏緩的音。」然而切韻語音是否即以洛陽附近之雅音為準，仍屬極待考訂。周祖謨〈切韻的性質和它的音系基礎〉一文，析論較詳。周氏此文首先從切韻序分析，以為就序文所示可知：⑴當時各處方言語音不同。⑵切韻以前諸家韻書分韻不同，各有乖互。⑶切韻為辨析聲韻而作，參校古今，折衷南北，目的在於正音，要求在於切合實際。最後推論認為：「總起來說，切韻是根據劉臻、顏之推等八人論難的決定，並參考前代諸家音韻，古今字書，編定而成的一部有正音意義的韻書。它的語音系統是就金陵鄴下的雅言參酌行用的讀書音而定的。既不專主南，也不專主北，所以並不能認為就是一個地點的方音的紀錄。以前有人認為《切韻》的系統代表隋代的長安音，那是錯誤的。」其次周氏又從王仁昫《刊謬補缺切韻》韻目下小注中，所注呂靜等五家韻目分合之情況探索，以為《切韻》分韻，以呂靜等五家書為資據，而又加以整齊，所以分韻多於以前各家。且四聲相從承頗有倫序，大勝於前。五家之中，呂靜與夏侯該兩家分韻都比較細。夏侯書最大的特點在於二等韻都獨立為部，呂靜書最大的特點，在於一攝之內，三、四等韻大半分立，這是比陽、李、杜三家較細微處。陽、李、杜三家脂、之、微三韻有別，而呂、夏侯兩家則脂與之、微相亂。故周氏云：「切韻除采用呂靜、夏侯兩家以外，又參酌於陽、李、杜，凡各家立有成規，審音細密，開合洪細之間條理清楚的，切韻都一一承用，遇到諸家辨析不甚明晰的，又分別異同，並使四聲都能相應。」比較五家韻書之後，可知切韻之長處為：「審音精密，重分不重合，一攝之內，一、三等有分，三、四等有分，二等完全獨立，體例嚴整，秩然不紊。分韻辨音，折中南北，不單純採用北方音。前代諸家韻書隨南北方音而異，陸法言生於河北，而採用夏侯書的地方獨多，這與以前諸家僅以一方方音為準者大不相同。」陸法言撰集切韻，所以要審音精密，折中南北，目的固在於審音，同時亦便於南北通用。蓋南北語音不同，或分或合，用者完全可據本身方音與韻書比合同異，按音檢字，故分韻不妨精密。此種辨法之缺點，即在非單純一地之語音記錄。然從歷史條件觀之，當時學者擬編一部韻書，既能保持語音中之細緻差別，又可使南北方人皆能應用，亦不得不爾。

周氏云：「當時南北韻書分辨聲韻雖有疏密之分，而大類相去不遠。在一大類之中，區別同異，取其分而不取其合，對整個語音系統，不會有根本的改變。因此，這樣做也完全是可以行得通的，並且也符合客觀的情況和實際的需要。」

另外周氏又從隋以前齊、梁、陳之間詩文押韻情況，以明切韻與實際語音之差距，以明其憑藉之語音基礎。周氏以為切韻分韻，多與齊、梁、陳之間江東音相合，而且與梁代吳郡顧野王《玉篇》之韻類亦幾乎全部相同。由此可知，切韻在韻部上所採用之分類，大都本之於南方韻書（夏侯該《韻略》）與字書（顧野王《玉篇》）。故周氏據以推斷說：

> 《切韻》的分韻，主要是顏之推、蕭該二人所決定的。頻之推論南北語言曾說：「冠冕君子，南方為優；閭里小人，北方為愈。」他既然認為士大夫階級通用的語言，南優於北，而他本人又原是南方士大夫階中的人物，他所推重的自然是南方士大夫的語音。《切韻》分韻既合於南朝夏侯該、顧野王之作，而二人都是梁朝士流，夏侯該曾讀數千卷書，顧野王又為梁太學博士，他們所根據的必然是當時承用的書音和官於金陵的士大夫通用的語音。這與顏之推所提倡的也正相符合。然則《切韻》的語音系統，也就是這種雅言和書音的系統無疑。」並云：「總之，《切韻》是一部極有系統而且審音從嚴的韻書，它的音系不是單純以某一地行用的方言為準，而且根據南方士大夫如顏、蕭等人所承用的雅言、書音，折中南北的異同而定的。雅言與書音總是合乎傳統讀音

> 的居多，《切韻》分韻定音既然從嚴，此一類字與彼一類字就不會相混，其中自然也就保存了前代古音中所有一部分的分別，並非顏蕭等人有這裡取方音，那裡取古音，《切韻》的音系是嚴整的，是有實際的雅言和字書的音讀做依據的。顏之推、蕭該二人必然都能分辨，其他諸人也一定都同意這些類別。……這個系統既然是由南北儒學文藝之士共同討論而得，必定與南北的語言都能相應。這個系統可以說就是六世紀文學語言的語音系統。⑳（見《問學集》頁 434-473）

周法高氏〈論切韻音〉一文，更將此一語音系統之範圍，擴大之於洛陽與長安。周氏云：

> 根據我研究玄應音的結果，也得出和《切韻》差不多的音韻系統，可見六、七世紀中，不管金陵、洛陽、長安，士大夫的讀書音都有共同的標準。

以上三種說法，吾人仍然偏向於第一種說法。理由如下：

1.〈切韻序〉云：「因論南北是非，古今通塞。」又云：「蕭、顏多所決定。」假若《切韻》僅記錄一時一地之語音系統，或當時各地之共同書音，則根本不須論「南北是非，古今通塞」，更不須蕭、顏多所決定，只須將當時實際語音系統據實記錄即可，今既不然，可知非單純之語音系統。

---

⑳ 見《問學集》，頁 434-473。

2.現存王仁昫《刊謬補缺切韻》各本皆有一張韻目，韻目下注明呂靜等五家韻目之分合。茲全王本卷一之韻目為例，錄之於下：

二冬（陽與鍾江同韻，呂、夏侯別，今依呂、夏侯。）

六脂（呂、夏侯與之、微大亂雜，陽、呂、杜別，今依陽、呂、杜。）

十四皆（呂、陽與齊同，夏侯、杜別，今依夏侯、杜。）

十五灰（夏侯、陽、杜與咍同，呂別，今依呂。）

十七真（呂與文同，夏侯、陽、杜別，今依夏侯、陽、杜。）

十八臻（呂、陽、杜與真同，夏侯別，今依夏侯。）

二十殷（陽、杜與文同，夏侯與臻同，今併別。）

二十一元（陽、夏侯、杜與魂同，呂別，今依呂。）

二十二魂（呂、陽、夏侯與痕同，今別。）

二十五刪（李與山同，呂、夏侯、陽別，今依呂、夏侯、陽。）

二十六山（陽與先、仙同，夏侯、杜別，今依夏侯、杜。）

二十七先（夏侯、陽、杜與仙同，呂別，今依呂。）

三十一肴（陽與蕭、宵同，夏侯、杜別，今依夏、杜。）

三十六談（呂與銜同，陽、夏侯別，今依陽、夏侯。）

三十七陽（呂、杜與唐同，夏侯別，今依夏侯。）

四十三尤（夏侯、杜與侯同，呂別，今依呂。）

五十一咸（李與銜同，夏侯別，今依夏侯。）

由上表可知，陸氏所分，純據五家而別，從其分者，不從其合者，故分韻致多，其非一地之語音系統可知。若謂讀書音，恐亦不然，蓋韻書之作，全為作詩押韻之用，凡作詩者，未有不諳書音者，若謂係書音，則何以各地韻目參差若是，如殷韻下注。殷之別出，既不從陽、杜之併于文，亦不從夏侯之合于臻。任何一家韻書，皆無殷韻之目，其為折衷南北，尤為顯然。

3.唐封演《聞見記》云：「隋陸法言與顏、魏諸公定南北音，撰為《切韻》……以為楷式，而先、仙、刪、山之類分為別韻，屬文之士，苦其苛細，國初許敬宗等詳議，以其韻窄，奏合而用之。」唐初去隋，為時幾何，屬文之士，已苦其苛。苟為相承之書音，文士焉有不知之理。其實許敬宗等奏合而用之，實據當時之實際雅言為標準，蓋開科取士，用韻必有標準。其標準為何？則當時之雅言也。故其併合，並非見韻窄則併於他韻，例如肴韻至窄，亦未併於蕭、宵或豪；欣韻至窄，併於文或真。脂韻甚寬，反併入於支、之。若許氏所併為雅言或書音，則《切韻》所據，其非書音，顯然可知也。

4.唐代李涪去法言未遠，其所為《切韻刊誤》，已有「東、冬，中、終，妄別聲律」之譏。若為書音，李涪焉得不知？何致斥為吳音乖舛。若僅指金陵一地之音，則顯與南北是非之旨不合，又與王氏韻目注相違。再若確為行用之書音，語音何以演變如此其劇，至李涪時，竟難以區別。

5.《顏氏家訓·音辭篇》：「自茲厥後，音韻蜂出，各有土風，遞相非笑，指馬之諭，未知孰是。共以帝王都邑，參校方俗，考覈古今，為之折衷。榷而量之，獨金陵與洛下耳。」陸氏《切韻》，顏氏多所決定，顏氏論韻之標準，以金陵與洛下等帝王都邑之音，參校方俗，考核古今，為之折衷。正與法言〈切韻序〉相合，是《切韻》非一時一地之音，又可見矣。

6.現代漢語方言，皆可與《切韻》相對應，若《切韻》為一時一地之音，其與現代方言之對應規律，除非承認現代各地的方言，皆從《切韻》發展出來，否則將無從解釋矣。若《切韻》兼包古今方國之音，其與現代方言之對應規律，自無可疑。

7.主張《切韻》音系為單一音系者，往往將《切韻》內部規律一致作為證據。彼等以為「切韻聲母在反切方面有很規律之表現」，即為一極堅實之內部證據。彼等認為聲母之反切，乃不可能不反映當時之實際語音，聲母既反映當時實際語音，則有何理由認為韻母為兼綜古今南北之綜合體？此一理由，乍聽實甚動聽，然與事實一對證，則完全不可信矣。《廣韻》切語於端、知、照三組聲紐區別十分清楚，然則此三組聲母確代表三類不同之音讀乎？答案恐怕完全否定。試以北平、廣州、廈門三地方言為例，北平端讀 t，知、照二組皆讀 tʂ；廣州端讀 t，知、照二組皆讀近 tʃ；廈門端、知二組皆讀 t，照組讀 ts。若編一部韻書同時照顧上述三種方言，當根據北平與廣州將知母併於照母，抑根據廈門將知母併於端母乎？恐怕既不能併知於照，亦不能併知於端，惟有將知母獨立，才能合於三處方言之語音系統，而事實上，任何一種方言皆無三種不同讀法。由此看來，法言聲母之分類仍與韻母相同，還是從分不從合，則又有何理由肯定其代表單一之語音系統！

8.現代中國境內已知方言，其在聲韻調三方面，與廣韻對照如下：

地區	聲母	韻母	聲調	備　註
濟南	24	38	4	
西安	27	38	4	
太原	21	36	5	入分陰陽

漢口	19	35	4	
成都	21	36	4	
揚州	17	46	5	平分陰陽
蘇州	27	49	7	平去入分陰陽
溫州	28	33	8	平上去入分陰陽
長沙	20	37	6	平去分陰陽
雙峰	28	34	5	平去分陰陽而無入
南昌	19	63	6	平去分陰陽
梅縣	19	75	6	平入分陰陽
廣州	20	53	9	平上去入各分陰陽，陰入又分上中
廈門	14	86	7	平去入分陰陽
潮州	18	82	8	平上去入分陰陽
福州	15	49	7	平去入分陰陽
瀋陽	19	36	4	
昆明	22	28	4	
合肥	22	43	5	平分陰陽
陽江	21	47	9	平去分陰陽，入分四調
廣韻	41	141	4	韻母區別，不含上去聲

現代方言中聲母最多之方言為溫州與雙峰之二十八，韻母最多之方言為廈門之八十六。與《廣韻》相較，僅及《廣韻》之一半而已。可見《廣韻》聲韻母系統之複雜，絕非現代任何方言足望其項背。此亦惟有以《切韻》《廣韻》之音系，兼括古今方國之音，從分不從合之結果，方可解釋此種現象，否則就無可解釋矣。

【附錄】陳新雄〈切韻性質的再檢討〉

《切韻》音系是中國聲韻學的基礎，《切韻》性質不明，則對中國聲韻學就無從徹底瞭解。本文試從自古以來對《切韻》性質討論的意見，廣為搜羅，重新檢討。認為傳統的說法“兼包古今方國之音”仍是不可非議的。不過應該把古今方國之音的“音”字，把它當作“書音”看待，而不應該包含各方言的“話音”。

我們現在說的《切韻》，實際上是指《切韻》系韻書，也就是《切韻》、《唐韻》、《廣韻》、《集韻》這一系列的韻書。因此在文中提到這一系列韻書中的任何一書，都可視為《切韻》的同義詞。雖然，這些韻書分韻的多寡，切語的用字，並不完全相同，但基本上韻系是相同的，性質是一樣的。那末，這類韻書的基本性質是甚麼？傳統的說法，與後來的看法，有很大的分歧。這實在有重新檢討的必要。綜觀古來對《切韻》性質的說法，大概有下列幾種看法：

㈠兼包古今方國之音

江永《古韻標準·凡例》云：

> 韻書流傳至今，雖非原本，其大致自是周顒、沈約、陸法言之舊，分部列字，雖不能盡合於古，亦因其時音已流變，勢不能泥古違今，其間字似同而音實異，部既別則等亦殊，皆雜合五方之言，剖析毫釐，審定音切，細尋脈絡，曲有條理。

案江氏既云分部列字雖不能盡合於古，則《切韻》有合於古的地方，是可瞭解到的。但今音已變的，則不能泥古而違今，這就是說韻書斟酌了古今的音來分部列字。他說雜合五方之言，就是兼包方國的性質了。

戴震《聲韻考》卷三：

> 隋唐二百六韻……雖未考古音，不無合于今大戾于古，然別立四江以次東、冬、鍾後，殆有見于古用韻之文，江歸東、冬、鍾，不入陽、唐，故特表一目，不附東、冬、鍾韻內者，今音顯然不同，不可沒今音，且不可使今音古音相雜成一韻也；不次陽、唐後者，撰韻時以可通用字附近，不可以今音之近似而淆紊古音也。

案向來批評的人，以為《切韻》兼包古今方國之音是不可能的。因為先秦古音的研究，直到明陳第、清顧炎武才粗具輪廓，迨王念孫、江有誥出，才把古音系統弄清楚。在此以前的學者，根本不知當時語音跟先秦語音的不同，當然就無法去照顧那個不知的古音系統了。戴氏明白指出韻書的分韻，有見于古人用韻之文的不同，而加以區分，已對上述的批評，給以正確的解答了。因為陸法言明白地指出過「凡有文藻，即須明聲韻。」可見韻書的主要目的，還是在文辭的運用，既然如此，那些編書的人，就不可能不去注意古代韻文押韻的情形了。

段玉裁《六書音韻表》云：

法言二百六部，綜周、秦、漢、魏至齊、梁所積而成典型，源流正變，包括貫通，長孫訥言謂「酌古沿今，無以加者」，可稱法言素臣。如支、脂、之三韻，分之所以存古，類之所以適今，用意精深，後人莫測也。

又云：

四江一韻，東、冬、鍾轉入陽、唐之音也。不以其字雜廁之陽、唐，而別為一韻繫諸一東、二冬、三鍾之後；別為一韻，以著今音也；繫諸一東、二冬、三鍾之後，以存古音也。

案段玉裁不僅指出陸法言之分別部居，斟酌古今。而且指出古今的時代，上起周、秦，中包漢、魏，下迄齊、梁。又較江、戴二君更進一層了。

章炳麟《國故論衡·音理論》云：

季宋以降，或謂闔口、開口皆四等，而同母同收者可分為八，是乃空有其名，其實使人哽介不能作語，驗以見母收舌之音，昆（闔口）、君（撮口）、根（開口）、斤（齊齒）以外，復有他聲可容其間邪？原其為是破碎者，嘗睹《廣韻》、《集韻》諸書分部繁穰，不識其故，欲以是通之爾。不悟《廣韻》所包，兼有古今方國之音，非並時同地得有聲勢二百六種也。（且如東冬于古有別，故《廣韻》兩分之，在當時固無異讀。是以李涪《刊誤》，以為不須區別也。支、脂、之三韻，惟之韻無闔口音。而支、脂開闔相間，必分為二者，亦以古韻不同，非必唐音有異也。若夫東、鍾、陽、唐、清、青之辨，蓋由方國殊音，甲方作甲音者，乙方作乙音；乙方作甲音者，甲方作乙音，本無定分，故殊之以存方語耳。）昧其因革，操繩削以求之，由是侏離，不可調達矣。唐韻分紐，本有不可執者，若五質韻中，一壹為於悉切，乙為於筆切，必以下二十七字為卑吉切，筆以下九字為鄙密切，蜜謐為彌畢切，密蔤為美畢切，悉分兩紐。一屋韻中，育為余六切，囿為于六切，分兩紐也。夫其開闔未殊，而建類相隔者，其殆《切韻》所承《聲類》、《韻集》諸書，丵嶽不齊，未定一統故也。因是析之，其違于名實益遠矣。若以是為疑者，更舉五支韻中文字證之，媯切居為，規切居隋，兩紐也；虧切去為，闚切去隨，兩紐也；奇切渠羈，歧切巨支，兩紐也；皮切符羈，陴切符支，兩紐也。是四類者，媯、虧、奇、皮古在歌，規、闚、歧、陴古在支，魏晉諸儒所作反語，宜有不同。及《唐韻》悉隸支部，反語尚猶因其遺跡，斯其證驗最箸者也。審音者不尋耑緒，欲無回惑得乎！

案太炎先生不但明白指出《廣韻》所包，兼有古今方國之音，而且認為一韻之中，也因為古韻的來源不同，在當時雖屬同音，亦尚著其區別於切語之中，若媯、規；虧、闚之別。董同龢的〈廣韻重紐試釋〉一文㉑，已充分證明太炎先生的話是十分正確的，如太炎先生所舉出的，質韻的一畢來自古韻的脂部入聲，乙筆來自古韻的微部入聲，支韻的嬀奇來自古韻的歌部，規歧來自古韻的佳部。這已成了不爭的事實。大原則決定了，至於要如何去解釋它，那是各人的自由，解釋的理由充足與否，就要看前後的說法是否一致了。

黃侃〈與人論治小學書〉說：

> 《廣韻》分韻雖多，要不外三理：其一，以開、合、洪、細分之。其二，開、合、洪、細雖均，而古本音各異，則亦不能不異；如東、冬必分，支、脂必分，魚、虞必分，皆、佳必分，先、仙必分，覃、談必分，尤、幽必分是也。其三，以韻中有今變音、無今變音分；如東第一（無變音）、鍾（有變音）；齊（無變音）、支（有變音）；寒、桓（無變音），刪、山（有變音）；蕭（無變音）、宵（有變音）；青（無變音）、清（有變音）；豪（無變音）、肴（有變音）；添（無變音）、鹽（有變音）諸韻皆宜分析是也。㉒

案黃季剛先生對於《廣韻》分析入微，對於《廣韻》的分部，從兩方面來談他的韻部，一方面是古韻本來不同，《廣韻》為了照

㉑　丁邦新編《董同龢先生語言學論文選集》，63 年 11 月，食貨出版社初版。

㉒　《黃侃論學雜著》，58 年 5 月，學藝出版社初版。

顧它本來的區別，就不肯把它合在一部；一方面在古韻本來是相同的，由於聲母起了變化，韻書為顧及今聲的差異，也不能不分。這些都是古今音變通塞的問題。

錢玄同《文字學音篇·廣韻分部說》云：

（古今沿革之分）則法言定韻精意，全在于此。吾儕生于二千年後，得以考明三代古音之讀法，悉賴法言之兼存古音。且此事不明，不特古音無由通曉，即驟睹《廣韻》之分部，必將致疑于吾中華母音何以有若是其多。驗諸脣吻，而韻異音同者又甚夥。求其故不得，遂以《廣韻》為非。……今案《廣韻》二百六韻中，有古本韻，有今變韻。㉓

案錢玄同先生之說，實本之黃季剛先生，而說得更為透澈些。不過似乎偏重古今通塞的討論，而未及於南北是非的差異。

羅常培《切韻探賾》說：

我可以說，陸法言修集《切韻》的動機，是當隋朝統一南北以後，想把從前「各有土風，遞相非笑」的諸家韻書，也實行統一起來；這和吳稚暉先生等根據讀音統一會所審定的八千字音編纂《國音字典》的情形，差為近似。不過，《國音字典》的根據是公家會議的議決，《切韻》的根據是私人談話的結果。並且《國音字典》以流行最廣的普通音為主，而

㉓ 《文字學音篇·形義篇》，53年7月，臺灣學生書局初版。

以各處方言參校之；《切韻》則欲網羅古今南北的聲音，兼蓄並包，使無遺漏。因此《國音字典》比較的可收統一國語的效果；《切韻》終不免支離破碎的譏評；這一層固然是《切韻》的缺點，同時也正是他的好處。有人說：若用現在的眼光分析起來，那麼，《切韻》裏所包含的，有國音字典、發音學、古今聲韻變遷考、南北方音調查錄及文學音典等許多部分，怎能不令人目迷五色，莫名其妙呢？不過，這祇能怪他的編輯不好，不能說他的本身不好；我們現在能略窺隋唐方音和隋唐音的概況，幸而還賴有這部書在。㉔

案羅常培也認為《切韻》的性質是欲網羅古今南北的聲音，兼蓄並包，使無遺漏。故羅氏〈切韻序校釋〉徑云：

實在法言定韻之旨，序中「因論南北是非，古今通塞」二語，已足盡之。㉕

本師林先生景伊（尹）《中國聲韻學通論》云：

法言古今沿革之分析，約而言之，可得四端：一古同今變者，據今而分。二今同古異者，據古而分。三南同北異者，

㉔　《國立中山大學語言歷史研究所週刊》第三集，第 25、26、27 期合刊（切韻專號），17 年 5 月。

㉕　同❻。

據北而分。四北同南異者，據南而分。《廣韻》據而增改之，故二百六韻，兼賅古今南北之音。

又說：

況法言韻書，因論古今通塞，南北是非而定，並非據當時口齒而別，即使當時之人讀之，其口齒亦決不能分別如此之精細，必欲究其故而使之辨別，即當時之人，亦但知某部某地併，某地分；某部某地讀若某部，某部古音讀與某部同，今音變同某部而已。故法言之書，乃當時之標準韻書，並非標準音。㉖

案向來批評的人，以為《廣韻》的聲韻類既可分析得如此精密，則它讀音上也應該可以區別出來。林先生提出標準韻書與標準音的說法，正是針對上述的批評最有力的答辯，因為《切韻》《廣韻》是標準韻書，故分聲分韻不得不詳，也就是盡可能的求其分；因為不是標準音，所以各韻的音讀，可以隨各地方音的差異而有不同。這實在是最通達的說法了，也是最能照顧事實最精要的看法。

董同龢《漢語音韻學》說：

(1)《切韻》的制作是前有所承的。或者我們可以逕直的說，《切韻》是集六朝韻書大成的作品。(2)陸法言等人「捃選精

㉖ 林尹《中國聲韻學通論》，50年9月，世界書局出版。

切，除削疏緩」的標準是顧到「南北是非，古今通塞」的，換句話說，他們分別部居，可能不是依據當時的某種方言，而是要能包羅古今方言的許多語音系統。㉗

案董同龢先生是自西方語音學傳入國內以後，以語音學知識治聲韻學而集大成的學者，他不肯相信高本漢的長安音系統，必定是經過慎重考慮的結果，值得我們特別重視的。

上來所引各家的說法，都是主張《切韻》包羅古今南北的語音的。雖然古今南北的範圍容有不同，可是觀念上是相近的。這派學者所謂的古今南北，大體上是指周、秦以迄隋、唐各地的方音。可以說中國聲韻學史上最大的一派，也是傳統的一派。

但也有人以為古今的範圍，只局限在魏、晉南北朝，甚至於把南北縮小到當時的黃河流域跟長江流一帶的語音。這派的人，可舉黃淬伯跟何九盈為代表。黃淬伯〈討論切韻的韻部與聲紐〉一文說：

從《切韻·序》裏的要點，把他分開引申，表明《切韻》的內容，不是單純的，是繁複的，材料的性質，有時間性的，有空間性的，這部書非獨出心裁，創作新韻的，因藉現存的材料，加以繩削的，看待這部《切韻》，不妨看作一部集大成的古今（魏至隋）韻彙罷了。……根據王注與慧注，同《切韻》比勘，感覺《切韻》的組織法，大約依著諸家舊

㉗　董同龢《漢語音韻學》，57 年 9 月，廣文書局初版。

> 韻，斟酌韻部的分居，以為經；依著當時方言，兼包並蓄，別出互見，以為緯。……《切韻》的內容，既是非常繁，所據的舊韻，作者非一家；所取的方言，又不限於一地；法言用包羅萬有的態度，來纂次那末多的材料；則韻部與聲紐之多，乃事實上不得不然之勢也。㉘

後來黃氏又在〈關於切韻音系基礎的問題〉一文裏，重新肯定他以前的說法。黃氏說：

> 王韻韻目小注發現以後，《切韻》多韻部的原因，乃是綜合六朝舊韻所致。因此我對于切韻一書，曾作這樣說明：「《切韻》音系不是一時一地的語音記錄，更不是所謂"長安方音"，而是具有綜合性的作品。」由于六朝舊韻的作者有南朝之儒流，有北方的專家，各家韻部分合不一致，正是切韻序「江東取韻，與河北復殊」兩語的具體說明。
>
> 此又導引出《切韻》「所包含的音系可以看作中古時期南北方言音系的全面綜合。」在我檢查「內部證據」論的科學價值時，曾這樣說：語言是社會現象，是人們的交際工具，在一時一地的語言中，用以區別詞義的音韻系統，有沒有像《切韻》那樣繁複的音系。又說：再從漢語語音發展的史實來看，《切韻》之前的六朝韻語，任何一家的用韻系統，也沒有像《切韻》那樣多的韻部。單一音系論總以為記錄一個

㉘ 黃淬伯〈關於切韻音系基礎的問題〉，《中國語文》，1962年2月版。

> 地域的語音，才能成為體系。假若綜合幾個地域的語音，就不易構成體系，我針對這一點又這樣說：我們從唐寫本王仁昫《刊謬補缺切韻》韻目小注中看出陸法言等採取從分不從合的方法，把六朝舊韻綜合在《切韻》之中，這不是顯而易見的事實嗎？六朝韻書都有韻部，每一韻所包含的文字當然也有反切。所有反切，當然能各自表達它所代表的語音系統。因此我們有理由可以設想在《切韻》中有許多韻部包含的音系，也是綜合六朝韻書的徵象。

何九盈在〈切韻音系的性質及其他〉一文中，從《切韻》名稱、《切韻》分部、一字數韻、調類相混、聲母混雜等六項論證，證明切韻是古今南北雜湊的。對於古今雖沒有明確界定限域，於南北則指出了一定的範圍。他說：

> 我們說《切韻》是古今南北雜湊，並不是說陸法言曾把古今南北，分作四股，各占四分之一，然後拼合起來，主要是說它不是以洛陽活方言音系為基礎，不是一時一地之。這但也不意味著它「包含了從北到南的一切方言音系。」羅常培先生說的：「《切韻》系韻書兼賅古今南北方音，想用全國最小公倍數作為統一國音的標準。」這是不夠切合實際的。我們認為，《切韻》音系就地點來看，主要反映的是當年黃河流域一帶，其次是長江流域一帶的語音。㉙

㉙ 何九盈〈切韻音系的性質及其他〉，《中國語文》，1961年9月號。

案黃何兩人，一從時間的古今，縮小為魏晉南北朝；一從空間的南北，縮小到兩大流域。恐怕也不見得就能修正傳統的說法多少。因為方言是從古音發展出來的，故古音往往在方言中得到保存，於是古今音的分歧，往往表現在南北方言的分歧上。在魏晉時南北方音的分歧，河北江東的差異，像王韻小注裏所表明的五家韻書那樣。可是這些方言還是從先秦古音發展出來的。只要從方言的分，不從方言的合，那無形中就把古音也保存下來了例如。《切韻》分脂、之、微三韻，這三個韻在南北朝的韻文中，已合為一部，正與王韻脂韻小注所說「呂、夏侯與之微大亂」一樣，可是法言不從呂、夏侯之合，而從陽、李、杜之分，於是無形中也就把先秦古音中三韻的不同，保存下來了，固然也合於魏晉，又何嘗就泯滅了先秦呢？至於把南北局限在兩大流域，也未見得就得其真諦。像《切韻》所提到的「番禺縣，在交趾」那樣的話不說，從現代閩、廣的漢語方言音系，都與《切韻》存有對應規律的事實看來，如果《切韻》沒有照顧到這些方音，恐怕也得不到合理的解釋。不過南北方言雖包含在內，但韻書的作用，主要是用在「文藻」方面，因此不可能把每一方言的話音俗語都包含進去，只能就書面語言作一徹底的分析。書面語言無論古今都是有憑證的話音是較難考鏡的尤其是古代的話音。王力的《漢語史稿》就是這樣主張的。他說：

> 《切韻》的系統並不能代表當時（隋代）的首都（長安）的實際語音，它只代表一種被認為文學語言的語言系統。這種語言系統純然是屬於書面語言的；從唐代到清代，一直基本

上遵守著這個語音標準。既然這個語音系統只適用於書面語言，是不是主觀規定的呢？那又不是的。這個系統是參照了古音和方音來規定的。大致是這樣：依古音應該分別的音，就給它們分別開來；哪一種方言能照古音系統讀出一個分別來，它就算是合於規範。這個規範雖然是人為的，卻不是沒有根據的。

後來他在《漢語音韻》裏說得更為透徹。他說：

（廣韻）這 61 類是否合于當時某一地域（例如長安）的實際語音情況呢？我們認為是不合的。陸法言在《切韻·序》裏說得很清楚：「因論南北是非，古今通塞……蕭顏多所決定。」假如只是記錄一個地域的具體語言系統，就用不著「論南北是非，古今通塞」，也用不著由某人「多所決定」了。章炳麟說：「《廣韻》所包，兼有古今方國之音」。他的話是對的。實際上，照顧了古音系統，也就是照顧了各地的方音系統，因為各地的方音也是從古音發展來的。陸法言的古音知識是從古代反切得來的，他拿古代反切來跟當代方音印證，合的認為「是」，不合的認為「非」，合的認為「通」，不合的認為「塞」。這樣就在很大程度上保存了古音系統，例如支、脂、之三韻在當代許多方言裏都沒有分別，但是古代的反切證明這三個韻在古代是有分別的。陸法言就不肯把它們合併起來。其中有沒有主觀臆測的地方呢？肯定的是有的，但是，至少可以說，切韻保存了古音的痕跡，這就有利我們研究上古音的語音系統。[30]

案王氏的話，已經說得很清楚了。不過陸法言的古音知識除了來自古代的反切之外，而古代的韻文，也是陸氏古音知識的主要參考資料。因為韻書的編纂，主要是為文學作品押韻用的。所以陸法言的序裏說：「欲廣文路，自可清濁皆通；若賞知音，即須輕重有異。」他是想以「賞知音」的方法，達到「廣文路」的目的。所以說：「凡有文藻，即須明聲韻。」韻書的編輯，以韻部為綱，以便詞人按部押韻，而反切的註明，則以矯正方音的誤讀。賞知音，故取徑於古代的反切；廣文路，故不能不參藉於古代的韻文。但是韻書是供當代人使用的，所以也不能一味的泥古，自然也須適今。所以段玉裁說：『分之所以存古，類之所以適今。」這樣劃時代的編纂，真可說是「剖析毫釐，分別黍累」了。無怪乎此書一出，前此之韻書，皆為它所淘汰了。

㈡切韻為當時音

戴震《聲韻考》云：

隋、唐二百六韻，據當時之音，撰為定本。

案戴氏此說，與前面所引雖前後略有矛盾，然以為《切韻》音系所據為當時之音，確是他的主張。而且這種說法也是從他開始的。

---

[30] 王力《漢語音韻》，中華書局，1963年8月出版。

陳澧《切韻考》更進一步，不僅二百六韻是當時的音，甚至每韻當中韻母的差異，也是當時實有的分別。陳氏說：

> 陸時分二百六韻，每韻又有分二類、三類、四類者，非好為繁密也，當時之音實有分別也。

戴震與陳澧雖認為《切韻》音系是當時之音，但是屬於當時甚麼地方的音，則沒有說明。直到瑞典高本漢（B. Karlgren）才明白地指出《切韻》所代表的乃當時長安方音。他在《漢文典》（*Grammata Serica, script and phonetics in Chinese and Sino-Japanese*）裏頭說：

> "The language spoken in Ch'ang-an, the Capital, in Suei and early T'ang time (6th and early 7th c. A.D.). This language, the s.-c. Ancient Chinese, most fully represented by dictionary Ts'ie Yun (published in 601A.D.) has been reconstructed by me in E'tudes Sur la Phonlogie Chinoise (1915-26) and the Reconstruction of Ancient Chinese (T'oung Pao XXI, 1922)".（隋及唐代初年（六世紀及七世紀初）首都長安的口說語言，極完整地被記錄下於切韻一書中（公元 601 年刊行），我已在《中國音韻學研究》及〈中國古音的重構〉兩文中，構擬出其音系。）[31]

---

[31] Bernhard Karlgren *Grammata Serica, Scricpt and phonetics in Chinese and Japenese*。成文出版社，62 年 4 月影印初版。

高氏認為《切韻》代表長安方音的說法，中國學者頗不以為然。茲舉林語堂〈珂羅倔倫考訂切韻韻母隋讀表〉的批評為例。林氏說：

> 因為珂氏對於《切韻》二百六韻的解釋，與中國音韻學家不同，假定每韻之音必與他韻不同，因此不得不剖析入微，分所難分，實則《切韻》之書，半含存古性質，《切韻》作者八人，南北方音不同，其所擬韻目，非一時一地之某種方音中所悉數分出之韻目，乃當時眾方音中所可辨的韻母系統，如某系在甲方音同於A，在乙方音同於B，故別出C系而加以韻目之名，於甲於乙檢之皆無不便，實際上此 C 系，並非在甲乙方音中讀法全然與 AB 區別，或甲乙方音已併，而丙方音尚分為二，則仍依丙方音分之。必如此然後檢字之韻書，可以普及適用於各地方言，法言自敘謂「呂靜、夏侯該、陽休之、周思言、李季節、杜臺卿等之韻書各有乖互，江東取韻與河北復殊。」其時分韻之駁雜，方音之淩亂可知。因為江東韻書只分江東的韻，不能行於河北，河北的韻書，只顧到河北的音切，不能行於江東，獨法言的書是論「南北是非」而成，因其能將江東河北吳楚燕趙的方音系統面面顧到，所以能打到一切方音韻書而獨步一時。所謂「支脂魚虞共為一韻（支合脂、魚合虞），先仙尤侯俱論是切（先合仙、尤合侯）」法言明言為當日方音現象，當日韻目之分，非如珂氏所假定之精細可知。然甲方音有合支脂者，法言必不從甲，而從支脂未混之乙，乙方音有合魚虞者，法

言必不從乙，而從魚虞未混之丙。法言從其分者，不從其併者，因是而韻目繁矣。然而在各地用者，皆能求得其所分，不病分其所已併，因是天下稱便，是書出而《韻略》《韻集》諸書亡。又因為方音所分，同時多是保存古音（如支脂東冬之分），所以長孫訥言稱為「酌古沿今，無以加也。」所以咍泰皆三韻之別，古咍音近之，泰音近夬祭廢，皆音近齊灰，源流不同，其區別當然於一部方音尚可保存，非隋時處處（或北地）方音都能區別這三韻的音讀。又如古先音近真，仙音近元，方音有已合併者，有尚保存其區別者，故法言分先仙，非必隋時處處方音（或標準音）中必讀先仙為介音輕重之別。㉜

林氏的批評於《切韻》音系分部之故頗為透徹，故高本漢以為代表長安方音的假定已經根本動搖了。於是另外一派人，乃把當時的音，從長安搬到了洛陽。陳寅恪〈從史實論切韻〉一文為首開其端。他說：

陸法言寫定《切韻》，其主要取材之韻書，乃關東江左名流之著作。其決定原則之群賢，乃關東江左儒學文藝之人士，夫高齊鄴都之文物人才，實自太和遷都以後之洛陽，而東晉南朝金陵之衣冠，亦源自永嘉南渡以前之京邑（即洛陽），是《切韻》之語音系統，乃特與洛陽及其附近之地域有關，

㉜　林語堂《語言學論叢》，文星書局，56年5月臺一版。

自易推見矣。又南方士族所操之音聲，最為接近洛陽之舊音，而《切韻》一書所遵用之原則，又多取決於南方士族之顏蕭。然則自史實言之，《切韻》所懷之標準者，乃東晉南渡以前，洛陽京畿舊音之系統，而非楊隋開皇仁壽之長安都城行用之方言也。㉝

陳氏此說，初只謂陸氏定韻，取金陵洛邑之音，作為衡度去取之標準而已，亦非全據洛陽音系而完全照錄的意思。故陳氏又說：

陸法言自述其書之成，乃用開皇初年劉臻等八人論難之記錄為準則，以抉擇諸家音韻古今字書之是非而寫定，是此書之語音系統，並非當時某一地行用之方言可知。

後人因陳氏提到《切韻》以洛陽舊音作為衡度是非、決定去取之標準，遂逕直地認為《切韻》的音系，就是當時洛陽的音系。而對於陳氏所云「並非當時某一地行用之方言可知」這句話，根本就視而無睹，絲毫不加考慮。李于平〈陸法言的切韻〉一文可為其代表。李氏說：

《切韻》系統是當時的語音系統。

又說：

㉝ 陳寅恪〈從史實論切韻〉，《嶺南學報》9卷2期，1994年6月。

> 有人因為《切韻·序》有「因論南北是非，古今通塞」的話，就說《切韻》所代表的語音系統，包含古今四方的，這種看法不足信的。……任何時代都有方言的差別，《切韻》的時代也不例外，可是《切韻》的時代有方言差別，並不能說《切韻》就包羅各地方言的音系。《切韻·序》末題「大隋仁壽元年」，隋的都城在長安，因此也有人說《切韻》代表長安方言。陳寅恪先生〈從史實論切韻〉指出陸法言和劉臻等都不是世居關中之人，《切韻·序》提到呂靜《韻集》等五書都不是關中人之著作，《切韻·序》批評「吳楚則時傷輕淺，燕趙則多傷重濁，秦隴則去聲為入，梁益則平聲似去。」列舉各地方言的缺點，沒有提到中原，可見劉臻等認為中原即洛陽及其附近的語音。因此認為《切韻》代表洛陽語音，不代表長安語音。㉞

陳氏明明說「是此書之語音系統，並非當時某一地行用之方言可知」，而李氏則全然不顧。幾次轉彎，就把陳氏的原意代表到當時的洛陽語音上去了。

王顯〈切韻的命名和切韻的性質〉以及〈再談切韻音系的性質〉兩文，也是主張《切韻》音系以當時洛陽音系為基礎的。王氏在前面一篇文章說：

> 《切韻》音系是以當時的洛陽話為基礎的，它也適當地吸收

㉞ 李于平〈陸法言的切韻〉，《中國語文》1957年2月號。

> 了魏晉時代個別音類，同時也適當地吸收了當時河北區其他方言音系的個別音類，以及金陵音系的一部分音類。因為《切韻》不是洛陽語音的實際記錄，所以它的音系不是單純的。因為《切韻》所吸收的成分，主要來自同時的金陵音系和河北地區其他方言音系，如上所述，金陵音系是接近洛陽話的，而河北地區其他方言音系跟洛陽話更是一家，所以它的體系也不是那麼複雜的。至于魏晉時代個別音類的吸收，這也沒有增加它的混亂和破壞它的體系，因為大家公認魏晉六朝的語音在漢語發展史上是屬于同一階段的。㉟

王氏在後文又說：

> 《切韻》所反映的音系基本上是洛陽語言。㊱

雖然由於《切韻·序》裏明白指出「因論南北是非，古今通塞」，加上全王韻目的小注，王氏不大好解，於是在前一文中所得結論，使人看了仍不明白他認為《切韻》是單一音系還是綜合音系？照他的結論好像大部分是單一音系，小部分是綜合的。事實上後文才是他心目中的《切韻》真正的性質，還是基本上以洛陽語音為基準的。

邵榮芬〈切韻音系的性質和它在漢語語音史上的地位〉一文，

㉟ 王顯〈切韻的命名和切韻的性質〉，《中國語文》1961 年 4 月號。

㊱ 王顯〈再談切韻音系的性質〉，《中國語文》1962 年 12 月號。

也跟王顯一樣採取同一種看法。邵氏說：

> 我們看來《切韻》音系大體上是一個活方言的音系，只是部分地集中了一些方言的特點，具體地說，當時洛陽一帶的語音是它的基礎，金陵一帶的語音是它主要的參考對象。㊲

趙振鐸〈從切韻序論切韻〉一文，也採同樣的看法。趙氏說：

> 洛陽一帶的話是《切韻》音系的基礎，但是某個具體的音上，陸法言也曾有所去取，採用了一些別的方言中，他認為精切的音，削除了一些他認為疏緩的音。㊳

不管他們的主張是完全單一洛陽音系，或大部分為洛陽音系，小部分為綜合他處方言（如金陵），林語堂對高本漢長安音系的批評，也都能適應於洛陽音系，所以他們的可靠性，仍是值得保留，值得懷疑的。

㈢時書音或雅音音系

此說亦肇自陳寅恪氏，陳氏從〈史實論切韻〉云：

> 更就顏黃門論金陵洛下士庶語音之優劣觀之，知其必有一衡

㊲ 邵榮芬〈切韻音系的性質和它在漢語語音史上的地位〉，《中國語文》1961年4月號。

㊳ 趙振鐸〈從切韻序論切韻〉，《中國語文》1962年10月號。

> 度之標準，此標準為何，殆即東漢曹魏西晉以來居住洛陽及其近傍之士大夫集團所操之雅音是也。

這裹所謂的雅音就是書音，所以陳氏又說：

> 大抵吾國士人，其平日談論所用的言語，與誦習經典諷詠詩什所操之音聲，似不能完全符合。易言之，即談論唯用當時之音，而諷誦則常存古音之讀是也。依此，南方士族，其談論乃用舊日洛陽通行之語言，其諷誦則準舊日洛陽太學之音讀。考東漢之時，太學最盛，且學術文化，亦有綜合凝定之趨勢，頗疑當時太學之音聲，已為一美備之複合體，此複合體即以洛陽京畿之音為主，且綜合諸家師授，兼採納各地方音而成者也。

然而當時的讀書音是否即以洛陽京畿之舊音為主，這仍須加以考訂的。周祖謨〈切韻的性質和它的音系基礎〉一文析論較詳。周氏此文，首從《切韻·序》分析，以為就序文所表明的，我們可以了解以下幾點：

⑴當時各處方言語音不同。

⑵《切韻》以前諸家韻書分韻不同。

⑶《切韻》為辨析聲韻而作，參校古今，折衷南北，目的在於正音，要求在於切合實際。

根據這些事實，周氏最後的推論認為：

> 總起來說，《切韻》是根據劉臻、顏之推等八人論難的決定，並參考前代諸家音韻、古今字書編定而成的一部有正音意義的韻書，它的語音系統就是金陵、鄴下的雅言，參酌行用的讀書音而定的。既不專主南，亦不專北，所以並不能認為就是一個地點的方音的記錄，以前有人認為《切韻》的語音系統代表隋代的長安音，那是錯誤的。

周氏又從王仁昫《刊謬補缺切韻》韻目下小注中，所注呂靜等五家韻目分合之情況，加以探究。以為《切韻》的分韻，是以呂靜等五家韻書為資據，而又加以整齊，因此分韻就較以前各家為多。且四聲相承，頗有倫序，大勝於前。五家之中，呂靜與夏侯該兩家分韻都比較細。夏侯書最大的特點在於二等韻都獨立為部，呂靜書最大的特點，在於一攝之內三四等韻大半分立。這是比陽、李、杜三家較細的地方。陽、李、杜三家脂、之、微三韻有別，而呂、夏侯兩家則脂與之、微相亂。故周氏說：

> 《切韻》除採用呂靜、夏侯該兩家以外，又參酌於陽、李、杜。凡各家立有成規，審音細密，開合洪細之間條理清楚的，《切韻》都一一承用。遇到諸家辨析不甚明晰的，又分別異同，並使四聲都能相應。

拿《切韻》跟五家韻書比較以後，可知《切韻》是兼取各家之長的。而且又自成類例的。他說：

審音精密，重分不重合，一攝之內，一三等有分，三四等有分，二等完全獨立，體例嚴整，秩然不紊。分韻辨音，折中南北，不單純採用北方音。前代諸家韻書隨南北方音而異，陸法言生於河北，而採用夏侯書的地方獨多。這與以前諸家僅以一方方音為準者大不相同。陸法言撰集《切韻》所以要審音精密，折中南北，目的固在於正音，同時也便於南北通用。南北語音不同，或分或合，用的人完全可以根據自己的方音與韻書比合同異，按音檢字，所以分韻不妨精密。這種辦法，當然不無缺點，主要缺點在於不是單純一地語音記錄。但是從歷史的條件來看，當時這些學者要想編定一部韻書，既要保持語音中細緻的區別，又要使南北人都能應用，也不得不如此。當時南北韻書分辨聲韻雖有疏密之分，而大類相去不遠。在一大類之中，區別同異，取其分而不取合，對整個語音系統不會有根本的改變，因此這樣做也完全是可以行得通的，並且也符合客觀的情況和實際的需要。

周氏又從隋以前齊、梁、陳之間詩文押韻情況，以明《切韻》與實際語音之差距，並了解《切韻》所憑藉的語音基礎。周氏認為《切韻》所分的韻多與齊、梁、陳之間的江東音相合，而梁代吳郡顧野王《玉篇》的韻類幾乎全部相同。由此可知《切韻》在韻的方面所採用的分類，大都本之於南方的韻書（夏侯該韻略）與字書（顧野王玉篇）。故周氏據以推斷：

《切韻》的分韻主要是顏之推、蕭該二人所決定的。顏之推論南北語音曾說：「冠冕君子，南方為優，閭里小人，北方為愈。」他既然認為士大夫階級通用的語言南優於北，而他本人又原是南方士大夫階級中的人物，他所推重的自然是南方士大夫的語音。《切韻》分韻既合於南朝夏侯該、顧野王之作，而二人都是梁朝士流，夏侯該細讀數千卷書，顧野王又為梁太學博士，他們所根據的必然是當時承用的書音和官於金陵的士大夫通用的語音，這與顏之推所提倡的也正相符合。然則《切韻》的語音系統也就是這種雅言和書音的系統無疑。

周氏最後的結論說：

總之，《切韻》是一部極有系統、而且審音從嚴的韻書，它的音系不是單純以某一地行用的方言為準，而是根據南方士大夫如顏、蕭等人所承用的雅言、書音，折中南北的異同而定的。雅言和書音總是合乎傳統讀音居多，《切韻》分韻定音既然從嚴，此一類字與彼一類字就不會相混，其中自然也保存了前代古音中所有的一部分的分別，並非顏蕭等人有意這裏取方音，那裏取古音。《切韻》的音系是嚴整的，是有實際的雅言和字書的音讀做依據的。顏之推、蕭該二人必然都能分辨，其他諸人也一定同意這些類別。……這個系統既然是由南北儒學文藝之士共同討論而得，必定與南北的語言都能相應。這個音系可以說就是六世紀文學語言的語音系統。[39]

周法高〈論切韻音〉一文，根據周祖謨的說法，更進一層，將此一語音系統的範圍，從周祖謨說的金陵，擴大到了洛陽與長安。周法高說：

> 根據我研究玄應音的結果，也得出和，《切韻》差不多的音韻系統，可見六、七世紀中，不管金陵、洛陽、長安，士大夫階級的讀書音都有共同的標準。[40]

陳寅恪與周祖謨等提出了讀書音的問題，我想這點是應該肯定的，因為韻書的主要目的是為文人撰作文辭用的，所謂「凡有文藻，即須明聲韻」，就是指這一方面來說的。而且以《切韻》的音切來說，所有的音切與方言能取得對應規律的，都偏重在讀書音方面，而與白話音則多格格不入。試以廈門語為例，《廣韻》寒韻“寒”胡安切，屬山攝開口一等，平聲寒韻匣紐。廈門書音〔han〕合於規範，語音為〔kuã〕不合規範；又如敢韻“敢”古覽切，屬咸攝開口一等，上聲敢韻見母，廈門書音〔kam〕合於規範，語音〔kan〕，也有人說是〔kã〕不合規範。願韻“勸”去願切，屬山攝合口三等，去聲願韻溪紐，廈門書音〔k'uan〕合於規

[39] 周祖謨《問學集》434-473 頁，中華書局 1966 年 1 月一版。

[40] 周法高〈論切韻音〉，香港中文大學《中國文化研究所學報》第一卷，1968 年。

範，語音〔k'ŋ〕，不合規範。職韻“食”乘力切，曾攝開口三等，入聲職韻神紐，廈門書音〔sɪk〕合於規範，語音〔tsia〕，不合規範。由此可以隅反，則《切韻》所根據者確為書音無疑。至於各地的書音彼此之間的確是較話音相近些，但彼此之間仍是有很大的差距的，否則又何必折衷南北呢？周祖謨以為《切韻》根據的是「官於金陵士大夫通用的語音。」如果拿這一語音作為衡度是非的標準，固無不可。若說《切韻》真是金陵的雅音系統，那麼只要讓世居建業的蕭、顏等完全照實直錄就可以了。陳寅恪氏說得好：「序文所以以『蕭顏多所決定』為言，即謂非全由蕭顏決定者。」周法高氏以為金陵、洛陽、長安士大夫階級的讀書音都有共同的標準，恐怕更與事實不副，各方言的讀書音雖與口語音有差別，但並不是每一個字音都有讀書音跟口語音的區別，相反的大多數的字音都沒有書音跟話音的分歧，只要陸法言當時有方言存在，各個不同方言的讀書音就不可能有共同的標準。否則同為書面語言而作的韻書，為甚麼呂靜等五家會各有乖互呢？為甚麼「江東取韻與河北復殊」呢？證之現代各大方言區的讀書音彼此不同，尤可了然。

㈣個人對切韻性質的看法

看了上面三種說法以後，個人仍然是依從於「兼包古今方國之音。」不過這個「音」字，主張以第三說的「讀書音」當之，不包括語音。理由如下：

1.《切韻·序》云：「因論南北是非，古今通塞，欲更捃選精切，除削疏緩。蕭顏多所決定。」假若《切韻》只是記錄一時一地之音，或當時各地共同標準的讀書音，則根本不須「論南北是非，古今通塞。」更不須由蕭該跟顏之推多所決定。只須將當時實際語音系統據實記錄就可以了。今既不然，可見絕非單一語音系統。討論《切韻》的性質，我們願意相信陸法言的話呢？還是陳澧或高本漢、李于平呢？個人是願意相信陸法言的。

2.現存王仁昫《刊謬補缺切韻》各本韻目下的小注，都注明呂靜等五家韻目之分合。茲舉周祖謨校補過的迻錄於次：㊶

平聲	上聲	去聲	入聲
1東	1董 呂與腫同，夏候別，今依呂夏候。	1送	1屋
2冬 無上聲。陽與鍾江同韻，呂夏候別，今依呂夏候。		2宋 陽與用絳同，夏候別，今依夏候。	2沃 陽與燭同，呂夏候別，今依呂夏候。
3鍾	2腫	3用	3燭
4江	3講	4絳	4覺
5支	4紙	5寘	
6脂 呂夏候與之微大亂，陽李杜別，今依陽李杜。	5旨 夏候與止為疑，呂陽李杜別，今依呂陽李杜。	6至 夏候與志同，陽李杜別，今依陽李杜。	
7之	6止	7志	
8微	7尾	8未	
9魚	8語 呂與麌同，夏候陽李杜別，今依夏候陽李杜。	9御	

㊶ 周氏附註：(1)韻目全依王仁昫書第二種第三種寫本。
(2)入聲韻目取其與平上去相應，排列次序與原來次序不盡相同。
(3)注文加( )號的表示只見於第二種寫本。

10 虞	9 麌	10 遇	
11 模	10 姥	11 暮	
		12 泰無平上聲。	
12 齊	11 薺	13 霽呂杜與祭同，呂別，今依呂。	
		14 祭無平上聲。	
13 佳	12 蟹呂與駭同，夏候別，今依夏候。	15 卦	
14 皆呂陽與齊同，夏候杜別，今依夏候杜。	13 駭	16 怪（夏候與泰同，杜別，今依杜。）	
		17 夬無平上聲。李與怪同，呂別與會同，夏候別，今依夏候。	
15 灰夏候陽杜與咍同，呂別，今依呂。	14 賄李與海同，夏候為疑，呂別，今依呂。	18 隊李與代同，夏候為疑，呂別，今依呂。	
16 咍	15 海	19 代	
		20 廢無平上聲。夏候與隊同，呂別，今依呂。	
17 真呂與文同，夏候陽杜別，今依夏候陽杜。	16 軫	21 震	5 質
18 臻			7 櫛呂夏候與質同，今別。
19 文	17 吻	22 問	6 物
20 殷陽杜與文同，夏候與臻同，今並別。	18 隱呂與吻同，夏候別，今依夏候。	23 焮	8 迄夏候與質同，呂別，今依呂。
21 元陽夏候杜與魂	19 阮夏候陽杜與混	24 願夏候與慁別，	9 月夏候與沒同，

同，今別。	很同，呂別，今依呂。	與恨同，今並別。	呂別，今依呂。
22 魂呂陽夏侯與痕同，今別。	20 混	25 慁呂李與恨同，今並別。	10 沒
23 痕	21 很	26 恨	
24 寒	22 旱	27 翰	11 末
25 刪李與山同，呂夏侯陽別，今依呂夏侯陽。	23 產呂與旱同，夏侯別，今依夏侯。	28 諫李與襉同，夏侯別，今依夏侯。	12 黠
26 山陽與先仙同，夏侯杜別，今依夏侯杜。	24 潸陽與銑獮同，夏侯別，今依夏侯。	29 襉	13 鎋
27 先夏侯陽杜與仙同，呂別，今依呂。	25 銑夏侯陽杜與獮同，呂別，今依呂。	30 霰夏侯陽杜與線同，呂別，今依呂。	14 屑李夏侯與薛同，呂別，今依呂。
28 仙	26 獮	31 線	15 薛
29 蕭	27 篠呂夏侯與小同，呂杜別，今依呂杜。	32 嘯（陽李夏侯與笑同，夏侯與效同，呂杜並別，今依呂杜。）	
30 宵	28 小	33 笑	
31 肴陽與蕭宵同，夏侯杜別，今依夏侯杜。	29 巧呂與晧同，陽與篠小同，夏侯並別，今依夏侯。	34 效（陽與嘯笑同，夏侯杜別，今依夏侯杜。）	
32 豪	30 晧	35 號	
33 歌	31 哿	36 箇呂與禡同，夏侯別，今依夏侯。	
34 麻	32 馬	37 禡	
35 覃	33 感	38 勘	20 合
36 談呂與銜同，陽夏侯別，今依陽夏侯。	34 敢呂與檻同，夏侯別，今依夏侯。	39 闞	21 盍（□□□同，夏侯□□□夏侯）

37 陽呂杜與唐同，夏候別，今夏候。	35 養夏候在平聲陽唐，入聲藥鐸並別，上聲養蕩為疑，呂與蕩同，今並別。	40 漾夏候在平聲陽唐、入聲藥鐸並別，去聲漾宕為疑，呂與宕同，今並別。	27 藥（呂杜與鐸同，夏候別，今依夏候。）
38 唐	36 蕩	41 宕	28 鐸
39 庚	37 梗夏候與靖同，呂別，今依呂。	42 敬呂與靜勁徑同，夏候與勁同，與諍徑別，今並別。	19 陌
40 耕	38 耿李杜與梗迥同，呂與靖迥同，與梗別，夏候與梗靖過並別，今依夏候。	43 諍	18 麥
41 清	39 靜呂與迥同，夏候別，今依夏候。	44 勁	17 昔
42 青	40 迥	45 徑	16 錫李與昔同，夏侯與陌同，呂與昔別，與麥同，今並別。
43 尤夏侯杜與侯同，呂別，今依呂。	41 有李與厚同，夏侯為疑，呂別，今依呂。	46 宥呂李與候同，夏侯為疑，今別。	
44 侯	42 厚	47 候	
45 幽	43 黝	48 幼杜與宥同，呂夏侯別，今呂夏侯。	
46 侵	44 寑	49 沁	26 緝
47 鹽	45 琰呂與忝范豏同，夏侯與范豏別，與忝	50 豔呂與梵同，夏侯與㮇同，今並別。	24 葉呂與怗洽同，今別。

	同，今並別。		
48 添	46 忝	51 㮇	25 怗
49 蒸	47 拯無韻，取蒸之上聲。	52 證	29 職
50 登	48 等	53 嶝	30 德
51 咸李與銜同，夏侯別，今依夏侯。	49 豏李與檻同，夏侯別，今依夏侯。	54 陷李與鑑同，夏侯別，今依夏侯。	22 洽李與狎同，呂夏侯別，今依呂夏侯。
52 銜	50 檻	55 鑑	23 狎
53 嚴	51 广陸此韻目，失。	56 嚴陸無此目，失。	31 業
54 凡	52 范陸無反，取凡之上聲，失。	57 梵	32 乏呂與業同，夏侯與合同，今並別。

從這些小注看來，陸氏所分，純據五家而別，從其分者，不從其合者。是以分韻特多，它不是一時一地的語音系統，顯然可見。如果說是共同標準的讀書音，從這些小注更得到強而有力的反證。因為韻書之作，純為韻文而設，則所據者當然是書面語言，各家韻書參差若是，顯然並沒有共同的標準。如殷韻小注所示，陸法言之特立殷韻，既不從陽李杜之併於文，也不從夏侯之合於臻，則其為折衷南北的結果，顯然可知。陳寅恪氏以為根據小注，「乍視之似陸氏之寫定《切韻》，乃唯取其別而不依其同者，但詳繹之，則知其殊不然。何以言之？《顏氏家訓·音辭篇》略云：『《韻集》以「成」「仍」「宏」「登」合成兩韻，「為」「奇」「益」「石」分作四章，不可依信。』《韻集》以成仍宏登合成兩韻，而王仁昫本《切韻》則成在四十一清，仍在四十九蒸，宏在四十耕，登在五十登，此《切韻》不從《韻集》之合者也。《韻集》以為奇益石分

作四章，而《切韻》則為奇同在五支，益石同在十七昔，此《切韻》不從《韻集》之分者也。然則《切韻》於諸家韻書，固非專取其韻部之別者而捨其同者，特陸氏於注中不載捨其韻部之別者而取其同者耳。」按顏氏所謂分作四章，並不一定指的是韻部，《韻集》把為奇分開，可能是二字韻母開合不同；《韻集》把益石分開，可能是二字的韻母元音不同，因為「益」自上古到晉代都屬錫部，「石」自上古到晉代都屬鐸部，到顏之推時此二字已合成為昔韻，顏氏根據當時的語音來論晉代的《韻集》，所以認為不妥。因為《切韻》也不能泥古而違今的。韻圖把「益」字安置四等，不列於三等㊷，還可以看出一些蛛絲馬跡，所以陳氏的說法並不正確。《切韻》據各家韻書從分不從合，確實是斟酌時的古今與地的南北而為之的。

3.《顏氏家訓·音辭篇》說：「自茲厥後，音韻蜂出，各有土風，遞相非笑，指馬之喻，未知孰是。共以帝王都邑，參校方俗，考覈古今，為之折衷，榷而量之，惟金陵與洛下耳。」陸氏《切韻》之作，顏氏多所決定。顏之推論韻的標準，是欲以帝王都邑金陵洛下的書音，來權量各地方俗韻書的是非，考核古今的通塞，這與《切韻·序》裏的話，是完全符合的，我們有什麼更好的理由而不相信他的話？

4.唐封演《聞見記》卷二聲韻條說：「隋朝陸法言與顏魏諸公定南北音，撰為《切韻》，凡一萬二千一百五十八字，以為文楷式。而先仙刪山之類，屬文之士，苦其苛細。國初許敬宗等詳議，

㊷　參見拙著《等韻述要》，藝文印書館63年9月初版。

以其韻窄，奏合而用之。法言所謂欲廣文路，自可清濁相通者也。」據《通鑑》唐高宗永徽六年（655）九月戊辰以許敬宗為禮部尚書，封演所說奏《切韻》韻窄事，可能就在他掌禮部的時候，上距《切韻》的成書，還不到六十年，而屬文之士，已苦其苛細了。這可能是有共同標準的讀書音嗎？難道那些屬文之士都不承用這個標準的讀書音，而用他的方俗口語嗎？又難道不到六十年，語音演變急劇得就讓後人感到難以分辨先仙了嗎？其實許敬宗奏合而用之，所據的才是當時的雅音，因為開科取士，用韻必有標準，不可人用其鄉。這個標準是甚麼？就是當時的雅言或承用的書音了。而且許氏的併合，也不是看見韻窄就併入他韻，例如肴韻至窄，也沒有併於蕭韻或豪韻。（我曾鈔過宋代兩位多產詩人蘇軾與陸游的七言律詩和絕句用韻的情形，在《十八家詩鈔》裏，收了蘇軾的律詩五百四十首，用肴韻的一首也沒有，絕句四百三十八首，押肴韻的只有一首；陸游的律詩五百五十四首，用肴韻的一首，絕句六百五十二首，押肴韻的也只有四首。足見肴韻之窄了。）欣韻至窄，也沒有併入文或真韻。而脂韻至寬，卻併入於支之。可見他的併合，一定有一個實際的語言作標準，若許氏所據的就是雅言或書音，則《切韻》所據的就絕不是當時的雅言或共同標準的書音了。

5.唐末李涪的《刊誤》說：「至陸法言採諸家纂述，而為己有。原其著述之初，士人尚多專業，經史精練，罕有不述之文，故《切韻》未為時人所急。後代學問日淺，尤少專經，或舍四聲，則秉筆多礙，自爾以後，乃為要切之具。然吳音乖舛，不亦甚乎？上聲為去，去聲為上。又有字同一聲，分為兩韻。且國家誠未得術，又以聲律求人，一何乖闊！然有司以一詩一賦而定否臧，音匪本音，韻非中律，於此考覈，以定去留，以是法言之為，行於當代。法言平聲以東農非韻，以屋宿為切。又恨怨之恨，則在去聲，很戾之很，則在上聲；又言辯之辯，則在上聲，冠弁之弁，則在去聲，又舅甥之舅，則在上聲，故舊之舊，則在去聲；又皓白之皓，則在上聲，號令之號，則在去聲。又以恐字恨字俱去聲。今士君子於上聲呼恨，去聲呼恐，得不為有知之所笑乎？又《尚書》曰嘉謀嘉猷，《詩》曰載沈載浮（伏予反）。夫吳民之言，如病瘖風而噤，每啟其口，則語戾喎吶，隨筆作聲，下筆竟不自悟。凡中華音切，莫過東都，蓋居天地之中，稟氣特正。予嘗以其音證之，必大哂而異焉。且《國風·杕杜》篇云：『有杕之杜，其葉湑湑，獨行踽踽。豈無他人，不如我同姓。』又《小雅·大東》篇曰：『周道如砥，其直如矢，君子所履，小人所視。』此則不切聲律，足為驗矣。何須東冬中終，妄別聲律。詩頌以聲韻流靡，貴其易熟人口，能遵古韻，足以詠歌。如法言之非，疑其怪矣。予今別白上去，各歸本音，詳較重輕，以符古義，理盡於此，豈無知音？」李涪所處時代，雖在晚唐，然距《切韻》之成書，亦不過兩百餘年，苟《切韻》之音系代表當時洛陽語音，縱然音隨時變，亦何至於斥為「如病瘖風而噤」，指為「吳音乖舛，不亦甚乎！」我們現在讀曹雪芹的《紅樓夢》，他描寫的北平話，與今國語之間，還是非常一致，而且相去的時間也差不多的。難道古今語音，在唐時會變得特別快，而今時則特別慢嗎？若為通行之書音，李涪既以為「中華音切，莫過東都」，則豈有不誦習不知道之理，何故會說「如法言之非，疑其怪矣。」的話。李涪的《刊誤》，實在是一強有力的證據，我們不能承認《切韻》音系根據的是洛陽語音，因為他指出

《切韻》與東都的語音差距實在太大了。

6.主張《切韻》音系是單一音系的人，往往把《切韻》內部一致作為證據❹❸。他們以為「切韻聲母在反切方面有很規律的表現」，就是一個堅實的內部證據。他們認為聲母的反切是幾乎不可能不反映當時的實際語音的。既然聲母方面反映當時的實際語音，有什麼理由說韻母是一個兼綜南北古今的綜合體呢？這個理由，乍看起來是很中聽的，但只要跟事實一對證，就完全站不住腳了。切韻系韻書的聲母真是代表一種實際的語音系統嗎？恐怕也未必然。我們知道廣韻的切語，於端、知、照三類聲母是有分別的，那末它們真有三類不同的音讀嗎？答案恐怕是否定的。我們試以北平、廣州、廈門三地方言為例，來看這三組聲母的音讀：

聲母	端母			知母			照母		
例字	答	都	當	豬	竹	張	諸	照	蒸
北平	ta	tu	taŋ	tʂu	tʂu	tʂaŋ	tʂu	tʂau	tʂəŋ
廣州	tap	tou	tɔŋ	tʃy	tʃok	tʃœŋ	tʃy	tʃiu	tʃiŋ
廈門	tap	tɔ	tɔŋ	ti	tiɔk	tiɔŋ	tsu	tsiau	tsiŋ

我們應當根據北平與廣州把知母合併於照母，還是根據廈門把知母合併於端母呢？恐怕既不能併知於照，也不能併知於端，只有把知母獨立，才能合於三處方言的語音系統，可是事實上任何一種

❹❸ 見高本漢《中國音韻學研究》中譯本，19-20頁，亦見周法高〈論切韻音〉，108-110頁。

方言都沒有三種不同的讀法。

下面再以北平、溫州、廈門來看切韻精、莊、照三組聲母：

聲　母	精　母		莊　母		照　母	
例　字	左	災	扎	莊	照	章
北　平	tsuo	tsai	tʂa	tʂuaŋ	tʂau	tʂaŋ
溫　州	tsəu	tsE	tsa	tsɔ	tɕiɛ	tɕi
廈　門	tso	tsai	tsap	tsɔŋ	tsiau	tsiɔŋ[44]

我們應當根據溫州併莊入精，還是根據北平併莊入照，抑據廈門三組合而為一。顯然也只有將三組分別獨立，才能照顧三處方言。任何一種方言有可能區別三種音讀嗎？答案顯然是否定的。由此看來，法言聲母的分類仍是跟韻母一樣，从分不从合的。我們有甚麼理由說它是代表單一的實際的語音系統？

7.現代所知的漢語方言，在聲韻調各方面都可與《切韻》的音系取得對應的關係，而且是非常有規律性，例外所佔的比例極少。若《切韻》為一時一地之音，那只有承認現代各地的方言都是從《切韻》發展出來的。這種想法，恐怕沒有人會愚蠢得去承認的，因為這與整個漢語發展的歷史事實不符合。那麼要合理解釋切韻與近代各地方言存在著的對應規律，也只有承認切韻「兼包古今方國

---

[44] 以上方言音讀俱見《漢語方音字匯》，「章」字廈門音讀字匯與「張」書音無別，同為[tiɔŋ]，疑誤。今據羅常培《廈門音系及其音韻聲調之構造與性質》改作[tsiɔŋ]。

之音」的一途了。

8.現代中國境內各已知方言在聲韻調三方面與《廣韻》對照如下表：㊺

	聲母	韻母	聲調
北平	22	38	4
濟南	24	38	4
西安	27	38	4
太原	21	36	5 入分陰陽
漢口	19	35	4
成都	21	36	4
揚州	17	46	5 平分陰陽
蘇州	27	49	7 平去入分陰陽
溫州	28	33	8 平上去入分陰陽
長沙	20	37	6 平去分陰陽
雙峰	28	34	5 平去分陰陽無入
南昌	19	63	6 平去分陰陽
梅縣	19	75	6 平入分陰陽
廣州	20	53	9 平上去入各分陰陽，陰入又分上中
廈門	14	86	7 平去入分陰陽
潮州	18	82	8 平上去入分陰陽
福州	15	49	7 平去入分陰陽

㊺ 以下方言資料據《漢語方言字匯》與《漢語方言詞匯》及《漢語方言概要》。

瀋陽	19	36	4
昆明	22	28	4
合肥	22	43	5 平分陰陽
陽江	21	47	9 平去分陰陽，入分四調
廣韻	41	141	4

近代方言中聲母最多的方言是溫州跟雙峰的二十八，韻母最多的是廈門的八十六。拿來跟《廣韻》相比，都僅及一半而已。可見《廣韻》聲韻母系統的複雜，絕對不是現代任何方言所能望其項背的。這也惟有以《切韻》《廣韻》的音系是兼括古今方國之音，從分不從合的結果，才可以解釋這種現象，否則就難以理解了。

六十八年四月八日凌晨脫稿於臺北鍥不舍齋

（原載中國學術年刊第三期）

第二章　《廣韻》之聲類

第一節　聲之名稱

凡氣息自氣管流出，經發音器官之節制，或破裂而出，或摩擦而出，或經由鼻腔泄出，形成形氣相軋而成聲者，謂之輔音。自其作為一字之首音而言，則稱之為聲母（initial consonants）。❶

聲韻學上聲母異名甚眾，從其形氣相軋之音所從出而言，則謂之聲，發音相同之字則謂之雙聲，類聚雙聲之字，取一字以為標目，則謂之聲目。釋書譯梵文發音之字母為體文，故言聲韻學者亦喜稱之，大唐舍利迻譯梵書，創字母三十，後守溫增益為三十六字母，故後世相沿稱聲類之標目者為字母，亦簡稱為母。清陳澧據《廣韻》以考《切韻》，系聯《廣韻》反切上下字，因有聲類、韻類之稱，此後之人亦喜以稱聲母為聲類。餘杭章太炎先生因〈唐韻序〉中有「又紐其脣、齒、喉、舌、牙部，仵而次之」之語，因名

---

❶ (consonant: a class of speech characterized by constriction accompanied by some measure of friction, or closure followed by release, at one or more points in the breath channel; a generic term for plosives, fricatives, nasals, laterals, trills or flaps, glottal catches or stops, as well as the first (glide) element of a rising diphthong([p]、[g]、[n]、[s]、[l]、[r]、[w]。) — Glossary of Linguistic Terminology — By Mario Pei)

類聚雙聲之字為紐，取一字以為標目，因稱之為某紐。以紐為類聚雙聲之字，故亦稱為聲紐。

第二節　聲目之緣起

聲目之創蓋起於釋氏之依仿印度文字，呂介孺《同文鐸》云：「大唐舍利創字母三十，後溫守座益以孃、床、幫、滂、微、奉六母，是為三十六母。」王應麟《玉海》、鄭樵《通志·藝文略》，均載有守溫《三十六字母圖》一卷。據今敦煌出土手寫經卷判斷，守溫殆為唐末沙門，又因守溫殘卷載有「南梁漢比丘守溫述」字樣，羅莘田君因疑南梁為郡名，其說應屬可信。

《一切經音義》載〈大般涅槃經文字品〉，有字音十四字：

「裹」a「阿」ā「壹」i「伊」ī「塢」u「烏」ū「理」ḷ、「釐」ḹ；「黳」e、「藹」ai；「汙」o、「奧」au；「菴」am、「惡」ah。

比聲二十五字：

舌根聲：「迦」ka、「呿」kha、「伽」ga、「恒」gha、「俄」ŋa。

舌齒聲：「遮」ca、「車」cha、「闍」ja、「膳」jha、「若」ña。

上咢聲：「吒」ṭ、「咃」ṭha、「茶」ḍa、「咤」ḍha、「拏」ṇa。

舌頭聲：「多」ta、「他」tha、「陀」da、「馱」dha、「那」na。

脣吻聲：「波」pɑ、「頗」phɑ、「婆」bɑ、「婆$_{去}$」bhɑ、「摩」mɑ。

超聲八字：

「虵」yɑ、「邏」rɑ、「羅」lɑ、「縛」vɑ、「奢」çɑ、「沙」ʂɑ、「娑」sɑ、「呵」hɑ。❷

錢大昕《十駕齋養新錄》云：「涅槃所載『比音』二十五字，與今傳『見』『溪』『群』『疑』之譜，小異而大同。前所列『字音』十四字，即『影』『喻』『來』諸母。」陳澧因取與三十六字

---

❷ 按梵文超聲共九字，除上述八超聲外，尚有一荼字，為二合輔音 ks。周法高〈佛教東傳對中國音韻學之影響〉一文云：「梵文字母的翻譯是需要區別長短音的。唐玄應《一切經音義》（唐貞觀末年約西元六四九年撰）卷二大般涅槃經文字品音義說：

字音十四字：(ɑ)〔裒〕烏可反、(ā)〔阿〕；(i)〔壹〕、(ī)〔伊〕；(u)〔塢〕烏古反、(ū)〔烏〕；(l)〔理〕、(ḹ)〔釐〕力之反；(e)〔翳〕烏奚反、(ai)〔藹〕；(o)〔汙〕、(au)〔奧〕烏故反（法高案：飛鳥信行涅槃音義引：『應師作汙奧，上烏故反。』可知烏故反是替汙字作音）。此十四字以為音，一聲之中，皆兩兩字同，長短為異，皆前聲短，後聲長。〔菴惡〕此二字是前惡阿兩字之餘音，若不餘音，則不盡一切字，故復取二字以窮文字也。（法高按：括弧中羅馬字母係新加，後準此）。義淨南海歸內法傳（武周天授元年至如意元年 690-692）說：

『腳』等二十五字並下八字（法高按：此指 ka, kha, ga, gha, na 等字母）總有三十三字，名初章；皆須上聲讀之，不可看其字而為平去入也。……十二聲者，謂是(ka)〔腳〕，(kā)〔迦〕上短下長；(ki)〔枳〕，(kī)〔雞〕姜移反，上短下長；(ku)〔矩〕，(kū)〔俱〕上短下長；(ke)〔雞〕，(kai)〔計〕上長下短；(ko)〔孤〕，(kau)〔告〕上長下短；(kam)〔甘〕，(kah)〔箇〕兩聲俱短，用力出氣呼，佉等十二字並效此。皆可兩兩相隨呼之，仍須二字之中，看子註而取長短也。

母對音，茲將陳氏所對之音，列表於下：

涅槃比聲		守溫字母	
舌根聲	迦	牙音	見
	呿		溪
	伽		群
	咂		疑
	俄		
舌齒聲	遮	正齒音	照
	車		穿
	闍		禪(床)❸
	膳		
	若	半齒	日
上咢聲	吒	舌上音	知
	咃		徹
	茶		澄
	咤		
	拏		娘
舌頭聲	多	舌頭音	端
	他		透
	陀		定
	馱		
	那		泥

❸ 涅槃舌齒聲「闍」「膳」二字，實即守溫「床」母，陳氏配「禪」母，誤也。

脣吻聲	波	重脣聲	幫
	頗		滂
	婆		並
	婆重		
	摩		明

上表取守溫字母與涅槃比聲對音者列之，至於涅槃字音十四字，即元音也。根據陳振寰《韻學源流注評》所釋，比聲即毗聲，即輔音，毗、輔助之意。超聲指半元音與二合輔音。❹今觀涅槃比

---

❹ 半元音與二合輔音何以稱為超聲，陳氏則未道其詳。根據我的學生莊淑慧在〈大般涅槃經文字品中字音、比聲、超聲研究〉一文中的研究，引鳩摩羅什《通韻》說：「超指超聲，為梵言五五毗聲以外之聲母，謂之後九超聲。……然非漢語之所有，非嫻悉梵音者，難以曉喻。」莊淑慧說：「鳩摩羅什認為比聲、超聲的差別就在比聲是中國有的音，而超聲則是中國所沒有的音，他把"超"解釋為"超過""超出"的意思。」莊淑慧又引法寶《涅槃疏》的解說云：「音韻倫次曰毗聲，非倫次者名為超聲。」莊淑慧說：「（法寶）認為比聲與超聲的差異在於字母的安排，音韻的有倫次與否。可見他並不像鳩摩羅什一樣把"超"解釋為"超出"，而認為超的意思為"特出"、"脫離"，因此，超聲就是一群沒有"秩序"感的字母，而所謂秩序感乃是針對比聲的"有倫次"而言的。上面兩種說法那一種比較可信呢？我們檢視所有的比聲和超聲，發現玄應將二十五個比聲歸為：

1. 舌根聲（五字）
2. 舌齒聲（五字）
3. 上顎聲（五字）
4. 舌頭聲（五字）
5. 脣吻聲（五字）

共為五類，各五字，而超聲則無法歸為一類。再觀察超聲中八音是否都是

聲與守溫字母之對音，二者之間有同有異，可見三十六字母所據者乃我中華之音，非據梵音也，其次第與涅槃同者，則其依倣涅槃，情勢顯然也。

第三節　三十字母與三十六字母

今所傳三十六字母，相沿謂守溫所創。然呂介孺《同文鐸》謂：「大唐舍利創字母三十，後溫守座益以『娘』·『床』·『幫』·『滂』·『微』·『奉』六母，是為三十六母。」是則三十六字母之前，固有三十字母為其先導也。三十字母之說，亡佚已久，昔人罕有言者，清末敦煌石室發現守溫韻學殘卷，標題已失，首署「南梁漢比丘守溫述」八字。其中所載字母，數只三十，茲依其排列，照錄于下：

脣　音　　不，芳，並，明。
舌　音　　端，透，定，泥。是舌頭音。
　　　　　知，徹，澄，日。是舌上音。
牙　音　　見君，溪，群，來，疑等字是也。
齒　音　　精，清，從。是齒頭音。
喉　音　　心，邪，曉。是喉中音清；
　　　　　匣，喻，影。亦是喉中音濁。

中國所缺少的，發現像“羅”（la）、“奢”（ça）、“娑”（sa）、“呵”（ha）等音也是中國已有的音。從這兩個角度來看，法寶“非倫次者名為超聲”的看法應該是比較可信的。」

以上三十字母，較今所傳三十六字母，少「幫」「滂」「奉」「微」「床」「娘」六字，適符呂介孺《同文鐸》之說。此蓋唐舍利所創，而守溫據以修改增益之本也。故其所載「不」「芳」標目，及以「心」「邪」屬喉，以「日」屬舌上，以「來」屬牙，以「影」為濁之類，皆與今所傳守溫字母配列相參差。（本師林先生曰：此殘卷因署有「南梁漢比丘守溫述」八字之故。羅莘田君因謂「此三十字母乃守溫所訂，今所傳三十六字母，則為宋人所增改，而仍託諸守溫者。」竊謂若依羅氏之說，則有可疑者三：一、此殘卷無有標題，雖署守溫述，不知其標題究何所指。況述者有述而不作之意，安知其非述前人所創之字母？二、因守溫自有所增改，或先述前人之作，再以己意定之，而殘卷適佚其己之所定，存其述前人之作，亦未可知。三、與今所傳三十六字母較之，其所少六字母，適符呂介孺之說，則呂氏之說亦未必不可信。故今據呂說，以此三十字母，為唐舍利所創而守溫據以修改之本也。）今所傳三十六字母凡分「牙音」「舌頭音」「舌上音」「重脣音」「輕脣音」「齒頭音」「正齒音」「喉音」「半舌音」「半齒音」十類。茲列表於下：

牙　音	見	溪	羣	疑	
舌頭音	端	透	定	泥	
舌上音	知	徹	澄	娘	
重脣音	幫	滂	並	明	
輕脣音	非	敷	奉	微	
齒頭音	精	清	從	心	邪

正齒音	照	穿	床	審	禪
喉　音	影	曉	匣	喻	
半舌音	來				
半齒音	日				

第四節　陳澧系聯《廣韻》切語上字之條例

陳澧《切韻考・條例》：

「切語之法，以二字為一字之音，上字與所切之字雙聲，下字與所切之字疊韻，上字定其清濁，下字定其平上去入。上字定清濁而不論平上去入，如東德紅切、同徒紅切，東、德皆清，同、徒皆濁也；然同、徒皆平可也，東平、德入亦可也。下字定平上去入而不論清濁，如東德紅切、同徒紅切、中陟弓切、蟲直弓切，東紅、同紅、中弓、蟲弓皆平也。然同紅皆濁、中弓皆清可也。東清紅濁、蟲濁弓清亦可也。東、同、中、蟲四字在一東韻之首，此四字切語已盡備切語之法，其體例精約如此，蓋陸氏之舊也。今考切語之法，皆由此明之。」

㈠基本條例：

「切語上字與所切之字為雙聲，則切語上字同用者、互用者、遞用者聲必同類也。同用者如冬都宗切、當都郎切，同用都字也；互用者如當都郎切、都當孤切，都、當二字互用也；遞用者如冬都宗切、都當孤切，冬字用都字，都字用當字也。今據此系聯之為切語上字四十類。」

㈡分析條例：

「《廣韻》同音之字不分兩切語，此必陸氏之舊也。其兩切語下字同類者，則上字必不同類，如紅戶公切、烘呼東切，公東韻同類，則戶、呼聲不同類，今分析切語上字不同類者，據此定之也。」

㈢補充條例：

「切語上字既系聯為同類矣。然有實同類而不能系聯者，以其切語上字兩兩互用故也。如多、得、都、當四字，聲本同類，多得何切、得多則切、都當孤切、當都郎切，多與得、都與當兩兩互用，遂不能四字系聯矣。今考《廣韻》一字兩音者，互注切語，其同一音之兩切語上二字聲必同類。如一東『涷、德紅切，又都貢切。』一送『涷、多貢切。』都貢、多貢同一音，則都、多二字實同一類也。」

按陳氏基本條例與分析條例，就一切正規切語而論，應屬精約。其基本條例與分析條例之不同者，一屬積極性意義，以系聯不同之切語上字；一屬消極性意義，以防止系聯發生錯誤。至其補充條例，若未互注切語，則其法窮。余所撰〈陳澧系聯切語上字補充條例補例〉，即所以補充陳氏補充條例之不足也。

陳澧系聯切語上字補充條例補例：

「今考《廣韻》平、上、去、入四聲相承之韻，不但韻相承，韻中字音亦多相承，相承之音，其切語上字聲必同類。如平聲十一模：『都、當孤切』，上聲十姥：『覩、當古切』，去聲十一暮：『妒、當故切』。都、覩、妒為相承之音，其切語上字聲皆同類，故於切語上字因兩兩互用而不能系聯者，可據此定之也。如平聲一東：『東、德紅切』，上聲一董：『董、多動切』，去聲一送：『涷、多貢切』，入聲一屋：『穀、丁木切』。東、董、涷、穀為相承之音，則切語上字德、多、丁聲必同類也。『丁、當經切』，『當、都郎切』，是則德、多與都、當四字聲亦同類也。」

第五節　《廣韻》四十一聲紐

陳澧《切韻考》卷二所考四十聲類，藉補充條例而系聯者，計有多、居、康、於、倉、呼、滂、盧、才及文十類，其文類宜依其基本條例分為明、微二類，與邊、方；滂、敷；蒲、房之分二類者同，則陳氏純依補充條例而系聯者僅九類耳。此九類切語上字，若以補例系聯之，亦可達相同之效果。茲依陳氏《切韻考》之次序，一一舉證於後：

★多〔得何〕得德〔多則〕丁〔當經〕都〔當孤〕當〔都郎〕冬〔都宗〕七字聲同一類。丁以下四字與上三字切語不系聯，實同一類。今考《廣韻》平、上、去、入四聲相承之音，除〈補例〉所舉東、董、涷、穀四字之切語上字足證其聲同類外，復考《廣韻》諸韻，尚得下列諸證。

(1)上平聲二十五寒：「單、都寒切」，上聲二十三旱：「亶、多旱切」，去聲二十八翰：「旦、得按切」，入聲十二曷：「怛、當割切」。單、亶、旦、怛為四聲相承之音，則其切語上字都、多、得、當聲同類也。

(2)上平聲二十六桓：「端、多官切」，上聲二十四緩：「短、都管切」，去聲二十九換：「鍛、丁貫切」，入聲十三末：

「掇、丁括切」。端、短、鍛、掇為四聲相承之音，則其切語上字多、都、丁聲同類也。

(3)下平聲一先：「顛、都年切」，上聲二十七銑：「典、多殄切」，去聲三十二霰：「殿、都甸切」，入聲十六屑：「窒、丁結切」。顛、典、殿、窒為相承之音，則其切語上字都、多、丁聲同類也。

(4)下平三蕭：「貂、都聊切」，上聲二十九篠：「鳥、都了切」，去聲三十四嘯：「弔、多嘯切」。貂、鳥、弔為相承之音，則其上字都、多聲同類也。

(5)下平聲七歌：「多、得何切」，上聲三十三哿：「嚲、丁可切」，去聲三十八箇：「跢、丁佐切」。多、嚲、跢為相承之音，則其上字得、丁聲同類也。

(6)下平聲十一唐：「當、都郎切」，上聲三十七蕩：「黨、多朗切」，去聲四十二宕：「當、丁浪切」。當、黨、當為相承之音，則其上字都、多、丁聲同類也。

(7)下平聲十七登：「登、都滕切」，上聲四十三等：「等、多肯切」，去聲四十八嶝：「嶝、都鄧切」，入聲二十五德：「德、多則切」。登、等、嶝、德為相承之音，則其上字都、多聲同類也。

★居〔九魚〕九〔舉有〕俱〔舉朱〕舉〔居許〕規〔居隋〕吉〔居質〕紀〔居里〕几〔居履〕古〔公戶〕公〔古紅〕過〔古臥〕各〔古落〕格〔古伯〕兼〔古甜〕姑〔古胡〕佳〔古奚〕詭〔過委〕古以下九字與上八字不系聯，實同一類。

(1)今考《廣韻》上平聲五支：「嬀、居為切」，上聲四紙：

「詭、過委切」，去聲五寘：「賜、詭偽切」。媯、詭、賜為相承之音，則其切語上字居、過、詭聲同類也。

⑵下平聲二十五添：「兼、古甜切」，上聲五十一忝：「孂、兼玷切」，去聲五十六㮇：「趝、紀念切」，入聲三十怗：「頰、古協切」。兼、孂、趝、頰為相承之音，則其上字古、兼、紀聲同類也。

★康〔苦岡〕枯〔苦胡〕牽〔苦堅〕空〔苦紅〕謙〔苦兼〕口〔苦后〕楷〔苦駭〕客〔苦格〕恪〔苦各〕苦〔康杜〕去〔丘據〕丘〔去鳩〕墟袪〔去魚〕詰〔去吉〕窺〔去隨〕羌〔去羊〕欽〔去金〕傾〔去營〕起〔墟里〕綺〔墟彼〕豈〔袪豨〕區驅〔豈俱〕去以下十四字，與上十字不系聯，實同一類。

⑴上平聲二十七刪：「馯、丘姦切」，入聲十四黠：「吉、恪八切」。馯、吉為相承之音，則其切語上字丘、恪聲同類也。

⑵上平聲二十八山：「慳、苦閑切」，上聲二十六產：「齦、起限切」，入聲十五鎋：「鞨、枯鎋切」。慳、齦、鞨為相承之音，則其切語上字苦、起、枯聲同類也。

⑶下平十一唐：「光、苦光切」，上聲三十七蕩：「廣、丘晃切」，去聲四十二宕：「曠、苦謗切」，入聲十九鐸：「廓、苦郭切」。光、廣、曠、廓為相承之音，則其切語上字苦、丘聲同類也。

⑷上聲四十一迥：「謦、去挺切」，去聲四十六徑：「罄、苦定切」，入聲二十三錫：「燩、苦擊切」。謦、罄、燩為相承之音，則其切語上字去、苦聲同類也。

⑸下平聲二十七銜：「嵌、口銜切」，上聲五十四檻：「顡、丘

檻切」。嵌、顅為相承之音，則其切語上字口、丘聲同類也。

★於〔央居〕央〔於良〕憶〔於力〕伊〔於脂〕依衣〔於希〕憂〔於求〕一〔於悉〕乙〔於筆〕握〔於角〕謁〔於歇〕紆〔憶俱〕挹〔伊入〕烏〔哀都〕哀〔烏開〕安〔烏寒〕煙〔烏前〕鷖〔烏奚〕愛〔烏代〕烏以下六字與上十三字不系聯，實同一類。

⑴上平聲四江：「胦、握江切」，上聲三講：「滃、烏項切」，入聲四覺：「渥、於角切」。胦、滃、渥為四聲相承之音，則其切語上字烏、於聲同類也。

⑵上平聲十二齊：「鷖、烏奚切」，上聲十一薺：「吢、烏弟切」，去聲十二霽：「翳、於計切」。鷖、吢、翳為相承之音，則其切語上字烏、於聲同類也。

⑶上平十三佳：「娃、於佳切」，上聲十二蟹：「矮、烏蟹切」，去聲十五卦：「隘、烏懈切」。娃、矮、隘為相承之音，則其切語上字於烏聲同類也。

⑷上平十四皆：「挨、乙諧切」，上聲十三駭：「挨、於駭切」，去聲十六怪：「噫、烏界切」。挨、挨、噫為相承之音，則其切語上字、乙於、烏聲必同類也。

⑸上平十六咍：「哀、烏開切」，上聲十五海：「欸、於改切」，去聲十九代：「愛、烏代切」。哀、欸、愛為相承之音，則其切語上字烏於聲同類也。

⑹上平二十六桓：「剜、一丸切」，上聲二十四緩：「碗、烏管切」，去聲二十九換：「惋、烏貫切」，入聲十三末：「斡、烏括切」。剜、碗、惋、斡為相承之音，則其切語上字聲必同類也。

⑺上平二十八山：「黰、烏閑切」，入聲十五鎋：「鸛、乙鎋切」。黰、鸛為相承之音，則其切語上字烏、乙聲同類也。

⑻下平一先開口：「煙、烏前切」，合口：「淵、烏玄切」，上聲二十七銑開口：「蝘、於殄切」，去聲三十二霰開口：「宴、於甸切」，合口：「娟、烏縣切」，入聲十六屑開口「噎、烏結切」，合口：「抉、於決切」。開口類煙、蝘、宴、噎為相承之音，則其切語上字烏、於聲同類也；合口類淵、娟、抉為相承之音，其切語上字烏、於亦必聲同類也。

⑼下平三蕭：「幺、於堯切」，上聲二十九篠：「杳、烏皎切」，去聲三十四嘯：「窔、烏叫切」。幺、杳、窔為相承之音，則其切語上字於、烏聲同類也。

⑽下平六豪：「爊、於刀切」，上聲三十二皓：「襖、烏皓切」，去聲三十七號：「奧、烏到切」。爊、襖、奧為相承之音，則其切語上字於、烏聲同類也。

⑾下平九麻：「鴉、於加切」，上聲三十五馬：「啞、烏下切」，去聲四十禡：「亞、衣嫁切」。鴉、啞、亞為相承之音，則其切語上字於、烏、衣聲必同類也。

⑿上聲三十八梗開口：「誉、烏猛切」，去聲四十三映開口：「瀴、於孟切」合口：「竑、烏橫切」，入聲二十陌開口：「啞、烏格切」，合口：「擭、一虢切」。開口類誉、瀴、啞為相承之音，則其切語上字烏、於聲同類也。合口類竑、擭為相承之音，則其切語上字烏、一聲同類也。

⒀下平十三耕：「甖、烏莖切」，去聲四十四諍：「褸、鷖迸切」，入聲二十一麥：「戹、於革切」。甖、褸、戹為相承之

音，其切語上字烏、鷖、於聲必同類也。

⒁下平二十六咸：「韽、乙咸切」，上聲五十三豏：「黯、乙減切」，去聲五十八陷：「韽、於陷切」，入聲三十一洽：「鵪、烏洽切」。韽、黯、韽、鵪為相承之音，則其切語上字乙、於、烏聲必同類也。

⒂上聲五十四檻：「黤、於檻切」，入聲三十二狎：「鴨、烏甲切」。黤、鴨為相承之音，其切語上字於、烏聲必同類也。

★倉蒼〔七岡〕親〔七人〕遷〔七然〕取〔七庾〕七〔親吉〕青〔倉經〕采〔倉宰〕醋〔倉故〕麤麁〔倉胡〕千〔蒼先〕此〔雌氏〕雌〔此移〕此雌二字與上十二字不系聯，實同一類。

⑴上平聲五支：「雌、此移切」，上聲四紙：「此、雌氏切」，去聲五寘：「刺、七賜切」。雌、此、刺為相承之音，則其切語上字此、雌、七聲同類也。

⑵上平聲二十三魂：「村、此尊切」，上聲二十一混：「忖、倉本切」，去聲二十六慁：「寸、倉困切」，入聲十一沒：「猝、倉沒切」。村、忖、寸、猝為相承之音，則其切語上字此、倉聲同類也。

⑶下平二仙：「詮、此緣切」，去聲二十三線：「縓、七絹切」，入聲十七薛：「膬、七絕切」。詮、縓、膬為相承之音，則其切語上字此、七聲同類也。

★呼〔荒烏〕荒〔呼光〕虎〔呼古〕馨〔呼刑〕火〔呼果〕海〔呼改〕呵〔虎何〕香〔許良〕朽〔許久〕羲〔許羈〕休〔許尤〕況〔許防〕許〔虛呂〕興〔虛陵〕喜〔虛里〕虛〔朽居〕香以下九字與上七字不系聯，實同一類。

⑴上平六脂：「催、許維切」，上聲五旨：「嗃、火癸切」，去聲六至：「豷、許位切」。催、嗃、豷為相承之音，則其切語上字許、火聲同類也。

⑵上聲二十三魂：「昏、呼昆切」，上聲二十一混：「總、虛本切」，去聲二十六慁：「惛、呼困切」入聲十一沒：「忽、呼骨切」。昏、總、惛、忽為相承之音，則其切語上字呼、虛聲同類也。

⑶上平二十五寒：「頇、許干切」，上聲二十三旱：「罕、呼旱切」，去聲二十八翰：「漢、呼旰切」，入聲十二曷：「顖、許葛切」。頇、罕、漢、顖為相承之音，則其切語上字許、呼聲同類也。

⑷下平一先：「鋗、火玄切」，去聲三十二霰：「絢、許縣切」，入聲十六屑：「血、呼決切」。鋗、絢、血為相承之音，則其切語上火、許、呼聲同類也。

⑸下平三蕭：「膮、許么切」，上聲二十九篠：「鐃、馨皛切」，去聲三十四嘯：「嬈、火弔切」。膮、鐃、嬈為相承之音，則其切語上字許、馨、火聲同類也。

⑹下平五肴：「虓、許交切」，去聲三十六效：「孝、呼教切」，虓、孝為相承之音，則其切語上字許、呼聲同類也。

⑺下平七歌：「訶、虎何切」，上聲三十三哿：「吹、虛我切」，去聲三十八箇：「呵、呼箇切」。訶、吹、呵為相承之音，則其切語上字虎、虛、呼聲必同類也。

⑻下平九麻：「煆、許加切」，上聲三十五馬：「閜、許下切」，去聲四十禡：「嚇、呼訝切」。煆、閜、嚇為相承之

音，則其切上字許、呼聲必同類也。

⑼下平十一唐：「荒、呼光切」，上聲三十七蕩：「慌、呼晃切」，去聲四十二宕：「荒、呼浪切」，入聲十九鐸：「霍、虛郭切」。荒、慌、荒霍為相承之音，則其切語上字呼、虛聲必同類也。

⑽下平十二庚：「脝、許庚切」，去聲四十三映：「許、許更切」，入聲二十陌：「赫、呼格切」。脝、許、赫為相承之音，則其切語上字許、呼聲同類也。

⑾下平十四清：「眴、火營切」，去聲四十五勁：「敻、休正切」，入聲二十二昔：「瞁、許役切」。眴、敻、瞁為相承之音，則其切語上字火、休、許聲必同類也。

⑿下平十五青：「馨、呼刑切」，入聲二十三錫：「赦、許激切」。馨、赦為相承之音，則其切語上字呼、許聲必同類也。

⒀下平二十五添：「馦、許兼切」，入聲三十帖：「弽、呼牒切」。馦、弽為相承之音，則其切語上字許、呼聲同類也。

⒁下平二十六咸：「咸、許咸切」，上聲五十三豏：「闞、火斬切」入聲三十一洽：「船、呼洽切」。咸、闞、船為相承之音，則其切語上字許、火、呼聲同類也。

⒂上聲五十四檻：「敢、荒檻切」，去聲五十九鑑：「敢、許鑑切」入聲三十狎：「呷、呼甲切」。敢、敢，呷為相承之音，則其切語上字荒、許、呼聲必同類也。

★滂〔普郎〕普〔滂古〕匹〔譬吉〕譬〔匹賜〕匹、譬二字與滂、普二字不系聯，實同一類。

⑴下平聲十一唐：「滂、普郎切」，上聲三十七蕩：「傍、匹朗

切」，入聲十九鐸：「膊、匹各切」。滂、傍、膊為相承之音，則其切語上字普、匹同類也。

(2)下平十五青：「竮、普丁切」，上聲四十一迥：「頩、匹迥切」，入聲二十三錫：「霹、普擊切」，竮、頩、霹為相承之音，則其切語上字普、匹聲同類也。

(3)下平十七登：「漰、普朋切」，上聲四十三等：「倗、普等切」，入聲二十五德：「覆、匹北切」。漰、倗、覆為相承之音，則其切語上字普、匹聲必同類也。

(4)上聲四十五厚：「剖、普后切」，去聲五十候：「仆、匹候切」。剖、仆為相承之音，則其切語上字普、匹聲必同類也。

★盧〔落胡〕來〔落哀〕落洛〔盧各〕勒〔盧則〕力〔林直〕林〔力尋〕呂〔力舉〕良〔呂張〕離〔呂支〕里〔良士〕郎〔魯當〕魯〔郎古〕練〔郎甸〕力以下六字不系聯，郎魯練三字與上十二字又不系聯，實皆同一類。

(1)今考《廣韻》上平聲十一模：「盧、落胡切」，上聲十姥：「魯、郎古切」，去聲十一暮：「路、洛故切」。盧、魯、路為平上去相承之音，則其切語上字落、郎、洛聲必同類也。是郎魯練三字與盧落洛等字聲本同類也。

(2)上平聲十二齊：「黎、郎奚切」，上聲十一薺：「禮、盧啟切」，去聲十二霽：「麗、郎計切」。黎、禮、麗為相承之音，則其切語上字郎、盧聲同類也。

(3)上平聲十五灰：「雷、魯回切」，上聲十四賄：「磥、落猥切」，去聲十八隊：「纇、盧對切」。雷、磥、纇為相承之音，則其切語上字魯、落、盧聲必同類也。

⑷上平聲二十五寒：「蘭、落干切」，上聲二十三旱：「嬾、落旱切」，去聲二十八翰：「爛、郎旰切」，入聲十三末：「剌、盧達切」。蘭、嬾、爛、剌為平上去入四聲相承之音，則其切語上字落、郎、盧聲同類也。

⑸上平聲二十六桓：「鑾、落官切」，上聲二十四緩：「卵、盧管切」，去聲二十九換：「亂、郎段切」，入聲十三末：「捋、郎括切」。鑾、卵、亂、捋為相承之音，則其切語上字落、盧、郎聲必同類也。

⑹下平聲一先韻：「蓮、落賢切」，去聲三十二霰：「練、郎甸切」，入聲十六屑：「戾、練結切」。蓮、練、戾為相承之音，則其切語上字落、郎、練聲必同類也。

⑺下平聲六豪：「勞、魯刀切」，上聲三十六晧：「老、盧晧切」，去聲三十七號：「嫪、郎到切」。勞、老、嫪為相承之音，則其切語上字魯、盧、郎聲必同類也。

⑻下平聲七歌韻：「羅、魯何切」，上聲三十三哿：「砢、來可切」，去聲三十八箇：「邏、郎佐切」。羅、砢、邏為相承之音，則其切語上字魯、盧、郎聲同類也。

⑼下平聲八戈：「騾、落戈切」，上聲三十四果：「裸、郎果切」，去聲三十九過：「摞、魯過切」。騾、裸、摞為相承之音，則其切語上字落、郎、魯聲同類也。

⑽下平十一唐：「郎、魯當切」，上聲三十七蕩：「朗、盧黨切」，去聲四十二宕：「浪、來宕切」，入聲十九鐸：「落、盧各切」。郎、朗、浪、落為相承之音，則其切語上字魯、盧、來聲必同類也。

⑾下平十七登：「楞、魯登切」，去聲四十八嶝：「踜、魯鄧切」，入聲二十五德：「勒、盧則切」。楞、踜、勒為相承之音，則其切語上字魯、盧聲必同類也。

⑿下平聲十九侯：「樓、落侯切」，上聲四十五厚：「塿、郎斗切」，去聲五十候：「陋、盧候切」。樓、塿、陋為相承之音，則其切語上字落、郎、盧聲必同類也。

⒀下平聲二十二覃：「婪、盧含切」，上聲四十八感：「壈、盧感切」，去聲五十三勘：「顲、郎紺切」，入聲二十七合：「拉、盧合切」。婪、壈、顲、拉為相承之音，則其切語上字盧、郎聲同類也。

⒁下平聲二十三談：「藍、魯甘切」，上聲四十九敢：「覽、盧敢切」，去聲五十四闞：「濫、盧瞰切」，入聲二十八盍：「臘、盧盍切」。藍、覽、濫、臘為相承之音，則其切語上字魯、盧聲同類也。

以上十四證，皆足證明盧、來、賴、落、洛、勒六字與郎、魯、練三字聲同類也。至於力、林、呂、良、離六字與盧、郎、等九字同聲之證，則見於下列二證。

⒂今考《廣韻》上平聲一東韻：「籠、盧紅切」，上聲一董韻：「曨、力董切」，去聲一送韻：「弄、盧貢切」，入聲一屋韻：「祿、盧谷切」。籠、曨、弄、祿為平上去入相承之音，則其切語上字盧力聲同類也。盧與郎前十四證已明其聲同類，力既與盧同類，自亦與郎同類矣。

⒃下平聲十五青：「靈、郎丁切」，上聲四十迥：「笭、力鼎切」，去聲四十六徑：「零、郎定切」，入聲二十三錫：

「靂、郎擊切」。靈、笭、零、靂為平上去入相承之音，則其切語上字郎、力聲同類也。

★才〔昨哉〕徂〔昨胡〕在〔昨宰〕前〔昨先〕藏〔昨郎〕昨酢〔在各〕疾〔秦悉〕秦〔匠鄰〕匠〔疾亮〕慈〔疾之〕自〔疾二〕情〔疾盈〕漸〔慈染〕疾以下七字與上七字不系聯，實同一類。

⑴今考《廣韻》上聲九麌韻：「聚、慈庾切」，去聲十遇：「聚、才句切」。聚、聚為上去相承之音，則其切語上字慈、才聲同類也。

⑵上平聲十八諄：「鷷、昨旬切」，入聲六術韻：「崒、慈卹切」。鷷、崒為相承之音，則其切語上字昨、慈聲同類也。

⑶下平聲二仙韻：開口「錢、昨先切」、合口「全、疾緣切」，上聲二十八獮：開口「踐、慈演切」、合口「雋、徂兗切」，去聲三十三線：開口「賤、才線切」，入聲十七薛：合口「絕、情雪切」。開口類錢、踐、賤為相承之音，則其切語上字昨、慈、才聲同類也；合口類全、雋、絕為相承之音，則其切語上字疾徂情聲亦同類也。

⑷下平九麻韻：「查、才邪切」，去聲四十禡：「褯、慈夜切」。查、褯為相承之音，其切語上字才、慈聲同類也。

⑸下平聲十陽韻：「牆、在良切」，去聲四十漾：「匠、疾亮切」，入聲十八藥：「皭、在爵切」。牆、匠、皭為相承之音，其切語上字在、疾聲同類也。

⑹下平十八尤：「酋、自秋切」，上聲四十四有韻：「湫、在九切」，去聲四十九宥：「就、疾僦切」。酋、湫、就為相承之

音，則其切語上字自、在、疾聲必同類也。

(7)下平聲二十一侵：「梣、昨淫切」，上聲四十七寑：「蕈、慈荏切」，入聲二十六緝：「集、秦入切」。梣、蕈、集為相承之音，其切語上字昨、慈、秦聲必同類也。

(8)下平聲二十四鹽：「潛、昨鹽切」，上聲五十琰：「漸、慈染切」，去聲五十五豔：「潛、慈豔切」，入聲二十九葉：「捷、疾葉切」。潛、漸、潛、捷為相承之音，則其切語上字昨、慈、疾聲同類也。

(9)去聲五十六㮇：「僭、漸念切」，入聲三十怗：「雜、在協切」。僭、雜為相承之音，則其切語上字漸、在聲同類也。

根據以上系聯結果《廣韻》聲類當分為四十一類。茲錄其四十一聲類之切語上字於後，並列表以明之。

聲類	反　切　上　字
影	於央憶伊衣依憂一乙握謁紆挹烏哀安煙鷖愛委
喻	余餘予夷以羊弋翼與營移悅
為	于羽雨雲云王韋永有遠為洧筠薳
曉	呼荒虎馨火海呵香朽羲休況許興喜虛花
匣	胡乎侯戶下黃何獲懷
見	居九俱舉規吉紀几古公過各格兼姑佳詭乖
溪	康枯牽空謙口楷客恪苦去丘墟袪詰窺羌欽起綺豈區驅曲可乞棄卿
群	渠強求巨具臼衢其奇暨跪近狂
疑	疑魚牛語宜擬危五玉俄吾研遇虞愚

端	多德得丁都當冬
透	他託土吐通天台湯
定	徒同特度杜唐堂田陀地
泥	奴乃諾內嬭那
來	來盧賴洛落勒力呂良離里郎魯練縷連
知	知張豬徵中追陟卓竹珍
徹	抽癡楮褚丑恥敕
澄	除場池治持遲佇柱丈直宅墜馳
娘	尼拏女穠
日	如汝儒人而仍兒耳
照	之止章征諸煮支職正旨占脂
穿	昌尺赤充處叱春姝
神	神乘食實
審	書舒傷商施失試式識賞詩釋始
禪	時殊嘗常蜀市植殖寔署臣是氏視成
精	將子資即則借茲醉姊遵祖臧作
清	倉蒼親遷取七青采醋麤千此雌
從	才徂在前藏昨酢疾秦匠慈自情漸
心	蘇素速桑相悉思司斯私雖辛息須胥先寫
邪	徐祥詳辭似旬寺夕隨
莊	莊爭阻鄒簪側仄
初	初楚創瘡測叉廁芻
床	床鋤鉏豺崱士仕崇查俟助鶵
疏	疏山沙砂生色數所史
幫	邊布補伯百北博巴卑鄙必彼兵筆陂畀晡
滂	滂普匹譬披丕

並	蒲步裴薄白傍部平便毗弼婢簿捕
明	莫慕模謨摸母明彌眉綿靡美
非	方封分府甫
敷	敷孚妃撫芳峰拂
奉	房防縛附符苻扶馮浮父
微	巫無亡武文望

第六節　《廣韻》聲類諸說述評

自陳澧與黃侃定《廣韻》聲類為四十與四十一類以來，與其相異者，仍有多家，茲一一紹介於後，並論其得失：

㈠張暄三十三類說：

張氏《求進步齋音論·三十六字母與四十聲類》云：

暄嘗通考《廣韻》一字兩音之互注切語，知陳氏所分之四十聲類，尚大有可合者在，聲類四十，尚非切語之本真。茲舉所得之證于下：

語韻	褚（丑呂切又張呂切）	本韻	褚（丁呂切）
線韻	傳（直戀切又丁戀切）	本韻	傳（知戀切）
陽韻	長（直良切又丁丈切）	養韻	長（知丈切）
候韻	噣（都豆切又丁救切）	宥韻	噣（陟救切）
祭韻	綴（陟衛切又丁劣切）	薛韻	綴（陟劣切）

準上五條，知陳氏所分為端知兩類者，《切韻》反切本同一類，特以當都二字互用，竹陟張三字互用，故不能兩相系聯耳。又

唐人寫本《唐韻》存于今者，尚有去聲之一部及入聲。褚長二字在平上二聲，為殘本《唐韻》所無。其互注之切為《切韻》原文，抑為後人所加，已不可考；傳囑綴三字，其互注切語與唐人寫本同，可知為《切韻》之舊。

魚韻　涂（直魚切又直胡切）　模韻　涂（同都切）
　　　胡字在模韻

覺韻　掉（女角切又杖弔切）　嘯韻　掉（徒弔切）

準上二條，知陳氏所分之澄定二類，特以徒同二字互用，直除二字互用，故不能兩相系聯耳。

虞韻　獳（人朱切又女侯切）　侯韻　獳（奴鉤切）

宵韻　橈（如招切又女教切）　效韻　橈（奴教切）

黠韻　內（女滑切又內骨切）　沒韻　內（內骨切）

準上三條，知陳氏所分之泥娘二類，特以奴乃二字互用，女尼二字互用，故不能系聯耳。

董韻　菶（蒲蠓切又方孔切）　本韻　菶（邊孔切）

廢韻　茷（符廢切又方大切）　泰韻　茷（博蓋切）

諄韻　砏（普巾切又布巾切）　真韻　砏（府巾切）

真諄二韻雜亂異常，砏當在真而入諄，餘誤者甚多。

先韻　藊（布玄切又北泫切）　銑韻　藊（方典切）
　　　泫字在銑韻胡畎切

仙韻　藊（芳連切又補殄切）　銑韻　藊（方典切）
　　　殄字在銑韻徒典切

庚韻　榜（薄庚切又甫孟切）　映韻　榜（北孟切）

覺韻　爆（蒲角切又甫沃切）　沃韻　爆（博沃切）

支韻　鞞（府移切又脯鼎切）　迥韻　鞞（補鼎切）

上聲廣韻脯方矩切

準上八條，知陳氏所分之幫非二類實同一類，以博補二字互用，方府二字互用，遂不能二字兩相系聯耳。

齊韻　紕（邊兮切又芳脂切）　脂韻　紕〈匹夷切〉

吻韻　忿（敷粉切又敷問切）　問韻　忿（匹問切）

尤韻　秠（匹尤切又芳鄙切）　旨韻　秠（匹鄙切）

尤韻　胚（匹尤切又普回切）　灰韻　胚（芳杯切）

德韻　倍（蒲北切又孚豆切）　候韻　倍（匹候切）

薛韻　瞥（芳滅切又芳結切）　屑韻　瞥（普篾切）

隊韻　妃（滂佩切又匹非切）　微韻　妃（芳非切）

準上七條，知陳氏所分之滂敷二類本同一類，特以匹譬滂普四字互用，敷芳二字又互用，故不能兩相系聯耳。

東韻　颩（薄紅切又步留切）　幽韻　颩（皮彪切）

先韻　軿（部田切又房丁切）　青韻　軿（薄經切）

準上二條，知陳氏所分之並奉二類本同一類，特以薄傍步三字互用，故不能兩相系聯耳。

知徹澄古歸端透定，非敷奉微古歸幫滂並明，為錢宮詹所證明，娘古歸泥，為章太炎先生所證明，皆已成不磨之論。今知徹澄三類之反切，既與端透定三類同用，非敷奉三類之反切，亦與幫滂並三類同用，是陸氏作切韻時，舌上、舌頭、重脣、輕脣尚未分也。《廣韻》每卷有新添類隔今更音和數字，其文皆屬舌上舌頭重脣輕脣，由此可知陸氏作《切韻》時，舌上與舌頭，重輕與輕脣尚無區別，故互用作切。後世聲音發展，昔之讀舌頭者，今分半入舌上，昔之讀重脣者，今別出為輕脣，于是覺《廣韻》舊切不符所讀，又未明古讀今讀有殊，遂臆號謂類隔，而改為音和，此亦一證也。

統觀以上諸證，知四十聲類之非敷奉，實與幫滂並合一，知澄娘實與端定泥合一，徹透雖無反切系聯之證，然以旁證察之，亦可斷其必相合為一，總 其餘實得三十有三。

張氏三十三類乃併輕脣於重脣，舌上於舌頭，故較四十一類少八類。雖云據陳氏變例系聯，然透、徹二類縱依變例亦難以系聯，故不得不據錢氏大昕舌音類隔之說不可信一文而合併之。其意蓋謂聲類之演變，乃以類相從，當端、定、泥與知、澄、娘尚未分離之際，則透與徹亦不可能單獨分離也。所言雖亦有道理。然陳澧於此數紐，所以不據變例而使之合併者，亦未嘗非無見。蓋隋唐之際，方音中於此數紐有不能區別者，亦有能區別者。《廣韻》又音中所重出之切語，多依據各地方言音而甄錄之者，自不能僅據某一地方言之併，而置他處方言之別而不顧，從其別者，略其同者，自以分別為是。根據羅常培〈知徹澄娘音值考〉一文之研究，從六世紀至十一世紀（592-1035）期間，知、徹、澄、娘曾經讀過 ṭ、ṭh、ḍ、ṇ 之音，亦以知徹澄娘對譯 ṭ、ṭh、ḍ、ṇ，與端透定泥對譯 t、th、d、n 者不同，則可知隋唐方音中知徹澄娘實與端透定泥有別，何況其後三十字母與三十六字母端知兩系，皆各自獨立。雖其時代稍晚，然亦必淵源有自，而非突然分化者也。等韻圖中較早之韻圖，如《韻鏡》《七音略》舌音有舌頭、舌上之別，脣音有重脣、輕脣之殊，則其分別，自非突變。元刊本《玉篇》所載〈切字要法〉所列雙聲三十類，即以亭田、陳纏對舉，可知舌頭與舌上不同類，

〈切字要法〉或以為魏晉間產物，雖未必可信，然當不致晚於三十字母與三十六字母，應屬可信。綜上所論，若吾人承認《切韻》之性質為論古今之通塞，存南北之是非，則舌頭舌上，重脣輕脣仍以分別為是。最少在《廣韻》一書中所反映之實況，確係如此。張氏之併，未為得也。

㈡羅常培二十八類說：

羅氏撰〈切韻探賾〉一文，據《切韻殘卷》王仁昫《刊謬補缺切韻》《唐韻殘卷》並參照《經典釋文》《玉篇》反切，比較諸書切語，以為《切韻》無舌上、輕脣八組，即于、神、莊、初、山五紐亦不應分立。其舌上、輕脣之併於舌頭、重脣之說，與張暄之說全同，前論張暄三十三類說，已加駁正，此不俱論。其他各說，評述於後：

①脂韻《切韻》遺以隹反，又于季反；至韻遺以醉反，又以隹反，于季、以醉同音，故于喻聲同類。

按：關於于喻是否當系聯成為一類之問題，張暄〈求進步齋音論〉嘗論及之，其言甚辨，茲錄於次。張氏云：

脂韻　美（以脂切又羊箭切）　線韻　美（于線切）

據此則于喻似相系聯，然考唐寫本《唐韻》，線韻羨字作予線切；予在喻類。使唐寫本之予字為真，則喻于二類，實不系聯。《廣韻》反切，凡同音字皆歸一紐，其分為二者，非韻有異，即聲不同。故一聲類在但具一等之韻中，止宜有一紐，在俱二等之韻中，止宜有二。雖具有二等三等之韻，然則同一等中亦止宜有一紐，今考《廣韻》各韻，虞、尤、止、麌、有、遇、宥皆但具一等，而切分喻于兩紐，東屋二韻雖皆具二等，其一等為古本韻，喻于皆今聲類，非古本韻所宜有，二韻皆具喻于二紐，是一等而有二紐也。支、脂、仙、紙、旨、寘、至、祭、線諸韻之第二等，鹽、緝、葉之第一等，皆于一等中而具于喻二紐，可知喻于二類，法言實分而不合，若謂此二類皆後人所誤改，非陸氏之本真，則唐寫本所有各韻，凡上所曾舉者，其具二類悉同今本，陸本固然，殆無可疑。若云本止一類，法言疏漏，誤為二紐，則一二韻四五韻至矣。今具二類于一等者，多至二十有一。法言縱或疏漏，當不至若是其甚也。且線韻羨下各字為唐寫本所有者，《玉篇》皆以喻字作切，無用于類字者，可知《廣韻》線韻羨下于線切，本當從唐寫本作予線切，于予二字實形同誤者。

張氏所說，實與陳澧分析條例相似，其兩切語下字同類者，上字必不同類。以東韻為例，雄切羽弓，融切以戎，弓戎韻同類，則于喻聲非一類矣。以屋韻為例，囿切于六，育切余六，其韻同類，則聲之于類與喻類不同矣。

②支韻示巨支切又時至切，至韻示神至切，時至神至同音，故禪神同類。

按神禪二類，《廣韻》各韻中，同在一韻類中出現者雖較少，然亦非絕然不見者也。燭韻贖神蜀切、蜀市玉切；紙韻舓神帋切、是承紙切；至韻示神至切、嗜常利切；語韻紓神與切、野承與切；真韻神食鄰切、辰植鄰切；諄韻脣食倫切、純常倫切；仙韻船食川切、遄市緣切；薛韻舌食列切、折常列切；麻韻蛇食遮切、闍視遮切；昔韻麝食亦切、石常隻切；蒸韻繩食陵切、承署陵切；證韻乘實證切、丞常證切；職韻食乘力切、寔常職切；寑韻葚食荏切、甚常枕切。以是觀之，絕不可謂神禪同類也，否則若神與辰、繩與承之類，其音何以別乎！

③震韻振章刃切又之人切，眞韻振側鄰切，之人側鄰同音，故照莊聲同類；又號韻灶《切韻》側到切，《廣韻》則到切，故精莊聲同類。是故羅氏以莊紐半入於照，半入於精也。則《切韻》《廣韻》無莊紐矣。

按《廣韻》陽韻將子良切，章諸良切，莊側羊切，則精照莊三紐非可合併也。考真韻振與真同音，《廣韻》側鄰切，然 P3695，切三，全王皆作職鄰切，《廣韻》作側者蓋偶誤也。號韻灶字，《廣韻》、S6176、全王、《唐韻》皆則到切，惟王二作側到反耳。蓋莊母古讀同精母，王二作側到切者，或保留較早之切語形式、或一時之字誤；然號為一等韻，其絕無莊系字明矣。以是論之，羅氏之說，不可從也。

④灰韻推他回切，又昌隹切；脂韻推叉隹切，故初穿同類。

按《廣韻》屋韻俶昌六切，琡初六切；支韻吹昌垂切，衰楚危切；至韻出尺類切，敊楚愧切；之韻蚩赤之切，輜楚持切；止韻齒昌里切，厀初紀切；志韻熾昌志切，廁初吏切；則穿初聲非同類也。考脂韻推字，P3696、切三、切二、王二、全王皆作尺隹切，《廣韻》作叉隹切者，蓋形似之誤也。再考本韻從隹得聲之字，如錐職追切，誰視隹切皆屬照系，無有讀莊系者，則推當為尺隹切亦可明矣。

⑤《切韻》支韻㟴山垂反，《玉篇》㟴革部㟴思危切，故疏心聲同類。

按《廣韻》屋韻肅息逐切，縮所六切；支韻眭息為切，㟴山垂切；脂韻私息夷切，師疏夷切；綏息遺切，衰所追切；至韻邃雖遂切，帥所類切；止韻枲胥里切，史疏士切；志韻笥相吏切，駛疏吏切；語韻諝私呂切，所疏舉切；御韻絮息據切，疏所去切。則心疏聲非同類也。考疏母古讀同心母，《玉篇》巂作思危切者，蓋保留較古之切語形式，是羅氏此說亦不足信矣。羅氏後亦覺此說之無據，故亦改從張暄氏三十三類之說矣。

㈢高本漢、白滌洲、黃淬伯四十七類說：

1.高本漢說：

高本漢在《中國音韻學研究》一書中，利用《康熙字典》所存切語，選其最常用者三千一百餘字，參照《等韻切音指南》各等字排列法，其劃分聲類之特點，在於將 j 化（Yodise）聲母專屬三等，其餘一二四等為單純聲母。高氏以等之系聯法，先將此三千一百餘字反切一套一套歸納其類別，然後再據韻表分為四等，於是找出三等字反切上字與一二四等顯然有別，因而區分為兩類，乃將「見、溪、疑、曉、影、喻、照、穿、牀、審、來、非、敷、並、明」十五母，其一二四等字反切上字分為單純聲母，三等字反切上字分為 j 化聲母，共得三十類，再加只具一二四等反切上字分為單純聲母「匣、泥、端、透、定、精、清、從、心、邪」十母，以及只具三等 j 化之聲母「郡、知、徹、澄、娘、禪、日」七母，共得四十七類。玆錄其四十七類於下，並附擬聲值。

見：單純〔k〕：一二四等：古公工（沽）佳（革）過。

j 化〔kj〕：三等：居舉九吉紀俱。

溪：單純〔k‘〕：一二四等：苦康口空（肯）（闊）客。

j 化〔k‘j〕：三等：去丘豈區祛詰墟。

郡：j 化〔g‘j〕：三等：渠巨其求衢（彊）（共）。

疑：單純〔ŋ〕：一二四等：五（午）吾。

j 化〔ŋj〕：三等：魚語愚牛宜危鸋（儀）。

曉：單純〔x〕：一二四等：呼荒呵火。

j 化〔xj〕：三等：許虛朽香況。

匣：單純〔ɣ〕：一二四等：胡戶侯乎黃候下何（瑚）。

影：單純〔ʔ〕：一二四等：烏於（哀都切）哀一屋伊。

j 化〔ʔj〕：三等：於（央居切）央（英）。

喻：單純〔o〕：四等：以羊與余餘弋營九（楊）。

j 化〔j〕：三等：于王羽雨云永有洧雲（禹）。

知：j 化〔ȶ〕：二三等：竹陟知張中。

徹：j 化〔ȶʻ〕：二三等：丑敕恥。

澄：j 化〔ȡʻ〕：二三等：直丈宅場持遲治除馳柱。

照：單純〔tʂʻ〕：二等：側阻莊。

j 化〔tɕ〕：三等：之職章諸止旨脂征正支煮。

穿：單純〔tʂʻ〕：二等：初楚測創。

j 化〔tɕʻ〕：三等：昌尺赤處（齒）。

牀：單純〔dʐʻ〕：二等：士鉏鋤仕床雛。

j 化〔dʑʻ〕：三等：食神乘。

審：單純〔ʂ〕：二等：所疏束色山數沙。

j 化〔ɕ〕：三等：式失書舒識賞商施始傷詩。

禪：單純〔ʑ〕：三等：市常是時承植署臣氏殖殊（上）（丞）。

日：j 化〔nʑ〕：三等：而如人汝仍兒耳（爾）。

泥：單純〔n〕：一二四等：奴乃那諾。

娘：j化〔nj〕：二三等：女尼。

來：單純〔l〕：一二四等：盧郎魯落洛來（靈）。

j化〔lj〕：三等：力呂良里離林（龍）。

端：單純〔t〕：一四等：都當多丁冬得德。

透：單純〔t‘〕：一四等：他託吐土湯（它）天。

定：單純〔d‘〕：一四等：徒同度唐田杜陀（大）（動）（待）特堂。

精：單純〔ts〕：一四等：則子作借茲（祚）（佐）即將資（咨）。

清：單純〔ts‘〕：一四等：倉七麤此千蒼采親雌（淺）。

從：單純〔dz‘〕：一四等：昨徂在藏（胙）疾才秦慈匠情前。

心：單純〔s〕：一四等：蘇桑素息先思（損）私悉斯辛司寫須（錫）。

邪：單純〔z〕：四等：似徐詳祥辭旬夕。

非：單純〔p〕：一二四等：博補北布伯晡。

j化〔pj〕：三等：方府甫必卑兵筆陂并鄙分（比）。

敷：單純〔p‘〕：一二四等：普滂匹譬。

j化〔p‘j〕：三等：敷芳撫妃丕。

並：單純〔b‘〕：一二四等：薄蒲步傍裴旁部。

j化〔b‘j〕：三等：符房扶防附皮毗平縛婢（苻）（父）。

明：單純〔m〕：一二四等：莫慕母模謨。

j化〔mj〕：三等：武亡無文彌眉巫靡美望（密）。

高氏之分類，實際上乃將三等韻分出另為一類，其他各等合成一類。所得結果為韻圖分等之現象，非《廣韻》聲類之實況，且如東韻雄羽弓切，融以戎切，弓戎韻同類，如果 j 化現象視韻母而定，若羽為 j 化，則以不得視作單純。所以喻母分作兩類，並非由於 j 化與否，只是反切上字本不相同。至於精清從心邪五母高氏以為單純聲母，然鍾韻邕於容切，胸許容切，恭九容切，銎曲恭切，蛩渠容切，顒魚容切，縱即容切，樅七恭切，從疾容切，蜙息恭切，松祥容切。此數字韻母皆同，若於許九曲渠魚為 j 化聲母之反切上字，則即七疾息祥五字無由說是單純聲母，特別是邪母字，韻圖雖置四等，然《廣韻》無論何韻，只要有邪母存在，皆與同韻喉牙音高氏以為 j 化者無從區分，可見高氏所謂 j 化與單純分界亦非截然，故其分類仍足存疑，未可以為確然無誤也。

2.白滌洲說：

白滌洲氏〈廣韻聲紐韻類之統計〉一文，以統計法亦得四十七類，其統計之方法，乃將《廣韻》一書所用之反切上字，依全書出現之次數，一一細數，視何類字出現次數多，何類字出現次數少，再參考前人所用之方法，斟酌分析，遂得四十七類，其計算每一反切上字出現之方法，乃將反切某字與相拼切之字音，盡抄錄於卡片上，如「古」字，由「古紅切公」、「古冬切攻」、「古雙切江」、……直抄至「古狎切甲」，如此將反切上字四百餘盡錄於卡片，然後一一計數，故得一統計數目。白氏計算反切上字出現之方法，抄錄之後，更依陳氏《切韻考·外篇》將所切之字，註明呼等，然後分別計算總數，一一列表。茲舉其見母字為例：

反切上字	反切	呼等				缺等	共計
		1	2	3	4		
古	公戶	60	49		23	4	136
公	古紅	2	1		3		6
兼	古甜				1		1
各	古落	1					1
格	古伯		1				1
姑	古胡				1		1
佳	古膎		1				1
乖	古懷					1	1
規	居隋				1		1
吉	居質				1		1
居	九魚			62	15	2	79
舉	居許			7			7
九	舉有			5		1	6
俱	舉朱			3		1	4
紀	居理			2	1		3
几	居履			2			2
詭	過委			1			1
過	古臥			1			1

據上表，白氏以為見母可分二類，「古」以下十字為一類，切一二四等字，可稱為「古」母，「居」以下八字為一類，專切三等字，可稱為「居」母。「乖」字《切韻考》不錄，只一「乖買切

芓」，據《韻鏡》芓係二等，反切上字又與古母一系系聯，故定為古母一系，「規」「吉」反切上字雖屬居母，但只各切一個四等字；「詭」「過」反切上字雖屬古母，但只各切一個三等字。故以「規」「吉」屬古母，「詭」「過」屬居母。

白氏據此種方法，共得四十七類如下：

古（見甲）	苦（溪甲）		五（疑甲）	
居（見乙）	去（溪乙）	群	魚（疑乙）	
端	透	定	泥	
知	徹	澄	娘	
博（幫甲）	普（滂甲）	蒲（並甲）	莫（明甲）	
方（幫乙）	芳（滂乙）	符（並乙）	武（明乙）	
精	清	從	心	邪
側（照甲）	初（穿甲）	士（床甲）	所（審甲）	
之（照乙）	昌（穿乙）	食（床乙）	式（審乙）	禪
烏（影甲）	以（喻甲）	呼（曉甲）	匣	
於（影乙）	于（喻乙）	許（曉乙）		
盧（來甲）	日			
力（來乙）				

白氏雖用統計法而得四十七類，實際上仍是參照韻圖之等列，可說是聲母在等列上分配之現象，尚難謂《廣韻》聲母之確實類別也。且如所云「規」「吉」二字，規《廣韻》「居隋切」，吉《廣韻》「居質切」，顯然屬居母，而白氏以為各切一四等字，故以規吉屬之古母。然三十三線絹吉掾切，絹原為三等韻，韻圖列四等者，純為寄等借位之問題，觀掾仍列三等可知，則白氏於其持以統

計之韻圖，排列結構，猶有未審，而以為所得結果，確為四十七類，孰能信之？殆見高本漢氏有四十七類之說，為迎合其說，遂另標統計之名，以蒙混世人，殊無可取。

3.黃淬伯說：

黃氏〈討論切韻的韻部與聲紐〉一文，以為《切韻》中一字兩音之互注切語，與正切不屬於同一語系，因此陳氏據變例以系聯切語上字之方法，黃氏以為絕不可用，主張純粹依據正例而系聯之。正例不能系聯者從其分。於是亦得四十七類，茲據其〈慧琳一切經音義反切考〉所附《切韻》聲類，錄其四十七類於後：

見古：古（公戶）公（古紅）過（古臥）各（古落）格（古伯）兼（古甜）姑（古胡）佳（古膎）詭（過委）

見居：居（九魚）九（舉有）俱（舉朱）舉（居許）規（居隋）吉（居質）紀（居里）几（居履）

溪苦：苦（康杜）康（苦岡）枯（苦胡）牽（苦堅）空（苦紅）謙（苦兼）口（苦后）楷（苦駭）客（苦格）

溪丘：丘（去鳩）去（丘據）墟袪（去魚）詰（去吉）窺（去隨）羌（去羊）欽（去金）傾（去營）起（墟里）

郡：渠（強魚）強（巨良）求（巨鳩）巨（其呂）具（其遇）臼（其九）衢（其俱）其（渠之）奇（渠羈）暨（具冀）

疑吾：吾（五乎）研（五堅）五（疑古）俄（五何）

疑魚：魚（語居）疑（語其）牛（語求）語（魚巨）宜（魚羈）擬（魚紀）危（魚為）玉（魚欲）遇（牛具）虞愚（遇俱）

曉呼：呼（荒烏）荒（呼光）虎（呼古）馨（呼刑）火（呼果）海（呼改）呵（虎何）

曉許：許（虛呂）興（虛陵）喜（虛里）虛（朽居）香（許良）朽（許久）羲（許羈）休（許尤）況（許訪）

匣：胡乎（戶吳）侯（戶鉤）下（胡雅）黃（胡光）何（胡歌）

影烏：烏（哀都）哀（烏開）安（烏寒）煙（烏前）鷖愛（烏代）

影於：於（央居）央（於良）憶（於力）伊（於脂）依衣（於希）憂（於求）一（於悉）乙（於筆）握（於角）謁（於歇）紆（憶俱）挹（於入）

于：于（羽俱）羽雨（王矩）云雲（王分）王（雨方）韋（雨非）永（于憬）有（云久）遠（雲阮）榮（永兵）為（薳支）洧（榮美）筠（為贇）

喻：余餘予（以諸）夷（以脂）以（羊己）羊（與章）弋翼（與職）與（余呂）營（余傾）移（弋支）悅（弋雪）

知：張（陟良）知（陟離）豬（陟魚）徵（陟陵）中（陟弓）追（陟佳）卓（陟角）竹（張六）

徹：抽（丑鳩）癡（丑之）楮（丑呂）丑（敕久）恥（敕里）敕（恥力）

澄：除（直魚）場（直良）池（直離）治持（直之）遲（直尼）佇（直呂）柱（直主）丈（直兩）直（除力）宅（場伯）

照：之（止而）止（諸市）章（諸良）征（諸盈）諸（章魚）煮（章與）支（章移）職（之翼）正（之盛）旨（職雉）占（職廉）脂（旨移）

穿：昌（尺良）尺（昌石）充（昌終）處（昌與）叱（昌栗）春（昌脣）

乘：乘（食陵）神（食鄰）食（乘力）實（神質）

禪：時（市之）殊（市朱）常嘗（市羊）蜀（市玉）市（時止）植殖寔（常職）署（常恕）臣（植鄰）承（署陵）是氏（承紙）視（承矢）成（是征）

審：書舒（傷魚）傷商（式陽）施（式支）失（式質）矢（式視）試（式吏）式識（賞職）賞（書兩）詩（書之）釋（施隻）始（詩止）

日：如（人諸）汝（人渚）儒（人朱）人（如鄰）而（如之）仍（如乘）兒（汝移）耳（而止）

莊：莊（側羊）爭（側莖）阻（側呂）鄒（側鳩）簪（側吟）側仄（阻力）

楚：楚（創舉）初（楚居）創瘡（初良）測（初力）叉（初牙）廁（初吏）芻（測隅）

床：鋤鉏（士魚）床（士莊）豺（士皆）崱（士力）士仕（鉏里）崇（鋤弓）查（鉏加）雛（仕于）俟（床史）助（床據）

疏：疏束（左旁有疋旁）（所葅）山（所間）沙（所加）生（所庚）色（所力）數（所矩）所（疏舉）史（疏士）

端：多（得何）得德（多則）丁（當經）都（當孤）當（都郎）冬（都宗）

透：他（託何）託（他谷）土吐（他魯）通（他紅）台（土來）湯（吐郎）

定：徒（同都）同（徒紅）特（徒得）度（徒故）杜（徒古）唐堂（徒郎）田（徒年）陀（徒何）地（徒四）

泥：奴（乃都）乃（奴亥）諾（奴各）內（奴對）嬭（奴禮）那（諾何）

娘：尼（女夷）拏（女加）女（尼呂）

來魯：魯（郎古）郎（魯當）練（郎甸）盧（落胡）來（落哀）賴（落蓋）落洛（盧各）勒（盧則）

來力：力（林直）林（力尋）呂（力舉）良（呂張）離（呂支）里（良士）

精：將（即良）子（即里）資（即夷）即（子力）則（子德）借（子夜）茲（子之）醉（將遂）姊（將几）遵（將倫）祖（則古）臧（則郎）作（則落）

清：倉蒼（七岡）親（七人）遷（七然）取（七庾）七（親吉）青（倉經）采（倉宰）醋（倉故）麤鹿（鹿上有夕旁）（倉胡）千（蒼先）此（雌氏）雌（此移）

從：才（昨哉）徂（昨胡）在（昨宰）前（昨先）藏（昨郎）昨酢（在各）疾（秦悉）秦（匠鄰）慈（疾之）自（疾二）情（疾盈）漸（慈染）

心：蘇（素姑）素（桑故）速（桑谷）桑（息郎）相（息良）悉（息七）思司（息茲）斯（息移）私（息夷）雖（息遺）辛（息鄰）胥（相居）先（蘇前）寫（息姐）

邪：徐（似魚）祥詳（似羊）辭　（似茲）似（詳里）旬（詳遵）寺（詳吏）夕（詳易）隨（旨為）

幫邊：邊（布玄）布（博故）補（博古）伯百（博陌）北（博墨）博（補各）巴（伯加）

幫方：方（府良）封（府容）分（府文）府甫（方矩）彼（甫委）兵（甫明）陂（彼為）鄙（方美）筆（鄙密）卑（府移）并（府盈）必（卑吉）畀（必至）

滂滂：滂（普郎）普（滂古）匹（譬吉）譬（匹賜）

滂敷：敷孚（芳無）妃（芳非）撫（芳武）芳（敷方）峰（敷容）拂（敷勿）披（敷羈）丕（敷悲）

並蒲：蒲（薄胡）步（薄故）裴（薄回）白（傍陌）傍（步光）部（蒲口）

並房：房防（苻方）縛（符钁）附（符遇）符苻扶（防無）馮（房戎）浮（縛謀）父（扶雨）平（符兵）皮（符羈）便（房連）毗（房脂）弼（房密）婢（便俾）

明莫：莫（慕各）慕（莫故）模謨摸（莫胡）母（莫厚）

明武：武（文甫）文（無分）無巫（武夫）亡（巫放）美（無鄙）靡（文彼）明（武兵）彌（武移）眉（武悲）綿（武延）

黃氏雖謂此四十七類，純由正例系聯而得，然覈之事實，實有未符，茲略舉數證於後：

1.吾類與魚類據反切可系聯為一類，黃氏分作二類，此不當分者也。

2.都類與多類不系聯，而黃氏併為端類，此不當併者也。

3.來母依反切當分作魯、盧、力三類，黃氏僅分魯、力二類，此分析之未盡者也。

4.七類與倉類不系聯，而黃氏併為清類，此不當併者也。

5.昨類與疾類不系聯，而黃氏併為從類，此不當併者也。

6.普類與匹類不系聯，而黃氏併為一類，此不當併者也。

以上數證，足見黃氏分合之際，皆進退失據，自亂其例，既非盡依《廣韻》切語上字系聯之結果，亦非當時語音實有之現象，其所以得此四十七類者，仍參酌韻圖等列，兼及音之洪細，絕非《廣韻》聲類之真象也。

㈣曾運乾、陸志韋、周祖謨五十一類說：

1.曾運乾說：

曾氏〈切韻五聲五十一紐考〉一文，以為陳澧之四十類，照、穿、床、審、喻各分二類，《廣韻》切語絕不相混，陳氏分為十類，既得之矣。明微二母，陳氏囿於方音而併合之，非《切韻》本例然也。至於喉音之影，牙音之見、溪、曉、疑，舌音之來，齒音之精、清、從、心凡十母，依《切韻》聲音之例，皆應各分二母者也。其所持理由如下：

「蓋聲音之理，音侈者聲鴻，音弇者聲細，《廣韻》切語侈音例為鴻聲，弇音例為細聲，反之，鴻聲例用侈音，細聲例用弇音，此其例即見於法言〈自序〉，云支（章移切）脂（旨夷切）魚（語居切）虞（遇俱切）共為一韻，先（蘇前切）仙（相然切）尤（于求切）侯（胡溝切）俱論是切，上四字移夷居俱明韻（即切語下一字音學也。）之易於淆惑者，下四字蘇相于胡（古聲及《切韻》匣于為類隔）明切（即切語上一字聲學也）之易于淆惑者，故支脂魚虞皆舉音和雙聲以明分別韻部之意，先仙尤侯皆舉類隔雙聲以明分別紐類之意，如先蘇前切，蘇相不能互易者，先為真韻之侈音，蘇在模韻亦侈音也。例音侈者聲鴻，故先為蘇前切也。仙相然切，相蘇不能互易者，仙為寒韻之弇音，相在陽韻亦弇音也。例音弇者聲細，故仙為相然切也。又如尤于求切，于胡不能互易者，尤為蕭韻之弇音，于在虞韻亦弇音也，例音弇者聲細，故尤于求切也。侯胡溝切，胡于不能互易者，侯為虞韻之侈音，胡在模韻亦侈音也，例音侈者聲鴻，故侯胡溝切也。是故法言切語之法，以上字定聲之鴻細，而音之弇侈寓焉，以下字定音之弇侈，而聲之鴻細亦寓焉。見切語上字其聲鴻者，知其下字必為侈音，其聲細者，知其下字必為弇音矣。見切語下字其音侈者，知其上字必為鴻聲，其音弇者，知其上字必為細聲矣。試以一東部首東同中蟲四字證之，東同中蟲皆類隔雙聲，此與先仙尤侯一例，東德紅切，同徒紅切，德徒鴻聲也，亦侈音也；紅侈音也，鴻聲也。故曰音侈者聲鴻，聲鴻者音侈。中陟弓切，蟲直弓切，陟直細聲也亦弇音也；弓弇音也，亦細聲也，故曰音弇者聲細，聲細者音弇，四字同在一韻，不獨德陟、徒直不能互易，即紅弓亦不能互易，此即陸生重輕有異之大例，東塾舉此四字以明清濁及平上去入，而不知聲音之侈弇鴻細即寓其中，故其所分聲類，不循條理，囿於方音，拘於系聯，於明微之應分者合之，影等十母之應分者亦各仍其舊而不分，殆猶未明陸生之大法也。今輒依切語音侈聲鴻，音弇聲細之例，各分重輕二紐，陳氏原四十聲類，加入微、影二、見二、溪二、曉二、疑二、來二、精二、清二、從二、心二十一母，故四十類為五十一紐也。」曾氏據此而分切語上字為五十一類，實則五十一類者，特就四十七類之基礎，再析齒頭音之精清從心四母各為二類而已。茲將曾氏論齒音之分二類者錄之於後：

精一（鴻聲侈音）則（子德切，德韻侈音而用細聲，亦類隔切。又子字通用一二等。）臧（則郎切唐）祖（則古切姥）作（則落切鐸）共四字遞用相聯系（江氏《切韻表》亦分為一等。）

精二（細聲弇音）子（即里切止）即（子力切職）借（子夜切禡韻二）茲（子之切之）資（即夷切脂）將（即良切陽）醉（將遂切至）姊（將几切旨）遵（將倫切諄）共九字子即互用諸字

遞用相聯系（江氏《切韻表》亦分為四等。）

清一（鴻聲侈音）倉蒼（七岡切唐韻侈音而用細聲，亦內隔切，又七字通用一二等。）采（倉宰切海）醋（倉故切暮）麤鹿（上有夕旁，倉胡切模）千（倉先切先）青（倉經切青）共八字遞用相聯系（江氏《切韻表》亦分一等，惟千字隸四等誤。）

清二（細聲弇音）七（親吉切質）親（七人切真）取（七庾切麌）遷（七然切仙）此（雌氏切紙）雌（此移切支）共六字，上四字親七互用，下二字此雌互用不聯系，依音弇聲細例求之，知為一類。（江氏《四聲切韻表亦分為四等。）

從一（鴻聲侈音）在（昨宰切海）昨酢（在各切鐸）才（昨哉切咍）徂（昨胡切模）前（昨先切先）藏（昨郎切唐）共七字，在昨互用相聯系（江氏《四聲表》亦分為一等，唯前字誤隸四等。）

從二（細聲弇音）秦（匠鄰切真）匠（疾亮切漾）疾（秦悉切質）自（疾二切至）情（疾盈切清）慈（疾之切之）漸（慈染切琰）共七字，秦匠疾互用相聯系（江氏《切韻表亦定為四等。）

心一（鴻聲侈音）桑（息郎切唐韻，侈音用細聲，類隔切也，不通用於二等。）速（桑谷切屋）素（桑故切暮）蘇（素姑切模）先（蘇前切先）共五字遞用相聯系（《四聲表》亦分為一等，唯先字誤隸四等。）

心二（細聲弇音）息（相即切職）相（息良切陽）悉（息七切質）思司（息茲切之）斯（息移切支）私（息夷切脂）雖（息

遺切脂）辛（息鄰切真）寫（息姐切馬二）須（相俞切虞）胥（相居切魚）共十二字，相息互用相聯系（《四聲表》亦為四等。）

曾氏所謂一二等者，實兼該四等字言之，其所謂細聲，則純就三等字言之，此已與一般聲韻學家以一二等為洪音，三四等為細音之說不合，且縱從其說，就《廣韻》之切語及其所舉之例言之，亦多有鴻細雜用之現象，曾氏遂謂凡用細聲切侈音者皆為類隔，如所舉則子德切，倉七郎切是也。然《廣韻》切語中尚有以鴻聲切弇音者，如趨千仲切，錢昨仙切，皺先立切等是，曾氏則置而不言，以此言之，則所謂鴻聲切侈音，細聲切弇音之例，於《廣韻》書中尚難定其界畫，其說殆難成立，雖五十一類之說，屢為人所稱引，實仍不能無疑也。

2.陸志韋說：

陸氏〈證廣韻五十一聲類〉一文，亦主五十一類之說。陸氏云：

「五十一類之說，非謂唐代聲母實有 51 之數也，今本《廣韻》切語上字之互相系聯者實為五十一組耳。」

陸氏聲母之分類與韻類有極密切之關係，陸氏將韻類分為三一九類，然後將五十一聲類與三一九韻類列為一表，五十一聲類之排列，以在陳書中發現之次第為先後，首「多」，次「都」，終「食」（各以一類中最多數之字為類名），直列三一九韻類，首「東」系，終「凡」系。此表造成後，先計算（甲）每一聲類發現於若干韻類，例如「多」15，「都」70，「陟」79，……。（乙）每次發現與其他聲類何者相逢，何者不相逢。亦列為一表。例如：

81 丑	0	10	53	54
	多	都	陟	之……

此表大旨謂：「丑」類發現於 81 韻類，與「多」類相逢於同一韻類者 0 次，與「都」類相逢者 10 次，與「陟」類相逢者 53 次，與「之」類相逢者 54 次，餘類推。凡兩類之和協衝突，視其相逢之次數，可得其大概。陸氏用此法將《廣韻》聲類分為兩大群，一群之內，各類協和，兩群之間，此群之任何一類，與彼群之任何一類，大致相衝突或無關係。所分兩大群聲類如後：

甲群：A 組　之、昌、食、式、時、而、此、疾、徐、以　凡 10

（照三、穿三、床三、審三、禪、日、清四、從四、邪、喻四）

B 組　側、初、士、所、陟、丑、直、女、力　凡 9

（照二、穿二、床二、審二、知、徹、澄、娘、來三）

C 組　方、芳、符、武、于　凡 5

（非、敷、奉、微、喻三）

D 組　居、去、渠、許　凡 4

（見三、溪三、群、曉三）

以上甲群 ABCD 四組共 28 類，皆相和協，然此 28 類之可顯然分為四組或五組則無疑義。與甲群任何一組，任何一類大致相反者為乙群。

乙群：E組　多、都、他、徒、奴、盧、郎、昨
（端、端、透、定、泥、來一、來一、從一）
凡8

F組　博、普、蒲、莫　凡4
（幫、滂、並、明）

G組　古、苦、呼、胡、烏　凡5
（見一、溪一、曉一、匣一、影一）

甲群 28 類，乙群 17 類，共得 45 類。其餘無從歸類者為「五、四、子、七、蘇、於」等六類。

「五」類可視類中各字與甲群或乙群在同一韻類中相逢之情形決定，凡一字於某一韻類與甲群同現者，於其他韻類亦必與甲群同現，而不與乙群同現，但可偶或錯誤耳。「五」類發現於 163 韻類，共 164 次。

與甲同用↑	0	0	0	0	0	0	40	14	10	4	2	1	1	1
字	五	吾	研	疑	擬	俄	魚	語	牛	宜	虞	遇	愚	危
↓與乙同用	82	4	2	1	1	1	0	0	0	0	0	0	0	0

陳澧系聯上述各字為一類者，實以《廣韻》「疑語其切」「擬魚紀切」之偶疏也。今分「五」類為乙群 G 組，「魚」類為甲群 D 組。

「於」類亦可依各字與甲乙兩群相逢之勢而分析之，「於」哀都切又央居切，孰為哀都？孰為央居？凡與「於」字系聯之字，其切上字當作「哀」乎？當作「央」乎？凡為「哀」者，其字當與乙群相逢，凡為「央」者，則不得而知矣。今以「烏」「於」二類連同分析之，「烏」亦「哀都切」也。二類共發現於 221 韻類，計 227 次。

與甲同用	0	0	0	0	0	0	2	1	0	0	89	3	2	2	2	1	1	1	1	1
↑字↓	烏	安	哀	煙	鷖	愛	乙	一	握	委	於	伊	衣	央	紆	依	憶	挹	謁	憂
與乙同用	82	3	1	1	1	1	6	2	1	1	21	0	1	0	0	0	0	0	0	0

「烏」……「愛」六字為烏類，無一次與甲群同用者，「於」字與乙群同用者 21 次，與甲群同用者 89 次，「央」字顯係甲群之字。今故以「於 21 乙 8 一 3 握 1 委 1」歸入「烏哀都切」之類。餘「於 89 伊 3……憂 1」為「於央居切」之類，此即烏類與於類

也。「烏」類必屬於乙群 G 組，「於」類必屬於甲群 D 組。

「蘇」類發現於 130 韻類，共 131 次。

與甲同用	0	1	0	0	0	30	1	0	6	5	3	2	1	1	1	1	1	1
↑字↓	蘇	先	桑	素	速	息	相	私	思	斯	胥	雖	率	須	寫	悉	司	
與乙同用	41	12	5	4	1	1	0	2	2	0	0	0	0	0	0	0	0	

然則「蘇」類明為二類之混合，「蘇先」等 5 字為一類，「息相」等 12 字為一類，此即「蘇」類與「息」即宋人所謂「心一」與「心四」也。「心四」屬甲群 A 組，「心一」屬乙群 E 組。

「七」類發現於 107 韻類，共 110 次。

與甲同用	1	2	0	0	0	0	0	43	2	1	1	1
↑字↓	倉	千	蒼	麤	采	鹿	青	七	親	醋	取	遷
與												

乙同用	22	8	3	2	2	1	1	19	0	0	0	0

「子」類發現於133韻類，共134次。

與甲同用	0	0	0	0	0	0	1	38	16	6	3	2	2	1
↑字↓	作	則	祖	臧	借	侳	茲	子	即	將	資	姊	遵	醉
與乙同用	23	12	5	4	1	1	1	23	0	1	0	1	0	0

「七」字與甲群相逢43次，與乙群相逢19次，則「七親」等5字可作一類，而「倉千」等7字另作一類。

「子」字與甲群相逢者38次，與乙群相逢者23次，故亦可以「子即」等 7 字為一類，「作則」等五字為一類。總而言之，「子」「七」「此」「疾」「息」「徐」同為甲群 A 組。宋人之精清從心邪四等是也，「作」「倉」「昨」「蘇」同為乙群 E 組，宋人之精清從心一等也。

「匹」類發於33韻類。

字	匹	譬
↑與甲同用	16	1
↓與乙同用	16	0

「匹」類與「普」類又音相通者《廣韻》凡 6 見，與「芳」類相通者 11 見，「匹」類自當與「芳」類同類，始合於唐人乙群不羼入甲群之例。今為慎重見，暫不合併。

凡兩類同組而永不相逢，是同類也，歸納為五十一類。兩類同組者，謂兩類與組內其他各類關係相同，而與任何一類之關係亦大致相同也，內外關係相同，而彼此又不相逢，則不假思索，可知其為同類也。

按陸氏統計法之出發點即存有嚴重缺點，《廣韻》切語上字共四百餘字，陳澧依其同用、互用、遞用之關係而系聯為五十一類。陸氏既認為系聯不系聯具有偶然之因素，則進行統計時，即應將此四百餘字平列，逐字計算其在《廣韻》中各出現若干次，彼此相逢之情形若何？係「超乎機率之所得」，抑「遠不及機率所得」？最後按是否超乎機率而加以分類，如此始合於邏輯。然陸氏不此之圖，竟從陳氏五十一組出發，初始即將陳氏以系聯條例系聯之

「古」「公」等十字出現次數相加，作為「古」類出現次數，將「苦」「口」等十一字出現次數相加，作為「苦」類出現之次數。……然後計算「古」「苦」，「古」「呼」……「苦」「呼」相逢若干次，以為統計結果充分表明「古」為一類，「苦」為一類。……實則「古」與「公」，「苦」與「口」是否同類？正有待統計法之證明，而陸氏所用統計法，未顯出任何徵象，即斷然視作同類，並謂此乃統計法證明明確為同類，是何等荒誕不稽！

蓋統計法之致命缺點，數字太小，統計即無所施其計。四百餘切語上字，大多數字僅出現一次或二次，陸氏於「此」類之出現五次，「多」類之出現十五次，尚視作例外，若逕自四百餘字切語上字出發，則此種例外將達數以百計，陸氏自知出現數以百計之例外，則所用之統計法將無法取信於人，故不得不以此為掩飾之手段。

且陸氏用統計法所統計之數字，亦無法顯示出切語上字分組之界限。陸氏云：「為數相彷彿者，雖未必即為同屬；就為數相逕庭者，似當為異屬也。」然「之、昌、食、式、時、而、此、疾、徐、以」諸類彼此相逢在 83－41 之間，「側、初、士、所、陟、丑、直、女、力」相逢在 56－26 之間，「方、芳、符、武、于」相逢在 57－41 之間，「居、去、渠、許」在 38－27 之間。其數字之差距並非懸殊，且彼此尚有交錯出入處，並不能截然分開。陸氏卻分之為 A、B、C、D 四組，並云：「各組之內，兩兩相逢，以A組之各數為最大，B、C 組次之，D 組最小。」然 A 組中之「此」「疾」與表上之「子」類彼此相逢亦在 57－41 之間，跟 C 組全同，B 組中之「陟、丑、直、女、力」彼此相逢在 47－40 之間，較 C 組為小，何以未將「此、疾」與「子」類併入 C 組，卻將「陟、丑、直、女、力」自 B 組分出，自成一組，置於 C 組之後？且其 A、B、C、D 四組之分界，與聲韻學上之分類亦不全同。陸氏之分組，實純據切語上字之洪細以分類，而非據統計法所得之類別。尤有進者，陸氏用所謂統計法分析之結果，僅得四十五類，其餘各組則採用排比法以濟其窮。然而系聯若有錯誤，排比法亦無從得出正確結果。其中「茲」字與甲乙兩群相逢各一次，究應歸於何類？於是陸氏根據「茲」字切語上字為「子」，又據「子」類與甲群關係大於乙群，乃將「茲」字劃歸「子、即」之類。又如「匹」「譬」二字之「匹」字組，雖與「普芳」之關係均為 63，排比結果，「匹」字與甲乙兩群之關係均為 16，然「譬」字卻與甲群發生一次關係，而與乙群無關係，依其處理「茲」字歸類之原則，「匹」既只與甲群發關係之「譬」字出切，自應劃歸甲群。然陸氏卻謂「『匹』類自當與『芳』為同類，乃合乎唐人乙群不羼入甲群之例，今為審慎起見，暫不合併。」正因陸氏將「匹」字組之分類保留，故所得結果為五十二類，而非五十一類，結果竟文不對題。

陸氏之統計法，實以系聯法為出發點，中間排除部分例外，再通過排比法，終於又沿用系聯法，迂迴曲折，煞費心機，始勉強符合預期之結論。其實乃陸氏心中原有 51 類之主見，於是遂有意將數字分析，使之大體接近 51 聲類，實非統計法真有此妙用，而得出如此之結果。

抑又有言，中國聲韻學昔日為人蒙上一層陰陽五行之外衣，致令人視為天書，望而生畏。民國以來之學者，又每以西洋學術玩弄之，使人莫測高深，同使聲韻學陷入玄境，不敢問津。今日吾人研究聲韻學，應使之成為一坦易之學科，發揮其文字訓詁上真正之功效，則一切新舊魔障均應袪除，陸氏所用統計魔術，亦不能例外。

3.周祖謨說：

周祖謨〈陳澧切韻考辨誤〉之論《廣韻》聲類，亦主曾氏之說，以為依反切上字之分組，當為五十一，以音位論，則為三十六。茲錄其五十一聲類之目於后，並附其所擬聲值。

幫一 p	滂一 p‘	並一 b‘	明一 m		
幫二 pj	滂二 p‘j	並二 b‘j	明二 mj		
端 t	透 t‘	定 d‘	泥 n	來一 l	
知 t̂	徹 t̂‘	澄 d̂‘	娘 nj	日 ńź	來二 lj
精一 ts	清一 ts‘	從一 dz‘	心一 s		
精二 ts(i)	清二 ts(i)	從二dz‘(i)	心二 s(i)	邪 z(i)	
照二 tṣ	穿二 tṣ‘	床二 dẓ‘	審二 ṣ		
照三 tś(i)	穿三 tś‘(i)	床三dź‘(i)	審三 ś(i)	禪 ź(i)	
見一 k	溪一 k‘		疑一 ng		
見二 kj	溪二 k‘j	群g‘j	疑二 ngj		
喻 j					
曉一 x					
曉二 xj					
匣一ɣ					
匣二ɣj					
影一ʔ					
影二ʔj					

周氏並謂精一精二之分，亦惟唐時精於音韻者始能道之，隋唐以前之為反音者未必明辨若是。陸氏之書皆本於前代舊音，惟捃選精切，摘削疏緩而已，又未必一一改作也。《廣韻》之音切自《切韻》一系韻書而來，參錯之處，亦不能免。然《廣韻》中影母一二兩類相亂者固多，主四十七類之說既判別為二，於精清從心則以為不可，殊為拘泥。精一精二之分，亦猶古之與居，呼之與許耳。精一用以切洪音字，精二用以切細音字（邪母為細音）。界畫分明，區以別矣。精一精二之有類隔切，亦猶端知、幫非之各有類隔切也。學者可以不必因其通而昧其分矣。

按周氏既謂隋唐以前之為反音者尚未必明辨其分，陸氏《切韻》於前代舊音又未必一一改作，則精一精二之分，非《廣韻》聲類實有之類別，乃純由後接韻母洪細之殊可知矣。再者從音位觀點，聲母是否可以合併成一音位，除互補原則外，仍須觀其實際讀音是否不同，以作為是否合併之標準。例如端知兩系，無論從來源或互補言，皆可合併為一音位，然今周氏亦不合併者，以知系字，確與端系不同音也。準此而言，三十六字母已併于於喻，則于母與匣母音讀已殊，自難謂為同一音位也。非系三十六字母亦已獨立，則亦不能再併於幫系矣。照周氏處理端知兩系之原則言，則《廣韻》聲類就音位論，當為四十一，而非三十六明矣。

㈤姜亮夫四十八類說：

姜氏《瀛涯敦煌韻輯·論部六》根據 S2071 卷之切語上字三百五十八字，據陳澧《切韻考》同用、互用、遞用之原則，系聯之得四十八系，即呼香（曉）胡（匣）於烏（影）余（喻）于（于）居古（見）康去（溪）渠（群）魚五（疑）多丁（端）他（透）徒

（定）奴（泥）盧力（來）如（日）知（知）褚（徹）池（澄）尼（娘）之（照）昌（穿）神（神）書（審）時（禪）莊（莊）初（初）鋤（床）山（山）將（精）倉（清）才（從）蘇（心）徐（斜）補（邦）滂（滂）蒲（並）文模（明）方（非）敷（敷）房（奉）是也。

按此四十八類並無新奇之處，除與四十七類全同外，復將端母分為多丁二類，故為四十八也。然多丁二類，《廣韻》切語只偶不系聯耳，無論從何種角度以觀，皆不當分者也。陳氏雖以變例併為一類，此能不拘泥處。戴震嘗云：「審音本一類，而古人之文偶有相涉，有不相涉，不得舍其相涉者而以不相涉為斷，審音非一類，而古人之文偶有相涉，始可以五方之音不同，斷其為合韻。」多丁二類，無論何處方音，皆無異讀，則審音本一類，故不得舍其相涉者而以不相涉為斷，陳氏據變例合併，蓋其義也。

㈥李榮三十六類說：

李氏《切韻音系》一文，根據陳澧基本條例同用、互用、遞用原則，系聯全本王仁昫《刊謬補缺切韻》反切上字，若遇有實同類而不能系聯時，則視切語上字出現之機會為互補抑對立，再參考韻圖之排列，若為互補，則併為一類，若相衝突，則予分類，因此得三十六類。玆錄於後，並附所擬音值。

幫 p	滂 p‘	並 b‘	明 m	
端 t	透 t‘	定 d‘	泥 n	來 l
知 t̂	徹 t̂‘	澄 d̂‘		
精 ts	清 ts‘	從 dz‘	心 s	邪 z
莊 tṣ	初 tṣ‘	床 dẓ‘	疏 ṣ	俟 ẓ

章 tś　　昌 tś‘　　船 dź‘　　書 ś　　常 ź　　日 ń
見 k　　溪 k‘　　群 g‘　　疑ŋ　　曉 x　　匣ɣ
影ʔ　　喻○

以上三十六類，其異于四十一類者，併輕脣於重脣，併娘入泥，為併于匣。全王豢俟淄反，俟豢史反，二字切語互用，韻圖置於禪母下二等，因據以別出俟母。併輕脣於重脣，在《切韻》或當如此，在《廣韻》則當分開。董同龢云：「反切方芳符武四類，既分入重脣與輕脣兩系，重脣音與輕脣音就可以在三等韻並存，他們已是非分不可的兩系聲母了。」至於娘併入泥，周法高《論切韻音》嘗云：「有人把泥紐和娘紐合併，擬作 n，而把日紐擬作 ń，和知 $\hat{t}$、徹 $\hat{t}$‘、澄 $\hat{d}$‘相配。在音韻結構的分配方面最不合理的了。因為端、透、定、泥諸紐，只出現在一等韻和四等韻，知、徹、澄、娘諸紐只出現在二等韻和三等韻，日紐只出現在三等韻。」于母併入匣母，在上古音系或當如此，中古音系則未必然，蓋匣母上聲字今國語變去聲，于母則保持讀上聲不變，與喻母相同，可見匣于在古自應有別，故後來演變不同。至於俟母別出，僅有"俟豢"二字，亦甚可疑。姜亮夫云：「俟豢二字與上（指鋤助士）不系聯，止韻俟在士字鋤里切下，則俟不當再為床紐，而之韻豢字俟之切，當入床紐，決無疑問，則俟字必屬士紐，不當獨為一紐。然諸唐人韻書如 P2011，柏林藏行書本皆士俟分之，而俟又皆豢史切，故宮王仁昫本更作鋤使切，則其誤蓋自唐人始矣。（徐鍇《篆韻譜》作床史，亦次鋤里切之下，則李舟亦同矣。）以意度之，豢史一切，當為俟字又切，唐人韻書，固有紐首不加圖志者，遂誤為正切，然其事必起甚早，故唐人韻書無不襲其誤者矣。《切韻考》刪棄此字，是也。」董同龢亦云：「俟與士《廣韻》反切本來可以系聯，平聲之韻漦俟之切，又上聲止韻俟床史切，床屬士類，所以素來講中古音的人，都把漦俟兩字歸入崇母之內。……陳澧《切韻考》引徐鍇說文反切，證明士與俟是一個音，也有見地，不過那應當是中古後期的變化了。」《廣韻》之成書已在徐鍇之後，其聲母系統自應屬中古後期，所以俟母盡可併入床母，無庸再加區別。

(七)王力三十六類說：

王氏《漢語音韻》論及《切韻》的聲母系統時，嘗謂：

「從《廣韻》的反切上字歸納，可以得出《切韻》時代的聲母36個，拿守溫三十六字母來比較，則是：

1.應併者四個：非併于幫、敷併于滂、奉併于並、微併于明。

2.應分者四個：照、穿、床、審各分為二。

3.應分而又併者一個：喻分為二，其中之一併入匣母。」

綜上所述，《切韻》的聲母如下表：

牙　音：見〔k〕　溪〔k‘〕　群〔g‘〕　疑〔ŋ〕

舌頭音：端〔t〕　透〔t‘〕　定〔d‘〕　泥〔n〕

舌上音：知〔ȶ〕　徹〔ȶ‘〕　澄〔ȡ‘〕　娘〔ȵ〕

脣　音：幫（非）〔p〕　滂（敷）〔p‘〕

並（奉）〔b‘〕　明（微）〔m〕

齒頭音：精〔ts〕　清〔ts‘〕　從〔dz‘〕　心〔s〕

邪〔z〕

正齒音：莊〔tʃ〕　初〔tʃ‘〕　床〔dʒ‘〕　疏〔ʃ〕

照〔tɕ〕　穿〔tɕ‘〕　神〔dʑ‘〕　審〔ɕ〕

禪〔ʑ〕

喉　音：影〔ʔ〕　曉〔x〕　匣（喻三）〔ɣ〕

余（喻四）〔j〕

半舌音：來〔l〕

半齒音：日〔τ〕

王氏三十六異于李榮者，未分俟母，娘母獨立，此二者以《廣韻》切語言，皆較李氏為勝。輕脣之併入重脣，《切韻》反切確是難分，然唐未語音不可謂無輕重之別也。否則三十六字母何須多別輕脣一目哉！喻三入匣其理相同，前已論之，此不贅說。

㈧周法高三十七類說：

周氏論《切韻音》主張《切韻》聲母當為三十七類，其排列如後：

脣　音（labials）：幫p　滂p‘　並b‘　明m

舌頭音（dentals）：端t　透t‘　定d‘　泥n　來l（來為半舌音 lateral）

舌上音（supradental stops）：知ṭ　徹ṭ‘　澄ḍ‘　娘ṇ

齒頭音（apical siblants）：精ts　清ts‘　從dz‘　心s　邪z

正齒音二等（supradental siblants）：照（莊）tṣ　（初）tṣ‘　床（崇）dẓ‘　審（生）ṣ

正齒音三等（palatal siblants）：照（章）tç　穿（昌）tç‘　床（船）dʑ‘　日ȵ　審（書）ç　禪ʑ（日為半齒音）

牙　音（velars）｛曉匣舊隸喉音｝：見k　溪k‘　群g‘　疑ŋ　曉x　匣ɣ

喉　音（gutturals）：影ʔ　喻（云）j　喻（以）○

周氏之分類，大致與王力相近，其云母自匣母分出，較王氏為合理。以此而論《切韻》聲母，應無可疵議者矣。

㈨邵榮芬三十七類說：

邵氏《切韻研究》以為《切韻》聲母應為三十七類類，茲表列於下：

幫組：	幫 p	滂 p‘	並 b‘	明 m				
端組：	端 t	透 t‘	定 d‘	泥 n				
知組：	知 ṭ	徹 ṭ‘	澄 ḍ‘	娘 ȵ				
來組：				來 l				
精組：	精 ts	清 ts‘	從 dz‘	心 s	邪 z			
莊組：	莊 tʃ	初 tʃ‘	崇 dʒ‘	生 ʃ	俟 ʒ			
章組：	章 tɕ	昌 tɕ‘	常 dʑ‘	書 ɕ	船 ʑ			
日組：				日 nʑ				
見組：	見 k	溪 k‘	群 g‘	疑 ŋ	曉 x	匣 ɣ	影 ʔ	以〇

邵氏此三十七類與周法高氏不同者，于併入匣，分出俟母。故數目雖同，而分合有異，于併入匣，是否得當，前已申論，此不贅言。俟母之應獨立，邵氏以為有下列幾點理由：

1.《切三》：“漦、俟之反”，“俟、漦史反”；《王三》：“漦、俟淄反”，“俟、漦史反”。兩書“漦、俟”兩小韻都自相系聯。而且“漦”都和“茬”小韻對立，“俟”都和“士”小韻對立。《廣韻》：“漦、俟甾切”，“俟、床史切”，似乎和崇母系聯成一類，但“漦”和“茬”小韻對立，“俟”和“士”小韻對立，和《切韻》仍然相同，說明《廣韻》這兩個小韻也並沒有和崇母合併。

2.《通志七音略》、《切韻指掌圖》、《四聲等子》都把“豺”和“俟”放在禪母二等的地位。《韻鏡》沒有“豺”字，但“俟”字也是放在禪母二等的地位。

3.現代方言“俟”和“士”往往不同聲母，比如廣州話“士”讀〔ʃi〕，而“俟”讀〔tʃi〕。

因為這些理由都是相當有力的，頗能支持俟母獨立之說。但邵氏也提出，在《切韻》同時或前後的一些反切材料裏，竟找不到十分可靠的旁證。如果以慧琳《一切經音義》的反切為起點（公元788-810）往上查考，《切韻》系韻書以外各家俟母的音切可以分成三類。一類是俟母字不和其他聲母字系聯；二類是俟母字用崇母字注音或作切；三類是俟母字用崇母以外的其它聲母字注音或作切。

而其第二類之材料中，包含顧野王《玉篇》、陸德明《經典釋文》、曹憲《博雅音》、玄應《一切經音義》、公孫羅《文選音決》、張參《五經文字》、慧琳《一切經音義》等書。都把“俟”母讀同崇母，表明這些方言在“俟”母上和《切韻》是同類型的。只不過它們已經經歷了俟母作為正齒擦音二等而獨立的階段，達到了“崇”、“俟”合併的時期罷了。

然則“俟”母是否就可依邵氏之說而讓其獨立？在音韻史上，也許“俟”母存在過，正因為字數太少，所以很快地被其他的聲母吸收去了。尤其是《切韻》前後的材料，像《經典釋文》《一切經音義》等大部頭的書，都無“俟”母獨立的痕跡，如果“俟”母仍然存在，實在可疑。《廣韻》時代既然較晚，而其切語又可與床母系聯，則俟母無獨立之實，尤可推知者矣。

那末最後討論輕脣四紐，在《廣韻》中應否獨立？自守溫三十六字母已來既立輕脣之目，則輕脣四母聲值自當與重脣四母有別，否則三十六字母不應別出輕脣之目。先師潘石禪先生〈韻學碎金〉一文，嘗見列寧格勒東方院所藏黑水城資料，其中一小冊編列黑水城資料第二八二號。標題為「解釋歌義一畚」其中有歌訣數句云：「幫非互用稍難明。為侷諸師兩重輕。符今教處事無傾。前三韻上分幫體，後一音中立奉行。」下釋義曰：「是非……母中字，在於後一韻中所收，於平聲五十九韻，并上去入聲共有二百七韻，在於二百七韻內分三十三輕韻，故曰後一音也。」此處所謂二百七韻內分三十三輕韻，最值吾人重視。細察《廣韻》輕脣四母出現之韻，正為三十三韻，列目如下：

東		送	屋
鍾	腫	用	燭
微	尾	未	
虞	麌	遇	
文	吻	問	物
元	阮	願	月
陽	養	漾	藥
尤	有	宥	
凡	范	梵	乏
		廢	

是則此歌訣所據韻書毫無疑問已可分辨輕脣四母。石師云：「此小冊子出於黑水城遺址，殆亦宋代西夏契丹流行於北方之作，作者闡釋門法歌訣，故曰解釋歌義，其中折衷諸說，多從智公，故

曰：『因君指決參差後』，假令智公為智光，則其作序時為遼聖宗統和十五年，即宋太宗至道三年（西元 997 年），殘唐五代既訖，至此不過三十餘年。今觀解釋歌義所述，知智公指玄論之圖所本《切韻》，平聲韻為五十九，全部為二百零七韻，宋修《廣韻》為二百零六韻，平聲僅五十七韻，知智公所本為唐人增修之《切韻》。案巴黎藏伯 2014 號卷子三十仙後，有三十一宣，末署『大唐刊謬補缺切韻一卷』，知唐修《切韻》有增加宣韻之本。又夏竦《古文四聲韻》齊第十二之後有移第十三，增一部；下平先第一、仙第二之後有宣第三，是唐修《切韻》平聲或有五十九韻之本。巴黎藏伯 2012 號《守溫韻學殘卷》『定四等重輕』，蓋即據唐修《切韻》而定，智公為五代宋初人，其時代亦與守溫頗近，故皆用唐修《切韻》為作圖之本，然則等韻之興，淵源甚遠，必出於宋代以前也。」無論何種韻圖，皆能區分輕重脣，而其淵源既出自宋以前，苟如石師所言本之於唐修《切韻》二零七韻之本，則輕脣別出，唐代已然，《廣韻》未有不能分者矣。是則從音位觀點，加上實際語音之差別，《廣韻》聲類當於周法高氏三十七類之外，另分出輕脣四母，庶幾符合實情而無所遺漏者矣。

且從全國各大方言觀之，輕脣重脣皆界限分明，今據《漢語方言字匯》所錄各方言輕脣重脣各舉數列於下：

方言	輕				脣	重				脣
	發	佛	敷	煩	風	八	撥	鋪	盤	蓬
北平	꜀fa	꜁fo	꜀fu	꜁fan	꜀fəŋ	꜀pa	꜀po	꜀p'u	꜁p'an	꜁p'əŋ
濟南	꜀fa	꜁fə	꜁fu	꜁fa	꜀fəŋ	꜀pa	꜀pə	꜀p'u	꜁p'ã	꜁p'əŋ
西安	꜀fa	꜁fo	꜀fu	꜁fa	꜀fəŋ	꜀pa	꜀po	꜀p'u	꜁p'ã	꜀p'əŋ
太原	fa꜄	fə꜄	꜀fu	꜁fæ	꜀fəŋ	paˀ꜄	paˀ꜄	p'əˀ꜄ p'aɔ	꜁p'æ̃	꜁p'əŋ
漢口	꜀fa	꜁fu	꜀fu	꜁fan	꜀foŋ	꜁pa	꜁po	꜁p'u	꜁p'an	꜁p'oŋ
成都	꜀fa	꜁fu	꜀fu	꜁fan	꜀foŋ	꜁pa	꜁po	꜁p'u	꜁p'an	꜁p'oŋ
揚州	fa꜄	fə꜄	꜀fu	꜁fɛ	꜀fɔuŋ	paˀ꜄	poˀ꜄	p'ɔˀ꜄	꜁p'uõ	꜁p'ɔuŋ
蘇州	fa꜄	vɤ꜄	꜀fu	꜁vE	꜀foŋ	poˀ꜄	pɤˀ꜄	p'oˀɔ	꜁bø	꜁boŋ
溫州	xo꜄	vai꜄	꜀fu	꜀va	꜀xoŋ	poɔ	pøɔ	꜀pɵy	꜁bø	꜁boŋ
長沙	fa꜄	fu꜄	꜀fu	꜀fan	꜀xoŋ	paɔ	poɔ	꜀p'u	꜁põ	꜁poŋ
雙峰	꜁xua	꜁xəu	꜀xəu	꜁ɣua	꜀xaŋ ꜀xən	꜀pa	꜁p'iɛ	꜁pU	꜁biɛ̃	꜁p'aŋ ꜁p'ən
南昌	ɸuat꜄	ɸut꜄	꜀ɸu	ɸuanˀ	꜀ɸuŋ	pat꜄	pɔt꜄	꜀p'u	꜁p'ɔn	꜁p'uŋ
梅縣	fat꜄	fut꜄	꜀fu	꜁fan	꜀fuŋ	pat꜄	pat꜄	꜀p'u	꜁p'an	꜁p'uŋ
廣州	fat꜄	fat꜄	꜀fu	꜀fa:n	꜀fuŋ	pa:t꜄	put꜄	꜀p'ou	꜁p'un	꜁p'uŋ
廈門	huat꜄ puˀ꜄	pit꜄ put꜅ hut꜅ hut꜅	꜀hu	꜁huan	꜀hɔŋ	pat꜅ pueˀ꜄	puat꜄	꜀p'ɔ	꜁p'uan ꜁puã	꜁p'ɔŋ ꜁p'aŋ
潮州	huek꜄	huk꜅	꜀hu	꜁hueŋ	꜀huaŋ	poiˀ꜄	puek꜅	꜀p'ou	꜁pũã	꜁p'oŋ
福州	xua꜄	xuˀ꜅	꜀xu	꜁xuaŋ	꜀xuŋ	paiˀ꜄	puaʔ꜄	꜀p'uɔ	꜁puaŋ	꜁p'uŋ

從上表可知，輕重脣之區別，各大方言中，皆極為顯著，則輕脣音之由來有自，吾人以為《廣韻》有輕脣音非、敷、奉、微四紐，絕非誇大之言也。

第七節　輔音分析

㈠發音器官：

1.人類發音之原動力，為呼吸之氣流，故人類發音之第一類器官為呼吸器官。

2.聲音之產生，乃由於物體之震動，人類發音之顫動體為喉頭之聲帶，聲帶之震動發音，與胡琴之弦，笙之簧，笛之膜相若，皆由於其震動而發出聲音。人類之聲帶乃使氣流樂音化之器官，為人類發音之第二類器官。

3.口腔、鼻腔、咽頭為人類發音之共鳴器，亦為節制氣流，調節聲音，形成各種音素之重要器官，為人類發音之第三類器官。本篇所指發音器官，亦指此部份器官而言。下面是此一部分之發音器官圖。

發音器官圖

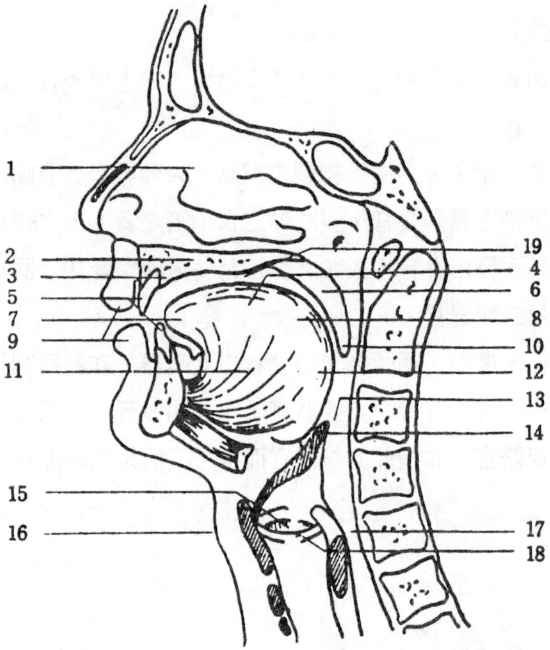

1. 鼻腔（Nasal cavity） 2. 硬顎（Hard palate）
3. 上齒齦（Teeth-ridge） 4. 舌面前（Front of tongue）
5. 齒（Teeth） 6. 軟顎（Soft palate）
7. 舌尖（Blade of tongue） 8. 舌面後（Back of tongue）
9. 脣（Lips） 10. 小舌（Uvula）
11. 舌（Tongue） 12. 舌根（Root of tongue）
13. 咽喉（Pharyngal cavity or pharynx） 14. 會厭軟骨（Epiglottis）
15. 氣管（Wind-pipe） 16. 喉嚨（Larynx）
17. 食道（Food passage） 18. 聲門（Position of vocal chords）
19. 口腔（Mouth）

資料來源：陳新雄《音略證補》，頁29。

以上各類器官，有可以移動位置者，稱為活動器官；其活動性小，或者根本不能移動者，稱為靜止器官。以各種活動性器官與各種靜止性器官互相接觸，以節制呼出之氣流，乃構成種種不同之輔音，此為發音之最基本原理。

㈡輔音性質：

輔音之特徵有三：⑴氣流通路有阻礙。⑵氣流較強。⑶發音器官不發生阻礙部分不緊張。構成輔音最顯著之因素，即為氣流在口腔中所遭遇之阻礙。故凡氣流自氣管呼出時，經過發音器官（Organ of speech）之節制（Articulation），或破裂而出，或摩擦而出，或由鼻孔洩出，形成形氣相軋而成聲者，即謂之輔音（Consonant）。

㈢輔音種類：

輔音可依其發音方法與發音部位之不同，而分成不同之種類，茲依其發音方法，與發音部位，分別敘述於後：

1. 按發音方法（Manner of aticulation）可分爲六類：

⑴塞聲（Stops or Plosives）：

口腔某處一時完全閉塞，氣流須待張開之後始能流出，如此形成者，謂之塞聲。亦稱破裂聲或爆發聲。

⑵鼻聲（Nasals）：

口腔某處閉塞時，如果通往鼻腔之路尚未阻塞，氣流自鼻腔外出，如此形成者，謂之鼻聲。

⑶顫聲（Rulled or trilled consonant）：

氣流通過口腔時，口腔中富有彈性之部分器官，發生顫動，故氣流通過時，即在斷續之狀態中，如此形成者，即謂之顫聲。我國無此音，故初學者發音較為困難，練習此音，可先發 təda gəda 連續發出，繼則抽去 ə，而軟化 a，使成 tra、gra，久之，自然成此音。

⑷邊聲（Laterals）：

當口腔某處，僅中間或者一邊遭受阻塞，氣流從兩邊或者一旁流出，如此形成者，謂之邊聲。

⑸擦聲（Fricatiyes）：

口腔某處因器官之移動，致使通道狹窄，氣流自該處擠出，與器官發生摩擦，如此形成者，謂之擦聲。

⑹塞擦聲（Affricates）：

塞聲阻塞解除較慢，在阻塞解除之前，此塞聲變作同部位之擦聲，即前半為塞聲，後半為擦聲，如此形成者，謂之塞擦聲。亦謂之破裂摩擦聲。

凡輔音之構成，可分“成阻”“持阻”“除阻”三步驟。僅於除阻時有聲音可聞者，謂之暫聲（Momentary consonant）。自成阻時即有聲音可聞，且可使之延長者，謂之久聲（Continuant consonant）。暫聲有“作勢”與“發聲”二級，成阻與除阻為“作勢”，除阻時為“發聲”。久聲則無此區別，以上六類輔音中，塞聲為“暫聲”，餘為“久聲”。

2.按發音部位（Place of articulation）可分爲五大類：

⑴脣聲（Labials）：

凡以下脣之動作而構成者，謂之脣聲。

①雙脣聲（Bilabials）：

下脣動向上脣者稱之。

②脣齒聲（Labio-dentals）：

下脣動向上齒者稱之。

⑵舌尖聲（Dentals）：

凡以舌尖之動作而構成者，總名舌尖聲，亦謂之齒聲。

①齒間聲（Inter-dentals）：

舌間動向上齒尖端者稱之。即舌尖夾於上下牙齒之間者。

②舌尖前聲（Dentals）：

舌尖動向上齒內面者稱之。又或稱齒後聲。

③舌尖中聲（Alveolars）：

舌尖動向上齒齦者稱之。又或謂之齦聲。

④舌尖後聲（Supradentals）：

舌尖動向硬顎者稱之。或謂之上齒聲，亦為捲舌聲（Retroflex）。

⑶舌面聲（Palatals）：

凡以舌面之動作而構成者，謂之舌面聲。

①舌尖面混合聲（Palato-alveolars）：

舌尖與舌面混合部分，同時動向齒齦與硬顎之間者稱之。亦稱混合舌葉聲（Apico-dorsals），又稱齦顎聲。

②舌面前聲（Prepalatals or Alveolo-palatals）：

舌面前動向硬顎者稱之。

③舌面中聲（Palatals）：

舌面後動向硬顎者稱之。

⑷舌根聲（Velars）：

凡以舌根之動作而構成者，總名舌根聲。

①軟顎聲（Velars）：

以舌根動向軟顎者稱之，亦通名舌根聲。

②小舌聲（Uvulars）：

以舌根動向小舌者稱之。

(5)喉聲（Glottals）：

凡由聲帶之緊張以節制氣流而成者，稱之為喉聲。

聲門及喉肌的作用橫斷面圖

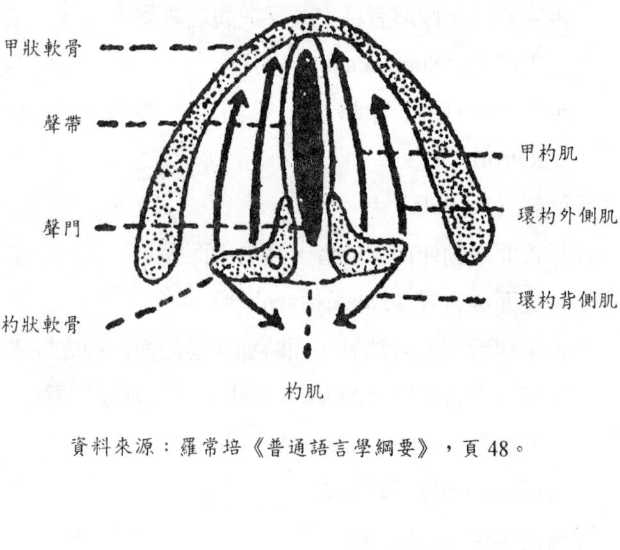

資料來源：羅常培《普通語言學綱要》，頁48。

聲帶的狀況

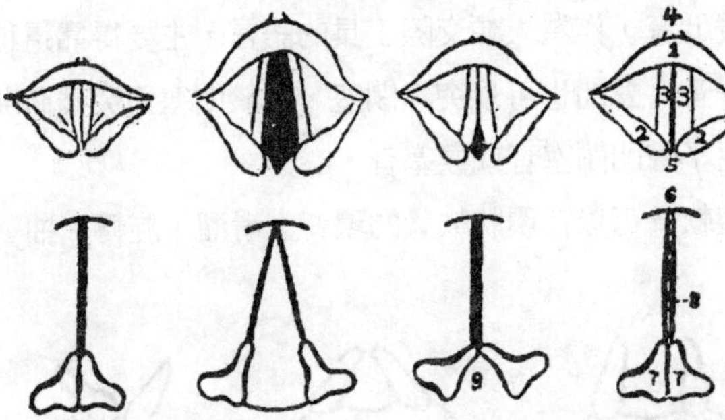

(1)咳嗽前　(2)呼吸時　(3)耳語時　(4)發聲時

上圖表示喉頭鏡中所見喉的入口的一部分，下圖表示甲狀軟骨與杓狀軟骨之間聲帶開合的情況。

1.會厭　2.會厭披裂　3.聲帶　4.前聯合　5.後聯合　6.甲狀軟骨　7.杓狀軟骨　8.音聲門　9.氣聲門

資料來源：羅常培《普通語言學綱要》，頁48。

(1)咳嗽前，聲門緊閉，暫時氣息完全不通，忽然急劇地衝出氣來，就發出破裂聲音，最劇烈的就是咳嗽。

(2)呼吸時，因環杓背側肌的作用，使杓狀軟骨往外推，聲門就張開。一般地聲門略呈三角形，深呼吸或喘氣時差不多就擴大成菱形。

(3)耳語時，因甲杓肌的作用，使聲門的前半關閉，而後半相接近。這時，氣流由聲帶的後部，氣聲門的間隙中出來，接觸到聲帶的邊緣發出細緻的音響，就是耳語。

(4)發聲時，發聲音時因杓肌的作用，使音聲門和氣聲門一齊關閉，氣流通過聲門時得從聲帶當中擠出來，因而使聲帶顫動，這時發生的聲音是清晰響亮的，和前面所唏噓的氣息，細微的耳語完全不同。聲帶緊而短的時候高音，鬆而長的時候發低音，作為人類交際工具的語言，主要得靠這種樂音化的聲音。聲門也可以突然閉塞，由於閉塞而突然破開，於是就生了聲門閉塞音或喉塞音。

破裂軟骨可以在環狀軟骨的環背上滑溜、旋轉、抽動。

⑴休息時：軟骨垂直　⑵抽動時：前部閉合　⑶抽動時：前部大開

資料來源：高名凱《普通語言學》，劭華文化服務社出版，頁142。

⑴呼吸時，聲門大開，氣流自由通過，故無聲音。

⑵發元音或有聲輔音時，破裂軟骨向中移合，聲門緊閉，聲帶均勻振動，而發出樂音。

⑶發無聲吐氣音時，聲門略開略閉，前部閉合，後部離開，前部聲帶緊接接觸，聲門微開，空氣從中通過，與聲帶邊緣摩擦成聲。

⑷發有聲吐氣音時，破裂軟骨而發生均勻振動，後部留有空隙，使空氣通過，摩擦成聲。

⑸喉塞音是聲門突然閉塞，或由閉塞而突然張開，於是即產生喉塞音。

㈣十音今釋：

傳統聲韻學上名詞，必須與今科學上之語音學名詞，取得聯系，則對過去學術上之名詞，才不會有難懂之虞。茲以三十六字母之十音為例，試以今之語音學名詞重加詮釋之如下：

⑴喉　音：今語音學上之喉聲是也。

⑵牙　音：今之舌根聲是也。

⑶舌頭音：舌尖中塞聲與鼻聲是也。

⑷舌上音：舌面前塞聲與鼻聲是也。

⑸齒頭音：舌尖前塞擦聲與擦聲是也。

⑹正齒音：①近于舌上者：舌面前塞擦聲與擦聲是也。

②近于齒頭者：舌尖面混合塞擦聲與擦聲是也。

⑺重脣音：即雙脣聲是也。

⑻輕脣音：即脣齒聲是也。

⑼半舌音：即舌尖中邊聲是也。

⑽半齒音：即舌面前鼻塞擦聲（Nasal-affricate）是也。

第八節　四十一聲紐之清濁及發送收

一、清濁：

先師林景伊先生《中國聲韻學通論》云：「“清”“濁”之別，蓋因發聲之用力輕重不同者也。發聲時用力輕而氣上升者謂之“清”，用力重而氣下沈者謂之“濁”。故在語音學（Phonetics）上，“濁聲”謂之“帶音”（Voiced），“清聲”謂之“不帶音”

（Voice-less）。“帶音”者，發聲時聲帶受摩擦而震動也。“不帶音”者，發聲時氣流直上不觸使聲帶震動也。」先師此言，乃據江永之說，蓋前人於中國聲韻學上之名詞，所下之定義，每依其感覺而定。本來清濁與發生時用力之輕重並無關係，但在人之感覺上則有關係，例如國語“ㄕ”“ㄖ”二音，前者為“清”，後者為“濁”，因為“ㄕ”只有舌尖與硬顎處一層節制，而“ㄖ”則除此層節制外，尚須加上聲帶之節制，在感覺上就顯得“ㄖ”要費力得多，所以就認為用力重；而“ㄕ”就感覺用力輕得多了。事實上“清”“濁”只是聲帶震動與否的問題，發聲時，聲帶震動者謂之“濁聲”；發生時，聲帶不震動者謂之“清聲”。其理至易明瞭，昔人不明發音原理，乃有以天地為釋者，亦有以陰陽為釋者，例如：江永《音學辨微》云：

> 清濁本於陰陽，一說清為陽，濁為陰，天清而地濁也；一說清為陰，而濁為陽，陰字影母為清，陽字喻母為濁也。當以前說為正。陰字清、陽字濁，互為其根耳。三十六母，十八清，十八濁，陰陽適均，其有最清、最濁、次清、次濁、又次清、又次濁者，呼之有輕重也。

江永此言並沒有錯，而江氏本人實亦能區別清濁之人，而對清濁之解釋，卻令人墜入五里霧中，茫然不知其所謂。主要原因就是把與清濁毫無關係之天地陰陽牽扯進來，遭致許多迷惑。致有以為清濁即陰陽，陰陽即清濁之誤解。案《隋書・潘徽傳》云：「李登《聲類》，呂靜《韻集》，始判清濁，纔分宮羽。」孫愐〈唐韻序・後論〉云：「切韻者，本乎四聲，引字調音，各自有清濁。」是則清濁之說，國人辨之已久。顧以諸家取名分歧，義界未明，故學者乃多含混莫辨耳。羅常培《漢語音韻學導論》以語音學學理所作解釋，最為瞭然，今參考其說，稍作修正，並為之解釋如下：

「今據《韻鏡》分類，參酌諸家異名，定為全清（Unaspirated surd）、次清（Aspirated surd）、全濁（Sonant）、次濁（Liquid）四類。若以語音學術語釋之，則　　全清者，即不送氣不帶音之塞聲及塞擦聲是也。次清者，即送氣不帶音之塞聲、塞擦聲及不帶音之擦聲是也。全濁者，即送氣帶音之塞聲、塞擦聲及帶音之擦聲是也。次濁者，即帶音之鼻聲邊聲及以元音起頭之無聲母（喻）是也。」

今參考羅氏所定清濁異名表，為之訂正於下：

<table>
<tr><td colspan="2">本篇定名</td><td>全清</td><td colspan="2">次清</td><td>全濁</td><td>次濁</td></tr>
<tr><td colspan="2">本篇分類</td><td>幫端精見
非知照影</td><td colspan="2">滂透清溪 心
敷徹穿曉 審</td><td>並定群從邪
奉從床匣禪</td><td>明泥疑 來
微娘喻 日</td></tr>
<tr><td rowspan="4">各家異名</td><td>韻鏡</td><td>清</td><td>次清</td><td>清</td><td>濁</td><td>清濁</td></tr>
<tr><td>夢溪筆談</td><td>清</td><td>次清</td><td>清</td><td>濁</td><td>不清不濁</td></tr>
<tr><td>韻會</td><td>清</td><td>次清</td><td>清</td><td>濁</td><td>次濁</td></tr>
<tr><td>切韻指南</td><td>純清</td><td>次清</td><td>純清</td><td>全濁</td><td>半清半濁❺</td></tr>
</table>

❺　〈新編經史正音切韻指南·辨清濁〉云：端見純清與此知。精隨照影及幫非。次清十字審心曉，穿透滂敷清徹溪。全濁群邪澄並匣，從禪定奉與床齊。半清半濁微娘喻，疑日明來共八泥。

	李元音切譜	純清	次清	純清	純濁		次濁	
	四聲等子及切韻指掌圖	全清	次清	全清	全濁	半清半濁	不清不濁	
及分類	音學辨微	最清	次清	又次清	最濁	又次濁	次濁	濁
	等韻切音指南	○	⊙	◒	●		◒	○◒
	字母韻要法	○	⊙	◒◐	●		◑◒◓◒◐◑	○◓

資料來源：《音略證補》，頁34-35。

二、發送收：

前代聲韻學家，言及聲母發聲之方法，除清濁外，尚有發、送、收之名，發送收之別，始見於明方以智《通雅》，方氏分之為“初發聲”、“送氣聲”、“忍收聲”三類。其後江永《音學辨微·辨七音》亦從其說，而簡稱為“發聲”“送氣”與“收聲”。江氏云：

見為發聲，溪群為送氣，疑為單收，舌頭、舌上、重脣、輕脣亦如之，皆以四字分三類；精為發聲，清從為送氣，心邪為別起別收，正齒亦如之，此以五字分三類；曉匣喉之重而淺，影喻喉之輕而深，此以四字分兩類。

陳澧《切韻考·外篇》云：

方氏《通雅》云：「于波梵摩得發送收三聲，故定發送為橫

> 三。」……澧案發送收之分別最善，發聲者，不用力而出者也，送氣者，用力而出者也，收聲者，其氣收斂者也。心邪當謂之雙收，江氏謂之別起別收，未當也。影喻當為發聲，曉匣當為送氣而無收聲也。

按江氏之說，深有問題，何謂別起別收，既絕無解說，讓人莫測高深，而陳氏之所解說，亦令人深感疑惑，蓋既以心邪為雙收，又以曉匣為送氣，然心邪與曉匣在發音方法上並無二致，若曉匣為送氣，則心邪無由說為雙收，若心邪為雙收，則曉匣無由說為送氣也。是則江陳二家之說皆猶有可參，非可以為定論也。錢大昕名之為出送收，洪榜《四聲韻和表》又分為“發聲”“送聲”“外收聲”“內收聲”四類，勞乃宣《等韻一得》則改為“戛”“透”“轢”“捺”四類，而邵作舟又分為“戛”“透”“拂”“轢”“揉”五類。然各類之發聲狀態若何？各家既欠明確之解說，陳澧之說過於簡單，很難得一正確之概念。勞乃宣《等韻一得》云：

> 音之生，由于氣，喉音出于喉，無所附麗，自發聲以至收聲，始終如一，直而不曲，純而不雜，故獨為一音，無戛、透、轢、捺之別。鼻舌齒脣諸音，皆與氣相遇而成，氣之遇于鼻舌齒脣也，作戛擊之勢而得音者，謂之“戛”類，作透出之勢而得音者，謂之“透”類，作轢過之勢而得音者，謂之“轢”類，作按捺之勢而得音者，謂之“捺”類。戛稍重，透最重，轢稍輕，捺最輕。嘗仿《管子》聽五音之說以狀之曰：「戛音如劍戟相撞，透音如彈丸穿壁而過，轢音如

輕車曳柴行於道，捺音如蜻蜓點水，一即而仍離。」此統擬四類之狀也。

羅常培曰：

陳說失之簡單，勞說失之抽象，學者殊未能一覽而析。若繹其內容，詳加勘究，則諸家所分，與今之塞聲、塞擦聲、擦聲、邊聲、鼻聲五類性質並同，惟分類稍有參差。其中尤以邵氏所分最為精密。特定名有玄察之異，故函義有顯晦之殊耳。

茲表列異名，以資參證。

<table>
<tr><th>語音學名詞</th><th>不送氣塞聲塞擦聲</th><th>送氣塞聲與塞擦聲</th><th>摩擦聲</th><th>邊聲</th><th>鼻聲</th></tr>
<tr><td>邵作舟說</td><td>戛類</td><td>透類</td><td>拂類</td><td>轢類</td><td>揉類</td></tr>
<tr><td>勞乃宣說</td><td>戛類</td><td>透類</td><td colspan="2">轢　類</td><td>捺類</td></tr>
<tr><td>洪　榜說</td><td>發聲</td><td>送聲</td><td colspan="2">外收聲</td><td>內收聲</td></tr>
<tr><td>江　永
江有誥說
陳　澧</td><td>發聲</td><td colspan="2">送氣</td><td colspan="2">收聲</td></tr>
<tr><td>錢大昕說</td><td>出聲</td><td colspan="2">送氣</td><td colspan="2">收聲</td></tr>
<tr><td>方以智說</td><td>初發聲</td><td colspan="2">送氣聲</td><td colspan="2">忍收聲</td></tr>
</table>

塞聲與塞擦聲在阻塞解除之後，由於氣流向外流出之力量有強有弱，如果弱，此塞聲或塞擦聲，立即可與後接之音素相連接；如

果強，則需經過一段氣流向外流出之過程，始能與後接之音相連接，此種情形，謂之送氣。前者謂之不送氣。塞聲與塞擦聲皆可由於氣流流出之強弱，分為送氣與不送氣兩類。其他各類，則無此區分。

第九節　音標說明

研究聲韻學，必得有一套語言學的符號，今人所用者則為國際語音學會所訂之國際音標，說明一個音標，一定要將其發音部位及發音方法加以標明。茲說明於下：

[p]清不送氣雙脣塞聲。

[p‘]清送氣雙脣塞聲。

[b]濁不送氣雙脣塞聲。

[b‘]濁送氣雙脣塞聲。

[t]清不送氣舌尖中塞聲。

[t‘]清送氣舌尖中塞聲。

[d]濁不送氣舌尖中塞聲。

[d‘]濁送氣舌尖中塞聲。

[ʈ]清不送氣舌尖後塞聲。

[ʈ‘]清送氣舌尖後塞聲。

[ɖ]濁不送氣舌尖後塞聲。

[ɖ‘]濁送氣舌尖後塞聲。

[ȶ]清不送氣舌面前塞聲。

[ȶ‘]清送氣舌面前塞聲。

[ȡ]濁不送氣舌面前塞聲。

[ȡʻ]濁送氣舌面前舌聲。

[c]清不送氣舌面中塞聲。

[cʻ]清送氣舌面中塞聲。

[ɟ]濁不送氣舌面中塞聲。

[ɟʻ]濁送氣舌面中塞聲。

[k]清不送氣舌根塞聲。

[kʻ]清送氣舌根塞聲。

[g]濁不送氣舌根塞聲。

[gʻ]濁送氣舌根塞聲。

[q]清不送氣小舌塞聲。

[qʻ]清送氣小舌塞聲。

[G]濁不送氣小舌塞聲。

[Gʻ]濁送氣小舌塞聲。

[ʔ]清不送氣喉塞聲。

[ʔh]清送氣喉塞聲。

[pf]清不送氣脣齒塞擦聲。

[pfʻ]清送氣脣齒塞擦聲。

[bv]濁不送氣脣齒塞擦聲。

[bvʻ]濁送氣脣齒塞擦聲。

[tθ]清不送氣齒間塞擦聲。

[tθʻ]清送氣齒間塞擦聲。

[dð]濁不送氣齒間塞擦聲。

[dðʻ]濁送氣齒間塞擦聲。

[ts]清不送氣舌尖前塞擦聲。

[ts‘]清送氣舌尖前塞擦聲。

[dz]濁不送氣舌尖前塞擦聲。

[dz‘]濁送氣舌尖前塞擦聲。

[tʂ]清不送氣舌尖後（捲舌）塞擦聲。

[tʂ‘]清送氣舌尖後（捲舌）塞擦聲。

[dʐ]濁不送氣舌尖後（捲舌）塞擦聲。

[dʐ‘]濁送氣舌尖後（捲舌）塞擦聲。

[tʃ]清不送氣舌尖面混合塞擦聲。

[tʃ‘]清送氣舌尖面混合塞擦聲。

[dʒ]濁不送氣舌尖面混合塞擦聲。

[dʒ‘]濁送氣舌尖面混合塞擦聲。

[tɕ]清不送氣舌面前塞擦聲。

[tɕ‘]清送氣舌面前塞擦聲。

[dʑ]濁不送氣舌面前塞擦聲。

[dʑ‘]濁送氣舌面前塞擦聲。

[m]（濁）雙脣鼻聲。

[ɱ]（濁）脣齒鼻聲。

[n]（濁）舌尖中鼻聲。

[ɳ]（濁）舌尖後（捲舌）鼻聲。

[ȵ]（濁）舌面前鼻聲。

[ɲ]（濁）舌面中鼻聲。

[ŋ]（濁）舌根鼻聲。

[N]（濁）小舌鼻聲。

[l]（濁）舌尖中邊聲。

[ɭ]（濁）舌尖後邊聲。

[ʎ]（濁）舌面中邊聲。

[ɫ]（濁）舌根邊聲。

[r]（濁）舌尖顫聲。

[R]（濁）小舌顫聲。

[ɸ]清雙脣擦聲。

[β]濁雙脣擦聲。

[f]清脣齒擦聲。

[v]濁脣齒擦聲。

[θ]清齒間擦聲。

[ð]濁齒間擦聲。

[s]清舌尖前擦聲。

[z]濁舌尖前擦聲。

[ʂ]清舌尖後（捲舌）擦聲。

[ʐ]濁舌尖後（捲舌）擦聲。

[ʃ]清舌尖面混合擦聲。

[ʒ]濁舌尖面混合擦聲。

[ɕ]清舌面前擦聲。

[ʑ]濁舌面前擦聲。

[ç]清舌面中擦聲。

[j]濁舌面中擦聲。

[x]清舌根擦聲。

[ɣ]濁舌根擦聲。

[χ]清小舌擦聲。

[ʁ]濁小舌擦聲。

[h]清喉擦聲。

[ɦ]濁喉擦聲。

國際音標輔音表

部位＼方式		塞聲				塞擦聲				鼻聲	顫聲	邊聲		擦聲	
		不送氣		送氣		不送氣		送氣							
		清	濁	清	濁	清	濁	清	濁			清	濁	清	濁
脣聲	雙脣	p	b	p'	b'					m	ψ			ɸ	β
脣聲	脣齒					pf	bv	pf'	bv'	ɱ				f	v
舌尖聲	齒					tθ	dð	tθ'	dð'	n	r	l̥	l	θ	ð
舌尖聲	齦	t	d	t'	d'	ts	dz	ts'	dz'					s	z
舌尖聲	顎	ʈ	ɖ	ʈ'	ɖ'	tʂ	dʐ	tʂ'	dʐ'	ɳ			ɭ	ʂ	ʐ
舌尖面聲	齦顎					tʃ	dʒ	tʃ'	dʒ'					ʃ	ʒ
舌面聲	前顎	ȶ	ȡ	ȶ'	ȡ'	tɕ	dʑ	tɕ'	dʑ'	ȵ				ɕ	ʑ
舌面聲	中顎	c	ɟ	c'	ɟ'					ɲ			ʎ	ç	j
舌根聲	軟顎	k	g	k'	g'					ŋ			ɫ	x	ɣ
舌根聲	小舌	q	ɢ	q'	ɢ'					ɴ	ʀ			χ	ʁ
喉聲	聲門	ʔ		ʔh										h	ɦ

第十節　《廣韻》四十一紐音讀

《廣韻》聲紐依音位論，當為四十一，此應可肯定，至於四十一聲紐之音值，本篇根據高本漢（Bernhard Karlgren）《中國聲韻學大綱》（Compendium of phonetics in ancient and archaic Chinese）一書所擬，並參考他各家意見，介紹初學者瞭解擬音方法及其步驟。茲分述於下：

一、擬音的依據

㈠《廣韻》切語與韻圖

系聯《廣韻》的切語上字，可大致得到《廣韻》聲紐之類別，然此一工作，只能讓我們瞭解到那些反切上字，屬於那類聲母，至於聲母的聲值，我們還得借韻圖來推測。重要的韻圖像《韻鏡》、《七音略》、《四聲等子》、《切韻指掌圖》、《經史正音切韻指南》等，對《廣韻》聲值的擬測，都有很大的幫助，特別是早期的韻圖《韻鏡》跟《七音略》的編排，尤多助益。

㈡域外漢字譯音

這類材料像日本、韓國、越南等國，他們的文字中的中國古代借字特別多，由於中國文化向外發展，數以千計的中國字，滲進了日本、韓國與越南，大多數都是學術性的轉借。因此可從日文、韓文、越文對譯漢字的情形，來探索他的規則。由於漢字譯作日文的時期分明，我們對於漢字在轉借時音值，獲得極大的啟示。有很多字在轉借時聲值已產生了變化，然而這類變化，只是為了適合各國固有的語言習慣而已。日本人在這一方面尤勇於修改，使它適合於日本話原有的型式。例如「天」t'ien 字日本譯作 ten，是因為日本話沒有 ie 一類複元音之故，所以就把-i-介音給拋棄掉了。「疆」kiang 譯作 ki-ya-u（今音作 kyō），那是因為日本沒有-ng[ŋ]韻尾。「撻」t'at 作 ta-tu（今音 tatsu）或作 ta-ti（今音 tachi），這是因為日本話裏頭沒有-t 尾，為了使這字成為真正的日本音，以適合日本的語言習慣，乃加添一多餘的元音（u 或 i）。所幸日本與韓國的書寫系統極為保守，因此尚能顯示出它們古代的音讀來。大多數韓國中文借字，可溯源於公元六百年左右，即與《切韻》同時；日本的借字輸入，分作兩次，一為漢音，由中國北方輸入，時間大約在第七時世紀。這方面像韓國譯音一樣，它的聲韻類別，與《切韻》極為接近。另一為吳音，由中國東南（今之江、浙）輸入，這類借字時間較早，大約在五世紀到六世紀，其聲韻類別與《切韻》相去較遠，但是這種差異，用來解釋《切韻》的音系頗為重要。越南譯音時代稍晚，大約在唐代的末期，其中某些聲韻的差異，對於擬測《切韻》的音值，仍然極富有啟示性。

㈢國內現代方音等材料

我國境內的現代方言，彼此相互間的差異很大，但是就聲韻類別來說，差不多全與《切韻》或《廣韻》的切語取得對應規律。這樣說來，考察各地方言的出入，自有助於《切韻》聲母音值的擬測。

二、擬音的方法

擬音的第一個步驟，首先得把韻圖的編排詳細加以研究，韻圖是開口、合口分圖的。如果前一圖的領字是「歌」，國語讀 ko，後一圖則為「戈」kuo；前一圖為「飢」ki，後一圖為「龜」kui；

前為「干」kan，則後為「官」kuan；前為「根」ken，則後為「昆」kuen；前為「岡」kaŋ，則後為 kuaŋ。前一類的韻母稱為開口呼，後一類的韻母稱為合口呼，如以國語讀音來說明，則後一類合口呼有介音-u-，前一類開口呼則沒有-u-介音。

每一種韻圖，從《韻鏡》到《經史史正音切韻指南》，例字的排列，都是縱橫成行的。其中關係最密切的在一個方框格子裏頭，橫是聲母，直為韻母，次序由上而下，從右到左。現在以《通志·七音略》跟《經史正音切韻指南》的第一圖為例。下面是《通志、七音略》內轉第一圖的平聲：

		日	來	喻	匣	曉	影	邪 禪	心 審	從 床	清 穿	精 照	疑	群	溪	見	泥 端	定 澄	透 徹	娘 知	明 微	並 奉	滂 敷	幫 非	內轉第一
		半商徵		宮				商					角				徵				羽				
重中重	東		籠		洪	烘	翁		檧	叢	蔥	嵏	岘		空	公		同	通	東	蒙	蓬	夆		平
										崇	雗														
		戎	隆		雄	㕎	硧				充	終		窮	穹	弓		蟲	忡	中	瞢	馮	豐	風	
				融					嵩																

下面是《經史正音切韻指南》通攝內轉第一圖一等

	半	商徵	喻	匣	曉	影	邪 禪	心 審	從 床	清 穿	精 照	明 微	並 奉	滂 敷	幫 非	泥 娘	定 澄	透 徹	端 知	疑	群	溪	見	通攝
東	○	籠	○	翁	洪	烘	○	檧	叢	悤	葼	蒙	蓬	夆	○	齈	同	通	東	岘	䫉	空	公	內
董	○	曨	○	蓊	澒	嗊	○	敾	澨	○	總	蠓	菶	○	琫	䙪	動	侗	董	湡	○	孔	頓	一
送	○	弄	○	甕	哄	烘	○	送	敤	謥	糉	幪	𩌄	○	○	齈	洞	痛	涷	○	○	控	貢	
屋	○	祿	○	屋	穀	殼	○	速	族	瘯	鏃	木	暴	扑	卜	耨	獨	禿	穀	擢	○	哭	穀	

由上面的兩個表，可知韻圖的概略，聲母共分成六類，以《七音略》來說，共有羽、徵、角、商、宮、半商徵六大類，其中羽、徵、商各類聲母分作兩列，原因何在？正是我們極欲探討的主題。以《經史正音切韻指南》為例，每行韻母共十六格，分別屬於四等，每一等的四格韻母，實際上就是同一音節的四個聲調，見母下是「公頓貢穀」kuŋ-、kuŋ′、kuŋ̀、kuk；溪母下是「空孔控哭」k‘uŋ-、k‘uŋ′、k‘uŋ̀、kuk。如果聲調不計，那麼，一行十六格中，只有四類韻母應該加以研討，那就是所謂的一二三四等四種韻母而已。至於一二三四等韻母的差異，留待以後再說。

向來都認為唐代就有了三十六字母，各種韻圖也都是三十六字母來編排，上面所列韻表上的舌、脣、齒各欄下面，都有並列的兩類聲母，除脣音容後討論外，舌、齒兩欄所以出現兩類聲母的緣故，因為端、精兩系只出現一四等，而知照兩系則出現二三等，因此這兩組聲母才能出現在同一欄內，至於它們的聲值究竟應該如何擬測，且等下文再談。

我們可從三十六字母中，各選取若干個字，按照《切韻指南》排列的方式，先從國語音讀來觀察它們的聲母，究竟有些什麼啟示。

見：古公歌。tɕien(←kien)，ku，kuŋ，kɣ。

溪：苦口開。tɕ‘i(←k‘i)，k‘u，k‘ou，k‘ai。

羣：其求近。tɕ‘yn(←k‘yn)，tɕ‘i(←k‘i)，tɕ‘iou(←k‘iou)，tɕin〈←kin〉。

疑：鵝五牙。i，ɣ，u，ia。

端：多丁當。tuan，tuo，tiŋ，taŋ。

透：土湯體。t‘ou，t‘u，t‘aŋ，t‘i。

定：壇道田。tiŋ，t‘an，tau，t‘ien。

泥：奴乃能。ni，nu，nai，nəŋ。

知：展中豬。tʂï，tʂan，tʂuŋ，tʂu。

徹：丑恥寵。tʂ‘ɤ，tʂ‘ou，tʂ‘ï，tʂ‘uŋ。

澄：丈持住。tʂ‘əŋ，tʂaŋ，tʂ‘ï，tʂu。

娘：女尼扭。niaŋ，ny，ni，niou。

幫：補必兵。paŋ，pu，pi，piŋ。

滂：普匹怕。p‘aŋ，p‘u，p‘i，p‘a。

並：旁步盤。piŋ，p‘aŋ，pu，p‘an。

明：莫毛門。miŋ，mo，mau，mən。

非：甫反方。fei，fu，fan，faŋ。

敷：芬芳豐。fu，fən，faŋ，fəŋ。

奉：扶房馮。fəŋ，fu，faŋ，fəŋ。

微：無文亡。uei，u，uən，uaŋ。

精：左宗酒。tɕiŋ(←tsiŋ)，tsuo，tsuŋ，tɕiou(←tsiou)。

清：草寸取。tɕ‘iŋ(←ts‘iŋ)，ts‘au，ts‘uən，tɕ‘y(ts‘y)。

從：在罪錢。ts‘uŋ，tsai，tsuei，tɕ‘ien(←ts‘ien)。

心：喪孫小。ɕin(←sin)，saŋ，suən，ɕiau(←siau)。

邪：詳寺辭。ɕie(←sie)，ɕiaŋ，sï，ts‘ï。

照：至戰諸。tʂau，tʂï，tʂan，tʂu。

穿：初昌吹。tʂ‘uan，tʂ‘u，tʂ‘aŋ，tʂ‘uei。

床：船乍順。tʂ‘uaŋ，tʂ‘uan，tʂa，ʂuən。

審：生手世。ʂən，ʂəŋ，ʂou，ʂï。

禪：辰受紹。tʂ'an，tʂ'ən，ʂou，ʂau。

曉：海軒呼。ɕiau(←xiau)，xai，xan，xu。

匣：孩寒胡。ɕia(←xia)，xai，xan，xu。

影：哀烏安。iŋ，ai，u，an。

喻：以羊有。y，i，iaŋ，iou。

來：盧郎呂。lai，lu，laŋ，ly。

日：忍閏饒。ʐï，ʐən，ʐuən，ʐau。

雖然國語的演進，跟《廣韻》的聲母系統已經相差很遠了。但是仍可就上列的國語讀音中，看出一些音讀的大概情形，在韻表中前四欄頭兩個聲母，很明顯的可以看出來，一個是不送氣的清聲，一個是送氣的清聲。即見 k-、溪 k'-；端 t-、透 t'-；幫 p-、滂 p'-；精 ts、清 ts'-。從這種平行的關係看來，知與徹，照與穿也應該是兩對不送氣與送氣的清聲母。

其次，各欄中第四行聲母是鼻聲，分別與各欄中首兩行的塞聲相配。它們的發音部位是相同的。例如泥是 n-，跟端 t-透 t'-相配；明是 m-，跟幫 p-滂 p'-相配。以此類推，疑母當跟舌根見 k-溪 k'-相配的舌根鼻聲ŋ-。國語的讀音中，得不到任何線索，但是從域外的漢字譯音跟其他地區的方言中，仍可看出它本來就是讀成舌根鼻聲的。例如「疑」，越南、福州讀ŋi，「鵝」廣州、客家、汕頭、四川、平涼讀ŋo，「五」越南讀ŋo、福州上海讀ŋu，「牙」廣州、客家、福州、上海讀ŋa。娘母當然也是跟知徹同一發音部位的鼻聲。

比較複雜一點的是各欄中第三行聲母，例如群母，國語有時讀成 k-，有時讀成 k'-，看不出它的正確音讀是什麼？不過從韻圖的排列看來，這個聲母應該是濁聲母，拿來跟一二兩行的清聲母相配，假令見是 k-、溪是 k‘-，那麼就是 g-了。同理定就是與端 t-、透 t-相配的 d-了，從就是跟精 ts-清 ts‘-相配的 dz-了。這樣說來，澄與床也應該是某種濁聲，分別跟知徹與照穿來相配。作這樣推斷，根據是日本的吳音，把第三行的聲母，都譯作濁聲母，拿來跟一二行的清聲母相配。例如「群」母的群譯作 gun，其是 gi，求是 gu，近是 gon，與「見」母的見 ken，古 ku，公 ku，歌 ka 相對；「定」母的定 diyau，壇 dan，道 dau，田 den，與「端」母的端 tan，多 ta，丁 tiyau，當 tau 相對；「並」母的並 biyau，旁 bau，步 bu，盤 ban，與「幫」母的幫 pau，補 pu，必 piti，兵 piyau 相對。吳方言也保持著清濁的不同，上海群為 dʑyin，其為 dʑi，求為 dʑiəu，近為 dʑieŋ，與見 tɕie，古 ku，公 koŋ，歌 ku 相對；定為 diŋ，壇為 dɛ，道為 dɔ，田為 die，與端 tœ，多 tu，丁 tiŋ，當 tɔŋ 相對。

這樣看來，似乎群、並、定三母就是 g-、b-、d-了。但是 g-、b-、d-這類的擬音，仍不能令人感到滿意。因為《廣韻》的濁聲母，在國語音讀中，如果是平聲，則讀成送氣的清聲，像群母「其」tɕ‘i，「求」tɕ‘iou；定母「壇」t‘an，「田」t‘ien，並母「旁」p‘aŋ，「盤」p‘an；從母「從」ts‘uŋ，「錢」tɕ‘ien。如果讀仄聲，則讀成不送氣的清聲。像群母「郡」tɕyn，「近」tɕin；定母「定」tiŋ，「道」tau；並母「並」piŋ，「步」pu；從母「在」tsai，「罪」tsuei。在客家方言中，群、定、並、從各母均一律讀送氣音，以並母「盤」字為例，我們不能假定它的演變是《廣韻》ban→pan→p‘an，因為另有幫母字存在。（例如「般」pan）如果說幫母的 pan 仍保持著 pan 不變，並母的 pan 則變成了 p'an，這就跟語音演變的通則不合了。另一方面 b-→p'-這種直接演變，也殊少可能。因此我們不能假定《廣韻》的濁聲母就是普通不送氣的 g-、d-、b-，所以只好假定它們是送氣的濁音了。那麼：

群是 g'-　定是 d'-　並是 b'-　從 dz'-

在客家方言裏頭，送氣的性質保持，濁聲全變作清聲的 k'-、t'-、p'-、ts'-；在國語裏頭，第一步平聲保持著送氣，仄聲則失掉了送氣。

下面是平聲的例子：

其 g'I　壇 d'an　盤 b'an　錢 dz'ien

仄聲的例子如下：

近 gin`　定 diŋ`　並 b'iŋ`　在 dzai`

第二步濁聲全變成了清聲。

其 k'i　壇 t'an　盤 p'an　錢 ts'ien

近 kin　定 tiŋ　並 piŋ　在 tsai

從前面討論的結果，我們可以確定見、端兩系的聲母當是：

見 k-　溪 k'-　群 g'-　疑ŋ-

端 t-　透 t'-　定 d'-　泥 n-

以此類推，則幫、精兩系如下：

幫 p-　滂 p'-　並 b'-　明 m-

精 ts-　清 ts'-　從 dz'-

《韻鏡》以精清從為齒頭音，心邪為細齒頭音，這就表示心邪與精清從不完全相同，但是它們的發音部位仍舊是一樣的。所以可以把心母擬作舌尖前摩擦音 s-，邪母作 z-。這也可從吳音（邪母邪

ze、詳 zau、寺 zi、旬 ziun）及吳方言（上海邪 zia、詳 dziaŋ、寺 zi、旬 dziŋ）得到支持。

現在討論較為複雜之知、照兩系聲母，見、幫兩系的聲母在韻圖裏均出現在一二三四等，三等通常有 j 介，我們稱它為-ja 類韻母（a 代表任何韻母），一等韻則沒有 j 音，可稱為-a 類韻母。反切表現的情形，一等字所用的反切上字跟三等字所用的反切上字迥然不同。

一等無介音 j 的反切上字	三等有介音 j 的反切上字
古公工沽革佳過	居舉九吉紀俱
苦康口肯空客闊	去丘豈區袪詰墟
五午吾	魚語愚牛宜危儀
博補北布伯晡	必卑兵筆彼比方府
普滂匹譬	丕敷芳撫
薄蒲步旁傍部	皮毗平婢符房扶
莫慕母摸謨	彌眉美靡密武亡無

三等韻的 j 介音，既緊接在聲母的後頭，自然可以影響聲母而產生一種微弱的音變，因此在三等韻的 kja 類跟 ka 之間，前後的 k，事實上已有音質上的差異。就是所謂的軟化作用（yodization）。實際上舌根音中大部份的反切上字，由於軟化作用的結果，已經更進一步，到現在國語全變成了舌面聲母。例如：

居 tɕy　舉 tɕy　九 tɕiou　吉 tɕi　紀 tɕi　俱 tɕy

去 tɕ‘y　丘 tɕ‘iou　豈 tɕ‘I　區 tɕ‘y　袪 tɕ‘y　詰 tɕ‘i　墟 tɕ‘y

所以見、幫兩系聲母，由於等的不同，可以有下列的區別：

一等：ka　k‘a　ŋa　pa　p‘a　b‘a　ma

三等：kjja　k‘jja　g‘jja　ŋjja　pjja　p‘jja　b‘jja　mjja

為書寫的方便，凡軟化符號 j 可刪去，直接寫成 kja、k‘ja 等等，因為只要有 j 介音存在，聲母一定會軟化。

從韻圖中，我們可以明白宋代學者把知系與照系跟我們前面所討論過的聲母，合併成下列情形：

舌音				齒音				
端	透	定	泥	精	清	從	心	邪
t	t‘	d‘	n	ts	ts‘	dz‘	s	z
知	徹	澄	娘	照	穿	床	審	禪
?	?	?	?	?	?	?	?	?

從韻圖的排列看來，既然端 t 透 t‘定 d‘是塞聲，泥 n 是鼻聲；精 ts 清 ts‘從 dz‘是塞擦聲，心 s 邪 z 是擦聲。那麼知徹澄亦應該是某種塞聲，娘當是某種鼻聲。照穿床當是某種塞擦聲，審禪則當是某種擦聲，我們這種推論，可從兩方面來證明。

首先從日本的譯音來看，古代的日本語沒有塞擦音 ts-一類的聲母，所以舌尖音的精 ts 清 ts‘都譯作 s。（精母字吳音精 sei 左 sa 宗 sou 酒 siu；清母清 sei 草 sau 寸 son 取 siyu）但是塞聲 t-、t‘-則不變，仍舊譯作塞聲。（如端母端 tan 多 ta 丁 tiyau 當 tau；透母透 tou 土 to 湯 tau 體 tei）至於知系跟照系這類成問題的聲母，日本話中因沒有跟中文相等的聲值，所以只有拿相近的音來譯它，他所用以對譯的還是舌尖音，不過知組譯作塞聲，而照組譯作擦聲罷了。例如：

知母漢音	知	ti	展	ten	中	tiu	豬	tiyo
照母漢音	照	seu	至	si	戰	sen	諸	siyo

其次則閩方言還能保持《廣韻》知照兩系的差異，知系讀舌尖塞聲，照系讀舌面塞擦聲。例如：

福州知母	知	ti	展	tieŋ	中	tyŋ	豬	ty
福州照母	照	tçiou	至	tçi	戰	tçieŋ	諸	tçy

因此，吾人可以很穩當的推測到知照兩系的不同，知系一定是塞聲，照系一定是塞擦聲及擦聲。知系見於三等韻（-ja 類），正像舌根聲母出現于三等韻（kja 類）一樣，故出現在三等韻的知系，亦一定具有軟化作用，跟軟化的 kj-、k'j-等相配。這樣說來，知系聲母亦僅不過是跟純舌尖聲母端 ta、透 t'a、定 d'a、泥 na 相配的軟化聲母而已。即知是 tja、徹 t'ja、澄 d'ja、娘 nja，因而跟端系正好相配，所以韻圖合併成為舌音一欄。但是這一說法絕難成立，因為宋代學者既立了知徹澄娘等新的聲母名稱，用來跟端透定泥等舊有聲母區別，那麼很明顯地跟 kja、k'ja 之與 ka、k'a 合稱為見溪群疑的不同。也就是說，韻圖所顯示的語音，端 ta 知？ja 的差別遠較見母的 ka、kja 兩類為大。在 ja 前面所產生的軟化作用，軟化的程度必定已使它們成為真正的舌面聲母了。所以才立出這些

新的聲母名稱來。既然已經知道是舌面聲母了，那麼它們的聲值就可以確定了。

知是ȶ-、徹是ȶ‘-、澄是ȡ‘-、娘是ȵ-

羅常培知徹澄娘音值考，根據佛典譯名的華梵對音及藏譯梵音等，認為知、徹、澄三母和梵文的舌音（linguals 或稱 Cerebrals）ṭ、ṭh、ḍ或 ḍh 相當，應該讀作舌尖後（Supradentals）的塞聲（Plosives）ʈ、ʈ‘、ɖ 或 ɖ‘，娘母也當和 ṇ 相當，即舌尖後鼻聲ɳ。但是捲舌聲母跟-ja 類韻母的結合，總是感到十分蹩扭的。而且羅氏〈中原音韻聲類考〉認為知、徹、澄、的聲母是讀作 tʃ、tʃ‘的，假定國語音系是從《中原音韻》一系發展出來的，那麼它們從《廣韻》到國語的發展，就如同下式：〈以知母為例〉

ʈ → tʃ → tʂ

這種先是捲舌聲，再變舌尖面混合聲，又回到捲舌聲一類的發展，也是不合邏輯的。所以我還是覺得高本漢的說法比較合理。它們的演變如下：

ȶ → tɕ → tʃ → tʂ

照系跟莊系在韻圖裏雖然都是照穿床審禪，但是在《廣韻》的反切，確是明白地分成兩套，照系只出現在三等韻，莊系韻圖雖只出現在二等，但是事實上它是兼出現在二等韻跟三等韻的。照系的反切既然只出現在三等韻，很明顯的，它所屬的韻母與具有軟化的舌根（kj-、k‘j-）及脣音（pj-、p‘j-）聲母的韻母，是同屬一類的，也就是正常的-ja 類韻母。所以韻圖裏牙音欄有「蹇」九輦切kj-（汕頭 kien），而齒音欄就有「戰」之膳切，這樣說來，照系顯然也是軟化的聲母了，莊系韻圖只列二等，但從反切來說，它跟具有軟化的舌根聲母的韻母，常是相同的。例如見系有「居」九魚切，「虛」去魚切；莊系有「葅」側魚切，「初」楚居切等，可見見系如果具有軟化性，則莊系也必然具有軟化性。

從聲母的發音部位看，照莊兩系不可能是舌尖音，因為舌尖音已有端、精兩系，他也不可能是舌根音，因為舌根音已是見系。那麼這兩系聲母的發音部位，一定在舌尖音 t-跟舌根音 k-之間，也就是語音學家所謂 č ❻的發音部位。

前面我們已經談到，韻圖的照穿床審禪一定也是某種塞擦聲跟擦聲，在 č 的發音部位中，一共有三套塞擦聲與擦聲，一套是舌尖後的塞擦聲跟擦聲，一套是舌尖面混合的塞擦聲跟擦聲，另一套是舌面前的塞擦聲跟擦聲。高本漢看到韻圖把莊系安排到二等，所以認為莊系一定是硬的聲母，於是擬測成莊 tʂ-、初 tʂʻ-、床 dʐʻ-、疏 ʂ-。把莊初床疏擬成捲舌聲母 tʂ、tʂʻ、dʐʻ、ʂ，有兩點不合理，第一、高氏把莊系出現於三等韻跟 ǐa 類韻母結合的事實根本不顧，捲舌聲母不便與 ǐa 類韻母結合，一如知系。知系出現在二三等，莊系亦然，假如知系不可能是捲舌聲母，則莊系同樣是不可能的。第二、莊系字在《中原音韻》裏頭也是讀 tʃ、tʃʻ、ʃ，今國語則讀 tʂ、tʂʻ、ʂ。如果說莊系從《廣韻》到國語的變化是 tʂ→tʃ→tʂ，則仍是極其不合邏輯的。由此可知，高氏把莊系擬成捲舌音的說法絕不可從。

那麼現在除去捲舌聲的一套，在 č 的發音部位就只剩下兩套

---

❻ 譯本《中國音韻學研究》190 頁說 č 是清塞擦音，發音部位介於 t 與 k 之間。

了。照系字，如前文所討論的，應該是軟化的聲母，這種聲母當然就是舌面前的塞擦聲和擦聲了。我們作這樣推測，還可從「知」系聲母類似情形而獲得進一步證明。「知」系聲母已假定作舌面前的塞聲ȶ、ȶ‘、ȡ‘、ȵ，跟舌尖聲「端」系 t、t‘、d‘、n 相配，而「照」系聲母假定為舌面前塞擦聲跟擦聲 tɕ-、tɕ‘-、dʑ‘-、ɕ-、ʑ-，正好跟舌尖塞擦聲及擦聲的「精」系 ts-、ts‘-、dz‘-、s-、z-相配。把照系假設為舌面前的塞擦聲與擦聲，則莊系自然就是舌尖面混合的塞擦聲跟擦聲。我們把莊系擬測為 tʃ-、tʃ‘-、dʒ‘-、ʃ-，也可以說明何以三十六字母把照莊兩系合併為照、穿、床、審、禪的緣故了。因為它們是太接近了。從現代方言看來，照系比較接近知系，莊系比較接近精系，也可以說明我們把莊系擬測為舌尖面聲，不是沒有道理的。下面一表，是我們所假定的莊、照兩系的聲值。

莊系聲母	莊 tʃ-	初 tʃ‘-	床 dʒ‘-	疏ʃ-	
照系聲母	照 tɕ-	穿 tɕ‘-	神 dʑ‘-	審ɕ-	禪ʑ-

喉聲的曉匣影喻四個聲母，從國語音系看，曉母跟匣母已經沒有區別了，但從方言中仍極容易證明曉是清聲，匣是濁聲。這可從能夠分別 k-、g‘-；t-、d‘-的方言中觀察，即可得到證實。例如吳方言及日譯吳音。

曉母	曉	海	鼾	呼
	上海 hiɔ→ɕiɔ	he	hœ	hu
	吳音 keu	kai	kan	ku

匣	匣	孩	寒	胡
母	上海ɦa	ɦe	ɦœ	ɦu
	吳音 gapu	gai	gan	gu

上海方言匣母字讀濁聲ɦ-，在現在的國語中，對《廣韻》的平聲字如果是清聲，現在讀陰平聲，濁聲則讀陽平聲。例如：

「單」《廣韻》tan → 國語 tan˥

「壇」《廣韻》d'an → t'an˧˥

曉匣兩母的差別，跟端定相同。例如：

曉母「鼾」國語讀 xan˥；匣母「寒」國語讀 xan˧˥。

從韻圖的排列上，也可知道曉母是清聲，匣母是濁聲，較早的韻圖像《韻鏡》跟《七音略》，在喉音欄下，都是把曉母排在第二行，匣母排在第三行。這類韻圖，牙、舌、齒、脣各欄下第二行都是清聲，第三行都是濁聲。那麼，曉母當然也是清聲，匣母自然是濁聲。

曉匣兩母的發音部位如何？尚須進一步探討，在官話方言裡，無論什麼韻母，除了-i-、-j-介音外，曉匣兩母都是讀舌根擦聲 x-，例如曉母的「海」讀 xai，「鼾」讀 xan，「呼」讀 xu。假使 x-就是《廣韻》曉母的音值，則與曉母相配的匣母當是ɣ-，為舌根濁擦音，如同北部德語 Wagen[vaɣən]g 的發音。但是在南方方言中，幾乎都讀作喉擦聲，上海曉讀çiɔ←hiɔ，海讀 he，鼾讀 hœ，呼讀 hu，如果我們把 h-當作曉母的音值，則跟曉母相配的匣母自然就是ɦ了。

從古代域外的譯音來看，韓國跟越南都是 h-，跟中國南部方言一樣；但是日本的譯音卻把曉、匣二母都譯成舌根音，漢音尤富於啟示性。例如：

曉母：曉 keu　海 kai　軒 kon　呼 ko

匣母：匣 kapu　孩 kai　寒 kan　胡 ko

假定《廣韻》曉匣的聲母讀舌根擦音 x-、ɣ-，則日本漢音用 k-來對譯，雖不盡同，但不難體會，因為日語中根本沒有相同的 x-、ɣ-二音，反過來，如果《廣韻》曉匣的聲母讀喉擦音 h-、ɦ-，則漢音的對譯，就無法解釋了。在語音史上，拿 k-來對譯 h-固然也是有的，但日本人把ɦan 也對譯作 kan，就不近情理了。就言一個現象來說，曉應該是 x-，匣當然是ɣ-了。

影喻兩母都屬於喉聲，域外譯音及南方方言都沒有口部輔音，故影母「安」韓國日本是 an、越南是 an、廣州各家是 on、汕頭是 an，上海是œ等，韻頭如果是-i-或-j-，官話方言也沒有任何口部輔音。例如：北平「英」iŋ、「伊」i、「因」in、「紆」y、「鳶」yan。

喻母出現於具有軟化的 kj-、pj-等三等韻前，國語讀音都是以 i 或 y 開頭，今為了分辨影喻兩類聲母，可就它們聲調的差異來辨別，《廣韻》平聲字清聲，國語讀陰平，濁聲讀陽平，而影母為陰平，喻母為陽平，非常有規律。例如：

影母	伊 i˥	因 in˥	英 iŋ˥	紆 y˥	鳶 yan˥
喻母	夷 i˧˥	寅 in˧˥	盈 iŋ˧˥	余 y˧˥	圓 yan˧˥

從這種對應的關係，顯然可知影是清聲母，喻是濁聲母，但此

只表示影應該是跟見 k-幫 p-端 t-等聲母相似的塞聲，就喉部的部位說，就是聲帶突然張開的喉塞聲。像德文 die ʔEcke 或英文 the ʔaim 間的喉音，這跟一個元音自然舒暢地轉入另一個音的不同。所以「伊」是ʔi，而「夷」是 i。因此我們可以把影母擬成為[ʔ]。

喻為兩母都只出現在三等韻-ja 類，兩者都應是軟化的聲母，喻為的區別，一般方言很難看得出來，不過越南語的漢語借詞裏仍保著它們的分別，為母為 v-，喻母是ʐ-，（寫作 d-）例如「王」作 vöung[vɯɐŋ]，「雲」作 vân[vən]，「餘」作 du[ʐʉ]，「為」作 vi[vi]，「惟」作 duy[ʐui]。關於這兩個聲母的音值，也許應該從它們上古的讀音來推測，喻母的上古音是*r-，它的演變仍是*rja→ja，r 在 j 前失落了，成為零聲母 0。為母的上古音是*ɣ-，演變是*ɣja→jja，ɣ變作 j。有人認定為母應該是匣母的軟化聲母ɣj-，這不近情理，為母的上聲不變去聲，跟匣母的演變不同，因此我們不能採用此說。如此擬音，也可以說明為何三十六字母把喻為合成一個喻母的緣故。

來母最好解決，所有資料顯示，它只是一個普通的舌尖邊音l-。

日母最複雜，僅出現在三等韻-ja 類韻母之前，所以它一定是個軟化的聲母，具有舌面音的性質。問題是發音方法不容易肯定，漢音及官話方言顯示的是個濁音；吳音、越南及南方方言顯示是鼻音。例如：

	日	忍	閏	饒
漢音	zitu	zin	ziun	zieu
北平	ʐï	ʐən	ʐuən	ʐau

吳音	niti	nin	niun	neu
越南	ȵɐt	ȵɐn	nuɐn	ȵieu
客家	nit	ȵiun	(iun)	ȵiau
福州	nik	(iŋ)	nouŋ	nieu

從以上的方言音讀看來，我們不能說日母是舌面濁擦音，因為禪母已經是ʑ了。禪母跟日母，無論是方言，反切跟韻圖都毫無混淆的跡象；我們也不能認為它就是舌面前的鼻音，否則又跟娘母的ȵ-相衝突了。娘母跟日母的區別也是很明顯的，事實上日母一定帶有某種鼻音，跟某種擦音的性質。江永的《音學辨微》描寫日母的發音方法說：「娘字之餘，齒上輕微。」既說娘字之餘，就帶了些鼻音的成分，既云齒上輕微，就有些摩擦的性質。王力說：「古人舌與齒的性質，不是按發音部位來分，而是按發音方法來分，不管舌尖與齒接觸，或舌面與齦顎間接觸，只要是塞音，都叫做舌音（舌頭、舌上）；只要是塞擦音或摩擦音，都叫做齒音，（齒頭、正齒）。」由此可知日母既叫做半齒，必有某些摩擦成分。黃侃《音略》云：「按此（謂日母）禪字之餘，非娘餘也，半齒者，半用舌上，半舌齒間音，亦用鼻之力以收之。」黃侃以娘母讀作舌尖後的鼻聲，所以說非娘之餘，但是他對半齒音的描寫，實際上就是舌面鼻音跟擦音的混合體。從諧聲上來看，屬日母的字，來源多是鼻音，（例如「汝」ʐu 的聲符是「女」ny，「若」ʐuo 是「諾」nuo 的聲符，「弱」ʐuo 是「溺」ni 的聲符，「內」nei 是「芮」ʐuei 的聲符，「撚」nien 的聲符是「然」ʐan，「耨」nou 的聲符是「辱」ʐu 等。）所以日母在上古時期是*n-，然後在-ja 類韻母前變

作 ȵ-，如此始可在諧聲系統上獲得滿意之解釋。即上古音*nja→ȵja，其後逐漸在 ȵ 跟元音產生一個滑音（glide），即一種附帶的擦音，跟 ȵ-同部位，即*nja→ȵʑja，到《切韻》時代，這個滑音，日漸明顯，所以日母應該是舌面前鼻音跟擦音的混合體，就是舌面前的鼻塞擦音（nasal affricative）nʑ-。nʑja 演變成北方話的ʑja，ȵ失落了。日本漢譯作 z-，國語再變作ʐ-。南方比較保守，仍保存鼻音 ȵ-，所以在方音中才有讀擦音跟鼻音的分歧。

《切韻》聲母輕重脣可能只是硬化的 p-跟軟化的 pj-的不同，所以沒有顯著的差別，但是唐代以後，軟化的脣音聲母逐漸在某種條件下演變成了輕脣音的非、敷、奉、微，分化的條件是：凡在-ju 或-jo 前軟化的雙脣聲母變輕脣。然而，輕脣四母的聲值，尚有待討論，高本漢認為是非 f-、敷 f‘-、奉 v-、微ɱ-。《廣韻》的反切，非母與敷母分得非常清楚，絲毫沒有混淆，所以 f-、f‘-的區別，似乎難以說明這種清楚的界限，錢玄同認為非是 pf-、敷是 pf‘-、奉 bv‘-、微ɱ-，較高氏為合理。不過 pf-、pf‘-、bv‘-、ɱ-在《廣韻》以後，很快就變成了 f-、f‘-、v‘-、ɱ-。所以在《經史正音切韻指南》裏非敷成了交互音。它們的演變是：

夫 pju → pfju → fu

反 pjuɐn → pfjuɐn → fan

現在把擬音的總結果，按照發音部位，排列於下：

重脣音（bilabials）：幫〔p〕　滂〔p‘〕　並〔b‘〕　明〔m〕

輕脣音（labio-dentals）：非〔pf〕　敷〔pf‘〕　奉〔bv‘〕　微〔ɱ〕

舌頭音（alveolars）：端〔t〕　透〔t'〕　定〔d'〕　泥〔n〕

舌上音（prepalatal stops and nasal）：知〔ȶ〕　徹〔ȶ'〕　澄〔ȡ'〕　娘〔ȵ〕

齒頭音（dentals）：精〔ts〕　清〔ts'〕　從〔dz'〕　心〔s〕　邪〔z〕

正齒音（apico-dorsals）：莊〔tʃ〕　初〔tʃ'〕　床〔dʒ'〕　疏〔ʃ〕

舌齒間音（prepalatal affricatives and fricatives）：照〔tɕ〕　穿〔tɕ'〕　神〔dʑ'〕　審〔ɕ〕　禪〔ʑ〕

牙　音（velars）：見〔k〕　溪〔k'〕　群〔g'〕　疑〔ŋ〕　曉〔x〕　匣〔ɣ〕

喉　音（gutturals）：影〔ʔ〕　喻〔0〕　為〔j〕

半舌音（alveolar lateral）：來〔l〕

半齒音（prepalatal nasal affricative）：日〔nʑ〕

第十一節　《廣韻》四十一聲紐之正聲變聲

《切韻指掌圖》言及三十六字母之通轉，有類隔二十六字圖，為談及古聲正變之最早資料。茲先錄其二十六字圖於後：

發音部位	聲母名稱				
脣重	幫	滂	並	明	
脣輕	非	敷	奉	微	
舌頭	端	透	定	泥	
舌上	知	徹	澄	娘	
齒頭	精	清	從	心	邪
正齒	照	穿	床	審	禪

類隔之說，昔人多未能明，即《切韻指掌圖》，亦僅知同為舌音，同為脣音，或同為齒音，雖聲類相隔，如舌頭之與舌上，重脣之與輕脣，齒頭之與正齒，皆可相互為切；至其所以如此通用之故，則尚不能明。自錢大昕《養新錄》著〈古無輕脣音〉及〈舌音類隔之說不可信〉二文以後，始知以今人語音讀之，輕脣與重脣、舌頭與舌上，雖各不相同，求之古聲，則脣音無輕重之別，舌音無舌頭舌上之分，故所謂類隔者，乃古今聲音變遷之不同。今析《廣韻》聲類為四十一，已可究隋唐以前發聲之概況。然四十一聲類，亦有正有變，正為本有之聲，變則由正而生。知乎此者，始可以審古今之音，辨方言之變。故依黃季剛先生之說，列正聲變聲表于次，黃先說有未確者，則據後出諸家之說修正之。

發音部位	正聲	變聲	說明
喉	影		輕重相變
	曉		
	匣	為群	
牙	見		
	溪		

	疑		
舌	端	知照	輕重相變
	透	徹穿審	
	定	澄神禪喻邪	
	泥	娘日	
	來		
齒	精	莊	輕重相變
	清	初	
	從	床	
	心	疏	
脣	幫	非	輕重相變
	滂	敷	
	並	奉	
	明	微	

至其詳細之演變，則如下述：

㈠**喉音**：

*ʔ- → 影ʔ

*x- → 曉 x-

*ɣ- → +非 i̯ 韻母 → 匣ɣ-

*ɣ- → +i̯ 韻母 → 群 g‘-

*ɣj- → +i̯ 韻母 → 為 j-

㈡**牙音**：

*k-、*k‘、*ŋ- → 見 k-、溪 k‘、疑ŋ-

*gr- → 喻 0-

*gr+j- → 邪 z-

㈢舌音：

*t- → 一、四等 → 端 t-

*t- → 二、三等 → 知ȶ-

*tj- → 照 tɕ-

*t‘ → 一、四等 → 透 t‘-

*t‘- → 二、三等 → 徹 tɕ‘-

*t‘j- → 穿 tɕ‘-

*d‘- → 一、四等 → 定 d‘-

*d‘ → 二、三等 → 澄ȡ‘-

*d‘j- → 神 dʑ‘-

*st‘j- → 審ɕ-

*sd‘j- → 禪ʑ-

*n- → 一、四等 → 泥 n-

*n- → 二、三等 → 娘 ȵ-

*nj- → 日 nʑ-

㈣齒音：

*ts- → 一、四等 → 精 ts-

*ts- → 二、三等 → 莊 tʃ -

*tsj- → 精 tsj-

*ts‘- → 一、四等 → 清 ts‘-

*ts‘- → 二、三等 → 初 tʃ‘-

*ts‘j- → 清 ts‘j-

*dz‘- → 一、四等 → 從 dz‘-

*dz‘- → 二、三等 → 床 dʒ‘-

*dz‘j- → 從 dz‘j-

*s- → 一、四等 → 心 s-

*s- → 二、三等 → 疏ʃ-

*sj- → 心 s-

㈤脣音：

*p-、*p‘-、*b‘-、*m- → 一、二、四等三開 → 幫 p-、滂 p‘-、並 b‘-、明 m-

*p-、*p -、*b -、*m- → 三等合口 → 非 pf-、敷 pf‘-、奉 bv‘-、微ɱ-

*hm- → 開口 → 明 m-

*hm- → 合口 →曉 x-

第十二節　《廣韻》四十一聲紐之國語讀音

《廣韻》聲母一共四十一個，現在按著喉、牙、舌、齒、脣之序，分別說明其音讀於後，並於每一聲母下酌舉例字，以資參證。

喉音：

【影】讀無聲母〔0〕：烏哀紆央。

【喻】讀無聲母〔0〕：余與以羊。

【為】讀無聲母〔0〕：云有于王。

牙音：

【見】洪音讀ㄍ〔k〕：古公高岡。

細音讀ㄐ〔tç〕：舉君居姜。

【溪】洪音讀ㄎ〔k‘〕：客苦枯康。

細音讀ㄑ〔tɕ‘〕：去丘起羌。

【群】平聲洪音讀ㄎ〔k‘〕：逵狂。

細音讀ㄑ〔tɕ‘〕：求強。

仄聲洪音讀ㄍ〔k〕：跪櫃。

細音讀ㄐ〔tɕ〕：巨彊。

【疑】大部分讀無聲母讀為〔0〕：吾宜語昂。

少部分開口細音字讀ㄋ〔n〕：擬逆牛凝。

【曉】洪音讀ㄏ〔x〕：火海呼荒。

細音讀ㄒ〔ɕ〕：休喜許香。

【匣】洪音讀ㄏ〔x〕：胡侯何黃。

細音讀ㄒ〔ɕ〕：下賢玄降。

舌音：

舌頭音：

【端】讀ㄉ〔t〕：都得多當。

【透】讀ㄊ〔t'〕：託他吐湯。

【定】平聲讀ㄊ〔t‘〕：徒田同堂。

仄聲讀ㄉ〔t〕：杜地導宕。

【泥】讀ㄋ〔n〕：奴乃內囊。

舌上音：

【知】大部分讀ㄓ〔tʂ〕：陟中豬張。

少部分梗攝入聲二等字讀ㄗ〔ts〕：舴。

【徹】讀ㄔ〔tʂ‘〕：癡丑坼倀。

【澄】平聲讀ㄔ〔tʂ‘〕：除持懲場。

仄聲大部分讀ㄓ〔tʂ〕：直箸治丈。

少部分梗攝入聲二等字讀ㄗ〔ts〕：擇澤。

【娘】讀ㄋ〔n〕：女尼拿娘。

半舌音：

【來】讀ㄌ〔l〕：盧樓落郎。

齒音：

齒頭音：

【精】洪音讀ㄗ〔ts〕：茲祖遭臧。

細音讀ㄐ〔tɕ〕：即借精將。

【清】洪音讀ㄘ〔ts'〕：此雌醋倉。

細音讀ㄑ〔tɕ'〕：千遷取鏘。

【從】平聲洪音讀ㄘ〔ts'〕：從才徂藏。

細音讀ㄑ〔tɕ'〕：前秦齊牆。

仄聲洪音讀ㄗ〔ts〕：自在皂藏。

細音讀ㄐ〔tɕ〕：薺漸就匠。

【心】洪音讀ㄙ〔s〕：蘇思損桑。

細音讀ㄒ〔ɕ〕：先息新相。

【邪】平聲洪音讀ㄘ〔ts'〕：辭詞。（僅限於止攝開口三等字）

也讀ㄑ〔tɕ'〕：囚。（僅限於流攝開口三等字）

其他洪音讀ㄙ〔s〕：隨俗。細音讀ㄒ〔ɕ〕：徐詳。

正齒音：

【照】讀ㄓ〔tʂ〕：煮支照章。

【穿】讀ㄔ〔tʂ'〕：充吹春昌。

【神】平聲讀ㄔ〔tʂ‘〕：乘船。

又讀ㄕ〔ʂ〕：神繩。

仄聲讀ㄕ〔ʂ〕：食實。

【審】讀ㄕ〔ʂ〕：詩書識商。

【禪】平聲讀ㄔ〔tʂ‘〕：臣成承常。

又讀ㄕ〔ʂ〕：時殊。

仄聲讀ㄓ〔tʂ〕：殖埴。

又讀ㄕ〔ʂ〕：是市。

【莊】大部分讀ㄓ〔tʂ〕：輜齋爭莊。

深攝及梗、曾、通三攝入聲讀ㄗ〔ts〕：簪責仄。

【初】大部分讀ㄔ〔tʂ‘〕：差釵楚瘡。

深攝及梗、曾、通三攝入聲讀ㄘ〔ts‘〕：參策測。

【床】平聲大部分讀ㄔ〔tʂ‘〕：崇豺查床。

深攝讀ㄘ〔ts‘〕：岑涔。

仄聲大部分讀ㄓ〔tʂ〕：乍棧助狀。

又讀ㄕ〔ʂ〕：士事。

少數讀ㄗ〔ts〕：驟。

又讀ㄙ〔s〕：俟。

【疏】大部分讀ㄕ〔ʂ〕：沙生山霜。

深攝及梗、曾、通三攝入聲讀ㄙ〔s〕：森色縮澀。

半齒音：

【日】大部分讀ㄖ〔ʐ〕：人若儒穰。

止攝開口讀〔0〕：爾兒二耳。

脣音：

重脣音：

【幫】讀ㄅ〔p〕：布伯巴邦。

【滂】讀ㄆ〔p'〕：普匹披滂。

【並】平聲讀ㄆ〔p'〕：平皮蒲旁。

仄聲讀ㄅ〔p〕：步便並傍。

【明】讀ㄇ〔m〕：眉美莫忙。

輕脣音：

【非】讀ㄈ〔f〕：風飛甫方。

【敷】讀ㄈ〔f〕：豐妃拂芳。

【奉】讀ㄈ〔f〕：馮肥符房。

【微】讀無聲母〔0〕：文物無亡。

根據上面的分析，我們可以歸納下面的結果，現在分別敘述於後：

㈠國語零聲母〔0〕的來源：

所謂零聲母，是指以元音起頭的字，因為沒有輔音起頭，所以叫做零聲母，通常我們以〔0〕這個符號來代表它。零聲母可以分為四種情況：i 韻頭或全韻是 i，叫做 i 類零聲母。y 韻頭或全韻是 y 的，叫做 y 類零聲母。u 韻頭或全韻是 u 的，叫做 u 類零聲母。a 沒有韻頭而主要元音以 a、o、ə、e、ɤ、ɚ起頭的，叫做 a 類零聲母。i、y 兩類零聲母有一個共同的情況，他們都是從影、喻、為、疑四母變過來的。u 類零聲母則除上述四母之外，又多了一個微母的來源。至於 a 類零聲母，大部分都只有影、疑兩類聲母來源，少數止攝開口字，它的韻母是ɚ的，則全是日母變來的。

茲將國語零聲母的來源表列於下：

影 i、u、y、a

喻 i、y

為 i、y

疑 i、u、y、a

日ɚ

微 u

以等的觀點來看，i、y 兩類都是三等字，不過後來二等開口字的牙、喉音也變成了 i 類零聲母。u 類是合口一二等及合口三等字。a 類是開口一等，至於ɚ類只限於止攝三等開口字。從聲母與等的配合關係也可以看出它們的來源，喻為兩母只出現三等韻，所以只在 i、y 兩類出現。開口屬 i 類，合口屬 y 類。不過有部分合口三等字出現了少部分 u 類頭而已。影疑兩母一二三四等俱全，所以四類同時出現。日母只出現三等韻，在止攝變成無聲母，故只在ɚ韻出現。微母只出現合口三等韻所以只有 u 類。

㈡國語〔p〕、〔p'〕、〔m〕、〔f〕的來源：

ㄅ〔p〕的來源：

〔p〕的來源只有兩類，一是幫母字，一是並母仄聲字。幫母是全清聲母，在平聲裡一定唸第一聲；並母是全濁聲母，古代的上聲字如果聲母是並母，國語一定讀第四聲，不讀第三聲。因此我們可以說凡是ㄅ〔p〕起頭的字，國語讀第一聲或第三聲的，一定是《廣韻》的幫母字。茲列表說明於後：

其來源如下：

幫母。p-

並母仄聲。p-

ㄆ〔p‘〕的來源：

〔p‘〕的來源也只有兩類，一是滂母，一是並母仄聲。滂母是次清聲母，在平聲裡一定唸第一聲；並母是全濁聲母，在平聲裡一定唸第二聲。根據這點，我們可以說，凡是以ㄆ〔p‘〕起頭的字，國語讀第一聲、第三聲、第四聲的，一定是《廣韻》的滂母字；讀第二聲的，一定是《廣韻》的並母字。

其來源如下：

滂母。p‘-

並母平聲。p‘-

ㄇ〔m〕的來源：

〔m〕只有明母來源。

ㄈ〔f〕的來源：

〔f〕的來源有三，非母、敷母跟奉母。奉母是全濁聲母，古代的平聲字，如果屬奉母，現在一定讀第二聲，古代的上聲字，如果屬奉母，現在一定讀第四聲。根據這個原則，我們可以說，凡是以ㄈ〔f〕起頭的字如果國語讀第一聲或第三聲，一定不是奉母而是非、敷兩母之一，如果讀第二聲，那末一定是奉母無疑了。若是第四聲呢？則三個聲母都有可能。表列其來源於下：

非母。f-

敷母。f-

奉母。f-

㈢國語〔t〕、〔t'〕、〔n〕、〔l〕的來源：

ㄉ〔t〕的來源：

〔t〕的來源有二：一是端母，一是定母仄聲，端是全清聲母，古代的平聲字，如果屬端母，國語唸第一聲；定母是全濁聲母，古代的上聲字，如果是定母，國語唸第四聲，因此可說，凡國語唸第一聲或第三聲的，一定是端母字，只有第四聲的字，端、定兩母才會混雜。表列其來源於下：

端母。t-

定母仄聲。t-

ㄊ〔t'〕的來源：

〔t'〕的來源有二：一是透母，二是定母平聲，透是次清聲母，古代平聲字，如屬透母，國語讀第一聲；定是全濁聲母，古代的平聲字，如屬定母，國語讀第二聲。由此可知，凡是讀〔t'〕的字，國語的第一聲，第三聲，第四聲都是透母字，第二聲則是定母字。表其來源於下：

透母。t'-

定母平聲。t'-

ㄋ〔n〕的來源：

〔n〕的來源有三：泥、娘二母全部，疑母部分開口細音字。表列其來源於後：

泥母。n-

娘母。n-

疑母。n-齊韻開口、止韻、陌韻開口三等、屑韻開口、薛韻開口、尤韻、蒸韻開口、藥韻開口。

ㄌ〔l〕的來源：

〔l〕的來源只有來母。

四國語〔k〕、〔k'〕、〔x〕的來源：

ㄍ〔k〕的來源：

〔k〕的來源有二：一是見母洪音，一是群母仄聲洪音。這裡所謂洪細，指現代國語的洪細而言。見母是全清聲母，古代平聲字，現代國語讀第一聲；群母是全濁聲母，古代的上聲，現代國語讀第四聲。所以，若以ㄍ〔k〕起頭的字，讀第一聲跟第三聲，一定是見母。以等韻來說，凡一等及二等的合口字，古代如屬見母的，現在一定是讀〔k〕的。三四等有少數見母與群母字，例外的也讀〔k〕。像通開三的弓、恭，止合三的規、龜、歸、櫃、跪，蟹合四的桂都是的。表列其來源於下：

見母洪音。k-

群母仄聲洪音。k-

ㄎ〔k'〕的來源：

〔k'〕的來源有二：一是溪母洪音，一是群母平聲洪音。溪母是全清聲母，古代平聲字，如果屬溪母，國語讀第一聲；如果屬群母，則讀第二聲。所以只要以ㄎ〔k'〕起頭的字，如果讀第一聲、第三聲、第四聲，一定是溪母字，如果讀第二聲，當然就非群莫屬了。表其來源於下：

溪母洪音。k'-

群母平聲洪音。k'-

ㄏ〔x〕的來源：

〔x〕的來源有二：一是曉母的洪音，一是匣母的洪音。曉母是清聲母，國語照例把平聲讀成第一聲；匣母是濁聲母，平聲讀第二聲，上聲讀成第四聲。因此可說，凡厂〔x〕起頭的字，讀第二聲的，一定是匣母；讀第一聲與第三聲的一定是曉母。惟第四聲曉匣二母才有混淆的可能。表之于下：

曉母洪音。x-

匣母洪音。x-

(五)國語〔tɕ〕、〔tɕ‘〕、〔ɕ〕的來源：

ㄐ〔tɕ〕的來源：

〔tɕ〕的來源有四：見母細音、群母仄聲細音、精母細音、從母仄聲細音。見、精兩母是全清聲母，平聲字國語讀第一聲；群、從兩母是全濁聲母，古代的上聲字，國語讀第四聲。因此，凡是以ㄐ〔tɕ〕起頭的字，如果是第一聲跟第三聲，一定就是見、精兩母之一了。表其來源如下：

見母細音。tɕ-

群母仄聲細音。tɕ-

精母細音。tɕ-

從母仄聲細音。tɕ-

ㄑ〔tɕ‘〕的來源：

〔tɕ‘〕的來源有五：溪母細音、群母平聲細音、清母細音、從母平聲細音、邪母平聲細音（邪母只限於流攝三等字）。溪、清兩母是次清聲母，平聲字國語讀第一聲；群、從、邪都是全濁聲母，平聲字國語讀第二聲。因此，凡以ㄑ〔tɕ‘〕起頭的字，如果是第一聲、第三聲、第四聲。那一定是溪、清兩母之一了。如果是第二聲，就一定是群、從、邪三母之一了。表其來源於後：

溪母細音。tɕ‘-

群母平聲細音。tɕ‘-

清母細音。tɕ‘-

從母平聲細音。tɕ‘-

邪母平聲流攝三等細音。tɕ‘-

ㄒ〔ɕ〕的來源：

〔ɕ〕的來源有四：曉、匣、心、邪的細音，曉、心是清聲母，平聲字國語讀第一聲；匣、邪是全濁聲母，平聲字國語讀第二聲，上聲字國語讀第四聲。因此，凡是以ㄒ〔ɕ〕起頭的字，如果第一聲、第三聲，一定是曉、心二母之一了。如果是第二聲，必定是匣、邪二紐之一了。表其來源於後：

曉母細音。ɕ-

匣母細音。ɕ-

心母細音。ɕ-

邪母細音。ɕ-

㈥國語〔tʂ〕、〔tʂ'〕、〔ʂ〕、〔ʐ〕的來源：

ㄓ〔tʂ〕的來源：

〔tʂ〕的來源有六：知母、澄母仄聲、莊母、床母仄聲、照母、禪母仄聲。知、莊、照三母是全清聲母，平聲字國語讀第一聲；澄、床、禪三母是全濁聲母，古上聲字國語讀第四聲。所以，凡是以ㄓ〔tʂ〕起頭的字，如果讀第一聲與第三聲，一定是知、莊、照三母之一了。表其來源於下：

知母。tʂ-

澄母仄聲。tʂ-

莊母。tʂ-

床母仄聲。tʂ-

照母。tʂ-

禪母仄聲。tʂ-

ㄔ〔tʂ‘〕的來源：

〔tʂ‘〕的來源有七：徹母、澄母平聲、初母、床母平聲、穿母、神母平聲、禪母平聲。徹、初、穿、屬次清聲母，平聲字國語讀第一聲；澄、床、神、禪四母皆屬全濁聲母，古代平聲字，國語讀第二聲。因此，只要是ㄔ〔tʂ‘〕起頭的字，凡讀第一聲、第三聲、第四聲的字，一定是徹、初、穿三母之一；讀第二聲的字，一定是澄、床、神、禪四母之一了。茲表其來源於後：

徹母。tʂ‘-

澄母平聲。tʂ‘-

初母。tʂ‘-

床母平聲。tʂ‘-

穿母。tʂ‘-

神母平聲。tʂ‘-

禪母平聲。tʂ‘-

ㄕ〔ʂ〕的來源：

〔ʂ〕的來源有五：床母仄聲、疏母、神母、審母、及禪母。疏、審是清聲母，古代平聲字，國語讀第一聲；床、神、禪三母都是全濁聲母，古代的平聲字，國語讀第二聲，上聲字國語讀四聲。由此可知，凡是以ㄕ〔ʂ〕起頭的字，凡讀第一聲跟第三聲的，一定是疏、審二母之一；讀第二聲的則是神、禪二母之一了，因為床母的平聲字讀ㄔ〔tʂ'〕不讀ㄕ〔ʂ〕，惟有國語第四聲的字，才會五紐混雜，難尋條理。茲表其來源於後：

床母仄聲。ʂ-

疏母。ʂ-

神母。ʂ-

審母。ʂ-

禪母。ʂ-

ㄖ〔ʐ〕的來源：

〔ʐ〕的來源只有一個，就是日母。《廣韻》的日母字，除了止攝三等字讀成無聲母〔0〕外，其他各韻，全部都讀ㄖ〔ʐ〕。

(七)國語〔ts〕、〔ts'〕、〔s〕的來源：

ㄗ〔ts〕的來源：

〔ts〕的來源有六：知母與澄母的梗攝入聲二等字，精母的洪音，從母仄聲洪音，莊母深攝字及梗、曾、通三攝的入聲字，床母梗、曾、通三攝的入聲字。知澄二母只限梗攝入聲二等字讀〔ts〕，為數甚少，可視作例外，毋庸討論。現在只剩下四母要說明一下，精、莊是全清聲母，平聲字國語讀第一聲；從、床兩母是全濁聲母，古代的上聲字，國語讀第四聲。所以只要以ㄗ〔ts〕起頭的字，國語讀第一聲或第三聲的，一定是精、莊二母之一了。茲表列其來源於後：

知母梗攝入聲二等字。ts-

澄母梗攝入聲二等字。ts-

精母洪音。ts-

從母仄聲洪音。ts-

莊母深攝字及梗、曾、通三攝入聲字。ts-

床母梗、曾、通三攝入聲字。ts-

ㄘ〔ts‘〕的來源：

〔ts‘〕的來源有六：徹母梗攝入聲二等字，清母洪音，從母平聲洪音，邪母平聲洪音，初母深攝及梗、曾、通三攝入聲字，床母深攝平聲。徹母字只有梗攝入聲二等字讀〔ts‘〕，影響不大，視作例外，無庸討論。清、初兩母，是次清聲母，《廣韻》平聲字，國語讀第一聲；從、邪、床三母是全濁聲母，平聲字國語讀第二聲。所以，只要是ㄘ〔ts‘〕起頭的字，國語讀第一聲的，深攝及梗、曾、通三攝入聲是初母，其他是清母。國語讀第二聲的，深攝是床母，其他是從母，而邪母讀〔ts‘〕只限於止攝之韻字，所以也很容易分別了。表列其來源於下：

徹母梗攝入聲二等字。ts‘-

清母洪音。ts‘-

從母平聲洪音。ts‘-

邪母平聲之韻字。ts‘-

初母深攝及梗、曾、通三攝入聲字。ts‘-

床母深攝平聲字。ts‘-

ㄙ〔s〕的來源：

〔s〕的來源有四：心母洪音、邪母洪音、疏母深攝及梗、曾、通三攝入聲字，床母止攝仄聲字。心疏二母是清聲母，平聲字國語讀第一聲；床、邪二母是全濁聲母，平聲字國語讀第二聲，上聲字國語讀第四聲。所以，只要ㄙ〔s〕起頭的字，如果讀第一聲與第三聲的話，在深攝及梗、曾、通三攝入聲字，便是疏母，其他屬心母。如果讀第二聲，便是邪母字了。表列來源於後：

心母洪音。s-

邪母洪音。s-

疏母深攝及梗、曾、通三攝入聲字。s-

床母止攝仄聲字。s-

既知國語聲母的來源，我們再從今國語音讀上溯《廣韻》的聲母，則是由委溯源。下面舉例說明，如何從國語的讀音，去辨識《廣韻》的聲韻調。因為從《廣韻》演變成國音，聲韻調三方面是相互影響，相互制約的，一方面，聲母的分化，在發音方法上，主要是以聲調為條件的；在發音部位上，主要是韻母為條件的。另外一方面，韻母的分化，是拿聲母的發部位做條件的。而聲調的分化，是以聲母的發音方法為條件的。有了以上的了解，再加上前面所說的《廣韻》與國語聲、韻、調各方面的對應關係，則我們很容易根據國語的讀音，推斷出《廣韻》的聲母來了，其至於上古音的聲母，也可以推斷出來的。當然知道的條件越多，所推斷出來的，也就越正確了。

【例一】

如國語“恩”讀ㄣ〔ən˥〕，是個無聲母〔0〕，國語無聲母一共有影、喻、為、疑、日、微六母來源，但“恩”讀第一聲，《廣韻》平聲的清聲母才讀第一聲，以上六母，只有影母才是清聲母，其他五類都是濁聲母，所以“恩”一定是《廣韻》的影母，《廣韻》的影母，上古音只有一個影母的來源，所以上古音聲母也是影母。

【例二】

如國語“昂”讀ㄤˊ〔aŋ˧˥〕，也是個無聲母。但是“昂”讀第二聲，一定是平聲的濁聲母來源，因此，絕不可能為影母。“昂”讀〔aŋ˧˥〕，屬 a 類韻頭，故絕不是為、喻、微三母，因為此三母的讀音，不是有 i 的韻頭，就是有 u 的韻頭。也不會是日母，因為日母讀無聲母時，韻頭是ɚ，現在剩下來的只有一個“疑”母了。那它就非“疑”母莫屬了。

【例三】

如國語“退”讀ㄊㄨㄟˋ〔t′uei˥˩〕，國語聲母〔t′〕有兩個來源，定母平聲，以及透母，今讀第四聲，絕不會是定母，所以一定是“透”母了。

【例四】

如國語“酸”讀ㄙㄨㄢ〔suan˥〕，國語聲母〔s〕的來源有四：心母洪音、邪母洪音、床母止攝字、疏母深攝及梗、曾、通三攝入聲字。“酸”讀第一聲，所以一定是平聲清聲母的字，床、邪二母都是濁聲，因此不可能是床母與邪母了。深攝是開口，當讀〔sən˥〕，今既不爾，則不是深攝字；“酸”讀〔suan˥〕，有鼻音韻尾，所以不會是入聲字，因此疏母也不可能，剩下來的就只有“心”母了。

【例五】

如國語“權”讀ㄑㄩㄢˊ〔tɕ‘yan˧˥〕，〔tɕ‘〕母有五個來源：溪母細音、群母平聲細音、清母細音、從母平聲細音、邪母平聲細音。“權”讀第二聲，一定是平聲濁聲母變來的，溪、清兩母是清聲母，所以不可能是溪、清。邪母只在流攝三等讀〔tɕ‘〕，而流攝三等韻母當為〔iou〕，故亦不可能是邪，剩下的只有群、從兩母了。以國語的音讀上推《廣韻》的聲母，只能推到這裡為止了。前面說過，知道的條件越多，分析得也就越清楚了。學過文字學的人，大概都知道，形聲字如從同一諧聲偏旁得聲，它們聲母的發音部位是相同的。“權”與“觀、灌、罐、歡”等字諧聲偏旁相同，而“觀、歡”等字的聲母是ㄍ〔k〕、ㄏ〔x〕，群，從兩母，那一個聲母與ㄍ〔k〕、ㄏ〔x〕有關聯呢？那自然是群母了。

第三章　《廣韻》之韻類

第一節　韻之名稱

我國以往每將字音劃分為頭、頸、腹、尾、神五部分。例如國語"顛"這個字，音值為〔tian˥〕。其聲母〔t〕為頭，介音〔i〕為頸，主要元音〔a〕為腹，韻尾〔n〕為尾，聲調〔˥〕為神。如下圖所示：

頭	頸	腹	尾	神
t	i	a	n	˥

根據我們前面所說的，音是聲加韻而成的，那末除了作為頭的"聲母"部分，剩下來的頸、腹、尾、神部分的〔ian˥〕，就是我們所說的韻（final）了❶。

關於韻的名稱，自古相傳，有不同的名目，現在逐一說明於後：

1. 韻：音歸本於喉謂之韻。

---

❶ The position of the last sound, or morpheme, or syllable of a word; it is customary, however, to describe a vowel as in final position if it is the last vowel in the word, even if it is the followed by one or more consonants. Mario Pei -- Glossary of Linguistic Terminology.

2.疊韻：古稱收音相同者，謂之疊韻。

3.韻目：類聚疊韻之字，取一字以為標目，是為韻目。如《廣韻》二百零六韻之以東、冬、鍾、江等標目是。

4.韻類：陳澧《切韻考》據《廣韻》切語下字分析各韻，其一韻之中，或兼備開、合、洪、細者，則依其開、合、洪、細之類而分之。名之曰韻類。

5.韻攝：《韻鏡》與《通志·七音略》合韻母相同或相近的數韻為一類，列圖四十三，是為韻攝之始，然其時尚無"韻攝"之名，迨《四聲等子》始以通、江、止、遇、蟹、臻、山、效、果、假、宕、梗、曾、流、深、咸十六字分為十六攝，韻攝之名，實始於此。

6.韻母：每一字音，除去聲母部分，即為韻母。每一韻母，又可分成韻頭、韻腹、韻尾等部分。茲以"顛"字的韻母〔ian〕為例來表示韻母的各個部分。

韻頭	韻腹	韻尾
i	a	n

韻母可以缺韻頭或韻尾，也可以韻頭與韻尾俱缺，但韻腹則決不可少。

7.母音：近人譯西語（vowel）一詞為母音。母音可以單獨成為一個韻母，也可以與其他母音合成為一個韻母，還可以與輔音合在一起而成為一個韻母。像國語"安"字之韻母〔an〕，即為元音加輔音韻尾所構成。

8.元音：母音今人多稱為元音。

第二節　《切韻》及《廣韻》之韻目

陸法言《切韻》，亡佚已久，宋陳彭年等重修《廣韻》，因前附陸法言《切韻·序》故歷代相傳，以為《廣韻》二百六韻，即陸法言《切韻》之舊目。然敦煌《切韻》殘卷發現後，始知其韻目與今行《廣韻》頗有出入。蓋《廣韻》實據陸氏舊目，而加以增訂，並非陸氏原書，即有二百六韻之多也。持《切韻》殘卷與《廣韻》相較，其相異者，有下列數端。

㈠屬於韻部之數目者：

平聲上	《廣韻》二十八韻	《切韻》二十六韻
平聲下	《廣韻》二十九韻	《切韻》二十八韻
上　聲	《廣韻》五十五韻	《切韻》五十一韻
去　聲	《廣韻》六十韻	《切韻》五十六韻
入　聲	《廣韻》三十四韻	《切韻》三十二韻
總　計	《廣韻》二百零六韻	《切韻》一百九十三韻

《廣韻》比《切韻》總數多出十三韻。

㈡屬於韻部之分合者：

平聲		上聲		去聲		入聲	
切韻	廣韻	切韻	廣韻	切韻	廣韻	切韻	廣韻
真	真	軫	軫	震	震	質	質
	諄		準		稕		術
寒	寒	旱	旱	翰	翰	末	曷

	桓		緩		換	末
歌	歌	哿	哿	箇	箇	
	戈		果		過	
		琰	琰	梵	釅	
			儼		梵	

(三)屬於韻部之次第者：

1.平聲下次第不同者，凡有蒸、登、覃、談四韻。

《廣韻》下平十六蒸、十七登相次，列在十五青之後，十八尤之前。《切韻》則為二十三蒸、二十四登相次，列在二十二添之後，二十五咸之前。

《廣韻》下平二十二覃、二十三談相次，列在二十一侵之後，二十四鹽之前。《切韻》則為九覃、十談相次，列在八麻之後，十一陽之前。

2.上聲次第不同者，凡有拯、等、感、敢四韻。

《廣韻》上聲四十二拯、四十三等相次，列在四十一迥之後，四十四有之前。《切韻》則四十七拯、四十八等相次，列在四十六忝之後，四十九豏之前。

《廣韻》上聲四十八感、四十九敢相次，列在四十七寑之後，五十琰之前。

《切韻》則三十三感、三十四敢相次，列在三十二馬之後，三十五養之前。

3.去聲次第不同者，以平上二聲準之，當有證、嶝、勘、闞四韻。

《廣韻》去聲四十七證、四十八嶝相次，列在四十六徑之後，四十九宥之前。以平上二聲準之，《切韻》應為五十二證、五十三嶝相次，列在五十一栎之後，五十四陷之前。

《廣韻》去聲五十三勘、五十四闞相次，列在五十二沁之後，五十五豔之前。以平上二聲準之，《切韻》應為三十八勘、三十九闞相次，列在三十七禡之後，四十漾之前。

㈣入聲次第不同者，幾超過半數，今並列之，以便比較。

《廣韻》一屋　二沃　三燭　四覺　五質　六術　七櫛　八物　九迄　十月　十一沒　十二曷　十三末　十四黠　十五鎋　十六屑　十七薛　十八藥　十九鐸　二十陌　二十一麥　二十二昔　二十三錫　二十四職　二十五德　二十六緝　二十七合　二十八盍　二十九葉　三十怗　三十一洽　三十二狎　三十三業　三十四乏

《切韻》一屋　二沃　三燭　四覺　五質　六物　七櫛　八迄　九月　十沒　十一末　十二黠　十三鎋　十四屑　十五薛　十六錫　十七昔　十八麥　十九陌　二十合　二十一盍　二十二洽　二十三狎　二十四葉　二十五怗　二十六緝　二十八鐸　二十九職　三十德　三十一業　三十二乏

第三節　四聲及《廣韻》韻目相配表

漢以前無平、上、去、入四聲之名。至齊、梁間始興起四聲之名。《南齊書·陸厥傳》曰：「永明（齊武帝年號）末，盛為文章，吳興沈約、陳郡謝眺、瑯琊王融，以氣類相推轂。汝南周顒，善識聲韻。約等文皆用宮商，以平上去入為四聲，以此制韻，不可增減，世呼為永明體。」《梁書·沈約傳》曰：「約撰《四聲譜》，以為在昔詞人，累千載而不寤；而獨得胸襟，窮其妙旨，自謂入神之作。高祖雅不好焉，嘗問周捨曰：『何謂四聲？』捨曰：『天子聖哲是也。』然帝竟不遵用。」梁武帝之所以不遵用者，以未明其故也。日僧空海《文鏡秘府論·四聲論》載：「梁王蕭衍不知四聲，嘗從容謂中領軍朱異曰：『何者名為四聲？』異答曰：『天子萬福，即是四聲。』衍謂異：『天子壽考，豈不是四聲也。』以蕭主博洽通識，而竟不能辨之。時人咸美朱異之能言，歎蕭主不悟，故知心有通塞，不可以一概論也。」封演《聞見記》曰：「周顒好為體語，因此切字皆有紐，紐有平、上、去、入之異，永明中，沈約文詞精拔，盛解音律，遂撰《四聲譜》；時王融、劉繪、范雲之徒，慕而扇之，由是遠近文學，轉相祖述，而聲韻之道大行。」顧炎武《音論》曰：「今考江左之文，自梁天監以前，多以去入二聲同用，以後則若有界限，絕不相通；是知四聲之論，起於永明，而定於梁陳之間也。」閻若璩《古文尚書疏證》曰：「韻興於漢建安及齊梁間，韻之變凡有二，前此止論五音，後方有四聲。不然，有韻即有四聲，自梁天監上泝建安，且三百有餘載矣，何武帝尚問周捨以何謂四聲載！」蘄春黃季剛先生以為：四聲者，蓋因收音時留聲長短而別也。古惟有「平」「入」二聲，以為留音長短之大限。迨後讀「平聲」少短而為「上」，讀「入聲」稍緩而為「去」。於是「平」「上」「去」「入」四者，因音調之不同，遂為聲韻學上之重要名稱矣。

《廣韻》二百六韻，平聲五十七韻，上聲五十五韻，去聲六十韻，入聲三十四韻。茲取其四聲相承者，配列於下，以明留音長短之異。

平聲上	上聲	去聲	入聲
一東	一董	一送	一屋
二冬	（湩）附於腫	二宋	二沃
三鍾	二腫	三用	三燭
四江	三講	四絳	四覺
五支	四紙	五寘	
六脂	五旨	六至	
七之	六止	七志	
八微	七尾	八未	
九魚	八語	九御	
十虞	九麌	十遇	
十一模	十姥	十一暮	
十二齊	十一薺	十二霽	
		十三祭	
		十四泰	
十三佳	十二蟹	十五卦	
十四皆	十三駭	十六怪	
		十七夬	
十五灰	十四賄	十八隊	
十六咍	十五海	十九代	
		二十廢	
十七真	十六軫	二十一震	五質
十八諄	十七準	二十二稕	六術
十九臻	（𧤛）附於隱	（齓）附於上聲隱	七櫛

二十文	十八吻	二十三問	八物
二十一欣	十九隱	二十四焮	九迄
二十二元	二十阮	二十五願	十月
二十三魂	二十一混	二十六慁	十一沒
二十四痕	二十二很	二十七恨	（麧）附於沒
二十五寒	二十三旱	二十八翰	十二曷
二十六桓	二十四緩	二十九換	十三末
二十七刪	二十五潸	三十諫	十四黠
二十八山	二十六產	三十一襉	十五鎋
平聲下			
一先	二十七銑	三十二霰	十六屑
二仙	二十八獮	三十三線	十七薛
三蕭	二十九篠	三十四嘯	
四宵	三十小	三十五笑	
五肴	三十一巧	三十六效	
六豪	三十二皓	三十七號	
七歌	三十三哿	三十八箇	
八戈	三十四果	三十九過	
九麻	三十五馬	四十禡	
十陽	三十六養	四十一漾	十八藥
十一唐	三十七蕩	四十二宕	十九鐸
十二庚	三十八梗	四十三映	二十陌
十三耕	三十九耿	四十四諍	二十一麥
十四清	四十靜	四十五勁	二十二昔

十五青	四十一迥	四十六徑	二十三錫
十六蒸	四十二拯	四十七證	二十四職
十七登	四十三等	四十八嶝	二十五德
十八尤	四十四有	四十九宥	
十九侯	四十五厚	五十候	
二十幽	四十六黝	五十一幼	
二十一侵	四十七寑	五十二沁	二十六緝
二十二覃	四十八感	五十三勘	二十七合
二十三談	四十九敢	五十四闞	二十八盍
二十四鹽	五十琰	五十五豔	二十九葉
二十五添	五十一忝	五十六㮇	三十怗
二十六咸	五十二豏	五十七陷	三十一洽
二十七銜	五十三檻	五十八鑑	三十二狎
二十八嚴	五十四儼	五十九釅	三十三業
二十九凡	五十五范	六十梵	三十四乏

以上所列韻目，平聲有五十七韻，而上聲僅五十五韻者，以“冬”韻之上聲，止有“湩（都䳆切）䳆尨（莫湩切）”三字，附於“鍾”韻上聲“腫”韻中。“臻”韻之上聲，止有“𧖙亲（仄謹切）齔（初謹切）”三字，附於“欣”韻上聲之“隱”韻中，故少二韻，實在亦五十七韻也。去聲六十韻者，多“祭”“泰”“夬”“廢”四韻，而“臻”韻去聲僅有“齔”字，附在上聲“隱”韻故也。

今若併平上去三聲言之，則平聲五十七，加去聲之四韻，為六十一韻。

《廣韻》之入聲，專附陽聲，此六十一韻之中，陽聲凡三十五韻，而入聲僅三十四韻者，以“痕”韻之入聲，止有“麧紇齕紇淈（下沒切）”五字，附於“魂”韻入聲之“沒”韻中也。

《廣韻》平、上、去、入四聲與國語一、二、三、四聲，亦存在對應關係，茲分別說明於下：

平聲：平聲字根據《廣韻》聲母之清濁，區分為第一聲與第二聲兩類，如為清聲母，則讀第一聲，如為濁聲母，則讀第二聲。

平聲清聲母讀第一聲者如：東、通、公、空、煎、仙、千、天、張、商。

平聲濁聲母讀第二聲者如：同、窮、從、容、移、期、良、常、行、靈。

上聲：如果是全濁聲母則讀第四聲，是次濁聲母及清聲母則讀第三聲。

上聲清聲及次濁聲母讀第三聲者如：董、孔、勇、美、耳、呂。

上聲全濁聲母讀第四聲者如：巨、敘、杜、部、蟹、罪、在、腎。

去聲：《廣韻》去聲字國語一律讀第四聲。如：送、貢、弄、洞、夢、避、寄、刺、易、至、利、痳、自、四、二、氣。

入聲：入聲字變入國語聲調，對應上較為複雜，如果聲母屬次濁，則一定讀第四聲；如果聲母屬全濁，以讀第二聲為多，間亦有讀第四聲者；清聲母最無條理，一、二、三、四聲皆有，但就總數說來，仍可以全清、次清作為分化之條件，全清聲母以讀第二聲者為最多；次清聲母則以讀第四聲者為多。因此凡清聲母讀第一聲及第三聲者，可視作例外。茲舉例於下：

入聲次濁讀第四聲：如木、錄、目、褥、嶽、搦、日、栗、律、物、月。

入聲全濁讀第二聲：如疾、直、極、獨、濁、宅、白、薄、鐸、合、匣。

入聲全清讀第二聲：如吉、得、竹、足、格、革、閣、覺、拔、答、札。

入聲次清讀第四聲：如塞、闢、適、黑、赤、速、促、客、錯、撻、妾。

根據以上之分析，可以歸納出國語四個聲調之《廣韻》聲調來源。

㈠國語第一聲來自平聲清聲母。

㈡國語第二聲來自平聲濁聲母；入聲全清聲母與全濁聲母。

㈢國語第三聲來自上聲清聲母與次濁聲母。

㈣國語第四聲來自去聲，上聲之全濁，入聲之次濁與次清聲母。

下面再列出一些辨別入聲字之條例，對於辨識入聲，自有幫助：

1.凡ㄅ〔p〕、ㄉ〔t〕、ㄍ〔k〕、ㄐ〔tɕ〕、ㄓ〔tʂ〕、ㄗ〔ts〕六母讀第二聲時，皆古入聲字。例如：

ㄅ〔p〕：拔跋白帛薄孛別蹩脖柏舶伯百勃渤博駁。

ㄉ〔t〕：答達得德笛敵嫡覿翟跌迭疊碟蝶牒獨讀牘瀆毒奪鐸掇。

ㄍ〔k〕：格閣蛤胳革隔葛國虢。

ㄐ〔tɕ〕：及級極吉急擊棘即瘠疾集籍夾裌嚼潔結劫杰傑竭節捷截局菊掬鞠橘決訣掘角厥橛蹶腳钁覺爵絕。

ㄓ〔tʂ〕：扎札紮鍘宅擇翟著折摺哲蜇軸竹妯竺燭築逐酌濁鐲琢濯拙直值殖質執侄職。

ㄗ〔ts〕：雜鑿則擇責賊足卒族昨作。

2.凡ㄉ〔t〕、ㄊ〔t‘〕、ㄌ〔l〕、ㄗ〔ts〕、ㄘ〔ts‘〕、ㄙ〔s〕等六母跟韻母ㄜ〔ɤ〕拼合時，不論國語讀何聲調，皆古入聲字。例如：

ㄉㄜˊ〔tɤ˧˥〕：得德。

ㄊㄜˋ〔t‘ɤ˥˩〕：特忒慝螣。

ㄌㄜˋ〔lɤ˥˩〕：勒肋泐樂埒垃。

ㄗㄜˊ〔tsɤ˧˥〕：則擇澤責嘖賾簀笮迮窄舴賊仄昃。

ㄘㄜˋ〔ts‘ɤ˥˩〕：側測廁惻策筴冊。

ㄙㄜˋ〔sɤ˥˩〕：瑟色塞嗇穡濇澀圾。

3.凡ㄎ〔k‘〕、ㄓ〔tʂ〕、ㄔ〔tʂ‘〕、ㄕ〔ʂ〕、ㄖ〔ʐ〕五母與韻母ㄨㄛ〔uo〕拼合時，不論國語讀何聲調，皆古入聲字。例如：

ㄎㄨㄛ〔k‘uo〕：闊括廓鞹擴。

ㄓㄨㄛ〔tʂuo〕：桌捉涿著酌灼濁鐲琢諑啄濯擢卓焯倬踔拙茁斲斫斮鷟浞棁。

ㄔㄨㄛ〔tʂ‘uo〕：戳綽歠啜輟醊惙齪婼。

ㄕㄨㄛ〔ʂuo〕：說勺芍妁朔搠槊箾爍鑠碩率蟀。

ㄖㄨㄛ〔ʐuo〕：若鄀箬篛弱爇蒻。

4.凡ㄅ〔p〕、ㄆ〔p‘〕、ㄇ〔m〕、ㄉ〔t〕、ㄊ〔t‘〕、ㄋ

〔n〕、ㄌ〔l〕七母與韻母ㄧㄝ〔ie〕拼合時，無論國語讀何聲調，皆古入聲字。惟有「爹」ㄉㄧㄝ〔tie˥〕字例外。例如：

ㄅㄧㄝ〔pie〕：鱉憋別蹩癟彆。

ㄆㄧㄝ〔p‘ie〕：撇瞥。

ㄇㄧㄝ〔mie〕：滅蔑篾巆蠛。

ㄉㄧㄝ〔tie〕：碟蝶喋堞蹀牒諜鰈跌迭瓞昳垤耋絰咥褶疊。

ㄊㄧㄝ〔tie〕：帖貼怗鐵餮。

ㄋㄧㄝ〔nie〕：揑隉聶躡鑷臬闑鎳涅孽蘖齧囓。

ㄌㄧㄝ〔lie〕：列冽烈洌獵躐鬣劣。

5.凡ㄉ〔t〕、ㄍ〔k〕、ㄏ〔x〕、ㄗ〔ts〕、ㄙ〔s〕五母與韻母ㄟ〔ei〕拼合時，不論國語讀何聲調，皆古入聲字。例如：

ㄉㄟ〔tei〕：得。

ㄍㄟ〔kei〕：給。

ㄏㄟ〔xei〕：黑嘿。

ㄗㄟ〔tsei〕：賊。

ㄙㄟ〔sei〕：塞。

6.凡聲母ㄈ〔f〕與韻母ㄚ〔a〕ㄛ〔o〕拼合時，不論國語讀何聲調，皆古入聲字。例如：

ㄈㄚ〔fa〕：法發伐砝乏筏閥罰髮。

ㄈㄛ〔fo〕：佛縛。

7.凡讀ㄩㄝ〔ye〕韻母的字，皆古入聲字。惟「嗟」ㄐㄩㄝ〔tɕye〕、「瘸」ㄑㄩㄝ〔tɕ‘ye〕、「靴」ㄒㄩㄝ〔ɕye〕

三字例外。例如：

ㄩㄝ〔ye〕：曰約噦月刖玥悅閱鉞越樾樂藥耀曜躍龠籥鑰瀹爚禴礿粵岳嶽鸑軏。

ㄋㄩㄝ〔nye〕：虐瘧謔。

ㄌㄩㄝ〔eye〕：略掠。

ㄐㄩㄝ〔tçye〕：噘撅決抉訣玦倔掘崛桷角劂蕨厥橛蹶獗噱臄譎鐍玨孓腳覺爵嚼燏絕蕝矍攫躩屩。

ㄑㄩㄝ〔tç'ye〕：缺闕卻怯確権殼愨埆闋鵲雀碏。

ㄒㄩㄝ〔çye〕：薛穴學雪血削。

8.凡一字有兩讀，讀音為開尾韻，語音讀ㄧ〔i〕或ㄨ〔u〕韻尾的，皆古入聲字。例如：

讀音為ㄜ〔ɤ〕，語音為ㄞ〔ai〕：色冊摘宅翟窄擇塞。

讀音為ㄛ〔o〕，語音為ㄞ〔ai〕：白柏伯麥陌脈。

讀音為ㄛ〔o〕，語音為ㄟ〔ei〕：北沒。

讀音為ㄛ〔o〕，語音為ㄠ〔au〕：薄剝。

讀音為ㄨㄛ〔uo〕，語音為ㄠ〔au〕：烙落酪著杓鑿。

讀音為ㄨ〔u〕，語音為ㄡ〔ou〕：肉粥軸舳妯熟。

讀音為ㄨ〔u〕，語音為ㄧㄡ〔iou〕：六陸衄。

讀音為ㄩㄝ〔ye〕，語音為ㄧㄠ〔iau〕：藥瘧鑰嚼覺腳角削學。

第四節　陰聲、陽聲與入聲

從韻尾觀點，可將《廣韻》二百零六韻，分成三類不同之韻母。凡開口無尾，或收音於〔-i〕、〔-u〕韻尾者，概括說來，即以元音收尾者，稱為陰聲韻。《廣韻》中屬於陰聲韻而開口無尾者計有：支、脂、之、魚、虞、模、歌、戈、麻等九韻。（舉平以賅上去，後仿此。）收〔-i〕韻尾者計有：微、齊、佳、皆、灰、咍及去聲祭、泰、夬、廢（此為無平上相配者）十韻。收〔-u〕韻尾者計有：蕭、宵、肴、豪、尤、侯、幽七韻。總共二十六韻。

《廣韻》中以鼻音收尾者稱為陽聲韻。陽聲之收鼻音，共有三種：一曰舌根鼻音〔-ŋ〕：計有東、冬、鍾、江、陽、唐、庚、耕、清、青、蒸、登十二韻。二曰舌尖鼻音〔-n〕：計有真、諄、臻、文、欣、元、魂、痕、寒、桓、刪、山、先、仙十四韻。三曰雙脣鼻音〔-m〕：計有有侵、覃、談、鹽、添、咸、銜、嚴、凡九韻。

《廣韻》中以塞聲收尾者稱為入聲韻。入聲之收塞聲，亦有三種：一曰舌根塞聲〔-k〕：計有屋、沃、燭、覺、藥、鐸、陌、麥、昔、錫、職、德十二韻。二曰舌尖塞聲〔-t〕：計有質、術、櫛、物、迄、月、沒、（麧）、曷、末、黠、鎋、屑、薛十三韻。三曰雙脣塞聲〔-p〕：計有緝、合、盍、葉、怗、洽、狎、業、乏九韻。"陰聲""陽聲"，古人韻部雖分析甚嚴，然未嘗顯言其分別之故，亦無名稱以表明之，名稱之立，實萌芽於戴東原。戴東原〈與段若膺論韻書〉云：「有入者，如氣之陽，如物之雄，如衣之表；無入者，如氣之陰，如物之雌，如衣之裏。」其弟子孔廣森因據其說，定如氣之陽、物之雄、衣之表者為"陽聲"，如氣之陰、物之雌、衣之裏者為"陰聲"。陰聲、陽聲之名乃告正式確立。《廣韻》以入聲專配陽聲，明顧炎武《音論》中〈近代入聲之誤〉

一文，歷考古籍音讀，除侵、覃以下九韻之入聲外，餘悉反韻書之說，以配陰聲。顧氏曰：「韻書之序，平聲一東、二冬，入聲一屋、二沃，若將以屋承東，以沃承冬者，久仍其誤而莫察也。屋之平聲為烏，故〈小戎〉以韻驅、馵，（《詩·秦風·小戎》首章：『小戎俴收。五楘梁輈。／游環脅驅。陰靷鋈續。文茵暢轂。駕我騏馵。言念君子，溫其如玉。在其板屋。亂我心曲。』）不協於東、董、送可知也；沃之平聲為夭，故〈揚之水〉以韻鑿、襮、樂，（《詩·唐風·揚之水》首章：『揚之水，白石鑿鑿。素衣朱襮。從子于沃。既見君子，云何不樂。』）不協於冬、腫、宋可知也。"術"轉去而音"遂"，故〈月令〉有"審端徑術"之文，"曷"轉去而音"害"，故《孟子》有"時日害喪"之引，"質"為"傳質為臣"之質，"覺"為"尚寐無覺"之覺，"沒"音"妹"也，見於子產之書，"燭"音"主"也，著於孝武之紀，此皆載之經傳，章章著明者。……是以審音之士，談及入聲，便茫然不解，而以意為之，遂不勝其舛互者矣。

夫平之讀去，中中、將將、行行、興興；上之讀去，語語、弟弟、好好、有有；而人不疑之者，一音之自為流轉也。去之讀入，宿宿、出出、惡惡、易易，而人疑之者，宿宥而宿屋，出至而出術，惡暮而惡鐸，易寘而易昔，後之為韻者，以屋承東，以術承諄，以鐸承唐，以昔承清，若呂之代嬴，黃之易芈，而其統系遂不可復尋矣。……故歌戈麻三韻舊無入聲，侵覃以下九韻，舊有入聲，今因之，餘則反之。」

顧氏此說，誠為卓識，然謂韻書所配為誤，是又知其一而未知其二也。蓋入聲者，介于陰陽之間，凡陽聲收-ŋ者，其相配之入聲收音於-k，陽聲收-n 者，其相配之入聲收音於-t，陽聲收-m 者，其相配之入聲收音於-p。在發音部位上與陽聲相同，故頗類於陽聲；但音至短促，且塞聲又是一唯閉聲，只作勢而不發聲，故又頗類於陰聲。故曰介于陰陽之間也。因其介于陰陽之間，故與陰聲陽聲皆可通轉，江慎修數韻同入，戴東原陰陽同入之說，皆此理也。

第五節　等　呼

音之洪細謂之等，脣之開合謂之呼，二者合稱則為等呼。按音之歸本於喉，本有開口、合口二等，開合又各有洪細二等，是以有四等之稱。"開口洪音"為"開口呼"，簡稱曰"開"，以其收音之時，開口而呼之也。"開口細音"曰"齊齒呼"，簡稱曰"齊"以其收音之時，齊齒而呼之也。"合口洪音"為"合口呼"，簡稱曰"合"，以其收音之時，合口而呼之也。"合口細音"曰"撮口呼"，簡稱曰"撮"，以其收音之時，撮脣而呼之也。

開合之異，實因韻母收音脣勢之異，故分辨亦極易。潘耒《類音》曰：「初出於喉，平舌舒脣，謂之"開口"，舉舌對齒，聲在舌齶之間，謂之"齊齒"，斂脣而蓄之，聲滿頤輔之間，謂之"合口"，蹙脣而成聲，謂之"撮口"。」錢玄同先生《文字學音篇》曰：「今人用羅馬字表中華音，于"開口呼"之字，但用子音母音字母拼切，"齊""合""撮"三呼，則用 i、u、y 三母，介于子音母音之間，以肖其發音口齒之狀，與潘氏之說，適相符合。試以"寒""桓""先"韻中影紐字言之。則"安"為開，拼作 an。"煙"為齊，拼作 ian。"灣"為合，拼作 uan。"淵"為撮，拼作 yan。此其理至易明瞭，無待煩言者也。」茲列圖以明之。

聲勢		方法	簡稱	例字	羅馬字表音	介音	附註
開口	洪音	開口呼之	開	安	an		無任何介音
	細音	齊齒呼之	齊	煙	ian	i	
合口	洪音	合口呼之	合	灣	uan	u	
	細音	撮脣呼之	撮	淵	yan	y	

據上表所列，等呼之說，實至淺易。宋以後等韻學家，取韻書之字，依三十六字母之次第而為之圖，開合各分四等，後人遂有一等洪大，二等次大，三四皆細，而四尤細之說。此說出自江永，但國人始終未有能解說而使人理解者。直至瑞典高本漢，始謂一二等無-i-介音，故其音洪，但一等之元音較後較低，二等之元音較前較淺，故一等洪大，二等次大。三四等有-i-介音，故為細音，但三等之原音較後較低，四等之元音較前較高，故同為細音，而四等尤細。雖持之有故，言之有理，但仍不易為學者所掌握。惟蘄春黃季剛先生曰：「分等者大概以"本韻"之"洪"為一等，"變韻"之洪為二等，"本韻"之"細"為四等，"變韻"之"細"為三等。」然後等韻之分等之繽紛糾轕，始有友紀。

第六節　陳澧系聯《廣韻》切語下字之條例

㈠基本條例：

切語下字與所切之字為疊韻，則切語下字同用者、互用者、遞用者韻必同類也。同用者如東德紅切、公古紅切，同用紅字也；互用者如公古紅切、紅戶公切，紅公二字互用也；遞用者如東德紅切、紅戶公切，東字用紅字，紅字用公字也。今據此系聯為每韻一類、二類、三類、四類，編而為表橫列之。

㈡分析條例：

上字同類者，下字必不同類，如公古紅切、弓居戎切，古居聲同類，則紅戎韻不同類，今分析每韻二類、三類、四類者，據此定之也。

㈢補充條例：

切語下字既系聯為同類矣，然亦有實同類而不能系聯者，以其切語下字兩兩互用故也。如朱、俱、無、夫四字，韻本同類，朱章俱切、俱舉朱切、無武夫切、夫甫無切，朱與俱、無與夫兩兩互用，遂不能四字系聯矣。今考平、上、去、入四韻相承者，其每韻分類亦多相承，切語下字既不系聯而相承之韻又分類，乃據以定其分類，否則雖不系聯，實同類耳。

以上三則條例，一如其系聯上字之條例皆頗為實用，惟下字補充條例"實同類而不能系聯"一語，在邏輯上有問題。故余有《補充條例·補例》之作，以補其缺失。《補例》曰：

「今考《廣韻》四聲相承之韻，其每韻分類亦多相承，不但分類相承，每類字音亦多相承。今切語下字因兩兩互用而不系聯，若其相承之韻類相承之音，切語下字韻同類，則此互用之切語下字韻亦必同類。如下平十虞韻朱、俱、無、夫四字，朱章俱切、俱舉朱切、無武夫切、夫甫無切，朱與俱、無與夫兩兩互用，遂不能四字系聯矣。今考朱、俱、無、夫相承之上聲為九麌韻主之庾切、矩俱雨切、武文甫切、甫方矩切。矩與甫、武切語下字韻同類，則平聲朱與無、夫切語下字韻亦同類。今於切語下字因兩兩互用而不系聯者，據此定之也。」

自敦煌《切韻》殘卷問世以來，後人彙集為一篇者多種，計有劉復《十韻彙編》，姜亮夫《瀛涯敦煌韻輯》，潘重規師《瀛涯敦煌韻輯新編》，周祖謨《唐五代韻書集存》等多種。此類韻書對吾人系聯今本《廣韻》反切下字，亦有相當助益。現在舉例加以說明。

《廣韻》上平十六咍：「開、苦哀切」、「哀、烏開切」；「裁（才）、昨哉（災）切」、「災、祖才切」。開與哀、哉與才兩兩互用而不系聯。今考裁字，《切三》「昨來反」。我們知道《切韻》《廣韻》是同音系之韻書，在此種情況下，吾人未有任何證據說何種韻書切語正確，何本韻書切語不正確，那末，惟有承認兩本韻書反切皆正確。如此則有利於系聯今本《廣韻》之反切下字。

若吾人承認兩切語皆正確，那末，就可以利用數學上之等式來決定此兩切語下字之關係。今將其演算如下：

因為　裁＝昨＋哉；　裁＝昨＋來。

所以　昨＋哉＝昨＋來

則：　哉＝來

而來落哀切，哀、開本與哉、才兩兩互用而不系聯，今證明哉、來同類，則哉、哀即可系聯。

茲再舉下平聲六豪韻為例，豪韻「勞（牢）、魯刀切」、「刀、都牢切」；「褒、博毛切」、「毛、莫袍切」、「袍、薄褒切」，刀、牢與毛、袍、褒彼此互用而不系聯。今考《切三》「蒿、呼高切」，而《廣韻》「蒿、呼毛切」。則其演算式當如下：

因為　蒿＝呼＋毛；　蒿＝呼＋高。

所以　呼＋毛＝呼＋高

則：　毛＝高

《廣韻》「高、古勞（牢）切」，毛既與高韻同類，自亦與勞（牢）韻同類。

故於《廣韻》切語下字有不系聯者，則可借助於《切韻》殘卷之切語以系聯之。

第七節　二百六韻分為二百九十四韻類表

《廣韻》韻部所以有二百六韻之多者，其原因有四。一因四聲之異，二因陰陽之別，三因開合之不同，四因古今字音之變遷。其四聲之異，陰陽之別，及古今字音之變遷，幾已應分盡分。至于開合之不同，已分別者固多，而未分析者，亦尚有不少。陳澧《切韻考·內篇》據《廣韻》切語下字，析其韻類之開合，有一韻只一類者，有一韻而分二類、三類、四類者，凡平聲九十類，上聲八十類，去聲八十八類，入聲五十三類，共得三百十一類。錢玄同先生據黃侃先生脣音但有合口之說，因析脣音字皆為合口呼，凡得三百三十九類。然陳氏之說，太拘拘於切語上下字，弊在瑣碎；錢氏之分類，亦求密太過。今重加考定，計平聲八十四韻類，上聲七十六韻類，去聲八十四韻類，入聲五十一韻類。四聲合計共二百九十五韻類。若上聲三十八梗韻打冷二字併入杏梗猛為一類，不單獨成為一類，則僅為二百九十四韻類。與先師林景伊（尹）先生《中國聲韻學通論》所分二百九十四韻類數目全符，惟個別字之分類有異同耳。

今依《經史正音切韻指南》十六攝為次，將《廣韻》二百九十四韻類，一一敘述於後，其有考釋，則附於各攝切語下字分類表之後：

㈠**通攝**：

上平一東❷	上聲一董❸	去聲一送❹	入聲一屋❺	開合等第❻
紅公東	動孔董蠓	弄貢送凍	谷祿木卜	開口一等
弓宮戎融		眾鳳仲	六竹匊宿	開口三等
中終隆			逐菊	
上平二冬❼	上聲❽（湩）	去聲二宋❾	入聲二沃	開合等第

❷ 上平一東韻第一類切語下字紅公東，可以陳澧基本條例系聯；第二類切語下字，《廣韻》無隆字，豈各本《廣韻》均作「敷空切」，誤。今據《切三》正作「敷隆切」。可以基本條例系聯。

❸ 上聲一董只一類，能系聯。

❹ 去聲一送韻第一類可系聯，第二類「鳳、馮貢切」誤。鳳為平聲馮、入聲伏相承之去聲音，當在第二類，《切韻考》列第一類誤。除馮貢一切外，皆能系聯。

❺ 入聲第一類「穀（谷）、古祿切」「祿、盧谷切」；「卜、博木切」「木、莫卜切」。兩兩互用而不系聯，今據〈補例〉系聯。

❻ 每一韻類之開合等第據《韻鏡》。

❼ 上平二冬可系聯。

❽ 《廣韻》二腫有「湩、都鵝切」「鵝、莫湩切」，《廣韻》「湩」下注云：「此是冬字上聲。」

冬宗	湩	統宋綜	酷沃毒篤	合口一等
上平三鍾	上聲二腫❿	去聲三用	入聲三燭	開合等第
容鍾封凶庸恭	隴踵奉冗悚拱勇冢⓫	頌用	欲玉蜀錄曲足	合口三等

㈡江攝：

上平四江	上聲三講	去聲四絳	入聲四覺	開合等第
雙江	項講	巷絳降	岳角覺	開口二等

㈢止攝：

上平五支⓬	上聲四紙⓭	去聲五寘⓮	開合等第

---

❾ 去聲、入聲皆能系聯。後凡能系聯者只將切語下字列出，不再加注。

❿ 上聲腫韻「腫、之隴切」「隴、力踵（腫）切」；「拱、居悚切」「悚、息拱切」。兩兩互用而不系聯，據〈補例〉拱之平聲相承之音為恭，隴之平聲相承之音為龍，平聲恭龍韻同類，則上聲拱隴亦韻同類也。

⓫ 冬之上聲湩鴆二字已入畫出本韻，歸入冬之上聲（湩）矣。

⓬ ⑴按本韻「離、呂支切」「羸、力為切」，則支、為韻不同類，今「為」字切語用「支」字，蓋其疏誤也。考本韻「為、薳支切又王偽切」，去聲五寘「為、于偽切又允危切」，《王二》「為、榮偽反又榮危反」，《廣韻》「危、魚為切」，根據《王二》又音則危、為二字正互用為類，不與支移同類也。

⑵本韻「宜、魚羈切」「羈、居宜切」，羈、宜互用，自成一類，既不與支、移為一類，亦不與危、垂為一類，則本韻系聯結果而有三類，而與「支」韻性質不合，支韻居韻圖三、四等，其為細音無疑，究其極端，不外二類。考上聲四紙韻「狔、女氏切」《集韻》「狔、乃倚切」，則倚、氏韻同類。倚相承之平聲音為「漪、於離切」，氏相承之平聲為「提、是支切」，上聲四紙「倚、於綺切，掎、居綺切，螘、魚倚切」掎之相承平聲為「羈、居宜切」，螘之相承平聲為「宜、魚羈切」，是則羈、宜當併入支、移為一類也。

(3)併羈、宜入支移一類，則出現『重紐』問題，關於重紐問題，不僅出現在支韻，還出現於脂、真、諄、祭、仙、宵、侵、鹽諸韻，為談反切系聯而不可避免者。向來諸家對『重紐』之解釋，亦不盡相同。約而舉之，共有四說：

(A)董同龢〈廣韻重紐試釋〉，周法高〈廣韻重紐的研究〉，張琨夫婦〈古漢語韻母系統與切韻〉，納格爾〈陳澧切韻考對於切韻擬音的貢獻〉諸文都以元音的不同來解釋重紐的區別。自雅洪托夫、李方桂、王力以來，都認為同一韻部應該具有同樣的元音。今在同一韻部之中，認為有兩種不同的元音，還不是一種足以令人信服的辦法。

(B)陸志韋〈三四等與所謂喻化〉，王靜如〈論開合口〉，李榮〈切韻音系〉，龍宇純〈廣韻重紐音值試論〉，蒲立本〈古漢語之聲母系統〉，藤堂明保〈中國語音韻論〉皆以三、四等重紐之區別，在於介音的不同。筆者甚感懷疑的一點就是：從何判斷二者介音的差異，若非見韻圖按置於三等或四等，則又何從確定乎！我們正須知道它的區別，然後再把它擺到三等或四等去，現在看到韻圖在三等或四等，然後說它有甚麼樣的介音，這不是倒果為因嗎？

(C)林英津〈廣韻重紐問題之檢討〉，周法高〈隋唐五代宋初重紐反切研究〉，李新魁〈漢語音韻學〉都主張是聲母的不同。其中以李新魁的說法最為巧妙，筆者以為應是所有以聲母作為重紐的區別諸說中，最為圓融的一篇文章。李氏除以方音為證外，其最有力的論據，莫過說置於三等處的重紐字，它們的反切下字基本上只用喉、牙、脣音字，很少例外，所以它們的聲母是脣化聲母；置於四等處的重紐字的反切下字不單可用脣、牙、喉音字，而且也用舌、齒音字，所以其聲母非脣化聲母。但是我們要注意，置於三等的重紐字，只在脣、牙、喉下有字，而且自成一類，它不用脣、牙、喉音的字作它的反切下字，他用甚麼字作它的反切下字呢？何況還有例外呢？脂韻三等「逵、渠追切」，祭韻三等「劓、牛例切」，震韻三等「菣、去刃切」，獮韻三等「圈、渠篆切」，薛韻三等「噦、乙劣切」，小韻三等「殀、於兆切」，笑韻三等「廟、眉召切」，緝韻三等「邑、於汲切」，葉韻三等「腌、於輒切」，所用切語下字皆非脣、牙、喉音也，雖有些道理，但仍非十分完滿。

(D)章太炎先生《國故論衡·音理論》論及重紐之區別云：「媯、虧、奇、皮古在歌；規、闚、岐、陴古在支，魏、晉諸儒所作反語宜有不同，及《唐韻》悉隸支部，反語尚猶因其遺跡，斯其證驗最著者也。」董同龢〈廣韻重紐試釋〉一文，也主張古韻來源不同。董氏云：「就今日所知的上古音韻系看，他們中間已經有一些可以判別為音韻來源的不同：例如真韻的'彬、砏'等字在上古屬"文部"（主要元音*ɔ），'賓、繽'等字則屬真部（主要元音*e）；支韻的'媯、虧'等字屬"歌部"（主要元音*a）'規、闚'等字則屬"佳部"（主要元音*e）；質韻的'乙、肸'等字屬微部（主要元音*ɔ），'一、故'等字則屬"脂部"（主要元音為*e）。」至於古韻部來源不同的切語，何以會同在一韻而成為重紐？先師林景伊先生〈切韻韻類考正〉於論及此一問題時說：「虧、闚二音，《廣韻》《切殘》《刊謬本》皆相比次，是當時陸氏搜集諸家音切之時，蓋韻同而切語各異者，因並錄之，並相次以明其實同類，亦猶紀氏（容舒）《唐韻考》中（陟弓）、苹（陟宮）相次之例，媯、規；祇、奇；靡、隓；陴、皮疑亦同之。今各本之不相次，乃後之增加者竄改而混亂也。」筆者曾在〈蘄春黃季先生古音學說是否循環論證辨〉一文中，於重紐之現象亦有所探索，不敢謂為精當，謹提出以就正當世之音學大師與博雅君子。筆者云：「甚至於三等韻重紐的現象，亦有脈絡可尋。這種現象就是支、脂、真、諄、祭、仙、宵、清諸韻部分脣、牙、喉音的三等字，伸入四等。董同龢先生《中國語音史》認為支、脂、真、諄、祭、仙、宵諸韻的脣、牙、喉音的字，實與三等有關係，而韻圖三等有空卻置入四等者，乃因等韻的四個等的形式下，納入三等內的韻母，事實上還有一小類型，就是支、脂諸韻的脣、牙、喉音字之排在四等位置的，這類型與同轉排在三等的脣、牙、喉音字是元音鬆、緊的不同，三等的元音鬆，四等的元音緊。周法高先生《廣韻重紐的研究》一文則以為元音高低的不同，在三等的元音較低，四等的元音較高。陸志韋

《古音說略》則以三等有〔ɪ〕介音，四等有〔i〕介音作為區別。龍宇純兄〈廣韻重紐音值試論——兼論幽韻及喻母音值〉一文則以為三等有〔j〕介音，四等有〔ji〕介音。近年李新魁《漢語音韻學》則認為重紐是聲母的不同，在三等的是脣化聲母，四等非脣化聲母。雖各自成理，但誰都沒有辦法、對初學的人解說清楚，讓他們徹底明白。我曾經試著用黃季剛先生古本音的理論，加以說明重紐現象，因為重紐的現象，通常都有兩類古韻來源。今以支韻重紐字為例，試加解說。支韻有兩類來源，一自其本部古本韻齊變來（參見黃君正韻變韻表。本部古本韻、他部古本韻之名稱今所定，這是為了區別與稱說之方便。凡正韻變韻表中，正韻列於變韻之上方者，稱本部古本韻，不在其上方者，稱他部古本韻。）這種變韻是屬於變韻中有變聲的，即卑、𡉘、陴、彌一類字。韻圖之例，凡自本部古本韻變來的，例置四等，所以置四等者，因為自本部古本韻變來的字，各類聲母都有，舌、齒音就在三等，脣、牙、喉音放置四等，因與三等的舌、齒音有連系，不致誤會為四等韻字。另一類來源則自他部古本韻歌戈韻變來的，就是陂、鈹、皮、縻一類的字。韻圖之例，從他部古本韻變來的字，例置三等。故陂、鈹、皮、縻置於三等，而別於卑、𡉘、陴、彌之置於四等。當然有人會問，怎麼知道卑、𡉘、陴、彌等字來自古本韻齊韻？而陂、鈹、皮、縻等字卻來自他部古本韻歌戈韻？這可從《廣韻》的諧聲偏旁看出來。例如支韻從卑得聲的字，在「府移切」音下有卑、鵯、椑、箄、裨、鞞、頼、痺、渒、錍、幝；「符支切」音下有陴、焷、脾、麪、埤、禆、蜱、蚍、𧎮、螷、棹、郫；從比得聲之字，在「匹支切」音下有𡉘；「符支切」音下有䟺、紕，從爾得聲的字，在「弋支切」音下有䴐、𪇆；「息移切」音下有壐；「武移切」音下有彌、䴈、瓕、𡒄、獼、䉲、擟、𡡉、鑋、禰、瀰等字。而在齊韻，從卑得聲之字，「邊兮切」音下有豍、𣖕、𥿠、箄、脾；「部迷切」音下有鼙、鞞、椑、崥、甈；「匹迷切」音下有刺、錍；從比得聲的字，「邊兮切」音下有㡙、螕、蓖、蓖、紕、篦、梐、狴、鈚、性；「部迷切」下有肶、笓；「匹迷切」下有磇、䳠、批、鈚；從爾得聲的字，在齊韻上聲薺韻「奴禮切」下有禰、嬭、闢、瀰、鬍、薾、鑈、檷、鞴；這在在顯示出支韻的卑、跛、陴、彌一類字確實是從齊韻變來的，觀其諧聲偏旁可知。段玉裁以為凡同諧聲者古必同部。至於從皮得聲之字，在支韻「彼為切」音下有陂、詖、篗、鑿；「敷羈切」下有鈹、帔、鮍、披、吱、秛、狓、翍、旇、秡、破；「符羈切」下有皮、疲；從麻得聲之字，「靡為切」下有糜、縻、糜、𧅫、蘼、穈、麼、麿、醿；而在戈韻從皮得聲的字，「博禾切」下有波、紴、碆；「滂禾切」下有頗、坡、玻；「薄波切」下有婆、蔢；從麻得聲的字，「莫婆切」下有摩、麼、麼、䃺、魔、劘、磨、劘、髍、䯢、鏖。兩相對照，也很容易看出來，支韻的陂、鈹、皮、縻一類字是從古本韻戈韻變來的。或許有人說，古音學的分析，乃是清代顧炎武等人以後的產物，作韻圖的人恐怕未必具有這種古音知識。韻圖的作者，雖然未必有清代以後古韻分部的觀念，然其搜集文字區分韻類的工作中，對於這種成套出現的諧聲現象，未必就會熟視無睹，則於重紐字之出現，必須歸字以定位時，未嘗不可能予以有意識的分析。故我對於古音來源不同的重紐字，只要能夠系聯，那就不必認為它們有甚麼音理上的差異，把它看成同音就可以了。

⓭ 上聲四紙韻「跪、去委切」「綺、墟彼切」去、墟聲同類，則彼、委韻不同類，彼字甫委切，切語用委字，乃其疏也。今考《全王》「彼、補靡反」，當據正。「犯、女氏切」，《集切》「犯、乃倚切」，則倚、氏韻同類。又本韻「俾、並弭（渳）切，渳、綿婢切，婢、便俾切。」三字互用，然《王二》「婢、避爾切」則爾、俾韻同類也。

⓮ 去聲五寘「恚、於避切，餧、於僞切」上字聲同類，則下字避、僞韻不同類。「僞、危睡切」，避既與僞不同類，則亦與睡不同類。考本韻「諉、女恚切」，《王二》「女睡反」，則恚、睡韻同類，是與避韻不同類也，恚之切語用避字蓋其疏也。周祖謨〈陳澧切韻考辨誤〉云：「反切之法，上字主聲，下字主韻，而韻之開合皆從下字定之，惟自梁陳以迄隋唐，制音撰韻諸家，每以脣音之開口字切喉牙之合口字，似為慣例，如《經典釋文》軌、媿美反，宏、戶萌反，虢、寡白反；《敦煌本王仁昫切韻》卦、

移支知離羈宜奇	氏紙帋此是豸侈 爾綺倚彼靡弭婢 俾	避義智寄賜豉企	開口三等
為規垂隨隋危吹	委詭累捶毀髓	睡偽瑞累恚	合口三等
上平六脂⑮	上聲五旨⑯	去聲六至⑰	開合等第

古賣反，派、古罵反，化、霍霸反，《切三》《唐韻》蠖、乙白反，嚄、胡伯反是也。」恚於避切，亦以脣音開口字切喉牙音之合口字也。

⑮ (1)平聲六脂韻尸、式之切，之字誤，今據切三正作式脂切。

(2)平聲六脂韻眉、武悲切，悲、府眉切，兩兩互用而不系聯。上聲五旨韻美、無鄙切，鄙、方美切，亦兩兩互用不系聯。去聲六至韻郿（媚）、明祕切，祕、兵媚（郿）切，亦兩兩互用不系聯。脂、旨、至三韻列三等處之脣音字，絕不與其它切語下字系聯，似自成一類。陳澧《切韻考·韻類考》高本漢《中國音韻學研究》與董同龢《中國語音史》均將此類字併入合口一類，並無特別證據，亦與《韻鏡》置於內轉第六開為開口者不合。今考宋、元韻圖，《韻鏡》《七音略》《四聲等子》皆列開口圖中，惟《切韻指掌圖》列合口圖中，然《切韻指掌圖》不僅將脂韻此類脣音字列於合口圖中，即支韻之「陂、鈹、皮、縻（糜）」一類字，亦列入合口圖中，可見《切韻指掌圖》乃將止攝脣音字全列合口，對吾人之歸類，並無任何助益。惟《經史正音切韻指南》之將脂、旨、至三韻中「美、備」等字，與支韻之「陂、鈹、皮、糜」等字同列止攝內轉開口呼三等，則極具啟示性。在討論支韻的切語下字系聯時，我們曾證明支韻「陂、鈹、皮、縻」一類字當併入開口三等字一類，則從《經史正音切韻指南》的分類看來，我們把這類字併入開口三等，是比較合理的。

(3)脂韻帷、洧悲切；旨韻洧、榮美切皆以脣音開口字切喉、牙音合口字也。

⑯ (1)上聲旨韻几、居履切，履、力几切；視、承矢切，矢、式視切。兩兩互用而不系聯，今考履相承之平聲為梨、力脂切；矢相承之平聲為尸、式脂切，梨、尸韻同類，則履、矢韻亦同類也。

夷脂飢肌私	雉矢履几姊	利至器二冀四	開口三等
資尼悲眉	視鄙美	自寐祕媚備	
追隹遺維綏	洧軌癸水誄壘	愧醉遂位類萃季悸	合口三等
上平七之	上聲六止⑱	去聲七志	開合等第
而之其茲持甾	市止里理己士史紀擬	吏置記志	開口三等
上平八微	上聲七尾⑲	去聲八未⑳	開合等第

---

(2)五旨韻「嶵、徂累切」誤，累在四紙韻，全王徂壘反是也，今據正。

⑰ (1)六至韻「悸、其季切」「季、居悸切」兩字互用，與它字絕不相系聯。宋元韻圖《韻鏡》《七音略》《四聲等子》《切韻指掌圖》《經史正音切韻指南》皆列合口三等，則此二字之歸類，確宜加以考量。考本韻「侐、火季切」「瞲、香季切」二字同音，《韻鏡》《七音略》有「侐」無「瞲」，陳氏《切韻考·韻類考》錄「瞲」而遺「侐」，謂「侐」字又見二十四職，此增加字，其說非也。按上聲五旨韻有「瞲」字，注云：「恚視。火癸切，又火季切」，據上聲「瞲」字又音，顯然可知「瞲」與「侐」乃同音字，當合併。與「瞲、侐」相承之上聲音自然非「瞲、火癸切」莫屬矣。而「癸、居誄切」，則癸、誄（壘）韻同類也，如此可證相承之去聲「季、類」亦韻同類也。

(2)六至韻「位、于愧（媿）切」「媿、俱位切」；「醉、將遂切」「遂、徐醉切」。兩兩互用而不系聯，然相承之平聲「綏、息遺切」「龜、居追切」「遺、以追切」，平聲龜、綏韻同類，則可證相承去聲媿、邃亦韻同類，而「邃、雖遂切」則媿、遂亦韻同類也。

⑱ 上聲止韻「止、諸市切」「市、時止切」；「士、鉏里切」「里、良士切」。兩兩互用而不系聯，今考市、里相承之平聲音為七之「時、市之切」「釐、里之切」，時、釐韻同類，則相承之上聲音市、里亦韻同類也。

⑲ 上聲七尾「尾、無匪切」「匪、府尾切」；「韙、于鬼切」「鬼、居偉

希衣依	豈豨	毅既	開口三等
非歸微韋	匪尾鬼偉	沸胃貴味未畏	合口三等

㈣遇攝：

上平九魚	上聲八語	去聲九御	開合等第
居魚諸余菹	巨舉呂與渚許	倨御慮恕署去據預助洳	開口三等
上平十虞㉑	上聲九麌㉒	去聲十遇	開合等第
俱朱于俞逾隅芻輸誅夫無	矩庾甫雨武主羽禹	具遇句戍注	合口三等
上平十一模	上聲十姥	去聲十一暮	開合等第
胡吳乎烏都孤姑吾	補魯古戶杜	故暮誤祚路	合口一等

㈤蟹攝：

上平十二齊	上聲十一薺	去聲十二霽	開合等第

切」。兩兩互用而不系聯。考本韻韙、匪、尾相承之平聲音為「幃、雨非切」「非、甫微切」「微、無非切」，幃、非、微韻同類，則上聲韙、匪、尾韻亦同類也。

⑳ 去聲八未「狒、扶涕切」，涕在十二霽，字之誤也，王一、王二均作扶沸反，當據正。又本韻「胃、于貴切」「貴、居胃切」；「沸、方味切」「未（味）、無沸切」。兩兩互用而不系聯，考胃、未相承之平聲音為八微「幃、雨非切」「微、無非切」幃、微韻同類，則胃未韻亦同類也。

㉑ 上平十虞「朱、章俱切」「俱、舉朱切」；「無、武夫切」「跗（夫）、甫無切」。兩兩互用而不相系聯，其系聯情形，詳見補例。

㉒ 上聲九麌「庾、以主切」「主、之庾切」；「羽（雨）、王矩切」「矩、俱雨切」。兩兩互用而不系聯，今考主、矩相承之平聲為十虞「朱、章俱切」「俱、舉朱切」。朱、俱韻同類，則主、矩韻亦同類也。

奚兮稽雞迷低	禮啟米弟	計詣戾	開口四等
攜圭		桂惠	合口四等
臡移㉓			開口三等
		去聲十三祭㉔	開合等第
		例制祭罽憩袂獘蔽	開口三等
		銳歲芮衛稅	合口三等
		去聲十四泰	開合等第
		蓋帶太大艾貝	開口一等
		外會最	合口一等
上平十三佳	上聲十二蟹㉕	去聲十五卦㉖	開合等第

㉓ 本韻「移、成臡切」「臡、人兮切」，本可與開口四等一類系聯，董同龢先生《中國語音史·中古音系》章云：「《廣韻》咍、海兩韻有少數昌母以及以母字；齊韻又有禪母與日母字。這都是特殊的現象，因為一等韻與四等韻照例不與這些聲母配。根據韻圖及等韻門法中的"寄韻憑切"與"日寄憑切"兩條，可知他們當是與祭韻相當的平上聲字，因字少分別寄入咍、海、齊三韻，而借用那幾韻的反切下字。寄入齊韻的"移"等，或本《唐韻》自成一韻，《集韻》又入咍韻，都可供參考。」按董說是也，今從其說，將「移、臡」二字另立一類，為開口三等，實為祭韻相承之平聲字也。

㉔ (1)按本韻有「䊴、丘吠切」「𧰡、呼吠切」，吠在二十一廢，且《王一》、《王二》、《唐韻》祭韻皆無此二字，蓋廢韻之增加字而誤入本韻者，本韻當刪，或併入廢韻。

(2)「劓、牛例切」、「藝、魚祭切」二字為疑紐之重紐。

㉕ 上聲枴、乖買切，此以脣音開口字切喉牙音合字也。

㉖ 去聲卦、古賣切，此以脣音開口字切喉牙音合字也。

膎佳	買蟹	隘賣懈	開口二等
蛙媧緺	買)夥柺	(賣)卦	合口二等
上平十四皆㉗	上聲十三駭	去聲十六怪㉘	開合等第
諧皆	楷駭	界拜介戒	開口二等
懷乖淮		壞怪	合口二等
		去聲十七夬㉙	開合等第
		夬話快邁	合口二等
		喝犗	開口二等
上平十五灰	上聲十四賄	去聲十八隊㉚	開合等第
恢回杯灰	罪賄猥	昧佩內隊繢妹輩	合口一等
上平十六咍㉛	上聲十五海㉜	去聲十九代㉝	開合等第

㉗ 平聲崴、乙皆切，與挨、乙諧切同音，考此字《切三》作乙乖切，今據正。

㉘ 去聲拜、博怪切，陳澧《切韻考》云：「拜、布戒切，張本、曹本及二徐皆博怪切，誤也。戒、古拜切，是拜戒韻同類。今從明本、顧本。」陳說是也，今從之。

㉙ 本韻夬、古賣切，賣字在十五卦，《王二》《唐韻》均作古邁反，今據正。

㉚ 去聲十八隊「對、都隊切」「隊、徒對切」；「佩、蒲昧切」「妹(昧)、莫佩切」。兩兩互用而不系聯，今考隊、佩相承之平聲音為十五灰「頹、杜回切」「裴、薄回切」，頹、裴韻同類，則隊、佩韻亦同類也。

㉛ 上平十六咍「開、苦哀切」「哀、烏開切」；「裁(才)、昨哉切」「哉、祖才切」。兩兩互用而不系聯，今考哉、哀相承之去聲音為十九代「載、作代切」「愛、烏代切」，載、愛韻同類，則哉、哀亦韻同類也。

㉜ 上聲十五海「茝、昌紿切」「佁、夷在切」，乃與祭韻相配之上聲字寄於海韻，而借用海韻之切語下字者也。

來哀開哉才	改亥愷宰紿乃在	耐代溉槩愛		開口一等
		去聲二十廢㉞		開合等第
		刈		開口三等
		肺廢穢		合口三等

㈥臻攝：

上平十七真㉟	上聲十六軫㊱	去聲二十一震㊲	入聲五質㊳	開合等第

㉝　去聲十九代「慨、苦蓋切」，蓋在十四泰，本韻無蓋字，《王二》苦愛切、《唐韻》苦概（溉）切，今據正。

㉞　本韻「刈、魚肺切」此以脣音合口字切喉牙音開口字也。

㉟　⑴十七真「珍、陟鄰切」「鄰、力珍切」；「銀、語巾切」「巾、居銀切」。兩兩互用而不系聯。按巾、銀一類，《韻鏡》列於外轉十七開，考法國巴黎國家圖書館藏唐本文選音殘卷，「臻、側巾反」「詵、所巾反」「榛、仕巾切」，顯然可知，本韻巾、銀一類字，原是與臻韻相配之喉、牙、脣音也，故韻鏡隨臻韻植於十七轉開口，迨《切韻》真、臻分韻，臻韻字因係莊系（照二）字，故晉升為二等字，而巾、銀一類字因留置在真韻，故保留為開口三等字而不變。此類喉、牙、脣音字，韻圖置於三等，與同轉置於四等之喉、牙、脣音字，正好構成重紐。在系聯上雖無任何線索可資依據，但根據前文對支、脂諸韻重紐字之了解，則此類字與同轉韻圖置於四等處之字，非當時韻母之差異，乃古音來源之不同也。今表中分立者，純為論說之方便也。

⑵十七真有「囷、去倫切」「贇、於倫切」「麇、居筠切」「筠、為贇切」四字當併入諄韻，而諄韻「趣、渠人切」「砏、普巾切」二字則當併入真韻。

㊱　十六軫韻「殞、于敏切」，以脣音開口字切喉、牙音合字也。又本韻殞、窘渠殞切二字當併入準韻，愍字切語用殞字，乃其疏也。查愍字相承之平聲為泯、武巾切，實與臻韻相配之喉、牙、脣音字，則愍亦當為與臻韻上

鄰珍真人賓	忍軫引盡腎紖	刃晉振覲遴印	日質一七悉吉栗畢必叱	開口三等
巾銀	敏		乙筆密	開口三等
上平十八諄	上聲十七準	去聲二十二稕㊴	入聲六術	開合等第
倫綸勻迍脣旬遵	尹準允殞	閏峻順	聿卹律	合口三等
上平十九臻	上聲(榛)㊵	去聲(齔)㊶	入聲七櫛	開合等第

聲榛、齔相配之脣音字，非合口三等字也。《韻鏡》以愍入十七轉開口，窘入十八轉合口可證。然則《韻鏡》十七轉有殞字者，亦為誤植。龍宇純兄《韻鏡校注》云：「《廣韻》軫韻殞、湏、磒、隕、霣、愪、荺等七字于敏切，合口，當入十八轉喻母三等，七音略十八轉有隕字是也。唯其十七轉湏字亦當刪去。」按龍說是也，殞當併入準韻，置於《韻鏡》十八轉合口喻母三等地位。又十八準韻螼、棄忍切，辰、珍忍切，稀、興腎切，濜、鉏紖切四字當併入本韻。

㊲ 二十一震韻，「呁、九峻切」峻與浚同音，當併入稕韻。

㊳ 入聲五質韻，「密、美畢切」，《切三》「美筆切」，當據正。「率、所律切」，律在六術，當併入術韻。又本韻乙、筆、密一類字，實與臻韻入聲櫛相配之脣、牙、喉音，公孫羅《文選音決》櫛音側乙反可證。據此則乙、筆、密亦猶巾銀一類，當為開口三等字也。

㊴ 去聲二十二稕，震韻「呁、九峻切」當移入本韻。

㊵ 臻韻上聲有榛、仄謹切，齔、初謹切，因字少併入隱韻，並借用隱韻「謹」為切語下字。

㊶ 臻韻去聲有櫬、潮、嚫、䞋、襯、儭、齔七字初覲切，因字少併入震韻；或謂僅有一齔字，因字少併入隱韻。兩說均有根據，前說據《韻鏡》十七轉齒音二等有櫬字；後說則據隱韻「齔、初謹切又初靳切」，初靳切當入

詵臻	鱶桊	齓	瑟櫛	開口二等
上平二十文㊷	上聲十八吻	去聲二十三問	入聲八物	開合等第
分云文	粉吻	運問	弗勿物	合口三等
上平二十一欣	上聲十九隱	去聲二十四焮	入聲九迄㊸	開合等第
斤欣	謹隱	靳焮	訖迄乞	開口三等
上平二十三魂	上聲二十一混	去聲二十六慁	入聲十一沒	開合等第
昆渾奔尊魂	本忖損衮	困悶寸	勃骨忽沒	合口一等
上平二十四痕	上聲二十二很	去聲二十七恨	入聲(麧)	開合等第
恩痕根	墾很	艮恨	麧	開口一等

㈦山攝：

上平二十二元	上聲二十阮	去聲二十五願㊹	入聲十月㊺	開合等第

焮韻，而焮韻無齒音字，則其屬臻韻去聲無疑，本應附於焮韻，而焮韻無此字，故謂附於隱韻也。兩說皆不可非之。

㊷ 二十文「芬、府文切」與「分、府文切」同音，誤。《切三》「無云反」亦誤，陳澧《切韻考》據明本、顧本、正作「撫文切」是也，今從之。

㊸ 入聲九迄「訖、居乙切」，乙字在五質，《切三》「居乞切」是也，今據正。

㊹ 去聲二十五願「算、芳万切」，《王二》叉万切，今據正。本韻「健、渠建切」「圈、臼万切」渠、臼聲同類，則建、万韻不同類，建字切語用万字，乃其疏也。考建字相承之平聲為「攑、居言切」，上聲為「湕、居偃

軒言	幰偃	建堰	歇謁竭訐	開口三等
袁元煩	遠阮晚	怨願販万	厥越伐月發	合口三等
上平二十五寒㊻	上聲二十三旱	去聲二十八翰	入聲十二曷	開合等第
安寒干	笴旱但	旰旦按案贊	葛割達曷	開口一等
上平二十六桓	上聲二十四緩㊼	去聲二十九換㊽	入聲十三末㊾	開合等第

切」均為開口三等，今據其相承為平上聲字音改列於開口三等。

㊺ 入聲十月「月、魚厥切」「厥、居月切」；「伐、房越切」「越、王伐切」。兩兩互用而不系聯，今考與月、伐相承之平聲音為「元、愚袁切」「煩、附袁切」，元、煩韻同類，則月、伐則亦同類也。

㊻ 平聲二十五寒「濡、乃官切」，今移入桓韻。

㊼ 上聲二十四緩「攤、奴但反」，今移入旱韻。又緩韻「滿、莫旱切」「伴、蒲旱切」《五代切韻殘本》「滿、莫卵反」「伴、步卵反」，今據正。

㊽ 去聲二十八翰「賛、祖賛切」，古逸叢書本作「徂賛切」是也，今據正。又去聲二十九換「半、博慢切」誤，慢在三十諫，《王一》《王二》《唐韻》均作「博漫切」是也，今據正。又本韻「換、胡玩切」「玩、五換切」；「縵（漫）、莫半切」「半、博漫切」。兩兩互用而不系聯，今考換相承之平聲音為「桓、胡官切」，縵相承之平聲音為「瞞、母官切」，桓、瞞韻同類，則換、縵韻亦同類也。

㊾ 入聲十二曷「擖、矛割切」，按寒、桓；旱、緩；翰、換；曷、末八韻，脣音聲母皆出現於合口一等韻內，不出現於開口一等韻，且末韻明母下已有末字莫撥切，故此字亦非合口韻之遺留者，則矛割一切，實有問題。陳澧從明本、顧本作予割切亦非。因為一等韻內不出現喻母字。《王二》《唐韻》皆無，蓋增加字也。龍宇純兄《韻鏡校注》云：「《廣韻校勘記》云：『元泰定本作予割切，《玉篇》餘括切。』案曷聲之字例不讀脣音，《廣韻》矛為予之誤字，無可疑者，惟一等韻不得有喻母字，予、餘

官丸端潘	管緩滿纂卵 伴	玩筭貫亂換 段半漫喚	撥活末括栝	合口一等
上平聲二十 七刪	上聲二十五 潸㊿	去聲三十諫	入聲十四黠	開合等第

二字，亦不能決然無疑，然此當是後人據《廣韻》誤本所增。《七音略》無此字，又《集韻》字讀阿葛切，疑此字當讀如此。」按本韻影母已有「遏、烏葛切」，則《集韻》一音，亦為重出，所謂據誤本所增者是也。十三末「末、莫撥切」「撥、北末切」；「括、古活切」「活、戶括切」。兩兩互用而不系聯，今考末相承之平聲音為「瞞、母官切」，活相承之平聲音為「桓、胡官切」，瞞、官韻同類，則末、活韻亦同類也。

㊿ 上聲二十五潸韻，皖、戶板切，僩、下赧切。二字同音，《全王》僩、胡板反，皖、戶板反，二音相次，似亦同音，然考《韻鏡》外轉二十四合以皖、綰為一類；外轉二十三開則以潸、僩為一類。《廣韻》刪、潸、諫、黠四韻脣音字配列參差，最為無定。茲分列於下：

平聲刪韻		上聲潸韻		去聲諫韻		入聲黠韻	
開　口	合　口	開　口	合　口	開　口	合　口	開　口	合　口
	班布還	版布綰		○○○	○○○	八博拔	
	攀普班	眅普板			襻普患	汃普八	
	○○○	阪扶板		○○○	○○○	拔蒲八	
	蠻莫還	矕武板		慢謨晏		密莫八	

刪韻全在合口，潸、諫二韻全在開口，諫韻開合各一，《韻鏡》全在合口，高本漢以為皆為開口。（參見譯本《中國音韻學研究》42 頁）此類脣音字宜列入開口，其列合口者，以脣音聲母俱有合口色彩故也。即班 pan → pwan。平聲刪班、蠻二字切語下字用還字，乃以喉牙音之合口字切脣音開口字也；上聲潸韻版布綰切，亦以喉牙音合口字切脣音開口字也。去聲三十諫韻襻、普患切，亦以喉牙音合口字，切脣音開口字也。入聲十四黠韻，滑、烏八切，周祖謨《廣韻校勘記》云：「滑為合口字，此作戶八切，以開口字切合字也。」婠烏八切亦然。又魝、五骨切誤，《唐韻》五滑反是也，今據正。

姦顏班	板赧	晏澗諫鴈	八拔黠	開口二等
還關	綰鯇	患慣	滑	合口二等
上平聲二十八山[51]	上聲二十六產[52]	去聲三十一襉[53]	入聲十五鎋	開合等第
閒閑山	簡限	莧襉	瞎轄鎋	開口二等
頑鰥		(辨)幻	刮頒	合口二等
下平聲一先[54]	上聲二十七銑	去聲三十二霰[55]	入聲十六屑	開合等第
前先煙賢田年顛堅	典殄繭峴	佃甸練電麵	結屑蔑	開口四等
玄涓	畎泫	縣絢	決穴	合口四等
下平聲二仙[56]	上聲二十八獮	去聲三十三線[57]	入聲十七薛[58]	開合等第

---

[51] 上平二十八山韻，《切三》此韻「有頑、吳鰥切」一音，今據補。

[52] 上聲二十六產韻，周祖謨云：「產韻陳氏分剗、巉二類，按巉初綰切，唐本殘韻並無，綰在潸韻，巉《萬象名義》音叉產反，《玉篇》叉限反，是與剗為同音字，今合併為一類。」按《全王》巉與醆同音側限反，不別為音，周說是也，當併為一類。

[53] 去聲三十一襉韻，幻、胡辨切，此以脣音開口字切喉牙音合口字也。

[54] 下平一先韻「先、蘇前切，前、昨先切」；「顛、都年切，年、奴顛切」。兩兩互用而不系聯，考先韻先、顛相承之上聲音為「銑、蘇典切，典、多殄切」，韻同一類，則先、顛韻亦同類也。

[55] 去聲三十二霰「縣、黃練切」練字誤，王二作「玄絢反」是也，今據正。

[56] 下平二仙韻「延、以然切，然、如延切」；「焉、於乾切，乾、渠焉切」。兩兩互用而不系聯，考本韻「嗎、許延切」，《五代刊本切韻》作「許乾反」，則延、乾韻同類也。又本韻「專、職緣切」，「沿（緣）、

然仙連延乾焉	淺演善展輦	箭膳戰扇賤線	列薛熱滅	開口三等
	翦蹇免辨	面碾變卞彥	別竭	
緣泉全專宣川	兗緬轉篆	掾眷絹倦卷	雪悅絕劣	合口三等
員權圓攣		戀釧囀	爇輟	

(八)效攝：

下平聲三蕭　上聲二十九篠　去聲三十四嘯　開合等第

與專切」；「權、巨員切」，「員、王權切」。兩兩互用而不系聯，然本韻「嬛、於權切」，而《五代刊本切韻》作「嬛、於緣切」，則權、緣韻同類也。

57 去聲三十三線韻，「線、私箭切，箭、子賤切，賤、才線切」；「戰、之膳切，繕（膳）、時戰切」。兩兩互用而不系聯，今考本韻「偏、匹戰切」，《集韻》作「匹羨切」，則戰、羨韻同類也。又本韻「絹、吉掾切，掾、以絹切」；「眷（卷）、居倦切，倦、渠卷切」。兩兩互用而不系聯，但本韻「旋、辭戀切」，《王二》《唐韻》均作「辭選反」，則選、戀韻同類也。又本韻「遍、方見切」，見在三十二霰，《王二》《唐韻》俱無，蓋霰韻之增加字而誤入本韻者也。按本韻去聲「彥、魚變切」，其相承之上聲為「齴、魚蹇切」、入聲為「孽、魚列切」，皆為開口細音，則彥亦當入開口細音一類。脣音「變、彼眷切」、「卞、皮變切」，亦當為開口細音一類。變相承之平聲為「鞭、卑連切」、上聲為「辡、方免切」、入聲為「鷩、并列切」皆屬開口細音，則變亦當屬開口細音也。變字切語下字用眷字，乃以喉牙音合口字切脣音開口也。「卞、皮變切」與「便、婢面切」為重紐，《韻鏡》以卞列三等，便列四等。

58 入聲十七薛韻「朅、丘謁切」謁字在十月，《切三》《王二》均作「去竭切」《唐韻》「丘竭切」，今據正。又本韻「絕、情雪切，雪、相絕切」；「輟、陟劣切；劣、力輟切」，兩兩互用而不系聯，考本韻「爇、如劣切」，《切三》《王二》作「如雪切」，則劣、雪韻同類也。

彫聊蕭堯么	鳥了皛皎	弔嘯叫	開口四等
下平聲四宵[59]	上聲三十小[60]	去聲三十五笑[61]	開合等第
邀宵霄焦消遙招昭嬌喬囂瀌	兆小少沼夭矯表	妙少照笑廟肖召要	開口三等
下平聲五肴	上聲三十一巧	去聲三十六效	開合等第
茅肴交嘲	絞巧飽爪	教孝貌稍	開口二等
下平聲六豪[62]	上聲三十二皓	去聲三十七號	開合等第
刀勞牢遭曹毛袍褒	老浩皓早道抱	到導報耗	開口一等

(九)果攝：

[59] 下平四宵韻「宵（霄）、相邀切，要（邀）、於霄切」；「昭（招）、止遙切，遙、餘昭切」。兩兩互用而不系聯，今考本韻相承之上聲「繚、力小切，小、私兆切」繚、小韻同類，則平聲燎、宵韻亦同類也。燎、力昭切，宵、相邀切，則昭、邀韻亦同類也。

[60] 上聲三十小韻「肇（兆）、治小切」「小、私兆切」；「沼、之少切」「少、書沼切」兩兩互用而不系聯，今考兆、沼相承之平聲音為四宵「晁、直遙切」，「昭、止遙切」晁、昭韻同類，則兆、沼韻亦同類也。

[61] 去聲三十五笑韻「照、之少切」「少、失照切」；「笑、私妙切」「妙、彌笑切」。照與少，笑與妙兩兩互用不系聯。今考平聲四宵「超、敕宵切」、「宵、相邀切」，則超、宵韻同類。超、宵相承之去聲音為笑韻「朓、丑召切」、「笑、私妙切」，超、宵韻既同類，則朓、笑韻亦同類，笑既與朓同類，自亦與召同類，而「召、直照切」，是笑、照韻亦同類矣。

[62] 下平聲六豪韻「刀、都牢切」、「勞（牢）、魯刀切」；「褒、博毛切」「毛、莫袍切」「袍、薄褒切」。刀、勞互用，褒、毛、袍三字互用，遂不能系聯矣。今考勞、袍相承之上聲音為三十二皓「老、盧皓切」、「抱、薄皓切」老抱韻同類，則勞袍韻亦同類矣。

下平聲七歌	上聲三十三哿	去聲三十八箇	開合等第
俄何歌	我可	賀箇佐介邏	開口一等
下平聲八戈	上聲三十四果[63]	去聲三十九過[64]	開合等第
禾戈波和婆	火果	臥過貨唾	合口一等
迦伽			開口三等
靴𦓤䭾			合口三等

(十)假攝：

下平聲九麻	上聲三十五馬	去聲四十禡[65]	開合等第
霞加牙巴	下疋雅賈	駕訝嫁亞	開口二等
花華瓜	瓦寡	化吳	合口二等
遮車奢邪嗟賒	也者野冶姐	夜謝	開口三等

(土)宕攝：

下平聲十陽[66]	上聲三十六養	去聲四十一漾	入聲十八藥	開合等第

---

[63] 上聲三十四果韻「爸、捕可切」「硰、作可切」二音《切三》無，蓋哿韻增加字誤入本韻，《切韻》哿、果不分。

[64] 去聲三十九過韻「磋、七過切」，《韻鏡》列內轉二十七箇韻齒音次清下，《全王》「七箇反」，當據正，並併入箇韻。「侉、安賀切」，本韻無賀字，賀字在三十八箇韻，《王一》「烏佐反」，與「安賀切」音同，當併入箇韻。

[65] 去聲四十禡韻「化、呼霸切」、「瓜、古罵切」皆以脣音開口字切喉、牙音合口字也。《集韻》「化、呼跨切」可證。

[66] 陳澧《切韻考》云：「十陽，王雨方切，此韻狂字巨王切，強字巨良切，則王與良韻不同類，方字府良切，王既與良韻不同類，則亦與方韻不同

章羊張良陽莊	兩獎丈掌養	亮讓	向	灼勺若藥約略爵雀瘧	開口三等

類，王字切語用方字，此其疏也。」先師林景伊先生曰：「王應以方為切，云借方為切者誤，方字切語用良字，乃其疏也。方字相承之上聲為昉字，《廣韻》分网切，《玉篇》分往切，正為合口三等，《廣韻》四聲相承，故可證方字切語用良字之疏也。」考《廣韻》陽韻及其相承之上去入聲之脣音字，宋元韻圖之配列，甚為可疑。茲先錄諸韻切語於後，然後加以申論。

平聲陽韻	上聲養韻	去聲漾韻	入聲藥韻
方府良切	昉分网切	放甫妄切	○○○○
芳敷方切	髣妃兩切	訪敷亮切	霍孚縛切
房符芳切	○○○○	防符況切	縛符钁切
亡武方切	网文兩切	妄巫放切	○○○○

除入聲藥韻霍、縛二字確與合口三等字一類系聯外，其平上去三聲皆開口三等與合口三等兩類雜用，無截然之分界。宋元韻圖，《韻鏡》、《七音略》、《四聲等子》、《經史正音切韻指南》皆列入開口三等，惟《切韻指掌圖》列合口三等。若從多數言，似當列開口三等。然此類脣音字，後世變輕脣，則《指掌圖》非無據也。周祖謨氏〈萬象名義中原本玉篇音系〉一文，即以宕攝羊類脣音字屬合口三等，擬音為-iuang、-iuak。就脣音言，此類字應屬合口殆無疑義。高本漢《中國聲韻學大綱》亦以筐王方、縛為一類，擬音為-iwang、-iwak。據此以論，方字切語用良字蓋誤，林先生說是也。上聲昉當據《玉篇》正作分往切，訪敷亮切，亮字亦疏。況《王二》許放反，原本《玉篇》況詡誑反，皆為合口三等一類，入聲列合口三等無誤，四聲相承，平上去三聲亦當同列合口三等，其列開口三等者誤也。周祖謨〈陳澧切韻考辨誤〉云：「陽韻脣音字方、芳、房、亡，《韻鏡》、《七音略》、均為開口，《切韻考》據反切系聯亦為開口，然現代方音等多讀輕脣 f（汕頭 hu，文水 xu），可知古人當讀同合口一類也（脣音聲母於三等合口前變輕脣），等韻圖及《切韻考》之列為開口，其誤昭然可辨。」

方王	往昉	況放妄	縛钁籰	合口三等
下平十一唐	上聲三十七	去聲四十二	入聲十九鐸	開合等第
⑰	蕩	宕⑱	⑲	
郎當岡剛旁	朗黨	浪宕謗	落各	開口一等
光黃	晃廣	曠	郭博穫	合口一等

㈢梗攝：

下平十二庚	上聲三十八	去聲四十三	入聲二十陌	開合等第
⑳	梗㉑	映㉒	㉓	

---

⑰ 下平十一唐「傍、步光切」此以喉牙音合口字切脣音開口字也。「幫、博旁切」亦當列開口一等。幫、傍雖不與郎、當系聯，但與幫相承之上聲音為「榜、北朗切」，則榜、朗韻同類，則相承之平聲音幫、郎韻亦同類也。

⑱ 去聲四十二宕「曠、苦謗切」，此以脣音開口字切喉牙音合口字也，「螃、補曠切」則以牙喉音合字切脣音開口字也。與螃相承之上聲榜，入聲博皆在開口一等可證。

⑲ 入聲十九鐸韻，陳澧《切韻考》曰：「博補各切，此韻各字古落切，郭字古博切，則博與落韻不同類，即與各韻不同類，博字切語用各字，亦其疏也。」按博字切語用各字不誤，郭字切語用博字者，乃以脣音開口字切喉牙音之合字也。

⑳ 下平十二庚韻「橫、戶盲切」，以脣音開口字切喉牙音合口字也。又本韻「驚（京）、舉卿切」「卿、去京切」；「明、武兵切」「兵、甫明切」。兩兩互用而不系聯，然兵相承之上聲音為丙，上聲三十八梗韻「影、於丙切」「警、居影切」，是丙與警、影韻同類，則平聲兵與驚霙亦韻同類也。又本韻「榮、永兵切」，此以脣音開口字切喉牙音之合口字也。

㉑ 上聲三十八梗韻「猛、莫幸切」誤，《切三》「莫杏切」，今據正。又本韻「礦、古猛切」，此以脣音開口字切喉牙音合字也。又「丙、兵永切」「皿、武永切」皆以喉牙音合口字切脣音開口字也。

行庚盲	杏梗猛(打冷)	孟更	白格陌伯	開口二等
橫	礦	蝗橫	虢	合口二等
驚卿京兵明	影景丙	敬慶病命	逆劇戟郤	開口三等
榮兄	永憬	詠		合口三等
下平聲十三耕㉔	上聲卅九耿	去聲四十四諍	入聲廿一麥㉕	開合等第
莖耕萌	幸耿	迸諍爭	戹銰革核摘	開口二等

陳澧《切韻考》曰:「三十八梗,此韻末又有打字德冷切,冷字魯打切,二字切語互用,與此韻之字絕不聯屬,且其平去入三聲皆無字,又此二字皆已見四十一迥韻,此增加字也,今不錄。」龍宇純兄《韻鏡校注》「《切韻考》以為增加字,然《切三》《全王》便已二字分切,《集韻》亦同,且打字以冷為切下字,冷音魯打切,以打為切下字,二者自成一系,而今音打字聲母亦與德字聲母相合。」故主張打字應補於《韻鏡》外轉三十三開梗韻舌音端母下。此二字若照陳氏之說刪,則今音打、冷二字之音從何而來?若依龍兄之意保留於梗韻,然二等韻又何以有端系字存在?且又與開口二等處之、杏、梗、猛等字絕不系聯,究應作何歸屬,實苦費思量。今姑依《韻鏡》歸入開口二等,但此一聲韻學上之公案,今仍保留於此,以待智者作更合理之解釋。

㉒ 去聲四十三映韻「蝗、戶孟切」此以脣音開口字切喉牙音合口字也。又本韻「慶、丘敬切」「敬、居慶切」;「命、眉病切」「病、皮命切」。兩兩互用而不系聯,考本韻上聲相承之音警、丙韻同類,則去聲敬、柄韻亦同類也,「柄、陂病切」,則敬、病韻亦同類也。

㉓ 入聲二十陌韻「韄、乙白切」「嚄、胡伯切」「虢、古伯切」「謋、虎伯切」皆以脣音開口字切喉牙音合口字也。

㉔ 下平十三耕韻「宏、戶萌切」,此以脣音開口字切喉牙音合字也。

㉕ 入聲二十一麥韻「獲、胡麥切」「繣、呼麥切」皆以脣音開口字切喉牙音合口字也。「麥、莫獲切」則以喉牙音合口字切脣音開口字也。

			責麥	
宏			獲摑	合口二等
下平聲十四清	上聲四十靜	去聲四十五勁	入聲二十二昔[76]	開合等第
情盈成征貞并	郢整靜井	正政鄭令姓盛	積昔益跡易辟亦隻石炙	開口三等
傾營	頃潁		役	合口三等
下平十五青	上聲四十一迥[77]	去聲四十六徑	入聲二十三錫	開合等第
經靈丁刑	頂挺鼎醒涬剄	定佞徑	擊歷狄激	開口四等
扃螢	迥頮		鶪闃狊	合口四等

(十三)曾攝：

---

[76] 入聲二十二昔韻「隻、之石切」「石、常隻切」；「積、資昔切」「昔、思積切」。兩兩互用而不系聯，今考隻、積相承之平聲音為十四清「征、諸盈切」「精、子盈切」。征、精韻同類，則相承之隻積亦同類也。又本韻「役、營隻切」以開口音切合音也。

[77] 上聲四十一迥韻，陳澧《切韻考》曰：「迥、戶潁切，張本戶頂切，與婞、胡頂切音同，明本、顧本、曹本戶頃切，頃字在四十靜，徐鉉戶穎切，穎字亦在四十靜，蓋潁字之誤也，今從而訂正之。徐鍇《篆韻譜》呼炯反，《篆韻譜》呼字皆胡字之誤，炯字則與潁同音。」陳說是也，今據正。又本韻脣音聲母字，除幫母字在開口四等外，其餘「頩、匹迥切」「並、蒲迥切」「茗、莫迥切」皆用合口四等迥為切語下字，此皆以喉牙音合口字切脣音開口字也。今據其相承之平聲、去聲、入聲韻脣音聲母字皆在開口四等而訂正之。

下平十六蒸	上聲四十二拯[78]	去聲四十七證	入聲二十四職[79]	開合等第
仍陵膺冰蒸乘矜兢升	拯庱	應證孕甑	翼力直即職極側逼	開口三等
			域洫	合口三等
下平十七登	上聲四十三等	去聲四十八嶝	入聲二十五德[80]	開合等第
滕登增棱崩恒朋	肯等	鄧亙鬙贈	則德得北墨勒黑	開口一等
肱弘			國或	合口一等

(十四)**流攝：**

下平十八尤[81]	上聲四十四有	去聲四十九宥[82]	開合等第

---

[78] 上聲四十二拯韻「拯、無韻切」，按《切三》《王一》本韻惟有拯一字，注云：「無反語，取蒸之上聲。」則本韻惟有拯一字，其餘諸字皆增加字也。

[79] 入聲二十四職韻，「力、林直切」「直、除力切」；「弋（翼）、與職切」「職、之翼切」。力與直、弋與職兩兩互用而不系聯，今考弋、力相承之平聲音為十六蒸「蠅、余陵切」「陵、力膺切」，蠅陵韻同類，則弋力韻亦同類也。又本韻「域、雨逼切」「洫、況逼切」皆以脣音開口字切喉牙音之合口字也。

[80] 入聲二十五德，「德、多則切」「則、子德切」；「北、博墨切」「墨、莫北切」。

兩兩互用而不系，今考德北相承之平聲音為十七登「登、都滕切」「崩、北滕切」，登、崩切語下字韻同類，則德北韻亦同類也。

[81] 下平十八尤韻，「鳩、居求切」「裘（求）、巨鳩切」；「謀、莫浮切」「浮、縛謀切」。鳩與裘、謀與浮兩兩互用而不系聯。今考鳩、浮相承之

求由周秋流	久柳有九酉	救祐副就僦富	開口三等
鳩州尤謀浮	否婦	祝又溜	
下平十九侯	上聲四十五厚	去聲五十候	開合等第
鉤侯婁	口厚垢后斗苟	遘候豆奏漏	開口一等
下平二十幽	上聲四十六黝	去聲五十一幼	開合等第
虯幽烋彪	糾黝	謬幼	開口三等

㈤深攝：

下平二十一	上聲四十七	去聲五十二	入聲二十六	開合等第
侵❽❸	寑❽❹	沁	緝	
林尋深任針	稔甚朕荏枕	鴆禁任蔭譖	入執立及	開口三等
心				

上聲音為四十四有「久、舉有切」「婦、房久切」，久婦韻同類，則鳩浮韻亦同類也。

❽❷ 去聲四十九宥韻，「宥（祐）、于救切」「救、居祐切」；「僦、即就切」「就、疾僦切」。宥與救、僦與就兩兩互用而不系聯。今考救、就相承之上聲音為四十四有「久（九）、舉有切」「湫、在九切」，久湫韻同類，則救就韻亦同類也。

❽❸ 下平聲二十一侵韻，「金（今）、居吟切」「吟、魚金切」；「林、力尋切」「尋、徐林切」；「斟（針）、職深切」「深、式針切」。金與吟互用，林與尋互用，斟與深又互用，彼此不系聯。今考金、林、斟相承之去聲音為五十二沁「禁、居蔭切」「臨、良鴆切」「枕、之任切」，而「鴆、直禁切」「妊（任）、汝鴆切」禁、臨、枕韻既同類，則金、林、斟韻亦同類也。

❽❹ 上聲四十七寑韻，「錦、居飲切」「飲、於錦切」；「荏、如甚切」「甚、常枕切」「枕、章荏切」。錦、飲互用，荏、甚、枕三字又互用，故不能系聯。今考錦、枕相承之去聲音之禁、枕，其韻同類（參見上注），則上聲錦與枕韻亦同類也。

淫金吟今簪	凜飲錦噎		急汲戢汁	

㈥咸攝：

下平聲廿二覃	上聲四十八感	去聲五十三勘	入聲廿七合	開合等第
含男南	禫感唵	紺暗	閤沓合荅	開口一等
下平聲廿三談	上聲四十九敢	去聲五十四闞	入聲廿八盍 ㊺	開口等第
甘三酣談	覽敢	濫瞰蹔暫	臘盍榼	開口一等
下平聲廿四鹽	上聲五十琰 ㊻	去聲五十五豔 ㊼	入聲廿九葉	開合等第
廉鹽占炎淹	冉斂琰染漸檢險奄俺	贍豔窆驗	涉葉攝輒接	開口三等
下平二十五添	上聲五十一忝	去聲五十六㮇	入聲三十怗	開合等第
兼甜	玷忝簟	念店	協頰愜牒	開口四等

㊺ 入聲二十八盍韻，「皶、都搕切」誤，古逸叢書本《廣韻》作都榼切是也，當據正。又本韻有「砝、居盍切」「譫、章盍切」二切，《切三》《王二》《唐韻》俱無，增加字也。又「囃、倉雜切」，雜在二十七合，《王一》「倉臘反」是也，今據正。

㊻ 上聲五十琰韻「琰、以冉切」「冉、而琰切」；「險、虛檢切」「檢、居奄切」「奄、衣儉切」「儉、巨險切」。彼此互用而不系聯。今考本韻「貶、方斂切」《王二》「彼檢反」，是斂、檢韻同類也。

㊼ 去聲五十五豔韻，「豔、以贍切」「贍、時豔切」；「驗、魚窆切」「窆、方驗切」兩兩互用而不系聯，今考本韻「弇、於驗切」《集韻》「於贍切」，是驗、贍韻同類也。

下平廿六咸	上聲五十三豏	去聲五十八陷	入聲卅一洽	開合等第
䜛咸	斬減豏	韽陷賺	夾洽図	開口二等
下平廿七銜	上聲五十四檻	去聲五十九鑑	入聲卅二狎	開合等第
監銜	黤檻	懺鑒鑑	甲狎	開口二等
下平廿八嚴 ⑧⑧	上聲五十二儼⑧⑨	去聲五十七釅	入聲卅三業	開合等第
顩嚴	埯广	釅欠劍	怯業劫	開口三等
下平廿九凡	上聲五十五范	去聲六十梵	入聲卅四乏	開合等第
芝凡	碉范犯	泛梵	法乏	合口三等

---

⑧⑧ 陳澧《切韻考》曰：「五十八鑑，此韻有䫡字，音黯去聲，而無切語，不合通例。且黯去聲則當在五十七陷與五十二豏之黯字相承，不當在此韻矣。此字已見五十三檻，此增加字也，今不錄。」

陳澧《切韻考》曰：「二十九凡，凡符咸切，此韻字少故借用二十六咸之咸字也，徐鍇符嚴反，亦借用二十八嚴之嚴字，徐鉉浮芝切，蓋以借用他韻字，不如用本韻字，故改之耳。然芝字隱僻，未必陸韻所有也。」

去聲六十梵韻有「劍、居欠切」「欠、去劍切」「俺、於劍切」當併入去聲五十七釅，與欠、釅、劍等字為類。

⑧⑨ 按咸攝上聲五十二儼、五十三豏、五十四檻之次，當改為五十二豏、五十三檻、五十四儼之次，四聲方能相應。去聲五十七釅、五十八陷、五十九鑑之次，當改為五十七陷、五十八鑑、五十九釅之次，方能與平入相配合，四聲相配始井然有序。

第八節　陳澧系聯條例與《廣韻》切語不能完全符合之原因

㈠反切之原則，上字取聲，下字取韻，然上字之韻，與下字之聲，仍無可避免夾雜其間，既雜其間，則易導致錯誤，而有不合常軌之切語出現。如五支韻“為、薳支切”，八戈韻“靴、許戈切”是也。

㈡陸法言《切韻》，原本即有所承，自唐迄宋，撰韻增字諸家，亦僅略有增訂，故《廣韻》不免存有時代較早之切語，頗與《切韻》中心時代實情不合。如去聲五十四鑑韻“暫、子鑑切”，去聲三十六效韻“罩、都教切”皆為例外之切語。有此種例外切語存在，就系聯言，其大焉者，足以使不同之聲母或韻母互相得到系聯；小焉者，亦足使聲紐與韻類本不相同之字誤入某類。例如“靴、許戈切”，可使戈韻三類韻母誤合為兩類；“罩、都教切”，足使本為知母之罩字，被誤認為端紐字。

㈢反切之造，本積累增改而成，非一時一地之人所造，其始原未注意系聯，則實同類因兩兩互用而不得系聯者，固勢所不免，又孰能定凡不能系聯者，皆不同類乎！例如“東、德紅切”“同、徒紅切”“公、古紅切”“紅、戶公切”，此四字切語下字固系聯矣。然切語下字只須與所切之字疊韻，則凡疊韻之字，均可作為切語下字，如此則“東、德紅切”可改為“東、德同切”，“同、徒紅切”可改為“同、徒東切”，在音理上並無絲毫之不同。然如此一改，則東與同、紅與公兩兩互用而不能系聯矣。孰能定其為不同類乎！

正因為有如此等原因存在，故各家系聯《廣韻》切語下字時，因其主觀之取舍標準不一，故系聯之類別，乃有多有少，而彼此常難一致，此乃其根本之原因也。

第九節　元音分析

一、元音之性質：

元音乃器官之移動，改變口腔之形狀，使口腔通道仍維持相當寬大之空間，氣流通過時，不受任何器官顯著之阻礙。故簡言之，元音乃未受口腔顯著阻礙之濁音。羅常培與王均合著《普通語音學綱要》提出區分元音與輔音之三項標準，值得參考。茲錄於下：

㈠元音的氣流遇不到什麼阻礙，而輔音的氣流得克服它所遇到的不同形式的阻礙才能通過。

㈡發元音時發音器官是均衡地保持緊張的，而發輔音時，只有克服阻礙的那一會兒遇阻的那一部分是緊張的，其它的部分並不緊張。

㈢元音的氣流較弱，而輔音，特別是不帶音的輔音，氣流較強。

元音之性質，由口腔之形狀決定，口腔之形狀，則由舌頭與嘴脣之位置決定，因此元音分類之原則有三：⑴舌頭之高低：舌頭隆起部位之高低。⑵舌頭之位置：舌頭隆起部位之前後。前元音舌頭隆起部位向硬顎提升，後元音舌頭隆起部位向軟顎提升。⑶嘴脣之狀態：嘴脣之狀態可展可圓。

二、元音之種類：

元音之不同，可以舌頭之部位，移動之高低，嘴脣之形狀，分成種種不同之元音。

㈠以舌位分：

1.舌面元音：

凡以舌面之部位移動所構成之元音，稱為舌面元音。

⑴舌面前元音：

凡由舌面前向硬顎提升而構成的元音，稱為舌面前元音，亦簡稱為前元音。

①低前元音：

舌面保持平時之高度，舌面前移，舌尖抵下齒背，此時發音，即構成國語“安”字之元音，音標作〔a〕。

②高前元音：

舌面前移，舌尖抵下齒背，舌面前盡量向硬顎提升，以不產生摩擦為度，此時發音，即構成國語“衣”字之元音，音標作〔i〕。

③半低前元音：

舌面前在〔a〕〔i〕之間，上升三分之一，此時發音，即構成寧波“三”字的元音。音標作〔ε〕。

④半高前元音：

舌面前在〔a〕〔i〕之間，上升三分之二，此時發音，即構成國語“月”字之元音。音標作〔e〕。

⑵舌面後元音：

凡由舌面後向軟顎提升而構成的元音，稱為舌面後元音，亦簡稱為後元音。

①低後元音：

舌頭在平時的高度，盡量向後縮，舌面後盡量向下降，此時發音，即構成國語“熬”字的首音，音標作〔ɑ〕。

②高後元音：

舌頭向後縮，舌面後盡量向軟顎提升，以不產摩擦為度。此時發音，即構成國語“烏”字的元音，音標作〔u〕。

③半低後元音：

舌面後在〔ɑ〕〔u〕之間，上升三分之一，此時發音，即構成英語 saw 之元音，音標作〔ɔ〕。

④半高後元音：

舌面後在〔ɑ〕〔u〕之間，上升三分之二，此時發音·即構成蘇州“沙”字的元音，音標作〔o〕。

以上八個元音，為練習一切元音的基礎，故英人瓊斯（D. Jones）稱之為“標準元音”（Cardinal vowels）。茲以圖標示之。

元音舌位圖

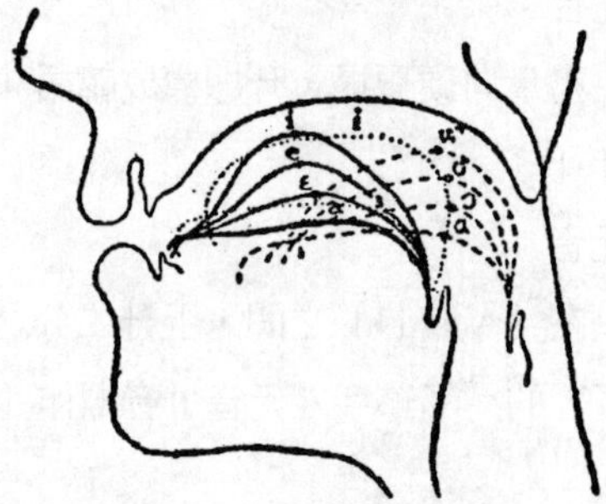

——前元音　----後元音　……混元音

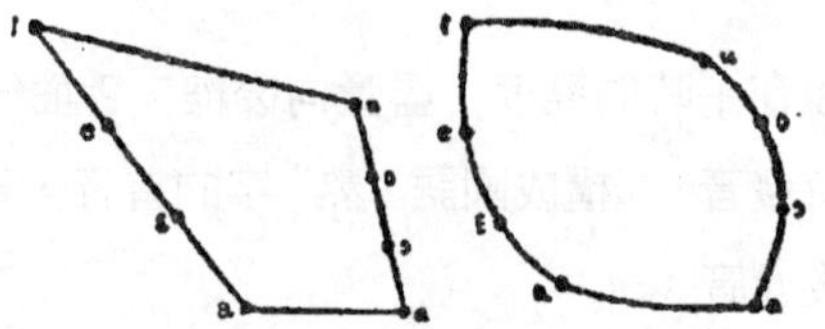

資料來源：羅常培、王均《普通語音學綱要》，頁64。

上圖是標準元音舌位圖，前元音與後元音在口腔中的位置。

下左圖是瓊斯標準元音舌位圖，下右圖魯塞爾《元音論》以 x 光所攝各元音舌頭頂點所連成的舌位圖。

(3)舌面央元音：

舌面前的後部與舌面後的前部，混合在一起，稱為舌面央。凡以舌面央向硬顎提升而構成者，稱為舌面央元音亦稱為央元音，或稱混元音。

①低央元音：

舌面保持平時靜止時之位置，不前不後，不高不低。此時發音，即構成國語"啊"字之元音，音標作〔A〕。

②高央元音：

舌面央盡量向硬顎提，升即構成韓語「一」字之元音，音標作〔ɨ〕。

③中央元音：

舌面央在〔A〕〔ɨ〕之間，上升二分之一，即構成國語"來了"的"了"字之元音，音標作〔ə〕。

2.舌尖元音：

凡以舌尖之動作而構成者，總稱為舌尖元音。

⑴舌尖前元音：

舌尖向前伸，靠近齒齦前部，讓舌尖跟齒齦中間通路稍稍放寬，使可剛好減去口部摩擦的程度，就構成國語“資”字的元音，音標作〔ɿ〕。

⑵舌尖後元音：

舌尖向後翹起，靠近齒齦後部與硬顎前部，讓氣流的通路，放寬到可以減去摩擦的程度，就構成國語“知”字的元音，音標作〔ʅ〕。

⑶捲舌元音：

舌頭位置較發央元音〔ə〕的位置，稍向前移，舌前向硬顎前部翹起，即構成國語“兒”字的元音，音標作〔ɚ〕。

㈡以脣狀分：

1.展脣元音：

舌面前元音〔ɛ〕至〔i〕，舌位愈高，嘴脣愈展，稱為展脣元音，兩脣舒展成扁平形狀。

2.圓脣元音：

舌面後元音〔ɑ〕至〔u〕，舌位愈高，嘴脣愈圓，稱為圓脣元音，兩脣撮斂成圓形。

3.中性元音：

低元音〔a〕〔A〕〔ɑ〕等，發音時保持嘴脣自然狀態，稱為中性元音，嘴脣的形狀，不圓不展。

除中性元音外，每一展脣元音皆有一圓脣元音與之相配，每一圓脣元音亦有一展脣元音與之相配。

(1)與〔i〕相配之圓脣元音為〔y〕。如國語"於"字之元音。

(2)與〔e〕相配之圓脣元音為〔ø〕。如上海"干"字的元音。

(3)與〔ɛ〕相配之圓脣元音為〔œ〕。如廣州"靴"字的元音。

(4)與〔u〕相配之展脣元音為〔ɯ〕。如如北平旗人"去"字的元音。

(5)與〔o〕相配之展脣元音為〔ɤ〕。如國語"俄"字的元音。

(6)與〔ɔ〕相配之展脣元音為〔ʌ〕。如英語"up"的"u"音。

(7)與〔ɨ〕相配之圓脣元音為〔ʉ〕。如溫州"布"字的元音。

(8)與〔ɿ〕相配之圓脣元音為〔ʮ〕。如上海"豬"字的元音。

(9)與〔ʅ〕相配之圓脣元音為〔ʯ〕。如九江"豬"字的元音。

除上述元音之外，若再求精密，則在〔i〕〔e〕之間，可加〔ɪ〕，如英語 it 之"i"音。在〔e〕〔ɛ〕之間可加〔E〕，如蘇州"哀"字的元音。在〔ɛ〕〔a〕之間可加〔æ〕，如英語 at 之"a"音。在〔u〕〔o〕之間可加〔ʊ〕，如英語"book"之"oo"音。在〔ɑ〕〔ɔ〕之間可加〔ɒ〕，如南京"大"字的元音。央元音在〔A〕之上，與〔æ〕〔ɒ〕平行處可加〔ɐ〕，如廣州"心"

字的元音。在〔ə〕〔ɐ〕之間可加〔ɜ〕，相配之圓脣為〔ɞ〕在〔ə〕〔ɨ〕之間可加〔ɘ〕，如溫州“好”字的元音。相配之圓脣元音為〔ɵ〕，如寧波“小”字的末一元音。茲以國際音標元音舌位圖表之於下：

國際音表元音舌位圖

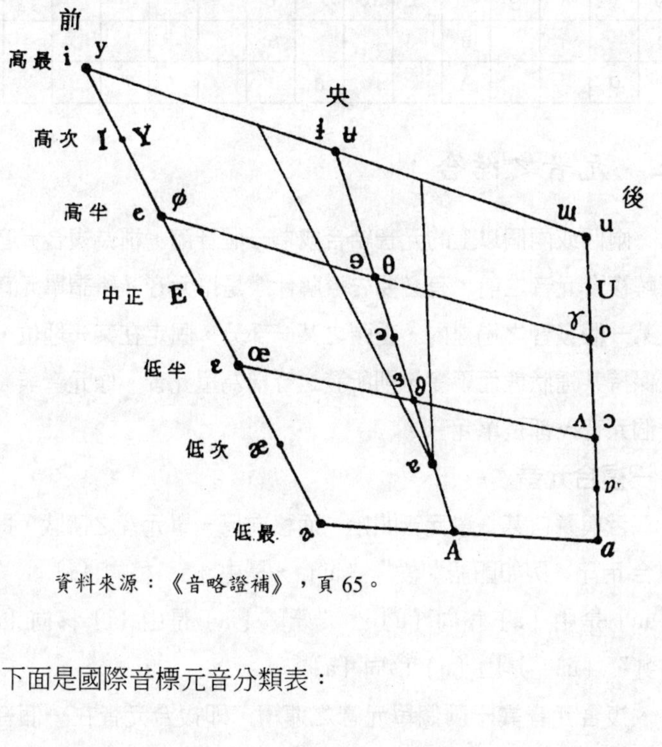

資料來源：《音略證補》，頁 65。

下面是國際音標元音分類表：

舌面									舌尖					部位
後			央			前			後			前		脣狀
圓	中	展	圓	中	展	圓	中	展	圓	中	展	圓	展	高低
u		ɯ	ʉ		ɨ	y		i	ʯ		ʅ	ʮ	ɿ	高
U						Y		I						次高
o		ɣ	ɵ		e	ø		e						半高
Ω				ə				E		ɚ				中
O		ʌ	ϑ		ɜ	œ		ɛ						半低
ɒ				ɐ				æ						次低
	ɑ			A			a							低

三、元音之結合：

兩個或兩個以上的元音結合成為一個音節，稱為複合元音。在瞭解複合元音之前，有必要先瞭解什麼是單元音。所謂單元音就是在某一個發音之過程內，舌頭之某一部分，固定在某一地位，嘴脣也保持某種狀態而不變，則所發之音稱為單元音。像元音表裏的每一個元音，都是單元音。

㈠**複合元音**：

舌與脣自某一單元音開始，而移向另一單元音之情狀，即構成複合元音。例如國語“愛”〔ai〕，是由〔a〕移向〔i〕；“奧”〔au〕是由〔a〕移向〔u〕；“牙”〔ia〕是由〔i〕移向〔a〕；“蛙”〔ua〕是由〔u〕移向〔a〕。

複合元音異于兩個單元音之連續，即複合元音在一個音節之內，而兩個單元音之連續，則分別屬於兩個音節。所謂音節，乃一個或幾個音素組成的最小的語音片段。音節係依響度（sonority）

區分，所謂響度，乃指各種音素在本質上能使人容易或不容易聽到的程度。根據葉斯柏森（Schallfulle）的《語音學教本》，把各個音素按其響度之弱與強，分成下列八級：

1.響度最低的是清塞音〔p〕〔t〕〔k〕，其次是清擦音〔h〕〔f〕〔s〕。

2.較響一點的是濁塞音〔b〕〔d〕〔g〕，然後是濁擦音〔v〕〔z〕〔ʒ〕。

3.再響一點的是鼻音〔m〕〔n〕〔ŋ〕及邊音〔l〕〔ʎ〕。

4.更響一點的是顫音〔r〕〔R〕等。

5.又響一點的是高元音〔i〕〔u〕〔y〕等。

6.又再響一點的是半高元音〔e〕〔o〕等。

7.又更響一點的是半低元音〔ɛ〕〔ɔ〕等。

8.最響的是低元音〔a〕〔ɑ〕〔A〕等。

它們之間的關係如下：

低元音＞半低元音＞半高元音＞高元音＞舌尖元音＞顫音＞鼻音、邊音＞濁擦音＞濁塞音＞清擦音＞清塞音

以音標表示則如下式：

ɑ > ɛ > e > i > ɿ > r >n、l > z > d > s > t

如果按著響度的先後大小，可將複合元音分為二類：

1.下降複合元音：

響度先大後小者稱之。如國語“奧”〔au〕、“愛”〔ai〕、“歐”〔ou〕是。

2.上升複合元音：

響度先小後大者稱之。如國語“牙”〔ia〕、“也”〔ie〕、

“蛙”〔ua〕是。

通常人們把下降的複合元音視作真正的複合元音，上升的複合元音，則視為介音加主要元音。

㈡**三合元音**：

舌與脣自某一個單元音開始，移向另一單元音之後，繼續又移向第三單元音之情狀，即構成三合元音。三合元音之條件，必須中間元音之響度較前後元音皆大。例如國語“妖”〔iau〕、“油”〔iou〕、“尾”〔uei〕、“歪”〔uai〕等皆是。

四、半元音：

從高元音之地位，再將舌頭向上移動，所發出之音，即略帶摩擦性，稱為半元音。不過，只有高元音才有相配的半元音。茲分述之於下：

1.與〔i〕相配的半元音為〔j〕，如英語 year 之 y 音。

2.與〔y〕相配之半元音為〔ɥ〕，如法語 huit 之 u 音。

3.與〔u〕相配之半元音為〔w〕，如英語 west 之 w 音。

五、介音：

凡〔i〕〔u〕〔y〕三音在比其響度大之元音前者，稱為介音。有〔i〕介音者為齊齒呼。如國語“也”〔ie〕、“妖”〔iau〕；有〔u〕介音者為合口呼。如國語“娃”〔ua〕、“威”〔uei〕；有〔y〕介音者為為撮口呼。如國語“月”〔ye〕、“淵”〔yan〕；無任何介音者為開口呼。如國語“啊”〔a〕、“安”〔an〕。

六、國語韻母：

國語韻母可按“開”“齊”“合”“撮”四等呼排列於下：

1.帀[ï]、ㄚ[a]、ㄛ[o]、ㄜ[e]、ㄞ[ai]、ㄟ[ei]、ㄠ[au]ㄡ[ou]、ㄢ[an]、ㄣ[ən]、ㄤ[aŋ]、ㄥ[əŋ]、ㄦ[ɚ]。

2.ㄧ[i]、ㄧㄚ[ia]、ㄧㄝ[ie]、ㄧㄠ[iau]、ㄧㄡ[iou]、ㄧㄢ[ian]、ㄧㄣ[in]、ㄧㄤ[iaŋ]、ㄧㄥ[iŋ]。

3.ㄨ[u]、ㄨㄚ[ua]、ㄨㄛ[uo]、ㄨㄞ[uai]、ㄨㄟ[uei]、ㄨㄢ[uan]、ㄨㄣ[uən]、ㄨㄤ[uaŋ]、ㄨㄥ[uŋ]。

4.ㄩ[y]、ㄩㄝ[ye]、ㄩㄢ[yan]、ㄩㄣ[yn]、ㄩㄥ[yuŋ]。

七、國語聲調：

字母式聲調符號，乃以豎線分為四等分，自下而上，共分五點，算作五度，以表示聲音高低的尺度。國語連輕聲共有五調。符號與調值是：

陰平 第一聲 55˥

陽平 第二聲 35˧˥

上聲 第三聲 214˨˩˦

去聲 第四聲 51˥˩

輕聲 ˧.

陰陽上去是學術上應之名詞，第一聲、第二聲等，則是一般教學上應用之名詞。

八、國語兒化韻讀音的規則：

1. ï+ɿ變əɿ。如：

字兒〔əɿ〕、紙兒〔əɿ〕。

2. i、u、y、a、ia、ua、ɤ、ie、uo、ye+ɿ，保持不變。如：

雞兒〔tɕiɿ〕、鼓兒〔kuɿ〕、魚兒〔yɿ〕、靶兒〔paɿ〕、格兒〔kɤɿ〕、葉兒〔ieɿ〕、桌兒〔tʂuoɿ〕、月兒〔yeɿ〕等。

3. 帶i韻尾的複元音韻母+ɿ，i尾消失。例如：

ai、uai 變 aɿ、uaɿ，如"牌兒"〔p'aɿ〕、"帥兒"〔ʂuaɿ〕。

ei、uei 變əɿ、uəɿ，如"杯兒"〔pəɿ〕、"鬼兒"〔kuəɿ〕。

4. 帶u韻尾的複元音韻母+ɿ，其音不變。例如：

"刀兒"〔tauɿ〕、"鳥兒"〔niauɿ〕、"頭兒"〔t'ouɿ〕。

5. 帶n韻尾的韻母+ɿ，n消失：

an+ɿ變aɿ，如"瓣兒"〔paɿ〕←(pan+ɿ)。

ian+ɿ變iaɿ，如"辮兒"〔piaɿ〕←(pian+ɿ)。

ən+ɿ變əɿ，如"針兒"〔tɕəɿ〕←(tʂən+ɿ)。

in+ɿ變iɿ，如"今兒"〔tɕiɿ〕←(tɕin+ɿ)。

uən+ɿ變uəɿ，如"滾兒"〔kuəɿ〕←(kuən+ɿ)。

yn+ɿ變yɿ，如"雲兒"〔yɿ〕←(yn+ɿ)。

6. 帶ŋ韻尾的韻母+ɿ，ŋ消失，主要元音鼻化；但為書寫方便，可保留ŋ韻尾，不用鼻化符號。只要知道ɿ前面的ŋ，實際上是作為元音鼻化符號用的就可以了。

əŋ+ɻ變ə̃ɻ，如"凳兒"〔tə̃ɻ〕←(təŋ+ɻ)。

iŋ+ɻ變 ĩɻ，如"名兒"〔mĩɻ〕←(miŋ+ɻ)。

uŋ+ɻ變 ũɻ，如"空兒"〔k'ũɻ〕←(kuŋ+ɻ)。

aŋ+ɻ變 ãɻ，如"湯兒"〔t'ãɻ〕←(t'aŋ+ɻ)。

iaŋ+ɻ變 iãɻ，如"樣兒"〔iãɻ〕←(iaŋ+ɻ)。

uaŋ+ɻ變 uãɻ，如"光兒"〔kuãɻ〕←(kuaŋ+ɻ)[90]。

第十節　語音變化

一個語音和其他語音組成一連串連續的音，就難免互相影響，於是就產生了語音的變化，這叫做聯合音變。語音的變化服從於一定的變化規律，但語音的變化規律，不是可以應用於任何語言，任何時代的一般規律。普通常見的語音變化，有下列的幾種。茲分別說明於下：

一、弱化作用（weakening）

㈠輔音弱化：

凡輔音對語音繼續阻力大者，稱為強輔音，對語音繼續阻力小者稱為弱輔音。凡是由較強的輔音變為較弱的輔音，也就是由對於語音的繼續的阻力較大的音，改變為對於語音的繼續的阻力較小的

---

[90] 以上國語兒化韻之變化參考董同龢《漢語音韻學》第二章國語音系，頁25-26。

音的變化，就叫做輔音的弱化。

一般而言，清輔音較濁輔音強，塞音塞擦音較擦音、鼻音、邊音、顫音強。

輔音的弱化，常是輔音減少的前奏，大體說來，強輔音在消失前，常要經過弱化的過程。像國語“五個”，兩個字單獨發音是〔u〕〔kɤ〕，讀快了就成了〔uə〕，〔k〕消失了。我們可以理解，〔ukə〕先弱化為〔ugə〕再弱化為為〔uɣə〕，然後〔ɣ〕再消失。

古印歐語*p、*t、*k 變為日耳曼語的 f、θ、x，亦為輔音弱化的結果。

㈡元音弱化：

元音在非重讀音節中改變其本來性質之變化，叫做元音弱化。弱化的元音，多半是緊元音變鬆元音，前、後元音變央元音，複元音變單元音。例如國語：

回來[xui lɛ]。來 lai 輕讀變 lɛ。

了了 liau lə。了 liau 輕讀變 lə。

棉花 miɛn xuə。花 xua 輕讀變 xuə。

外頭 uai t‘ə。頭 t‘ou 輕讀變 t‘ə。

英語發音有所謂弱式與強式，弱式發音大體即元音之弱化。如：

them 強式讀〔ðem〕，弱式讀〔ðəm〕。

of 強式讀〔ɔv〕，弱式讀〔əf〕。

a 強式讀〔ei〕，弱式讀〔ə〕。

二、節縮作用（syncopation）

一串音連續發出時，有時發生音素減少的現象，叫做減音，就是節縮作用。

㈠輔音節縮：

輔音消失的原因很多：

1.有時幾個輔音連在一起，不便於發音也會產生輔音節縮的現象。例如：英語

"碗櫥" cupboard [ˊkʌpbəd → ˊkʌbəd]

"龜甲" tortoise-shell [ˊt'ɔt'əsʃə → ˊt'ɔt'əʃəl]

"城堡" castle [kɑstl → kɑsl]

"風車" windmill [ˊwindmil → ˊwinmil]

"親切" kindness [ˊkaindnis → ˊkainnis]

2.有時雖不是許多輔音連在一起，但說話人為減少對於語音繼續的阻力，把輔音減少。例如：

廈門話"中"〔tiɔŋ〕"國"〔kɔk〕連讀時作〔tiɔŋɔk〕，〔k〕消失了。

"剃"〔t'i〕"頭"〔t'aʊ〕"刀"〔to〕，連讀時作〔t'iaʊto〕，〔t'〕消失。

"給"〔ka〕"我"〔gʊa〕連讀時作〔kaʊa〕，〔g〕消失。

福州話"米"〔mi〕"缸"〔kouŋ〕，連讀作〔miouŋ〕，〔k〕消失了。

"大"〔tuai〕"喜"〔çi〕，連讀作〔tuaii〕，

〔ç〕消失了。

"西"〔sɛ〕"風"〔xuŋ〕，連讀作〔sɛuŋ〕，〔x〕消失了。

3.有時語言雖對於古字或借字的傳統拼法不加改變，但依照當代自己的音韻特徵讀音，也會發生輔音節縮的現象。例如：

英語不允許以〔kn〕作一個字的首音，遇到傳統拼法以 kn 作首音的字，就改以 n 為首音，把 k 取消，於是就把"知道"know 讀作〔nou〕。

"小刀"knif 讀作〔naif〕。

英語也不允許以〔ps〕作一個字首音，遇到以 ps 作首音的字，就改以 s 為首音把 p 取消，於是"心理學"psychology 讀作〔sai´kɔlədzɪ〕。

"假名"pseudonym 讀作〔´sjudənɪm〕。

4.有時輔音本身變弱，發音時消失。如《廣韻》的-p、-t、-k 韻尾，先弱化為-ʔ，然後消失。如國語"鴿"〔kap〕、"割"〔kat〕、"各"〔kak〕今皆讀作〔kɤ〕，韻尾輔音消失。

㈡元音節縮：

在非重讀的音節中，常有元音減少之現象，元音之減少，往往造成音節之脫落。例如：英語 I am 通常讀作 I'm〔aim〕。let us 讀作 let's〔lets〕。

國語"我們"有人說成〔uomn〕，"們"字的元音〔ə〕消失。

英語"歷史"history 讀成 histry，o 消失。"雄辯的"eloquent 常讀成 elkent，o 與 u 消失。do you 讀作〔dju〕。do 失去 u。

古漢語的〔j〕介音，在舌根聲母或捲舌聲母與主要元音 u 之間，也常常失落。例如："中"〔tʂjuŋ → tʂuŋ〕、"弓"〔kjuŋ → kuŋ〕、"狂"〔gʻjuɑŋ → kʻjuɑŋ → kʻuɑŋ〕。

此外尚有輔音與元音同時節縮者，例如：國語"不"〔pu〕"知"〔tʂï〕"道"〔tau〕連讀作〔puɹtao〕，丟失輔音〔tʂ〕，元音〔ï〕變為〔ɹ〕。

三、增音作用（epenthesis）

在許多音連續發出時，常有音素增加之現象，稱為增音作用。

1.輔音增加：兩輔音間，有時增加一過渡音，此因發前一音後，發音部位與方法尚未調整到發後一音的發音部位與方法之故。

例如英語 dreamt（作夢－過去時）本應讀作〔dremt〕，但常被讀成〔drempt〕，〔p〕出現於〔m〕與〔t〕之間，乃因發〔m〕後，應將發音部位與方法同時調整至〔t〕之發音部位與方法，但雙脣尚未張開時，軟顎已先上舉，閉塞氣流通往鼻腔之路，故產生一雙脣塞音〔p〕。

2.元音增加：元音之增加，多半為適合語言之音韻特徵。例如古漢語的-m 尾，在國語中皆已消失，但口語中仍保留若干-m 尾，保留之法，即在-m 後加一元音，使單音節字變為雙音節詞。例如：

"尋"中古讀〔zjəm〕，今國語讀〔ɕyn〕，-m 變-n，然口語"找尋"讀作〔ɕyɛmə〕。

"甚"中古讀〔ʑjəm〕，今國語讀〔ʂən〕，-m 變-n，然口語"甚麼"讀作〔ʂəmə〕，故或寫作"什麼"。

日本借用漢字入聲字時，皆於韻尾增加一元音，使漢語單音節字變為雙音節，以適合日語之音韻特徵。例如：

"一"中古讀〔ʔjet〕，現代日語讀〔itçi〕。

"國"中古讀〔kuək〕，現代日語讀〔koku〕。

四、同化作用（assimilation）

當兩個不相同或不相似的音鄰近發音時，兩音互相影響，互相適應，使其中之一變作相同或相似者，稱為同化作用。同化作用又可分為全部同化與部分同化，全部同化乃一音使另一音與己完全相同，部分同化乃一音使另一音與己發音部位或發音方法有一部分相同。

㈠輔音同化：

1.前向同化又稱順同化：前一音影響後一音。

⑴全部同化：前一音使後一音發音部位與發音方法與己完全相同。福州話兩字連讀時，若前一音韻尾為〔ŋ〕，後接字首為 k-、k'-、X-、tç-、tç'-、ç-、0-等時，則後一字之聲母，常為前接韻尾-ŋ同化為ŋ-。例如：

〔tçieŋ〕"戰"〔kwɔk〕"國"連讀作〔tçieŋŋwɔk〕

〔k'iŋ〕"輕"〔k'ei〕"氣"連讀作〔k'iŋŋei〕

〔p'iŋ〕"品"〔xaiŋ〕"行"連讀作〔p'iŋŋaiŋ〕

〔eiŋ〕"限"〔tçiɛ〕"制"連讀作〔eiŋŋiɛ〕

〔tç'iŋ〕"清"〔tç'yɔŋ〕"唱"連讀作〔tç'iŋŋyɔŋ〕

〔k'ieŋ〕"謙"〔çy〕"虛"連讀作〔k'ieŋŋy〕

〔tyŋ〕"中"〔yɔŋ〕"央"連讀作〔tyŋŋyɔŋ〕

英語 individual（個人的）本來讀作〔ɪndɪvɪdjʊəl〕，但有人把它讀作〔ɪnnɪvɪdjʊəl〕兩個非重讀音節中相連的兩個輔音，其中的一個[d]，被[n]同化為[n]。

⑵部分同化：

①部位同化：英語 bacon（鹹肉）本讀作〔ˊbeikn̩〕，舌尖音〔n〕被舌面後音〔k〕同化為〔ŋ〕。

②方法同化：福州“棉”讀作〔mieŋ〕，“袍”讀作〔pɔ〕，棉袍連讀則為〔mieŋmɔ〕。〔p〕為〔ŋ〕同化作〔m〕。

2.後向同化又稱逆同化：後一音影響前一音。

⑴全部同化：

國語“難”讀作〔nan〕“免”讀作〔miɛn〕，連讀則作〔nammiɛn〕〔n〕被〔m〕同化為〔m〕。

廣州“一”讀作〔jɐt〕“文”讀作〔mɐn〕，連讀則作〔jɐmmɐn〕，〔t〕被〔m〕同化作〔m〕。

又如原始印歐語“睡”作〔ˊswepnos〕，在拉丁語為〔somnos〕，在義大利為〔sonnos〕，拉丁語之〔m〕受〔n〕同化，故變入義大利作〔n〕。

⑵部分同化：

①部位同化：國語“麵”讀〔miɛn〕，“包”讀〔pau〕，連讀則為〔miɛmnpau〕。“

暖”讀作〔nuan〕“和”讀作〔xuo〕，連讀則為〔naŋxuo〕，〔n〕為〔x〕同化成〔ŋ〕。

廈門“牽”讀〔k‘an〕“馬”讀〔be〕，連讀則為

〔k‘ambe〕。

②方法同化：法語“觀察”observer 讀作〔ɔpsɛr′ve〕，濁塞音 b 為清擦音 s 同化作清塞音 p。

**古漢語舌尖音或舌根音聲母，受後接高前元音的影響，被同化成舌面音聲母。稱為顎化作用（palatalization）。顎化作用實即元音或半元音對鄰近輔音之一種同化作用。因為高元音〔i〕或半元音〔j〕舌位較高，接近硬顎中部，與硬顎接觸面廣，易生摩擦，與發音部位不同之輔音結合時，易使此類輔音發音部位接近中顎，導致輔音顎化。例如：

家 ka → kia → tɕia

詳 zjaŋ → sjaŋ → ɕiaŋ

取 ts‘juo → tɕ‘y

行ɣɐŋ → ɣiəŋ → ɕiŋ

心 sjem → ɕin

錢 dz‘jæn → ts‘jæn → tɕ‘ian

群 g‘juən → tɕ‘yn

間 kan → kian → tɕian

**清輔音若處於前後元音之間，常受元音同化為濁輔音。例如國語“來”讀〔lai〕“吧”讀〔pa〕，連讀則為〔laiba〕〔p〕在〔i〕〔a〕之間受同化為濁輔音〔b〕。

英語“檢查”examine 讀作〔eg′zæmin〕，〔ks〕變作〔gz〕。

㈡元音同化：

1.由低變高：如國語韻母ㄢ〔an〕裡面的〔a〕，舌位是比較低的，但當前面有高元音〔i〕和〔y〕時，它就受同化變為較高較前的〔ε〕。例如：

"天"讀作〔t'ian→t'iεn〕　"泉"讀作〔tɕ'yan→tɕ'yεn〕

"邊"讀作〔pian→piεn〕　"源"讀作〔yan→yεn〕

"見"讀作〔tɕian→tɕiεn〕　"宣"讀作〔ɕyan→yεn〕

"賢"讀作〔ɕian→ɕiεn〕　"涓"讀作〔tɕyan→tɕyεn〕

《廣韻》禡韻借子夜切 tsja → tɕie˥˩

《廣韻》馬韻且七也切 ts'ja → tɕ'ie˨˩˦

2.由高變低：國語高元音〔i〕〔u〕單獨發音時，舌位最高，若前接低元音〔A〕時，則舌位變低，〔A〕亦受高元音之同化，舌位偏前或偏後。例如：

〔A〕＋〔i〕→〔aɪ〕

〔A〕＋〔u〕→〔ɑo〕

3.由後變前：國語〔A〕單獨發音時，舌位不前不後，為低央元音。若後接高前元音〔i〕或舌尖鼻音〔n〕、舌尖塞音〔t〕時，則舌位前移為〔a〕。例如：

〔A〕＋〔i〕→〔aɪ〕

〔A〕＋〔n〕→〔an〕

〔A〕＋〔t〕→〔at〕

德語中亦有後元音受後接元音之同化而舌位前移者，例如"人民" Volk 讀作〔vɔlk〕，若後接小稱語尾-chen〔çən〕，則〔ɔ〕受-chen 中元音〔ə〕之影響而同化為〔ɵ〕。在文字上寫作 Völkchen "小國民"。

4.由前變後：國語〔A〕若後接高後元音〔u〕或舌根鼻音

〔ŋ〕、舌根塞音〔k〕時，則舌位後移為〔ɑ〕。例如：

〔A〕＋〔u〕→〔ɑo〕

〔A〕＋〔ŋ〕→〔ɑŋ〕

〔A〕＋〔k〕→〔Ak〕。

五、異化作用（dissimilation）

當兩個以上相同或相似之音，連接發音時，為避免重複，其中一音變成與他音不相同或不相似者，稱為異化作用。

㈠輔音異化：

1.前向異化，又稱順異化。前一音使後一音趨異。

例如："凡"字在隋代讀〔b'juɐm〕，韻尾收-m 尾，今廣州話雖仍有收-m 之字，但此字已讀作〔fan〕，韻尾為-n，即-m 受 b'-異化之結果。

"法"字隋代讀〔pjuɐp〕，今廣州話讀〔fat〕，韻尾為-t，即-p 受 p-異化之結果。

其演變之過程為：

"凡" b'juɐm → bv'juɐm → bv'juɐn → van → fan。

"法" pjuɐp → pfjuɐp → pfjuɐt → fat。

拉丁語 marmor"大理石"變入法語為 marbre。第二個 m 為第一個 m 異化為 b。傳入英語為 marble。第二個 r 又為第一個 r 異化為 l。

2.後向異化又稱逆異化。後一音使前一音趨異。

"凡"字在隋代讀〔b'juɐm〕，今廈門語讀〔huam〕，聲母 b'-受異化為喉擦音 h-。

“法”字隋代讀〔pjuɐp〕今汕頭讀〔huap〕。聲母 p-亦受韻尾-p 異化為 h-。其演變如下：

“凡”b'juɐm → hjuɐm → huam。

“法”pjuɐp → hjuɐp → huap。

㈡**元音異化**：

元音之複元音化，即為異化作用之一種。

例如如中古漢語“夏”〔ɣa〕，變為國語〔çia〕；“家”〔ka〕變為國語〔tçia〕。〔a〕音前部變成與〔a〕不同之〔i〕，後部仍保留為〔a〕。其演變過程如下：

夏〔ɣa〕→〔ɣaa〕→〔ɣia〕→〔xia〕→〔çia〕。

家〔ka〕→〔kaa〕→〔kia〕→〔tçia〕。

古代法語之 ei，當係拉丁語長 e 與短 e，在不同時代演化而來之結果，古法語之 aveir“有”（即現代之 avoir）係從拉丁語 habēre 而來。古法語 teit“房瓦”（即現代之 toit）係從拉丁語 tectu 而來。e 與 i 均為高元音，發音極近。故此一單元音化為複元音之元音，即易混為一音，非 e 即 i。若然，則為同化作用。i 為法語語音體系中最前最高之元音，既不可能變為更前更高之元音，則唯 e 有可往後退，變為更低之元音，如此則有二種情形：

一為德語元音異化之路，德語情形為 e 變ɛ，然後再變為 a，ein → ɛin → ain。此時同化作用又出現，將 i 拉近于 a，變為 e，故近德語雖寫作〔ein〕卻讀為〔aen〕。

一為法語異化之路，e 異化為 o，故寫作 avoir，然 o 與 i 距離仍遠，於是起同化作用，將 i 拉近變 e，成為 oe，二者開口度同，難以維持現狀，故將 e 之開口度加大為ɛ，成為 oɛ，再變為 uɛ，uɛ

亦非理想。此時正逢法語失去發複元音之習慣，於是將 u 變作輔音 w，成為 wɛ。此種情形保持數百年之久，然一軟顎輔音 w 加於一前元音之前，發音部位仍嫌過遠，故ɛ向後退為 a，變作 wa。是以今法語雖寫作 avoir，toit，卻讀為〔avwar〕、〔twa〕。

國語“尾”〔uei〕“巴”〔pa〕，連讀為〔ipa〕，即因異化作用所致。ueipa → uipa → iia。

國語“暖”〔nuan〕“和”〔xuo〕連讀為〔naŋxuo〕亦有異化作用在。即 nuanxuo → nuaŋxuo → naŋxuo。

㈢**聲調異化**：

國語兩上聲相連，前一上聲被後一上聲異化而變陽平。

“粉”〔fən˨˩˦〕“筆”〔pi˨˩˦〕→“粉筆”〔fən˧˥pi˨˩˦〕。

“冷”〔ləŋ˨˩˦〕“水”〔ʂuei˨˩˦〕→“冷水”〔ləŋ˧˥ʂuei˨˩˦〕。

“很”〔xən˨˩˦〕“好”〔xao˨˩˦〕→“很好”〔xən˧˥xao˨˩˦〕。

六、換位作用（metathesis）

兩個音素前後互換位置，稱為換位作用。換位作用為使兩相連之音素，取得更合理之次序，以使發音更為方便。

例如：“蜈蚣蟲”三字在江西臨川分讀作〔ŋu〕〔kuŋ〕〔t‘uŋ〕，連讀則為〔ŋuŋkut‘uŋ〕。〔ŋu〕中之〔u〕與〔kuŋ〕中之〔uŋ〕換位，使〔kuŋ〕中之〔uŋ〕與〔t'uŋ〕中之〔uŋ〕遠離，以免繞口。

上古音“尤”演變成今國語音讀，亦經過換位作用。**ɣjuə → *ɣjəu → jəu → iəu → iou。

古英語“黃蜂”waps 變作現代英語 wasp[wɔsp]，亦係換位作用。

七、轉換作用（morphology）

轉換也叫做交替，就是用一個音替換另一個音。有些語言利用音的轉換，在形態變化上起一定的作用。例如古代漢語有些形態變化，是以單音詞內的語音轉換方式來進行的。例如：

"見"（看見）*kian："現"（出現）*ɣian

"勿"（不要）*mjuət："未"（未曾）*mjuəi

"堂"（廳堂）*d‘aŋ："庭"（宮庭）*d‘ieŋ

"納"（使入）*nəp："內"（在內）*nuəi

以上的例子，有些是聲母的轉換，有些是元音的轉換，有些是韻尾的轉換。

在現代漢語中，音的轉換，主要表現在聲調方面。例如：

1.陰平和去聲的轉換：

擔負：挑擔　鑽研：鐵鑽

看守：看見　中間：中意

勝任：得勝　應聲：反應

2.陽平和去聲的轉換：

難受：困難　測量：數量

3.上聲和去聲的轉換：

真假：請假　散漫：分散

積累：勞累　買入：賣出

多少：老少　碰倒：倒轉

好入：好學　言語：語人

4.陽平送氣和去聲不送氣的轉換：

長短：生長 重復：重量

收藏：寶藏

5.陽平、擦聲和去聲、塞擦聲的轉換：

投降：下降

6.元音的轉換：

銀行、外行：行為、行路

省府：反省

惡霸：可惡

八、類推作用：（analogy）

某一音之變化，受其他音型式之影響。即發音時將一詞或一組詞中之音素，依他一詞或他組詞之音素典型，依類相推加以變化之現象，稱為類推作用。

例如廣州“我”〔ŋɔʎ〕“你”〔neiʎ〕“佢”〔k‘øyʎ〕三字皆讀陽上，“我”“你”古屬次濁聲母，廣州讀陽上，符合音變規律。“佢”即《集韻》平聲“傢”字，《集韻》平聲魚韻：「傢、吳人呼彼稱，通作渠。求於切。」“佢”字全濁平聲，廣州應讀陽平，今讀陽上者，蓋受“我”“你”讀音類推之影響。

類推作用有助於語言的學習，例如福州“見”〔kiɛn〕，國語讀〔tɕiɛn〕；則福州“京”〔kiŋ〕，國語讀〔tɕiŋ〕。

九、交流作用（interaction）

不同語言互相影響，謂之交流作用。例如“尷尬”

〔kan˥ka˨˩〕二字，尷、古咸切，尬、古拜切，按音變規律，國語應讀“監介”〔tɕiɛn˥tɕie˨˩〕，今讀〔kan˥ka˨˩〕不讀〔tɕiɛn˥tɕie˨˩〕，乃因此詞係由吳語方言傳入，國語〔kan˥ka˨˩〕，實模仿吳語〔kɛ̃ ka〕之結果。由於語言之交流作用，遂常有不規則之現象發生。

十、鼻化作用（nazalization）

鼻化多半限於元音，在很少的情形下，輔音也有鼻化。鼻化的意思是應發口音時，軟顎下垂一點，使氣流由鼻腔和口腔同時流出，因而使口音帶有鼻音的色彩。鼻化表示的方法是在原來音上加上一個“~”。發生鼻化的原因有兩種，一種是在某語言中有鼻化音的獨立音位，發元音時自然把鼻腔通路打開，並不是受鄰近音的影響，這種鼻化不屬於同化範疇，（在歷史上也許是由于同化造成的）。現代法語中有許多鼻化的元音音位，不過在文字上是用在元音後面加上鼻音 n 或 m 的辦法來表示，例如：main“手”讀作〔mɛ̃〕，faim“餓”讀作〔fɛ̃〕。

另一種是由于受鄰近音的影響，使口音變為鼻化音，這是同化作用的一種，元音的鼻化，由於元音和鼻音相連，有時受鼻音的同化而有鼻化的現象。如廣西省龍勝縣北區的瑤語，稱“嫂”為〔mɑ〕，但“雲”為〔mɑ̃ŋ〕，“借”讀作〔kɑ〕，但“講”讀作〔kɑ̃ŋ〕，都是〔ɑ〕被〔ŋ〕同化為鼻化元音〔ɑ̃〕。輔音也可以有同樣的變化，例如：英語 good night“晚安”中的[d]就受了後面的[n]的同化而成為[d̃]。

第十一節 《廣韻》二百六韻之正變

一、正變

陸氏《切韻》之定，首以論「南北是非，古今通塞」為其要旨，故其分韻，除四聲、等呼、陰陽之異者外，又因古今沿革之不同，而有正韻（古本韻）與變韻（今變韻）之別，正為古所本有，變則由正而生。法言酌古沿今，剖析毫釐。（案：法言古今沿革之分析，約而言之，可得四端：一、古同今變者，據今而分。二、今同古異者，據古而分。三、南同北異者，據北而分。四、北同南異者，據南而分。）《廣韻》據而增改之，故二百六韻，兼賅古今南北之音。今若不論古今南北，通塞是非，僅據一方之語音，驗諸口齒，則每有韻部不同，而音實相同之感。若以古今南北通塞是非考之，則二百六韻之分析，皆有至理。三代以下，唐宋以前之聲韻，至今尚可考求者，亦賴於此。

關於《廣韻》分部正變之說，昔人雖有言者，然皆僅得一隅，未明大道。迨蘄春黃季剛先生以聲之正變，定韻之正變，然後始知韻同而等呼不同則或分之。等呼雖同，正變不同，亦不能不分。[91]

---

[91] 黃季剛先生根據錢大昕《十駕齋養新錄》〈古無輕脣音〉〈舌音類隔之說不可信〉二文及章太炎先生〈古音娘日二紐歸泥說〉一文，以錢章二氏所考定古所無之非敷奉微，知徹澄、娘日九紐，檢查《廣韻》每一韻類，發現凡無非敷奉微等九紐之韻類，一定也無「喻為群、照穿神審禪、莊初床疏、邪」等十三紐，則此十三紐，應與非等九紐同一性質，即亦為變聲可知。四十一聲紐中，除去此二十二紐變聲，所剩十九紐，自為正聲可知。

黃先生有《聲經韻緯求古音表》，以《廣韻》各韻韻類為單位，將《廣韻》各韻之韻紐，依其平上去入四聲及開齊合撮四呼，將其切語分別填入其中，若相承之平上去入四聲韻類，全為正聲（古本紐）者，則為正韻（古本韻），若雜有變聲者，則為變韻。茲將《廣韻》二百六韻各韻韻類，填入下表，以明其正韻變韻之別。

聲調	平聲				上聲				去聲				入聲			
韻目	一東				一董				一送				一屋			
等呼	開口	合口	齊齒	撮脣	開口	合口	齊齒	撮脣	開口	合口	齊齒	撮脣	開口	合口	齊齒	撮脣
影	翁烏紅				蓊烏孔				甕烏貢				屋烏谷		郁於六	
曉	烘呼東				嗊呼孔				烘呼貢		臭香仲		㱿呼木		蓄許竹	
匣	洪戶公				澒胡孔								縠胡谷			
喻			融以戎												育余六	
為			雄羽弓												囿于六	

凡無變聲之韻，則為正韻。有變聲之韻，即為變韻。黃先生〈聲韻條例〉云：「凡韻有變聲者，雖正聲之音，亦為變聲所挾而變，讀與古音異，是為變韻。」

見	公古紅		弓居戎						貢古送				穀古祿		菊居六	
溪	空苦紅		穹去宮		孔康董				控苦貢		穹去仲		哭空谷		麴驅匊	
群			窮渠弓												驧渠竹	
疑	岘五東														砡魚菊	
端	東德紅				董多動				涷多貢				穀丁木			
透	通他紅				侗他孔				痛他貢				禿他谷			
定	同徒紅				動徒總				洞徒弄				獨徒谷			
泥					噥奴動				齈奴涷							
來	籠盧紅		隆力中		曨力董				弄盧貢				祿盧谷		六力竹	
知			中陟弓								中陟仲				竹張六	
徹			忡敕中												蓄丑六	
澄			蟲直								仲直				逐直	

			弓								眾				六	
娘															朒女六	
日			戎如融												肉如六	
照			終職戎												粥之六	
穿			充昌終								銃充仲				俶昌六	
神																
審															叔式竹	
禪															熟殊六	
精	葼子紅				總作孔				粽作弄		趥子仲		鏃作木		蹙子六	
清	匆蘇公								謥千弄				瘯千木		鼀七宿	
從	叢徂紅												族昨木		歒才六	
心	檧蘇公		嵩息弓		甬先孔				送蘇貢				速桑谷		肅息逐	
邪																
莊															戚側	

															六	
初															珿初六	
床			崇鋤弓								崇仕仲					
疏															縮所六	
幫					琫邊孔								卜博木			
滂													扑普木			
並	蓬薄紅				菶蒲蠓								暴蒲木			
明	蒙莫紅		瞢莫中		蠓莫孔				霿莫弄		夢莫鳳		木莫卜		目莫六	
非			風方戎								諷方鳳				福方六	
敷			豐敷隆								賵撫鳳				蝮芳福	
奉			馮房戎								鳳馮貢				伏房六	
微																
切語下	紅公東		弓戎中		動孔董				貢弄送		仲眾鳳		木谷祿		六竹匊	

字			宮融終隆		總				涑				卜		菊宿逐福	
備註	豐敷空切今據《切三》正作敷隆切								鳳馮貢切誤							
韻目	二	冬			二	(湩)			二	宋			二	沃		
等呼	開口	合口	齊齒	撮脣	開口	合口	齊齒	撮脣	開口	合口	齊齒	撮脣	開口	合口	齊齒	撮脣
影														沃烏酷		
曉														熇火酷		
匣		碚戶冬								碚乎宋				鵠胡沃		
喻																
為																
見		攻古冬												梏古沃		
溪														酷苦沃		
群																
疑														擢五沃		
端		冬都宗				湩都鵼								篤冬毒		

透		炵他冬								統他綜						
定		彤徒冬												毒徒沃		
泥		農奴冬												褥內沃		
來		䃁力冬												濼盧毒		
知																
徹																
澄																
娘																
日																
審																
穿																
神																
審																
禪																
精		宗作冬								綜子宋				傶將毒		
清																
從		賨藏宗														
心		鬆私宗								宋蘇統				洬先毒		
邪																
莊																
初																

牀																
疏																
幫														襮博沃		
滂																
並														僕蒲沃		
明						鸔莫湩				雺莫綜				瑁莫沃		
非																
敷																
奉																
微																
切語下字		冬宗				湩鸔				宋綜統				酷沃毒篤		
備註					《廣韻》湩鸔二字併入鍾韻上聲腫韻，而於腫韻湩字下注曰冬韻上聲。											
韻目	三鍾				二腫				三用				三燭			
影				邕於容				擁於隴				雍於用				
曉				胷許容				洶許拱								旭許玉
匣																
喻				容				勇				用				欲

				餘封				余隴				余頌				余蜀
為																
見				恭居容				拱居悚				供居用				輂居玉
溪				銎曲恭				恐丘隴				恐區用				曲丘玉
群				蛩渠恭				梁渠隴				共渠用				局渠玉
疑				顒魚容												玉魚欲
端																
透																
定																
泥																
來				龍力鍾				隴力踵				贚良用				錄力玉
知								冢知隴				湩竹用				瘃陟玉
徹				蹱丑凶				寵丑隴				蹱竹用				楝丑玉
澄				重直容				重直隴				重柱用				躅直錄
娘				醲女容								搣穠用				
日				茸				宂				鞾				辱

				而容				而隴				而用				而蜀
照				鍾職容				腫之隴				種之用				燭之欲
穿				衝尺容				雝充隴								觸尺玉
神																贖神蜀
審				舂書容												束書玉
禪				鱅蜀庸				尰時冗								蜀市玉
精				縱即容				縱子冢				縱子用				足即玉
清				樅七恭												促七玉
從				從疾容								從疾用				
心				蜙息恭				悚息拱								粟相玉
邪				松祥容								頌似用				續似玉
莊																
初																
牀																

疏																
幫																
滂																
並																
明																
非				封府容				覂方勇				葑方用				轐封曲
敷				峯敷容				捧敷奉								
奉				逢符容				奉扶隴				俸扶用				幞房玉
微																
切語下字				容封恭鍾凶庸				隴拱悚踵冗冢勇奉				用頌				蜀玉欲錄足曲
備註					《廣韻》有㹨字職勇切，切三、刊謬本皆無，增加字也，今不錄。											
韻目	四江				三講				四絳				四覺			
等呼	開口	合口	齊齒	撮脣	開口	合口	齊齒	撮脣	開口	合口	齊齒	撮脣	開口	合口	齊齒	撮脣
影	胦握江				慃烏項								渥於角			

曉	肛許江				傋虛講								吒許角			
匣	栙下江				項胡講				巷胡絳				學胡覺			
喻																
為																
見	江古雙								絳古巷				覺古岳			
溪	腔苦江												㱿苦角			
群																
疑	岘五江												嶽五角			
端	椿都江															
透																
定																
泥																
來	瀧呂江												犖呂角			
知									戇陟降				斲竹角			
徹	舂丑江								惷丑降				逴敕角			
澄	幢宅								幢直				濁直			

	江								降				角			
娘	噥女江												搦女角			
日																
照																
穿																
神																
審																
禪																
精																
清																
從																
心																
邪																
莊													捉側角			
初	囱楚江								[illegible]楚絳				娖測角			
牀	淙士江								漴士絳				浞士角			
疏	雙所江								淙色絳				朔所角			
幫	邦博江				絜巴講								剝北角			
滂	胮匹江								胖匹絳				璞匹角			
並	龐薄				棒步								雹蒲			

明	江 厖莫江				項 㦐武項								角 邈莫角			
非敷奉微																
切語下字	江雙				項講				絳巷降				角覺岳			
備註																
韻目	五支				四紙				五寘							
等呼	開口	合口	齊齒	撮脣	開口	合口	齊齒	撮脣	開口	合口	齊齒	撮脣	開口	合口	齊齒	撮脣
影			漪於離	逶於為			倚於綺	委於詭			倚於綺 縊於賜	餧於偽 恚於避				
曉			犧許羈 詑香	麾許為 隳許			𧮴興倚	毀許委			戲香義	毀況偽 孈呼				

			支[92]	規								恚				
匣																
喻			移弋支	蓨悅吹			酏移爾	荍羊捶			易以豉	瓗以睡				
為				為薳支				蔿韋委				為于偽				
見			羈居宜	媯居為－規居隋			掎居倚－枳居帋	詭過委			寄居義－馶居企	䞈詭偽－瞡規恚				
溪			攱去奇	虧去為－闚去隨			綺墟彼－企丘弭	跪去委			掎卿義－企去智	觖窺瑞				
群			奇渠羈－祇巨支				技渠綺	跪渠委			芰奇寄					
疑			宜	危			螘	硊			議	偽				

---

[92] 凡一格有二切語而用一[－]號隔開者，重紐字也，在上者為置於三等者，在下者為置於四等者，後倣此，不更注。

					危睡	宜寄			魚毀				魚為	魚羈		
端																
透																
定																
泥																
來					累良偽	詈力智			絫力委	邐力紙			羸力為	離呂支		
知					娷竹恚	智知義				撽陟侈			腄竹垂	知陟離		
徹										褫敕豸				摛丑知		
澄					縋馳偽					豸池爾			鬌直垂	馳直離		
娘					諉女恚					狔女氏						
日					枘而瑞				蘂如累	爾兒氏			痿人垂	兒汝移		
照					惴之睡	寘支義			捶之累	紙諸氏				支章移		
穿					吹尺偽	䞈充豉				侈尺氏			吹昌垂	眵叱支		
神										舓神帋						
審						翅施				弛施				纚式		

			支				是				智					
禪			提是支	垂是為			是承紙	菙時髓			豉是義	睡是偽				
精			貲即移	厜姊規			紫將此	觜即委			積子智					
清			雌此移				此雌氏				刺七賜					
從			疵疾移					惢才捶			漬疾智					
心			斯息移	眭息為				髓息委			賜斯義	䅗思累				
邪				隋旬為				𤢖隨婢								
莊			齜側宜				批側氏				裝爭義					
初			差楚宜	衰楚危				揣初委								
牀			齹士宜													
疏			釃所宜	韉山垂			躧所綺				屣所寄					
幫			陂彼為 一				彼補委 一				賁彼義 一					

	滂	並	明	非	敷	奉	微	切語下字
								偽睡瑞恚累
臂卑義	帔披義一譬匹賜	髲平義一避毗義						賜豉義智寄
								詭捶委毀累髓婢
俾井弭	紴匹靡一諀匹婢	被皮彼一婢便俾	靡文彼一渳綿婢					
			糜靡為					為吹垂規為
卑必移	鈹敷羈一[illegible]匹支	皮符羈一陴符支	縻靡為一彌武移					離支羈移奇宜

								彼靡								
備註	隓許規切與𧶄音同，闚去隨切與虧音同，祇巨支切與奇音同，陴符支切與皮音同，䕑居隋切與嬀音同，詑香支切與犧同音，今並列之。				彼《廣韻》甫委切，今從徐鉉正作補委切，此以喉牙合口字切脣音開口也。俾并弭切，與彼音同，婢便俾切與被音同，諀匹婢切與破音同，跬企並丘弭切與跪音同，今並列之。枳切殘刊謬本皆無，增加字也。				臂卑義切與賁音同，譬匹賜切與帔音同，恚於避切與餧音同，孈呼恚切與毀音同，今並列之。又倚於義切，與縊音同，檍卿義切，與企音同，亦並列之。							
韻目	六脂				五旨				六至							
等呼	開口	合口	齊齒	撮脣	開口	合口	齊齒	撮脣	開口	合口	齊齒	撮脣	開口	合口	齊齒	撮脣
影			伊於脂				欵於几				懿於冀					
曉			咦喜夷	倠許維				瞲火癸			瞲香季	豷許位－侐火季				
匣																
喻				惟以追				唯以水			肄羊至	遺以醉				
為				帷				洧				位				

				洧悲				榮美				于愧				
見			飢居夷	龜取追			几居履	軌居洧—癸居誄			冀几利	媿俱位—季居悸				
溪				巋丘追				巋丘軌			器去冀—棄詰利	喟丘愧				
群			鬐渠脂	逵渠追—葵渠追			跽暨几	郈暨軌—揆求癸			臮具冀	匱求位—悸其季				
疑			狋牛肌								劓魚器					
端			胝丁尼													
透																
定											地徒四					
泥																
來			棃	纍			履	壘	利		利	類				

			力脂	力追			力几	力軌	力制		力至	力遂				
知				追陟隹			黹豬几				致陟利	轛追萃				
徹			絺丑飢				𥹉楮几				杘丑利					
澄			墀直尼	鎚直追			雉直几				緻直利	墜直類				
娘			尼女夷				柅女履				膩女利					
日				蕤儒追				蕊如壘			二而至					
照			脂旨夷	錐職追			旨職雉				至脂利					
穿			鴟處脂	推尺隹							痓充自	出尺類				
神											示神至					
審			尸式脂				矢式視	水式軌			屍矢利	疢釋類				
禪				誰視隹			視承矢				嗜常利					
精			咨即夷	嶉醉綏			姊將几	濢遵誄			恣資四	醉將遂				

清			鄹取私					趡千水			次七四	翠七醉				
從			茨疾資					嶵徂累			自疾二	萃秦醉				
心			私息夷	綏息遺			死息姊				四息利	邃雖遂				
邪							兕徐姊					遂徐醉				
莊																
初												齹楚愧				
牀																
疏			師疏夷	衰所追								帥所類				
幫				悲卜眉			鄙方美一妣卑履				祕兵媚一痺必至					
滂			丕普悲一紕匹夷				嚭匹鄙				濞匹備濞匹備一屁					

並			邳並悲一毗房脂眉目悲				否並鄙一牝扶履美無鄙				匹寐備平祕一鼻毗至鄙明祕一寐彌二					
明																
非																
敷																
奉																
微																
切語下字			脂夷肌尼飢私資	追維隹綏遺			几履雉視矢姊鄙	水癸美洧軌壘累誄			冀至季利器四自二媚備祕	醉愧位萃遂類遂				

聲調	平聲				上聲				去聲				入聲			
韻目	七之				六止				七志							
等呼	開口	合口	齊齒	撮脣	開口	合口	齊齒	撮脣	開口	合口	齊齒	撮脣	開口	合口	齊齒	撮脣
影			醫於其				譩於擬				意於記					
曉			僖許其				喜虛里				熹許記					
匣 喻			飴與之				以羊己				異羊吏					
為							矣于紀									
見			姬居之				紀居理				記居吏					
溪			欺去其				起墟里				亟去吏					
群			其渠之								忌渠記					
疑			疑語其				擬魚紀				魕魚記					
端																
透																
定																
泥							伱									

							乃里									
來			釐里之				里良士				吏力置					
知							徵陟里				置陟吏					
徹			癡丑之				恥敕里				眙丑吏					
澄			治直之				峙直里				值直吏					
娘																
日			而如之				耳而止				餌仍吏					
照			之止而				止諸市				志職吏					
穿			蚩赤之				齒昌里				熾昌志					
神																
審			詩書之				始詩止				試式吏					
禪			時市之				市時止				侍時吏					
精			茲子之				子即里									
清											載					

											七吏					
從			慈疾之								字疾置					
心			思息茲				枲胥里				笥相吏					
邪			詞似茲				似詳里				寺祥吏					
莊			菑側持				滓阻史				胾側吏					
初			輜楚持				㓼初紀				廁初吏					
床			漦俟甾				士鉏里				事鉏吏					
疏							史疏士				駛疏吏					
幫																
滂																
並																
明																
非																
敷																
奉																
微																
切語下字			其之而茲				擬己紀里				記吏置志					

			持菑				理士止市史									
備註	《廣韻》茬士之切與漦音同，今併之。抾《廣韻》丘之切、眣式其切《切韻》殘卷無，增加字也，今不錄。				俟床史切與士同音應併。陳氏曰：此誤分兩切也，今併之。											
韻目	八微				七尾				八未							
等呼	開口	合口	齊齒	撮脣	開口	合口	齊齒	撮脣	開口	合口	齊齒	撮脣				
影			依於希	威於非			扆於豈	磈於鬼			衣於既	尉於胃				
曉			希香衣	揮許歸			豨虛豈	虺許偉			欷許既	諱許貴				
匣																
喻																
為				幃雨非				韙于鬼				胃于貴				
見			機取依	歸舉韋			蟣居豨	鬼居偉			既居毅	貴居胃				
溪				蘬丘韋			豈袪豨				氣去既	槩丘畏				
群			祈渠				顗魚				酸其					

			希				豈				既					
疑			沂魚衣	巍語韋							毅魚既	魏魚貴				
端																
透																
定																
泥																
來																
知																
徹																
澄																
娘																
日																
照																
穿																
神																
審																
禪																
精																
清																
從																
心																
邪																
幫																
滂																
並																
明																
非				斐甫微				匪府尾				沸方味				
敷				霏芳非				斐敷尾				費芳未				

奉				肥符非				膹浮鬼				狒扶沸				
微				微無非				尾無匪				未無沸				
切語下字			希衣依	非歸韋微			豈豨	鬼偉尾匪			既毅	胃貴畏味未沸				
備註									狒《廣韻》各本皆誤扶涕切，《唐韻》扶沸切，今據正。							
韻目	九魚				八語				九御							
等呼	開口	合口	齊齒	撮脣	開口	合口	齊齒	撮脣	開口	合口	齊齒	撮脣	開口	合口	齊齒	撮脣
影			於央居				掀於許				飫依倨					
曉			虛朽居				許虛呂				噓許御					
匣																
喻			余以諸				與余呂				豫羊洳					
為																
見			居九魚				舉居許				據居御					
溪			虛				去				㰦					

			去魚					羌舉				卻據				
群			渠強魚					巨其呂				遽其據				
疑			魚語居					語魚巨				御牛倨				
端																
透																
定																
泥																
來			臚力居					呂力舉				慮良倨				
知			豬陟魚					貯知呂				著陟慮				
徹			攄丑居					楮丑呂				絮抽據				
澄			除直魚					佇直呂				箸遲倨				
娘			袽女余					女尼呂				女尼據				
日			如人諸					汝人渚				洳人恕				
照			諸章魚					鬻章與				翥章恕				
穿								杵昌				處昌				

							與				據					
神							紓神與									
審			書傷魚				暑舒呂				恕商署					
禪			蜍署魚				野承與				署常恕					
精			且子余				苴子與				怚將預					
清			疽七余				眓七與				覰七慮					
從							咀慈呂									
心			胥相居				諝私呂				絮息據					
邪			徐似魚				敘徐呂				屐徐預					
莊			菹側魚				阻側呂				詛莊助					
初			初楚居				楚創舉				楚瘡據					
床			鉏士魚				齟床呂				助床據					
疏			疏				所				疏					

			所組				疏舉				所去					
幫																
滂																
並																
明																
非																
敷																
奉																
微																
切語下字			居諸魚余葅				許呂舉與				倨洳御據慮署恕預					
備註					貯《廣韻》丁呂切，上聲卷末更音和知呂切，今從之。				㰦《廣韻》近倨切與遽音同，刊謬本㰦卻據切今從之。							
韻目	十虞				九麌				十遇							
等呼	開口	合口	齊齒	撮脣	開口	合口	齊齒	撮脣	開口	合口	齊齒	撮脣	開口	合口	齊齒	撮脣
影				紆憶俱				傴於武				嫗衣遇				
曉				訏況于				詡況羽				昫香句				
匣																
喻				逾羊				庾以				裕羊				

				朱				主				戍				
為				于羽俱				羽王矩				芋王遇				
見				拘舉朱				矩俱雨				屨九遇				
溪				區豈俱				齲驅雨				驅羌遇				
群				衢其俱				窶其矩				懼其遇				
疑				虞遇俱				麌虞矩				遇牛具				
端																
透																
定																
泥																
來				慺力朱				縷力主				屢良遇				
知				株陟輸				拄知庾				註中句				
徹				貙敕俱								閏丑注				
澄				廚直誅				柱直主				住持遇				
娘																
日				儒人				乳而				孺而				

				朱				主				遇				
照				朱章俱				主之庾				注之戍				
穿				樞昌朱												
神																
審				輸式朱								戍傷遇				
禪				殊市朱				豎臣庾				樹常句				
精				諏子于								緅子句				
清				趨七逾				取七庾				娶七句				
從								聚慈庾				聚才句				
心				須相俞				⿰糹須相庾				尠思句				
邪																
莊				㑳莊俱												
初				芻測隅								菆芻注				
床				⿰禾芻仕				⿰豸聚鶵								

				于				禹								
疏				毹山芻				數所矩				捒色句				
幫																
滂																
並																
明																
非				跗甫無				甫方矩				付方遇				
敷				敷芳無				撫芳武				赴芳遇				
奉				扶防無				父扶雨				附符遇				
微				無武夫				武文甫				務亡遇				
切語下字				俱朱于輸誅逾俞隅芻無夫				武主矩羽雨庾禹甫				遇戍句具注				
備註																
韻目	十一模				十　姥				十一暮							

等呼	開口	合口	齊齒	撮脣	開口	合口	齊齒	撮脣	開口	合口	齊齒	撮脣	開口	合口	齊齒	撮脣
影		烏哀都				隖安古				汙烏路						
曉		呼荒烏				虎呼古				謼荒故						
匣		胡戶吳				戶侯古				護胡誤						
喻																
為																
見		孤古胡				古公戶				顧古暮						
溪		枯苦胡				苦康杜				絝苦故						
群																
疑		吾五乎				五疑古				誤五故						
端		都當孤				覩當古				妒當故						
透		稌他胡				土他魯				菟湯故						
定		徒同都				杜徒古				渡徒故						
泥		奴乃都				怒奴古				笯乃故						

來		盧落胡				魯郎古				路洛故						
知																
徹																
澄																
娘																
日																
照																
穿																
神																
審																
禪																
精		租則吾				祖則古				作臧祚						
清		麤倉胡				蔖采古				厝倉故						
從		徂昨胡				粗徂古				祚昨誤						
心		蘇素姑								訴桑故						
邪																
莊																
初																
床																
疏																
幫		逋博孤				補博古				布博故						
滂		鋪普				普滂				怖普						

		胡				古				故						
並		酺薄胡				簿裴古				捕薄故						
明		模莫胡				姥莫補				暮莫故						
非																
敷																
奉																
微																
切語下字		都烏吳胡乎孤吾姑				古戶杜魯補				路故誤暮作						
備註										作臧祚切，刊謬本切韻及唐韻皆無，增加字也。						
韻目	十二齊				十一薺				十二霽							
等呼	開口	合口	齊齒	撮脣	開口	合口	齊齒	撮脣	開口	合口	齊齒	撮脣	開口	合口	齊齒	撮脣
影			鷖烏奚	烓烏攜			吟烏弟				翳於計					
曉			醯呼雞	睳呼攜							欳呼計	嘒呼惠				
匣			奚胡雞	攜戶圭			徯胡禮				蒵胡計	慧胡桂				

喻																
為																
見			雞古奚	圭古攜							計古詣	桂古惠				
溪			谿苦奚	睽苦圭			啟康禮				契苦計					
群																
疑			倪五稽				堄研啟				詣五計					
端			低都奚				邸都禮				帝都計					
透			梯土雞				體他禮				替他計					
定			嗁杜溪				弟徒禮				第特計					
泥			泥奴低				禰奴禮				泥奴計					
來			黎郎奚				禮盧啟				麗郎計					
知																
徹																
澄																
娘																
日																
照																
穿																
神																

審																
禪																
精			齎祖稽				濟子禮				霽子計					
清			妻七稽				泚千里				砌七計					
從			齊徂奚				薺徂禮				嚌在詣					
心			西先稽				洗先禮				細蘇計					
邪																
莊																
初																
床																
疏																
幫			豍邊兮				軙補米				閉博計					
滂			磇匹迷				頩匹米				媲匹詣					
並			鼙部迷				陛傍禮				薜蒲計					
明			迷莫兮				米莫禮				謎莫計					
非																
敷																
奉																
微																

切語下字			奚雞稽低兮迷	攜圭			弟禮啟米				計詣					
備註	《廣韻》有鸋人兮切，移成鸋切有今紐，《切韻指掌圖》日紐、禪紐下無此二字，增加字也，今不錄。切韻殘卷烓字睳字移字亦在韻末，鸋字本為奴低切，人兮切乃後增也。								《廣韻》有篷丑戾切，刊謬本無，增加字也。							
韻目									十三祭							
等呼									開口	合口	齊齒	撮脣				
影											緆於罽					
曉																
匣																
喻											曳餘制	銳以芮				
為												衛于歲				
見											猘居例	劌居衛				

溪											憩去例					
群											偈其憩					
疑											劓牛例 一 藝魚祭					
端																
透																
定																
泥																
來											例力制					
知											[illegible]竹例	綴陟衛				
徹											跇丑例					
澄											滯直例					
娘																
日												芮而銳				
照											制征	贅之				

											例	芮				
穿											掣尺制					
神																
審											世舒制	稅芮舒				
禪											逝時制	啜嘗芮				
精											祭子例	蕝子芮				
清												毳此芮				
從																
心												歲相銳				
邪												篲歲切				
莊																
初												竁楚芮				
床																
疏											㡜所例	啐山芮				
幫											蔽必袂					

滂	潎匹袂	
並	獘毗祭	
明	袂彌獘	
非		
敷		
奉		
微		
切語下字	罽制例憩祭袂獘	芮歲衛銳
備註	《廣韻》有劓字牛例切與藝音同，今並列	

韻目	十四泰			
等呼	開口	合口	齊齒	撮口
影	藹於蓋	懀烏外		
曉	餀呼艾	譮呼外		
匣	害胡	會黃		

									蓋	外						
喻																
為																
見									蓋古太	噲古外						
溪									磕苦蓋	稽苦會						
群																
疑									艾五蓋	外五會						
端									帶當蓋	祋丁外						
透									泰他蓋	娧他外						
定									大徒蓋	兌杜外						
泥									奈奴蓋							
來									賴落蓋	酹郎外						
知																
徹																
澄																
娘																
日																
照																
穿																

神																
審																
禪																
精										最祖外						
清									蔡倉大	襊麤外						
從										蕞才外						
心										礚先外						
邪																
莊																
初																
床																
疏																
幫									貝博蓋							
滂									霈普蓋							
並									旆蒲蓋							
明									昧莫貝							
非																
敷																
奉																

微																
切語下字									蓋艾太帶大貝	外會最						
備註									[illegible]七外切與襊同音刊謬本無，增加字也，今不錄。							
韻目	十三佳				十二蟹				十五卦							
等呼	開口	合口	齊齒	撮脣	開口	合口	齊齒	撮脣	開口	合口	齊齒	撮脣	開口	合口	齊齒	撮脣
影	娃於佳	蛙烏媧			矮烏蟹				隘烏懈							
曉	睯火佳	嬬火媧							謑火懈	諣呼卦						
匣	鮭戶佳				蟹胡買				邂胡懈	卦古賣						
喻																
為																
見	佳古膎	媧古蛙			解佳買	丫乖買			懈古隘							
溪		咼苦緺			芎苦蟹				㲉苦賣							
群					箉求蟹											
疑	崖								睚							

	五佳								五解							
端																
透																
定																
泥	抳妳佳				嬭奴蟹											
來																
知									膪竹賣							
徹	扠丑佳															
澄					廌宅買											
娘																
日																
照																
穿																
神																
審																
禪																
精																
清																
從																
心																
邪																
莊									債側賣							
初	釵楚								差楚							

	佳								懈							
床	柴士佳								眦士懈							
疏	崽山佳				灑所蟹				曬所賣							
幫					擺北買				嶭方賣	庍方卦						
滂										派匹卦						
並	牌薄佳				罷薄蟹					粺傍卦						
明	䁹莫佳				買莫蟹				賣莫懈							
非																
敷																
奉																
微																
切語下字	佳膎	媧蛙緺			蟹買				懈隘賣	卦(賣)						
備註	《廣韻》韻末有竵字戶媧切，切殘及刊謬本皆無增加字也。今不錄。				《廣韻》有丫乖買切與解音同，切韻殘卷無增加字也。陳氏以為媧字卦字之上聲，姑錄之。又𢯱丈夥切、扮花夥切、夥懷丫切				《廣韻》卦古賣切，以脣音開口切喉牙音合口。							

	殘無，增加字也。															
韻目	十四皆				十三駭				十六怪							
等呼	開口	合口	齊齒	撮脣	開口	合口	齊齒	撮脣	開口	合口	齊齒	撮脣	開口	合口	齊齒	撮脣
影	挨乙諧	崴乙乖			挨於駭				噫烏界							
曉	俙喜皆	虺呼懷							譮許介	[illegible]火怪						
匣	諧戶皆	懷戶乖			駭侯楷				械胡介	壞胡怪						
喻																
為																
見	皆古諧	乖古懷							誡古拜	怪古懷						
溪	揩口皆	匯苦淮			楷苦駭				烗苦戒	蒯苦怪						
群																
疑	娾擬皆				騃五駭				譺五介	聵五怪						
端																
透										顡他怪						
定		尵杜懷														
泥	握諾															

	皆															
來	唻賴諧	膎力懷														
知	䶨卓皆															
徹	搋丑皆															
澄																
娘									㩟女介							
日																
照																
穿																
神																
審																
禪																
精																
清																
從																
心																
邪																
莊	齋側皆								瘵側界							
初	差楚皆															
床	豺士皆	膗仕懷														
疏	崽									鎩						

	山皆									所拜						
幫										拜拜博怪						
滂										湃普拜						
並	排步皆									憊蒲拜						
明	埋莫皆									眪莫拜						
非																
敷																
奉																
微																
切語下字	諧皆	乖懷淮			駭楷				界介拜戒	怪壞拜						
備註	《廣韻》揩諧皆切諧皆疊韻不可為切，切殘作諾皆切，今從之。又崴乙皆切與挨音同，今從切殘卷正作乙乖切。								《廣韻》誡古拜切，乃其疏也。							
韻目	十五灰				十四賄				十八隊							
等呼	開口	合口	齊齒	撮脣	開口	合口	齊齒	撮脣	開口	合口	齊齒	撮脣	開口	合口	齊齒	撮脣
影		隈烏				猥烏				隈烏						

		恢				賄				繢						
曉		灰呼恢				賄呼罪				誨荒內						
匣		回戶恢				瘣胡罪				潰胡對						
喻																
為																
見		傀公回								憒古對						
溪		恢苦回				傀口猥				塊苦對						
群																
疑		鮠五灰				頠五罪				磑五對						
端		磓都回				頧都罪				對都隊						
透		推他回				骽吐猥				退他內						
定		穨杜回				錞徒猥				隊徒對						
泥		捼乃回				餧奴罪				內奴對						
來		雷魯回				磥落猥				類盧對						
知																

徹																
澄																
娘																
日																
照																
穿																
神																
審																
禪																
精		嗺臧回				摧子罪				晬子對						
清		崔倉回				嗺七罪				倅七內						
從		摧昨回				辠徂賄										
心		嗺素回								碎蘇內						
邪																
莊																
初																
床																
疏																
幫		桮布回								背補妹						
滂		肧偏杯								配滂佩						
並		裴薄回				琲蒲罪				佩蒲昧						

明		枚莫杯				浼武罪				妹莫佩						
非																
敷																
奉																
微																
切語下字		恢回灰杯				賄罪猥										
備註	肧芳杯切有今紐，上平聲卷末更偏杯切，今從之。又尤韻有肧字其又切為普回切，可見灰韻之肧字原為滂母，《指掌圖》即列在滂母可證。				《廣韻》有⿱髟有陟賄切，切殘刊謬本皆無，增加字也。又倄于罪切切殘刊謬本有，但在韻末，亦增加字也。浼《集韻》作母罪切，《指掌圖》列在明母。				《廣韻》有蚚字胡輩切，與潰音同，刊謬本無增加字也，今不錄。							
韻目	十六咍				十五海				十九代							
等呼	開口	合口	齊齒	撮脣	開口	合口	齊齒	撮脣	開口	合口	齊齒	撮脣	開口	合口	齊齒	撮脣
影	哀烏開				欸於改				愛烏代							
曉	咍呼來				海呼改				儗海愛							
匣	孩戶來				亥胡改				瀣胡概							
喻																
為																

見	該古哀			改古亥				溉古代								
溪	開苦哀			愷苦亥				慨苦愛								
群																
疑	皚五來							礙五溉								
端	懛丁來			等多改				戴都代								
透	胎土來			嚎他亥				貸他代								
定	臺徒哀			駘徒亥				代徒耐								
泥	能奴來			乃奴亥				耐奴代								
來	來落哀			唻來改				賚洛代								
知																
徹																
澄																
娘																
日																
照																
穿																
神																
審																
禪																

精	災祖才				宰作亥				載作戴								
清	猜倉才				采倉宰				菜倉代								
從	裁昨哉				在昨宰				載昨代								
心	鰓穌來								賽先代								
邪																	
莊																	
初																	
床																	
疏																	
幫																	
滂					啡匹愷												
並					倍薄亥												
明					穤莫亥				穤莫代								
非																	
敷																	
奉																	
微																	
切語下字	開來哀才				改亥宰愷				代愛概溉								

	哉								耐							
備註	《廣韻》卷末有婝普才切，犏昌來切，腤扶來切，切韻殘卷刊謬本皆無，增加字也，今不錄。				《廣韻》韻末有俖字普乃切，與啡音同，切殘刊謬本皆無，增加字也。今不錄。又有疠字如亥切、腜與改切，佁夷在切切殘刊謬本皆無，增加字也。今不錄。又有茝字昌紿切，各本皆有疑為增加字。				《廣韻》慨苦蓋切，今從刊謬本正作苦愛切。							
韻目									十七夬							
等呼	開口	合口	齊齒	撮脣	開口	合口	齊齒	撮脣	開口	合口	齊齒	撮脣	開口	合口	齊齒	撮脣
影										噲烏快						
曉										咶火夬						
匣										話下快						
喻為																
見										夬古邁						
溪										快苦夬						
群																

疑																
端																
透																
定																
泥																
來																
知																
徹																
澄										鯠除邁						
娘																
日																
照																
穿																
神																
審																
禪																
精																
清																
從																
心										啐倉夬						
邪																
莊																
初										嘬楚夬						
床										寨犲夬						
疏																
幫																

滂																
並										敗薄邁						
明										邁莫話						
非																
敷																
奉																
微																
切語下字										快夬邁話						
備註									《廣韻》夬古賣切誤，今從刊謬本及唐韻正作古邁切。又有蠆丑犗切，犗古喝切，喝於犗切，喢所犗切，譪火犗切，皆增加字也，見於本師林先生《切韻考》上篇，今皆錄。							

韻目	二十廢															
等呼	開口	合口	齊齒	撮脣	開口	合口	齊齒	撮脣	開口	合口	齊齒	撮脣	開口	合口	齊齒	撮脣
影												穢於廢				
曉												喙許				

												穢				
匣																
喻																
為																
見																
溪																
群												衛渠穢				
疑												刈魚廢				
端																
透																
定																
泥																
來																
知																
徹																
澄																
娘																
日																
照																
穿																
神																
審																
禪																
精																
清																
從																
心																
邪																
莊																
初																

床																
疏																
幫																
滂																
並																
明																
非												廢方肺				
敷												肺芳廢				
奉												吠符廢				
微																
切語下字備註												廢穢肺				
韻目	十七真				十六軫				二十一震				五質			
等呼	開口	合口	齊齒	撮脣	開口	合口	齊齒	撮脣	開口	合口	齊齒	撮脣	開口	合口	齊齒	撮脣
影			鷖於巾 一因於真								印於刃				乙於筆 一於悉	
曉							脪興				衅許				肸羲	

							腎				覲				乙一欯許吉	
匣			礥下珍													
喻			寅翼真				引余忍				胤羊晉				逸夷質	
為							殞于敏								汨于筆	
見			巾居銀				緊居忍								暨居乙一吉居質	
溪							螼弃忍				菣去刃一螼羌印				詰去吉	
群			趣渠人一墐巨巾				窘渠殞				僅渠遴				姞巨乙	

疑			銀語巾				釿宜引				憖魚覲				耴魚乙	
端															蛭丁悉	
透																
定																
泥																
來			粦力珍				嶙良忍				遴良刃				栗力質	
知			珍陟鄰				屒珍忍				鎮陟刃				窒陟栗一茁徵筆	
徹			胂丑人				辴丑忍				疢丑刃				抶丑栗	
澄			陳直珍				紖直引				敶直刃				秩直一	
娘			紉女鄰												暱尼質	
日			仁如鄰				忍而軫				刃而振				日人質	
照			真職鄰				軫章忍				震章刃				質之日	
穿			瞋												叱	

			昌真												昌栗	
神			神食鄰												實神質	
審			申失人				弞式忍				眒試刃				失式質	
禪			辰植鄰				腎時忍				慎時刃					
精			津將鄰				櫦即忍				晉即刃				堲資悉	
清			親七鄰								親七遴				七親吉	
從			秦匠鄰				盡慈忍								疾秦悉	
心			新息鄰								信息晉				悉息七	
邪											賮徐刃					
莊											櫬初覲					
初															刹初栗	
床							笉士忍									

疏															率所律
幫			彬卜巾ㄧ賓必鄰								儐必刃				筆鄙密ㄧ必卑吉
滂			砏普巾ㄧ繽匹賓				牝毗忍				朩匹刃				匹譬吉
並			貧符巾ㄧ頻步真												弼房密ㄧ邲毗必
明			珉武巾ㄧ民彌鄰				愍眉殞ㄧ泯武盡								密美筆ㄧ蜜彌畢
非															
敷															
奉															
微															

切語下字			真珍人鄰賓巾銀				忍腎引紾弞盡敏殞				刃晉覲遴振				悉質吉栗一日叱畢筆乙律密	
備註	某一聲紐欄加一線者，表示二者為重紐。下仿此不更注。《廣韻》真側鄰切誤，今據切殘正作職鄰切。				《廣韻》準韻有濜鉏引切，切殘刊謬本皆無，增加字也。今不錄。				《廣韻》螼羌印切與菣音同，今並列。				《廣韻》獝況必切刊謬本切殘唐韻均無，增加字也，今不錄。密《廣韻》美畢切誤，今依《唐韻》正作美筆切。			
韻目	十八諄				十七準				二十二稕				六術			
等呼	開口	合口	齊齒	撮脣	開口	合口	齊齒	撮脣	開口	合口	齊齒	撮脣	開口	合口	齊齒	撮脣
影				贇於倫												
曉																怴許聿一獝況必
匣																
喻				勻				尹								聿

	餘律								余準				羊倫			
為													筠為贇			
見	橘居聿				昀九峻								麏居筠 一均居勻			
溪									緊丘尹				囷去倫			
群																
疑																
端																
透																
定																
泥																
來	律呂恤								輪力準				淪力迍			
知	窋竹律												屯陟綸			
徹	黜丑律								偆癡準				椿丑倫			
澄	朮直律												䣢直倫			
娘																
日					閏				[illegible]				犉			

				如匀				而尹				如順				
照				諄章倫				準之尹				稕之閏				
穿				春昌脣				蠢尺尹								出赤律
神				脣食倫				盾食尹				順食閏				術食律
審												舜舒閏				
禪				純常倫												
精				遵將倫								儁子峻				卒子律
清				逡七倫												焌倉聿
從				鷷昨旬												崒慈恤
心				荀相倫				筍思尹				峻私閏				恤辛聿
邪				旬詳遵								殉辭閏				
莊																
初																
床																

疏																
幫																
滂																
並																
明																
非																
敷																
奉																
微																
切語下字				倫贇勻迍脣旬遵				尹準				峻順閏				律聿恤
備註	《廣韻》真韻有麏居筠切，以本韻筠字為切語下字，與均為重紐，今並列。				《廣韻》有煗而允切，賰式允切，切殘及刊謬本皆無增加字也，今不錄。											
韻目	十九臻												七櫛			
等呼	開口	合口	齊齒	撮脣	開口	合口	齊齒	撮脣	開口	合口	齊齒	撮脣	開口	合口	齊齒	撮脣
影																
曉																
匣																
喻																
為																
見																
溪																
群																
疑																
端																

透																
定																
泥																
來																
知																
徹																
澄																
娘																
日																
照																
穿																
神																
審																
禪																
精																
清																
從																
心																
邪																
莊	臻側詵				䲋仄謹								櫛阻瑟			
初									齔初謹							
床	帘士臻												齜崱瑟			
疏	莘所臻												瑟所櫛			
幫																
滂																
並																

明																
非																
敷																
奉																
微																
切語下字	詵臻												瑟櫛			
備註					𧤏仄謹切為臻之上聲，因字少併入隱韻，無同類字，故以謹為切。				齓初謹切，為臻之去聲，因字少併入隱韻，以無同類字，故以謹為切，此其疏也。							
韻目	二十文				十八吻				二十三問				八物			
等呼	開口	合口	齊齒	撮脣	開口	合口	齊齒	撮脣	開口	合口	齊齒	撮脣	開口	合口	齊齒	撮脣
影				煴於雲				惲於粉				醞於問				鬱紆物
曉				薰許云								訓許運				欻許勿
匣																
喻為				雲王分				抎云粉				運王問				颮王勿
見				君舉云								攈居運				亥九勿
溪								趣丘粉								屈區勿

群				群渠云								郡渠運				倔衢物
疑							齳魚吻									崛魚勿
端																
透																
定																
泥																
來																
知																
徹																
澄																
娘																
日																
照																
穿																
神																
審																
禪																
精																
清																
從																
心																
邪																
莊																
初																
床																
疏																
幫																
滂																
並																
明																

非				分府文								糞方問				弗分勿
敷				芬撫文								湓匹問				拂敷勿
奉				汾符分								分扶問				佛符弗
微				文無分								問亡運				物文弗
切語下字				雲分云文				粉吻				問運				物勿弗
備註	芬《廣韻》府文切誤，今據切殘正作撫文切。															
韻目	二十一欣				十九隱				二十四焮				九迄			
等呼	開口	合口	齊齒	撮脣	開口	合口	齊齒	撮脣	開口	合口	齊齒	撮脣	開口	合口	齊齒	撮脣
影			殷於斤				隱於謹				㥯於靳					
曉			欣許斤				⿰虫憲休謹				焮香靳				迄許訖	
匣																
喻																
為																
見			斤舉欣				謹居隱				靳居焮				訖居乞	

溪							赾丘謹								乞去訖	
群			勤巨斤				听牛謹			近巨靳					趌其迄	
疑			垠語斤							垽五靳					疙魚迄	
端																
透																
定																
泥																
來																
知																
徹																
澄																
娘																
日																
照																
穿																
神																
審																
禪																
精																
清																
從																
心																
邪																
莊																
初																
床																
疏																
幫																

韻目	二十二元				二十阮				二十五願				十月			
等呼	開口	合口	齊齒	撮脣	開口	合口	齊齒	撮脣	開口	合口	齊齒	撮脣	開口	合口	齊齒	撮脣
幫																
滂																
並																
明																
非																
敷																
奉																
微																
切語下字			斤欣				謹隱				靳焮				訖乞迄	
備註													訖《廣韻》居乙切誤，今依切殘正作居乙切。			
影			蔫謁言	鴛於袁			偃於憲	婉於阮			堰於建	怨於願			謁於歇	噦於月
曉			軒虛言	暄況袁			幰虛偃	暅況晚			獻許建	楥虛願			歇許謁	狘許月
匣																
喻																
為				袁雨元				遠雲阮				遠于願				越王伐
見			靬居言				湕居偃				建居萬	桊居願			訐居竭	厥居月
溪			鰬巨言				言去偃	綣去阮				券去願				闕去月

群			言語軒				蹇其偃	圈求晚			健渠建				揭其謁	撅其月
疑				元愚袁			言語偃	阮虞遠				願魚怨			钀語訐	月魚厥
端																
透																
定																
泥																
來																
知																
徹																
澄																
娘																
日																
照																
穿																
神																
審																
禪																
精																
清																
從																
心																
邪																
莊																
初																
床																
疏																
幫																
滂																
並																
明																

非				蕃甫煩				反府遠				販方願				髮方伐
敷				飜孚袁								嬎芳萬				怖拂伐
奉				煩附袁				飯扶晚				飯符萬				伐房越
微				樠武元				晚無遠				萬無販				韈望發
切語下字			言軒	袁元煩				阮晚遠			建萬	願怨萬販				月伐厥越發
備註									[illegible]叉萬切、圈臼萬切在韻末，增加字也，今不錄。							
韻目	二十三魂				二十一混				二十六慁				十一沒			
等呼	開口	合口	齊齒	撮脣	開口	合口	齊齒	撮脣	開口	合口	齊齒	撮脣	開口	合口	齊齒	撮脣
影		溫烏渾				穩烏本				搵烏困						殟烏沒
曉		昏呼昆				惛虛本				惛呼悶						忽呼骨
匣		魂戶昆				混胡本				慁胡困						搰戶骨
喻																
為																

見		昆古渾				鯀古本				睔古困						骨古忽
溪		坤苦昆				閫苦本				困苦悶						窟苦骨
群																
疑		瘒牛昆								顐五困						兀五忽
端		敦都昆								頓都困						咄當沒
透		暾他昆				畽他袞										宊他骨
定		屯徒渾				囤徒損				鈍徒困						突陀骨
泥		黁奴昆				炳乃本				嫩奴困						
來		論盧昆				惀盧本				論盧困						硉勒沒
知																
徹																
澄																
娘																
日																
照																
穿																
神																
審																
禪																

精		尊祖昆				撙茲損										卒臧沒
清		村此尊				忖倉本				忖倉困						猝倉沒
從		存徂尊				鱒才本				鐏徂悶						捽昨沒
心		孫思渾				損蘇本				巽蘇困						窣蘇骨
邪																
莊																
初																
床																
疏																
幫		奔博昆				本布忖										
滂		濆普魂				栩普本				噴普悶						䤮普沒
並		盆蒲奔				笨蒲本				坌蒲悶						勃蒲沒
明		門莫奔				懣模本				悶莫困						沒莫勃
非																
敷																
奉																
微																
切語		渾昆				本衮				困悶						沒骨

下字		鐏魂奔				損忖										忽勃
備註									《廣韻》韻末有奔甫悶切，焌子寸切，《唐韻》注曰加，增加字也。今不錄。				此韻末有土骨切一音，切殘刊謬本皆無，增加字也。今不錄。又有麧字痕韻入聲，今當併入於彼。			
韻目	二十四痕				二十二很				二十七恨				(麧)			
等呼	開口	合口	齊齒	撮脣	開口	合口	齊齒	撮脣	開口	合口	齊齒	撮脣	開口	合口	齊齒	撮脣
影	恩烏痕								饐烏恨							
曉																
匣	痕戶恩				很胡墾				恨胡艮							
喻																
為																
見	根古痕				詪古很				艮古恨							
溪					墾康很											
群																
疑	垠五根								鎧五恨							
端																
透	吞吐															

	根															
定																
泥																
來																
知																
徹																
澄																
娘																
日																
照																
穿																
神																
審																
禪																
精																
清																
從																
心																
邪																
莊																
初																
床																
疏																
幫																
滂																
並																
明																
非																
敷																
奉																
微																
切語下	痕恩根				墾很				恨艮							

字																
備註													麧下沒切為痕韻入聲，因字少併入沒韻，且無同類字，故借沒為切也。			
韻目	二十五寒				二十三旱				二十八翰				十二曷			
等呼	開口	合口	齊齒	撮脣	開口	合口	齊齒	撮脣	開口	合口	齊齒	撮脣	開口	合口	齊齒	撮脣
影	安烏寒								按烏旰				遏烏葛			
曉	頇許干				罕呼旱				漢呼旰				喝許葛			
匣	寒胡安				旱胡笴				翰侯旰				曷胡葛			
喻																
為																
見	干古寒				笴古旱				旰古案				葛古達			
溪	看苦寒				侃空旱				侃苦旰				渴苦曷			
群																
疑	豻俄寒								岸五旰				嶭五割			
端	單都寒				亶多旱				旦得按				怛當割			
透	灘				坦				炭				闥			

	他干				他但				他旦				他達			
定	壇徒干				但徒旱				憚徒案				達唐割			
泥	難那干								攤奴案				捺奴曷			
來	蘭落干				嬾落旱				爛郎旰				剌盧達			
知																
徹																
澄																
娘																
日																
照																
穿																
神																
審																
禪																
精					䰉作旱				贊則旰							
清	餐七安								粲蒼案				擦七曷			
從	殘昨干				瓚藏旱				囋徂贊				巀才割			
心	跚蘇干				散蘇旱				散蘇旰				躠桑割			
邪																
莊																

初																
床																
疏																
幫																
滂					坢普伴											
並					伴蒲旱											
明					滿莫旱											
非																
敷																
奉																
微																
切語下字	寒干安				旱笴但伴				旰案按旦贊				葛達割曷			
備註					《切韻》旱緩不分，《廣韻》分之，誤將坢普旱切，伴蒲旱切，滿莫旱切三字併入緩韻，今改正。								《廣韻》末有擖矛割切，矛乃予字之誤，顧本作予割切是也。切殘無，今不錄。			
韻目	二十六桓				二十四緩				二十九換				十三末			
等呼	開口	合口	齊齒	撮脣	開口	合口	齊齒	撮脣	開口	合口	齊齒	撮脣	開口	合口	齊齒	撮脣
影		剜一丸				椀烏管				惋烏貫				斡烏括		

曉		歡呼官								喚火貫				豁呼括		
匣		桓胡官				緩胡管				換胡玩				活戶括		
喻																
為																
見		官古丸				管古滿				貫古玩				括古活		
溪		寬苦官				款苦管				鏉口喚				闊苦括		
群																
疑		岏五丸								玩五換				枂五活		
端		端多官				短都管				鍛丁貫				掇丁括		
透		湍他端				疃吐緩				彖通貫				侻他括		
定		團度官				斷徒管				段徒玩				奪徒活		
泥		濡乃官				煗乃管				偄奴亂						
來		鑾落官				卵盧管				亂郎段				捋郎括		
知																
徹																

澄																
娘																
日																
照																
穿																
神																
審																
禪																
精		鑽借官				纂作管				鑽子筭				繓子括		
清										竄七亂				撮倉括		
從		欑在丸								攢在玩				柮藏活		
心		酸素官				算蘇管				筭蘇貫						
邪																
莊																
初																
床																
疏																
幫		般北潘								半博漫				撥北末		
滂		潘普官								判普半				錣普活		
並		槃薄官								叛薄半				跋蒲撥		
明		瞞								縵				末		

		母官								莫半				莫撥		
非																
敷																
奉																
微																
切語下字		丸官端潘				管滿緩				貫玩喚換亂段筭漫半				括活末撥		
備註	濡乃官切《廣韻》誤入寒韻，今歸入本韻。				本韻尚有叛博管切鄹辞纂切攤奴但切切韻殘卷無，增加字也。				《廣韻》半博慢切誤，今據《唐韻》正。				《廣韻》有鬢姊末切與繓同音，今併入繓。			
韻目	二十七刪				二十五潸				三十諫				十四黠			
等呼	開口	合口	齊齒	撮脣	開口	合口	齊齒	撮脣	開口	合口	齊齒	撮脣	開口	合口	齊齒	撮脣
影		彎烏關				綰烏板			晏烏澗	綰烏患			軋烏黠	婠烏八		
曉													傄呼八			
匣		還戶關			僩下赧	晥戶板			骭下晏	患胡慣			黠胡八	滑戶八		
喻																
為																
見	姦	關							諫	慣			戛	劀		

	古顏	古還							古晏	古患			古黠	古滑		
溪	馯丘姦												劼恪八	劀口滑		
群																
疑	顏五姦	頑五還				齴五板			鴈五晏	薍五患				聉五滑		
端														窡丁滑		
透																
定																
泥		奻奴還				赧奴板										
來																
知																
徹																
澄																
娘										奻女患			痆女黠	貀女滑		
日																
照																
穿																
神																
審																
禪																
精																
清																
從																
心																

邪																
莊	跧阻顏					拃側板							札側八	茁鄒滑		
初						⿰犭戔初板				羼初鴈	篡初患		察初八			
床						⿰齒戔士板				輚士諫						
疏	刪所姦	檈數還				潸數版				訕所晏	攣生患		殺所八			
幫		班布還				版布綰							八博拔			
滂		攀普班				眅普板					襻普患		汃普八			
並						阪扶板							拔蒲八			
明		蠻莫還				矕武板				慢謨晏			⿰鬼隶莫八			
非																
敷																
奉																
微																
切語下字	顏姦	關還班			(赧)	板綰				澗晏鴈諫	患慣		黠八拔	八滑		
備註	《廣韻》有豻字可顏切與馯音同，				《廣韻》有撰雛鯇切，切殘無增								陳氏澧云：二百六韻中此韻最為			

	切韻殘卷無，增加字也。				加字也。今不錄。僩下赧切，陳氏以為無同類字，故借赧為切，姑存其說，以待考。								疏㚘，黠胡八切、滑胡八切，戶胡聲紐同，切語同用八字，且婠軋亦然。今據本師林先生切語下字表將婠滑列入合口音，蓋此類下字多以滑為切故也，聉《廣韻》五骨切誤，今從切殘；正作滑。			
韻目	二十八山				二十六產				三十一襇				十五鎋			
等呼	開口	合口	齊齒	撮脣	開口	合口	齊齒	撮脣	開口	合口	齊齒	撮脣	開口	合口	齊齒	撮脣
影	黰烏閑	嬽委鰥											呾乙鎋			
曉	羴許間												瞎許鎋			
匣	閑戶間	湲獲頑			限胡簡				莧侯襇	幻胡辦			鎋胡瞎	婠下刮		
喻																
為																
見	間古閑	鰥古頑			簡古限				襇古莧	鰥古幻			擖古鎋	刮古頒		
溪	慳苦閑	權跪頑			齦起限								楬枯鎋			
群																
疑	訮	頑			眼								聐	刖		

	五閑	吳鰥			五限								五鎋	五刮		
端														鵽丁刮		
透													獺他鎋			
定																
泥																
來	斕力閑	攎力頑														
知	譠陟山												哳陟鎋			
徹														頒丑刮		
澄	⿰犭辮直閑	窀墜頑							袒丈莧							
娘	嘫女閑													妠女刮		
日													髶而轄切			
照																
穿	獼充山															
神																
審																

襌																
精																
清																
從	戲昨閑															
心																
邪																
莊					醆阻限											
初					剗初限								剎初鎋	篡初刮		
床	戲士山				棧士限								積查鎋			
疏	山所間				產所簡									刷數刮		
幫	媥方閑									扮晡幻			捌百鎋			
滂									盼匹莧							
並									瓣蒲莧							
明					䀌武簡				蔄亡莧				帓莫鎋			
非																
敷																
奉																

微																
切語下字	閑間山	鰥頑			簡限				襉莧	辨幻			鎋瞎轄	刮頒		
備註	切韻殘卷此韻有頑字吳鰥切，《廣韻》無，但切語下字多以頑為切，今從切殘補。				《廣韻》有㦐初綰切，切韻無增加字也。				陳氏曰：胡辨與莧音同然幻無同類字，借辨為切也。							
韻目	一　先				二十七銑				三十二霰				十　六　屑			
等呼	開口	合口	齊齒	撮脣	開口	合口	齊齒	撮脣	開口	合口	齊齒	撮脣	開口	合口	齊齒	撮脣
影			煙烏前	淵烏玄			蝘於殄				宴於甸	肙烏縣			噎烏結	抉於決
曉			祆呼煙	鋗火玄			顯呼典				韅呼典	絢許縣			擷虎結	血呼決
匣			賢胡田	玄胡涓			峴胡典	泫胡畎			見胡甸	縣黃絢			纈胡結	穴胡決
喻																
為																
見			堅古賢	涓古玄			繭古典	畎姑泫			見古電	睊古縣			結古屑	決古穴
溪			牽苦堅				狠牽繭	犬苦泫			俔苦電				猰苦結	闋苦穴
群																
疑			妍五堅				齞研峴				硯五典				齧五結	

端			顛都年				典多殄				殿都典				窒丁結	
透			天他前				腆他典				瑱他典				鐵他結	
定			田徒年				殄徒典				電堂練				姪徒結	
泥			年奴顛				撚乃殄				晛奴甸				涅奴結	
來			蓮落賢				銑蘇典				練郎甸				戾練結	
知																
徹																
澄																
娘																
日																
照																
穿																
神																
審																
禪																
精			箋則先								薦作甸				節子結	
清			千蒼先								蒨倉甸				切千結	
從			前昨先								荐在甸				截昨結	
心			先				銑				霰				屑	

			蘇前				蘇典				蘇佃				先結	
邪																
莊																
初																
床																
疏																
幫			邊布賢				編方典								閉方結	
滂											片普麵				撆普結	
並			蹁田					辮薄泫							蹩蒲結	
明			眠莫賢				丏彌殄				麵莫甸				蔑莫結	
非																
敷																
奉																
微																
切語下字			前煙田賢堅年顛先	玄涓			殄典繭峴	畎泫			甸電練佃麵	縣絢			結屑蔑	決穴
備註	邊《廣韻》《切韻》並布玄切，陳澧《切韻考》據徐鉉補眠切、《集韻》				編方典切有今紐，然《切韻指掌圖》非紐銑韻無字，而列入幫紐下，				《廣韻》縣黃練切，與見胡甸切音同，今徐鉉正作黃絢切。							

	卑眠切正作布賢切，今從之。又《廣韻》祆呼煙切、犳崇玄切，切殘無，增加字也，今錄祆不錄犳。				今從之。											
韻目	二　仙				二十八獮				三十三線				十七薛			
等呼	開口	合口	齊齒	撮脣	開口	合口	齊齒	撮脣	開口	合口	齊齒	撮脣	開口	合口	齊齒	撮脣
影			焉於乾	嬽於權—娟於緣			㫃於蹇				躽於扇				焆於列	噦乙劣—妜於悅
曉			嗎許延	翾許緣				蠉香兗							娎許列	威許劣
匣																
喻			延以然	沿與專			演以淺	兗以轉			衍予線	掾以絹			抴羊列	悅弋雪
為			焉有乾	員王權								瑗王眷				
見			甄居延	勬居員			蹇九輦	卷居轉				眷居倦—絹吉掾			孑居列	蹶紀劣
溪			愆	弮			遣				譴	綣			朅	缺

	群	疑	端	透	定	泥	來	知	徹	澄	娘	日	照
傾雪							劣力輟	輟陟劣	娺丑悅		吶女劣		拙
丘列	傑渠列	孽魚列					列良薛	哲陟列	屮丑列	轍直列		熱如列	哲
區倦	倦渠卷	彥魚變					戀力卷	囀知戀	猭丑戀	傳直戀		[illegible]人絹	
去戰								䮁陟扇		邅持碾	輾女箭		戰
	圈渠篆一蜎狂兗						臠力兗	轉陟兗		篆持兗		輭而兗	剸
去演	件其輦	齴魚蹇					輦力展	展知演	搌丑善	邅除善	趁尼展	蹨人善	燀
丘員	權巨員						攣呂員	[illegible]中全	猭丑緣	椽直攣		堧而緣	專
去乾	乾渠焉						連力延	邅張連	脠丑延	纏直連		然如延	饘

	職悅	旨熱				之膳			旨兗	旨善			職緣	諸延		
穿	歠昌悅	掣昌列			釧尺絹	硟昌戰			舛昌兗	闡昌善			穿昌緣	燀尺延		
神		舌食列											船食川			
審	說失爇	設識列				扇式戰				燃式善				羶式連		
禪		折常列			叀時釧	繕時戰			膞市兗	善常演			遄市緣	鋋市連		
精	蕝子悅	蠽姊列				箭子賤			臇子兗	翦即淺			鐫子泉	煎子仙		
清	膬七絕				縓七絹					淺七演			詮此緣	遷七然		
從	絕情雪					賤才線			雋徂兗	踐慈演			全疾緣	錢昨仙		
心	雪相絕	薛私列			選息卷	線私箭			選思兗	獮息淺			宣須緣	仙相然		
邪	䨮寺絕				鏇辝戀	羨似面				緣徐翦			旋似宣	涎夕連		
莊	茁側劣				孨莊眷								恮莊緣			
初		㔍廁列														

床			潺士連				撰士免					篹士戀			𨷺士列	
疏				栓山員								篹所卷			榝山列	刷所劣
幫			鞭卑連				辡方免一編方緬				變彼眷				鷩并列一別方別	
滂			篇芳連								騗匹戰				瞥芳滅	
並			便房連				鴘被免一辯符蹇				便婢面一卞皮變				別皮列	
明			緜名延				免亡辨一緬彌兗				面彌箭				滅亡別	
非																
敷																
奉																
微																
切			乾	緣			褰	轉			扇	絹			列	劣

語下字			然延焉連仙	專權員全攣川泉宣			淺輦演蹇展善翦免辨緬	兗篆			線戰碾箭膳賤面(眷)	眷掾卷倦變戀釧			竭列薛熱滅別	雪輟悅爇
備考	《廣韻》有嬽字於權切，切殘亦有在韻末，注曰加，則增加字也。又緜武延切，廲丁全切今據下平卷末類隔更音和改作名延切、中全切。				《廣韻》蜎狂兗切與圈渠篆切音同，今併錄。辯符蹇切與楩符善切音同，今併楩入辯。棧士免切，切殘無，增加字，今不錄。又張本《廣韻》淺士免切誤，古逸叢書本作七演切是也。				眷居倦切與絹吉椽切音同，今併錄。籑張本七戀切誤，今從古逸叢書本作士戀切，𨎌連彥切，剸之囀切，偏方見切，刊謬本皆無，增加字也。今不錄。				妜於悅切，與噦乙劣切音同，今併妜入噦，葰去絕切，與缺傾雪切音同，今併葰入缺，啜姝雪切與歠昌悅切音同，刊謬本無，增加字也，今不錄。			
韻目	三蕭				二十九篠				三十嘯							
等呼	開口	合口	齊齒	撮脣	開口	合口	齊齒	撮脣	開口	合口	齊齒	撮脣				
影			幺於堯				杳烏皎				窔烏叫					
曉			曉許幺				鐃馨皛				嬈火弔					
匣							皛胡了									
喻																

為																
見			驍古堯				皎古了				叫古弔					
溪			鄡苦幺				磽苦皎				竅苦弔					
群																
疑			堯五聊								顤五弔					
端			貂都聊				鳥都了				弔多嘯					
透			祧吐彫				朓土了				糶他弔					
定			迢徒聊				窕徒了				藋徒弔					
泥							嬲奴鳥				尿奴弔					
來			聊落蕭				了盧鳥				嫽力弔					
知																
徹																
澄																
娘																
日																
照																
穿																
神																
審																

禪																
精							湫子了									
清																
從																
心			蕭蘇彫				篠先鳥				嘯蘇弔					
邪																
莊																
初																
床																
疏																
幫																
滂																
並																
明																
非																
敷																
奉																
微																
切語下字			堯幺聊彫蕭				皎皛了鳥				叫弔嘯					
備註																
韻目	四宵				三十小				三十五笑							
等呼	開口	合口	齊齒	撮脣	開口	合口	齊齒	撮脣	開口	合口	齊齒	撮脣				
影			妖於				夭於				要於					

			喬一要於霄				兆一闄於小				笑					
曉			囂許嬌													
匣																
喻			遙餘昭				鷕以沼				耀弋照					
為			鴞于嬌													
見			驕舉喬				矯居夭									
溪			趫起囂一蹻去遙								趬丘召					
群			喬巨嬌一翹渠遙								嶠渠廟一翹巨要					
疑											鼿牛召					

端																
透																
定																
泥																
來			燎力昭				繚力小				尞力照					
知			朝陟遙													
徹			超敕宵				巐丑小				朓丑召					
澄			晁直遙				肇治小				召直照					
娘																
日			饒如招				擾而沼				饒人要					
照			昭止遙				沼之少				照之少					
穿			怊尺招				麨尺沼									
神																
審			燒式招				少書沼				少失照					
禪			韶市昭				紹市沼				邵寔照					
精			焦即				勦子				醮子					

			消				小				肖					
清			鍫七遙				悄親小				陗七肖					
從			樵昨焦								噍才笑					
心			宵相邀				小私兆				笑私妙					
邪																
莊																
初																
床																
疏																
幫			鑣補嬌—飆甫遙				表陂矯—標方小				裱必廟					
滂			票撫招				麃滂表—縹敷沼				剽匹妙					
並			瓢符霄				藨平表—摽符				驃毗召					

							少									
明			苗武瀌一蜱彌遙				眇亡沼				廟眉召一妙彌笑					
非																
敷																
奉																
微																
切語下字			宵昭嬌遙喬招消焦邀霄瀌				兆沼夭小少矯表				笑照召廟要少肖妙					
備註																
韻目	五肴				三十一巧				三十六效							
等呼	開口	合口	齊齒	撮脣	開口	合口	齊齒	撮脣	開口	合口	齊齒	撮脣				
影	坳於交				拗於絞				靿於教							
曉	虓許交								孝呼教							

匣	肴胡茅				巢下巧				效胡教							
喻																
為																
見	交古肴				絞古巧				教古孝							
溪	敲口交				巧苦絞				敲苦教							
群																
疑	聱五交				齩五巧				樂五教							
端									罩都教							
透																
定																
泥					撓奴巧				橈奴教							
來	顟力嘲															
知	嘲陟交				獠張絞											
徹	嘮敕交								趠丑教							
澄	桃直交								棹直教							

娘	鐃女交															
日																
照																
穿																
神																
審																
禪																
精																
清																
從																
心																
邪																
莊	罩側交				爪側絞				抓側教							
初	抄楚交				煼初爪				抄初教							
床	巢鉏交				䰫士絞				巢士教							
疏	稍所交				數山巧				稍所教							
幫	包布交				飽博巧				豹北教							
滂	胞匹交								奅匹皃							
並	庖薄交				鮑薄巧				皰防教							

明	茅莫交				卯莫飽				皃莫教							
非																
敷																
奉																
微																
切語下字	交茅肴嘲				絞巧爪飽				教孝稍皃							
備註																
韻目	六豪				三十二晧				三十七號							
等呼	開口	合口	齊齒	撮脣	開口	合口	齊齒	撮脣	開口	合口	齊齒	撮脣				
影	鏖於刀				襖烏晧				奧烏到							
曉	蒿呼毛				好呼晧				秏呼到							
匣	豪胡刀				晧胡老				号胡到							
喻																
為																
見	高古勞				暠古老				誥古到							
溪	尻苦刀				考苦浩				犒苦到							
群																

疑	敖五勞				頓五老				傲五到							
端	刀都牢				倒都晧				到都導							
透	饕土刀				討他浩											
定	陶徒刀				道徒晧				導徒到							
泥	猱奴刀				堖奴晧				腝那到							
來	勞魯刀				老盧晧				嫪郎到							
知																
徹																
澄																
娘																
日																
照																
穿																
神																
審																
禪																
精	糟作曹				早子晧				竈則到							
清	操七刀				草采老				操七到							
從	曹				皁				漕							

心	昨勞騷蘇遭				昨早嫂蘇老				在到喿蘇到							
邪																
莊																
初																
床																
疏																
幫	褒博毛				寶博抱				報博秏							
滂	橐普袍															
並	袍薄褒				抱薄晧				暴薄報							
明	毛莫袍				務武道				冃莫報							
非																
敷																
奉																
微																
切語下字	刀毛勞牢曹遭袍褒				晧老浩早抱道				到導秏報							
備																

註																
韻目	七歌				三十三哿				三十八箇							
等呼	開口	合口	齊齒	撮脣	開口	合口	齊齒	撮脣	開口	合口	齊齒	撮脣				
影	阿烏何				閜烏可											
曉	訶虎何				歌慮我				呵呼箇							
匣	何胡歌				荷胡我				賀胡箇							
喻																
為																
見	歌古俄				哿古我				箇古賀							
溪	珂苦何				可枯我				坷口箇							
群																
疑	莪五何				我五可				餓五个							
端	多得何				嚲丁可				跢丁佐							
透	佗託何				袉吐可				拖吐邏							
定	駝徒河				爹徒可				馱唐佐							

泥	那諾何				橠奴可				奈奴箇							
來	羅魯何				欏來可				邏郎佐							
知																
徹																
澄																
娘																
日																
照																
穿																
神																
審																
禪																
精					左臧可				佐則箇							
清	蹉七何				瑳千可											
從	醝昨何															
心	娑素何				縒蘇可				些蘇箇							
邪																
莊																
初																
床																
疏																
幫																
滂																

並																
明																
非																
敷																
奉																
微																
切語下字	何歌俄河				可我				箇賀个佐邏							
備註																
韻目	八戈				三十四果				三十九過							
等呼	開口	合口	齊齒	撮脣	開口	合口	齊齒	撮脣	開口	合口	齊齒	撮脣				
影		倭烏禾				婐烏果			涴烏臥							
曉			鞾許肔			火呼果			貨呼臥							
匣		和戶戈				禍胡果			和胡臥							
喻																
為																
見		戈古禾	迦居伽			果古火			過古臥							
溪		科苦禾	佉去伽			顆苦果			課苦臥							
群			伽													

			求迦													
疑		訛五禾				厄五果			臥吾貨							
端		除丁戈				埵丁果			剁都唾							
透		詑土禾				妥他果			唾湯臥							
定		碢徒和				墮徒果			惰徒臥							
泥		捼奴禾				娿奴果			愞乃臥							
來		騾落戈				裸郎果			摞魯過							
知																
徹																
澄																
娘																
日																
照																
穿																
神																
審																
禪																
精									挫則臥							
清		遳七	脞醋			脞倉			剉麤							

		戈	伽			果			臥							
從		矬 昨 禾				坐 徂 果			座 徂 臥							
心		莎 蘇 禾				鎖 蘇 果										
邪																
莊																
初																
床																
疏																
幫		波 博 禾				跛 布 火			播 補 過							
滂		頗 滂 禾				叵 普 火			破 普 過							
並		婆 薄 禾							縛 符 臥							
明		摩 莫 婆				麼 莫 果			磨 摸 臥							
非																
敷																
奉																
微																
切語下字		禾 戈 和 波 婆	胞 迦 伽			果 火			臥 貨 唾 過							
備註	《廣韻》鞾切殘注無反語。				爸捕可切，砦作可切，可在三十				《廣韻》諎千過切、磋七過切、侉							

					三帤，切殘無，增加字也，今不錄。				安賀切，刊謬本、《唐韻》皆無，增加字也，今不錄。							
韻目	九　麻				三十五馬				四十禡							
等呼	開口	合口	齊齒	撮脣	開口	合口	齊齒	撮脣	開口	合口	齊齒	撮脣				
影	鴉於加	窊烏瓜			啞烏下				亞衣嫁	攨烏吳						
曉	蝦許加	華呼瓜			㗿許下				嚇呼訝	化呼霸						
匣	遐胡加	華戶花			下胡雅	踝胡瓦			暇胡駕	摦胡化						
喻			邪以遮				野羊者				夜羊謝					
為																
見	嘉古牙	瓜古華			檟古疋	寡古瓦			駕古訝							
溪	齣苦加	誇苦瓜			跒苦下	髁苦瓦			髂枯駕	跨苦化						
群																
疑	牙五加	仮五瓜			雅五下	瓦五寡			迓吾駕	瓦五化						
端					觰都賈											
透																
定																

泥					䋈奴下				䏧乃亞							
來					藞盧下											
知	奓陟加	檛陟瓜			縿竹下				吒陟駕							
徹	侘敕加				奼丑下	槳丑寡			詫丑亞							
澄	茶宅加								蛇除駕							
娘	拏女加															
日			若人奢				若人者									
照			遮正奢				者章也			柘之夜						
穿			車尺遮				奲昌者			斥充夜						
神			蛇食遮							射神夜						
審			奢式車				捨書冶			舍始夜						
禪			闍視				社常									

			遮				者									
精			嗟子邪			蛆䶥瓦	姐茲野			唶子夜						
清							且七野			笡遷謝						
從			査才邪							褯慈夜						
心			些寫邪				寫悉姐			蝑司夜						
邪			衺似嗟				灺徐野			謝辝夜						
莊	樝側加	髽莊華			鮓側下				詐側駕							
初	叉初牙					䂳叉瓦										
床	楂鉏加				槎士下				乍鉏駕							
疏	鯊所加				灑砂下	葰沙瓦			嗄所嫁	誜所化						
幫	巴伯加				把博下				霸必駕							
滂	葩普巴								帊普駕							
並	爬				跁				杷							

	蒲巴				傍下				白駕							
明	麻莫霞				馬莫下		乜彌也		禡莫駕							
非																
敷																
奉																
微																
切語下字	加牙巴霞	瓜花華	遮奢車邪嗟		下雅疋賈	瓦寡	者也冶野姐		嫁訝駕亞	吴霸化	謝夜					
備註	《廣韻》㐦乙加切與鴚苦加切音同，切殘、刊謬本皆無，增加字也，今不錄。								《廣韻》有坬字古罵切刊謬本及《唐韻》皆無，增加字也。							
韻目	十陽				三十六養				四十一漾				十八藥			
等呼	開口	合口	齊齒	撮脣	開口	合口	齊齒	撮脣	開口	合口	齊齒	撮脣	開口	合口	齊齒	撮脣
影			央於良				鞅於兩	枉紆往			怏於良				約於略	嬳憂縛
曉			香許良				響許兩	怳許昉			向許亮	況許放			謔虛約	矆許縛
匣																
喻			陽與章				養餘兩				漾餘亮				藥以灼	
為				王雨				往于				迋于				

				方				昉				放				
見			薑居良				紡居兩	獷居往			彊居亮	誑居況			脚居勺	玃居縛
溪			羌去羊	匡去王							唴丘亮				卻去約	躩丘縛
群			強巨良	狂巨王			勥其兩	俇求往			弶其亮	狂渠放			噱其虐	戄具籰
疑							仰魚兩				軻魚向				虐魚約	
端																
透																
定																
泥																
來			良呂張				兩良獎				亮力讓				略離灼	
知			張陟良				長知丈				帳知亮				芍張略	
徹			倀褚羊				昶丑兩				悵丑亮				婼丑略	
澄			長直良				丈直兩				仗直亮				著直略	
娘			孃女良								釀女亮				逽女略	
日			穰汝陽				壤如兩				讓人樣				若而灼	

照			章諸良				掌諸兩				障之亮				灼之若	
穿			昌尺良				敞昌兩				唱尺亮				綽昌約	
神																
審			商式羊				賞書兩				餉式亮				爍書藥	
禪			常市羊				上時掌				尚時亮				妁市若	
精			將即良				獎即兩				醬子亮				爵即略	
清			鏘七羊				搶七兩				蹡七亮				鵲七雀	
從			牆在良								匠疾亮				皭在爵	
心			襄息良				想息兩				相息亮				削息約	
邪			詳似羊				像徐兩									
莊			莊側羊								壯側亮				斮側略	
初			創初良				磢初兩				刱初亮					
床			床								狀					

			士莊								鋤亮					
疏			霜色莊				爽疎兩									
幫																
滂																
並																
明																
非				方府良				昉分往				放甫妄				
敷				芳敷方				髣妃兩				訪敷亮				薄孚縛
奉				房敷方				驪毗養				防符況				縛符钁
微				亡武方				网文兩				妄巫放				
切語下字			良章羊張陽莊	王方			兩獎丈掌	往昉			亮向讓樣	放況妄			略灼約勺虐若藥雀爵	縛籰钁
備註	《廣韻》方府良切，借良為切，此其疏也。				《廣韻》昉分网切、往于兩切誤，今從《玉篇》正作昉分往切，往于昉切。				況許訪切，切韻殘卷作許放切，今從之。							

韻目	十一唐				三十七蕩				四十二宕				十九鐸			
等呼	開口	合口	齊齒	撮脣	開口	合口	齊齒	撮脣	開口	合口	齊齒	撮脣	開口	合口	齊齒	撮脣
影	鴦烏郎	汪烏光			姎烏朗	汪烏晃			盎烏浪	汪烏曠			惡烏各	臒烏郭		
曉	炕呼郎	荒呼光			汻呼朗	慌呼晃			荒呼浪				壑呵各	霍虛郭		
匣	航胡郎	黃胡光			沆胡朗	晃胡廣			吭下浪	攩乎曠			涸下各	穫胡郭		
喻																
為																
見	岡古郎	光古黃			䴚各朗	廣古晃			鋼古浪	桄古曠			各古落	郭古博		
溪	康苦郎	骯苦光			慷苦朗	懭丘晃			抗苦浪	曠苦謗			恪苦各	廓苦郭		
群																
疑	卬五剛				䭰五朗				枊五浪				咢五各	瓁五郭		
端	當都郎				黨多朗				譡丁浪							
透	湯吐郎				曭他朗				儻他浪				託他各			
定	唐徒郎				蕩徒朗				宕徒浪				鐸徒落			
泥	囊				曩				儾				諾			

	奴當				奴朗				奴浪				奴各			
來	郎魯當				朗盧黨				浪來宕				落盧各	硦盧穫		
知																
徹																
澄																
娘																
日																
照																
穿																
神																
審																
禪																
精	臧則郎				駔子朗				葬則浪				作則落	嘫祖郭		
清	倉七岡				蒼麁朗								錯倉各			
從	藏昨郎				奘徂朗				藏徂浪				昨在各			
心	桑息郎				顙蘇朗				喪穌浪				索蘇各			
邪																
莊																
初																
床																
疏																
幫		幫博旁				榜北朗				螃補曠				博補各		

滂		滂普郎				髈匹朗								膊匹各		
並		傍步光								傍蒲浪				泊傍各		
明		茫莫郎				莽模朗				漭莫浪				莫慕各		
非																
敷																
奉																
微																
切語下字	郎岡	光黃旁			朗黨	晃廣			浪宕	曠謗			各落	郭博穫		
備註									汪《廣韻》烏浪切誤，今從《唐韻》正作烏曠切。				《廣韻》郭古博切，借博為切，此其疏也。			
韻目	十二庚				三十八梗				四十三映				二十陌			
呼等	開口	合口	齊齒	撮脣	開口	合口	齊齒	撮脣	開口	合口	齊齒	撮脣	開口	合口	齊齒	撮脣
影			霙於驚		覮烏猛		影於丙		瀴於孟	宖烏橫	映於敬		啞烏格	擭一虢		
曉	脝許庚	諻虎橫		兄許榮	丱呼覮			克許永	諱許更				赫呼格		虩許郤	
匣	行戶庚	橫戶盲			杏何梗				行下更	蝗戶孟			嚄胡伯			
喻																
為				榮				永				詠				

	見	溪	群	疑	端	透	定	泥	來	知	徹	澄	娘
	戟几劇	隙綺戟	劇奇逆	逆宜戟									
	虢古伯	劃丘擭											
	格古伯	客苦格		額五伯						磔陟格	坼丑格	宅場伯	踣
為命													
	敬居慶	慶丘敬	競渠敬	迎語敬									
	更古孟					牚他孟				倀猪孟		鋥除更	
于憬	憬居永												
	警居影												
	礦古猛	界苦礦											
	梗古杏						瑒徒杏			盯張梗			檸
永兵													
	驚舉卿	卿去京	擎渠京	迎語京									
	觥古橫												
	庚古行	阬客庚						鬤乃庚		趟竹盲	瞠丑庚	棖直庚	

					掔梗								女白			
日																
照																
穿																
神																
審																
禪																
精																
清																
從																
心																
邪																
莊													嘖側伯			
初	鎗楚庚										瀧楚敬				柵測戟	
床	傖助庚						省所景						齰鋤陌			
疏	生所庚										生所敬				索山戟	
幫	閍甫盲			兵甫明	浜布梗			丙兵永	榜北孟			柄陂病	伯博陌			
滂	磅撫庚												拍普伯			
並	彭薄庚			平僕兵	鮩蒲猛				膨蒲孟			病皮命	白傍伯		欂弼戟	
明	盲			明	猛			皿	孟			命	陌			

	武庚			武兵	莫杏			武永	莫更			眉病	莫白			
非																
敷																
奉																
微																
切語下字	庚行盲	横盲	驚卿京	兵榮平明	猛梗杏	猛礦	丙影景	憬永	孟更		敬慶	命病	格伯白陌	虢擭	郤劇戟逆	
備註	横戶盲切，借盲為切，偶疏也。				猛《廣韻》張本莫幸切誤，各本皆莫杏切是也，又影借丙為切，礦借猛為切，皆其疏也。又打德冷切，冷魯打切，與其他絕不聯貫，陳氏以其在韻末，斷為增加字，今不錄。				《廣韻》蝗戶孟切，借孟為切。				《廣韻》垎胡格切與嚄音同，今併。又謋虎伯切與赫音同，陳氏謂為增加字，今不錄。又虢古伯切，此其疏也。			
韻目	十三耕				三十九耿				四十四諍				二十一麥			
等呼	開口	合口	齊齒	撮脣	開口	合口	齊齒	撮脣	開口	合口	齊齒	撮脣	開口	合口	齊齒	撮脣
影	罌烏莖	泓烏宏							甇鷖迸				戹於革			
曉		轟呼宏							轟呼迸					剨呼麥		
匣	莖戶耕	宏戶萌			幸胡耿								覈下革	獲胡麥		
喻																

為																
見	耕古莖			耿古幸									隔古核	蟈古獲		
溪	鏗苦莖												礊楷革			
群														趪求獲		
疑	娙五莖								鞕五爭				鷊五革			
端																
透																
定																
泥																
來													礐力摘			
知	朾中莖												摘陟革			
徹																
澄	橙宅耕															
娘	儜女耕												疒尼厄			
日																
照																
穿																
神																
審																

禪																
精																
清																
從																
心																
邪																
莊	爭側莖								諍側迸				責側革	㩇簪摑		
初	琤楚耕												策楚革			
床	崢士耕												賾士革	䞤查獲		
疏													栜山責	撼砂獲		
幫	拼布耕	繃甫轟							迸				檗博厄			
滂	怦普耕				皏普幸				倂蒲迸				檗普麥			
並	輣薄萌				倂薄幸								繴蒲革			
明	甍莫耕				黽武幸								麥莫獲			
非																
敷																
奉																
微																
切	莖	宏			耿				迸				革	麥		

語下字	耕萌	萌轟			幸				諍				核摘厄責	獲摑		
備註	《廣韻》宏萌切以脣音開口切喉牙音合口字也。								《廣韻》鞕五爭切誤，爭在十三耕，今正作五諍切。							
韻目	十四清				四十靜				四十五勁				二十二昔			
等呼	開口	合口	齊齒	撮脣	開口	合口	齊齒	撮脣	開口	合口	齊齒	撮脣	開口	合口	齊齒	撮脣
影			嬰於盈	縈於營			癭於郢								益伊昔	
曉				眴火營							敻休正					瞁許役
匣																
喻			盈以成	營余傾			郢以整	潁餘頃							繹羊益	役營隻
為																
見							頸居郢				勁居正					
溪			輕去盈	傾去營				頃去潁			輕墟正					
群			頸巨成	瓊渠營			痙巨郢									
疑																
端																
透																

定																
泥																
來			令呂貞				領良郢				令力正					
知			貞陟盈												鏑竹益	
徹			檉丑貞				逞丑郢				遉丑鄭				彳丑亦	
澄			呈直貞				徎丈井				鄭直正				擲直炙	
娘																
日																
照			征諸盈				整之郢				政之盛				隻之石	蓂之役
穿															尺昌石	
神															麝食亦	
審			聲書盈								聖式政				釋施隻	
禪			成是征								盛承正				石常隻	
精			精子盈				井子郢				精子姓				積資悉	
清			清				請				倩				皵	旻

			七情				七靜				七政				七迹	七役
從			情疾盈				靜疾郢				淨疾政				籍秦昔	
心				騂息營			省息井				性息正				昔思積	
邪			餳徐盈												席祥易	
莊																
初																
床																
疏																
幫			并府盈				餅必郢				摒卑政				辟必益	碧彼役
滂											聘匹正				僻芳辟	
並											偋防正				擗房益	
明			名武井				眳亡井				詺彌正					
非																
敷																
奉																
微																
切語下字			盈成貞征	營傾			郢整井靜	頃潁			正政鄭盛				昔益亦炙	

			情井								姓				石亦隻迹積易辟	
備註									《廣韻》有欲許令切，與敻休正切同音。今併入敻。				《廣韻》役營隻切，以隻為切，乃其疏也。			
韻目	十五青				四十一迥				四十六徑				二十三錫			
等呼	開口	合口	齊齒	撮脣	開口	合口	齊齒	撮脣	開口	合口	齊齒	撮脣	開口	合口	齊齒	撮脣
影							巊烟涬	濙烏迥			鎣烏定					
曉			馨呼刑					詗火迥							欯許激	砉呼狊
匣			刑戶經	熒戶扃			婞胡頂	迥戶熲			脛胡定				檄胡狄	
喻為																
見			經古靈	扃古螢			剄古挺	熲古迥			徑古定				激古歷	狊古闃
溪							謦去挺	褧口迥			罄苦定				燩苦擊	闃苦鶪
群																
疑							矨五								鷁五	

							剄								歷	
端			丁當經				頂都挺				矴丁定				的都歷	
透			汀他丁				珽他頂				聽他定				逖他歷	
定			庭特丁				挺徒頂				定徒徑				荻徒歷	
泥			寧奴丁				顭乃挺				甯乃定				惄奴歷	
來			靈郎丁				笭力鼎				零郎定				靂郎擊	
知																
徹																
澄																
娘																
日																
照																
穿																
神																
審																
禪																
精															績則歷	
清			青倉經								靘千定				戚倉歷	
從							汫徂醒								寂前歷	

心			星桑經								腥蘇佞				錫先擊	
邪																
莊																
初																
床																
疏																
幫							鞞補鼎								壁北激	
滂			竮普丁					頩匹迥							霹普擊	
並			瓶薄經					竝蒲迥							甓扶歷	
明			冥莫經					茗莫迥			覭莫定				覓莫狄	
非																
敷																
奉																
微																
切語下字			刑經靈經丁	扃螢			涬頂挺剄鼎醒	迥熲			定徑佞				激狄歷擊	狊闃鶪
備註					迥《廣韻》戶頂切誤，今從徐鍇正作戶熲切。								《廣韻》歡丑歷切，刊謬本及切殘皆無，增加字也。今不錄。			
韻	十六蒸				四十二拯				四十七證				二十四職			

目																
等呼	開口	合口	齊齒	撮脣	開口	合口	齊齒	撮脣	開口	合口	齊齒	撮脣	開口	合口	齊齒	撮脣
影			膺於陵								應於證				憶於力	
曉			興虛陵								興許應				赩許極	洫況逼
匣																
喻			蠅余陵								孕以證				弋與職	
為																域雨逼
見			兢居陵												殛紀力	
溪			硱綺兢												𩌦丘力	
群			殑其矜				殑其拯				殑其餕				極渠力	
疑			凝魚陵								凝牛餕				嶷魚力	
端															[illegible]丁力	
透																
定																
泥																
來			陵								餕				力	

			力膺								里甑				林直	
知			徵陟陵												陟竹力	
徹			僜丑升				庱丑拯				覴丑證				敕恥力	
澄			澂直陵								瞪丈證				直除力	
娘															匿女力	
日			仍如乘								認而證					
照			蒸煮仍				拯(無韻切)				證諸應				職之翼	
穿			稱處陵								稱昌孕				瀷昌力	
神			繩食陵								乘實證				食乘力	
審			升識蒸								勝詩證				識賞職	
禪			承署陵								丞常證				寔常職	
精											甑子				即子	

											孕				力	
清																
從			繒疾陵												堲秦力	
心															息相即	
邪																
莊															稄阻力	
初															測初力	
床			磳仕兢												崱士力	
疏			殑山矜				殑色庱								色所力	
幫			冫筆陵												逼彼側	
滂			砅披冰												堛芳逼	
並			凭扶冰								凭皮證				愎符逼	
明															窨亡逼	
非																
敷																

奉																
微																
切語下字			陵兢矜膺乘蒸冰				拯庱				證應餕甑孕				力職直翼即側逼	洫域
備註					《廣韻》拯無反語，注曰：音蒸上聲。《切韻》同，殑庱諸字，《切韻》無，增加字也。								洫況逼切，域雨逼切，無同類字，借逼為切			
韻目	十七登				四十三等				四十八嶝				二十五德			
等呼	開口	合口	齊齒	撮脣	開口	合口	齊齒	撮脣	開口	合口	齊齒	撮脣	開口	合口	齊齒	撮脣
影													殕愛黑			
曉		薨呼肱											黑呼北	帇呼或		
匣	恒胡登	弘胡肱											劾胡得	或胡國		
喻																
為																
見	緪古恒	肱古弘							亘古鄧				裓古得	國古或		
溪					肯苦								刻苦			

					等								得			
群																
疑																
端	登都滕				等多肯				嶝都鄧				得多則			
透	鼟他登								澄台鄧				忒他德			
定	騰徒登								鄧徒亘				特徒得			
泥	能奴登				能奴等								螚奴勒			
來	楞魯登								踜魯鄧				勒盧則			
知																
徹																
澄																
娘																
日																
照																
穿																
神																
審																
禪																
精	增作滕	肱弘							增子鄧				則子德			
清									蹭千鄧				墄七則			
從	層								贈				賊			

心	昨棱 僧蘇增								昨亘 竊思贈				昨則 塞蘇則			
邪																
莊																
初																
床																
疏																
幫	崩北滕								堋方隥				北博墨			
滂	漰普朋				倗普等								覆匹北			
並	朋步崩								倗父鄧							
明	瞢武登								懵武亘				墨莫北			
非																
敷																
奉																
微																
切語下字	登恒滕棱增崩				等肯				鄧亘贈隥				黑北得則勒墨	或國		
備註																
韻	十八尤				四十四有				四十九宥							

目																
等呼	開口	合口	齊齒	撮脣	開口	合口	齊齒	撮脣	開口	合口	齊齒	撮脣				
影			憂於求				颩於柳									
曉			休許尤				朽許久				齅許救					
匣																
喻			猷以周				酉與久				狖余救					
為			尤羽求				有云久				宥于救					
見			鳩居求				久舉有				救居祐					
溪			丘去鳩 一 恘去秋				糗去久				鼽丘救					
群			裘巨鳩				舅其九				舊巨救					
疑			牛語求								鼿牛救					
端																
透																
定																

泥																
來			劉力求				柳力久				溜力救					
知			輈張流				肘陟柳				晝陟救					
徹			抽丑鳩				丑敕久				畜丑救					
澄			儔直由				紂除柳				冑直祐					
娘							狃女久				糅女救					
日			柔耳由				蹂人九				輮人又					
照			周職流				帚之九				呪職救					
穿			犨赤周				醜昌九				臭尺救					
神																
審			收式州				首書九				狩舒救					
禪			讎市流				受殖酉				授承呪					
精			遒即由				酒子酉				僦即就					

清			秋七由								趥七溜					
從			酋自秋				湫在九				就疾僦					
心			脩息流				滫息有				秀息救					
邪			囚似由								岫似祐					
莊			鄒側鳩				掫側九				皺側救					
初			搊楚鳩				⿰革取初九				簉初救					
床			愁士尤				⿰禾彖士九				驟鋤祐					
疏			搜所鳩				溲疎有				瘦所祐					
幫																
滂			⿰虎風匹尤													
並																
明			謀莫浮													
非			不甫鳩				缶方久				富方副					

敷							紑芳否一秠芳婦				副敷救					
奉			浮縛謀				婦房久				復扶富					
微											莓亡救					
切語下字			求周尤鳩秋流由州浮謀				柳久有九酉否婦				救救祐又呪就溜僦副富					
備註																
韻目	十九侯				四十五厚				五十候							
等呼	開口	合口	齊齒	撮脣	開口	合口	齊齒	撮脣	開口	合口	齊齒	撮脣				
影	謳烏侯				歐烏后				漚烏候							
曉	齁呼侯				吼呼后				詬呼漏							

匣	侯戶鉤				厚胡口				候胡遘							
喻																
為																
見	鉤古侯				苟古厚				遘古候							
溪	彄恪侯				口苦后				寇苦候							
群																
疑	齵五婁				藕五口				偶五遘							
端	兜當侯				斗當口				鬥都豆							
透	偷託侯				黈天口				透他候							
定	頭度侯				揄徒口				豆田候							
泥	羺奴鉤				陾乃后				槈奴豆							
來	樓落侯				塿郎斗				陋盧候							
知																
徹																
澄																
娘																
日																

照																
穿																
神																
審																
禪																
精	緅子侯				走子苟				奏則候							
清	誰千侯				趣倉苟				輳倉奏							
從	鯫徂鉤				鯫仕垢				楱才奏							
心	涑速侯				叟蘇后				瘶蘇奏							
邪																
莊																
初																
床																
疏																
幫	裒薄侯				掊方垢											
滂	呣亡侯				剖普后				仆匹候							
並					部蒲口				脰蒲侯							
明					母莫厚				茂莫候							
非																

敷																
奉																
微																
切語下字	侯鉤婁				后口厚斗苟垢				候漏遘豆奏							
備註																
韻目	二十幽				四十六黝				五十一幼							
等呼	開口	合口	齊齒	撮脣	開口	合口	齊齒	撮脣	開口	合口	齊齒	撮脣				
影			幽於虯				黝於糾				幼伊謬					
曉			休香幽													
匣																
喻為																
見			樛居虯				糾居黝									
溪											蹎丘謬					
群			虯渠幽				蟉渠黝				趴巨幼					
疑			聱語													

			虯													
端																
透																
定																
泥																
來			繆力幽													
知																
徹																
澄																
娘																
日																
照																
穿																
神																
審																
禪																
精			稵子幽													
清																
從																
心																
邪																
莊																
初																
床																
疏			犙山幽													
幫			彪甫烋													

滂																
並			淲皮彪													
明			繆武彪								謬靡幼					
非																
敷																
奉																
微																
切語下字			蚪幽彪烋													
備註																
韻目	二十一侵				四十七寑				五十二沁				二十六緝			
等呼	開口	合口	齊齒	撮脣	開口	合口	齊齒	撮脣	開口	合口	齊齒	撮脣	開口	合口	齊齒	撮脣
影			音於金—愔挹淫				飲於錦				蔭於禁				邑於汲—揖伊入	
曉			歆許金				廞許錦								吸許及	
匣																
喻			淫餘針				潭以荏								熠羊入	

為		煜為立				類于禁										
見		急居立				禁居蔭				錦居飲				金居吟		
溪		泣去急								坅丘甚一顉欽錦				欽去金		
群		及其立				紟巨禁				噤渠飲				琴巨金		
疑		岌魚及				吟宜禁				僸牛錦				吟魚金		
端																
透																
定																
泥						賃乃禁										
來		立力入				臨良枕				廩力稔				林力尋		
知		縶陟立				揕知鴆				戡張甚				碪知林		
徹		湁丑入				闖丑禁				踸丑甚				琛丑林		
澄		蟄				鴆				朕				沈		

			直林				直稔				直禁				直立	
娘			鵟女心				拰尼凜								孨尼立	
日			任如林				荏如甚				妊汝鴆				入人執	
照			斟職淫				枕章荏				枕之任				執之入	
穿			覘充針				瀋昌枕								斟昌汁	
神							葚食荏									
審							沈式任				深式禁				溼失入	
禪							甚常枕				甚時鴆				十是執	
精							醋子朕				浸子鴆				噍子入	
清							寑七稔				沁七鴆				緝七入	
從							蕈慈荏								集秦入	
心							罧斯甚								卌先立	

邪		習似入														
莊		戢阻立				譖莊蔭										
初		届初戢				讖楚譖				墋初朕						
床		翜色立								䫖士痒						
疏						滲所禁				痒疎錦						
幫		鵖彼及								稟筆錦						
滂										品丕飲						
並		鴔皮及														
明																
非																
敷																
奉																
微																
切語下字		入立及急執汁				禁蔭鴆任譖				錦荏欽甚飲稔						

							凜枕任朕痒								戢	
備註																
韻目	二十二覃				四十八感				五十三勘				二十七合			
等呼	開口	合口	齊齒	撮脣	開口	合口	齊齒	撮脣	開口	合口	齊齒	撮脣	開口	合口	齊齒	撮脣
影	諳烏含				唵烏感				暗烏紺				姶烏合			
曉	峆火含				顑呼唵				鷂呼紺				欱呼合			
匣	含胡男				頷胡感				憾胡紺				合侯閤			
喻																
為																
見	弇古南				感古禫				紺古暗				閤古沓			
溪	龕口含				坎苦感				勘苦紺				溘口荅			
群																
疑	崨五含				顉五感				儑五紺				哈五合			
端	耽丁含				黕都感				馾丁紺				答都合			

透	探他含				禫他感				僋他紺				錔他合			
定	覃徒含				禫徒感				醰徒紺				沓徒合			
泥	南那含				腩奴感				妠奴紺				納奴合			
來	婪盧含				壈盧感				顲郎紺				拉盧合			
知																
徹																
澄																
娘																
日																
照																
穿																
神																
審																
禪																
精	簪作含				昝子感				篸作紺				帀子荅			
清	參倉含				慘七感				謲七紺				趁七合			
從	蠶昨含				歜徂感								雜徂合			
心	毵蘇含				糂桑感				俕蘇紺				趿蘇合			
邪																

莊																
初																
床																
疏																
幫																
滂																
並																
明																
非																
敷																
奉																
微																
切語下字	含男南				感唵禫				紺暗				合閤沓荅			
備註													《廣韻》邌士合切、唈烏荅切，刊謬本、《切韻》、《唐韻》皆無，增加字也，今不錄。			
韻目	二十三談				四十九敢				五十四闞				二十八盍			
等呼	開口	合口	齊齒	撮脣	開口	合口	齊齒	撮脣	開口	合口	齊齒	撮脣	開口	合口	齊齒	撮脣
影					埯烏敢								鰪安盍			
曉	蚶呼談				喊呼覽				賻呼濫				歛呼盍			
匣	酣胡甘								憨下瞰				盍胡臘			

喻																
為																
見	甘古三				敢古覽				𪉯古覽				嗑古盍			
溪	坩苦甘				㰹口敢				闞苦濫				榼苦盍			
群																
疑													儑五盍			
端	擔都甘				膽都敢				擔都濫				耷都盍			
透	聃他酣				菼吐敢				賧吐濫				榻吐盍			
定	談徒甘				噉徒敢				憺徒濫				蹋徒盍			
泥													魶奴盍			
來	藍魯甘				覽盧敢				濫盧瞰				臘盧盍			
知																
徹																
澄																
娘																
日																
照																
穿																
神																

審																
禪																
精	暫作三				鏨子敢											
清					黲倉敢								囃倉雜			
從	慙昨甘				槧才敢				暫藏濫				埀才盇			
心	三蘇甘								三蘇暫				鞁私盇			
邪																
莊																
初																
床																
疏																
幫																
滂																
並																
明	姏武酣				媣謨敢											
非																
敷																
奉																
微																
切語下字	談甘三酣				敢覽				濫瞰蹔暫				盇臘搕			
備註	《集韻》姏謨甘切，可證姏當入				《廣韻》有澉賞敢切，《切韻》及								本韻有譫字章盇切，《切韻》及			

	明母下。				《刊謬補缺切韻》皆無，增加字也，今不錄。								《刊謬補缺切韻》皆無，增加字也，今不錄。又有砝居盍切與頰音同，當併。			
韻目	二十四鹽				五十琰				五十五豔				二十九葉			
等呼	開口	合口	齊齒	撮脣	開口	合口	齊齒	撮脣	開口	合口	齊齒	撮脣	開口	合口	齊齒	撮脣
影			淹央炎—壓一鹽				奄衣儉—黶於琰				俺於驗—厭於豔				腌於輒—魘於葉	
曉							險虛檢									
匣																
喻			鹽余廉				琰以冉				豔以贍				葉與涉	
為			炎于廉												曄筠輒	
見							檢居奄								鵖居輒	
溪			憸丘廉				預丘險								㾊去涉	
群			箝巨淹				儉巨險								衱其輒	

			一鍼巨鹽													
疑			黬語廉				顩魚檢				驗魚窆					
端																
透																
定																
泥																
來			廉力鹽				斂良冉				殮力驗				獵良涉	
知			霑張廉												輒陟葉	
徹			覘丑廉				諂丑琰				覘丑豔				鍤丑輒	
澄			[illegible]直廉												牃直葉	
娘			黏女廉												聶尼輒	
日			髯汝鹽				冉而琰				染而豔				讘而涉	
照			詹職廉								占章豔				讋之涉	
穿			幨處占								幨昌豔				謵叱涉	

神																
審			苫失廉				陝失冉				閃舒贍				攝書涉	
禪			棎視占				剡時染				贍時豔				涉時攝	
精			尖子廉				𡠹子冉				㦰子豔				接即葉	
清			籤七廉				憸七漸				壍七豔				妾七接	
從			潛昨鹽				漸慈染				潛慈豔				捷疾葉	
心			銛息廉													
邪			燅徐鹽													
莊																
初																
床																
疏			襳史炎												萐山輒	
幫			砭府廉				貶方斂				窆方驗					
滂																
並																
明																
非																

敷																
奉																
微																
切語下字			炎廉淹鹽占				琰儉冉檢奄險染漸斂				豔贍窆驗				輒涉葉攝接	
備註																

聲調	下平聲				上聲				去聲				入聲			
韻目	二十五添				五十一忝				五十六㮇				三十怗			
等呼	開口	合口	齊齒	撮脣	開口	合口	齊齒	撮脣	開口	合口	齊齒	撮脣	開口	合口	齊齒	撮口
影											酓於念					
曉			馦許兼												弽呼牒	
匣			嫌戶兼				鼸胡忝								協胡頰	
喻																
為																
見			兼古甜				孂兼玷				趝紀念				頰古協	
溪			謙苦兼				嗛苦簟				傔苦念				愜協	
群																
疑																
端			詀丁兼				點多忝				店都念				聑丁愜	
透			添他兼				忝他玷				㮇他念				怗他協	
定			甜徒兼				簟徒玷				磹徒念				牒徒協	
泥			鮎				淰				念				苶	

			奴兼				乃玷				奴店				奴協	
來			鬑勒兼				溓力忝				稴力店				甄盧協	
知																
徹																
澄																
娘																
日																
照																
穿																
神																
審																
禪																
精											僭子念				浹子協	
清							憯青忝									
從											㬐漸念				𧀍在協	
心											𥗪先念				燮蘇協	
邪																
莊																
初																
床																
疏																
幫																
滂																

並明							変明忝									
非敷奉微																
切語下字			兼甜				忝玷簟				念店				牒頰愜協	
備註									《廣韻》兼古念切與趝音同，當併入趝。				《廣韻》趚先頰切與燮音同，今併入燮。			
韻目	二十六咸				五十三豏				五十八陷				三十一洽			
等呼	開口	合口	齊齒	撮脣	開口	合口	齊齒	撮脣	開口	合口	齊齒	撮脣	開口	合口	齊齒	撮脣
影	揞乙咸				黯乙減				韽於陷				凹烏洽			
曉	㰹許咸				闞火斬								欱呼洽			
匣	咸胡讒				豏下斬				陷戶韽				洽侯夾			
喻為																
見	緘古咸				鹼古斬				𪘁公陷				夾古洽			
溪	鵮苦				歉苦				歉口				恰苦			

	咸				減				陷				洽			
群																
疑	喦五咸								顩玉陷				脛五夾			
端																
透																
定					湛徒減											
泥																
來					臉力減											
知	詀竹咸								站陟陷				劄竹洽			
徹					僴丑減								𡨽丑図			
澄									詀佇陷							
娘	諵女咸				淰女減				諵尼賺				図女洽			
日																
照																
穿																
神																
審																
禪																
精																
清																
從																

心																
邪																
莊					斬側減				蘸莊陷				眨側洽			
初					臘初減								插楚洽			
床	讒士咸				巉士減				儳仕陷				渫士洽			
疏	攕所咸				摻所斬								霎山洽			
幫																
滂																
並																
明																
非																
敷																
奉																
微																
切語下字	咸 讒				減 斬				陷 韽 賺				洽 夾 図			
備註					《廣韻》有喊呼豏切與闞音同，今併入闞。											
韻目	二十七銜				五十四檻				五十九鑑				三十二狎			
等呼	開口	合口	齊齒	撮脣	開口	合口	齊齒	撮脣	開口	合口	齊齒	撮脣	開口	合口	齊齒	撮脣
影					黤於								鴨烏			

					檻								甲			
曉					譀荒檻				譀許鑑				呷呼甲			
匣	銜戶監				檻胡黤				覽胡懺				狎胡甲			
喻																
為																
見	監古銜								鑑格懺							
溪	嵌口銜				顩丘檻											
群																
疑	巖五銜															
端																
透																
定																
泥																
來																
知																
徹																
澄													喋丈甲			
娘																
日																
照																
穿																
神																
審																

禪																
精									覽子鑑							
清																
從																
心																
邪																
莊																
初	攙楚銜				醶初檻				懺楚鑒							
床	巉鋤銜				巉仕檻				鑱士懺							
疏	衫所銜				摲山檻				釤所鑑				翣所甲			
幫																
滂																
並	[illegible]白銜								涅蒲鑑							
明																
非																
敷																
奉																
微																
切語下字	監銜				檻黤				鑑懺鑒				甲狎			

備註									《廣韻》有𪒠音黯去聲。本師林先生尹曰：𪒠字與五十三豏之黯相承，當在五十八陷，此增加字也。							
韻目	二十八嚴				五十二儼				五十七釅				三十三業			
等呼	開口	合口	齊齒	撮脣	開口	合口	齊齒	撮脣	開口	合口	齊齒	撮脣	開口	合口	齊齒	撮脣
影			醃於嚴				埯於广								腌於業	
曉			杴虛嚴								脅許欠				脅虛業	
匣																
喻															殜余業	
為																
見															劫居怯	
溪			厱丘嚴				欦丘廣				欦丘釅				怯去劫	
群															跲巨業	
疑			嚴語驗				儼魚埯				釅魚欠				業魚怯	
端																

透																
定																
泥																
來																
知																
徹																
澄																
娘																
日																
照																
穿																
神																
審																
禪																
精																
清																
從																
心																
邪																
莊																
初																
床																
疏																
幫																
滂																
並																
明																
非																
敷																
奉																
微											萎亡劒					
切			嚴				广				欠				業	

語下字			鹼				埯				釅劒				怯劫	
備註					《廣韻》儼魯掩切，誤也。今從《說文》正作魚埯切。				《廣韻》無釅韻，併入梵韻，《廣韻》此韻切語下字亦借梵韻字。							
韻目	二十九凡				五十五范				六十梵				三十四乏			
等呼	開口	合口	齊齒	撮脣	開口	合口	齊齒	撮脣	開口	合口	齊齒	撮脣	開口	合口	齊齒	撮脣
影												俺於劒				
曉																
匣																
喻																
為																
見												劒居欠				
溪								凵丘犯				欠去劒				猲起法
群																
疑																
端																
透																
定																
泥																
來																
知								僩丑犯								
徹																狧

																丑法
澄																
娘																狐女法
日																
照																
穿																
神																
審																
禪																
精																
清																
從																
心																
邪																
莊																
初																
床																
疏																
幫																
滂																
並																
明																
非								腰府犯								法方乏
敷				芝敷凡				釩峯犯				汎孚梵				姑孚法
奉				凡符芝				范防腰				梵扶泛				乏房法

微								鍐亡范								
切語下字				凡芝				犯范鍐				劒欠梵泛				
備註	《廣韻》芝敷凡切、凡符乏切係據下平卷末類隔更音和改正。								劒欠俺三字《刊謬補缺切韻》併入釅韻。							

上表之中，凡外有框之聲紐為正聲，無框者為變聲，如東韻開口、董韻開口、送韻開口、屋韻開口四類相承，皆無變聲，則平聲東韻開口與入聲屋韻開口為古本韻，而董、送兩韻開口字則因聲調屬上、去聲，黃季剛先生以為凡上、去之音，非古所有故為變聲也。劉淵《王子新刊禮韻略》、陰時夫《韻府群玉》為作詩協韻之方便，凡《廣韻》韻目之注明同用者，乃據《廣韻》之注，而加以合併，於作詩固然方便，然於探求古今之音變，則失其用途也。

二、變韻之種類：

《廣韻》正韻、變韻之分，既如上述，然《廣韻》中之變韻，又有四類。今據錢玄同先生〈廣韻分部說釋例〉一文，條列於下：

㈠古在此韻之字，今變同彼韻之音，而特立一韻者。如古「東」韻之字，今變同「唐」韻者[93]，因別立「江」韻，則「江」

[93] 黃季剛先生古本韻共三十部，今按《廣韻》之次，列之於後：
平聲：東開口、冬、模、齊、咍、灰、魂痕、寒桓、先、蕭、豪、歌戈、

者「東」之變韻也。

㈡變韻之音為古本韻所無者，如「模」韻變為「魚」韻，「覃」韻變為「侵」韻是也。

㈢變韻之音全在本韻，以韻中冇今變紐，因別立為變韻。如「寒」「桓」為本韻，「山」為變韻；「青」為本韻，「清」為變韻是也。

㈣古韻有平、入而無上、去，故凡上、去之韻，皆為變韻。如「東一」之上聲「董」、去聲「送一」在古皆當讀平聲，無上去之音，故云變韻也。

《廣韻》二百六韻之正韻變韻表之於下：

正韻				變韻				說明
平	上	去	入	平	上	去	入	
東一	董	送一	屋一	鍾	腫	用	燭	合口音變同撮口音
				江	講	絳	覺	正韻變同唐韻
冬	湩	宋	沃	東二		送二	屋二	正音變同東韻細音
模	姥	暮		魚	語	御		合口音變同撮口音
齊	薺	霽		支	紙	寘		變韻中有變聲，又半由歌戈韻變來
				佳	蟹	卦		正韻變同咍韻
灰	賄	隊		脂	旨	至		正韻變同齊韻
				微	尾	未		正韻變同齊韻，又半由魂痕韻變來
				皆	駭	怪		正韻變同咍韻
咍	海	代		之	止	志		正韻變同齊韻
魂	混	慁	沒	文	吻	問	物	合口音變為撮口音

唐、青、登、侯、覃、談、添。

入聲：屋開口、沃、沒（麧）、曷末、屑、鐸、錫、德、合、盍、怗。

痕　很　恨　麧	諄　準　稕　術	合口音變為撮口音，又半由先韻變來
	欣　隱　焮　迄	開口音變為齊齒音
寒　旱　翰　曷 桓　緩　換　末	刪　潸　諫　黠	變韻中有變聲
	山　產　襇　鎋	變韻中有變聲，又半由先韻變來
	元　阮　願　月	正韻變同先韻
	祭	入聲變陰去齊撮呼，又半由魂韻入聲變來
	泰	入聲變陰去
	夬	入聲變陰去，有變聲
	廢	入聲變陰去齊撮呼
先　銑　霰　屑	真　軫　震　質	正韻變同魂痕韻細音
	臻　櫛	正韻變同痕韻
	仙　獮　線　薛	變韻中有變聲，又半由寒桓韻變來
蕭　篠　嘯	尤　有　宥	正韻變同侯韻細音，又半由蕭韻變來
	幽　黝　幼	正韻變同侯韻細音
豪　皓　號	宵　小　笑	正韻變同蕭韻，又半由蕭韻變來[94]
	肴　巧　效	變韻中有變聲，又半由蕭韻變來
歌　哿　箇 戈一　果　過	麻　馬　禡	變韻中有變聲，又半由模韻變來
	戈二	開口音變齊齒音
	戈三	合口音變撮口音
唐　蕩　宕　鐸	陽　養　漾　藥	開合音變為齊撮音
	庚　梗　映　陌	正韻變同登韻，又半由青韻變來

[94] 正韻豪皓號，變韻宵小笑下，黃季剛先生只列正韻變同蕭韻一類變韻，今補「又半由蕭韻變來」一類。

青　迥　徑　錫	耕　耿　諍　麥	正韻變同登韻，又半由登韻變來
	清　靜　勁　昔	變韻中有變聲
登　等　嶝　德	蒸　拯　證　職	開合音變為齊撮音
侯　厚　候	虞　麌　遇	正韻變同模韻細音，又半由模韻變來
覃　感　勘　合	侵　寑　沁　緝	正音變同登韻細音而仍收脣
	咸　豏　陷　洽	變韻中有變聲，又半由添韻變來
	凡　范　梵　乏	洪音變為細音，又半由添韻變來
談　敢　闞　盍	銜　檻　鑑　狎	變韻中有變聲[95]
	鹽　琰　豔　葉	洪音變為細音，又半由添韻變來
添　忝　㮇　怗	嚴　儼　釅　業	變韻中有變聲，又半由覃韻變來

第十二節　《廣韻》二百六韻之國語讀音

《廣韻》二百零六韻之分韻，既由古今沿革之故，故居今之世，而欲考明其音讀，實極困難。清代治聲韻學者，每以畢生精力分析古代韻部，分合之由甚明，而不能定其發音之法。如段玉裁為古音學大家，能析「支」、「脂」、「之」三韻不同部，至其音讀，終不能得。晚年嘗以書問江晉三云：「足下能知所以分乎！僕老耄，倘得聞而死，豈非大幸。」此則先儒好學之篤，虛己之誠，

[95] 黃季剛先生談敢闞盍四韻原表列為添忝㮇怗四韻之變韻，今據其〈談添盍怗分四部說〉一文，改列談敢闞盍四韻為正韻。

非有確見，不敢妄定也。[96]

瑞典高本漢（Bernhard Karlgren）著《中國音韻學研究》及〈考訂切韻韻母隋讀表〉，定《廣韻》二百六韻之音讀，始以西方語音學學理構擬隋唐舊音，高氏稱之為中古音（ancient Chinese）者是也。其所構擬，韙者固多，可疑者亦復不少。中國文字有異於拼音，生今之世，而欲假定昔時之音，非知古今聲韻沿革，及精通文字訓詁之學者不可。高氏未注意陸氏「南北是非，古今通塞」之說，以為二百六韻即為隋唐時代長安一地之讀音，既與《切韻》性質不同，況又擬音瑣屑，分所難分。故世人猶多未愜於心，欲有所改定也。林語堂論高氏〈考定《切韻》韻母隋讀表〉，言及高氏考定音讀之弊，頗為的當，茲錄其說於下：

> 大概珂氏[97]考訂有未愜心貴當者，㈠因拘於等韻格式，使所構成之，多半依其等第開合綴拼而成，因而在發音上頗有疑問。（如先 i 再合口之 iw。）㈡更重要的，因為珂氏對《切韻》二百六韻的解釋，與中國音韻學家不同，假定每韻之音，必與他韻不同，因此不得不剖析入微，分所難分，實則《切韻》之書半含存古性質，《切韻》作者八人，南北方音不同，其所擬韻目，非一地一時之某種方音中所悉數分出之韻母，乃當時眾方音中所可辨的韻母統系。如某系字在甲方

[96] 此一段話見於先師林尹先生《中國聲韻學通論》第三章韻十、二百六韻音讀之首。頁 153。

[97] 林語堂譯高本漢為珂羅倔倫。

音同於A，在乙方音同於B，故別出C系而加以韻目之名，於甲於乙檢之皆無不便。實際上 C 系，並非在甲乙方音中讀法全然與 AB 區別。或甲乙方音已併，而丙方音尚分為二，則依丙方音分之。必如此，然後此檢字之韻書，可以普及適應於各地方言。法言自敘謂：「呂靜、夏侯該、陽休之、周思言、李季節、杜臺卿等之韻書，各有乖互，江東取韻，與河北復殊。」其時分韻之駁雜，方音之淩亂可知。因為江東韻書只分江東的韻，不能行於河北，河北的韻書只顧到河北的音切，不能行於江東。獨法言的書是論「南北是非」而成，因其能江東、河北、吳、楚、燕、趙的方音統系，面面顧到，所以能打到一切方音韻書而獨步一時。所謂「支脂魚虞，共為一韻；（支合脂，魚合虞）先仙尤侯，具論是切。（先合仙，尤合侯）」法言明言為當日方音現象，當日韻目之分，非如珂氏所假定之精細可知。然甲方音有合支脂者，法言必不從甲，而從支脂未混之乙，乙方音有合魚虞者，法言又必不從乙，而從未混之丙，法言從其分者，不從其併者，因是而韻目繁矣。然在各地用者皆能求得其所分，不病分其所已併，因是天下稱便，是書出而《韻略》、《韻集》諸書亡。又因為方言所分，同時多是保存古音（如支脂、東冬之分），所以長孫訥言稱為「酌古沿今，無以加也。」所以咍、泰、皆三韻之別，古咍音近之，泰音近央、祭、廢，皆音近齊、灰，源流不同，其區別當然於一部方音尚可保存，非隋時處處（或北地）方音都能區別這三韻的音讀。又如古先音近真，仙音近元，方音有已合併者，有尚保存其音讀區別者，故法言分先仙，非必隋時處處方音（或標準音）中必讀先仙為介音輕重之別。

先師林尹先生曰：

林氏此論，言《廣韻》分部之故，頗為透徹。故珂氏《廣韻》音讀之假定，實已根本動搖。蓋《廣韻》分韻，既因古今南之不同而別，而每韻文字之歸納，又以反切為主。（陸氏並非據一時一地之方音而分別韻部，既如上述，而其保存古音，辨別方音之正訛，實據反切。）反切創于漢末，迄至於隋，作者多人，時代之變遷，地域之不同，其音讀豈能無變。況法言韻書，因論古今通塞，南北是非而定，並非據當時口齒而別，即當時之人讀之，其口齒亦決不能分別如此之精細。必欲究其故而使辨別，即當時之人，亦但能知某部某部某地併，某地分；某部某地讀若某部，某部古音讀與某部同，今音變同某部而已。故法言之書，乃當時標準韻書，並非標準音。此乃中外文字構造之不同，與治學系統之有別，珂氏不明此理，遽以二百六韻部為二百六音（案有一韻而兼開合者，珂氏亦細分之，實不止二百六音，今稱二百六音，就其大別言之耳。），方法雖佳，其奈根本錯誤乎！珂氏之說非不足以參考，但茲篇所述，重在要義，使學者有所指歸，故不取其說，而辨其誤。

然則《廣韻》之音讀，究竟應如何訂定，方得當乎？余意以為應從多種角度來設想。《廣韻》二百六韻，陸法言、陳彭年等人既可用二百零六不同之漢字為韻目，則從此一角度設想，是否也可以用二百零六種不同之語音符號，以代表此二百零六韻，作為辨別之符號，似亦無不可，如此則高氏之擬音固亦無可厚非也。此即所謂書寫系統（writing system），其實《廣韻》二百零六韻，本來就是書寫系統，若東冬、支脂之、魚虞、刪山之屬，就漢字讀音言，單一語言系統，亦無法讀出不同之音讀。故書寫系統，主要目的不在求其正確之韻值，而在定其系統。有關定其系統部分，我擬在講完《廣韻》二百六韻之國語音讀，再回來探究，也許更容易瞭解。

現在先談《廣韻》二百六韻之國語音讀，二百六韻各類韻母之國語音讀，可按等韻十六攝之次序，說明其演變成國語之條件。《廣韻》平、上、去三聲之韻，韻母相同，所異者，聲調之高低而已。故舉平聲韻目，可以賅括上、去二聲；入聲字之演變，稍為差殊。故下列十六攝分平、入，開、合，等第，以說明其音讀如下：

一、通攝

平聲（舉平以賅上去，後仿此。）

一等：東冬

脣音讀[əŋ]，如蓬蒙；其他讀[uŋ]，如東通；宗叢；公空；烘洪；翁。

三等：東鍾

脣音讀[əŋ]，如封峰馮瞢；喉音讀[yuŋ]，如邕庸；牙音見母讀[uŋ]，如宮恭；其他讀[yuŋ]，如穹窮；凶顒；舌齒音讀[uŋ]，如中忡蟲；終充舂崇；蹤從淞松；龍茸。

入聲

一等：屋沃

讀[u]，如屋轂谷哭；篤禿獨；族瘯速；卜扑僕木；鹿

三等：屋燭

喉牙及娘母讀[y]，如郁育菊曲旭玉恧；其他讀[u]，如福伏目；足促肅錄；祝叔躅辱。語音讀[ou]，如熟粥肉。

二、江攝

平聲

二等：江

脣音及來母讀[aŋ]，如厖龐邦瀧；喉牙讀[iaŋ]，如江腔胦降；其他讀[uaŋ]，如雙窗幢樁。

入聲

二等：覺

脣音讀[o]，如剝樸；或讀[au]，如邈雹；喉牙讀[ye]，如覺學；語音讀[iau]，影母及其他讀[uo]，如握濁犖娖。

三、止攝（陰聲各攝無入聲，故不分平入。）

開口三等：支脂之微

脣音讀[i]，如皮披；又讀[ei]，如悲眉；喉牙及舌頭讀[i]，如依機欺祈疑；其他讀[ï]，如知脂資雌詩思時詞兒。

合口三等：支脂微

脣音及娘來二母讀[ei]，如非肥纍；微母讀[uei]，如微；其他讀[uei]，如威為維歸虧逵隹吹蕤；莊系個別字讀[uai]，如衰。

四、遇攝

一等：模

讀[u]，如逋鋪蒲模；都稌徒奴；孤枯吾；租粗徂蘇；烏呼胡；盧。

三等：魚虞

輕脣、舌上、正齒及日母讀[u]，如夫敷符無；豬廚朱樞殊芻疏儒；其他讀[y]，如紆虛于余；俱軀渠魚；蛆疽須徐；驢閭。

五、蟹攝

開口

一等：咍泰

讀[ai]，如哀咍孩該開皚；戴泰臺耐；災猜才鰓；來；泰韻脣音字讀[ei]，如貝沛旆昧。

二等：皆佳夬

喉牙兩系影溪兩母讀[ai]，如挨楷；其他讀[ie]，如皆諧鞋崖；佳韻少數讀[ia]，如佳涯。其他讀[ai]，如牌埋齋釵柴。

三等：祭

讀[i]，如蔽祭藝。

四等：齊

讀[i]，如鵯批鼙迷；低梯題泥；雞谿倪鷖兮；齎妻齊西、黎。

合口

一等：灰泰

脣及泥來兩母讀[ei]，如杯坏陪梅雷內；其他讀[uei]，如瑰盔隈嵬灰回；堆推穨；脧崔摧挼；泰韻喉牙音或讀[uai]，如外檜。

二等：皆佳夬

皆韻影母讀[uei]，如崴；其他讀[uai]，如乖懷快夬；佳夬兩韻喉牙音讀[ua]，如話卦蛙媧。

三等：祭廢

脣音讀[ei]，如廢肺；其他讀[uei]，如穢喙衛芮贅脆。

四等：齊

讀[uei]，如圭桂睽觿。

六、臻攝

平聲

開口

一等：痕

舌頭讀[uən]，如吞。其他讀[ən]，如恩痕根垠。

二等：臻

讀[ən]，如臻駪莘。

三等：真欣

莊知照三系讀[ən]，如齓真辰珍陳人；其他讀[in]，如因欣巾銀新賓頻民鄰。

合口

一等：魂

脣音讀[ən]，如奔濆門；其他讀[uən]，如魂昆溫尊村存孫暾屯論。

三等：諄文

脣音讀[ən]，如分芬墳；微母讀[uən]，如文；喉牙及齒頭讀[yn]，如慍熅匀均群旬荀；其他讀[uən]，如諄春脣迍純椿淪閏。

入聲

開口

一等：(麧)

喉音讀[ɤ]，如麧紇。

二等：櫛

讀[ɤ]，如瑟飋；櫛讀[ie]為例外。

三等：質迄

知照莊三系讀[ï]，如質實秩失日；其他讀[i]，如一七吉逸栗疾必蜜。

合口

一等：沒

脣音讀[o]，如勃誖沒悖；其他讀[u]，如骨窟兀忽鶻；突禿；卒猝捽窣硉。

三等：術物

喉牙及來母讀[y]，如鷸橘屈鬱律；其他讀[u]，如弗拂物術出朮黜。

七、山攝

平聲

開口

一等：寒

讀[an]，如安寒鼾干看；單灘檀蘭；餐殘珊。

二等：刪山

喉牙音讀[ian]，如間姦靬顏閑；其他讀[an]，如潺刪山；班攀蠻斕。

三等：仙元

知照莊系讀[an]，如邅梴纏旃燀羶鋋潺；其他讀[ian]，如焉軒延甄犍騫言；鞭篇便綿；煎遷錢仙涎；連。

四等：先

讀[ian]，如煙祆賢；堅牽研；顛天田年蓮；箋千前先；邊蹁眠。

合口

一等：桓

脣音讀[an]，如般潘槃饅；其他讀[uan]，如豌歡桓；冠寬刓；端湍團；鑽酸；鑾。

二等：刪山

讀[uan]，如彎還關鰥。

三等：仙元

脣音讀[an]，如翻煩；微母讀[uan]，如晚；喉牙及齒頭讀[yan]，如鴛暄袁員沿權全宣旋。其他讀[uan]，如專傳遄穿栓堧。

四等：先

讀[yan]，如淵涓鋗玄。

入聲

開口

一等：曷

喉牙音讀[ɣ]，如遏喝曷葛渴；其他讀[a]，如怛闥達捺剌；擦巀薩。

二等：黠鎋

喉牙讀[ia]，如黠戞軋瞎；其他讀[a]，如札察殺獺；八汃拔。

三等：月薛

知照兩系讀[ɤ]，如哲浙熱折徹掣設；其他讀[ie]，如歇竭褻列傑孽滅瞥別。

四等：屑

讀[ie]，如屑切結迭鐵纈涅臬蔑噎。

合口

一等：末

脣音讀[o]，如撥鈸魃潑末；其他讀[uo]如括聒闊斡豁活；掇奪侻；拙撮繓捋。

二等：黠鎋

讀[ua]，如滑刮刷婠。

三等：薛月

脣音讀[a]，如髮伐發；微母讀[ua]，如襪；知照兩系讀[uo]，如拙輟啜說；其他讀[ye]，如掘缺闕月絕雪。

四等：屑

讀[ye]，如血玦穴闋。

八、效攝

一等：豪

讀[au]，如褒麃袍毛；高尻敖；刀饕陶猱牢；糟操曹騷；鏖蒿豪。

二等：肴

喉牙讀[iau]，如交敲哮肴；影疑兩母及其他聲母均讀[au]，如坳聱；包拋庖茅；嘲鐃；撡抄巢梢；嘮。

三等：宵

知照兩系讀[au]，如朝超潮；昭怊燒韶；饒；其他讀[iau]，如邀妖囂鴞遙；嬌橇蹻翹喬；焦鍫樵宵；標鑣漂瓢苗；燎。

四等：蕭

讀[iau]，如蕭貂迢驍么墽聊。

九、果攝

開口

一等：歌

喉牙讀[ɤ]，如歌哦阿訶何；其他讀[uo]，如多它駝挪；蹉醝娑；羅。

三等：戈

讀[ie]，如迦伽茄。

合口

一等：戈

脣音讀[o]，如波頗婆摩；喉牙讀[uo]，如鍋倭和訛；又讀[ɤ]，如戈科禾；其他讀[uo]，如朵詑堶捼；侳矬莎；騍。

三等：戈

讀[ye]，如鞾瘸。

十、假攝

開口

二等：麻

喉牙音讀[ia]，如鴉椵遐嘉牙；其他讀[a]，如巴葩杷麻；奓侘茶拏；柤叉查鯊。

三等：麻

照系讀[ɤ]，如遮車奢蛇闍；其他讀[ie]如爹嗟邪些耶。

合口

二等：麻

讀[ua]，如瓜誇花洼華髽檛。

十一、宕攝

平聲

開口

一等：唐

讀[aŋ]，如鴦炕航；岡康卬；當湯唐囊；臧倉藏桑；幫滂旁忙；郎。

三等：陽

知照兩系讀[aŋ]，如張倀腸；章昌商常穰；娘母讀[iaŋ]，如娘；莊系讀[uaŋ]如莊瘡床霜；其他讀[iaŋ]，如央羊；姜羌強仰；將鏘牆襄祥；良。

合口

一等：唐

讀[uaŋ]，如汪荒黃；光。

三等：陽

脣音讀[aŋ]，如方芳防；微母讀及其他讀[uaŋ]，如亡；王匡狂。

入聲

開口

一等：鐸

喉牙讀[ɤ]，如惡郝鶴閣恪咢；脣音讀[o]，如博胉膊泊薄莫；語音讀[au]，如爆薄；其他讀[uo]，如託鐸諾落；作錯昨索。語音讀[au]，如落烙鑿。

三等：藥

知照莊系讀[uo]，如芍著逴婼；灼綽爍妁若；斮；語音讀[au]，如勺著芍；其他讀[ye]，如約謔藥腳卻噱虐；爵皭削略；語音讀[iau]，如鑰腳藥削嚼。

合口

一等：鐸

喉牙讀[uo]，如郭臒穫廓。

三等：藥

脣音讀[u]，如縛；喉牙讀[ye]，如矍戄躩彏玃攫钁。

十二、梗攝

平聲

開口

二等：庚耕

喉牙及泥母讀〔iŋ〕，如行鶯嚶鸚迎莖；儜獰；又讀[əŋ]，如衡珩；其他讀[əŋ]，如朾趟瞠橙棖；爭狰鎗琤崢傖生；閍彭輣怦抨氓盲萌。

三等：庚清

知照兩系讀[əŋ]，如貞檉呈；征聲成；其他讀[iŋ]，如兵平明并名；英嬰盈卿擎；精清晴騂餳；令。

四等：青

讀[iŋ]，如姘屏冥；經馨刑；丁汀庭寧靈；青星。

合口

二等：庚耕

讀[uŋ]，如觥宏泓嶸轟；例外讀[əŋ]，如橫。

三等：庚清

讀[yuŋ]，如兄瓊；又讀[iŋ]，如縈營；例外讀[uŋ]，如榮。

四等：青

讀[yuŋ]，如扃坰；例外讀[iŋ]，如螢熒。

入聲

開口

二等：陌麥

脣音讀[o]，如伯魄白陌麥；語音讀[ai]，如陌麥白柏百脈；其他讀[ɤ]，如厄赫覈核繣格隔革客額；磔窄宅賾責策栅摘；語音為[ai]，如窄擇債摘。

三等：陌昔

知照兩系讀[ï]，如擲隻尺斥釋石；其他讀[i]，如隙益繹戟屐逆；積籍昔席；辟僻癖。

四等：錫

讀[i]，如壁霹鷿覓；的逖荻惄；激喫鶪；戚寂錫；檄鬩；歷。

合口

二等：陌麥

讀[uo]，如虢砉獲蟈。

三等：陌昔

讀[y]，如瞁；喻母讀[i]，如役。

四等：錫

讀[y]，如狊闃瞁。

十三、曾攝

平聲

一等：登

讀[əŋ]，如登騰能楞；增層僧；崩漰朋瞢；恒。

三等：蒸

知照莊三系及日母讀[əŋ]，如徵睖澂；蒸稱乘升承；仍；磳；其他讀[iŋ]，如冰砅憑；兢硱殑；膺興蠅；陵。

合口

一等：登

讀[uŋ]，如薨弘肱。

入聲

開口

一等：德

脣音讀[o]，如北仆蔔墨；語音讀[ei]，如北；其他讀[ɤ]，如德忒特勒；刻；則賊塞；殕劾。

三等：職

知照兩系讀[ï]，如陟敕直；職瀷食識寔；莊系讀[ɤ]，如仄側測廁崱色；娘母及其他讀[i]，如匿；逼堛愎；棘亟極嶷；即堲息；憶絶弋。

合口

一等：德

讀[uo]，如國或

三等：職

讀[y]，如域洫。

十四、流攝

一等：侯

脣音讀[ou]如裒抔掊剖；又讀[u]，如部戊仆畝；又讀[au]，如貿茂袤。其他讀[ou]，如謳齁侯；鉤彄齵；兜偷頭；緅鯫涑；樓。

三等：尤幽

脣音讀[ou]，如浮謀繆否；又讀[u]，如浮芣副富輻婦；又讀[iau]；如彪瀌繆；知照莊三系讀[ou]，如抽犨周柔收搊愁儔輈；其他讀[iou]，如尤幽虯憂劉秋猷牛遒修丘鳩囚裘。

十五、深攝

平聲

三等：侵

知莊照三系讀[ən]，如琛斟沈碪任岑簪森；其他讀[in]，如侵林淫心祲欽吟金音；邪母讀[yn]為例外，如尋。

入聲

三等：緝

知照兩系讀[ï]，如縶蟄執十；日母讀[u]，如入；其他讀[i]，如緝習集揖及立吸邑鵖。

十六、咸攝

平聲

開口

一等：覃談

讀[an]，如覃參南含婪龕耽甘擔三藍酣慚蚶。

二等：咸銜

喉牙讀[ian]，如咸緘喦；銜巖監嵌；其他讀[an]如掺杉詀喃讒衫攙巉。

三等：鹽嚴

知照兩系讀[an]，如詹苫襜冉霑棎；其他讀[ian]，如鹽廉砭銛籤炎淹尖潛灊猒𦬣嚴醃杴。

四等：添

讀[ian]，如添甛謙濂兼嫌拈䭢敁。

合口

三等：凡

脣音讀[an]，如凡帆氾颿。

入聲

開口

一等：合盍

喉牙讀[ɤ]，如合閤姶欱盍嗑蓋榼廅；其他讀[a]，如答颯沓雜泣納噆臘榻塔蹋。

二等：洽狎

喉牙讀[ia]，如洽狹夾匣鴨壓押甲呷；其他讀[a]，如眨插臿劄霅翣啑。

三等：葉業

知照兩系讀[ɤ]，如攝涉謵讋囁懾輒歃呫；其他讀[ie]，如葉獵接捷聶躡曅魘靨業脅怯劫腌浥跲。

四等：帖

讀[ie]，如怗帖協叶頰愜牒疊苶燮聑喋涉碟。

合口

三等：乏

脣音讀[a]，如乏法。

從以上之分析，可以歸納出國語韻母之來源，今按國語韻母排列之先後，分別說明於後：

㈠國語[a]之來源：

1. 假攝開口二等麻韻脣舌齒音。

2. 山攝入聲

⑴開口一等曷韻舌齒音。

⑵開口二等鎋黠韻舌齒音。

⑶合口三等月韻脣音。

3. 咸攝入聲

⑴開口一等合盍韻舌齒音。

⑵開口二等洽狎韻舌齒音。

⑶合口三等乏韻脣音。

㈡國語[o]的來源：

1.果攝合口一等戈韻脣音。

2.宕攝入聲開口一等鐸韻脣音。

3.梗攝入聲開口二等陌麥韻脣音。

4.曾攝入聲開口一等德韻脣音。

5.臻攝入聲合口一等沒韻脣音。

㈢國語[ɤ]的來源：

1.果攝一等歌戈韻喉牙音。

2.假攝開口三等麻韻知照系。

3.山攝入聲

⑴開口一等曷韻喉牙音。

⑵開口三等薛韻知照系。

4.臻攝入聲

⑴開口一等沒韻喉音。

⑵開口二三等櫛質韻莊系。

5.曾攝入聲

⑴開口一等德韻端精系。

⑵開口三等職韻莊系。

6.梗攝入聲

開口二等陌麥韻知莊系。

7.咸攝入聲

⑴開口一等合盍韻喉牙音。

(2)開口三等葉業韻知照系。

(四)國語[ai]的來源：

1.蟹攝

(1)開口一等咍泰韻

(2)開口二等佳皆夬韻幫知莊系及溪母。

2.曾攝入聲三等開口職韻莊系字語音。

3.梗攝入聲開口二等陌麥韻幫知莊系語音。

(五)國語[ei]的來源：

1.止攝

(1)開口三等支脂韻脣音。

(2)合口三等微韻脣音及支脂韻來母。

2.蟹攝

(1)合口一等灰泰韻脣音及泥來母。

(2)合口三等廢韻脣音。

3.曾攝入聲一等德韻語音。

(六)國語[au]的來源：

1.效攝

(1)開口一等豪韻

(2)開口二等肴韻脣舌齒及影母。

(3)開口三等宵韻知照系。

2.流攝一等侯韻脣音。

3.江攝入聲二等覺韻脣音語音。

4.宕攝入聲

(1)開口一等脣舌齒語語音。

(2)開口三等藥韻知照系語音。

㈦國語[ou]的來源：

1.流攝

(1)一等侯韻。

(2)三等尤幽韻脣音及莊知照系。

2.通攝入聲三等屋韻知照系。

㈧國語[an]的來源：

1.山攝

(1)開口一等寒韻。

(2)合口一等桓韻脣音。

(3)開口二等刪山韻脣舌齒音。

(4)開口三等仙韻知照系。

(5)合口三等元韻脣音。

2.咸攝

(1)開口一等覃談韻。

(2)開口二等咸銜韻知照系。

(3)開口三等鹽韻知照系。

(4)合口三等凡韻脣音。

㈨國語[ən]的來源：

1.臻攝

(1)開口一等痕韻喉牙音。

(2)合口一等魂韻脣音。

(3)開口二三等臻韻真欣韻知照莊系。

(4)合口三等文韻脣音。

2.深攝開口三等侵韻莊知照系。

㈩國語[aŋ]的來源：

1.江攝二等江韻脣音。

2.宕攝

(1)開口一等唐韻。

(2)開口三等陽韻知照系。

(4)合口三等陽韻脣音。

㈪國語[əŋ]的來源：

1.通攝

(1)一等東韻脣音

(2)三等東鍾韻脣音。

2.梗攝

(1)開口二等庚耕韻。

(2)開口三等庚清韻知照系。

3.曾攝

(1)開口一等登韻。

(2)開口三等蒸韻知照系。

㈫國語[ʅ]的來源：

1.止攝開口三等支脂之韻精莊知照系及日母。

2.臻攝入聲開口二三等櫛質韻莊知照系。

3.梗攝入聲開口三等陌昔韻知照系。

4.曾攝入聲開口三等職韻知照系。

5.深攝入聲開口三等緝韻知照系。

㈢國語[i]的來源：

1.止攝開口三等支脂之微韻脣牙喉及端系。

2.蟹攝開口三四等祭齊韻。

3.臻攝入聲開口三等質迄韻喉牙脣及精系。

4.梗攝入聲開口三四等陌昔韻錫韻喉牙脣及精系。

5.曾攝入聲開口三等職韻喉牙脣及精系。

6.深攝入聲開口三等緝韻喉牙及精系。

㈣國語[ia]的來源：

1.蟹攝開口二等佳韻喉牙音。

2.果攝開口三等戈韻牙音。

3.假攝開口二等麻韻喉牙音。

4.山攝入聲二等黠鎋韻喉牙音。

5.咸攝入聲二等洽狎韻喉牙音。

㈤國語[ie]的來源：

1.蟹攝開口二等皆佳韻喉牙音。

2.果攝開口三等戈韻牙音。

3.假攝開口三等麻韻喉牙及齒頭音。

4.山攝入聲三四等月屑薛韻喉牙脣及端精系。

5.咸攝入聲三四等葉怗業喉牙脣及端精系。

㈥國語[iau]的來源：

1.江攝入聲二等覺韻喉牙語音。

2.效攝

(1)二等肴韻喉牙音。

(2)三四等宵蕭韻喉牙脣及端精系。

⑶宕攝入聲三等藥韻牙脣及端精系語音。

⑷流攝三等幽韻脣音。

㈦國語[iou]的來源：

1.江流攝三等尤韻喉牙及端精系。

2.效流攝三等幽韻喉牙脣音

㈧國語[ian]的來源：

1.山攝

⑴開口二等刪山韻喉牙音。

⑵開口三四等元仙先韻喉牙脣及端精系。

2.咸攝

⑴開口二等咸銜韻喉牙音。

⑵開口三四等鹽添嚴韻喉牙脣及端精系。

㈨國語[in]的來源：

1.臻攝開口三等真欣韻喉牙脣及精系。

2.深攝三等侵韻喉牙脣及精系。

㈩國語[iaŋ]的來源：

1.江攝開口二等江韻喉牙音。

2.宕攝開口三等陽韻喉牙及精系。

㈡國語[iŋ]的來源：

1.梗攝

⑴開口二等庚耕韻喉牙音。

⑵開口三等庚清韻喉牙脣音及精系。

⑶開口四等青韻。

2.曾攝開口三等蒸韻喉牙脣及精系。

㈢國語[u]的來源：

1.遇攝

(1)一等模韻。

(2)三等魚虞韻脣音及莊知照系。

2.流攝一、三等侯尤韻脣音。

3.通攝入聲

(1)一等屋沃韻。

(2)三等屋燭韻脣音齒頭及來娘二母。

4.臻攝入聲

(1)合口一等沒韻喉牙脣音。

(2)合口三等術物韻脣音及知照系。

5.宕攝入聲合口三等藥韻脣音。

6.深攝入聲開口三等緝韻日母。

㈢國語[ua]的來源：

1.蟹攝合口二等佳夬兩韻喉牙音。

2.假攝合口二等麻韻。

3.山攝入聲

(1)合口二等黠鎋韻。

(2)合口三等月韻微母。

㈣國語[uo]的來源：

1.果攝

(1)開口一等歌韻端精系。

(2)合口一等戈韻脣音以外各系。

2.江攝入聲二等覺韻知莊系及影母。

3.山攝入聲

(1)合口一等末韻脣以外各系。

(2)合口三等月薛韻知照系。

4.宕攝入聲

(1)開口三等藥韻知照系。

(2)合口一等鐸韻喉牙音。

5.梗攝入聲合口二等陌麥韻喉牙音。

6.曾攝入聲合口一等德韻喉牙音。

㈤國語[uai]的來源：

1.止攝合口三等支脂韻莊系。

2.蟹攝

(1)合口一等泰韻喉牙音。

(2)合口二等佳皆夬韻。

㈥國語[uei]的來源：

1.止攝合口三等支脂微非敷奉及娘來以外各系。

2.蟹攝

(1)合口一等灰泰韻脣音泥來母以外各系。

(2)合口三等祭廢齊韻脣音以外各系。

㈦國語[uan]的來源：

山攝

1.合口一等桓韻脣音以外各系。

2.合口二等刪山韻。

3.合口三等元仙韻莊知系及來徹二母。

(六)國語[uən]的來源：

臻攝

1.開口一等痕韻端系。

2.合口一等魂韻脣音以外系。

3.合口三等諄文韻知照精系及來微二母。

(元)國語[uaŋ]的來源：

1.江攝二等江韻知莊系。

2.宕攝

(1)開口三等陽韻莊系。

(2)合口一等唐韻喉牙音。

(3)合口三等陽韻喉牙及微母。

(旱)國語[uŋ]的來源：

1.通攝

(1)一等東冬韻脣音以外各系。

(2)三等東鍾韻脣音以外各系。

2.梗攝合口二等庚耕韻喉牙音。

3.曾攝合口一等登韻喉牙音。

(三)國語[y]的來源：

1.遇攝三等魚虞韻喉牙及精系。

2.通攝入聲三等屋燭韻喉牙及精系。

3.臻攝入聲合口三等術物韻喉牙及精系。

4.梗攝入聲合口三、四等昔錫韻喉牙音。

5.曾攝入聲合口三等職韻喉音。

㈢國語[ye]的來源：

1.果攝合口三等戈韻喉牙音。

2.江攝入聲二等覺韻喉牙音。

3.山攝入聲合口三、四等月薛屑韻喉牙及端精系。

4.宕攝入聲

⑴開口三等藥韻喉牙及精系。

⑵合口三等藥韻喉牙音。

㈢國語[yan]的來源：

山攝合口三、四等元仙先韻喉牙及精系。

㈣國語[yn]的來源：

臻攝合口三等喉牙及精系。

㈤國語[yuŋ]的來源：

1.通攝三等東鍾韻喉牙音。

2.梗攝合口三、四等庚清青韻喉牙音。

從《廣韻》演變至今國語，聲、韻、調三方面之演變過程，均已說明，茲舉幾則例證以說明如何根據目前國語之音讀，以上溯《廣韻》韻目之方法：

㈠例一：

國語「饒」讀「ʐ̧au1」，聲母只有日母一個來源，韻母[au]是效攝字，其他宕、江兩攝入聲字也有讀[au]的，但都是語音，且日母是次濁聲母，入聲次濁聲母必讀第四聲，流攝讀[au]的是脣音字。今「饒」字既不讀第四聲，也無另外讀音，亦非脣音字。所以一定是效攝的字，效攝四韻，一等為豪、二等為肴、三等為宵、四等為蕭。日母只出現於三等韻，所以可以肯定「饒」惟一的來源，就是三等的宵韻。

㈡**例二**：

國語「燈」讀「təŋ˥」，[t]有兩個來源，端母及定母仄聲。燈讀第一聲，所以是端母。韻母[əŋ]，有曾攝一等、梗攝二、三等、通攝一、三等脣音，端母只出現於一、四等，四等沒有讀[əŋ]的，所以一定是一等登韻。

㈢**例三**：

國語「紡」字讀[faŋ˨˩˦]，[f]的來源有三：即輕脣音非敷奉，非敷奉只出現在三等合口韻，韻母[aŋ]的來源有四，宕攝一等開口唐韻，三等開口陽韻知照系，三等合口陽韻脣音。國語的第三聲自《廣韻》上聲清聲母及次濁聲母，非敷正是清聲，所以「紡」字一定屬於陽韻的上聲「養」韻了。

㈣**例四**：

國語「敵」字讀[ti˧˥]，[t]有兩個來源，端母及定母仄聲，端定兩母皆有可能，兩母皆屬於舌頭音，舌頭音只出現於一、四等韻，一等韻是洪音，韻母不可能是[i]，四等韻讀[i]的只有齊薺霽與錫的開口韻了，無論是端母抑定母，在平上去三聲中，都不可能有第二聲的讀法，今「敵」讀[ti˧˥]，一定是入聲錫韻無疑了。因為入聲在全清與全濁聲母都是以讀第二聲為規範的。

㈤**例五**：

國語「含」字讀[xan˧˥]，國語[x]的來源有二：即曉匣二母的洪音，今國語讀第二聲，一定來自匣母。韻母[an]的來源很多，但由於聲母匣只出現於一、二四等，喉音在二、四等不可能讀[an]，如此一來，只剩下山咸兩攝開口一等的寒、覃、談三韻了。到底是那一韻，由國語音讀只能推到這一步。如果加上其他的條件，就又可以進一層推斷，「含」从今聲，今聲的字，古韻屬侵部，而寒屬元部、覃屬侵部、談屬談部，所以很明顯地可以知道「含」字一定是屬於「覃」韻。

第十三節　《廣韻》二百六韻之擬音

《廣韻》二百零六韻，我們可以用二百零六個不同的字來形容代表它二百零六個不同的韻目，雖然有些韻目在音讀上，像一東、二冬，並沒有任何語音上的差別，而在字形上，確有不同之形體，觀其形體之差異，即知為不同之韻，所以廣韻二百六韻，在中文來說，亦僅是一種書寫系統之差異，如果《廣韻》音讀，僅僅作為一種區別之符號，則音標擬成二百零六韻，代表不同系統之區別符號，自無不可。故今即以此一觀點，以著手擬音，擬音之先後次序，即以等韻之十六攝先後為序。當然，如果牽涉到《廣韻》之真正讀音時，則須要另加考慮與擬構，且留到下文再說。現在按十六攝之次序，逐一構擬，並說明其所以如此構擬之理由如下：

一、通攝

通攝東董送屋四韻，《韻鏡》列為內轉第一開，《七音略》為內轉第一重中重，則在早期韻圖當中，顯然可知，其為開口韻無疑。亦即無[-u-]介音之韻母，既為開口韻，則主要元音不可能為[u]。此四韻在韻圖中分屬一、三等，一等開口韻無任何介音，早已取得聲韻學家的共識，並無爭議。惟三等字，高本漢認為有[-j-]

介音，李榮《切韻音系》第六章〈[j]化問題，前顎介音，四等主要元音〉認為四等韻無[i]介音，只是以主要元[e]開頭，因此三等韻之介音，就不必寫成輔音性之[j]，李榮寫作[i]，三四等之介音有無以元音性[i]與輔音性[ǐ]作區別之必要，我想，在擬音之初，首先應該確定。輔音性之[ǐ]事實上跟舌面中之濁擦音[j]是具有同樣之發音性質者。中古喻母三等字，如「融、以戎切」、「容、以容切」，國語讀[ʐuŋ]，「銳、以芮切」、國語讀[ʐuei]，「勇、余隴切」、「用、余頌切」，天津讀[ʐuŋ]，因為中古喻母是[0]聲母，三等字有[ǐ]介音，此一[ǐ]介音之摩擦性，容易使其本身變成捲舌濁擦音，從此一角度觀察，中古舌面前音照[tɕ]、穿[tɕʻ]、神[dʑʻ]、審[ɕ]、禪[ʑ]所以到國語後變成捲聲母之道理就清楚了。因此我認為三等介音[ǐ]與四等介音[i]仍有區別之必要。而且四等字如果沒有[i]介音，就應該是洪音，與向來講聲韻學者視作細音之說法，也不相符。故吾人仍舊用高本漢之說法，將三等韻母之介音訂為輔音性之介音[ǐ]，四等性韻母之介音訂為元音性之[i]，以為區別。介音之問題解決後，可進一層討論此四韻之元音，東韻現代方言有讀[uŋ]音者，如北京、濟南、太原、南昌、梅縣、福州等地，東[tuŋ]、通[tʻuŋ]、童[tʻuŋ]、蹤[tsuŋ]、聰[tsʻuŋ]、公[kuŋ]、空[kʻuŋ]；亦有讀[oŋ]者，如西安、漢口、成都、蘇州、溫州、長沙等地，東[toŋ]、通[tʻoŋ]、童[tʻoŋ]、蹤[tsoŋ]、公[koŋ]、空[kʻoŋ]；亦有讀[ɔŋ]者，上述諸字廈門讀音是；亦有讀[aŋ]者，如雙峰、潮州東讀[taŋ]，雙峰同讀[daŋ]、潮州讀[taŋ]、送皆讀[saŋ]是。從方言的讀音來看，定作[u]都不如定作[o]為佳，更重要者，《韻鏡》東韻定為開口，主要元音定作[o]，正合於此一條件。因此可決定東、董、送、屋四韻之韻母如下：

東、董、送開口一等[-oŋ]　　屋開口一等[-ok]

開口三等[-ǐoŋ]　　開口三等[-ǐok]

在此或許我們應當將三等合口變輕脣條件，稍作修改，雖不是三等合口韻母，如果主要元音為[o]，由於他的圓脣性，所以只要前面[ǐ]介音也可以變輕脣，因此漢口、太原、成都、蘇州「風、丰」等字都讀[foŋ]。

冬鍾兩韻及其入聲沃濁，《韻鏡》列內轉第二開合，《七音略》為輕中輕，據《七音略》可知《韻鏡》「開合」之「開」乃誤衍而成者，故當據《七音略》定為合口韻。今方言東、冬兩韻讀音無區別，今既定東屋韻的主要元音為[o]，則冬鍾沃燭可定為[u]，如此，則其韻母如下：

冬(湩)宋　合口一等[uŋ]　　沃合口一等[uk]

鍾腫用　　合口三等[ǐuŋ]　　燭合口三等[ǐuk]

二、江攝

江攝的擬音，高本漢的說法仍可參考，高氏在《中國聲韻學大綱》裏的意見，我綜合敘述於下：

現在要討論者乃很小的一攝，僅有一韻而已，連入聲在內也不過二韻，韻圖中列於二等，即所謂江攝是也。此韻看起來似乎相當困難，在高麗、日本漢音及一系列中國南方方言中，變化均與中古-ɑŋ一樣（即宕攝開口一等唐韻）。

	高麗	漢音	廣州	福州	汕頭	溫州
剛(anc.kɑŋ)	kaŋ	kau	koŋ	kouŋ	kaŋ	kɔ

江	kaŋ	kau	koŋ	kouŋ	kaŋ	kɔ
各(anc.kɑk)	kak	kaku	kok	kauk	kak	kok
覺	kak	kaku	kok	kaukk	kak	kok

但在上海話及官話，其變化與中古-ǐaŋ相同（即宕攝開口三等陽韻）

	上海	北京	歸化	西安
疆(anc.kǐaŋ)	tśiaŋ	tśiaŋ	tśia	tśia
江	tśiaŋ	tśiaŋ	tśia	tśia
腳(anc.kǐak)	tśia	tśüe	tśiə	tśüo
覺	tśia	tśüe	tśiə	tśüo

從此類音讀看來，似在中古音當中，江攝具有某類 a 元音，但從另一角度看來，卻有四點理由，似表示出江攝有某類 o 元音。

1.《切韻》江韻與唐、陽韻既分為三韻，則江與陽、唐必有分別。日本吳音亦有區別。例如：

唐韻「剛」(anc.kɑŋ) kau

鐸韻「各」(anc.kɑk) kaku

陽韻「疆」(anc.kǐaŋ) kau

藥韻「腳」(anc.kǐak) kaku

然而江韻吳音則大不相同。例如：

江韻「項」「雙」「邦」，吳音為gou、sou、pou。

覺韻「嶽」「捉」「駁」，吳音為goku、soku、poku。

2.《切韻》之韻次，四江韻緊接通攝諸韻之後，而具有 a 元音各韻，則排於下平，與江韻遠離，顯然《切韻》作者以江韻為具有 o 元音之韻類，而不以為是 a 元音之韻類也。

3.上古音相聯繫，《詩經》江韻字不與陽、唐韻協，而與通攝諸韻東、冬、鍾協，是必江韻之主要元音近於通攝也。

4.諧聲字中，江韻字之聲符，不與宕攝陽、唐韻字協；而與通攝東、冬、鍾諸韻協，例如「項」字國語讀[ɕiaŋ]←[xiaŋ]，而其聲符為「工」(anc.koŋ)，「撞」國語讀[tʂ‘uaŋ]，而其聲符為「童」(anc.d‘oŋ)，「捉」國語讀[tʂuo]，而其聲符為「足」(anc.tsǐuk)等等。

從以上四點理由，均有力證明江攝之主要元音非 a 類元音，而應屬於較圓脣者，因此吾人應訂定一兼具 a、o 兩類元音性質之主要元音，即為一稍開之 o，亦即國際音標之ɔ，如英語 law 之元音。因此可確定江攝之韻母如下：

江韻：江項雙邦　anc.kɔŋ、ɣɔŋ、ʃɔŋ、pɔŋ。

覺韻：覺嶽捉駁　anc.kɔk、ŋɔk、tʃɔk、pɔk。

定江攝主要元音為ɔ，如何解釋演變為今國語-iaŋ之過程，亦宜加以說明，前文談及語音變化時，曾說明中古前元音 a，由於異化作用而分裂為 ia，例如「家」ka→kia→tɕia，「間」kan→kian→tɕian，「交」kau→kiau→tɕiau等，則ɔ元音如何變為前低元音 a？高本漢《中國聲韻學大綱》假設為元音之分裂作用，高氏假定如下：

江kɔŋ→kɔaŋ；　項ɣɔŋ→ɣɔaŋ；　撞ɗɔŋ→ɗɔaŋ；

雙ʃɔŋ→ʃɔaŋ；　邦pɔŋ→pɔaŋ。

第二步在舌根音及脣音聲母之後，a 將ɔ同化為 a，在舌面音及舌葉音之後，ɔ則變為 u。如：

江kaŋ、項ɣaŋ、撞ɗ‘uaŋ、雙ʃuaŋ、邦paŋ。

最後，因剛才提過之元音分裂作用，國語之演變如下：

江kaŋ→kiaŋ→tɕiaŋ。

項ɣaŋ→xiaŋ→ɕiaŋ。

撞ȡʻuaŋ→tʂʻuaŋ。

雙ʃuaŋ→ʂuaŋ。

邦paŋ→paŋ。

脣音聲母未起元音分裂，喉牙音則分裂為 ia，然後影響聲母顎化。此種元音分裂之情形，高氏以為其可能性極大，且此種「分裂」之情形，在後期漢語中，亦曾出現。例如官話中「多」to、「羅」lo、「娑」so，若干山東方言中，變為 toa、loa、soa，所循途徑，正如江攝之情形(kɔŋ→kɔaŋ)相同。故此種元音分裂之假定，並無絲毫牽強之處。

三、止攝

止攝韻母如下：

三等開口：支一、紙一、寘一
脂一、旨一、至一
之　、止　、志
微一、尾一、未一

三等合口：支二、紙二、寘二
脂二、旨二、至二
微二、尾二、未二

吾人應注意《切韻序》云：「支脂魚虞，共為一韻。」在陸法言時代，此二韻已有韻書相混淆者，則支、脂二韻之韻值必甚相近，高本漢定支為ǐe，脂為ji，並不符合此一條件。高氏所以定支為ǐe，主要根據福州支讀 ie，以及閩南方言支韻「寄、奇」讀[kia]、蟻讀[hia]等著眼，邵榮芬兄《切韻研究》第五章《切韻》韻母的音值，論及止、遇、通、流四攝之音值時，主張止攝支韻之主要元音為[ɛ]，理由如下：

「支韻和佳韻相去不遠，佳韻主要元音既然定作[æ]，支韻的主要元音則當作[ɛ]。現在閩方言支韻讀作[-ie]或[-ia]，與《切韻》讀法比較接近，同時也證明支韻原來是沒有韻尾的。」

我認為邵榮芬兄將支韻主要元音訂作[ɛ]，實為一極佳之構想，而於訂定止攝其他各韻，均有聯貫性。高本漢《中國聲韻學大綱》與王力《漢語史稿》均將《切韻》清韻訂為[-ǐɛŋ]，主要元音也是[ɛ]，支韻與清韻，自古以來，即為對轉之韻部，雖然中古之對轉，不必像上古音如此嚴格，若能取得韻部之間主要元音之相呼應，則於說明其音韻結構及音理之關係，自然較為合理。所以從對轉觀點著眼，邵榮芬訂支韻之主要元音為[ɛ]，亦屬可取者。支一可定為[ǐɛ]，支二為[ǐuɛ]。多數聲韻家均按高本漢之辦法，將脂韻主要元音訂作[i]，如果訂作[i]，而說「支脂共為一韻」，則未免不合情理。董同龢先生《中國語音史》擬脂一類為 jei，脂二類為 jĕi，周法高先生〈論切韻音〉於脂旨至 b 類擬為 iei，不過周先生將脂旨至 a 類擬作iɪi，則同一韻而元音不同。方孝岳《漢語音韻史概要》訂止攝脂一為[ǐei]，脂二為[ǐuei]，諸家定其主要元音為[e]，甚可參考。從支脂音近立場看來，若支為[ǐɛ]，脂為[ǐe]，豈非兩韻十分相近，則《切韻》前之某地方音混為一韻，亦極近情理。脂一若訂為[ǐe]，脂二當為[ǐue]。之韻當如何訂定？根據王仁昫《刊謬補缺切韻》脂韻注云：「呂、夏侯與之、微大亂雜。」又旨韻注云：「夏侯與止為疑。」至韻注云：「夏侯與志同。」則法言前之韻書，呂靜與夏侯該書，脂既與之、微不分，則脂必與之、微二韻音近，王力《漢語史稿》、方孝岳《漢語語音史概要》均定之韻為[ǐə]，而李榮《切韻音系》則作[iə]，取意相同，其說可從。

微韻與欣、文為對轉之韻部，王力訂欣為[ǐən]，文為[ǐuən]，則微韻兩類訂作[ǐəi]、[ǐuəi]，自亦可從。呂、夏侯脂與之、微大亂雜，亦易理解。止攝各類韻音值歸納如下：

開口	合口
支一、紙一、寘一-ǐɛ	支二、紙二、寘二-ǐuɛ
脂一、旨一、至一-ǐe	脂二、旨二、至二-ǐue
之、止、志-ǐə	
微一、尾一、未一-ǐəi	微二、尾二、未二-ǐuəi

四、遇攝

遇攝韻母如下：

開口	合口
一等	模
三等魚	虞

高本漢將魚訂作[ǐwo]，似全然未顧《韻鏡》內轉第十一為開口之事實，《通志·七音略》十一轉亦為重中重。則魚韻應為開口之韻部顯然。羅常培〈切韻魚虞的音值及其所據方音考〉一文，已改正為[io]，但因為魚韻為三等韻，所以改作[ǐo]，則更符合等韻之情況。魚、虞、模三韻等韻圖中之情況，頗與東、冬、鍾三韻相

似，故可比照比照構擬冬鍾韻之辦法，採取平行之擬音即可。即模韻為合口一等韻，可訂作[u]，虞韻為合口三等韻，故為[ǐu]。

遇攝各韻類音值如下：

	開　口	合　口
一等		模-u
三等	魚-ǐo	虞-ǐu

五、蟹攝

蟹攝韻母如下：

	開　口	合　口
一等	咍　海　代	灰　賄　隊
	泰一	泰二
二等	皆一駭一怪一	皆二　怪二
	佳一蟹一卦一	佳二蟹二卦二
	夬一	夬二
三等	祭一	祭二
	廢一	廢二
	齊三	
四等	齊一薺一霽一	齊二　霽二

蟹攝四等俱全，而又有重韻，故擬音方面，最應照顧周全。因為此攝問題解決後，山、咸兩攝亦可比照處理。假若吾人撇開高本漢一等元音為[ɑ]、二等為[a]之說，不必如此緊守，則在擬音上應可更為靈活。咍既與登韻為對轉，又有一部分字如「開、哀、剴、-皚」亦與魂、痕為對轉，「存」與「在」古為一語，則其尤顯明者

也。如此則可訂咍韻之主要元音為[ə]，蟹攝向來認為有[-i]韻尾，則咍為[əi]、灰為[uəi]。周法高先生〈論切韻音〉一文，正是如此訂定，不得不佩服前輩眼光獨到，先我而得隋珠。泰韻兩類來自上古月部，其主要元音可訂為[ɑ]，如此則泰一為[ɑi]、泰二為[uɑi]。此種擬音與後來代不與泰同用，也大有關係。二等有三重韻，皆駭怪上古音近於咍海代，故可擬其音開口二等為[ɐi]、合口二等為[uɐi]；佳韻每與麻韻混，因此必近於麻韻，而又與梗攝耕韻為對轉，故可訂其開口二等韻母為[æi]、合口二等為[uæi]；夬韻既來自古音月部，可訂其開口二等為[ai]、合口二等為[uai]。王力先生《漢語史稿》、方孝岳先生《漢語語音史概要》所定二等三重韻音值與此同，惟佳、夬二韻主要元音互異耳。

三等三重韻，祭與仙為對轉之韻，廢與元為對轉之韻，王力《漢語史稿》、方孝岳《漢語語音史概要》將祭三等開口擬作[ĭɛi]，三等合口為[ĭuɛi]；廢三等開口擬為[ĭɐi]，合口為[ĭuɛi]。今從之。齊韻之三等字，則必須有[-ĭ-]介音，其主要元音及韻尾，當與齊韻四等同，故可擬作[ĭei]，因為脂韻已擬作[ĭe]，故不相衝突。齊韻今從方孝岳先生開口四等擬作[iei]，合口四等擬作[iuei]。

蟹攝各類韻母音值整理如下：

開口		合口	
一等咍　、海　、代	-əi	灰　、賄　、隊	-iuəi
泰一	-ɑi	泰二	-uɑi
二等皆一、駭一、怪一	-ɐi	皆二、駭二、怪二	-uɐi
佳一、蟹一、卦一	-æi	佳二、蟹二、卦二	-uæi
夬二	-ai	夬一	-uæi

三等	祭一	-ǐɛi	祭二	-ǐuɛi
	廢一	-ǐɐi	廢二	-ǐuɐi
齊三		-ǐei		
四等	齊一、薺一、霽一	–iei	齊二、霽二	-iuei

六、臻攝

臻攝韻母如下：

	開　口	合　口
一等	痕、很、恨、(麧)	魂、混、慁、沒
二等	臻　櫛	
三等	真、軫、震、質	諄、準、稕、術
	欣、隱、焮、迄	文、吻、問、物

臻攝諸韻之擬音，可參考其對轉之韻部，真、諄與脂對轉，欣、文與微對轉，如前所言，痕、魂兩韻與咍、灰對轉，則痕韻可擬作[ən]、(麧)作[ət]。魂韻可作[uən]，沒作[uət]。真作[ǐen]，質作[ǐet]。諄作[ǐuen]，術作[ǐuet]。欣作[ǐən]，迄作[ǐət]。文作[ǐuən]，物作[ǐuət]。臻韻實為與真韻相配之莊系字，因為二等，所以可擬作[en]，櫛為[et]。

臻攝各韻韻母如下：

	開　口		合　口	
一等	痕、很、恨-ən	麧-ət	魂、混、慁-uən	沒-uət
二等	臻　-en	櫛-et		
三等	真、軫、震-ǐen	質-ǐet	諄、準、稕-ǐuen	術-ǐuet
	欣、隱、焮-ǐən	迄-ǐət	文、吻、問-ǐuən	物-ǐuət

七、山攝

山攝各類韻母如下：

開口	合口
一等寒　、旱　、翰　、曷	桓　、緩　、換　、末
二等刪一、潸一、諫一、鎋一	刪二、潸二、諫二、鎋二
山一、產一、襉一、黠一	山二、產二、襉二、黠二
三等元一、阮一、願一、月一	元二、阮二、願二、月二
仙一、獮一、線一、薛一	仙二、獮二、線二、薛二
四等先一、銑一、霰一、屑一	先二、銑二、霰二、屑二

山攝擬音可比照蟹攝，寒桓與泰為對轉之韻，則寒可擬作[ɑn]，桓為[uɑn]；刪應與夬為對轉，夬讀[ai]今二等重韻之對應，則刪一可擬作[an]，鎋一擬作[at]，刪二為[uan]，鎋二為[uat]。山與皆為對轉，則山一為[ɐn]，黠一為[ɐt]，山二為[uɐn]，黠二為[uɐt]。仙與祭對轉，則可擬作[ǐɛn]與[ǐuɛn]，入聲薛一為[ǐɛt]，薛二為[ǐuɛt]；元與廢對轉，則為[ǐɐn]與[ǐuɐn]，其入聲月一為[ǐɐt]，月二為[ǐuɐt]。先與齊對轉，四等韻有[-i-]介音，則先一為[ien]，先二為[iuen]；相配入聲屑一為[iet]，屑二為[iuet]。山攝各類韻母如下：

開口	合口
一等寒　、旱　、翰-ɑn、 曷-ɑt	桓　、緩　、換-uɑn、 末-uɑt
二等刪一、潸一、諫一-an、鎋一-at	刪二、潸二、諫二-uan、鎋二-uat
山一、產一、襉一-ɐn、黠一-ɐt	山二、產二、襉二-uɐn、黠二-uɐt
三等元一、阮一、願一-ǐɐn、月一-ǐɐt	元二、阮二、願二-ǐuɐn、月二-ǐuɐt

仙一、獮一、線一-ǐɛn、薛一-ǐɛt 仙二、獮二、線二-ǐuɛn、薛二-ǐuɛt

四等先一、銑一、霰一-ien、屑一-iet 先二、銑二、霰二-iuen、屑二-iuet

八、效攝

效攝韻母如下：

一等豪、皓、號

二等肴、巧、效

三等宵、小、笑

四等蕭、篠、嘯

效攝高本漢之擬音，各家並無大差異，茲錄於下：

一等豪皓號為[ɑu]

二等肴巧效為[au]

三等宵小笑為[ǐɛu]

四等蕭篠嘯為[ieu]

但是根據《經史正音切韻指南》所附入聲九攝歌訣云：

咸通曾梗宕江山，深臻九攝入聲全。

流遇四等通攝借，咍皆開合在寒山。

齊止借臻鄰曾梗，高交元本宕江邊。

歌戈一借岡光一，四三井二卻歸山。

交在肴韻，而肴韻所配入聲，來自江韻，江韻既定作[ɔ̣ŋ]，則肴韻擬作[ɔu]自為最理想，所以將肴改定為[ɔu]者，因肴與江適為陰陽對轉相配之部，此種擬音，或以為怪，但語音史料如此，亦只可如此擬測。何況在現代方言中，效攝開口二等字，亦尚有保留元音為ɔ之方言。例如：「飽」濟南、揚州、溫州[pɔ]，「刨」濟南[p'ɔ]，揚州[pɔ]，「貓」濟南、揚州、溫州[nɔ]「爪」濟南[tʂɔ]、揚州、溫州[tsɔ]，「罩」濟南[tʂɔ]、揚州、溫州[tsɔ]等等，可見以ɔ作為肴韻之主要元音，並非毫無根據。

效攝各類韻母的韻值如下：

一等豪皓號-ɑu	二等肴巧效-ɔu
三等宵小笑-ǐɛu	四等蕭篠嘯-ieu。

九、果攝

果攝韻母如下：

開　口	合　口
一等歌哿箇	戈一果過
三等戈二	戈三

據《經史正音切韻指南》歌戈二韻之入聲，借之於岡光，岡為《廣韻》之開口一等字，光為《廣韻》之合口一等字，《廣韻》開口一等高本漢擬作[ɑŋ]，合口一等高氏擬作[uɑŋ]，其入聲鐸韻開口一等作[ɑk]，合口一等作[uɑk]，各家均無異辭，今以歌戈既與鐸相配，則其主要元音當為[ɑ]矣。且今之各地方言歌戈兩韻多數均無韻尾，蘇州與溫州有圓脣高元音韻尾，可視為元音之分裂，當屬後期之變化，如此則歌哿箇可訂為[ɑ]，戈一果過為[uɑ]，戈二為[ǐɑ]，戈三為[ǐuɑ]。與高氏說正相合，後來諸家亦無異說。

十、假攝

開　口	合　口
二等麻一馬一禡一	麻二馬二禡二
三等麻三馬三禡三	

高本漢將麻一訂為[a]，麻二作[ua]，麻三作[ǐa]，各家亦無異辭，王仁昫《刊謬補缺切韻》於去聲箇韻韻目下小注云：「呂與禡同，夏侯別，今依夏侯。」箇韻既擬作[ɑ]與[uɑ]，而箇韻呂靜與禡混，則正可加強高本漢擬音之說服力，二韻之主要元音應相差極小，而[ɑ][a]之擬音正符合此一條件。

十一、宕攝

宕攝韻母如下：

開　口	合　口
一等唐一蕩一宕一鐸一	唐二蕩二宕二鐸二
三等陽一養一漾一藥一	陽二養二漾二藥二

高本漢按四等元音之關係，將唐一訂作[ɑŋ]，唐二訂作[uɑŋ]，鐸一訂作[ɑk]，鐸二訂作[uɑk]；陽一作[ǐaŋ]、陽二作[ǐuaŋ]，藥一作[ǐak]、藥二作[ǐuaŋ]。各家亦多依從，惟董同龢與周法高兩先生唐陽藥鐸之主要元音皆為[ɑ]，極有見地，而且亦不受高本漢四等元音前後高低之限制，其說可從。我以為宕攝實與果攝平行發展，果攝既只有一類元音，則宕攝自無庸分成兩類元音。王仁昫《刊謬補缺切韻》於平聲陽韻韻目下注云：「李杜與唐同，夏侯別，今依夏侯。」上聲養韻韻目下注云：「夏侯在平聲陽唐、入聲藥鐸並

別，上聲養蕩為疑，呂與蕩同，今別。」去聲漾韻韻目下注云：「夏侯在平聲陽唐，入聲藥鐸並別，去聲漾宕為疑，呂與宕同，今並別。」入聲藥韻韻目下注云：「呂杜與鐸同，夏侯別，今依夏侯。」從此四聲韻目，呂靜、杜臺卿平聲陽唐無別，夏侯該分之，上聲去聲夏侯亦同樣與呂無別，入聲呂杜藥鐸不分，夏侯別。可見陽唐兩韻必定相當接近，但陽唐既有洪細之別，若主要元音不同，則呂杜應不致如此相混淆，因為歌麻亦僅呂在去聲混而已。而且唐陽四類韻母，與果攝四類韻母幾乎是平行發展，果攝元音既然訂為相同，則陽唐自亦可比照訂為[ɑ]元音。將陽唐定為[ɑ]元音，《經史正音切韻指南》入聲九攝歌訣云：

> 齊止借臻臨曾梗，高交元本宕江邊。
>
> 歌戈一借岡光一，四三并二卻歸山。

高是豪韻，豪韻屬一等，而與宕攝同入，宕攝一等韻的入聲自是鐸韻，豪既與唐鐸對轉，則其主要元音自是非[ɑ]莫屬矣。故董同龢、周法高兩家之擬測可從。

茲將各類韻母列下：

開口	合口
一等唐一蕩一宕一-ɑŋ 鐸一-ɑk	唐二蕩二宕二-uɑŋ 鐸　-uɑk
三等陽一養一漾一-ǐɑŋ藥一-ǐɑk	陽二養二漾二-ǐuɑŋ藥二-ǐuɑk

十二、梗攝

梗攝韻母如下：

	開　口	合　口
二等	庚一梗一映一陌一	庚二梗二映二陌二
	耕一耿　諍　麥一	耕二　　　麥二
三等	庚三梗三映三陌三	庚四梗四映四
	清一靜一勁　昔一	清二靜二　　昔二
四等	青一迥一徑　錫一	青二迥二　　錫二

庚韻與麻韻為對轉之韻，麻韻既訂作[a]，則庚陌韻之韻母可比照訂如下：

庚一梗一映一為[aŋ]，陌一為[ak]；庚二梗二映二為[uaŋ]，陌二為[uak]；庚三梗三映三為[ǐaŋ]，陌三為[ǐak]；庚四梗四映四為[ǐuaŋ]。將庚陌主要元音定為[a]，周法高先生〈論切韻音〉一文即如此訂者，其說可從。耕韻與佳韻為對轉之韻，佳韻既訂作[æi]與[uæi]，則耕一耿諍為[æŋ]，麥一為[æk]；耕二為[uæŋ]，麥二為[uæk]，與周法高先生擬構相同。清韻周法高先生擬為[ǐæŋ]、[ǐuæŋ]兩類，據許敬宗庚耕清同用例觀，本極理想，不過，清韻上聲靜韻韻目下王仁昫注云：「呂與迥同，夏侯別，今依夏侯。」呂靜既與迥同，則必與迥韻之音相近，如訂其主要元音為[æ]，則嫌稍遠。且清韻與支韻為對轉之韻，支韻既已訂作[ǐɛ]、[ǐuɛ]二類，則清一靜一勁一可訂作[ǐɛŋ]、昔一作[ǐɛk]；清二靜二作[ǐuɛŋ]、昔二作[ǐuɛk]。青韻既為四等韻，且與齊為對轉之韻，則可依一般四等韻之例訂青一迥一徑為[ieŋ]、錫一為[iek]，青二迥二作[iueŋ]，錫二為[iuek]。

梗攝各類韻母音如下：

開　口　　　　　　　　合　口

二等	庚一、梗一、映一-aŋ、陌-ak	庚二、梗二、映二-uaŋ、陌二-uak
	耕一、諍-æŋ、麥-æk	耕二-uæŋ、麥二-uæk
三等	庚三、梗三、映三-ǐaŋ、陌三-ǐak	庚四、梗四、映四-ǐuaŋ、陌四-ǐuak
	清一、靜一、勁一-ǐɛŋ、昔一-ǐɛk	清二、靜二-ǐuɛŋ、昔二-ǐuɛk
四等	青一、迥一、徑一-ieŋ、錫一-iek	青二、迥二-iueŋ、錫二-iuek

十三、曾攝

曾攝韻母如下：

	開口				合口	
一等	登一	等	嶝	德一	登二	德二
三等	蒸	拯	證	職一		職二

《廣韻》登韻實為與陰聲咍韻相對轉或相平行之韻，而蒸韻則與之韻相對轉或平行之韻，根據前面之討論，之韻既訂其韻值為[ǐə]，咍韻為[ə]，則登韻開口一等自可定作[əŋ]，合口一等則定作[uəŋ]，相對之入聲，可定作[ək]及[uək]；蒸韻開口三等可定作[ǐəŋ]，合口三等為[ǐuəŋ]；相應之入聲為[ǐək]與[ǐuək]。關於本攝之擬音，各家均無異說，因此最為確定。

曾攝各類韻母如下：

	開口		合口	
一等	登一等嶝-əŋ	德一-ək	登二-uəŋ	德二-uək
三等	蒸拯證-ǐəŋ	職一-ǐək		職二-ǐuək

十四、流攝

流攝韻母如下：

開　口

一等侯　厚　候

三等尤　有　宥

　　幽　黝　幼

流攝《韻鏡》為內轉第三十七開，《七音略》內轉四十重中重，則其為開口無疑，董同龢先生：《中國語音史》定侯作-u、尤作-ju、幽作-jeu，顯然不合韻圖之結構，自難以依從。王力《漢語史稿》，周法高〈論切韻音〉等訂侯為-əu、尤為-ǐəu、幽為-ǐeu。雖合於等韻之開合，但於東侯對轉、東尤對轉方面之解釋上，亦不理想。吾人既知侯為開口一等韻，相對之陽聲與入聲韻是東開一與屋開一。東開一吾人已擬作-oŋ，屋開一為-ok，則侯自當作-ou，如此相配，方無所窒礙。與今官話方言亦多相應，北京、濟南、西安、太原、漢口均讀-ou。開口三等之尤韻與開口三等之東韻亦為對轉之韻，則尤可擬作-ǐou，應無問題。惟開口三等之幽韻比較複雜，自唐人以來，韻書押韻，已與尤合用無別，則其音讀應與尤極為相近，但幽韻有一特點，雖然屬三等韻，但其脣音字不變輕脣，就此點看看來，其元音一定非圓脣元音，但又要與尤韻極其相近，則除-ǐəu以外，實難有更適合之韻讀矣。故今定作-ǐəu，應是再適合不過。əu中之ə極易受韻尾圓脣之影響而變成o，故自許敬宗以來，幽與尤已一直同用無別矣。

十五、深攝

深攝韻母如下：

開　口

三等侵　寑　沁　緝

深攝侵韻之上古音為*-ǐəm，幾乎各家均無異說。但是中古音則有所改變，高本漢之中古音擬為 -ǐəm，而陸志韋《古音說略》則根據真、蒸、侵三韻在現代方言中相平行發展之事實，將此三韻之主要元音已改作ĕ，即真為-ǐĕn、蒸為-ǐĕŋ、侵為-ǐĕm。後來董同龢在《中國語音史》中，亦有相同之看法，董氏說：「在-m與-n混的方言，深攝字總是和臻攝三等字混；即在韻尾不同的方言，元音仍是一樣的。前面把臻攝三等欣韻的元音訂作ə，真韻訂作e。侵屬兩類，與欣不同，所以現在以為e。」若依陸志韋與董同龢之意見，則在-ŋ尾韻及-m尾韻中，將無主要元音屬ə之三等韻，亦即無-ǐəŋ與-ǐəm韻母，跟-n尾韻相配起來很不整齊。故吾人仍依高本漢所擬，將侵定作-ǐəm，入聲緝當為-ǐəp矣。

十六、咸攝

咸攝各類韻母如下：

	開口				合口			
一等	覃	感	勘	合				
	談	敢	闞	盍				
二等	咸	豏	陷	洽				
	銜	檻	鑑	狎				
三等	鹽	琰	豔	葉				
	嚴	儼	釅	業	凡	范	梵	乏
四等	添	忝	㮇	怗				

咸攝表面上看來似與山攝平行，實際上乃大不相同，我認為覃

合之地位應該相當於痕魂與沒(麧)，咸洽應該相當於山黠，嚴凡業乏相當於元月；談盍相當於寒桓曷末，銜狎相當於刪鎋，鹽葉相當於仙薛，添怗相當於先屑。作此釐清以後，擬音就可以比照辦理。

開　口		合　口	
一等覃感勘-əm	合-əp		
談敢闞-ɑm	盍-ɑp		
二等咸豏陷-ɐm	洽-ɐp		
銜檻鑑-am	狎-ap		
三等嚴儼釅-ǐɐm	業-ǐɐp	凡范梵-ǐuɐm	乏-ǐuɐp
鹽琰豔-ǐɛm	葉-ǐɛp		
四等添忝㮇-iem	怗-iep		

將覃韻擬作[əm]周法高先生實採用此一作法，惟一缺點，乃不好解釋為什麼後來許敬宗要奏請覃談許令附近通用，此乃單一語言實際音讀上之問題，與此處系統性上之擬測，應該稍有不同。

至於輕脣十韻，高本漢以三等合口為其分化條件，但此一條件，與韻圖不合，吾人將東韻與侯、尤擬成以o為主要元音之韻，對變輕脣之條件不合高氏之標準，其實影響不大，僅須說變輕脣之條件，乃以ǐ加u或o便可，因為u和o均帶圓脣性，三等介-ǐ-加上圓脣元音，即為輕脣分化之條件。

下文更從陰陽對轉相配之立場，列表來看各韻之關係：

陽　聲	入　聲	陰　聲
東開一-oŋ	屋開一-ok	侯開一-ou
東開三-ǐoŋ	屋開三-ǐok	尤開三-iou
		魚開三-ǐo

冬合一-uŋ	沃合一-uk	模合一-u
鍾合三-ǐuŋ	燭合三-ǐuk	虞合三-ǐu
江開二-ɔŋ	覺開二-ɔk	肴開二-ɔu
真開三-ǐen	質開三-ǐet	脂開三-ǐe
諄合三-ǐuen	術合三-ǐuet	脂合三-ǐue
臻開二-en	櫛開二-et	
欣開三-ǐən	迄開三-ǐət	微開三-ǐəi
文合三-ǐuən	物合三-ǐuət	微合三-ǐuəi
痕開一-ən	麧開一-ət	咍開一-əi
魂合一-uən	沒合一-uət	灰合一-uəi
寒開一-ɑn	曷開一-ɑt	泰開一-ɑi
桓合一-uɑn	末合一-uɑt	泰合一-uɑi
刪開二-an	鎋開二-at	夬開二-ai
刪合二-uan	鎋合二-uat	夬合二-uai
山開二-ɐn	黠開二-ɐt	皆開二-ɐi
山合二-uɐn	黠合二-uɐt	皆合二-uɐi
元開三-ǐɐn	月開三-ǐɐt	廢開三-ǐɐi
元合三-ǐuɐn	月合三-ǐuɐn	廢合三-ǐuɐi
仙開三-ǐɛn	薛開三-ǐɛt	祭開三-ǐɛi
仙合三-ǐuɛn	薛合三-ǐuɛt	祭合三-ǐuɛi
先開四-ien	屑開四-ien	齊開四-iei
先合四-iuen	屑合四-iuet	齊合四-iuei
		齊開三-ǐei
陽開三-ǐɑŋ	藥開三-ǐɑk	戈開三-ǐɑ

陽合三-ǐuɑŋ	藥合三-ǐuɑk	戈合三-ǐuɑ
唐開一-ɑŋ	鐸開一-ɑk	歌開一-ɑ
		豪開一-ɑu
唐合一-uɑŋ	鐸合一-uɑk	戈合一-uɑ
庚開二-aŋ	陌開二-ak	麻開二-a
庚合二-uaŋ	陌合二-uak	麻合二-ua
庚開三-ǐaŋ	陌開三-ǐak	麻開三-ǐa
庚合三-ǐuaŋ	陌合三-ǐuak	
耕開二-æŋ	麥開二-æk	佳開二-æi
耕合二-uæŋ	麥合二-uæk	佳合二-uæi
清開三-ǐɛŋ	昔開三-ǐɛk	支開三-ǐɛ
		宵開三-ǐɛu
清合三-ǐuɛŋ	昔合三-ǐuɛk	支合三-ǐuɛ
青開四-ieŋ	錫開四-iek	蕭開四-ieu
青合四-iueŋ	錫合四-iuek	
蒸開三-ǐəŋ	職開三-ǐək	之開三-ǐə
		幽開三-ǐəu
	職合三-ǐuək	
登開一-əŋ	德開一-ək	咍開一-əi
登合一-uəŋ	德合一-uək	灰合一-uəi
侵開三-ǐəm	緝開三-ǐəp	
覃開一-əm	合開一-əp	
談開一-ɑm	盍開一-ɑp	
鹽開三-ǐɛm	葉開三-ǐɛp	

添開四-iem　　帖開四-iep
咸開二-ɐm　　洽開二-ɐp
銜開二-am　　狎開二-ap
嚴開三-ǐɐm　　業開三-ǐɐp
凡合三-ǐuɐm　　乏合三-ǐuɐp

以上二百零六韻除侵覃以下九韻無相配之陰聲韻外，大致說來，相配得很整齊，除少數幾部，或者無相當之陽聲，或者無相當之陰聲外，幾乎皆陰陽相對，極其整齊，此亦吾人應該在擬音時注意其音韻結構問題。有些部既可說與此部對轉，也可說與彼部對轉，若齊韻，可說為先、屑之對轉韻部，又何嘗不可說為青、錫之對轉韻部？原則上，吾人以陰聲之-i 尾韻之韻部，作為陽聲-n 尾韻，入聲-t 韻之轉韻部；陰聲之無尾韻或-u 尾韻之韻部，作為陽聲-ŋ、入聲-k尾對轉韻部。但此雖屬大多數情況，然亦有溢出此一範圍者，但有一點可以確定，凡是對轉之韻部，其主要元音必然相同。

上面所擬測之《廣韻》二百六韻讀，純粹屬於書寫系統，正如同吾人用二百零六漢字以代表《廣韻》韻目之性質相同，至於每一韻目之實際音讀，恐每一種方言之讀法均不相同，而且其區別亦無此複雜。《切韻》與《廣韻》既非當時之標準音，亦非記錄當時一地之方音。王力說：「假如只記錄一個地域的具體語音系統，就用不著『論南北是非，古今通塞』，也用不著由某人『多所決定』了。」因為《廣韻》二百六韻乃論南北是非、古今通塞而定，故在實際語言音讀之擬構，首先應推測出以隋、唐時何處之語音來擬搆，用何種方言系統來推測《廣韻》之音讀。若如此擬構，則《廣韻》二百六韻之讀音，當減少甚多。王力云：「隋時大約是以洛陽語音作為標準音，詩人們寫詩大約是按照這實際語音來押韻，並不需要像《切韻》分得那麼細。唐封演《聞見記》說：『隋陸法言與顏、魏諸公定南北音，撰為《切韻》，……以為楷式。而先、仙，刪、山之類，分為別韻，屬文之士，苦其苛細。國初許敬宗等詳議，以其韻窄，奏合而用之。』現在《廣韻》每卷目錄於各韻下注明『獨用』、『某同用』字樣，就是許敬宗等的原注。其實『奏合而用之』，也一定有具體語音系統作為標準，並不是看見韻窄就把他們合併到別的韻去，看見韻窄就不併了。例如肴韻夠窄了，也不合併於蕭、宵或豪；欣韻夠窄了，也不合併於文或真；脂韻夠寬了，反而跟支之合併。這種情況，除了根據實際語音系統以外，得不到其他的解釋。這樣我們對於第七世紀（隋代及唐初）的漢語標準音，就可以肯定它的語音系統，再根據各方面的證明（如日本、朝鮮、越南的借詞；梵語、蒙語的對譯，現代漢語方言的對應等等），就可以構擬出實際的音位來。」今以王力所構擬之洛陽音——隋唐時期之標準音為依據，說明二百六韻之音讀。如有改訂，則加以說明，與王氏同者則依王氏，不再說明。

㈠陰聲韻部

1.無尾韻母

ɑ韻（歌戈同用）：歌ɑ、戈uɑ、迦iɑ、靴iuɑ。

按根據蕭宵同用、先仙同用、鹽添同用、屑薛同用、葉怗同用之註，顯然三四等字，在許敬宗奏請許以附近通用之官令，三等字與四等字已不復區分矣。則三等介音與四等介音可無庸區分，今即以舌面前高元音i為三四等韻共同介音。

a韻（麻獨用）：麻a、瓜ua、車ia。

o韻（魚獨用）：魚io。

u韻（虞模同用）：孤u、俱iu。

i韻（支脂之同用）：飢i、龜iui。

按i韻合口，王力擬作ui，但在韻圖仍為三等字，有照系及群紐字，則不能無i介音，因為此諸紐字之特性，必須與i介音相接合始自然。

2.i尾韻母

əi韻（灰咍同用）（微獨用）：臺əi、回uəi、衣iəi、圍iuəi。

灰咍不與微同用，則是由於洪細音之差異。從對轉立場來看，咍與痕對轉，灰與魂對轉，微韻開口與欣韻對，合口與文韻對轉，而痕、魂、欣、文之主要元音皆為ə。則王力以咍為ɔi、灰為uɔi；董同龢以咍為 Ai、灰為 uAi 之擬測，均與對轉之陽聲韻部不相應，故今不從。此亦可以說明後來唐宋詞之押韻中，為什麼咍灰韻字常常與微相亂，因為主要元音相同，僅不過洪細之差而已。若將主要元音擬成ɔ或 A，而竟然常相混，在實際語音上，相差太遠，總覺牽強。

ɑi韻（泰獨用）：蓋ɑi、外uɑi。

ai韻（佳皆夬同用）：佳ai、懷uai。

ɛi韻（霽祭同用）：奚例iɛi、攜芮iuɛi。

按《廣韻》上平聲卷第一韻目，在齊韻下注獨用，上聲薺下亦注獨用，然去聲霽下則注「祭同用」，是在《廣韻》已應元音相同，始可同用相押。不僅此也，在《經史正音切韻指南》蟹攝外二開口呼，更明言祭韻宜併入霽韻。雖然《經史正韻切韻指南》時代稍晚，不足以為直接證據，但因有《廣韻》同用之注等直接證據，那末，用作旁證仍是可以，此亦顯示一點，在實際語言中，三等與四等已無介音之差異。

ɐi韻（廢獨用）：刈iɐi、廢iuɐi。

按在《經史正韻切韻指南》蟹攝外二合口呼圖亦云「廢韻宜併入霽韻」，為何吾人不根據《切韻指南》將此韻合併於霽韻裏，或如同祭韻，擬測與霽韻音讀相同，而要有所區別，因為《廣韻》注明「廢獨用」，獨用就不可同霽韻押韻，當然不可將音讀擬測相同。但三、四等之混一，仍可以採用，亦即在介音方面已經無三、四等之區別。亦即在介音方面已無三、四等之區別。所以將廢韻之元音擬作ɐ者，因為《韻鏡》將廢韻寄放在內轉第九、第十兩圖兩圖中之入聲地位，與微尾未共一圖，微尾未所擬定為iəi及iuəi韻母，而廢韻與之共圖，必定元音與之相近方可，故定作ɐ，還有更重要之原因，因為廢韻與元韻為對轉之韻，元韻既是ɐn，則廢韻只有作ɐi矣。

3.u尾韻母

ɑu韻（豪獨用）：高ɑu。

ɔu韻（肴獨用）：交ɔu。

ɛu韻（蕭宵同用）：聊遙iɛu。

按肴韻既獨用，而其對之韻部為江，入聲為覺，江既定作ɔŋ，覺為ɔk，則肴定作ɔu，自最合理，其所以不與豪合韻者，亦以其元音相去太遠也。此外，在《經史正韻切音指南》平聲蕭與宵合為宵，上聲篠與小合為小，去聲嘯與笑合為笑。可見在讀音上已無分別，而廣韻又注明「蕭宵同用」，故可比照祭霽之擬音，三、四混等，擬成讀音相同。

ou韻（尤侯幽同用）：鉤ou、鳩虯iou。

㈡陽聲韻部

1.ŋ尾韻母

oŋ韻（東獨用）：公oŋ、弓ioŋ。

uŋ韻（冬鍾同用）：宗uŋ、縱iuŋ。

按東冬二韻之主要元音，本篇所擬，正好與王力《漢語音韻》所定相對掉換，吾人所持之理由，為《韻鏡》東韻在內轉第一開，《七音略》標明為「重中重」，則顯然屬開口一類。至於冬鍾二韻，《韻鏡》在內轉第二開合，《七音略》則標明「輕中輕」。以《七音略》校《韻鏡》，則《韻鏡》之「開」字似為衍文，孔仲溫氏《韻鏡研究》第二章〈韻鏡內容〉一節，謂「因而此圖之標『開合』，恐當作『合』，『開』字為誤衍也。」冬韻為合口顯然，如此則以東韻之主要元音為o，冬為u，不亦十分合理乎！

ɔŋ韻（江獨用）：腔ɔŋ

ɑŋ韻（陽唐同用）：岡ɑŋ、光uɑŋ、姜iɑŋ、王iuɑŋ。

按王力作aŋ，今不從。因為在《經史正韻切韻指南》裏，唐韻與豪、歌、戈入聲同為鐸，而歌、戈、豪三韻之主要元音均擬測為ɑ，則陽、唐二韻之主要元音自亦以ɑ最為理想。若作a，則不可能同入矣。

ɐŋ韻（庚耕清同用）：庚ɐŋ、橫轟uɐŋ、京驚iɐŋ、營iuɐŋ。

庚耕兩韻之字，在現代方言中，多數方言韻母之主要元音為ə，亦有一些是a。例如庚韻之「撐」，北京、濟南皆讀tʂ‘əŋ，西安、太原讀ts'əŋ，漢口、成都、揚州、長沙皆讀ts'ən，而蘇州、南昌、梅縣讀ts'aŋ，廣州讀tʃ'aŋ，福州讀t'aŋ。耕韻之「橙」，北京、濟南、西安、太原皆讀tʂ'əŋ，漢口、成都、揚州、梅縣均讀ts'ən，但蘇州讀zaŋ，南昌讀ts'aŋ，廣州讀tʃ'aŋ。清韻之「聲」，北京、濟南、西安、太原讀ʂəŋ，漢口、成都、揚州、南昌皆讀sən，而梅縣讀saŋ，福州讀siaŋ，蘇州又讀saŋ。所以庚耕清三韻之元音，應該介於ə與a之間的音，既然如此，故吾人選擇ɐ。

ɛŋ韻（青獨用）：經iɛŋ、坰iuɛŋ。

əŋ韻（蒸登同用）：登əŋ、肱uəŋ、陵iəŋ。

2.n尾韻母

ɑn韻（寒桓同用）：干ɑn、官uɑn。

an韻（刪山同用）：姦閑an、關鰥uan。

ɐn韻（元魂痕同用）：痕ɐn、昆uɐn、言iɐn、袁iuɐn。

ən韻（欣文同用）：斤iən、雲iuən。

按欣韻王力作ien，自是韻書早期現象，戴震《聲韻考》云：「按景祐中以賈昌朝請韻窄者凡十三處，許令附近通用，於是合欣于文、合隱于吻、合焮于問、合迄于物。」按景祐為宋仁宗年號，賈昌朝許令通用之時，必此二韻之相通，定已有一段相當長之時間，故乃有奏請附近通用之舉。且欣韻在對轉方面，是與微韻之開口字相配，文韻則與微韻之合口字相配，《韻鏡》欣隱焮迄四韻在外轉第十九開，文吻問物在外轉第二十合，可見是開合相對之兩轉，文韻既是iuən而無可爭議。則欣韻定作iən亦頗為適宜。

in韻（真諄臻同用）：鄰臻in，倫荀iun。

ɛn韻（先仙同用）：前連iɛn，玄緣iuɛn。

按先仙二韻音讀之情形，實與霽祭相平行，而且亦屬相對轉之韻部，霽祭既已定作εi，則先仙定為εn，豈非極為自然！

3.m尾韻母

ɑm韻（覃談同用）：含甘ɑm。

am韻（咸銜同用）：咸銜am。

ɐm韻（嚴凡同用）：嚴iɐm，凡iuɐm。

εm韻（鹽添同用）：廉兼iεm。

im韻（侵獨用）：林森im。

㈢入聲韻部

1.k尾韻母

ok韻（屋獨用）：鹿ok、六iok。

uk韻（沃燭同用）：沃uk、玉iuk。

ɔk韻（覺獨用）：角ɔk。

ɑk韻（藥鐸同用）：各ɑk、郭uɑk、略iɑk、縛iuɑk。

按王力定作ak，今改訂作ɑk。理由與陽聲韻之陽唐兩韻同。

ɐk韻（陌麥昔同用）：格革ɐk、獲uɐk、戟益iɐk、役iuɐk。

εk韻（錫獨用）：歷iεk、闃iuεk。

ək韻（職德同用）：則ək、或uək、力iək、域iuək。

2.t尾韻母

ɑt韻（曷末同用）：割ɑt、括uɑt。

at韻（黠鎋同用）：八鎋at、滑刮uat。

ɐt韻（月沒同用）：麧ɐt、骨突uɐt、訐歇iɐt、越髮iuɐt。

ət韻（迄沒同用）：迄iət、物iuət。

按迄物之擬音，其理與欣文同。

it韻（質術櫛同用）：質櫛it、律率iut。

ɛt韻（屑薛同用）：結列iɛt、決劣iuɛt。

按屑薛之擬音與先仙平行，其理與先仙同。

3. p尾韻母

ɑp韻（合盍同用）：合盍ɑt。

ap韻（洽狎同用）：洽狎ap。

ɐp韻（業乏同用）：業iɐp、法iuɐp。

ɛp韻（葉帖同用）：涉協iɛp。

ip韻（緝獨用）：入習ip。

王力《漢語史稿》說：「在《廣韻》裏，入聲和鼻音收尾的韻母相配，形成很整齊的局面。k和ŋ同是舌根音；t和n是齒音，p和m是脣音。相配的韻，連其中所抱含韻母也是相同的，例如有uŋ、iuŋ，就有uk、iuk；有ɐŋ、uɐŋ、iɐŋ、iuɐŋ，就有ɐk、uɐk、iɐk、iuɐk。個別的地方不能相配，例如入聲有iuək而平上去聲沒有iuəŋ，那是所謂有音無字，iuəŋ在語音系統中還是存在的。」

第十四節　《廣韻》聲調與國語聲調

《廣韻》聲調四類，即傳統平上去入四個聲調，此平上去入四調，與國語一、二、三、四聲（或稱陰陽上去），也有對應關係。今分別說明於後：

平聲：平聲字根據《廣韻》聲母之清濁，分成第一聲與第二聲兩類，如果為清聲母，今讀第一聲；如果為濁聲母，今讀第二聲。表之如下：

平聲清聲母讀第一聲，如：東通、公空、煎仙、顛天、張商。

平聲濁聲母讀第二聲，如：同窮、從容、移期、良常、行靈。

上聲：上聲字，如果聲母是全濁，國語讀第四聲。如果是清聲及次濁聲母，國語讀第三聲。

上聲清聲母及次濁聲母，國語讀第三聲。如：董孔、勇隴、美耳、呂語。

上聲全濁聲母，國語讀第四聲。如：巨敘、杜部、蟹罪、在腎。

去聲：《廣韻》去聲字，不論聲母之清濁，一律讀第四聲。

去聲讀第四聲，如：送貢弄洞夢、避寄賜刺易至利痳。

入聲：《廣韻》入聲變字變入國語聲調，比較複雜。如果聲母屬次濁，國語一定讀第四聲，如果聲母是全濁，國語以讀第二聲為最多，偶爾也有讀第四聲者。清聲母最為複雜，沒有條例。一、二、三、四聲都有。但就總數量說，仍可以全清、次清作為分化之條件，全清聲母以讀國語第二聲為最多，次清聲母以讀國語第四聲為最多。因此，凡清聲母讀第一聲跟第三聲就可視作例外。現在將入聲之音讀舉例於下：

入聲次濁讀第四聲：如木錄目褥嶽搦日栗律物月。

入聲全濁讀第二聲：如疾直極獨濁宅白薄鐸合匣。

入聲全清讀第二聲：如吉得竹足格革閣覺拔答札。

入聲次清讀第四聲：如塞闃適黑赤速促客錯撻撤。

根據前面的說明，吾人可以歸納出國語四聲與《廣韻》四聲之間對應關係。

㈠國語第一聲（陰平）之來源：平聲清聲母（包括全清與次清）

㈡國語第二聲（陽平）之來源：平聲濁聲母（包括次濁與全濁）入聲全濁與全清聲母。

㈢國語第三聲（上聲）之來源：上聲清聲母及次濁聲母。

㈣國語第四聲（去聲）之來源：去聲，上聲全濁、入聲次濁。

《廣韻》入聲清聲母，所以有第一聲與第三聲之讀法，很可能受口語音影響。例如「得、多則切」，今國語讀tɤ˧˥，合於入聲全清聲母讀第二聲之規範，但語音讀tei˨˩˦，乃不合規範矣。又如「切、千結切」，清母次清，今國語於「密切」時讀tɕ'ie˥˩，合於入聲次清聲母讀第四聲之規範。但國語於「切斷」時讀tɕ'ie˥，為第一聲，很可能受口語音之影響。又如「結、古屑切」，見母全清，今國語於「結論、結婚」時讀tɕie˧˥，合於入聲全清聲母讀第二聲規範。但於「結果、結實」時讀tɕie˥，為第一聲，也很可能受口語音之影響。因為現代國語口語音常有趨向於讀第一聲之傾向。例如微妙、危機、中庸等詞中之微、危、庸本來都是讀第二聲，現在亦有讀第一聲之讀法。至於谷、葛、鐵、尺、骨、筆等讀第三聲，則很可能是較早官話之遺留。因為在《中原音韻》中，入聲派入三聲，無論全清次清，均以派入上聲者為最夥，所以此類字很可能為早期官話之遺留。

下面舉一些實際例子，從國語聲調推測《廣韻》聲調之方法：

例一：國語「雜」字讀音tsa1，聲母ts的來源有六：知母梗攝入聲二等，澄母梗攝入聲二等，精母洪音，從母仄聲洪音，莊母深攝及梗曾通攝入聲。聲母來源雖多，但由於韻母和聲調之制約，仍很容易判斷其《廣韻》之聲調來。讀 a 韻者在平上去三聲只有假攝開口二等麻馬禡韻，然而麻韻二等無精系字，雖有知莊兩系，但此兩系聲母在假攝只讀tʂ、tʂ'，不可能讀ts。易言之，「雜」tsa1根本不是假攝字，除假攝外，韻母讀a者，皆為入聲各攝字，所以吾人根據韻母制約關係，很容易推斷「雜」為入聲字，再從聲調制約關係言，「雜」為第二聲，精知莊均為全清聲母，如果《廣韻》屬平聲，當讀第一聲，如果為上聲，則當讀第三聲，去聲則讀第四聲，只有入聲全清聲母讀第二聲才合規範。從澄床三母皆為全濁聲母，平聲根本不讀ts，上去兩聲讀ts但應讀第四聲，也只有入聲全濁聲母讀第二聲才合規範。所以，從聲調之制約上，也很容易推斷出「雜」字是入聲字。不僅此也，凡國語p、t、k、tɕ、tʂ、ts六母若讀第二聲，皆為《廣韻》之入聲，道理與此同。在拙著〈萬緒千頭次第尋—談讀書指導〉⑱一文，曾列舉辨別入聲字之方法，嘗以此六母之第二聲皆為入聲舉例，但未分析為何此六母之第二聲一定為入聲之理由，讀者觀此應可知其概略矣。

例二：國語「說」讀ʂuo1，聲母ʂ之來源雖有床、疏、神、審、禪五母之多，但配合韻母之制約關係，吾人亦極易推斷其屬於《廣韻》何聲調。國語韻母uo，在平上去三聲之中只有果攝一等韻歌戈，但一等韻無莊照兩系字，除果攝一等外，其他讀uo者皆入聲

---

⑱ 《幼獅月刊》四十八卷第二期。

字。「說」之聲母ʂ既有莊照兩系來源，當然不是果攝字，除果攝外，則惟有入聲字矣。因此吾人可大膽說一句，凡國語tʂ、tʂ‘、ʂ、ʐ四母與韻母uo拼時，一定為《廣韻》入聲字。

例三：國語「髮」讀fa˨˩˦，髮讀第三聲，聲母有非敷兩個來源，不會是奉母，因為奉母不可能讀第三聲。韻母a平上去之來源只有假攝二等麻馬禡。但是輕脣聲母只出現於三等合口，三等合口輕脣非系讀a者只有山咸兩攝之入聲月、乏兩韻，所以乏一定是入聲韻。又因髮古韻在月部，所以知其一定在月韻。以此類推，假攝二等也無端精兩系字，則凡國語t、t‘、ts、ts‘、s五母與韻母a拼合時，也皆為入聲字。只有他、打、大三字例外。

例四：國語「鐵」讀t‘ie˨˩˦，讀第三聲，聲母t‘有兩個來源，透母及定母平聲，定母為全濁聲母，仄聲字讀t，全濁上聲應讀第四聲，所以不會是定母，應該是透母。韻母ie來源有五類：果攝開口三等戈韻牙音，假攝開口三等麻韻喉及齒頭，蟹攝開口二等佳皆韻喉牙音，咸攝入聲開口三四等葉怗業韻喉牙音端精系，山攝入聲開口三四等月屑薛韻喉牙脣音及端精系。透母為舌頭音端系，果假蟹三攝只有二三等韻讀ie，無論二等或三等都無端系字，所以「鐵」字不會是此三攝之字，四等韻有端系字，咸山兩攝入聲韻均有四等韻，所以「鐵」一定是入聲字。推而廣之，凡韻母ie與p、p‘、m、t、t‘、n、l等聲母拼合時，皆為《廣韻》入聲字。因為只有山咸兩攝入聲韻讀ie時，才能跟以上聲母結合。惟一例外為「爹」字。

例五：國語「略」字讀lye˥˩，國語韻母ye，除果攝合口三等喉牙音外，其餘全為入聲來源。例如宕攝入聲開合口三等藥韻，江攝入聲開口二等覺韻，山攝入聲合口三四等月屑韻。所以凡國語韻母讀ye者，不論其聲母為何，全為《廣韻》入聲字。只有果攝「鞾」、「瘸」、「嗟」三字例外。

例六：國語「責」讀tsɤ˧˥，韻母ɤ來源雖有十二類之多，但ɤ與t、t‘、l、ts、ts‘、s拼合者，僅有曾攝入聲開口一等德韻端精兩系，開口三等職韻莊系，梗攝入聲開口二三等知莊兩系。因為莊系字在梗曾攝之入聲聲母讀ts系。所以綜合起來，凡是韻母為ɤ者，而聲母為t、t‘、l、ts、ts‘、s者，必為《廣韻》入聲字無疑。至於辨別平、上、去三聲調則更為容易，在此就不多贅矣。

第四章　《廣韻》與等韻

第一節　等韻概說緒論

一、等韻與等韻圖

等韻乃古代進一步說明反切之方法，主要表現為反切圖，古人稱之為「韻圖」，宋元兩代反切圖乃專據《切韻》、《唐韻》、《廣韻》、《集韻》等韻書之反切而作。以切語拼切字音之方法不易掌握。於是等韻家受佛經「轉唱」之影響，所謂轉唱，根據日僧空海在悉曇字母並釋義，於迦、迦、祈、雞、句、句、計、蓋、句、晧、欠、迦之後注云：

「此十二字者，一箇'迦'字之轉也。從此一迦字門出生十二字。如是一一字母各出生十二字，一轉有四百八字。如是有二合、三合之轉，都有三千八百七十二字。此悉曇章，本有自然真實不變之字也。」❶

趙蔭棠云：「從此看來，我們很可以明白'轉'是拿著十二元音與各輔音相配合的意思。以一個輔音輪轉著與十二元音相拼合，

---

❶ 見趙憩之（蔭棠）《等韻源流》第一編等韻之醞釀 16 頁，文史哲出版社民國六十三年二月再版。

大有流轉不息之意。」❷

我國等韻學上所謂轉，實即神襲此意而來。受此影響之後，於是比較韻書各韻之異同，分為四等，然後更依四等與四聲相配之關係，合若干韻母以為一圖，聲母韻母與聲調既作過有系統之歸納，然後橫列字母，縱分四等，作成若干圖表，稱之為等韻圖。等韻之作者以為只須熟悉圖中每一音節之讀法，再據反切上下字之位置以求，則每一字音皆可求得其正確之讀音。

二、四等之界說

等韻之分四等，人皆知之，然四等分別之標準何在？則言之不一。江氏永《四聲切韻表·凡例》云：「音韻有四等，一等洪大，二等次大，三四皆細，而四尤細，學者易未辨也。」江氏既云學者未易辨，故洪大、次大細與尤細之間，尚難明也。直至瑞典高本漢（B. Karlgren）博士撰《中國音韻學研究》，始假定一、二等無 i 介音，故同為洪音，然一等元音較後較低（grave）故為洪大，二等元音較前較淺（aigu）故為次大。三四等均有 i 介音，故同為細音，但三等元音較四等略後略低，故四等尤細。今以山攝見紐字為例，高氏所假定四等之區別如下表：

等＼呼	開口	合口
一等	干kɑn	官kuɑn
二等	艱kan	關kwan

❷ 見上書 16 頁。

三　等	建kjǐɐn❸	勸kjǐwæn
四　等	堅kien	涓kiwen

羅莘田先生《漢語音韻學導論》云：「今試以語音學術語釋之，則一、二等皆無[i]介音，故其音大，三、四等皆有[i]介音，故其音細。同屬大音，而一等之元音較二等之元音略後略低，故有洪大與次大之別。如歌之與麻，咍之與皆，泰之與佳，豪之與肴，寒之與刪，覃之與咸，談之與銜，皆以元音之後[ɑ]與前[a]而異等。❹同屬細音，而三等之元音較四等之元音略後略低，故有細與尤細之別，如祭之與霽，宵之與蕭，仙之與先，鹽之與添，皆以元音之低[ɛ]高[e]而異等。❺然則四等之洪細，指發元音時口腔共鳴之大小而言也。惟冬之與鍾、登之與蒸，以及東韻之分公、弓兩類，戈韻之分科、瘸兩類，麻韻之分家、遮兩類，庚韻之分庚、京兩類，則以有無[i]介音分。❻」

---

❸ 建借元韻去聲願韻字，因仙韻三等開口適無字，仙韻三等見紐字之音為kjǐæn。

❹ 按依高羅二氏之擬音歌為ɑ、麻為a；咍為ɑi、皆為ai；泰為ɑi、佳為ai；豪為ɑu、肴為au；寒為ɑn、刪為an；覃為ɑm、咸為am；談為ɑm、銜為am。不過高氏以為咍、覃二韻之元音ɑ為短元音，泰、談二韻之元音ɑ為長元音，皆、咸二韻之元音a為短元音，佳、銜二韻之元音a為長元音，作為區別。

❺ 按依高羅二氏之擬音，祭為ǐɛn、霽為ien；宵為ǐɛu、蕭為ieu；仙為ǐɛn、先為ien；鹽為ǐɛm、添為iem。

❻ 冬為uoŋ、鍾為ǐuoŋ；登為əŋ、蒸為ǐəŋ；東公為uŋ、東弓為ǐuŋ；戈科為uɑ、科瘸ǐuɑ以上是一等韻與三等韻之區別。麻家為a、麻遮為ǐa；庚庚為aŋ、庚京為ǐaŋ。以上是二等韻與三等韻之區別。

按高、羅二氏以語音學理元音共鳴之大小與介音[i]之有無，作為分辨江氏洪大、次大、細與尤細之辨，自然較為清楚而且容易掌握。但仍然存在著不少問題。高、羅二氏既說一、二等之區別繫於元音之後[ɑ]與前[a]。然而吾人當問：如何始知歌、咍、泰、豪、寒、覃、談諸韻為[ɑ]元音？而麻、皆、佳、肴、刪、咸、銜諸韻之元音為前元音[a]？恐怕最好回答即為，歌、咍、……等韻在一等韻，麻、皆、……等韻在二等韻，此為存在之問題一。或者說：根據現代各地方言推論出歌、咍……等韻讀[ɑ]，麻、皆、等韻讀[a]。對一初學聲韻學者，要從何處掌握如許多之方言資料？如何推論？皆為極棘手之問題，此為存在問題之二。何以等韻四等之分，在[a]類元音中有高低前後之別，作為洪大、次大、細與尤細分辨之標準，而在其他各類元音如[u]、[o]、[ə]、[ɐ]等則沒有此種區別，此為存在問題之三。何以在[a]類元音之中，三等戈韻瘸類[ǐuɑ]之元音，反而比二等麻韻瓜類[ua]之元音既後且低？此為存在問題之四。何以在[a]類元中，二等元音是[a]，三等元音是[ɛ]，而麻韻二等家類[a]與三等遮類[ǐa]卻為同一元音？與其他二、三等之區別不同。此為存在問題之五。因有此五類問題存在，所以高、羅二氏解釋四等之說法，並不能就此認為定論。王力先生《漢語音韻·第六章等韻》云：

韻圖所反映的四等韻只是歷史的陳跡了。❼

---

❼ 見《漢語音韻·第六章等韻·《切韻》和等韻的參差》123 頁，中華書局香港分局 1984 年 3 月重印本。

韻圖之四等既為歷史陳跡，自非實際語音系統，則其四等之別，自難遵依江永之說，江氏之說既不可從，則四等之別當何所依乎！

蘄春黃侃《聲韻通例》云：

> 凡變韻之洪與本韻之洪微異，變韻之細與本韻之細微異，分等者大概以本韻之洪為一等，變韻之洪為二等，本韻之細為四等，變韻之細為三等。❽

今揆其意，蓋謂韻圖之分等，實兼賅古今之音，開合之圖各為四格，一、二兩等皆洪音，三、四兩等皆細音，但一、四等為古本音之洪細，二、三兩等為今變音之洪細耳。此說多麼簡直而易曉！試以東韻公、弓兩類為例，加以說明。東韻公類為洪音，應置於一等或二等，但公類所有反切上字皆古本聲，所以為古本韻之洪音，自應列於一等，毫無疑問。東韻弓類為細音，應置於三等或四等，因弓類反切上字雜有今變聲，故為變韻之細音，所以應置於三等。此亦無可疑者。推之歌、咍、泰、豪、寒、覃、談諸韻，因皆為洪音，而反切上字皆為古本聲，故為古本韻之洪音，乃悉置於一等。而麻、皆、佳、肴、刪、咸、銜諸韻，雖亦為洪音，但其反切上字雜有今變聲，故為今變韻之洪音，所以乃置於二等。祭、宵、仙、

---

❽ 見《黃侃論學雜著·聲韻通例》141 頁。學藝出版社 民國五十八年五月初版。按《黃侃論學雜著》誤為「本韻之細為三等，變韻之細為四等。」今改正。

清、鹽諸韻為細音，其反切上字雜有今變紐，故為今變韻之細音，實為三等韻。而齊、蕭、先、青、添諸韻亦為細音，其反切上字悉為古本聲，故為古本韻之細音，所以為四等韻。標準一致，沒有歧異。洪細以[i]介音之有無為準，聲母之正變既易掌握，則何韻歸於何等，自可一目了然，而無所致疑。

今再舉《韻鏡》外轉二十三開與外轉二十四合兩轉牙音字為例，列表說明其四等之區別與洪細正變之關係：

		疑	群	溪	見
古洪	寒	豻	○	看	干
今洪	刪	顏	○	馯	姦
今細	仙	妍	乾	愆	○
古細	先	研	○	牽	堅

		疑	群	溪	見
古洪	桓	岏	○	寬	官
今洪	刪	瘝	○	○	關
今細	仙	○	權	棬	勬
古細	先	○	○	○	涓

此表一目了然，古本音之洪在一等，今變音之洪在二等，今變音之細在三等，古本音之細在四等。上表為外轉二十三開，下表為外轉二十四合。

三、等韻之作用

等韻圖有何功用？當如何利用？既談等韻，此不可不知也。如前所言，等韻所以明反切，例如吾人翻查字書，遇有切語，一時不能切出正確之讀，則可利用韻圖以推其音讀。

查音之方法，首先應查出切語上下字屬於何圖，《七音略》與《韻鏡》等韻圖，雖與《廣韻》韻部次序不盡相同，然畢竟大致不差，吾人只須熟記《廣韻》平聲韻部（上去入可類推），就大致可知某韻屬於某圖，或其附近之圖。以《七音略》言，惟麻韻與陽韻之間插入覃、談、鹽、添、咸、銜、嚴、凡八韻，尤韻與蒸韻之間插入侵韻之外，其餘各韻之次序，與《廣韻》全同。至於《韻鏡》之次序與《廣韻》更為接近，惟蒸韻置於最後，略有不同而已。

能知切語上下字屬於何圖之後，次一步驟則易知矣。例如《詩·鄭風·溱洧》：「士與女，方秉蕳兮。」《釋文》：「蕳、古顏反。」吾人先從《七音略》或《韻鏡》查出「古」字，知其屬見紐，再從第廿三圖查出「顏」字，知其在平聲第二格，然後於二十三圖查出「姦」字，則可知「蕳」當讀同「姦」音。此法古人稱為「橫推直看」，反切下字必與所求之字讀音同圖同一直行，，但未必同圖。此種「橫推直看」法，古人謂之「歸字」。

歸字的結果，可能查出生僻字，例如《詩·衛風·淇奧》：「赫兮咺兮。」《釋文》：「咺、況晚反。」吾人自《七音略》卅五圖或《韻鏡》三十二圖查出「況」字，知其屬於曉紐，再自廿二圖查出「晚」字，知其屬上聲第三格，然後於廿二圖曉母上第三格找出「暅」字，此字仍生僻不易識，然同一直行平聲第三格有

「暄」字，吾人可推「咺」即「暄」字之上聲。

有時亦可能所查出之字，即所切之本字，例如《詩・衛風・氓》：「士貳其行。」《釋文》：「行、下孟反。」吾人先從《七音略》或《韻鏡》廿九圖查出「下」字，知其屬匣紐，再從《七音略》卅六圖或《韻鏡》卅三圖查出「孟」，知其在去聲第二格，然後在`卅六圖或卅三圖匣母去聲第二格查出「行」字，此亦並非白費工夫，因為同一直行上聲第二格有「杏」字，則「行」讀成「杏」字去聲即可。

古人反切用字並不一致，有時不同之反切，亦可切出相同之讀音。例如《詩・邶風・日月》：「乃如之人兮，逝不相好。」《釋文》：「好、呼報反。」吾人從《七音略》或《韻鏡》十二圖出「呼」字，知其屬曉母，再從廿五圖查出「報」字，知其在去聲之第一格。然後在曉母去聲第一格可查出「耗」字，不僅「呼報反」可查出「耗」字之音，即《廣韻》「呼到切」、《集韻》「虛到切」亦同可查出「耗」字之音。此種歸字法，看似極笨，其實極可靠，故邵光祖謂之「萬不失一。」

四、韻圖之沿革

宋元等韻圖之傳於今者，大別之凡三系：《通志・七音略》與《韻鏡》各分四十三轉，每轉以三十六字母為二十三行，輕脣、舌上、正齒分別附於重脣、舌頭、齒頭之下，橫以四聲統四等，入聲除《七音略》第廿五轉外，皆承陽聲韻，此第一系也。《四聲等子》與《經史正音切韻指南》各分十六攝，而圖數則有二十與二十四之殊，其聲母排列與《七音略》同，惟橫以四等統四聲，又以入聲兼承陰陽，均與前系有別，此第二系也。《切韻指掌圖》之圖數及入聲之分配與四聲等子同，但削去攝名，以四聲統四等，分字母為三十六行，以輕脣、舌上、正齒與重脣、舌頭、齒頭平列；又於十八圖改列支之韻之齒頭音為一等，皆自具特徵，不同前系，此第三系也。綜此三系，體製各殊，時序所關，未容軒輊，然求其盡括《廣韻》音紐，絕少遺漏，且推跡原型，足為搆擬隋唐舊音之參證者，則前一系固較後一系為優也。

今傳最早之韻圖，亦為此系中之《韻鏡》與《七音略》也。此二圖雖皆出自宋代，然皆前有所承。鄭樵、張麟之皆云：「其來也遠，不可得指名其人。」茲舉數證，以明其本始焉。

㈠張鏡之《韻鏡序作》題下注云：「舊以翼祖諱敬，故為《韻鑑》，今遷祧廟，復從本名。」翼祖為宋太祖追封其祖父之尊號。❾如《韻鏡》作於宋人，則宜自始避諱，何須復從本名。今既有本名，則必出於前代。此一證也。

㈡《七音略》之底本，鄭樵謂係《七音韻鑑》，《韻鏡》之底本，張麟之謂係《指微韻鏡》，是皆前有所承。此二證也。

㈢《七音略》之轉次，自第三十一轉以下與《韻鏡》不同，前者升覃、咸、鹽、添、談、銜、嚴、凡於陽唐之前，後者降此八韻於侵韻之後。案隋唐韻書部次，陸法言《切韻》與孫愐《唐韻》為一系。李舟《切韻》與宋陳彭年《廣韻》等為一系。前系覃談在陽

---

❾　《宋史·本紀一·太祖一》：「建隆元年九月丙午奉玉冊諡高祖曰文獻皇帝，廟號僖祖，高祖妣崔氏曰文懿皇后。曾祖曰惠元皇帝，廟號順祖，曾祖妣桑氏曰惠明皇后。祖曰簡恭皇帝，廟號翼祖，祖妣劉氏曰簡穆皇后。皇考曰武昭皇帝，廟號宣祖。」

唐之前，蒸登居鹽添之後；後系降覃談於侵後，升蒸登於尤前。今《七音略》以覃談列陽唐之前，實沿陸孫舊次，特以列圖方便而升鹽添咸銜嚴凡與覃談為伍。至於《韻鏡》轉次則依李舟一系重加排定，惟殿以蒸登，猶可窺見其原型與《七音略》為同源。此三證也。

㈣敦煌唐寫本《守溫韻學殘卷》所載四等輕重例云：

平聲	觀古桓反	關	刪	勬	宣	涓	先
上聲	滿莫伴反	彎	潸	免	選	緬	獮
去聲	半布判反	扮	襉	變	線	遍	線
入聲	特徒德反	宅	陌	直	職	狄	錫

其分等與《七音略》、《韻鏡》悉合，是四等之分別，在守溫以前蓋已流行，則其起源必在唐代，殆無可疑，此四證也。

據上四證，可知韻圖起源甚早，非宋代始有，其後《四聲等子》、《切韻指掌圖》、《切韻指南》併轉為攝，有改變韻書系統處，頗反映當時實際語音系統，有利吾人對中古音之研究。❿

---

❿ 趙蔭棠《等韻源流》以為攝有以少持多之義。並引《悉曇字母並釋義》云：「所謂陀羅尼者，梵語也；唐翻云總持，持者任持，言於一字中總持無量數文，於一法，任持一切法，於一義中攝持一切義，於一聲中攝藏無量功德，故名無盡藏。」趙氏並云：「'轉'字搬到等韻上，則有《七音略》之四十三轉，'唱'字搬到等韻上，則產生《華嚴字母韻圖》，'攝'字搬到等韻上，則有《四聲等子》與《切韻指南》之十六攝及《切韻要法》之十二攝，其實皆由梵文之十六韻而來。推求其始，並無差異。我們決不可刻舟求劍，妄加區別。」見《等韻源流》17 頁。文史哲出版社民國六十三年二月再版。

趙氏引最早之記載：如真旦《韻銓》五十韻頭，今於天竺悉曇十六韻頭，

第二節　韻　鏡

一、韻鏡概說

《韻鏡》一書，中土久佚，卻盛傳於日本。清黎庶昌使日，偶獲永祿本，因刻之為《古逸叢書》，於是《韻鏡》復流傳於國內。《韻鏡》何時流傳至日本？享保年間河野通清在《韻鑑古義標注》所引記云：

> 皇和人王八十九世，龜山院文永之間，南都轉經院律師始得《韻鏡》於唐本庫⓫焉。然不知有甚益。又同時有明了房信範能達悉曇，掛錫於南京極樂院，閱此書而即加和點，自是

皆悉攝盡：

以彼羅(盧何反)家(古牙反)攝此阿阿引；以彼支(章移反)之(止而反)微(无飛反)攝此伊伊引；以彼魚(語居反)虞(語俱反)模(莫胡反)攝此鄔烏引；以彼佳(胡膎反)齊(徂兮反)皆(古諧反)移(成西反)灰(呼恢反)咍(呼來反)攝此醫愛；以彼蕭(蘇聊反)霄(相焦反)周(之牛反)幽(於虯反)侯(胡溝反)肴(胡交反)豪(胡刀反)攝此污奧；以彼東(德紅反)冬(都宗反)江(古邦反)鍾(之容反)陽(移章反)唐(徒郎反)京(古行反)爭(側耕反)青(倉經反)清(七精反)蒸(七應反)登(都藤反)春(尺倫反)臻(側詵反)文(武分反)魂(戶昆反)元(愚袁反)先(蘇前反)仙(相然反)山(所姦反)寒(胡安反)琴(渠今反)覃(徒含反)談(徒甘反)咸(胡讒反)嚴(語坎反)，添(他兼反)，鹽(余占反)及以入聲字，攝此暗惡。如攝韻頭，從韻皆攝。以彼平上去入之響，攝此短聲，或呼平聲，或呼上聲，及以長聲引呼并以涅槃者也。其中悉曇中過哩(二合)過梨(二合)二字，此方都無，所謂童蒙不能學，豈非此哉！——《悉曇藏》卷二。見《等韻源流》17-18頁。

⓫ 原注：唐庫本之唐，有人誤解為唐朝者，非是。蓋指中國書之庫而言。

《韻鏡》流行本邦也。

東京帝國大學國語研究室所藏之《韻鏡看拔集》卷首云：

南部轉經院律師，此《韻鏡》久雖所持不能讀之間，上總前司公氏屬令點處，非悉曇師難叶，終返之。爰小河嫡弟明了房聖人有之。悉曇奧義究日域無雙⑫人屬之，初加點者也。

又東京帝國大學國語研究室所藏之明了房信範書寫之複寫本，日人名為'信範本奧書'，有如此記載：

本云　建長四年二月十二日書寫了明了房信範
彌勒二年丁卯三月十五日書寫了　主什舜
韻之字假名私印付之了
武州多西郡小河內峯　於曇華菴　書之了
慶長十年九月求是
高野山往生院於寶積院深秀房從手前是傳者也。
生國讚州屋嶋之住僧也　龍嚴　俊善房之
今□俊之

由此數條記載看來，明了房信範實為日本與《韻鏡》發生密切關係之人。至於明了房信範之時代，一則曰在龜山院文永之間加點

⑫　原注：案此語應作「究悉曇奧義，日域無雙。」

此書，一則曰建長四年二月十二日書寫此書。龜山天皇文永相當於宋理宗景定五年至度宗咸淳十年（1264-1274），建長四年即宋理宗淳祐十二年（1252），然享祿（明嘉靖）本《韻鏡》載有張麟之紹興辛巳（三十一年，即 1161）序，慶元丁巳（三年，即 1197）重刊字樣，更有嘉泰三年（1201）序一篇。依此可知《韻鏡》三版成後四、五十年方傳入日本。

二、《韻鏡》之分等及其對韻書韻母之措置

《韻鏡》一書之組成，實將韻書平上去入各韻配合，合四聲四等併二百零六韻以為四十三轉，後舉平以賅上去入，列《韻鏡》四十三轉各等字之韻目，以明《韻鏡》分等歸轉與韻書各韻之關係。

等第 / 轉次	一	二	三	四
第　一	東	(東)✸	東	(東)

✸東韻有二類韻母，紅公東一類為開口呼，無變聲，故為古本韻之洪音，例置一等；弓戎中等為齊齒呼，有變聲，故為今變韻細音，例置三等。凡二等與四等之韻目，外加括號( )者，表示原則上該韻該等無字，今有字者，乃受韻圖編排之影響而安插於此者。其理由容後詳述。

等第 / 轉次	一	二	三	四
第　二	冬	(鍾)	鍾	(鍾)

冬韻一類韻母為合口呼，無變聲，故為古本韻之洪音，例排一等。鍾韻一類韻母為撮口呼，有變聲，故為今韻之細音，例置三等。二等與四等為借位者。

等第 轉次	一	二	三	四
第　三	○	江	○	○

江韻一類韻母，為開口呼，有變聲，故為今變韻之洪音，例置二等。

等第 轉次	一	二	三	四
第四、五✸	○	(支)	支	(支)

✸一韻之字分見兩轉者，為開合之不同。按支韻有開口細音一類，合口細音一類，均有變聲，故為今變音之細音，例置三等。開口細音在第四轉三等，合口細音在第五轉三等。

等第 轉次	一	二	三	四
第六、七	○	(脂)	脂	(脂)

脂韻有開口細音及合口細音兩類，有變聲，故為今變韻之細音，例置三等。開口細音在第六轉三等，合口細音在第七轉三等。

等第 轉次	一	二	三	四
第　八	○	(之)	之	(之)

之韻一類為開口細音，有變聲，故為今變音之細音，例置三等。

等第 轉次	一	二	三	四
第九、十	○	○	微[廢]✸	

✸去聲祭泰夬廢四韻，無與相配之平上入韻，《韻鏡》以祭韻字插入十三、十四兩轉空缺處。泰韻插入十五、十六兩轉空缺處。夬廢兩韻無處安排，只得將廢韻置於九、十兩轉入聲地位，夬韻置於十三、十四兩轉入聲地位，而注明「去聲寄此。」微韻有開口細音合口細音兩類，有變聲，故為今變音之細音，例置三等。開口細音置於第九轉入聲三等，合口細音置於第十轉入聲三等，而於右下注明「入聲寄此」。

等第 轉次	一	二	三	四
第十一	○	（魚）	魚	（魚）

魚韻為開口細一類，有變聲，為今變韻之細音，例置三等。

等第 轉次	一	二	三	四
第十二	模	（虞）	虞	（虞）

模韻一類為合口洪音，無變聲，為古本音之洪音，例置一等。虞韻一類為合口細音，有變聲，為今變音之細音，例置三等。

等第 轉次	一	二	三	四
第十三、十四	灰、咍✵	皆、[夬]✵	咍、齊、[祭]✵	齊

✵凡並列之二韻目，中間以(、)號隔開者，表二者係開合關係而隸分兩韻。夬韻寄放在十三、十四兩轉入聲二等地位，祭韻插入十三、十四兩轉三等空缺處。第十三轉三等咍齊兩韻僅平上有字，故祭韻得插入去聲，十四轉三等僅有祭韻字。新雄謹案：灰韻為合口洪音，無變聲，故為古本音之洪音，故例置一等，《韻鏡》列十四轉合口一等是也。咍韻為開口洪音，無變聲，故為古本音之洪音，例置一等，《韻鏡》列第十三轉開口一等是也。皆韻有開口洪音、合口洪音二類，有變聲，故為今變韻之洪音，例置二等。夬韻亦有開口洪音、合口洪音二類，有變聲，故為今變音之洪音，亦例置二等，然去聲二等有怪韻在，故乃借入聲二等處插入，而注明去聲寄此。祭韻有開口細音、合口細音二類，有變聲，故為今變韻之細音，例置三等。祭韻有少部分平上聲字寄放於咍齊兩韻，故咍齊兩韻亦有部分三等字，純為祭韻寄放者。齊韻有開口細音與合口細音兩類，無變聲，為古本音之細音，故例置四等。

等第 轉次	一	二	三	四
第十五、十六	泰	佳	○	(祭)

泰韻有開口洪音、合口洪音兩類，無變聲，為古本音之洪音，例置一等。（按泰韻黃侃列為今變音，純因聲調屬去聲，為今變調之故。）佳韻有開口洪音與合口洪音兩類，有變聲，故為今變音之洪音，例置二等。

等第／轉次	一	二	三	四
第十七、十八	痕、魂	臻	真、諄	（真、諄）

痕韻一類開口洪音，無變聲，故為古本音洪音，例置一等，魂韻為合口洪音，無變聲，故為古本音洪音，亦例置一等。臻韻為開口洪音，有變聲，故為今變音洪音，例置二等。真韻為開口細音一類，有變聲，故為今變音之細音，例置三等。諄為合口細音一類，有變聲，故為今變音之細音，例置三等。

等第／轉次	一	二	三	四
第十九、二十	○	○	欣、文	○

欣韻有開口細音一類，有變聲，故為今變音細音，例置三等；文韻有合口音一類，有變聲，亦為今變韻細音，故亦置三等。惟欣在外轉十九開，而文在外轉二十合為異耳。

等第 / 轉次	一	二	三	四
第廿一、廿二	○	山	元	(仙)

山韻有開口洪音與合口洪音二類，有變聲，故為今變韻之洪音，故例置二等。元韻有開口細音與合口細音二類，有變聲，故為今變韻之細音，例置三等。

等第 / 轉次	一	二	三	四
第廿三、廿四	寒、桓	刪	仙	先

寒韻一類為開口洪音，無變聲，故為古本韻之洪音，例置一等；桓韻一類為合口洪音，無變聲，故為古本韻之洪音，例置一等。刪韻有開口洪音與合口洪音二類，有變聲，故為今變韻之洪音，例置二等。仙韻有開口細音與合口細音兩類，有變聲，故為今變韻之細音，例置三等。先韻有開口細音與合口細音兩類，無變聲，為古本韻之細音，例置四等。

等第 / 轉次	一	二	三	四
第二十五	豪	肴	宵	蕭

豪韻一類開口洪音，無變聲，為古本韻之洪音，例置一等。肴韻一類開口洪音，有變聲，為今變韻之洪音，例置二等。宵韻一類開口細音，有變聲，故為今變韻細音，例置三等。蕭韻一類開口細音，

無變聲，故為古本韻之細音，例置四等。

等第／轉次	一	二	三	四
第二十六	○	○	○	(宵)

四等處之宵韻因韻圖編排關係，借位於此。

等第／轉次	一	二	三	四
第二十七	歌	○	戈	○

歌韻一類開口洪音，無變聲，故為古本韻之洪音，例置一等。

等第／轉次	一	二	三	四
第二十八	戈	○	戈	○

戈韻有三類韻母，禾戈波和婆一類為合口洪音，無變聲，故為古本韻之洪音，例置一等。迦伽一類為開口細音，有變聲，故為今變韻之細音，例置三等應補列於二十七轉三等處。鞾瘸一類為合口細音，有變聲，故為今變韻之細音，例置三等。

等第／轉次	一	二	三	四
第廿九、三十	○	麻	麻	(麻)

麻韻有三類韻母，霞加巴牙一類為開口洪音，有變聲，故為今變韻

之洪音，例置二等；花瓜華一類為合口洪音，有變聲，故為今變韻之洪音，例置二等。遮嗟邪車奢一類為開口細音，故為今變韻之細音，例置三等。

等第 轉次	一	二	三	四
第卅一、卅二	唐	(陽)	陽	(陽)

唐韻有開口洪音與合口洪音兩類，無變聲，故為古本韻之洪音，例置一等。陽韻有開口細音與合口細音二類，有變聲，故為今變韻之細音，例置三等。

等第 轉次	一	二	三	四
第卅三、卅四	○	庚	庚	(清)

庚韻有開口洪音，合口洪音、開口細音，合口細音四類，有變聲，故為今變韻之洪細，洪音置二等，細音置三等。

等第 轉次	一	二	三	四
第卅五、卅六	○	耕	清	青

耕韻有開口洪音與合口洪音兩類，有變聲，故為今變韻之洪音，例置二等。清韻有開口細音與合口細音兩類，有變聲，故為今變韻之

細音，例置三等。青韻有開口細音與合口細音兩類，無變聲，故為古本韻之細音，例置四等。

等第 轉次	一	二	三	四
第卅七	侯	（尤）	尤	（尤）（幽）⓭

侯韻開口洪音一類，無變聲，為古本韻之洪音，例置一等。尤韻開口細音一類，有變聲，故為今變韻之細音，例置三等。幽韻開口細音一類，有變聲，故為今變韻之細音，例置三等，今置於四等者，因幽韻僅脣牙喉下有字，實為與尤韻相配之重紐字，借位到四等處者，其後尤、幽分為二韻，此等重紐相配之關係，遂漸不為人知，故有以幽韻置四等而置疑者，今釋其故於此。

等第 轉次	一	二	三	四
第卅八	○	（侵）	侵	（侵）

侵韻僅開口細音一類，有變聲，故為今變韻之細音，例置三等。

等第 轉次	一	二	三	四
第卅九	覃	咸	鹽	添

覃韻開口洪音一類，無變聲，故為古本韻之洪音，例置一等。咸韻開口洪音一類，有變聲，故為今變韻之洪音，例置二等。鹽韻開口

⓭　按第卅七轉四等尤韻僅有齒頭及喻母字，其餘為幽韻字。

細音一類，有變聲，為今韻之音，例置三等。添韻開口細音一類，無變聲，故為古本韻之細音，例置四等。

等第 轉次	一	二	三	四
第四十	談	銜	嚴	(鹽)

談韻開口洪音一類，無變聲，故為古本韻之洪音，例置一等。銜韻開口洪音一類，有變聲，故為今變韻之洪音，例置二等。嚴韻開口細音一類，有變聲，故為今變韻之細音，例置三等。

等第 轉次	一	二	三	四
第四十一	○	○	凡	○

凡韻只有合口細音一類，有變聲，故為今變韻之細音，例置三等。

等第 轉次	一	二	三	四
第四二、四三	登	(蒸)	蒸	(蒸)

登韻有開口洪音及合口洪音兩類，無變聲，為古本韻之洪音，例置一等。蒸韻開口細音一類，入聲職有開口細音、合口細音二類，有變聲，為今變韻之細音，例置三等。

《韻鏡》在各轉下均注明「開」、「合」或「開合」，大致說來，開與合相當於現代廣義之「開口」與「合口」。至於「開合」，則意義欠明確。羅常培校以《通志·七音略》之重輕，以為是由「開」與「合」誤添而成者，其說是也，今從之。

三、《韻鏡》對韻書聲母之安排

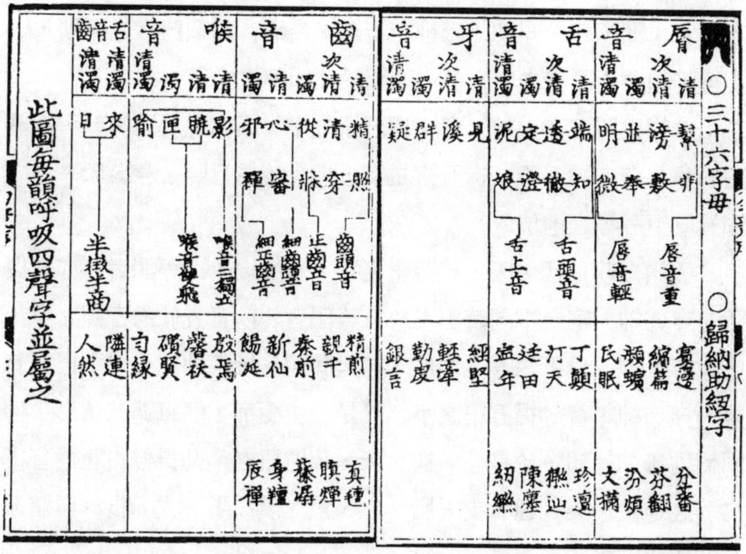

○三十六字母　○歸納助紐字

音	清濁	字母	歸納助紐字
脣音	清	幫／非	賓邊／分番
脣音	次清	滂／敷	繽篇／芬翻
脣音	濁	並／奉	頻蠙／汾煩
脣音	清濁	明／微	民眠／文樠
舌音	清	端／知	丁顛／珍邅
舌音	次清	透／徹	汀天／撚辿
舌音	濁	定／澄	廷田／陳廛
舌音	清濁	泥／娘	寧年／紉[illegible]
牙音	清	見	經堅
牙音	次清	溪	輕牽
牙音	濁	群	勤虔
牙音	清濁	疑	銀言
齒音	清	精／照	精煎／真氈
齒音	次清	清／穿	親千／瞋燀
齒音	濁	從／牀	秦前／榛潺
齒音	清	心／審	新仙／身羶
齒音	濁	邪／禪	餳涎／辰禪
喉音	清	影	殷焉
喉音	清	曉	馨祆
喉音	濁	匣	礥賢
喉音	清濁	喻	勻緣
舌音齒	清濁	來	鄰連
舌音齒	清濁	日	人然

脣音重　脣音輕　舌頭音　舌上音　齒頭音　正齒音　細齒頭音　細正齒音　喉音三獨立　喉音雙飛　半徵半商

此圖每韻呼吸四聲字並屬之

韻書聲母系統有四十一類，《韻鏡》所據者則為守溫之三十六字母。但其書不標字母，僅列脣音四行，舌音四行，牙音四行，齒音五行，喉音四行，及舌齒音二行，共二十三行。每音之中，又細分為清、次清、濁、清濁，或清、濁等類。其分聲與字母之關係如前表。

四、《韻鏡》與韻書系統之參差

《韻鏡》歸字與韻書系統比較，常發生不合理之現象，茲分述其原因，及《韻鏡》處理之方式：

㈠使韻圖格式不能適合韻書系統之首要原因，乃由於三十六字母與韻書聲紐系統不盡相合，其中最足以影響韻圖歸字者，則為三十六字母之照、穿、床、審、喻五母分別包含絕不相同之兩類反切上字。（即照莊、穿初、床神、審疏、為喻）韻圖歸字之原則，絕不可將韻書不同音之字合併。韻圖於此類字之處理方式如下：

1.韻書照、穿、神、審、禪五紐之字，僅出現於三等韻，故韻圖於照、穿、神、審、禪五紐之字，均置於齒音照、穿、床、審、禪五母下三等之地位。

2.韻書莊、初、床、疏四紐之字，有出現於二等韻者，亦有與照、穿、神、審、禪同時出現於三等韻者。前者置於齒音照、穿、床、審、禪五母下二等之地位，自無問題。後者則此五母下已排有照、穿、神、審、禪五紐之字，於是發生衝突，然每遇此情形，恰同轉均無二等韻，於是莊、初、床、疏四紐之字乃得侵占正齒音下二等之地位。東、鍾、支、脂、之、魚、虞、陽、尤、侵、蒸諸韻莫非如此安排。

3.「為」「喻」兩紐之字均出現於三等韻，韻圖乃以「為」紐字置於喉音「清濁」欄下三等之地位，而《廣韻》「喻」紐字，若同轉四等無字者，乃借用同轉喉音「清濁」欄下四等之地位。若同轉四等已有字者，乃改入相近之另一轉，仍置於「清濁」欄下四等之地位，若無相近之轉，則為之另立一新轉，亦置四等喉音「清濁」欄下四等之地位。因為凡一、二、四等性之韻母均無喻紐字。

㈡影響韻圖格式之次要原因，則為齒音五母與正齒五母併行排列。正齒音莊、照兩系既已佔據齒音下二等與三等之地位，則齒頭音惟有列於一、四等矣。齒頭音概無二等字，屬於一等韻者，列於一等之地位，屬於四等韻者，列於四等之地位，均無問題。惟三等韻之字因三等地位已為正齒音之照、穿、神、審、禪五紐字所佔據，自不能再安置於三等矣。於此情形，《韻鏡》處理之方式為：

1.凡同轉四等齒音無字者，乃借用同轉四等之地位。如東、鍾、支、脂、之、魚、虞、真、諄、陽、尤、侵、蒸諸韻皆然。

2.凡同轉四等已有字者，乃改入相近之另一轉，如祭、仙、清、鹽諸韻。

3.若無相近之轉，則為之另列一新轉，如宵韻是也。

㈢三十六字母幫、非兩系之字，亦不盡與韻書相同，但並不影響韻圖歸字。因為韻書反切上字屬非敷奉微者，只有在東、鍾、微、虞、廢、文、元、陽、尤、凡十韻中，三十六字母始歸入非敷奉微。在其他各韻則與韻書反切上字屬於幫滂並明者，三十六字母均歸入幫滂並明。凡字母屬非敷奉微之字，韻圖皆列三等，字母屬幫滂並明之字，一、二、三、四等俱全，一等字列於一等之地位，二等字列於二等之地位，三等字列於三等之地位。四等字列於四等之地位，均無問題。

㈣舌頭四母與舌上四母《韻鏡》亦併行排列，屬端透定泥之字置於一、四兩等，屬知徹澄娘之字，列於二、三兩等，因端系只有一、四等，而知系則惟有二、三等也。

㈤韻圖列轉分等，另一特殊現象，即支、脂、真、諄、祭、仙、宵諸韻有部分脣（幫系）、牙（見系）、喉（影、曉）音之三等字，伸入四等，如同轉四等有空位，即佔據同轉四等之地位。如同轉四等已有真正之四等字，則改入相近之轉，如無相近之轉，則為之另立新轉。與齒頭音之情形相同。

然就切語觀之，此類字與同韻而韻圖置於三等之舌齒音實為一類。且《四聲等字》「辨廣通侷狹例」云係三等字通及四等也。⓮可見此類字之置於四等，確有問題。

此類字於某種情形，如支韻之「卑𧿳陴彌祇詑」之伸入四等，或可謂係因本韻已有同聲母之「陂鈹皮縻奇犧」佔據三等之地位，不得已而出此。然而祭韻之「蔽潎弊袂」《韻鏡》十三轉三等地位有空而不排，卻排於十五轉之四等（不得置於十三轉之四等，因該處已有真正四等霽韻之「閉媲薜謎」四字）。則可知非純為借位之問題矣。

且無論何種韻圖，就上列各韻詳加研究之後，即可發現脣、牙、喉音之下，何類字入三等？何類字入四等？皆有條不紊。故知韻圖之安排，實有其道理。董同龢先生以為支脂真諄祭仙宵諸韻之脣牙喉音字，實與三等有關係，而韻圖雖三等有空卻置入四等者，乃因等韻之四等型式下，納入三等之韻母，事實上尚有一小類型，即支脂……諸韻之脣牙喉音字之排入四等者。⓯按董說亦有其缺點，承認董說，不但否定《切韻》一書之基本性質，且尚得承認

⓮ 《四聲等子·辨廣通侷狹例》云：「廣通者，第三等字通及第四等字；侷狹者，第四等字少，第三等字多也。凡脣牙喉下為切，韻逢支、脂、真、諄、仙、祭、清、宵八韻及韻逢來日知照正齒第三等，並依通廣門法於第四等本母下求之。（如余之切頤字，碑招切標字）

⓯ 董同龢《漢語音韻學·第六章等韻圖》云：「在支、脂……諸韻的脣牙喉音之中，只有一部分是和普通三等韻的字一樣，就是韻圖排入三等的字；但另外還有一部分，他們獨成一個小的類型，為不使與普通的三等字混，韻圖竟不惜費許多周折，使他們"通"到四等去，由此可知，在韻圖四等的地位，上述喻母與齒頭音字之外，又另有支、脂……諸韻的脣牙喉音也不是真正的四等字。

《廣韻》同一韻中有主要元音之韻母存在，此恐非事實。⑯余以為支、脂、真、諄、祭、仙、宵諸韻皆有兩類支韻來源，以黃季剛先生古本韻之理說明之如下：

支韻有兩類來源，一自其本部古本韻變來[變韻中有變聲]者，即卑跛陴彌祇詑一類字；一自他部古本韻變來[半由歌戈韻變來]者，即陂鈹皮縻奇犧一類字。韻圖之例，凡自本部古本韻變來者，例置四等，（所以置四等者，因為本部古本韻脣舌牙齒喉各類皆有，將脣牙喉字列於四等，因與三等舌齒音有聯繫，不致於誤會為四等字。）自他部古本韻變來者，例置三等。（所以置三等者，因只有脣牙喉音之字，不與舌齒音相聯繫，置於三等亦不至於誤會為其他等第之字。）祭韻蔽潎弊袂十三轉三等有空而不排，而要置於十五轉之四等者，亦因祭韻有兩類來源，一自其本部古本韻曷末韻變來[入聲變陰去]者，即蔽潎弊袂藝等一類字；一自他部古本韻沒變來[半由魂韻入聲變來]者，即劓字等。自本部古本韻變來者，例置四等，故蔽潎弊袂等字置於四等也。自他部古本韻古本韻變來者，例置三等。然他部古本韻變來者，適缺脣音字，故脣音三等雖有空亦不得排也。其他各韻亦莫不有兩類古本韻來源。

董同龢先生〈廣韻重紐試釋〉一文，表列支脂真諄仙祭宵各類重紐，並附以《廣韻》切語，分辨最為清析，今師其意，亦表列各韻重紐於下：

---

⑯ 董同龢《漢語音韻學·第七章中古音系》把置於三等的脣牙喉音認為元音較鬆，置於四等的元音較緊。支韻三等擬作-jĕ；支韻四等擬作-je。脂韻三等擬作-jĕi；四等擬作-jei等等。

聲紐\韻目\等第	支		紙		寘	
	三	四	三	四	三	四
脣	陂彼為	卑府移	彼甫委	俾并弭	賁彼義	臂卑義
	鈹敷羈	岥匹支	破匹靡	諀匹婢	帔披義	譬匹賜
	皮符羈	陴符支	被皮彼	婢便俾	髲平義	避毗義
音	縻靡為	彌武移	靡文彼	弭綿婢		
牙	羈居宜		掎居綺	枳居紙	寄居義	馶居企
	攲去寄		綺墟彼	企丘弭	𡯁卿義	企去智
音	奇渠羈	祇巨支	技渠綺		芰奇寄	
(開)	宜魚羈		螘魚綺		議宜寄	
喉	漪於離		倚於綺		倚於義	縊於賜
音	犧許羈	詑香支			戲香義	
(開)		移弋支		酏移爾		
牙	媯居為	規居隨	詭過委		瞡詭偽	瞡規恚
	虧去為	闚去隨	跪去委	跬丘弭		觖窺瑞
音			跪渠委			
(合)	危魚為		硊魚毀		偽危睡	
喉	逶於為		委於詭		餧於偽	恚於避
音	麾許為	隓許規	毀許委		毀況偽	孈呼恚
(合)	為薳支	蓨悅吹	蔿韋委	蓶羊捶	為于偽	瓗以睡

聲紐\韻目\等第	脂		旨		至	
	三	四	三	四	三	四
脣	悲府眉		鄙方美	匕卑履	祕兵媚	痹必至
	丕敷悲	紕匹夷	嚭匹鄙		濞匹備	屁匹寐
	邳符悲	毗房脂	否符鄙	牝扶履	備平祕	鼻毗至
音	眉武悲		美無鄙		郿明祕	寐彌二
牙	飢居夷		几居履		冀几利	
音					器去冀	棄詰利
(開)	耆渠脂		跽暨几		臮具冀	

	狋牛肌				劓魚器	
喉		伊於脂	歖於几		懿乙冀	
音		咦喜夷			齂虛器	
(開)		姨以脂				肄羊至
牙	龜居追		軌居洧	癸居誄	媿俱位	季居悸
音	巋丘追		巋丘軌		喟丘媿	
(合)	逵渠追	葵渠惟⑰	郈暨軌	揆求癸	匱求位	悸其季
喉						
音		倠許維		瞲火癸	豷許位	侐火季
(合)	帷洧悲	惟以追	洧榮美	唯以水	位于愧	遺以醉

聲紐\韻目	真、諄		軫、準		震、稕		質、術	
\等第	三	四	三	四	三	四	三	四
脣	彬府巾	賓必鄰				儐必刃	筆鄙密	必卑吉
	砏普巾	繽匹賓				汖撫刃		匹譬吉
	貧符巾	頻符真		牝毗忍			弼房筆	邲毗必
音	珉武巾	民彌鄰	愍眉殞	泯武盡			密美筆	蜜彌畢
牙	巾居銀			緊居忍			暨居乙	吉居質
				螼棄忍		菣去刃⑱		詰去吉
音 (開)	殣巨巾	趣渠人切			僅渠遴		姞巨乙	

⑰ 董同龢注：「《廣韻》渠追切，與逵字音切全同，此依《切韻》殘卷。」

⑱ 董同龢注曰：「《廣韻》震韻末有螼字'羌印切'，《切韻》殘卷與王仁昫《刊謬補缺切韻》均不見，當係增加字。《韻鏡》以之置四等，而以'菣'置三等，非是。《七音略》二字俱無。此據《四聲等子》與《切韻指南》。兩書三等皆燉韻字，足見'菣'當在四等。《切韻指掌圖》'菣'亦在四等，但又以'螼'入三等則非。」

	銀語巾		釿宜引		憖魚覲		耴魚乙	
喉	䅿於巾	因於真				印於刃	乙於筆	一於悉
音					衅許覲		肸羲乙	欯許吉
(開)		寅翼真		引余忍		胤羊晉	颲于筆	逸夷質
牙	麏居筠	均居匀				昀九峻		橘居聿
音	囷去倫			縻丘尹⑲				
(合)			窘渠殞					
喉	贇於倫							
音								狘許聿⑳
(合)	筠為贇	匀羊倫	殞于敏	尹余準				聿余律

聲紐\韻目\等第	仙		獮		線		薛	
	三	四	三	四	三	四	三	四
脣		鞭卑連	辡方免	褊方緬	變彼眷		箣方別	鷩并列
		篇芳連	鴘披免			騗匹戰		瞥芳滅
		便房連	辯符蹇	楩符善	卞皮變	便婢面	別皮列	
音		綿武延	免亡辯	緬彌兗		面彌箭		滅亡列
牙								
	愆去乾			遣去演		譴去戰	朅丘竭	
音	乾渠焉		件其輦				傑渠列	
(開)			齴魚變		彥魚變		孽魚列	
喉	焉於乾		㫨於蹇		躽於扇			蜎於列

⑲ 董同龢注曰：「此從《切韻指掌圖》。《韻鏡》與《七音略》三等有'捆'字，實隱韻'趣'字之誤。準韻無此字也。」

⑳ 董同龢注曰：「《韻鏡》錄'獝'字。按'獝'為增加字，不應有。此從《指掌圖》。《七音略》以'眓'置三等，'獝'置四等亦非。」

音	嗎許焉						娎許列	
(開)	漹有焉	延以然						抴羊列
牙	勬居員		卷居轉		眷居倦	絹吉掾	蹶紀劣	
	弮丘圓				䩭區倦			缺傾雪
音	權渠員		圈渠篆	蜎狂兗	倦渠卷			
(合)								
喉	嬽於權	娟於線					噦乙劣	妜於悅
音		翾許緣		蠉香兗				旻許劣
(合)	員王權	沿與專		兗以轉	瑗王眷	緣以絹		悅弋雪

聲紐\韻目	祭	
\等第	三	四
脣		蔽必袂
		潎匹蔽
		獘毗祭
音		袂彌蔽
牙	猘居例	
音	憩去例	
(開)	偈其憩	
	劓牛例	藝魚祭
喉	褐於罽	
音		
(開)		曳餘制
牙	劌居衛	
音		
(合)	緣五吠	
喉		
音	喙呼吠	
(合)	衛于劌	銳以芮

聲紐\韻目\等第	宵		小		笑	
	三	四	三	四	三	四
脣	鑣甫嬌	飆甫遙	表陂矯	標方小	裱方廟	
		漂撫昭		縹敷沼		剽匹妙
		瓢符霄	藨平表	摽符少		驃毗召
音	苗武瀌	蜱彌遙		眇亡沼	廟眉召	妙彌笑
牙	驕舉喬		矯居夭			
	趫起囂	蹻去遙				趬丘召
	喬巨嬌	翹渠遙	蹻巨夭		嶠渠廟	翹巨要
音						獻牛召
喉	妖於喬	邀於宵	夭於兆	闄於小		要於笑
	囂許嬌					
音	鴞于嬌	遙餘昭		鷕以沼		燿弋照

除以諸韻外，尚有侵韻與鹽韻兩韻有重紐，今亦列表說明於下：

聲紐\韻目\等第	侵		寢		沁		緝	
	三	四	三	四	三	四	三	四
喉音	音於金	愔挹淫					邑於汲	揖伊入

聲紐\韻目\等第	鹽		琰		豔		葉	
	三	四	三	四	三	四	三	四
喉音	淹央炎	懕一鹽	奄衣檢	黶於琰	愴於驗	厭於豔	敆於輒	魘於葉

關於重紐的區別，丁邦新〈重紐的介音差異〉㉑一文對前賢的

㉑ 見《聲韻論叢》第六輯37-62頁，1997年4月臺灣學生書局出版，臺北市。

說法，作了歸納，認為目前的異說有三派：第一派認為區別在元音，如董同龢（1945）㉒、周法高（1945）㉓、Nagel（1941）㉔。第二派認為區別在於聲母，如三根谷徹（1953）㉕、橋本萬太郎（Hashimoto 1979）㉖、周法高（1986）㉗。第三派認為區別在介音，如陸志韋（1939）㉘、有坂秀世（1937-39）㉙、王靜如

㉒ 指董同龢〈廣韻重紐試釋〉，原刊《六同別錄》，又見《中央研究院歷史語言研究所集刊》（以下簡稱《史語所集刊》）13：1-20。又見丁邦新編《董同龢先生語言學論文選集》13-32 頁。食貨出版社，民國六十三年（1974）十一月，台北市。董同龢巧妙地把重紐三等字的元音認為稍關稍緊，重紐四等字的元音稍開稍鬆。在三等元音上加一ˇ號。

㉓ 指周法高〈廣韻重紐的研究〉，原刊《六同別錄》又見《史語所集刊》13：49-117。又見周法高《中國語言學論文集》1-69 頁，聯經出版事業公司，民國六十四年九月，台北市。周法高以重紐三等的元音為[ɛ̝]，紐四等的元音為[ɛ̞]。

㉔ 指 Nagel, Paul "Beitrage zur rekonstruktion der Ts'ic-yün sprache auf grund von Ch'en Li's Ts'ic-yün", T'oung Pao 36:95-118. 又見周法高〈古音中的三等韻兼論古音的寫法〉一文所引，載《中國語言學論文集》125-150 頁。Nagel 以重紐三等的主要元音為 ä，重紐四等的主要元音為 ē等等。

㉕ 見三根谷徹，1953，〈韻鏡の三四等について〉（關於韻鏡的三四等），《語言研究》22.23：56-74。三根谷徹把重紐的區別解釋為顎化與不顎化，即重紐三等的聲母是不顎化的，重紐四等的聲母是顎化的。見平山久雄〈重紐問題在日本〉。載《聲韻論叢》第六輯 18-20 頁。

㉖ 指 Hashimoto, Mantaro 1978-1979 *Phonology of Ancient Chinese, 2 vols, Institute* for the Study of Languages and Cultures of Asia and Africa.

㉗ 指周法高〈隋唐五代宋初重紐反切研究〉，《中央研究院第二屆國際漢學會議論文集》85-110 頁。

㉘ 指陸志韋〈三四等與所謂喻化〉，《燕京學報》26：143-173。又見《陸志韋語言學著作集》477-506 頁。陸氏以重紐三等介音為ɪ，重紐四等介音為i。見《古音說略》48 頁。

（1941）❿、余迺永（1985：172-180）⓫。除丁氏所說各家之外，尚有龍宇純兄重紐三等介音為j，四等為ji。見〈廣韻重紐音值試兼論幽韻及喻母音值〉⓬，李新魁兄《漢語音韻學》認為重紐三等為脣化聲母，四等非脣化聲母⓭。丁邦新〈重紐的介音差異〉一文主張重紐三等有 rj 介音，重紐四等有 i 介音。認為這種區別保留在《切韻》時代，到了《韻鏡》時代，三等的 rj 介音變成了 j，而重紐四等則為 i。這裏我要特別介紹龔煌城兄的〈從漢藏語的比較看重紐問題〉⓮一文，認為重紐三等在上古有*rj 介音，重紐四等在上古音有*j 介音。龔兄文中認為*rj 與*j 的區別，可以造成中古元音差異，也可以影響到中古兩者合併。其說甚為通達，在個人看來應是各種說法當中最足以令人信服者。我在〈今本《廣韻》切語下字系聯〉一文，對各種說法，有所評論，茲錄於後：

(A)董同龢〈廣韻重紐試釋〉、周法高〈廣韻重紐研究〉、張琨

㉙ 指有坂秀世〈カールグレン氏の拗音説を評す〉，見《國語音韻史の研究》(1944：327-357)，三省堂，東京。有坂秀世認為重紐三等介音為ɨ̯，四等介音為i̯。參見平山久雄〈重紐問題在日本〉8 頁。

㉚ 指王靜如〈論開合口〉，《燕京學報》29：143-192。王氏也以重紐三等為ı，四等為i。

㉛ 指余迺永《上古音系研究》，香港中文大學出版社。余氏以重紐三等介音為j，重紐四等介音為i。

㉜ 龍宇純兄此文載於新近出版《中上古漢語音韻論文集》47-77 頁。五四書店有限公司。民國九十一年十二月，台北市。

㉝ 李新魁《漢語音韻學》以為重紐三等是脣化聲母，重紐四等非脣化聲母。見《漢語音韻學》190 頁。北京出版社，1986 年 1 月，北京市。

㉞ 龔煌城〈從漢藏語的比較看重紐問題〉，《聲韻論叢》第六輯 195-243 頁。

夫婦〈古漢語韻母系統與切韻〉、納格爾〈陳澧切韻考對於切韻擬音的貢獻〉諸文，都以元音的不同來解釋重紐的區別。自雅洪托夫、李方桂、王力以來，都認為同一韻部應該具有同樣的元音。今在同一韻部之中，認為有兩種不同的元音，還不是一種令人信服的辦法。

⑻陸志韋〈三、四等與所謂喻化〉、王靜如〈論開合口〉、李榮〈切韻音系〉、龍宇純〈廣韻重紐音值試兼論幽韻及喻母音值〉、蒲立本〈古漢語之聲母系統〉、藤堂明保《中國語音韻論》皆以三、四等重紐之區別，在於介音的不同。筆者甚感疑惑的一點是：從何判斷二者介音之差異？若非見韻圖按置於三等或四等，則又何從確定乎！我們正須知道它的區別，然後再把它擺到三等或四等去。現在看到韻圖在三等或四等，然後說它有什麼樣的介音，這不是倒果為因嗎？至於藤堂明保以三等為 rj 介音，四等為 j 介音，這一點與我們中古文學的音聲鏗鏘完全不符。丁邦新兄以三等為 rj，四等為 i，亦有同樣的質疑。且《切韻·序》云：「凡有文藻，即須明聲韻。」所以《切韻》之編定本來就是以「賞知音」為手段，而達到「廣文路」的目的。若說在《切韻》中尚有-rj-介音存在，則像薛道衡〈秋日遊昆明池〉詩：「灞陵因靜退，靈沼暫徘徊。新船木蘭檝，舊宇豫章材。荷心宜露泫，竹徑重風來。魚潛疑刻石，沙暗似沈灰。琴逢鶴欲舞，酒遇菊花開。羈心與秋興，陶然寄一杯。」㉟此詩的「宜」、「羈」、「寄」三字皆重紐三等字，

㉟　丁福保編《全漢三國晉南北朝詩》第六冊 1960-1961 頁。藝文印書館印行。

若謂有-rj-介音，實難想像此詩的音讀是如何的彆扭！

(C)林英津〈廣韻重紐問題之檢討〉、周法高〈隋唐五代宋初重紐反切研究〉、李新魁《漢語音韻學》都主張是聲母的不同，其中以李新魁的說法最為巧妙，筆者以為應是所有以聲母作為重紐的區別諸說中，最為圓融的一篇文章。李氏除以方音為證外，其最有力的證據，莫過說置於三等處的重紐字，它們的反切下字基本上只用喉、牙、脣音字，很少例外，所以它們的聲母是脣化聲母；置於四等處的重紐字的反切下字不單可用脣、牙、喉音字，而且也用舌、齒、音字，所以其聲母非脣化聲母。但是我們要注意，置於三等的重紐字，只在脣、牙、喉下有字，而且自成一類，它不用脣、牙、喉音的字作它的反切下字，它用什麼字作它的反切下字呢？何況還有例外呢！脂韻三等「逵、渠追切」，祭韻三等「劓、牛例切」，震韻三等「鼓、去刃切」、獮韻三等「圈、渠篆切」，薛韻三等「噦、乙劣切」，小韻三等「殀、於兆切」，笑韻三等「廟、眉召切」，葉韻三等「腌、於輒切」，所用切語下字皆非脣、牙、喉音也。雖有些道理，但仍非十分完滿，未可以為定論也。

(D)章太炎先生《國故論衡·音理論》論及重紐區別云：「媯、虧，奇、皮古在歌；規、闚，岐、陴古在支，魏、晉諸儒所作反語宜有不同，及《唐韻》悉隸支部，反語尚猶因其遺跡，斯其證驗最著者也。」董同龢〈廣韻重紐試釋〉一文，也主張古韻來源不同。董氏云：「就今日所知的上古音韻系看，他們中間已經有一些可以判別為音韻來源不同：例如真韻的『彬、砏』等字在上古屬『文部』（主要元音*ə）『賓、繽』等字則屬『真部』（主要元音*e）；支韻的『媯、虧』等字屬『歌部』（主要元音*a）；『規、闃』等字則屬『佳部』（主要元音*e）；質韻的『乙、肸』等字屬『微部』（主要元音*ə）；『一、款』等字則屬『脂部』（主要元音*e）。」至於古韻來源不同的切語，何以會同在一韻而成為重紐？先師林景伊（尹）先生〈切韻韻類考正〉一文，於論及此一問題時說：「虧、闚二音，《廣韻》、《切殘》、《刊謬本》皆相比次，是當時陸氏搜集諸家音切之時，蓋音同而語各異者，因並錄之，並相次以明其實同類，亦猶紀氏（容舒）《唐韻考》中（陟弓）、芇（陟宮）相次之例，嬀、規；祇、奇；靡、隓；陴、皮疑亦同之。今各本之不相次，乃後之增加者竄改而混亂之也。」筆者曾在〈黃季剛先生古音學說是否循環論證辨〉一文中，於重紐之現象亦有所探索。筆者云：「其至於三等韻重紐現象，亦有脈絡可尋。這種現象就是支、脂、真、諄、祭、仙、宵、清諸韻部分脣、牙、喉音三等字，伸入四等。……我曾經試著用黃季剛先生古本音的理論，加以說明重紐現象，因為重紐現象，都有兩類古韻來源，像董同龢先生所指出者。今以支韻重紐字為例，試加解說。支韻有兩類來源，一自其本部古本韻齊變來（參見黃君正韻變韻表。本部古本韻，他部古本韻之名稱今所定，這是為了區別與稱說之方便。凡正韻變韻表中，正韻列於變韻之上方者，稱本部古本韻，不在其上方者，稱他部古本韻）。這種變韻是屬於變韻中有變聲的，即『卑、陂、陴、彌』一類字，韻圖之例，凡自本部古本韻變來的，例置四等。所以置四等者，因為自本部古本韻變來的字，各類聲母都有，舌、齒音就在三等，脣、牙、喉音放置四等，因與三等舌、齒音有連繫，不致誤會為四等韻字。另一類來源則自他部古本韻歌戈韻變來的，就是『陂、鈹、皮、縻』一類字。韻圖之例，從他部古本韻變來的字，例置三等。故『陂、鈹、皮、縻』置於三等，以別於『卑、坡、陴、彌』之置於四等。當然有人會問，怎麼知道『卑、坡、陂、彌』來自本部古本韻齊韻？而『陂、鈹、皮、縻』等字卻來自他部古本韻歌戈韻？這可從《廣韻》的諧聲偏旁看出來。例如支韻從卑得聲之字，在『府移切』音下有卑、鵯、椑、箄、鞞、頼、痺、渒、錍、崥；『符支切』音下有陴、郫、焷、脾、犤、埤、裨、蜱、蠯、螷、蠯、椑、郫；從比得聲之字，在『匹支切』音下有坡；『符支切』音下有魮、紕；從爾得聲之字，在『弋支切』音下有鷂、鼉；『息移切』音下有纚；『武移切』音下有彌、镾、擟、璽、獼、鑈、瓕、靈、穪、瀰等字。而在齊韻，從卑得聲之字，『邊兮切』音下有蜱、榑、焷、箄、觯；『部迷切』音下有鼙、鞞、椑、崥、甈；『匹迷切』音下有剌、錍；從比得聲之字，『邊兮切』音下有幒、螕、蓖、篦、紕、箆、梐、狴、鈚、性；『部迷切』音下有肶、笓；『匹迷切』音下有磇、鵧、批、鈚；從爾得聲之字，在齊韻上聲薺韻『奴禮切』音下有禰、嬭、闟、瀰、鬍、薾、檷、鑈、鞴。這在在顯示出支韻的卑、坡、陴、彌一類字確實是從齊韻變來的。觀其諧聲偏旁可知，因為段玉裁以為凡同諧聲者古必同部。至於從皮得聲之字，在支韻『彼為切』音下有陂、詖、髲、鑋；『敷羈切』音下有鈹、帔、鮍、披、畂、秛、狓、翍、旇、秛、殔；『符羈切』音下有皮、疲；從麻得聲之字，『靡為切』音下有糜、縻、縻、縻，蘼、糠、蘪、靡、醿；而在戈韻，從皮得聲之字，『博禾切』音下有波、紴、碆；『滂禾切』音下有頗、坡、玻；『薄波切』音下有婆、蔢；從麻得聲之字，『莫婆切』音下有摩、麼、麼、䃺、魔、劘、磨、劘、縻、糜、靡。兩相對照，也很容易看出來，支韻的陂、鈹、皮、縻一類字是從歌戈韻變來的。

或者有人說，古音學的分析，乃是清代顧炎武以後的產物，作韻圖的人恐怕未必具這種古音知識。韻圖的作者，雖未必有清代以後古韻分部的觀念，然其搜集文字區分韻類的工作中，對於成套出現的諧聲現象，未必就會熟視無睹，則於重紐字之出現，必須歸字以定位時，未嘗不可能予以有意識的分析。故對於古音來源不同的重紐字，只要能夠系聯，那就不必認為它們有甚麼音理上的差異，把它看成同音就可以了。什麼是「重紐」？我覺得在這裏有必要加以定義。在《切韻》、《廣韻》等韻書中，每一韻之中，每一個○下的字，同一個反切，我們叫韻紐。（前人叫小韻，不知何所取義！）韻紐就是韻中不同的紐（紐是聲紐）。《切韻》、《廣韻》這一類書，本來同音字不出現兩個切語，所以只要出現兩個切語，就是不同的音。本來無所謂重紐，可是在支、脂、真、諄、祭、仙、宵、清、侵、鹽諸韻中，確實出現不同的反切，卻是後世讀音相同的音，所以才叫重紐，重出的紐。要屬於重出的紐，就必須在韻書裡頭聲韻條件要相等，才可以叫重出的紐。聲韻條件相等，當然就是同音了。至於同音而出現兩個切語，這就是因為古韻不同，或其他原因而造成的。下面我們還會討論到。

《韻鏡》為不使普通三等字混，乃不惜費極大周折，使之通入四等。由此可知韻圖四等地位之字，除喻紐與齒頭音字外，其支、脂諸韻之脣、牙、喉音，亦非真正四等字。

《韻鏡》將清韻之脣、牙、喉音全列四等，無與舌齒音同列三等者，此即表明清韻之脣、牙、喉音僅一類，而此類即屬支脂諸韻不與普通三等同之類型。按清韻之古本韻只有一類來源，即自其本部古本韻青韻變來（變韻中有變聲），依理應只列三等，毋應區分。然清韻相承之入聲昔韻，有兩類古本韻來源：一自其本部古本韻錫韻變來（變韻中有變聲）者，即辟、僻、擗、益等一類字；一自他部古本韻鐸變來（鐸韻變同錫韻）者，即碧、欂一類字。自本部古本韻變來者例置四等，故辟、僻、擗、益等字置於三十三轉四等，（不得置於三十五轉四等，因該處已有錫韻之「璧、甓、躄、覓」等字）。自他部古本韻變來者例置三等，故碧、欂等字置於三十五轉三等也。韻圖四聲相承，昔韻自本部古本韻變來者既置四等，故清韻自本部古本韻來者，自亦當列四等也。其三等雖有空而不排，因適無自他部古本韻變來之字也。㊱以重紐三等來自他部古本韻，重紐四等來自本部古本韻之理，覈之其他各韻，幾亦如響之斯應㊲。惟侵緝二韻，侵韻重紐三等「音」與重紐四等「愔」，古本韻同在覃部；緝韻重紐三等「邑」與重紐四等「揖」，古本韻同在合部，並無古本韻之差異，然則當如何解釋？龔煌城兄嘗謂重紐三等在上古有*-rj-介音，重紐四等有*-j-介音，作為三、四等的區別，但到中古則合併。龔煌城云：

> 上古*-r-在-j-介音之前也有完全消失而沒有留下任何痕跡的，但這是就結果而作的描述，其中不能排除*-r-曾影響了

㊱ 欂字《廣韻》無，《集韻》平碧切，殆據《集韻》增。

㊲ 參見孔仲溫〈論重紐字上古時期的音韻現象〉一文，載《聲韻論叢》第六輯245-283頁。1997年4月。臺灣學生書局，台北市。

介音或元音，而形成過兩個不同的介音，但它們後來又合併一的可能情形。[38]

音愔、邑揖之間可能在更早時候（或者說遠古）本來是不同的韻部，到上古後合併了，我們看不出它們古本韻的不同，後來三、四等重紐的分列，可能也只是歷史的陳跡了。

綜合以上所說，可知《韻鏡》分等之條例如下：

【甲】凡二等僅齒音有字，不能單獨成為一韻者，則此類字非真正之二等字，而係借位之三等字，此類字與同轉三等字之關係，非韻母之不同，實係聲母之有異。

【乙】凡在四等而不能獨立成韻者，亦非真正之四等字，實係三等字因上述之關係借位而來者。

五、《韻鏡》之分等與《廣韻》各韻之關係

㈠凡《廣韻》東（紅公東一類）、冬、模、咍、灰、泰、痕、魂、寒、桓、豪、歌、戈（禾戈波和婆一類）、唐、登、侯、覃、談以及與之相配之上去入聲韻，稱為一等韻。

㈡《廣韻》江、皆、佳、夬、臻、刪、山、肴、麻（霞加巴一類、花瓜華一類）、庚（行庚盲一類、橫一類）、耕、咸、銜以及與之相配之上去入聲韻，稱為二等韻。

㈢《廣韻》東（弓戎中終宮隆融一類）、鍾、支、脂、之、

[38] 龔煌城〈從漢藏語的比較看重紐問題〉，載《聲韻論叢》第六輯 195-244 頁。1997 年 4 月。臺灣學生書局，台北市。

微、魚、虞、祭、廢、真、諄、欣、文、仙、元、宵、戈（伽迦一類、鞾一類）、痲（遮嗟邪車奢一類）、陽、庚（卿驚京一類、兄榮一類）、清、蒸、尤、幽、侵、鹽、嚴、凡以及與之相配之上去入聲韻，稱為三等韻。

㈣《廣韻》齊、先、蕭、青、添以及與之相配之上去入聲韻，稱為四等韻。

凡一等韻，韻圖全置於一等之地位，二等韻全置於二等之地位，四等韻全置於四等之地位。至於三等韻之字，僅有微、廢、欣、文、元、嚴、凡以及戈、咍等三等部分全置於三等，其他各韻則受韻圖編排之影響，分別侵入二等與四等。前已述及，茲再列表以明之。

等第	脣音	舌音	牙音	齒音	喉音	舌齒音	
一 二 三 四	幫系字	知系字	見系字	莊系字 照系字 精系字	影曉 為 喻	來 日	一般情形
一 二 三 四	幫系一部分字 幫系另部分字	知系字	見系一部分字 見系另部分字	莊系字 照系字 精系字	影曉 為 影曉 喻	來 日	支脂真諄祭仙宵
一 二 三 四	幫系字	知系字	見系字	照系字 精系字	為 影曉 喻	來 日	清韻

讀書難字過不知音切之病也誠能依切以求音即
音而知字故無載酒問人之勞學者何以是爲緩而
不急歟余嘗有志斯學獨恨無師承既而得友人授
指微韻鏡一編微字避聖祖名上一字且教以大略曰反切之
要莫妙於此不出四十三轉而天下無遺音其制以
韻書自一東以下各集四聲列爲定位實以廣韻玉
篇之字配以五音清濁之屬其端又在於橫呼雖未
能立談以竟若按字求音如鏡映物隨在現形久久
精熟自然有得於是蚤夜留心未嘗去手忽一夕頓
悟喜而曰信如是哉遂知每翻一字用切母及助紐

歸納凡三折總歸一律即是以推千聲萬音不離乎
是自是日有資益深欲與衆共知而或苦其難因撰
字母括要圖復解數例以爲沿流求源者之端庶幾
一遇知音不惟此編得以不泯余之有望於後來者
亦非淺鮮聊用鋟木以廣其傳紹興辛巳七月朔三
山張麟之子儀謹識

慶元丁
巳重刊

韻鏡序作舊以翼祖諱敬故為韻鑑今遷祧廟復從本名
韻鏡之作其妙矣夫余年二十始得此學字音往昔
相傳類曰洪韻釋子之所撰也有沙門神珙號
知音韻嘗著切韻圖載玉篇卷末竊意是書作於此
僧世俗訛呼珙為洪爾然又無所據自是研究今五
十載竟莫知原於誰近得故樞密楊侯倓淳熙間所
撰韻譜其自序云朅來當塗得歷陽所刊切韻心鑑
因以舊書手加校定刊之郡齋徐而諦之即所謂洪
韻特小有不同舊體以一紙列二十三字母為行以
緯行於上其下間附一十三字母盡於三十六一目

無遺楊變三十六分二紙肩行而繩引至橫調則淆
亂不協不知因之則是變之非也既而又得 莆陽夫
子鄭公樵進卷 先朝中有七音序略其要語曰七音
之作起自西域流入諸夏梵僧欲以此教傳天下故
為此書雖重百譯之遠一字不通之處而音義可傳
華僧從而定三十六為之母輕重清濁不失其倫天
地萬物之情備於此矣雖鶴唳風聲雞鳴狗吠雷霆
經耳蚊虻過目皆可譯也況於人言乎又云臣初得
七音韻鑑一唱三嘆胡僧有此妙義而儒者未之聞
是知此書其用也博其來也遠不可得指名其人故

鄭先生但言其梵僧傳之華僧續之而已學者惟即夫非
天籟通乎造化者不能造其閫而觀之庶有會於心而明
韻又鄭以先下生十三之譜嘉泰三年二月朔東萍張麟之序

調韻指微

不知象類不足與言六書八體之文不知經緯不足
與論四聲七音之義經緯者聲音之脉絡也聲音者
經緯之機杼也縱爲經衡爲緯經緯錯綜四聲經緯七音
知四聲則能明昇降於闔闢之際知七音則能辨清
濁於毫釐纖悉之間欲通音韻必自此始　莆陽鄭先生云
天籟之本自成經緯自音韻學中絕已發此旨凡儒不得

其傳故江左之儒知縱有平上去入之四聲不知衡
有宮商角徵羽半徵半商之七音縱經衡緯不明所以失
立韻之源於是作七音編而爲略欲使學者盡得其
傳然後能用宣尼之書以及人面之俗又作諸聲圖
以明古人制字通七音之妙作內外十六轉圖以明
胡僧立韻得經緯之全嗚呼其用心亦大矣今世之士
僕不諳於聲音其對琴瑟諧倨皆是此無佗由不習而忽
之過學問豈知音則謂事於此一事最爲切效音學者或曰
字惟五音而曰七何耶曰音非七則不能盡聲音中之
韻亦猶琴瑟始五絃非加文武二絃則不能盡聲音中之

聲故曰玨今者樂之宗也呼吸者聲之本也文武二統爲
變宮變徵後舌齒二音爲半徵半商此其義歟或又曰
舌齒一音而曰二何耶曰五音究於脣齒喉牙舌惟
舌與齒遂有往來不可主夫一故舌中有帶齒聲齒
中亦帶舌聲者古人立來日二母各具半徵半商乃
能全其妙若求字則先舌後齒謂之舌齒日字則先
齒後舌謂之齒舌所以分爲二而通五音曰七音今錄韻中
分音章兩昌處張以張鄰在盡純此齒故曰七音一呼而聚四聲不召
自來學字者能由此以推尋四十三轉之精微則無窮
之聲無窮之韻有不可勝用者矣又何以爲難哉

○三十六字母　○歸納助紐字

音	清濁	字母		類別	歸納助紐字	
脣音	清	幫	非	脣音重 / 脣音輕	賓邊	分蕃
	次清	滂	敷		繽篇	芬翻
	濁	並	奉		頻蠙	汾煩
	清濁	明	微		民眠	文樠
舌音	清	端	知	舌頭音 / 舌上音	丁顛	珍邅
	次清	透	徹		汀天	𢤱脠
	濁	定	澄		廷田	陳廛
	清濁	泥	娘		寧年	紉縺
牙音	清	見			經堅	
	次清	溪			輕牽	
	濁	群			勤虔	
	清濁	疑			銀言	
齒音	清	精	照	齒頭音 / 正齒音	精煎	真氊
	次清	清	穿		親千	瞋燀
	濁	從	牀		秦前	蓁潺
	清	心	審	細齒頭音 / 細正齒音	新仙	身羶
	濁	邪	禪		餳涎	辰禪
喉音	清	影		喉音三獨立	殷焉	
	清	曉		喉音雙飛	馨祆	
	濁	匣			礥賢	
	清濁	喻			匀緣	
舌齒音	清濁	來		半徵半商	鄰連	
	清濁	日			人然	

此圖每韻呼吸四聲字並屬之

歸字例

歸釋音字一　如撿禮部韻且如得芳弓反先就十陽韻求芳字知屬脣音次清第三位却歸一東韻尋下弓字便就脣音次清第三位取之乃知爲豐字蓋芳字是同音之定位弓字是同韻之對映歸字之訣大槩是　○又如息中反高息字係側聲在職字韻齒音第二清第四位亦隨中字歸一東齒音第二清第四位取之餘準之　祖紅反歸成駿字雖韻鑑中有洪而無紅撿反切之例上下二字或取同音不必正體　慈陵反繒慈字屬齒音第一濁第四位就蒸字韻歸成繒字而陵字又不相映盖逐韻屬單行字母者上下聯續二位只同一音此第四圍亦陵字音也餘準此○先侯反先字屬第四歸成涑字又在第一盖逐韻齒音中間二位屬照穿牀審禪字母上下二位屬精清從心邪字母侯字韻列在第一行故隨本韻定音也餘準之○諸氏反莫蟹反奴罪反弭盡反之類聲雖去音字歸上韻並當從禮部韻就上聲歸字　○凡歸難字撰音即就所屬音四聲內任意取一易字橫轉便得之矣今如千竹反鼉字也若取高字橫呼則知平聲次清是爲楸字又以楸字呼下入聲則知鼉爲促音但

以二冬韻同音處觀之可見也

橫呼韻

人皆知一字紐四聲而不知有十六聲存焉蓋十六聲是將平上去入各橫轉故也且如東字韻風豐馮瞢是一平聲便有四聲四而四之遂成十六故古人切韻詩曰一字紐縱橫分數十六聲今韻鑑所集各已詳備但將一二韻只隨平聲五音相續橫呼至於調熟或遇他韻或側聲韻竟能還音讀之無不的中今略舉二韻為式

○二冬韻　封峯逢(冢)(中)傭重醲恭銎蛩顒

鍾衝(傭)舂鱅邕匈(雄)容龍茸

○一先韻　邊(篇)蹁眠顛天田年堅牽(虔)研

箋千前先(涎)煙祆賢(延)連(然)

上聲去音字

凡以平側呼字至上聲多相犯如東同皆繼以董聲刀陶皆繼以禱聲之類古人制韻間取去聲字參入上聲者正欲使清濁有所辨耳如一董韻有動字三十二晧韻有道字之類矣或者不知徒泥韻策分為四聲至上聲多例作第二側讀之此殊不知變也若果為然則以士為史以上為賞以道為禱以父母之父為甫可乎今遂韻上聲濁位並當呼為去

聲觀者熟思乃知古人制韻端有深旨

五音清濁

逐韻五音各有自然清濁若遇尋字可取之記行位也脣音舌音牙音各四聲不同故第一行屬清第二行屬次清第三行屬濁第四行屬清濁齒音有正齒有細齒故五行聲內清濁聲各二將居前者爲第一清第一濁居後者爲第二清第二濁喉音二清舌齒音二清濁並以例準之

四聲定位 附三聲

每韻直行平上去入聲有字與圍相間各四並分爲定位如一東韻蒙字之類位在第一下三側聲亦在第一崇字行位在第二下三側聲字亦在第二風字在第三下三側聲亦在第三嵩字融字在第四下三側聲亦在第四如遇尋字定音看在其位便隨所屬而呼之。韻中或只列三聲者是元無入聲如欲呼吸當借音可也支微魚模韻之類是三聲韻支止至質模姥暮目之類是借音

列圍

列圍之法本以備足有聲無形與無聲無形也有形有聲時或用焉

有聲無形謂如一東韻舌音第一位橫轉東通同

字之後是也若以音協之則當繼以農字爲一東
韻無農字故以圓足之　○無聲無形但欲編應
行數如東字韻中脣音并牙音第二第四位與江字
韻第一第三第四位之類是也

○韻鑑序例終

內轉第一開

韻	唇音 清	唇音 次清	唇音 濁	唇音 清濁	舌音 清	舌音 次清	舌音 濁	舌音 清濁	牙音 清	牙音 次清	牙音 濁	牙音 清濁	齒音 清	齒音 次清	齒音 濁	齒音 清	齒音 濁	喉音 清	喉音 清	喉音 濁	喉音 清濁	舌音齒 清濁	齒 清濁
東	○	○	蓬	蒙	東	通	同	○	公	空	○	岘	葼	怱	叢	檧	○	翁	烘	洪	○	籠	○
	○	○	○	○	○	○	○	○	○	○	○	○	○	○	崇	○	○	○	○	○	○	○	○
	風	豐	馮	瞢	中	忡	蟲	○	弓	穹	窮	豣	終	充	○	○	○	○	○	雄	肜	隆	戎
	○	○	○	○	○	○	○	○	○	○	○	○	○	○	○	嵩	○	○	○	○	融	○	○
董	琫	○	菶	蠓	董	桶	動	䙝	○	孔	○	○	總	○	○	敵	○	蓊	嗊	澒	○	曨	○
	○	○	○	○	○	○	○	○	○	○	○	○	○	○	○	○	○	○	○	○	○	○	○
	○	○	○	○	○	○	○	○	○	○	○	○	○	○	○	○	○	○	○	○	○	○	○
	○	○	○	○	○	○	○	○	○	○	○	○	○	○	○	○	○	○	○	○	○	○	○
送	○	○	槰	夢	凍	痛	洞	齈	貢	控	○	○	糉	謥	𢿸	送	○	甕	烘	閧	○	弄	○
	○	○	○	○	○	○	○	○	○	○	○	○	○	○	[illegible]	○	○	○	○	○	○	○	○
	諷	賵	鳳	幪	中	○	仲	○	○	焪	○	○	衆	銃	○	○	○	○	[illegible]	○	○	○	○
	○	○	○	○	○	○	○	○	○	○	○	○	○	趥	○	○	○	○	○	○	○	○	○
屋	卜	扑	暴	木	豰	禿	獨	○	穀	哭	○	○	鏃	瘯	族	速	○	屋	熇	縠	○	祿	○
	○	○	○	○	○	○	○	○	○	○	○	○	縬	珿	○	縮	○	○	○	○	○	○	○
	福	蝮	伏	目	竹	蓄	逐	朒	菊	麴	驧	砡	粥	俶	○	叔	塾	郁	畜	○	囿	六	肉
	○	○	○	○	○	○	○	○	○	○	○	○	蹙	鼀	[illegible]	肅	○	○	○	○	育	○	○

內轉第二開合

脣音 清	脣音 次清	脣音 濁	脣音 清濁	舌音 清	舌音 次清	舌音 濁	舌音 清濁	牙音 清	牙音 次清	牙音 濁	牙音 清濁	齒音 清	齒音 次清	齒音 濁	齒音 清	齒音 濁	喉音 清	喉音 清	喉音 濁	喉音 清濁	舌音齒 清濁	舌音齒 清濁	
○	○	○	○	冬	炵	彤	農	攻	○	○	○	宗	聰	賨	鬆	○	○	○	硿	○	隆	○	冬
○	○	○	○	○	○	○	○	○	○	○	○	○	○	○	○	○	○	○	○	○	○	○	
封	峯	逢	○	○	傭	重	醲	恭	銎	蛩	顒	鍾	衝	○	舂	鱅	邕	匈	○	容	龍	茸	鍾
○	○	○	○	○	○	○	○	○	○	○	○	縱	樅	從	淞	松	○	○	○	庸	○	○	
○	○	○	○	○	○	○	○	○	○	○	○	○	○	○	○	○	○	○	○	○	○	○	
○	○	○	○	○	○	○	○	○	○	○	○	○	○	○	○	○	○	○	○	○	○	○	
覂	捧	奉	○	冢	寵	重	○	拱	恐	蛬	○	腫	[illegible]	○	○	尰	擁	○	○	○	隴	冗	腫
○	○	○	○	○	○	○	○	○	○	○	○	縱	[illegible]	○	悚	○	○	○	○	甬	○	○	
○	○	○	雺	湩	統	○	○	○	○	○	○	綜	○	○	宋	○	○	○	硿	○	○	○	宋
○	○	○	○	○	○	○	○	○	○	○	○	○	○	○	○	○	○	○	○	○	○	○	
葑	○	俸	○	○	蹱	重	拔	供	恐	共	○	種	○	○	○	○	○	○	○	○	贚	[illegible]	用
○	○	○	○	○	○	○	○	○	○	○	○	縱	○	從	○	頌	○	○	○	用	○	○	
襮	[illegible]	僕	瑁	篤	○	毒	褥	梏	酷	○	擢	傶	○	○	洬	○	沃	熇	鵠	○	濼	○	沃
○	○	○	○	○	○	○	○	○	○	○	○	○	[illegible]	[illegible]	○	○	○	○	○	○	○	○	
轐	○	幞	媢	瘃	悚	躅	○	輂	曲	局	玉	燭	觸	贖	束	蜀	郁	旭	○	欲	録	辱	燭
○	○	○	○	○	○	○	○	○	○	○	○	足	促	○	粟	續	○	○	○	○	○	○	

外轉第三開合

	唇音 清	唇音 次清	唇音 濁	唇音 清濁	舌音 清	舌音 次清	舌音 濁	舌音 清濁	牙音 清	牙音 次清	牙音 濁	牙音 清濁	齒音 清	齒音 次清	齒音 濁	齒音 清	齒音 濁	喉音 清	喉音 清	喉音 濁	喉音 清濁	舌音齒 清濁	舌音齒 清濁
江	○	○	○	○	○	○	○	○	○	○	○	○	○	○	○	○	○	○	○	○	○	○	○
	邦	胮	龐	厖	椿	惷	幢	膿	江	腔	○	㟅	○	牎	淙	雙	○	胦	舡	降	○	瀧	○
	○	○	○	○	○	○	○	○	○	○	○	○	○	○	○	○	○	○	○	○	○	○	○
	○	○	○	○	○	○	○	○	○	○	○	○	○	○	○	○	○	○	○	○	○	○	○
講	○	○	○	○	○	○	○	○	○	○	○	○	○	○	○	○	○	○	○	○	○	○	○
	綁	○	棒	佬	○	○	○	○	講	○	○	○	○	○	○	○	○	慃	傋	項	○	○	○
	○	○	○	○	○	○	○	○	○	○	○	○	○	○	○	○	○	○	○	○	○	○	○
	○	○	○	○	○	○	○	○	○	○	○	○	○	○	○	○	○	○	○	○	○	○	○
絳	○	○	○	○	○	○	○	○	○	○	○	○	○	○	○	○	○	○	○	○	○	○	○
	○	胖	○	䏊	戇	惷	幢	○	絳	○	○	○	○	糉	漴	淙	○	○	○	巷	○	○	○
	○	○	○	○	○	○	○	○	○	○	○	○	○	○	○	○	○	○	○	○	○	○	○
	○	○	○	○	○	○	○	○	○	○	○	○	○	○	○	○	○	○	○	○	○	○	○
覺	○	○	○	○	○	○	○	○	○	○	○	○	○	○	○	○	○	○	○	○	○	○	○
	剝	璞	雹	邈	斲	逴	濁	搦	覺	㱿	○	岳	捉	娖	浞	朔	○	渥	○	學	○	犖	○
	○	○	○	○	○	○	○	○	○	○	○	○	○	○	○	○	○	○	○	○	○	○	○
	○	○	○	○	○	○	○	○	○	○	○	○	○	○	○	○	○	○	○	○	○	○	○

內轉第四開合

	平一	平二	平三	平四	上一	上二	上三	上四	去一	去二	去三	去四	入一	入二	入三	入四
脣音 清	○	○	陂	卑	○	○	彼	俾	○	○	賁	○	○	○	○	○
次清	○	○	鈹	披	○	○	破	諀	○	○	帔	○	○	○	○	○
濁	○	○	皮	陴	○	○	被	婢	○	○	髲	○	○	○	○	○
清濁	○	○	縻	彌	○	○	靡	弭	○	○	○	○	○	○	○	○
舌音 清	○	○	知	○	○	○	𢭏	○	○	○	智	○	○	○	○	○
次清	○	○	摛	○	○	○	褫	○	○	○	○	○	○	○	○	○
濁	○	○	馳	○	○	○	豸	○	○	○	○	○	○	○	○	○
清濁	○	○	○	○	○	○	抳	○	○	○	○	○	○	○	○	○
牙音 清	○	○	羈	○	○	○	掎	踦	○	○	寄	馶	○	○	○	○
次清	○	○	攲	○	○	○	綺	企	○	○	椅	企	○	○	○	○
濁	○	○	奇	祇	○	○	技	○	○	○	芰	○	○	○	○	○
清濁	○	○	宜	○	○	○	螘	○	○	○	義	○	○	○	○	○
齒音 清	○	齜	支	貲	○	批	紙	紫	○	柴	寘	積	○	○	○	○
次清	○	差	眵	雌	○	○	侈	此	○	○	卶	刺	○	○	○	○
濁	○	齹	疵	○	○	○	舐	○	○	○	○	漬	○	○	○	○
清	○	釃	施	斯	○	躧	弛	徙	○	屣	翅	賜	○	○	○	○
濁	○	○	匙	○	○	○	氏	○	○	○	豉	○	○	○	○	○
喉音 清	○	○	猗	○	○	○	倚	○	○	○	倚	○	○	○	○	○
清	○	○	犧	○	○	○	○	○	○	○	戲	○	○	○	○	○
濁	○	○	○	○	○	○	○	○	○	○	○	○	○	○	○	○
清濁	○	○	○	移	○	○	○	酏	○	○	○	易	○	○	○	○
舌音 清濁	○	○	離	○	○	○	邐	○	○	○	詈	○	○	○	○	○
齒音 清濁	○	○	兒	○	○	○	爾	○	○	○	○	○	○	○	○	○

支　紙　寘

內轉第五合

唇音 清	唇音 次清	唇音 濁	唇音 清濁	舌音 清	舌音 次清	舌音 濁	舌音 清濁	牙音 清	牙音 次清	牙音 濁	牙音 清濁	齒音 清	齒音 次清	齒音 濁	齒音 清	齒音 濁	喉音 清	喉音 清	喉音 濁	喉音 清濁	舌音 清濁	齒音 清濁	
○	○	○	○	○	○	○	○	○	○	○	○	○	○	○	○	○	○	○	○	○	○	○	支
○	○	○	○	○	○	○	○	○	○	○	○	○	○	○	○	○	○	○	○	○	○	○	
○	○	○	○	腄	○	[illegible]	○	嬀	虧	[illegible]	危	䮄	吹	○	○	垂	逶	麾	○	爲	羸	痿	
○	○	○	○	[illegible]	○	鎚	○	規	闚	○	○	劑	○	○	眭	隨	○	隳	○	蠵	○	○	
○	○	○	○	○	○	○	○	○	○	○	○	○	○	○	○	○	○	○	○	○	○	○	紙
○	○	○	○	○	○	○	○	○	○	○	○	○	○	○	○	○	○	○	○	○	○	○	
○	○	○	○	○	○	○	○	詭	○	跪	硊	捶	揣	○	○	菙	委	毀	○	蔿	累	蘂	
○	○	○	○	○	○	○	○	○	跬	○	○	觜	○	惢	髓	[illegible]	○	○	○	[illegible]	○	○	
○	○	○	○	○	○	○	○	○	○	○	○	○	○	○	○	○	○	○	○	○	○	○	寘
○	○	○	○	○	○	○	○	○	○	○	○	○	○	○	○	○	○	○	○	○	○	○	
○	○	○	○	娷	○	縋	諉	[illegible]	○	○	偽	惴	吹	○	○	睡	餧	毀	○	爲	累	枘	
○	○	○	○	○	○	○	○	瞡	缺	○	○	○	○	○	[illegible]	○	恚	孈	○	瓗	○	○	
○	○	○	○	○	○	○	○	○	○	○	○	○	○	○	○	○	○	○	○	○	○	○	
○	○	○	○	○	○	○	○	○	○	○	○	○	○	○	○	○	○	○	○	○	○	○	
○	○	○	○	○	○	○	○	○	○	○	○	○	○	○	○	○	○	○	○	○	○	○	
○	○	○	○	○	○	○	○	○	○	○	○	○	○	○	○	○	○	○	○	○	○	○	

内轉第六開

	唇音				舌音				牙音				齒音					喉音				舌音齒	
	清	次清	濁	清濁	清	次清	濁	清濁	清	次清	濁	清濁	清	次清	濁	清	濁	清	清	濁	清濁	清濁	清濁
脂	○	○	○	○	○	○	○	○	○	○	○	○	○	○	○	○	○	○	○	○	○	○	○
	○	○	○	○	○	○	○	○	○	○	○	○	○	○	○	師	○	○	○	○	○	○	○
	悲	丕	邳	眉	胝	絺	墀	尼	飢	○	耆	狋	脂	鴟	○	尸	○	○	○	○	○	棃	○
	○	紕	毗	○	○	○	○	○	○	○	○	○	咨	郪	茨	私	○	伊	夷	○	姨	○	○
旨	○	○	○	○	○	○	○	○	○	○	○	○	○	○	○	○	○	○	○	○	○	○	○
	○	○	○	○	○	○	○	○	○	○	○	○	○	○	○	○	○	○	○	○	○	○	○
	鄙	嚭	否	美	黹	[illegible]	雉	柅	几	○	跽	○	旨	○	○	矢	視	歕	○	○	○	履	○
	匕	○	牝	○	○	○	○	○	○	○	○	○	姊	○	○	死	兕	○	○	○	○	○	○
至	○	○	○	○	○	○	○	○	○	○	○	○	○	○	○	○	○	○	○	○	○	○	○
	○	○	○	○	○	○	○	○	○	○	○	○	○	○	○	○	○	○	○	○	○	○	○
	祕	濞	備	郿	致	○	緻	膩	冀	器	臮	劓	至	痓	示	屍	嗜	懿	𢖍	○	○	利	二
	痹	屁	鼻	寐	○	○	地	○	○	弃	○	○	恣	次	自	四	○	○	呬	系	肄	○	○
	○	○	○	○	○	○	○	○	○	○	○	○	○	○	○	○	○	○	○	○	○	○	○
	○	○	○	○	○	○	○	○	○	○	○	○	○	○	○	○	○	○	○	○	○	○	○
	○	○	○	○	○	○	○	○	○	○	○	○	○	○	○	○	○	○	○	○	○	○	○
	○	○	○	○	○	○	○	○	○	○	○	○	○	○	○	○	○	○	○	○	○	○	○

內轉第七合

脣音				舌音				牙音				齒音					喉音				舌音齒		
清	次清	濁	清濁	清	次清	濁	清濁	清	次清	濁	清濁	清	次清	濁	清	濁	清	清	濁	清濁	清濁	清濁	
○	○	○	○	○	○	○	○	○	○	○	○	○	○	○	○	○	○	○	○	○	○	○	
○	○	○	○	○	○	○	○	○	○	○	○	○	○	○	衰	○	○	○	○	○	○	○	脂
○	○	○	○	追	○	鎚	○	龜	巋	逵	○	錐	推	○	○	誰	○	○	○	○	纍	蕤	
○	○	○	○	○	○	○	○	○	○	葵	○	嗺	○	○	綏	○	○	○	○	惟	○	○	
○	○	○	○	○	○	○	○	○	○	○	○	○	○	○	○	○	○	○	○	○	○	○	
○	○	○	○	○	○	○	○	○	○	○	○	○	○	○	○	○	○	○	○	○	○	○	旨
○	○	○	○	○	○	○	○	軌	巋	郈	○	沝	○	○	水	○	○	䧳	○	洧	壘	蕊	
○	○	○	○	○	○	○	○	癸	○	揆	○	濢	趡	嶵	○	○	○	○	○	唯	○	○	
○	○	○	○	○	○	○	○	○	○	○	○	○	○	○	○	○	○	○	○	○	○	○	
○	○	○	○	○	○	○	○	○	○	○	○	○	○	○	○	○	○	○	○	○	○	○	至
○	○	○	○	轛	○	墜	○	媿	喟	匱	○	○	出	○	[illegible]	○	○	○	○	位	類	○	
○	○	○	○	○	○	○	○	季	○	悸	○	醉	翠	萃	邃	遂	○	侐	○	遺	○	○	
○	○	○	○	○	○	○	○	○	○	○	○	○	○	○	○	○	○	○	○	○	○	○	
○	○	○	○	○	○	○	○	○	○	○	○	○	○	○	○	○	○	○	○	○	○	○	
○	○	○	○	○	○	○	○	○	○	○	○	○	○	○	○	○	○	○	○	○	○	○	
○	○	○	○	○	○	○	○	○	○	○	○	○	○	○	○	○	○	○	○	○	○	○	

內轉第八開

韻	唇音清	唇音次清	唇音濁	唇音清濁	舌音清	舌音次清	舌音濁	舌音清濁	牙音清	牙音次清	牙音濁	牙音清濁	齒音清	齒音次清	齒音濁	齒音清	齒音濁	喉音清	喉音清	喉音濁	喉音清濁	舌音齒清濁	舌音齒清濁
之 一	○	○	○	○	○	○	○	○	○	○	○	○	○	○	○	○	○	○	○	○	○	○	○
之 二	○	○	○	○	○	○	○	○	○	○	○	○	菑	○	茬	○	○	○	○	○	○	○	○
之 三	○	○	○	○	○	癡	治	○	姬	欺	其	疑	之	蚩	○	詩	時	醫	僖	○	○	釐	而
之 四	○	○	○	○	○	○	○	○	○	抾	○	○	兹	○	慈	思	詞	○	○	○	飴	○	○
止 一	○	○	○	○	○	○	○	○	○	○	○	○	○	○	○	○	○	○	○	○	○	○	○
止 二	○	○	○	○	○	○	○	○	○	○	○	○	滓	㓼	士	史	俟	○	○	○	○	○	○
止 三	○	○	○	○	徵	恥	峙	伱	紀	起	○	擬	止	齒	○	始	市	譩	喜	○	以	里	耳
止 四	○	○	○	○	○	○	○	○	○	○	○	○	子	○	○	枲	似	○	○	○	○	○	○
志 一	○	○	○	○	○	○	○	○	○	○	○	○	○	○	○	○	○	○	○	○	○	○	○
志 二	○	○	○	○	○	○	○	○	○	○	○	○	胾	廁	事	駛	○	○	○	○	○	○	○
志 三	○	○	○	○	置	眙	値	○	記	亟	忌	㲼	志	熾	○	試	侍	意	熹	○	○	吏	餌
志 四	○	○	○	○	○	○	○	○	○	○	○	○	恣	載	字	笥	寺	○	○	○	異	○	○
一	○	○	○	○	○	○	○	○	○	○	○	○	○	○	○	○	○	○	○	○	○	○	○
二	○	○	○	○	○	○	○	○	○	○	○	○	○	○	○	○	○	○	○	○	○	○	○
三	○	○	○	○	○	○	○	○	○	○	○	○	○	○	○	○	○	○	○	○	○	○	○
四	○	○	○	○	○	○	○	○	○	○	○	○	○	○	○	○	○	○	○	○	○	○	○

內轉第九開

去聲寄此

	脣音清	脣音次清	脣音濁	脣音清濁	舌音清	舌音次清	舌音濁	舌音清濁	牙音清	牙音次清	牙音濁	牙音清濁	齒音清	齒音次清	齒音濁	齒音清	齒音濁	喉音清	喉音清	喉音濁	喉音清濁	舌音齒清濁	舌音齒清濁
微	○	○	○	○	○	○	○	○	○	○	○	○	○	○	○	○	○	○	○	○	○	○	○
	○	○	○	○	○	○	○	○	○	○	○	○	○	○	○	○	○	○	○	○	○	○	○
	○	○	○	○	○	○	○	○	機	○	祈	沂	○	○	○	○	○	依	希	○	○	○	○
	○	○	○	○	○	○	○	○	○	○	○	○	○	○	○	○	○	○	○	○	○	○	○
尾	○	○	○	○	○	○	○	○	○	○	○	○	○	○	○	○	○	○	○	○	○	○	○
	○	○	○	○	○	○	○	○	○	○	○	○	○	○	○	○	○	○	○	○	○	○	○
	○	○	○	○	○	○	○	○	蟣	豈	○	顗	○	○	○	○	○	扆	豨	○	○	○	○
	○	○	○	○	○	○	○	○	○	○	○	○	○	○	○	○	○	○	○	○	○	○	○
未	○	○	○	○	○	○	○	○	○	○	○	○	○	○	○	○	○	○	○	○	○	○	○
	○	○	○	○	○	○	○	○	○	○	○	○	○	○	○	○	○	○	○	○	○	○	○
	○	○	○	○	○	○	○	○	既	氣	䤈	毅	○	○	○	○	○	○	欷	○	○	○	○
	○	○	○	○	○	○	○	○	○	○	○	○	○	○	○	○	○	○	○	○	○	○	○
廢	○	○	○	○	○	○	○	○	○	○	○	○	○	○	○	○	○	○	○	○	○	○	○
	○	○	○	○	○	○	○	○	○	○	○	○	○	○	○	○	○	○	○	○	○	○	○
	廢	○	○	○	○	○	○	○	計	○	○	刈	○	○	○	○	○	○	○	○	○	○	○
	○	○	○	○	○	○	○	○	○	○	○	○	○	○	○	○	○	○	○	○	○	○	○

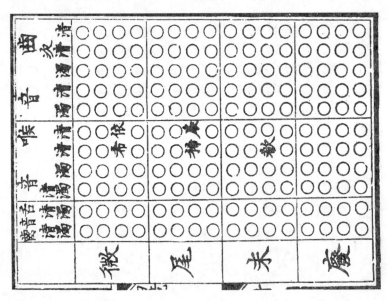

內轉第十合

去聲寄此

脣音				舌音				牙音				齒音					喉音				舌音	齒	
清	次清	濁	清濁	清	次清	濁	清濁	清	次清	濁	清濁	清	次清	濁	清	濁	清	清	濁	清濁	清濁	清濁	
○	○	○	○	○	○	○	○	○	○	○	○	○	○	○	○	○	○	○	○	○	○	○	微
○	○	○	○	○	○	○	○	○	○	○	○	○	○	○	○	○	○	○	○	○	○	○	
非	菲	肥	微	○	○	○	○	歸	巋	頎	巍	○	○	○	○	○	威	暉	○	韋	○	○	
○	○	○	○	○	○	○	○	○	○	○	○	○	○	○	○	○	○	○	○	○	○	○	
○	○	○	○	○	○	○	○	○	○	○	○	○	○	○	○	○	○	○	○	○	○	○	尾
○	○	○	○	○	○	○	○	○	○	○	○	○	○	○	○	○	○	○	○	○	○	○	
匪	斐	膹	尾	○	○	○	○	鬼	○	○	○	○	○	○	○	○	磈	虺	○	韙	○	○	
○	○	○	○	○	○	○	○	○	○	○	○	○	○	○	○	○	○	○	○	○	○	○	
○	○	○	○	○	○	○	○	○	○	○	○	○	○	○	○	○	○	○	○	○	○	○	未
○	○	○	○	○	○	○	○	○	○	○	○	○	○	○	○	○	○	○	○	○	○	○	
沸	費	痱	未	○	○	○	○	貴	槩	轒	魏	○	○	○	○	○	尉	諱	○	胃	○	○	
○	○	○	○	○	○	○	○	○	○	○	○	○	○	○	○	○	○	○	○	○	○	○	
○	○	○	○	○	○	○	○	○	○	○	○	○	○	○	○	○	○	○	○	○	○	○	廢
○	○	○	○	○	○	○	○	○	○	○	○	○	○	○	○	○	○	○	○	○	○	○	
廢	○	吠	○	○	○	○	○	○	𧽘	衛	猭	○	○	○	○	○	穢	喙	○	○	○	○	
○	○	○	○	○	○	○	○	○	○	○	○	○	○	○	○	○	○	○	○	○	○	○	

內轉第十一開

	脣音 清	脣音 次清	脣音 濁	脣音 清濁	舌音 清	舌音 次清	舌音 濁	舌音 清濁	牙音 清	牙音 次清	牙音 濁	牙音 清濁	齒音 清	齒音 次清	齒音 濁	齒音 清	齒音 濁	喉音 清	喉音 清	喉音 濁	喉音 清濁	舌音齒 清濁	舌音齒 清濁
魚	○	○	○	○	○	○	○	○	○	○	○	○	○	○	○	○	○	○	○	○	○	○	○
	○	○	○	○	○	○	○	○	○	○	○	○	葅	初	鉏	踈	○	○	○	○	○	○	○
	○	○	○	○	豬	攄	除	袽	居	墟	渠	魚	諸	○	○	書	蜍	於	虛	○	余	臚	如
	○	○	○	○	○	○	○	○	○	○	○	○	苴	疽	○	胥	徐	○	○	○	○	○	○
語	○	○	○	○	○	○	○	○	○	○	○	○	○	○	○	○	○	○	○	○	○	○	○
	○	○	○	○	○	○	○	○	○	○	○	○	阻	楚	齟	所	○	○	○	○	○	○	○
	○	○	○	○	貯	褚	佇	女	舉	去	巨	語	鬻	杵	紓	暑	野	淤	許	○	○	呂	汝
	○	○	○	○	○	○	○	○	○	○	○	○	苴	[illegible]	咀	諝	敘	○	○	○	與	○	○
御	○	○	○	○	○	○	○	○	○	○	○	○	○	○	○	○	○	○	○	○	○	○	○
	○	○	○	○	○	○	○	○	○	○	○	○	詛	㑮	助	疏	○	○	○	○	○	○	○
	○	○	○	○	著	絮	箸	女	據	去	遽	御	翥	處	○	恕	署	飫	噓	○	○	慮	洳
	○	○	○	○	○	○	○	○	○	○	○	○	怚	覰	○	絮	屐	○	○	○	豫	○	○
	○	○	○	○	○	○	○	○	○	○	○	○	○	○	○	○	○	○	○	○	○	○	○
	○	○	○	○	○	○	○	○	○	○	○	○	○	○	○	○	○	○	○	○	○	○	○
	○	○	○	○	○	○	○	○	○	○	○	○	○	○	○	○	○	○	○	○	○	○	○
	○	○	○	○	○	○	○	○	○	○	○	○	○	○	○	○	○	○	○	○	○	○	○

內轉第十二開合

韻	脣音 清	脣音 次清	脣音 濁	脣音 清濁	舌音 清	舌音 次清	舌音 濁	舌音 清濁	牙音 清	牙音 次清	牙音 濁	牙音 清濁	齒音 清	齒音 次清	齒音 濁	齒音 清	齒音 濁	喉音 清	喉音 清	喉音 濁	喉音 清濁	舌音齒 清濁	舌音齒 清濁
模	逋	鋪	蒱	模	都	稌	徒	奴	孤	枯	○	吾	租	麤	徂	蘇	○	烏	呼	胡	○	盧	○
	○	○	○	○	○	○	○	○	○	○	○	○	㑳	芻	雛	毹	○	○	○	○	○	○	○
虞	膚	敷	符	無	株	貙	廚	○	拘	區	劬	虞	朱	樞	○	輸	殊	紆	訏	○	于	慺	儒
	○	○	○	○	○	○	○	○	○	○	○	○	諏	趨	○	須	○	○	○	○	逾	○	○
姥	補	普	簿	姥	覩	土	杜	努	古	苦	○	五	祖	蘆	粗	○	○	隖	虎	戶	○	魯	○
	○	○	○	○	○	○	○	○	○	○	○	○	○	○	𪘲	數	○	○	○	○	○	○	○
麌	甫	撫	父	武	拄	○	柱	○	矩	齲	窶	麌	主	○	㒂	○	豎	傴	詡	○	羽	縷	乳
	○	○	○	○	○	○	○	○	○	○	○	○	○	取	聚	[illegible]	○	○	○	○	庾	○	○
暮	布	怖	捕	暮	妬	兔	渡	笯	顧	袴	○	誤	做	厝	祚	訴	○	汙	謼	護	○	路	○
	○	○	○	○	○	○	○	○	○	○	○	○	○	菆	○	捒	○	○	○	○	○	○	○
遇	付	赴	附	務	駐	閗	住	○	○	驅	懼	遇	注	○	○	戍	樹	嫗	昫	○	芋	屢	孺
	○	○	○	○	○	○	○	○	○	○	○	○	緅	娶	聚	[illegible]	○	○	○	○	裕	○	○
	○	○	○	○	○	○	○	○	○	○	○	○	○	○	○	○	○	○	○	○	○	○	○
	○	○	○	○	○	○	○	○	○	○	○	○	○	○	○	○	○	○	○	○	○	○	○
	○	○	○	○	○	○	○	○	○	○	○	○	○	○	○	○	○	○	○	○	○	○	○
	○	○	○	○	○	○	○	○	○	○	○	○	○	○	○	○	○	○	○	○	○	○	○

外轉第十三開

	脣音 清	脣音 次清	脣音 濁	脣音 清濁	舌音 清	舌音 次清	舌音 濁	舌音 清濁	牙音 清	牙音 次清	牙音 濁	牙音 清濁	齒音 清	齒音 次清	齒音 濁	齒音 清	齒音 濁	喉音 清	喉音 清	喉音 濁	喉音 清濁	舌音 清濁	齒 清濁
咍	○	姡	焙	○	[illegible]	胎	臺	能	該	開	○	皚	哉	猜	裁	鰓	○	哀	咍	孩	○	來	○
皆	○	○	排	埋	[illegible]	搋	○	搱	皆	揩	○	[illegible]	齋	差	豺	崽	○	挨	俙	諧	○	崍	○
	○	○	○	○	○	○	○	○	○	○	○	○	○	[illegible]	○	○	○	○	○	○	○	○	○
齊	箆	批	鼙	迷	氐	梯	題	泥	雞	谿	○	倪	齎	妻	齊	西	○	鷖	醯	兮	○	黎	[illegible]
海	佸	啡	棓	穤	等	[illegible]	駘	乃	改	愷	○	○	宰	采	在	○	○	欸	海	亥	佁	釢	疓
駭	○	○	罷	○	○	○	○	○	鍇	揩	○	騃	○	○	○	○	○	○	○	駭	○	顂	○
	○	○	○	○	○	○	○	○	○	○	○	○	○	茝	○	○	灑	○	○	○	○	○	○
薺	軗	頮	陛	米	邸	體	弟	禰	○	啓	○	掜	濟	泚	薺	洗	○	㕧	○	徯	○	禮	○
代	○	怖	○	穤	戴	貸	代	耐	溉	慨	隑	礙	載	菜	在	賽	○	愛	儗	瀣	○	賚	○
怪	拜	○	○	○	○	○	○	褦	誡	烗	○	[illegible]	瘵	瘥	○	○	○	噫	譮	械	○	○	○
祭	○	○	○	○	摕	跇	滯	○	猘	憩	偈	劓	制	掣	○	世	逝	○	[illegible]	○	○	例	○
霽	閉	媲	薜	謎	帝	替	第	泥	計	契	○	詣	霽	砌	嚌	細	○	翳	○	蒵	○	麗	○
	○	○	○	○	○	○	○	○	○	○	○	○	○	○	○	○	○	○	○	○	○	○	○
夬	○	○	○	○	○	蠆	[illegible]	○	犗	○	○	○	○	啐	寨	[illegible]	○	喝	譪	[illegible]	○	○	○
	○	○	○	○	○	○	○	○	○	○	○	○	○	○	○	○	○	○	○	○	○	○	○
	○	○	○	○	○	○	○	○	○	○	○	○	○	○	○	○	○	○	○	○	○	○	○

去聲寄此

外轉第十四合 膗仕懷反

去聲寄此

唇音清	唇音次清	唇音濁	唇音清濁	舌音清	舌音次清	舌音濁	舌音清濁	牙音清	牙音次清	牙音濁	牙音清濁	齒音清	齒音次清	齒音濁	齒音清	齒音濁	喉音清	喉音清	喉音濁	喉音清濁	舌音清濁	齒音清濁	韻
杯	肧	裴	枚	磓	[illegible]	頹	桵	傀	恢	○	鮠	嗺	崔	摧	脽	○	隈	灰	回	○	雷	○	灰
○	○	○	○	○	○	隤	○	乖	匯	○	○	○	○	膗	○	○	○	虺	懷	○	腂	○	皆
○	○	○	○	○	○	○	○	○	○	○	○	○	○	○	○	○	○	○	○	○	○	○	
○	○	○	○	○	○	○	○	圭	睽	○	○	○	○	○	○	○	烓	眭	攜	○	○	○	齊
○	○	琲	浼	腿	骽	鐓	餧	○	顝	○	頠	嶊	皠	罪	○	○	猥	賄	瘣	倄	磥	○	賄
○	○	○	○	鬌	○	○	○	○	○	○	○	○	○	○	○	○	○	○	○	○	○	○	駭
○	○	○	○	○	○	○	○	○	○	○	○	○	○	○	○	○	○	○	○	○	○	○	
○	○	○	○	○	○	○	○	○	○	○	○	○	○	○	○	○	○	○	○	○	○	○	
背	配	佩	妹	對	退	隊	內	憒	塊	韇	磑	晬	倅	○	碎	○	[illegible]	誨	潰	○	纇	○	隊
拜	湃	憊	[illegible]	○	○	○	○	怪	蒯	○	聵	○	○	○	○	○	○	[illegible]	壞	○	○	○	怪
○	○	○	○	綴	○	○	○	劌	[illegible]	○	○	贅	毳	○	稅	○	○	[illegible]	○	衛	○	芮	祭 廢
○	○	○	○	○	○	○	○	桂	○	○	○	○	○	○	○	○	○	嘒	慧	○	○	○	霽
○	○	○	○	○	○	○	○	○	○	○	○	○	○	○	○	○	○	○	○	○	○	○	
敗	○	敗	邁	○	○	○	○	夬	快	○	○	○	嘬	○	○	○	[illegible]	咶	話	○	○	○	夬
○	○	○	○	○	○	○	○	○	○	○	○	○	○	○	○	○	○	○	○	○	○	○	
○	○	○	○	○	○	○	○	○	○	○	○	○	○	○	○	○	○	○	○	○	○	○	

外轉第十五開

脣音 清	脣音 次清	脣音 濁	脣音 清濁	舌音 清	舌音 次清	舌音 濁	舌音 清濁	牙音 清	牙音 次清	牙音 濁	牙音 清濁	齒音 清	齒音 次清	齒音 濁	齒音 清	齒音 濁	喉音 清	喉音 清	喉音 濁	喉音 清濁	舌音齒 清濁	舌音齒 清濁	
○	○	○	○	○	○	○	○	○	○	○	○	○	○	○	○	○	○	○	○	○	○	○	佳
○	○	牌	䁲	○	扠	○	貎	佳	佤	○	崖	○	釵	柴	崽	○	娃	咼	膎	○	○	○	
○	○	○	○	○	○	○	○	○	○	○	○	○	○	○	○	○	○	○	○	○	○	○	
○	○	○	○	○	○	○	○	○	○	○	○	○	○	○	○	○	○	○	○	○	○	○	
○	○	○	○	○	○	○	○	○	○	○	○	○	○	○	○	○	○	○	○	○	○	○	蟹
擺	○	罷	買	○	○	廌	嬭	解	芐	箉	○	○	○	○	○	○	矮	○	蟹	○	○	○	
○	○	○	○	○	○	○	○	○	○	○	○	○	○	○	○	○	○	○	○	○	○	○	
○	○	○	○	○	○	○	○	○	○	○	○	○	○	○	○	○	○	○	○	○	○	○	
貝	霈	旆	眛	帶	太	大	柰	蓋	磕	○	艾	○	蔡	○	○	○	藹	餀	害	○	賴	○	泰
嶭	○	○	○	○	○	○	○	懈	𣪠	○	睚	債	差	瘵	曬	○	隘	謑	邂	○	○	○	卦
○	○	○	○	○	○	○	○	○	○	○	○	○	○	○	○	○	○	○	○	○	○	○	
蔽	潎	弊	袂	○	○	○	○	○	○	○	藝	○	○	○	○	○	緆	○	○	曳	○	○	祭
○	○	○	○	○	○	○	○	○	○	○	○	○	○	○	○	○	○	○	○	○	○	○	
○	○	○	○	○	○	○	○	○	○	○	○	○	○	○	○	○	○	○	○	○	○	○	
○	○	○	○	○	○	○	○	○	○	○	○	○	○	○	○	○	○	○	○	○	○	○	
○	○	○	○	○	○	○	○	○	○	○	○	○	○	○	○	○	○	○	○	○	○	○	

外轉第十六合

脣音清	脣音次清	脣音濁	脣音清濁	舌音清	舌音次清	舌音濁	舌音清濁	牙音清	牙音次清	牙音濁	牙音清濁	齒音清	齒音次清	齒音濁	齒音清	齒音濁	喉音清	喉音清	喉音濁	喉音清濁	舌音齒 清濁	舌音齒 清濁	
○	○	○	○	○	○	○	○	○	○	○	○	○	○	○	○	○	○	○	○	○	○	○	
○	○	○	○	○	○	○	○	媧	咼	○	○	○	○	○	○	○	蛙	竵	畫	○	○	○	佳
○	○	○	○	○	○	○	○	○	○	○	○	○	○	○	○	○	○	○	○	○	○	○	
○	○	○	○	○	○	○	○	○	○	○	○	○	○	○	○	○	○	○	○	○	○	○	
○	○	○	○	○	○	○	○	○	○	○	○	○	○	○	○	○	○	○	○	○	○	○	
○	○	○	○	○	○	○	○	丫	○	○	○	○	○	○	○	○	[illegible]	扮	夥	○	○	○	蟹
○	○	○	○	○	○	○	○	○	○	○	○	○	○	○	○	○	○	○	○	○	○	○	
○	○	○	○	○	○	○	○	○	○	○	○	○	○	○	○	○	○	○	○	○	○	○	
○	○	○	○	祋	娧	兊	○	儈	○	○	外	最	襊	蕞	[illegible]	○	懀	譮	會	[illegible]	酹	○	泰
庍	派	粺	賣	膪	○	○	○	卦	○	○	○	○	○	○	○	○	○	○	○	○	○	○	卦
○	○	○	○	○	○	○	○	○	○	○	○	○	○	○	○	○	○	○	○	○	○	○	
○	○	○	○	○	○	○	○	瀱	○	○	○	蕝	膬	○	歲	篲	○	○	○	銳	○	○	祭
○	○	○	○	○	○	○	○	○	○	○	○	○	○	○	○	○	○	○	○	○	○	○	
○	○	○	○	○	○	○	○	○	○	○	○	○	○	○	○	○	○	○	○	○	○	○	
○	○	○	○	○	○	○	○	○	○	○	○	○	○	○	○	○	○	○	○	○	○	○	
○	○	○	○	○	○	○	○	○	○	○	○	○	○	○	○	○	○	○	○	○	○	○	

外轉第十七開

韻	脣音 清	脣音 次清	脣音 濁	脣音 清濁	舌音 清	舌音 次清	舌音 濁	舌音 清濁	牙音 清	牙音 次清	牙音 濁	牙音 清濁	齒音 清	齒音 次清	齒音 濁	齒音 清	齒音 濁	喉音 清	喉音 清	喉音 濁	喉音 清濁	舌音齒 清濁	舌音齒 清濁
痕	○	○	○	○	○	吞	○	○	根	○	○	垠	○	○	○	○	○	恩	○	痕	○	○	○
臻	○	○	○	○	○	○	○	○	○	○	○	○	臻	○	蓁	莘	○	○	○	○	○	○	○
真	彬	○	貧	珉	珍	獜	陳	紉	巾	○	穜	銀	真	瞋	神	申	辰	[illegible]	○	○	囙	鄰	人
	賓	繽	頻	民	○	○	○	○	○	○	○	○	津	親	秦	辛	○	因	○	礥	寅	○	○
很	○	○	○	○	○	○	○	○	頣	懇	頟	○	○	○	○	○	○	穏	○	很	○	○	○
	○	○	○	○	○	○	○	○	○	○	○	○	○	齔	濜	○	○	○	[illegible]	○	○	○	○
軫	○	○	○	愍	屒	辴	紖	○	巹	螼	○	釿	軫	○	○	矧	腎	○	胗	○	隕	嶙	忍
	○	○	牝	泯	○	○	○	○	緊	○	○	○	[illegible]	笉	盡	○	○	○	○	○	引	○	○
恨	○	○	○	○	○	○	○	○	艮	○	○	○	○	○	○	○	○	[illegible]	○	恨	○	○	○
	○	○	○	○	○	○	○	○	○	○	○	○	○	櫬	○	○	○	○	○	○	○	○	○
震	○	○	○	○	鎮	疢	陣	○	抻	菣	僅	憖	震	○	○	眒	慎	○	○	○	○	遴	刃
	儐	[illegible]	○	○	○	○	○	○	呁	螼	○	○	晉	親	○	信	賮	印	衅	○	酳	○	○
没	○	○	○	○	○	○	○	○	[illegible]	[illegible]	○	○	○	○	○	○	○	○	○	麧	○	○	○
櫛	○	○	○	○	○	○	○	○	○	○	○	○	櫛	○	齜	瑟	○	○	○	○	○	○	○
質	筆	○	弼	密	窒	扶	秩	暱	[illegible]	○	姞	耴	質	叱	實	失	○	乙	肸	○	[illegible]	栗	月
	必	匹	邲	蜜	蛭	○	姪	昵	吉	詰	佶	○	堲	七	疾	悉	○	一	欯	○	逸	○	○

外轉第十八合

韻	脣音 清	脣音 次清	脣音 濁	脣音 清濁	舌音 清	舌音 次清	舌音 濁	舌音 清濁	牙音 清	牙音 次清	牙音 濁	牙音 清濁	齒音 清	齒音 次清	齒音 濁	齒音 清	齒音 濁	喉音 清	喉音 清	喉音 濁	喉音 清濁	舌音齒 清濁	清濁
魂	奔	歕	盆	門	敦	暾	屯	黁	昆	坤	○	[illegible]	尊	村	存	孫	○	溫	昏	魂	○	論	○
	○	○	○	○	○	○	○	○	○	○	○	○	○	○	○	○	○	○	○	○	○	○	○
諄	○	礩	○	○	迍	椿	䜴	○	麏	囷	○	○	諄	春	脣	㜇	純	贇	○	○	筠	倫	犉
	○	○	○	○	○	○	○	○	均	○	[illegible]	○	遵	逡	鷷	荀	旬	奫	○	○	勻	○	○
混	本	翉	獖	懣	○	畽	囤	炳	鯀	閫	○	○	剸	忖	鱒	損	○	穩	緫	混	○	怨	○
	○	○	○	○	○	○	○	○	○	○	○	○	○	○	○	○	○	○	○	○	○	○	○
準	○	○	○	○	○	偆	○	○	○	稛	窘	○	準	蠢	盾	賰	○	○	○	○	○	輪	[illegible]
	○	○	○	○	○	○	○	○	○	○	○	○	○	○	○	筍	揗	○	○	○	尹	○	蝡
慁	奔	噴	坌	悶	頓	黗	鈍	嫩	睔	困	○	顐	焌	寸	鐏	巽	○	搵	惛	慁	○	論	○
	○	○	○	○	○	○	○	○	○	○	○	○	○	○	○	○	○	○	○	○	○	○	○
稕	○	○	○	○	○	○	○	○	○	○	○	○	稕	○	○	舜	順	○	○	○	○	○	閏
	○	○	○	○	○	○	○	○	昀	○	○	○	儁	○	○	峻	殉	○	○	○	○	○	○
沒	○	䪻	勃	沒	咄	宊	突	訥	骨	窟	○	兀	卒	猝	捽	窣	○	頞	忽	搰	○	[illegible]	○
	○	○	○	○	○	○	○	○	○	○	○	○	絀	○	○	率	○	○	○	○	○	○	○
術	○	○	○	○	[illegible]	黜	朮	○	○	○	屈	○	茁	出	術	○	○	○	○	○	○	律	○
	○	○	○	○	○	○	○	○	橘	○	趫	○	卒	焌	崒	恤	○	○	獝	○	聿	○	○

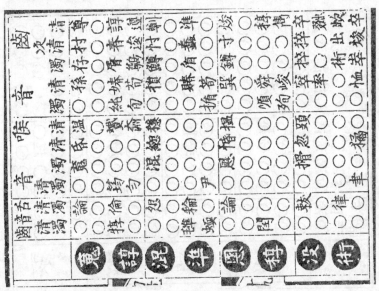

外轉第十九開

韻	脣音 清	脣音 次清	脣音 濁	脣音 清濁	舌音 清	舌音 次清	舌音 濁	舌音 清濁	牙音 清	牙音 次清	牙音 濁	牙音 清濁	齒音 清	齒音 次清	齒音 濁	齒音 清	齒音 濁	喉音 清	喉音 清	喉音 濁	喉音 清濁	舌音齒 清濁	舌音齒 清濁
欣	○	○	○	○	○	○	○	○	○	○	○	○	○	○	○	○	○	○	○	○	○	○	○
	○	○	○	○	○	○	○	○	○	○	○	○	○	○	○	○	○	○	○	○	○	○	○
	○	○	○	○	○	○	○	○	斤	○	勤	[illegible]	○	○	○	○	○	殷	欣	○	○	○	○
	○	○	○	○	○	○	○	○	○	○	○	○	○	○	○	○	○	○	○	○	○	○	○
隱	○	○	○	○	○	○	○	○	○	○	○	○	○	○	○	○	○	○	○	○	○	○	○
	○	○	○	○	○	○	○	○	○	○	○	○	○	○	○	○	○	○	○	○	○	○	○
	○	○	○	○	○	○	○	○	謹	赾	近	听	○	○	○	○	○	隱	[illegible]	○	○	○	○
	○	○	○	○	○	○	○	○	○	○	○	○	○	○	○	○	○	○	○	○	○	○	○
焮	○	○	○	○	○	○	○	○	○	○	○	○	○	○	○	○	○	○	○	○	○	○	○
	○	○	○	○	○	○	○	○	○	○	○	○	○	○	○	○	○	○	○	○	○	○	○
	○	○	○	○	○	○	○	○	靳	○	近	垽	○	○	○	○	○	億	焮	○	○	○	○
	○	○	○	○	○	○	○	○	○	○	○	○	○	○	○	○	○	○	○	○	○	○	○
迄	○	○	○	○	○	○	○	○	○	○	○	○	○	○	○	○	○	○	○	○	○	○	○
	○	○	○	○	○	○	○	○	○	○	○	○	○	○	○	○	○	○	○	○	○	○	○
	○	○	○	○	○	○	○	○	訖	乞	起	疙	○	○	○	○	○	○	迄	○	○	○	○
	○	○	○	○	○	○	○	○	○	○	○	○	○	○	○	○	○	○	○	○	○	○	○

外轉第二十合

	脣音清	次清	濁	清濁	舌音清	次清	濁	清濁	牙音清	次清	濁	清濁	齒音清	次清	濁	清	濁	喉音清	清	濁	清濁	舌音清濁	齒音清濁
文	○	○	○	○	○	○	○	○	○	○	○	○	○	○	○	○	○	○	○	○	○	○	○
	○	○	○	○	○	○	○	○	○	○	○	○	○	○	○	○	○	○	○	○	○	○	○
	分	芬	汾	文	○	○	○	○	君	○	羣	○	○	○	○	○	○	熅	熏	○	雲	○	○
	○	○	○	○	○	○	○	○	○	○	○	○	○	○	○	○	○	○	○	○	○	○	○
吻	○	○	○	○	○	○	○	○	○	○	○	○	○	○	○	○	○	○	○	○	○	○	○
	○	○	○	○	○	○	○	○	○	○	○	○	○	○	○	○	○	○	○	○	○	○	○
	粉	忿	憤	吻	○	○	○	○	攟	[illegible]	○	齳	○	○	○	○	○	惲	○	○	抎	○	○
	○	○	○	○	○	○	○	○	○	○	○	○	○	○	○	○	○	○	○	○	○	○	○
問	○	○	○	○	○	○	○	○	○	○	○	○	○	○	○	○	○	○	○	○	○	○	○
	○	○	○	○	○	○	○	○	○	○	○	○	○	○	○	○	○	○	○	○	○	○	○
	糞	○	分	問	○	○	○	○	攈	○	郡	○	○	○	○	○	○	醞	訓	○	運	○	○
	○	○	○	○	○	○	○	○	○	○	○	○	○	○	○	○	○	○	○	○	○	○	○
物	○	○	○	○	○	○	○	○	○	○	○	○	○	○	○	○	○	○	○	○	○	○	○
	○	○	○	○	○	○	○	○	○	○	○	○	○	○	○	○	○	○	○	○	○	○	○
	弗	拂	佛	物	○	○	○	○	亥	屈	倔	崛	○	○	○	○	○	鬱	颮	○	颹	○	○
	○	○	○	○	○	○	○	○	○	○	○	○	○	○	○	○	○	○	○	○	○	○	○

外轉第二十一開

韻	脣音 清	脣音 次清	脣音 濁	脣音 清濁	舌音 清	舌音 次清	舌音 濁	舌音 清濁	牙音 清	牙音 次清	牙音 濁	牙音 清濁	齒音 清	齒音 次清	齒音 濁	齒音 清	齒音 濁	喉音 清	喉音 清	喉音 濁	喉音 清濁	舌音齒 清濁	舌音齒 清濁
山元仙	○	○	○	○	○	○	○	○	○	○	○	○	○	○	○	○	○	○	○	○	○	○	○
	斒	○	○	○	譠	○	[illegible]	嘫	閒	慳	○	詽	○	貚	虥	山	○	[illegible]	羴	閑	○	斕	○
	○	○	○	○	○	○	○	○	犍	攑	[illegible]	言	○	○	○	○	○	蔫	軒	○	○	○	○
	鞭	篇	楩	綿	○	○	○	○	甄	○	○	○	煎	遷	錢	仙	涎	○	○	○	延	○	○
產阮獮	○	○	○	○	○	○	○	○	○	○	○	○	○	○	○	○	○	○	○	○	○	○	○
	版	眅	阪	矕	○	○	○	○	簡	齴	○	眼	醆	剗	棧	產	○	○	○	限	○	○	○
	○	○	○	○	○	○	○	○	揵	䖑	寋	言	○	○	○	○	○	堰	[illegible]	○	○	○	○
	褊	○	楩	緬	○	○	○	○	蹇	遣	○	○	翦	淺	踐	獮	[illegible]	○	○	○	演	○	○
襇願線	○	○	○	○	○	○	○	○	○	○	○	○	○	○	○	○	○	○	○	○	○	○	○
	扮	盼	辦	蔄	○	○	袒	○	襇	○	○	○	○	○	○	○	○	○	○	莧	○	○	○
	○	○	○	○	○	○	○	○	建	○	健	○	○	○	○	○	○	堰	憲	○	○	○	○
	徧	騗	便	面	○	○	○	○	○	譴	○	巘	箭	○	賤	線	羨	○	○	○	衍	○	○
鎋月薛	○	○	○	○	○	○	○	○	○	○	○	○	○	○	○	○	○	○	○	○	○	○	○
	捌	○	○	礣	哳	獺	○	痆	鸛	楬	○	聐	鐁	刹	○	殺	○	[illegible]	瞎	鎋	○	○	[illegible]
	○	○	○	○	○	○	○	○	訐	𥢢	揭	○	○	○	○	○	○	○	歇	○	○	○	○
	鷩	瞥	蹩	滅	○	○	○	○	孑	○	○	○	蠽	竊	○	薛	○	焆	○	○	抴	列	熱

外轉第二十二合

	脣音				舌音				牙音				齒音					喉音				舌音齒		
	清	次清	濁	清濁	清	次清	濁	清濁	清	次清	濁	清濁	清	次清	濁	清	濁	清	清	濁	清濁	清濁	清濁	
山元仙	○	○	○	○	○	○	○	○	○	○	○	○	○	○	○	○	○	○	○	○	○	○	○	
	○	○	○	○	○	○	窀	○	鰥	○	權	頑	○	恮	○	拴	○	嬽	○	湲	○	[illegible]	○	
	蕃	翻	煩	構	○	○	○	○	○	○	○	元	○	○	○	○	○	鴛	○	○	袁	○	○	
	○	○	○	○	䶋 丁全反	○	○	○	○	○	○	○	鐫	詮	全	宣	旋	娟	翾	○	沿	○	○	
產阮獮	○	○	○	○	○	○	○	○	○	○	○	○	○	○	○	○	○	○	○	○	○	○	○	
	○	○	○	○	○	○	○	○	○	○	○	○	○	○	○	○	○	○	○	○	○	○	○	
	反	○	飯	晚	○	○	○	○	卷	綣	圈	阮	○	○	○	○	○	婉	暅	○	遠	○	○	
	○	○	○	○	○	○	○	○	○	○	嬇	○	臇	○	雋	選	○	○	蠉	○	兗	○	輭	
襉願線	○	○	○	○	○	○	○	○	○	○	○	○	○	○	○	○	○	○	○	○	○	○	○	
	○	○	○	○	○	○	○	○	鰥	○	○	○	○	○	○	○	○	○	○	幻	○	○	○	
	販	嬎	餅	万	○	○	○	○	韏	券	圈	願	○	○	○	○	○	怨	楦	○	遠	○	○	
	○	○	○	○	○	○	○	○	絹	○	○	○	○	○	○	選	旋	○	○	○	掾	○	○	
鎋月薛	○	○	○	○	○	○	○	○	○	○	○	○	○	○	○	○	○	○	○	○	○	○	○	
	○	○	○	○	[illegible]	[illegible]	○	妠	刮	○	○	刖	茁	簒	○	刷	○	○	○	頢	○	○	○	
	髮	怖	伐	韈	○	[illegible]	○	○	厥	闕	蹶	月	○	○	○	○	○	嬮	颰	○	越	○	○	
	○	○	○	○	○	○	○	○	○	鈌	○	○	蕝	膬	絶	雪	㨖	妜	旻	○	悅	劣	○	

外轉第二十三開

脣音 清	脣音 次清	脣音 濁	脣音 清濁	舌音 清	舌音 次清	舌音 濁	舌音 清濁	牙音 清	牙音 次清	牙音 濁	牙音 清濁
○	○	○	○	單	灘	壇	難	干	看	○	豻
○	○	○	○	○	○	○	○	姦	馯	○	顏
○	○	○	○	邅	脠	纏	○	甄	愆	乾	妍
邊	○	蹁	眠	顛	天	田	年	堅	牽	○	研
○	○	○	○	亶	坦	但	攤	笴	侃	○	○
○	○	○	○	○	○	○	赧	○	○	○	齗
辡	鴘	辮	免	展	搌	邅	趁	蹇	○	件	齴
編	○	辯	沔	典	腆	殄	撚	繭	蜸	○	齞
○	○	○	○	旦	炭	憚	難	肝	侃	○	岸
○	○	○	○	○	㬎	○	○	諫	○	○	鴈
○	○	○	○	○	○	邅	輾	○	○	○	彥
徧	片	辨	麪	殿	瑱	電	晛	見	俔	○	硯
○	○	○	礣	怛	闥	達	捺	葛	渴	○	嶭
八	○	拔	傛	哳	○	達	痆	戛	詘	○	○
鼈	○	別	○	哲	徹	轍	○	揭	朅	傑	孽
鷩	瞥	蹩	蔑	窒	鐵	姪	涅	結	猰	○	齧

齒音 清	齒音 次清	齒音 濁	齒音 清	齒音 濁	喉音 清	喉音 清	喉音 濁	喉音 清濁	舌音齒 清濁	舌音齒 清濁	韻
○	餐	殘	珊	○	安	頇	寒	○	蘭	○	寒
○	○	潺	刪	○	○	○	○	○	○	○	刪
饘	燀	○	羶	鋋	焉	嗎	○	漹	連	然	仙
箋	千	前	先	○	煙	祆	賢	○	蓮	○	先
鬢	○	瓚	繖	○	○	罕	旱	○	嬾	○	旱
醆	棧	虥	潸	○	○	○	○	○	○	○	潸
[illegible]	闡	○	燃	善	放	○	○	○	輦	蹨	獮
戩	○	○	銑	○	蝘	顯	峴	○	○	○	銑
贊	粲	攢	散	○	按	漢	翰	○	爛	○	翰
○	鏟	輚	訕	○	晏	○	骭	○	○	○	諫
戰	硟	○	扇	繕	躽	○	○	羨	[illegible]	綖	線
薦	蒨	荐	霰	○	宴	韅	見	○	練	○	霰
○	攃	巀	躠	○	遏	頞	曷	○	剌	○	曷
札	察	○	殺	○	軋	傄	黠	○	○	○	黠
浙	掣	舌	設	折	焆	娎	○	○	列	熱	薛
節	切	截	屑	○	噎	[illegible]	纈	○	[illegible]	○	屑

外轉第二十四合

脣音清	脣音次清	脣音濁	脣音清濁	舌音清	舌音次清	舌音濁	舌音清濁	牙音清	牙音次清	牙音濁	牙音清濁
𪏭	潘	盤	瞞	端	湍	團	〇	官	寬	〇	岏
班	攀	〇	蠻	〇	〇	〇	奻	關	〇	〇	𤸪
〇	〇	〇	〇	〇	〇	〇	〇	勬	捲	權	〇
邊	〇	〇	〇	〇	〇	〇	〇	涓	〇	〇	〇
叛	坢	伴	滿	短	疃	斷	煖	管	款	〇	輐
版	販	阪	矕	〇	〇	〇	〇	〇	〇	〇	〇
〇	〇	〇	〇	轉	〇	篆	〇	卷	〇	圈	〇
〇	〇	〇	〇	〇	〇	〇	〇	畎	犬	〇	〇
半	判	畔	縵	鍛	彖	段	偄	貫	鏉	〇	玩
〇	襻	〇	慢	〇	〇	〇	奻	慣	〇	攡	薍
變	〇	卞	〇	囀	掾	傳	〇	眷	䛷	倦	〇
〇	〇	〇	〇	〇	〇	〇	〇	睊	〇	〇	〇
撥	潑	跋	末	掇	侻	奪	〇	括	闊	〇	枂
八	汃	拔	傛	窡	〇	〇	豽	刮	劀	〇	魁
〇	〇	〇	〇	輟	裰	〇	呐	蹶	〇	〇	〇
〇	〇	〇	〇	〇	〇	〇	〇	玦	闋	〇	〇

齒音清	齒音次清	齒音濁	齒音清	齒音濁	喉音清	喉音清	喉音濁	喉音清濁	舌音清濁	齒清濁	韻
鑽	〇	欑	酸	〇	剜	歡	桓	〇	鑾	〇	桓
跧	〇	狗	〇	〇	彎	〇	還	〇	〇	〇	刪
專	穿	船	〇	遄	〇	嬛	〇	員	攣	堧	仙
〇	〇	〇	〇	〇	淵	儇	玄	〇	〇	〇	先
纂	〇	鄼	算	〇	捥	濺	緩	〇	卵	〇	緩
〇	孱	撰	〇	〇	綰	〇	睆	〇	〇	〇	潸
剸	舛	〇	膞	〇	宛	〇	〇	〇	臠	腝	獮
〇	〇	〇	旋	〇	蜎	〇	泫	〇	〇	〇	銑
穳	竄	攢	筭	〇	惋	喚	換	〇	亂	〇	換
〇	篡	饌	𢍏	〇	綰	〇	患	〇	〇	〇	諫
剸	釧	〇	〇	捷	〇	〇	縣	瑗	戀	㬉	線
〇	〇	〇	〇	〇	餶	絢	〇	〇	〇	〇	霰
繓	撮	拙	刡	〇	斡	豁	活	〇	捋	〇	末
茁	〇	〇	刷	〇	〇	傄	滑	〇	〇	〇	黠
拙	歠	〇	說	〇	噦	旻	〇	〇	劣	爇	薛
〇	〇	〇	〇	〇	抉	血	穴	〇	〇	〇	屑

外轉第二十五開

脣音				舌音				牙音				齒音					喉音				舌音齒		
清	次清	濁	清濁	清	次清	濁	清濁	清	次清	濁	清濁	清	次清	濁	清	濁	清	清	濁	清濁	清濁	清濁	
褒	橐	袍	毛	刀	饕	陶	猱	高	尻	○	敖	糟	操	曹	騷	○	鏖	蒿	豪	○	勞	○	豪
包	胞	庖	茅	嘲	颮	䄻	鐃	交	敲	○	聱	[illegible]	[illegible]	巢	捎	○	[illegible]	虓	肴	○	顟	○	爻
鑣	藨	○	苗	朝	超	晁	○	驕	蹻	喬	堯	昭	怊	○	燒	韶	妖	囂	○	鴞	燎	饒	宵
○	○	○	○	貂	挑	迢	○	驍	鄡	○	嶢	○	○	○	蕭	○	幺	膮	○	○	聊	○	蕭
寶	鑣	抱	蓩	倒	討	道	腦	暠	考	○	積	早	草	皁	嫂	○	襖	好	晧	○	老	○	晧
飽	○	鮑	卯	䝤	○	○	獿	絞	巧	○	齩	爪	煼	[illegible]	[illegible]	○	拗	○	槀	○	○	○	巧
表	麃	藨	○	○	[illegible]	趙	○	蟜	○	𩬰	○	沼	麨	○	少	紹	殀	○	○	○	繚	擾	小
○	○	○	○	鳥	朓	窕	嬲	皎	磽	○	○	湫	○	○	篠	○	杳	曉	皛	○	了	○	篠
報	○	暴	帽	到	○	導	臑	誥	鎬	○	傲	竈	操	漕	喿	○	奧	耗	號	○	嫪	○	號
豹	奅	鮑	貌	罩	趠	棹	撓	教	敲	○	樂	抓	抄	巢	稍	○	靿	孝	效	○	○	○	效
○	○	○	廟	○	朓	召	○	驕	○	嶠	○	照	○	○	少	邵	○	○	○	○	療	饒	笑
○	○	○	○	弔	糶	藋	尿	叫	竅	○	顤	○	○	○	嘯	○	窔	歗	○	○	顟	○	嘯
○	○	○	○	○	○	○	○	○	○	○	○	○	○	○	○	○	○	○	○	○	○	○	
○	○	○	○	○	○	○	○	○	○	○	○	○	○	○	○	○	○	○	○	○	○	○	
○	○	○	○	○	○	○	○	○	○	○	○	○	○	○	○	○	○	○	○	○	○	○	
○	○	○	○	○	○	○	○	○	○	○	○	○	○	○	○	○	○	○	○	○	○	○	

外轉第二十六合

唇音				舌音				牙音				齒音					喉音				舌音齒		
清	次清	濁	清濁	清	次清	濁	清濁	清	次清	濁	清濁	清	次清	濁	清	濁	清	清	濁	清濁	清濁	清濁	
○	○	○	○	○	○	○	○	○	○	○	○	○	○	○	○	○	○	○	○	○	○	○	宵
○	○	○	○	○	○	○	○	○	○	○	○	○	○	○	○	○	○	○	○	○	○	○	
○	○	○	○	○	○	○	○	○	○	○	○	○	○	○	○	○	○	○	○	○	○	○	
飆	漂	瓢	蜱	○	○	○	○	○	蹻	翹	○	焦	鍫	樵	宵	○	葽	○	○	遙	○	○	
○	○	○	○	○	○	○	○	○	○	○	○	○	○	○	○	○	○	○	○	○	○	○	小
○	○	○	○	○	○	○	○	○	○	○	○	○	○	○	○	○	○	○	○	○	○	○	
○	○	○	○	○	○	○	○	○	○	○	○	○	○	○	○	○	○	○	○	○	○	○	
褾	縹	摽	眇	○	○	○	○	○	[illegible]	○	○	勦	悄	潐	小	○	闄	○	○	鷕	○	○	
○	○	○	○	○	○	○	○	○	○	○	○	○	○	○	○	○	○	○	○	○	○	○	笑
○	○	○	○	○	○	○	○	○	○	○	○	○	○	○	○	○	○	○	○	○	○	○	
○	○	○	○	○	○	○	○	○	○	○	○	○	○	○	○	○	○	○	○	○	○	○	
○	剽	驃	妙	○	○	○	○	○	[illegible]	翹	趬	醮	陗	噍	笑	○	要	○	○	燿	○	○	
○	○	○	○	○	○	○	○	○	○	○	○	○	○	○	○	○	○	○	○	○	○	○	
○	○	○	○	○	○	○	○	○	○	○	○	○	○	○	○	○	○	○	○	○	○	○	
○	○	○	○	○	○	○	○	○	○	○	○	○	○	○	○	○	○	○	○	○	○	○	
○	○	○	○	○	○	○	○	○	○	○	○	○	○	○	○	○	○	○	○	○	○	○	

內轉第二十七合

脣音				舌音				牙音				齒音					喉音				舌音齒		
清	次清	濁	清濁	清	次清	濁	清濁	清	次清	濁	清濁	清	次清	濁	清	濁	清	清	濁	清濁	清濁	清濁	
○	○	○	○	多	他	駝	那	歌	珂	○	莪	○	蹉	醝	娑	○	阿	訶	何	○	羅	○	歌
○	○	○	○	○	○	○	○	○	○	○	○	○	○	○	○	○	○	○	○	○	○	○	
○	○	○	○	○	○	○	○	○	○	○	○	○	○	○	○	○	○	○	○	○	○	○	
○	○	○	○	○	○	○	○	○	○	○	○	○	○	○	○	○	○	○	○	○	○	○	
○	○	○	○	癉	○	爹	橠	哿	可	○	我	左	瑳	○	縒	○	閜	吹	荷	○	砢	○	哿
○	○	○	○	○	○	○	○	○	○	○	○	○	○	○	○	○	○	○	○	○	○	○	
○	○	○	○	○	○	○	○	○	○	○	○	○	○	○	○	○	○	○	○	○	○	○	
○	○	○	○	○	○	○	○	○	○	○	○	○	○	○	○	○	○	○	○	○	○	○	
○	○	○	○	路	拖	馱	奈	箇	坷	○	餓	佐	磋	○	些	○	○	呵	賀	○	邏	○	箇
○	○	○	○	○	○	○	○	○	○	○	○	○	○	○	○	○	○	○	○	○	○	○	
○	○	○	○	○	○	○	○	○	○	○	○	○	○	○	○	○	○	○	○	○	○	○	
○	○	○	○	○	○	○	○	○	○	○	○	○	○	○	○	○	○	○	○	○	○	○	
○	○	○	○	○	○	○	○	○	○	○	○	○	○	○	○	○	○	○	○	○	○	○	
○	○	○	○	○	○	○	○	○	○	○	○	○	○	○	○	○	○	○	○	○	○	○	
○	○	○	○	○	○	○	○	○	○	○	○	○	○	○	○	○	○	○	○	○	○	○	
○	○	○	○	○	○	○	○	○	○	○	○	○	○	○	○	○	○	○	○	○	○	○	

內轉第二十八合　𩨷去靴反

	脣音 清	脣音 次清	脣音 濁	脣音 清濁	舌音 清	舌音 次清	舌音 濁	舌音 清濁	牙音 清	牙音 次清	牙音 濁	牙音 清濁	齒音 清	齒音 次清	齒音 濁	齒音 清	齒音 濁	喉音 清	喉音 清	喉音 濁	喉音 清濁	舌音齒 清濁	舌音齒 清濁
戈	波	頗	婆	摩	除	詑	陀	捼	戈	科	○	訛	侳	遳	矬	莎	○	倭	○	和	○	驘	○
	○	○	○	○	○	○	○	○	○	○	○	○	○	○	○	○	○	○	○	○	○	○	○
	○	○	○	○	○	○	○	○	○	𩨷	瘸	○	○	○	○	○	○	𦚔	鞾	○	○	○	○
	○	○	○	○	○	○	○	○	○	○	○	○	○	○	○	○	○	○	○	○	○	○	○
果	跛	叵	爸	麼	朶	妥	墮	㛄	果	顆	○	姽	硰	脞	坐	鎖	○	婐	火	禍	○	躶	○
	○	○	○	○	○	○	○	○	○	○	○	○	○	○	○	○	○	○	○	○	○	○	○
	○	○	○	○	○	○	○	○	○	○	○	○	○	○	○	○	○	○	○	○	○	○	○
	○	○	○	○	○	○	○	○	○	○	○	○	○	○	○	○	○	○	○	○	○	○	○
過	播	破	縛	磨	桗	唾	惰	愞	過	課	○	臥	挫	剉	座	膹	○	涴	貨	和	○	[illegible]	○
	○	○	○	○	○	○	○	○	○	○	○	○	○	○	○	○	○	○	○	○	○	○	○
	○	○	○	○	○	○	○	○	○	○	○	○	○	○	○	○	○	○	○	○	○	○	○
	○	○	○	○	○	○	○	○	○	○	○	○	○	○	○	○	○	○	○	○	○	○	○
	○	○	○	○	○	○	○	○	○	○	○	○	○	○	○	○	○	○	○	○	○	○	○
	○	○	○	○	○	○	○	○	○	○	○	○	○	○	○	○	○	○	○	○	○	○	○
	○	○	○	○	○	○	○	○	○	○	○	○	○	○	○	○	○	○	○	○	○	○	○
	○	○	○	○	○	○	○	○	○	○	○	○	○	○	○	○	○	○	○	○	○	○	○

內轉第二十九開

韻	唇音 清	唇音 次清	唇音 濁	唇音 清濁	舌音 清	舌音 次清	舌音 濁	舌音 清濁	牙音 清	牙音 次清	牙音 濁	牙音 清濁	齒音 清	齒音 次清	齒音 濁	齒音 清	齒音 濁	喉音 清	喉音 清	喉音 濁	喉音 清濁	舌音 清濁	齒 清濁
麻	○	○	○	○	○	○	○	○	○	○	○	○	○	○	○	○	○	○	○	○	○	○	○
	巴	葩	爬	麻	奓	詫	茶	拏	嘉	齣	○	牙	樝	叉	楂	䲡	○	鴉	煆	遐	○	○	○
	○	○	○	○	○	○	○	○	○	○	○	○	遮	車	蛇	奢	闍	○	○	○	○	儸	若
	○	○	○	○	奓	○	○	○	○	○	○	○	嗟	○	査	些	邪	○	○	○	耶	○	○
馬 䔝 盧下反	○	○	○	○	○	○	○	○	○	○	○	○	○	○	○	○	○	○	○	○	○	○	○
	把	○	跁	馬	觰	姹	○	䋈	賈	跒	○	雅	鮓	○	槎	灑	○	啞	啁	下	○	䔝	○
	○	○	○	○	○	○	○	○	○	○	○	○	者	奲	○	捨	社	○	○	○	○	○	若
	○	○	○	○	○	○	○	○	○	○	○	○	姐	且	担	寫	灺	○	○	○	野	○	○
禡	○	○	○	○	○	○	○	○	○	○	○	○	○	○	○	○	○	○	○	○	○	○	○
	霸	怕	杷	禡	吒	詫	蛇	䏧	駕	髂	○	迓	詐	○	乍	嗄	○	亞	嚇	暇	○	○	○
	○	○	○	○	○	○	○	○	○	○	○	○	柘	赿	射	舍	○	○	○	○	○	○	偌
	○	○	○	○	○	○	○	○	○	歌	○	○	唶	笡	褯	蝑	謝	○	○	○	夜	○	○
	○	○	○	○	○	○	○	○	○	○	○	○	○	○	○	○	○	○	○	○	○	○	○
	○	○	○	○	○	○	○	○	○	○	○	○	○	○	○	○	○	○	○	○	○	○	○
	○	○	○	○	○	○	○	○	○	○	○	○	○	○	○	○	○	○	○	○	○	○	○
	○	○	○	○	○	○	○	○	○	○	○	○	○	○	○	○	○	○	○	○	○	○	○

外轉第三十合

脣音 清	脣音 次清	脣音 濁	脣音 清濁	舌音 清	舌音 次清	舌音 濁	舌音 清濁	牙音 清	牙音 次清	牙音 濁	牙音 清濁	齒音 清	齒音 次清	齒音 濁	齒音 清	齒音 濁	喉音 清	喉音 清	喉音 濁	喉音 清濁	舌音齒 清濁	舌音齒 清濁	
○	○	○	○	○	○	○	○	○	○	○	○	○	○	○	○	○	○	○	○	○	○	○	麻
○	○	○	○	檛	○	○	○	瓜	誇	○	伙	髽	○	○	○	○	窊	花	華	○	○	○	
○	○	○	○	○	○	○	○	○	○	○	○	○	○	○	○	○	○	○	○	○	○	○	
○	○	○	○	○	○	○	○	○	○	○	○	○	○	○	○	○	○	○	○	○	○	○	
○	○	○	○	○	○	○	○	○	○	○	○	○	○	○	○	○	○	○	○	○	○	○	馬
○	○	○	○	觰	[illegible]	○	○	寡	髁	○	瓦	[illegible]	[illegible]	葰	○	○	搲	○	踝	○	○	○	
○	○	○	○	○	○	○	○	○	○	○	○	○	○	○	○	○	○	○	○	○	○	○	
○	○	○	○	○	○	○	○	○	○	○	○	○	○	○	○	○	○	○	○	○	○	○	
○	○	○	○	○	○	○	○	○	○	○	○	○	○	○	○	○	○	○	○	○	○	○	禡
○	○	○	○	○	○	○	○	坬	跨	○	瓦	○	○	○	誜	○	攨	化	吴	○	○	○	
○	○	○	○	○	○	○	○	○	○	○	○	○	○	○	○	○	○	○	○	○	○	○	
○	○	○	○	○	○	○	○	○	○	○	○	○	○	○	○	○	○	○	○	○	○	○	
○	○	○	○	○	○	○	○	○	○	○	○	○	○	○	○	○	○	○	○	○	○	○	
○	○	○	○	○	○	○	○	○	○	○	○	○	○	○	○	○	○	○	○	○	○	○	
○	○	○	○	○	○	○	○	○	○	○	○	○	○	○	○	○	○	○	○	○	○	○	
○	○	○	○	○	○	○	○	○	○	○	○	○	○	○	○	○	○	○	○	○	○	○	

內轉第三十一開

韻	脣音 清	脣音 次清	脣音 濁	脣音 清濁	舌音 清	舌音 次清	舌音 濁	舌音 清濁	牙音 清	牙音 次清	牙音 濁	牙音 清濁	齒音 清	齒音 次清	齒音 濁	齒音 清	齒音 濁	喉音 清	喉音 清	喉音 濁	喉音 清濁	舌齒音 清濁	舌齒音 清濁
唐	幫	滂	傍	茫	當	湯	堂	囊	剛	穅	○	卬	臧	倉	藏	桑	○	鴦	炕	航	○	郎	○
	○	○	○	○	○	○	○	○	○	○	○	○	莊	瘡	牀	霜	○	○	○	○	○	○	○
陽	方	芳	房	亡	張	倀	長	孃	畺	羌	強	○	章	昌	○	商	常	央	香	○	羊	良	穰
	○	○	○	○	○	○	○	○	○	○	○	○	將	鏘	牆	相	詳	○	○	○	陽	○	○
蕩	榜	髈	○	莽	黨	儻	蕩	曩	航	慷	○	駠	駔	蒼	○	顙	○	泱	汻	沆	○	朗	○
	○	○	○	○	○	○	○	○	○	○	○	○	○	磢	○	爽	○	○	○	○	○	○	○
養	昉	髣	○	罔	長	昶	丈	○	繈	○	勥	仰	掌	敞	○	賞	上	鞅	響	○	○	兩	攘
	○	○	○	○	○	○	○	○	○	○	○	○	獎	搶	○	想	像	○	○	○	養	○	○
宕	螃	○	傍	漭	譡	儻	宕	儾	鋼	抗	○	枊	葬	稽	藏	喪	○	盎	○	吭	○	浪	○
	○	○	○	○	○	○	○	○	○	○	○	○	壯	刱	狀	○	○	○	○	○	○	○	○
漾	放	訪	防	妄	帳	悵	仗	釀	彊	唴	強	軻	障	唱	○	餉	尚	怏	向	○	○	亮	讓
	○	○	○	○	○	○	○	○	○	○	○	○	醬	蹡	匠	相	○	○	○	○	漾	○	○
鐸	博	顊	泊	莫	○	託	鐸	諾	各	恪	○	愕	作	錯	昨	索	○	惡	臛	涸	○	落	○
	○	○	○	○	○	○	○	○	○	○	○	○	斮	○	○	○	○	○	○	○	○	○	○
藥	轉	霹	縛	○	芍	辵	著	逽	腳	卻	噱	虐	灼	綽	○	爍	杓	約	謔	○	○	略	弱
	○	○	○	○	○	○	○	○	○	○	○	○	爵	鵲	嚼	削	○	○	○	○	藥	○	○

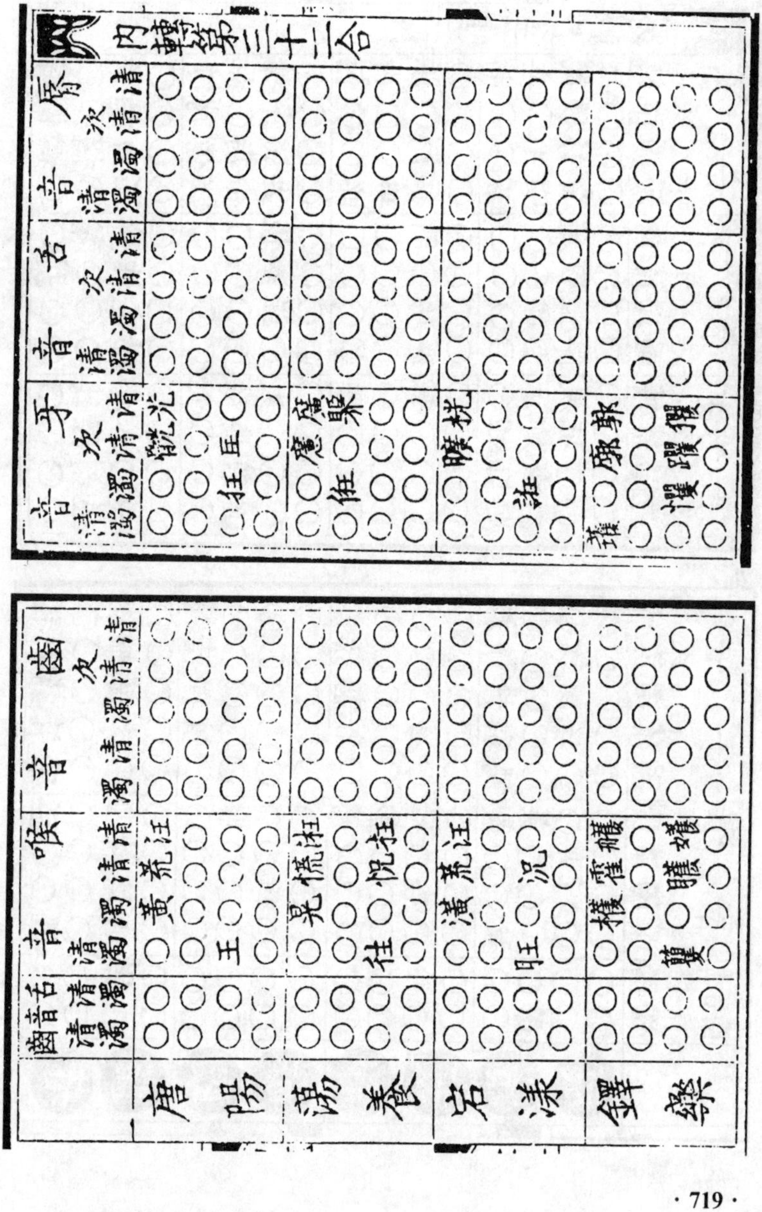

内轉第三十二合

脣音				舌音				牙音				齒音					喉音				舌音	齒	
清	次清	濁	清濁	清	次清	濁	清濁	清	次清	濁	清濁	清	次清	濁	清	濁	清	清	濁	清濁	清濁	清濁	
○	○	○	○	○	○	○	○	光	觥	○	○	○	○	○	○	○	汪	荒	黃	○	○	○	唐
○	○	○	○	○	○	○	○	○	○	○	○	○	○	○	○	○	○	○	○	○	○	○	
○	○	○	○	○	○	○	○	○	匡	狂	○	○	○	○	○	○	○	○	○	王	○	○	陽
○	○	○	○	○	○	○	○	○	○	○	○	○	○	○	○	○	○	○	○	○	○	○	
○	○	○	○	○	○	○	○	廣	懬	○	○	○	○	○	○	○	汪	慌	晃	○	○	○	蕩
○	○	○	○	○	○	○	○	臩	○	俇	○	○	○	○	○	○	○	○	○	○	○	○	
○	○	○	○	○	○	○	○	○	○	○	○	○	○	○	○	○	枉	怳	○	往	○	○	養
○	○	○	○	○	○	○	○	○	○	○	○	○	○	○	○	○	○	○	○	○	○	○	
○	○	○	○	○	○	○	○	桄	曠	○	○	○	○	○	○	○	汪	荒	潢	○	○	○	宕
○	○	○	○	○	○	○	○	○	○	○	○	○	○	○	○	○	○	○	○	○	○	○	
○	○	○	○	○	○	○	○	○	○	誑	○	○	○	○	○	○	○	況	○	旺	○	○	漾
○	○	○	○	○	○	○	○	○	○	○	○	○	○	○	○	○	○	○	○	○	○	○	
○	○	○	○	○	○	○	○	郭	廓	○	擭	○	○	○	○	○	臒	霍	檴	○	○	○	鐸
○	○	○	○	○	○	○	○	○	○	○	○	○	○	○	○	○	○	○	○	○	○	○	
○	○	○	○	○	○	○	○	玃	躩	戄	○	○	○	○	○	○	嬳	矆	○	籰	○	○	藥
○	○	○	○	○	○	○	○	○	○	○	○	○	○	○	○	○	○	○	○	○	○	○	

外轉第三十三開

韻	脣音清	脣音次清	脣音濁	脣音清濁	舌音清	舌音次清	舌音濁	舌音清濁	牙音清	牙音次清	牙音濁	牙音清濁	齒音清	齒音次清	齒音濁	齒音清	齒音濁	喉音清	喉音清	喉音濁	喉音清濁	舌音清濁	齒音清濁
庚	○	○	○	○	○	○	○	○	○	○	○	○	○	○	○	○	○	○	○	○	○	○	○
	閍	磅	彭	盲	趟	瞠	棖	儜	庚	坑	○	○	○	鎗	傖	生	○	○	亨	行	○	○	○
清	兵	○	平	明	○	○	○	○	京	卿	擎	○	○	○	○	○	○	英	○	○	○	○	○
	并	○	○	名	○	○	○	○	○	輕	頸	迎	精	清	情	騂	餳	嬰	○	○	盈	○	○
梗	○	○	○	○	○	○	○	○	○	○	○	○	○	○	○	○	○	○	○	○	○	○	○
	浜	○	鮩	猛	盯	○	瑒	擰	梗	○	○	○	○	○	○	省	○	䁝	○	杏	○	冷	○
靜	丙	○	○	皿	○	○	○	○	○	○	○	○	○	○	○	○	○	影	○	○	○	○	○
	餅	○	○	眳	○	○	○	○	頸	○	○	○	井	請	靜	省	○	瀴	○	○	○	○	○
敬	○	○	○	○	○	○	○	○	○	○	○	○	○	○	○	○	○	○	○	○	○	○	○
	搒	烹	膨	孟	倀	牚	鋥	○	更	○	○	硬	○	○	○	○	○	○	○	行	○	○	○
勁	柄	○	病	命	○	○	○	○	敬	慶	競	迎	○	○	○	○	○	映	○	○	○	○	○
	拼	聘	偋	詺	○	○	○	○	勁	○	○	○	精	倩	淨	性	○	○	○	○	○	○	○
陌	○	○	○	○	○	○	○	○	○	○	○	○	○	○	○	○	○	○	○	○	○	○	○
	伯	拍	白	陌	磔	拆	宅	蹃	格	客	○	額	迮	柵	齚	索	○	啞	赫	垎	○	礐	○
昔	○	○	欂	○	黐	○	○	○	戟	隙	劇	逆	○	○	○	○	○	○	○	○	○	○	○
	辟	僻	擗	○	○	剔	○	○	○	○	○	○	積	刺	籍	昔	席	益	○	○	繹	○	○

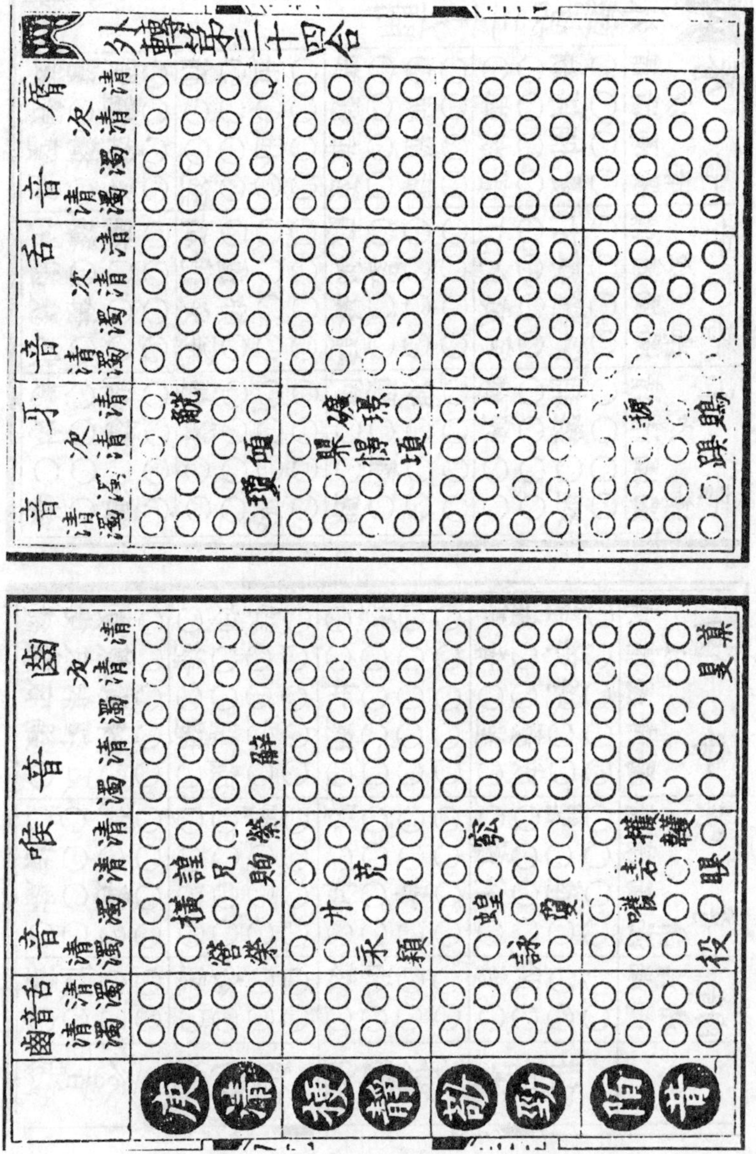
外轉第三十四合
脣音 清 次清 濁 清濁
舌音 清 次清 濁 清濁
牙音 清 次清 濁 清濁
齒音 清 次清 濁 清 濁
喉音 清 清 濁 清濁
舌音齒 清濁 清濁
庚 清 梗 靜 敬 勁 陌 昔

外轉第三十五開

	脣音清	脣音次清	脣音濁	脣音清濁	舌音清	舌音次清	舌音濁	舌音清濁	牙音清	牙音次清	牙音濁	牙音清濁	齒音清	齒音次清	齒音濁	齒音清	齒音濁	喉音清	喉音清	喉音濁	喉音清濁	舌音齒清濁	舌音齒清濁
	○	○	○	○	○	○	○	○	○	○	○	○	○	○	○	○	○	○	○	○	○	○	○
耕	絣	伻	棚	甍	打	撐	橙	儜	耕	鏗	○	娙	爭	琤	崢	○	○	甖	○	莖	○	○	○
清	○	○	○	○	○	○	○	○	○	○	○	○	征	○	○	聲	成	○	○	○	○	跉	○
青	○	竮	瓶	冥	丁	汀	庭	寍	經	輕	○	○	菁	青	○	星	○	○	馨	刑	○	靈	○
	○	○	○	○	○	○	○	○	○	○	○	○	○	○	○	○	○	○	○	○	○	○	○
耿	○	餅	竝	艋	○	○	○	○	耿	○	○	○	○	○	○	○	○	○	○	幸	○	○	○
靜	○	○	○	○	○	逞	○	○	頸	○	痙	○	整	○	○	○	○	○	○	○	○	領	○
迥	鞞	頩	並	茗	頂	侹	挺	頊	剄	○	○	脛	○	○	汫	醒	○	巊	○	婞	○	笭	○
	○	○	○	○	○	○	○	○	○	○	○	○	○	○	○	○	○	○	○	○	○	○	○
諍	迸	○	偋	○	○	○	○	○	○	○	○	硬	諍	○	○	○	○	䙬	○	○	○	○	○
勁	○	○	○	○	○	遉	鄭	○	○	○	○	○	政	○	○	聖	盛	○	○	○	○	令	○
徑	跰	○	○	暝	矴	聽	定	寗	徑	罄	○	○	○	靘	○	醒	○	○	○	脛	○	零	○
	○	○	○	○	○	○	○	○	○	○	○	○	○	○	○	○	○	○	○	○	○	○	○
麥	檗	擗	繴	麥	摘	○	○	○	隔	礊	○	鷊	責	策	賾	栜	○	戹	○	覈	○	○	○
昔	碧	○	欂	○	擿	○	擲	○	○	○	○	○	隻	尺	射	釋	石	○	○	○	○	䂿	○
錫	壁	劈	甓	覓	的	逖	狄	惄	激	燩	○	鷁	績	戚	寂	錫	○	○	欯	檄	○	靂	○

外轉第三十六合

	脣音				舌音				牙音				齒音					喉音				舌音齒	
	清	次清	濁	清濁	清	次清	濁	清濁	清	次清	濁	清濁	清	次清	濁	清	濁	清	清	濁	清濁	清濁	清濁
	〇	〇	〇	〇	〇	〇	〇	〇	〇	〇	〇	〇	〇	〇	〇	〇	〇	〇	〇	〇	〇	〇	〇
耕	繃	〇	〇	〇	〇	〇	〇	〇	〇	〇	〇	〇	〇	〇	〇	〇	〇	泓	轟	宏	〇	〇	〇
	〇	〇	〇	〇	〇	〇	〇	〇	〇	〇	〇	〇	〇	〇	〇	〇	〇	〇	〇	〇	〇	〇	〇
青	〇	〇	〇	〇	〇	〇	〇	〇	扃	〇	〇	〇	〇	〇	〇	〇	〇	〇	〇	熒	〇	〇	〇
	〇	〇	〇	〇	〇	〇	〇	〇	〇	〇	〇	〇	〇	〇	〇	〇	〇	〇	〇	〇	〇	〇	〇
耿	〇	〇	〇	〇	〇	〇	〇	〇	〇	〇	〇	〇	〇	〇	〇	〇	〇	〇	〇	〇	〇	〇	〇
	〇	〇	〇	〇	〇	〇	〇	〇	〇	〇	〇	〇	〇	〇	〇	〇	〇	〇	〇	〇	〇	〇	〇
迥	〇	〇	〇	〇	〇	〇	〇	〇	熲	褧	〇	〇	〇	〇	〇	〇	〇	濙	詗	迥	〇	〇	〇
	〇	〇	〇	〇	〇	〇	〇	〇	〇	〇	〇	〇	〇	〇	〇	〇	〇	〇	〇	〇	〇	〇	〇
諍	〇	〇	〇	〇	〇	〇	〇	〇	〇	〇	〇	〇	〇	〇	〇	〇	〇	宖	轟	〇	〇	〇	〇
	〇	〇	〇	〇	〇	〇	〇	〇	〇	〇	〇	〇	〇	〇	〇	〇	〇	〇	〇	〇	〇	〇	〇
徑	〇	〇	〇	〇	〇	〇	〇	〇	〇	〇	〇	〇	〇	〇	〇	〇	〇	鎣	詗	〇	〇	〇	〇
	〇	〇	〇	〇	〇	〇	〇	〇	〇	〇	〇	〇	〇	〇	〇	〇	〇	〇	〇	〇	〇	〇	〇
麥	〇	〇	〇	〇	〇	〇	〇	〇	蟈	碅	趪	〇	櫨	〇	趚	攄	〇	〇	劃	獲	〇	礰	〇
	〇	〇	〇	〇	〇	〇	〇	〇	〇	〇	〇	〇	〇	〇	〇	〇	〇	〇	〇	〇	〇	〇	〇
錫	〇	〇	〇	〇	〇	歡	〇	〇	郹	闃	〇	〇	〇	〇	〇	〇	〇	〇	殈	〇	〇	〇	〇

內轉第三十七開

唇音清	唇音次清	唇音濁	唇音清濁	舌音清	舌音次清	舌音濁	舌音清濁	牙音清	牙音次清	牙音濁	牙音清濁	齒音清	齒音次清	齒音濁	齒音清	齒音濁	喉音清	喉音清	喉音濁	喉音清濁	舌音齒清濁	舌音齒清濁	
○	○	裒	呣	兜	偷	頭	羺	鉤	彄	○	齵	鯫	誰	鄹	涑	○	謳	齁	侯	○	樓	○	侯
○	○	○	○	○	○	○	○	○	○	○	○	鄒	搊	愁	搜	○	○	○	○	○	○	○	
不	○	浮	謀	輈	抽	儔	○	鳩	丘	求	牛	周	犨	○	收	讎	優	休	○	尤	劉	柔	尤
彪	飍	滮	繆	○	○	○	○	樛	惏	蚪	聱	啾	秋	遒	脩	囚	幽	飍	○	由	鏐	○	幽
掊	剖	部	母	斗	黈	[illegible]	穀	苟	口	○	藕	走	趣	鯫	叟	○	歐	吼	厚	○	塿	○	厚
○	○	○	○	○	○	○	○	○	○	○	○	掫	[illegible]	[illegible]	溲	○	○	○	○	○	○	○	
缶	紑	婦	○	肘	丑	紂	紐	久	糗	臼	○	帚	醜	壽	首	受	[illegible]	朽	○	有	柳	蹂	有
○	○	○	○	○	○	○	○	糾	○	蟉	○	酒	○	湫	滫	○	黝	○	○	酉	○	○	黝
○	仆	[illegible]	茂	鬭	透	豆	耨	遘	寇	○	偶	奏	輳	[illegible]	瘶	○	漚	詬	候	○	陋	○	候
○	○	○	○	○	○	○	○	○	○	○	○	皺	簉	驟	瘦	○	○	○	○	○	○	○	
富	副	復	莓	晝	○	胄	糅	救	[illegible]	舊	鼽	呪	臭	○	狩	授	○	齅	●	宥	溜	輮	宥
○	○	○	謬	○	○	○	○	○	[illegible]	[illegible]	○	僦	趥	就	秀	岫	幼	○	○	狖	○	○	幼
○	○	○	○	○	○	○	○	○	○	○	○	○	○	○	○	○	○	○	○	○	○	○	
○	○	○	○	○	○	○	○	○	○	○	○	○	○	○	○	○	○	○	○	○	○	○	
○	○	○	○	○	○	○	○	○	○	○	○	○	○	○	○	○	○	○	○	○	○	○	
○	○	○	○	○	○	○	○	○	○	○	○	○	○	○	○	○	○	○	○	○	○	○	

內轉第三十八合

唇音清	唇音次清	唇音濁	唇音清濁	舌音清	舌音次清	舌音濁	舌音清濁	牙音清	牙音次清	牙音濁	牙音清濁	齒音清	齒音次清	齒音濁	齒音清	齒音濁	喉音清	喉音清	喉音濁	喉音清濁	舌音齒清濁	清濁	
○	○	○	○	○	○	○	○	○	○	○	○	○	○	○	○	○	○	○	○	○	○	○	侵
○	○	○	○	○	○	○	○	○	○	○	○	簪	參	岑	森	○	○	○	○	○	○	○	
○	○	○	○	碪	琛	沉	誑	金	欽	琴	吟	斟	覘	煁	深	諶	音	歆	○	○	林	任	
○	○	○	○	○	譖	○	○	○	○	○	○	祲	侵	鬵	心	尋	愔	○	○	淫	○	○	
○	○	○	○	○	○	○	○	○	○	○	○	○	○	○	○	○	○	○	○	○	○	○	寑
○	○	○	○	○	○	○	○	○	○	○	○	[illegible]	墋	[illegible]	[illegible]	○	○	○	○	○	○	○	
稟	品	○	○	戡	踸	朕	拰	錦	坅	噤	僸	枕	瀋	葚	沈	甚	飲	廞	○	○	廩	荏	
○	○	○	○	○	○	○	○	○	顉	○	○	[illegible]	寑	蕈	罧	○	○	○	○	○	○	○	
○	○	○	○	○	○	○	○	○	○	○	○	○	○	○	○	○	○	○	○	○	○	○	沁
○	○	○	○	○	○	○	○	○	○	○	○	譖	讖	○	滲	○	○	○	○	○	○	○	
○	○	○	○	椹	闖	鴆	賃	禁	○	紟	吟	枕	○	○	深	甚	蔭	○	○	類	臨	絍	
○	○	○	○	○	○	○	○	○	○	○	○	浸	沁	○	○	○	○	○	○	○	○	○	
○	○	○	○	○	○	○	○	○	○	○	○	○	○	○	○	○	○	○	○	○	○	○	緝
○	○	○	○	○	○	○	○	○	○	○	○	戢	㞙	霵	澀	○	○	○	○	○	○	○	
鵖	○	[illegible]	○	縶	湁	蟄	孨	急	泣	及	岌	執	斟	褶	濕	十	邑	吸	○	煜	立	入	
○	○	○	○	○	○	○	○	○	○	○	○	[illegible]	緝	集	[illegible]	習	揖	○	○	熠	○	○	

外轉第三十九開

脣音清	脣音次清	脣音濁	脣音清濁	舌音清	舌音次清	舌音濁	舌音清濁	牙音清	牙音次清	牙音濁	牙音清濁
○	○	○	○	耽	探	覃	南	弇	龕	○	[illegible]
○	○	○	○	詀	○	○	諵	緘	鵮	○	嵒
砭	○	○	○	霑	覘	[illegible]	黏	廉	○	○	嚴
○	○	○	○	髺	添	甛	鮎		謙	鉗	○
○	○	○	○	黕	襑	禫	腩	感	坎		[illegible]
○	○	○	○	○	[illegible]	湛	罯	鹼	[illegible]	○	顩
貶	○	○	○	○	諂	○	○	檢	預	儉	顩
○	○	○	琰	點	忝	簟	淰	孂	歉	○	○
○	○	○	○	馾	僋	醰	妠	紺	勘	○	儑
○	○	○	○	鮎	○	○	諵	鮨	歉	○	顑
窆	○	○	○	○	覘	○	○	○	○	○	驗
○	○	○	○	店	㮇	磹	念	趝	傔	○	○
○	○	○	○	答	錔	沓	納	閤	溘	○	礘
○	○	○	○	劄	臿	[illegible]	図	夾	恰	○	脛
○	○	○	○	輒	鍤	牒	聶	[illegible]	㾀	笈	○
○	○	○	○	聑	怗	牒	捻	頰	愜	○	○

齒音清	齒音次清	齒音濁	齒音清	齒音濁	喉音清	喉音清	喉音濁	喉音清濁	舌齒音清濁	舌齒音清濁	韻
簪	參	蠶	毿	○	諳	蚶	含	○	婪	○	覃
○	○	讒	攕	○	猪	歛	咸	○	○	○	咸
詹	襜	○	苫	棎	淹	娎	○	炎	廉	髯	鹽
尖	○	○	鬖	○	○	馦	嫌	○	鬑	○	添
寁	慘	歜	糂	○	晻	顑	頷	○	壈	○	感
斬	臘	瀺	摻	○	黯	喊	豏	○	臉	○	豏
颭	○	○	陜	剡	奄	險	[illegible]	○	斂	冉	琰
○	憯	○	○	○	○	○	○	○	稴	苒	忝
篸	謲	蹔	俕	○	暗	顑	憾	○	[illegible]	○	勘
蘸	○	○	○	○	韽	闞	陷	○	○	○	陷
占	𧽘	○	閃	贍	㤿	○	○	○	殮	染	豔
僭	○	暜	[illegible]	○	㥑	○	○	○	稴	○	㮇
帀	趁	雜	趿	○	姶	欱	合	○	拉	○	合
眨	插	䢔	霎	○	𩿦	鮯	洽	○	○	○	洽
讋	謵	○	攝	涉	敏	僷	○	曄	獵	讘	葉
浹	妾	蘿	燮	○	○	㛍	協	○	䜲	○	帖

外轉第四十合　[illegible]皁反

脣音 清	脣音 次清	脣音 濁	脣音 清濁	舌音 清	舌音 次清	舌音 濁	舌音 清濁	牙音 清	牙音 次清	牙音 濁	牙音 清濁	齒音 清	齒音 次清	齒音 濁	齒音 清	齒音 濁	喉音 清	喉音 清	喉音 濁	喉音 清濁	舌音 清濁	齒音 清濁	
○	○	○	姏	擔	舑	談	○	甘	坩	○	○	○	○	慙	三	○	黯	蚶	酣	○	藍	○	談
○	○	𦬒	○	○	○	○	○	監	嵌	○	巖	○	攙	巉	衫	○	○	○	銜	○	○	○	銜
○	○	○	○	○	○	○	○	○	欦	黔	嚴	○	○	○	○	劖	醃	[illegible]	○	○	○	○	嚴
○	○	○	○	○	○	○	○	○	○	○	○	尖	籤	潛	銛	燖	懕	○	○	鹽	○	○	鹽
○	○	○	媏	膽	菼	噉	○	敢	厰	○	○	[illegible]	黲	槧	○	○	埯	喊	○	○	覽	○	敢
○	○	○	○	○	○	○	○	○	顑	○	○	○	醶	○	摲	○	黤	㺖	檻	○	○	○	檻
○	○	○	○	○	○	○	○	○	○	○	儼	○	○	○	[illegible]	○	埯	○	○	○	○	○	儼
○	○	○	○	○	○	○	○	○	○	○	○	○	憸	漸	○	○	黶	○	○	琰	○	○	琰
○	○	○	○	擔	賧	擔	○	衉	闞	○	○	○	○	暫	三	○	○	[illegible]	憨	○	濫	○	闞
○	○	埿	○	○	○	○	○	鑑	○	○	○	[illegible]	懺	鑱	釤	○	黬	[illegible]	[illegible]	○	○	○	鑑
○	○	○	○	○	○	○	○	○	欦	○	釅	○	○	○	○	○	○	[illegible]	○	○	獫	○	釅
○	○	○	○	○	○	○	○	○	○	○	驗	[illegible]	塹	潛	○	○	厭	○	○	豔	殮	染	豔
○	○	○	○	敁	榻	踏	納	頜	榼	○	儑	○	囃	雥	[illegible]	○	鰪	欱	盍	○	臘	○	盍
○	○	○	○	○	○	渫	○	甲	○	○	○	○	○	○	翣	○	鴨	呷	狎	○	○	○	狎
○	○	○	○	○	○	堞	○	劫	怯	跲	業	○	○	○	[illegible]	○	腌	脅	○	殜	○	○	業
○	○	○	○	○	○	○	○	○	○	○	○	接	妾	捷	○	○	魘	○	挾	葉	○	○	葉

外轉第四十一合

䳢丈法反 猲起法反

	脣音				舌音				牙音				齒音					喉音				舌齒音		
	清	次清	濁	清濁	清	次清	濁	清濁	清	次清	濁	清濁	清	次清	濁	清	濁	清	清	濁	清濁	清濁	清濁	
	○	○	○	○	○	○	○	○	○	○	○	○	○	○	○	○	○	○	○	○	○	○	○	凡
	○	○	○	○	○	○	○	○	○	○	○	○	○	○	○	○	○	○	○	○	○	○	○	
	訖	芝	凡	[illegible]	○	○	○	○	○	○	○	○	○	○	○	○	○	○	○	○	○	○	○	
	○	○	○	○	○	○	○	○	○	○	○	○	○	○	○	○	○	○	○	○	○	○	○	
	○	○	○	○	○	○	○	○	○	○	○	○	○	○	○	○	○	○	○	○	○	○	○	范
	○	○	○	○	○	○	○	○	○	○	○	○	○	○	○	○	○	○	○	○	○	○	○	
	脮	鈚	范	錽	○	僴	○	○	拑	凵	○	頜	○	○	○	○	○	○	○	○	○	○	○	
	○	○	○	○	○	○	○	○	○	○	○	○	○	○	○	○	○	○	○	○	○	○	○	
	○	○	○	○	○	○	○	○	○	○	○	○	○	○	○	○	○	○	○	○	○	○	○	梵
	○	○	○	○	○	○	○	○	○	○	○	○	○	○	○	○	○	○	○	○	○	○	○	
	○	汎	梵	[illegible]	○	○	○	○	劒	欠	○	○	○	○	○	○	○	○	○	○	○	○	○	
	○	○	○	○	○	○	○	○	○	○	○	○	○	○	○	○	○	○	○	○	○	○	○	
	○	○	○	○	○	○	○	○	○	○	○	○	○	○	○	○	○	○	○	○	○	○	○	乏
	○	○	○	○	○	○	○	○	○	○	○	○	○	○	○	○	○	○	○	○	○	○	○	
	法	[illegible]	乏	○	貓	○	○	䳢	○	猲	○	○	○	○	○	○	○	○	○	○	○	○	○	
	○	○	○	○	○	○	○	○	○	○	○	○	○	○	○	○	○	○	○	○	○	○	○	

內轉第四十二開

唇音清	唇音次清	唇音濁	唇音清濁	舌音清	舌音次清	舌音濁	舌音清濁	牙音清	牙音次清	牙音濁	牙音清濁	齒音清	齒音次清	齒音濁	齒音清	齒音濁	喉音清	喉音清	喉音濁	喉音清濁	舌音齒清濁	舌音齒清濁	
崩	漰	朋	瞢	登	鼟	騰	能	緪	○	○	○	增	○	層	僧	○	○	○	恒	○	楞	○	登
○	○	○	○	○	○	○	○	○	○	○	○	○	○	○	○	○	○	○	○	○	○	○	
冰	砅	凭	○	徵	僜	澄	○	兢	硱	殑	凝	蒸	稱	繩	升	承	膺	興	○	蠅	陵	仍	蒸
○	○	○	○	○	○	○	○	○	○	○	○	○	○	繒	○	○	○	○	○	○	○	○	
○	倗	[illegible]	○	等	○	○	能	○	肯	○	○	噌	○	○	○	○	○	○	○	○	倰	○	等
○	○	○	○	○	○	○	○	○	○	○	○	○	○	○	○	○	○	○	○	○	○	○	
○	○	○	○	○	庱	○	○	○	殑	○	○	拯	○	○	殑	○	○	○	○	○	○	○	拯
○	○	○	○	○	○	○	○	○	○	○	○	○	○	○	○	○	○	○	○	○	○	○	
[illegible]	○	倗	懵	嶝	[illegible]	鄧	○	亘	○	○	○	增	蹭	贈	[illegible]	○	○	○	○	○	○	○	嶝
○	○	○	○	○	○	○	○	○	○	○	○	○	○	○	○	○	○	○	○	○	○	○	
○	○	凭	○	○	覴	瞪	○	○	○	殑	凝	證	稱	乘	勝	剩	應	興	○	孕	餕	認	證
○	○	○	○	○	○	○	○	○	○	○	○	甑	彰	○	○	○	○	○	○	○	○	○	
北	○	菔	墨	德	忒	特	螚	械	刻	○	○	則	墄	賊	塞	○	餩	黑	劾	○	勒	○	德
○	○	○	○	○	○	○	○	○	○	○	○	稄	測	崱	色	○	○	○	○	○	○	○	
逼	愊	愎	[illegible]	陟	敕	直	匿	殛	[illegible]	極	嶷	職	翼	食	識	寔	憶	赩	○	○	力	○	職
○	○	○	○	[illegible]	○	○	○	○	○	○	○	即	○	堲	息	○	○	○	○	弋	○	○	

內 內轉第四十二合

	脣音 清	次清	濁	清濁	舌音 清	次清	濁	清濁	牙音 清	次清	濁	清濁	齒音 清	次清	濁	清	濁	喉音 清	清	濁	清濁	舌音 清濁	齒 清濁
登	○	○	○	○	○	○	○	○	肱	○	○	○	○	○	○	○	○	泓	薨	弘	○	○	○
	○	○	○	○	○	○	○	○	○	○	○	○	○	○	○	○	○	○	○	○	○	○	○
	○	○	○	○	○	○	○	○	○	○	○	○	○	○	○	○	○	○	○	○	○	○	○
	○	○	○	○	○	○	○	○	○	○	○	○	○	○	○	○	○	○	○	○	○	○	○
指微韻鑑卷終	○	○	○	○	○	○	○	○	○	○	○	○	○	○	○	○	○	○	○	○	○	○	○
	○	○	○	○	○	○	○	○	○	○	○	○	○	○	○	○	○	○	○	○	○	○	○
	○	○	○	○	○	○	○	○	○	○	○	○	○	○	○	○	○	○	○	○	○	○	○
	○	○	○	○	○	○	○	○	○	○	○	○	○	○	○	○	○	○	○	○	○	○	○
	○	○	○	○	○	○	○	○	○	○	○	○	○	○	○	○	○	○	○	○	○	○	○
	○	○	○	○	○	○	○	○	○	○	○	○	○	○	○	○	○	○	○	○	○	○	○
	○	○	○	○	○	○	○	○	○	○	○	○	○	○	○	○	○	○	○	○	○	○	○
	○	○	○	○	○	○	○	○	○	○	○	○	○	○	○	○	○	○	○	○	○	○	○
德	○	○	○	○	○	○	○	○	國	○	○	○	○	○	○	○	○	○	○	或	○	○	○
	○	○	○	○	○	○	○	○	○	○	○	○	○	○	○	○	○	○	○	○	○	○	○
職	○	○	○	○	○	○	○	○	○	○	○	○	○	○	○	○	○	○	洫	○	域	○	○
	○	○	○	○	○	○	○	○	○	○	○	○	○	○	○	○	○	○	○	○	○	○	○

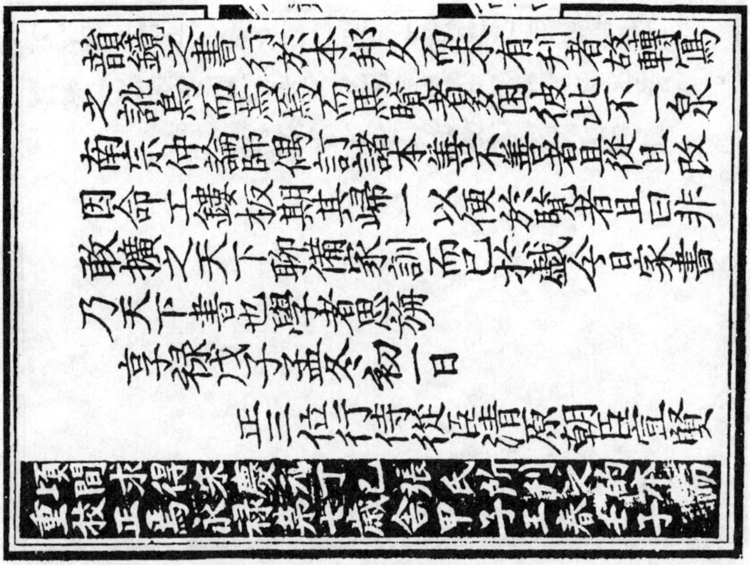

韻鏡之書行於本邦久而未有刊者故轉寫
之訛烏而焉焉而馬覽者多困彼此不一泉
南宗仲論師偶訂諸本善不善者且從且改
因命工鏤板期其歸一以便於覽者且曰非
敢擴之天下聊備家訓而已於戲今日家書
乃天下書也學者思旃
享祿戊子孟冬初一日
正三位行侍從臣清原朝臣宣賢

頃間求得宋慶元丁巳張氏所刊之的本而
重校正焉永祿第七歲舍甲子王春壬子

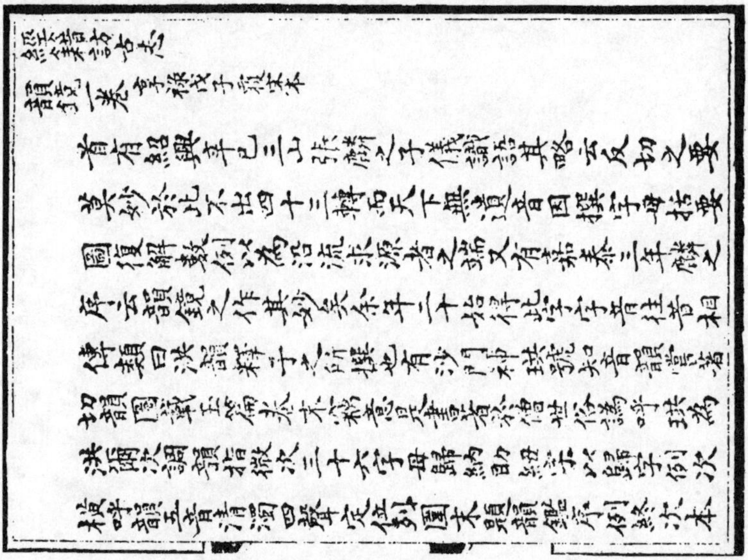

經籍訪古志
韻鏡一卷　享祿戊子覆宋本
首有紹興辛巳三山張麟之子儀識語其略云反切之要
莫妙於此不出四十三轉而天下無遺音因撰字母括要
圖復解數例以為沿流求源者之端又有嘉泰三年麟之
序云韻鏡之作其妙矣余年二十始得此學字音往昔相
傳類曰洪韻釋子之所撰也有沙門神珙號知音韻嘗著
切韻圖載玉篇卷末竊意是書著於僧世俗譌呼珙為
洪爾次調韻指微次三十六字母歸納助紐字以歸字例次
橫呼韻五音清濁四聲定位列圍末題韻鑑序例終次本

又台內韓緒第一至第四十三識語後有慶元丁巳重刊本記
卷末有壽字號戊子浦原朝臣富睦貫跋謂泉南宗仲論鏤
梓始末閱又有永祿刊本未見跋壽字號戊子明世宗嘉靖七年

第三節　七音略

《七音略》是鄭樵於南宋時高宗紹興三十二年左右所表彰，與張麟之初刊《韻鏡》，時間相去不遠。㊴鄭氏序云：「臣初得《七音韻鑑》，一唱而三歎，胡僧有此妙義，而儒者未之聞。」又云：「又述內外轉圖，所以明胡僧立韻得經緯之全。」按《七音略》與《韻鏡》實同出一源，若明瞭《韻鏡》之編排，亦可以明《七音略》之編排。然《七音略》與《韻鏡》雖同出一源，而其內容，則非契合無間。舉其大端，凡有七事。

一、轉次不同

自第三十一轉以下，兩書次第頗有參差，茲臚舉韻目，列表於下：

轉　　次	《七音略》韻目	《韻鏡》韻目
第三十一轉	覃咸鹽添(重)	唐陽(開)
第三十二轉	談銜嚴鹽(重)	唐陽(合)
第三十三轉	凡(輕)	庚清(開)
第三十四轉	唐陽(重)	庚清(合)
第三十五轉	唐陽(輕)	耕清青(開)
第三十六轉	庚清(重)	耕青(合)
第三十七轉	庚清(輕)	侯尤幽(開)

㊴　張麟之在宋高宗紹興辛巳七月朔識云：「聊用鋟木，以廣流傳。」紹興辛巳乃三十一年。較鄭樵表彰《七音略》早一年。

第三十八轉	耕清青(重)	侵(合)
第三十九轉	耕青(輕)	覃咸鹽添(開)
第四十轉	侯尤幽(重)	談銜嚴鹽(合)
第四十一轉	侵(重)	凡(合)
第四十二轉	蒸登(重)	蒸登(開)
第四十三轉	蒸登(輕)	蒸登(合)

由此可知《七音略》所據為陸法言《切韻》系韻次，《韻鏡》所據為李舟《切韻》系之韻次。

二、重輕與開合名異而實同

《七音略》於四十三轉圖末標「重中重」者十七，「輕中輕」者十四，「重中輕」者五，「輕中重」者二，「重中重（內重）」、「重中重（內輕）」、「重中輕（內重）」及「重中輕（內輕）」者各一。《韻鏡》則悉削「重」、「輕」之稱，而於圖首轉次下改標「開」、「合」。凡《七音略》所謂「重中重」、「重中重（內重）」、「重中重（內重）」、「重中輕（內重）」及「重中輕」者，皆標為開；所謂「輕中輕」、「輕中輕（內輕）」、「輕中重」及「輕中重（內輕）」者皆標為合。惟《韻鏡》以第二十六、第二十七、第三十八及第四十轉為「合」，以第二、第三、第四及第十二諸轉為「開合」，均於例微乖，則當據《七音略》之「重」、「輕」而加以是正。故鄭樵所定「中重」、「內重」、「中輕」、「內輕」之辨，雖難質言，而其所謂「重」、「輕」適與《韻鏡》之「開」、「合」相當，殆無疑義也。

三、內外轉標示有異

今考《七音略》與《韻鏡》之內外，惟有三轉不同，第十三轉咍、皆、齊、祭、夬諸韻及第三十七轉（即《韻鏡》之三十四轉）庚清諸韻，《七音略》以為「內」，而《韻鏡》以為「外」。第二十九轉麻韻，《七音略》以為「外」，而《韻鏡》以為「內」，則各有是非，未可一概而論也。

四、等列不同

今考《七音略》與《韻鏡》之等列，大體相去不遠，惟以鈔刊屢易，難免各有乖互。若據首章所述分等之原則而訂正，則《七音略》誤而《韻鏡》不誤者，共二十有五條。

轉　次	紐及調	例　字	七音略等列	韻鏡等列
1 第三轉		(全轉)	平聲列二等上去入列三等	四聲均列二等
2 第六轉	來平	梨	二	三
3 第七轉	知去	轛(追萃切)	入一	去三
4 同前	澄去	墜	四	三
5 同前	見溪群去	媿喟匱	四	三
6 同前	見群上	癸揆	去一	上四
7 同前	見群去	季悸	入一	去四
8 第八轉	喻平	飴(與之切)	三	四
9 第九轉	曉去	欷(許既切)	四(字作稀)	三
10 同前	疑去寄入	刈(魚肺切)	一	三
11 第十二轉	審上	數(所矩切)	三	二
12 第十七轉	喻去	酳(羊晉切)	三	四

13 韻鏡第三十四轉七音略第三十七轉	見溪上	礦(古猛切)界(苦猛切)	一	二
14 同前	見上	璟(俱永切)	二	三
15 同前	溪上	憬(集韻孔永切)	○	三
16 同前	溪上	頃(去穎切)	三	四
17 同前	曉上	克(許永切)	四	三
18 同前	匣上	卝(胡猛切)	三	二
19 韻鏡第三十五轉七音略第三十八轉		(全轉)	一二三無四等	二三四無一等
20 同前	端入	狄	○	四
21 同前	見上	剄(古挺切)	改列溪母三等	四
22 同前	影上	巊(烟涬切)	一	四
23 韻鏡第三十九轉七音略第三十一轉	明上	妿(明忝切)	三	四
24 同前	疑上	顩(魚檢切)	四	三
25 同前	匣平	嫌(戶兼切)	三	四

至於《韻鏡》誤而《七音略》不誤者，亦有十四條。亦列表於下：

轉　次	紐及調	例　字	韻鏡等列	七音略等列
1 第四轉	從平	疪	三	四
2 第五轉	穿上	揣(初委切)	三	二
3 第十一轉	喻平	余(以諸切)	三	四
4 第十四轉	清去	毳(此芮切)	三	四

5 第十七轉	曉去	粠(許覲切)	四	三
6 第二十四轉	匣去	縣(黃練切)	三	四
7 第二十五轉	疑平	堯(五聊切)	三	四
8 同前	疑平	嶢(五聊切)	四	○案嶢與堯同音
9 韻鏡第三十二轉七音略第三十五轉	見群上	臩(俱往切)俇(求往切)	二	三
10 韻鏡第三十三轉七音略第三十六轉	疑平	迎(語京切)	四(寬永本不誤)	三
11 韻鏡第三十七轉七音略第四十轉	滂平	飆(匹尤切)	四	三
12 韻鏡第三十九轉七音略第三十一轉	匣上	鞵(胡忝切)	三(寬永本不誤)	四
13 第四十二轉	審上	殑(色虔切)	三	二
14 同前	喻去	孕(以證切)	三	四

若斯之類，並宜別白是非，各從其正者也。

五、聲類標目不同

《韻鏡》各轉分聲母為「脣」、「舌」、「牙」、「齒」、「喉」、「半舌」、「半齒」七音，每音更分「清」、「次清」、「濁」、「清濁」諸類，而不別標紐文。《七音略》則首列幫、滂、並、明；端、透、定、泥；見、溪、群、疑；精、清、從、心、邪；影、曉、匣、喻；來、日二十三母；次於端系下復列知、徹、澄、娘；精系下復列照、穿、床、審、禪；而輕脣非、敷、奉、微四母則惟複見於第二、第二十、第二十二、第三十三、第三十四，五轉幫組之下；又於第三行別立「羽」、「徵」、「角」、「商」、「宮」、「半徵」、「半商」七音以代「脣」、「舌」、「牙」、「齒」、「喉」、「半舌」、「半齒」，此其異也。

六、廢韻所寄之轉不同

《韻鏡》以「廢、計、刈」三字寄第九轉（微開）入三，（案廢字與次轉重複，計字本屬霽韻。）以「廢、吠、㹾、𤘍、喙、穢、喙」七字寄第十轉（微合）入三。（㹾丘吠切，喙呼吠切，但《廣韻》寄于祭韻之末，乃後人竄入者。）《七音略》留「刈」字於第九轉而改列一等，移置「廢、肺、吠、𤘍、穢、喙」六字於第十六轉（佳輕），而於第十五轉（佳重）但存廢韻之目。其實《七音略》存「刈」於第九轉，疑原型或與《韻鏡》同出一源。

七、鐸藥所寄之轉不同

案《韻鏡》通例，凡入聲皆承陽聲韻，《七音略》大體亦同，惟鐸藥兩韻之開口，《七音略》複見於第二十五（豪肴宵蕭）及第三十四（唐陽，即《韻鏡》第三十一）兩轉，與《韻鏡》獨見於三十一轉者不同，蓋已露入聲兼承陰陽之兆矣。[40]

---

[40] 以上七條，參考羅常培〈《通志·七音略》研究〉一文，見中國科學院語言研究所編《羅常培語言學論文選集》107-111 頁。中華書局出版，1963 年，北京市。

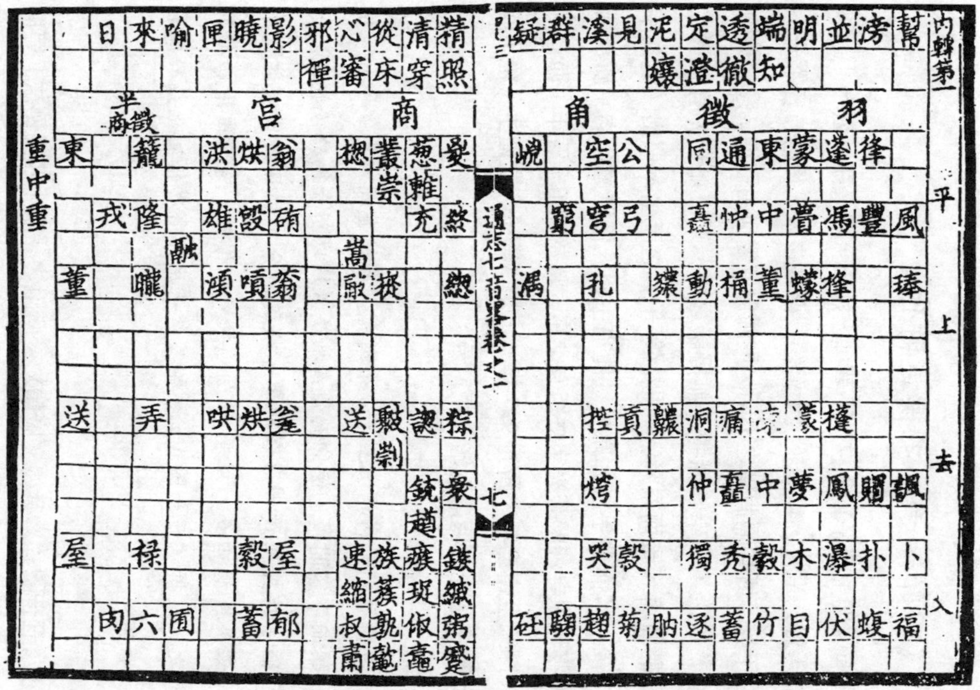

內轉第一

	羽				徵				角				商					宮				半徵商		
	幫	滂	並	明	端 知	透 徹	定 澄	泥 孃	見	溪	群	疑	精 照	清 穿	從 牀	心 審	邪 禪	影	曉	匣	喻	來	日	重中重
平		[illegible]	蓬	蒙	東	通	同		公	空		[illegible]	葼	怱	叢	檧		翁	烘	洪		籠		東
														[illegible]	崇									
	風	豐	馮	瞢	中	忡	蟲		弓	穹	窮		終	充				硧	嗀	雄		隆	戎	
																嵩					融			
上	琫		捧	蠓	董	桶	動	[illegible]		孔		湡	總		[illegible]	[illegible]		蓊	嗊	澒		曨		董
去			[illegible]	幪	凍	痛	洞	齈	貢	控			糉	謥	[illegible]	送		瓮	烘	哄		弄		送
															[illegible]									
	諷	賵	鳳	夢	中	矗	仲			焪			衆	銃										
														[illegible]										
入	卜	扑	瀑	木	豰	秃	獨		穀	哭			鏃	瘯	族	速		屋	穀			祿		屋
													縅	珿	[illegible]	縮								
	福	蝮	伏	目	竹	蓄	逐	肭	菊	麴	驧	砡	粥	俶	孰	叔		郁	蓄		囿	六	肉	
													蹙	鼀	[illegible]	肅								

通志七音略卷之二　七

資料來源：《通志·七音略》第一轉。

第四節　四聲等子

一、《四聲等子》之撰述時代

古有《四聲等子》一卷，不著撰人姓氏，然〈序〉云：「近以《龍龕手鑑》重校，類編於《大藏經》函帙之末，復慮方音不一，脣齒之不分，既類隔假借之不明，則歸母協聲何由取準？遂以此附《龍龕》之後，令舉眸識體，無擬議之惑，下口知音，有確實之決。冀諸覽者，審而察焉。」則《等子》之產生，似出《龍龕手鑑》之後，《龍龕手鑑》原名《龍龕手鏡》係遼僧行均字廣濟所作，燕臺憫忠寺沙門智光字法矩為之序，時為統和十五年丁酉七月一日（即宋至道三年、西元 997 年），是《等子》之產生，絕不能早於此時。智光《龍龕手鑑·序》云：

> 沙門智光，利非切玉，分忝斷金，辱彼告成，見命序引，推讓而寧容閣筆，俛仰而強為抽毫。矧以新音徧於《龍龕》，猶手持於鸞鏡，形容斯鑒，妍醜斯分，故目之曰《龍龕手鑑》。總四卷，以平、上、去、入為次，隨部復用四聲列之。又撰《五音圖式》，附於後，庶力省功倍，垂益於無窮者矣。

若《五音圖式》竟如《廣韻》後所附之「辯十四聲例法」等簡單，當不致為後人所刪削，今《龍龕手鑑》既無此種圖式，則所謂「五音圖式」者，與今之《四聲等子》縱令小異，亦必大同。《等子·序》又云：

> 切韻之作，始乎陸氏，關鍵之設，肇自智公。

陸氏自是法言，智公似即智光，因關鍵即指後附之門法，且與智光〈序〉所云「又撰《五音圖式》附於後」之語，前後呼應。且察其語氣，似亦為遼僧所語。故《四聲等子》產生之時代當在《龍龕手鑑》刊行之後，北宋之初，絕不致晚於北宋。蓋《五音圖式》由智光創始，後人復加修正，因改名為《四聲等子》歟！由《五音圖式》改變為《四聲等子》其間改變之跡，尚可自今本《四聲等子》窺之。

第一、等子有十六攝之名，若併其開合，實止十三攝，其中「江」併於「宕」，「梗」附於「曾」，「假」合於「果」，若等子本有十六攝之名，則同屬一圖，何用二攝之名，故知前乎此者，必有所因，所因者極可能為五音圖式。

第二、等子之攝次與圖次不相應，此亦顯經後人改動之痕跡也。茲將今本等子圖次表列於後：

圖次	攝次
一	通攝內一
二	效攝外五
三	宕攝內五　江攝附此
四	遇攝內三
五	流攝內六
六	蟹攝外二

七	止攝內二
八	臻攝外三
九	山攝外四
十	果攝內四　假攝外六
十一	曾攝內八　梗攝外八
十二	咸攝外八
十三	深攝內七

觀其攝次，由內一至內八俱，合於內轉八攝之次，外則缺外一與外七，而外八有二，梗攝與咸攝皆標外八，故相重複，顯為外七之誤，江攝漏標攝次，當補外一之缺，茲以韻書之次，將十六攝重新標訂於後，以《等子》原有次第標注於下，以資對照。

通攝內一	等子第一圖·通攝內一
江攝外一	等子第三圖·宕攝內五、江附於此
止攝內二	等子第七圖·止攝內二
遇攝內三	等子第四圖·遇攝內六
蟹攝外二	等子第六圖·蟹攝外二
臻攝外三	等子第八圖·臻攝外三
山攝外四	等子第九圖·山攝外四
效攝外五	等子第二圖·效攝外五
果攝內四	等子第十圖·果攝內四
假攝外六	等子第十圖·假攝外六
宕攝內五	等子第三圖·宕攝內五
梗攝外七	等子第十一圖·梗攝外八、外二
流攝內六	等子第五圖·流攝內六

深攝內七　　　等子第十三圖·深攝內七

咸攝外八　　　等子第十二圖·咸攝外八

曾攝內八　　　等子第十一圖·曾攝內八

《等子》攝次以曾攝內八，蒸登諸韻殿末，合於《切韻》系韻次，亦與《韻鏡》、《七音略》圖次合，今本《等子》以深攝居圖末，而攝次則為內七，則顯經改變。蓋《等子》隨《龍龕手鑑》傳入北宋之後，宋人覺其與《廣韻》等韻次不合，乃將之改易，升曾攝於前與梗攝合圖，而殿以收脣音韻尾[-m]之咸深二攝也。

二、《四聲等子》之韻攝

《等子》分二十圖，括之為通、效、宕、遇、流、蟹、止、臻、山、果、曾、咸、深十三攝（江附宕、假附果、梗附曾。若分之則為十六攝），實為併轉為攝之第一部韻圖，亦攝之名稱出現最早者。轉既為聲與韻母展轉相拼之意，攝者則以少持多，於一聲攝藏無量功德，蓋亦由「轉」而來，攝有十六者，仍基於轉有十六也。張麟之《韻鏡·序作》引鄭樵《七音略·序》云：

> 於是作七音而編為略，欲使學者盡得其傳。……又作諧聲圖，以明古人制字通七音之妙；作內外十六轉圖，以明胡僧立韻得經緯之全。

《韻鏡》與《七音略》皆四十三轉，而序云十六轉圖者，日本沙門安然悉曇十二例十六轉韻引義淨《三藏傳》云：

> “阿”等十六韻字用“迦”等三十三字母，都有三十三個十

六之轉，是名初章。（按舊日傳悉曇字母者，母音有十六、十二之分，所以有十六轉韻，十二轉聲不同之說）

由此可見《七音略·序》所云：「十六轉圖」，正由梵文十六轉韻而來，故攝之有十六，蓋亦神襲此而來。《等子》每攝之下，注明輕重，其開合相對之兩圖，則除輕重外，又注明開合。同一等之內將同音之韻併為一格，錄此則不錄彼，蓋參以當時實際語音系統。入聲兼配陰陽，先分四等後分四聲，凡此皆與《韻鏡》、《七音略》有異。茲錄其韻攝於後：

1.通攝內一　重少輕多韻

一等：東董送屋　冬（腫）宋沃

三等：鍾腫用燭

（東冬鍾相助）

2.效攝外五　全重無輕韻

一等：豪皓號鐸

二等：肴巧效覺

三四等：宵小笑藥

（蕭併入宵類）

3.宕攝內五　陽唐重多輕少韻　江全重開口呼

一等：唐蕩宕鐸

二等：江講絳覺

三等：陽養漾藥

（內外混等，江陽借形）

4.宕攝內五

一等：唐蕩宕鐸

二等：江講絳覺

三等：陽養漾藥

（內外混等）

5.遇攝內三　　重少輕多韻

一等：模姥暮沃

二等：魚語御屋（惟齒音有字，非真二等）

三等：虞噳遇燭

（本無入聲，魚虞相助）

6.流攝內六　　全重無輕韻

一等：侯厚候屋

三等：尤有宥屋

（本無入聲，幽併入尤韻）

7.蟹攝外二　　輕重俱等　　開口呼

一等：哈海代（泰）曷

二等：皆駭怪黠

三等：齊薺祭薛

四等：齊薺霽屑

（本無入聲、佳併入皆韻）

8.蟹攝外二　　輕重俱等韻　　合口呼

一等：灰賄隊末

二等：皆駭怪黠

三等：齊薺廢（祭）月（屑）

（本無入聲、祭廢借用）

9.止攝內二　　重少輕多韻　　開口呼

三等：脂旨至質

（本無入聲）

10.止攝內二　　重少輕多韻　　合口呼

二等：脂旨至質（惟齒音有字非真二等）

三等：微尾未物

四等：脂旨至質

（本無入聲）

11.臻攝外三　　輕重俱等韻　　開口呼

一等：痕很恨沒

二等：臻隱𠍴櫛

三四等：真軫震質

（有助借用）

12.臻攝外三　　輕重俱等韻　　合口呼

一等：魂混慁沒

三等：文吻問物・諄準稕術

四等：諄準稕術

（文諄相助）

13.山攝外四　　輕重俱等韻　　開口呼

一等：寒旱翰曷

二等：山產襉鎋

三四等：仙獮線薛

（刪併山、先併入仙韻）

14.山攝外四　　輕重俱等韻　　合口呼

一等：桓緩換末

二等：山產襇鎋

三等：元阮願月

四等：仙獮線薛

（刪併山、仙元相助）

15.果攝內四　　重多輕少韻　　開口呼　　假攝外六

一等：歌哿箇鐸

三等：麻馬媽鎋

（本無入聲、內外混等）

16.果攝內四　　重多輕少韻　　合口呼　　麻外六

一等：戈果過鐸

二等：麻馬禡鎋

三等：戈果過鐸

（本無入聲、內外混等）

17.曾攝內八　　重多輕少韻　　啟口呼　　梗攝外八

一等：登等嶝德

二等：庚梗映陌

三等：蒸拯證職

四等：青迥徑錫

（內外混等、鄰韻借用）

18.曾攝內八　　重多輕少韻　　合口呼　　梗攝外二

一等：登等嶝德

三等：庚梗敬陌

四等：清靜勁昔

（內外混等、鄰韻借用）

19.咸攝外八　　重輕俱等韻

一等：覃感勘合

二等：咸豏陷洽

三等：凡范梵乏

四等：鹽琰豔葉

（四等全、併一十六韻）

20.深攝內七　　全重無輕韻

三等：侵寑沁緝

（獨用孤單韻）

以上二十圖，三、四兩圖，七、八兩圖，九、十兩圖，十一、十二兩圖，十三、十四兩圖，十五、 十六兩圖，十七、十八兩圖皆開合相對，併其開合，則止十三攝，宕攝兼括江攝，果攝兼括假攝，曾攝兼括梗攝，故於宕、果、曾三攝之後皆注云：「內外混等」。因宕、果、曾原為內轉，江、假、梗原為外轉，今既合為一圖，故云：「內外混等」也。

《等子》各攝之後，多注「相助」、「借形」、「借用」、「併入」、「鄰韻借用」等字樣，實指併轉為攝後，韻母簡化，原屬不同之韻，今已混淆無別，故於各圖之後注明之也。

《等子》各攝之首，既注輕重，又標開合，大抵皆歸納《韻鏡》《七音略》之開合與輕重而成。茲錄羅常培《七音略》《韻鏡》《四聲等子》重輕開合對照表於後㊶，即可其然矣。

㊶　對照表中增入作者對《廣韻》之擬音。

廣韻韻部	高本漢音讀	陳新雄擬音	七音略輕重	韻鏡之開合	四聲等子重輕開合並列
歌	ɑ	ɑ	重中重	合(?)	果攝、重多輕少、開口呼
麻加	a	a	重中重	開	果攝、重多輕少、開口呼
麻耶	ia	ǐa			
魚	iwo(?)	ǐo	重中重	開	遇攝、重少輕多
咍	ɑi	əi	重中重	開	蟹攝、輕重俱等、開口呼
皆諧	ai	ɐi			
祭例	ǐæi	ǐɛi			
齊雞	iei	iei			
脂夷	i	ǐe	重中重	開	止攝、重少輕多、開口呼
豪	ɑu	ɑu	重中重	開	效攝、全重無輕
肴	au	ɔu			
宵	ǐæu	ǐɛu			
蕭	ieu	ieù			
宵四等	iæu	ǐɛu	重中重	合(?)	效攝、全重無輕
侯	ə̆u	ou	重中重	開	流攝、全重無輕
尤	ǐə̂u	ǐou			
幽	iə̆u	ǐəu			
覃	ɑm(-p)	əm(-p)	重中重	開	咸攝、重輕俱等
咸	am(-p)	ɐm(-p)			
鹽(三等)	ǐæm(-p)	ǐɛm(-p)			
添	iem(-p)	iem(-p)			
談	ɑːm(-p)	ɑm(-p)	重中重	合(?)	咸攝、重輕

銜	a:m(-p)	am(-p)			俱等
嚴	ǐɐm(-p)	ǐɐm(-p)			
鹽(四等)	iæm(-p)	ǐɛm(-p)			
侵	ǐəm(-p)	ǐəm(-p)	重中重	合(?)	深攝、全重無輕
寒	ɑn(-t)	ɑn(-t)	重中重	開	山攝、輕重俱等、開口呼
刪顏	a:n(-t)	an(-t)			
仙延	ǐæn(-t)	ǐɛn(-t)			
先前	ien(-t)	ien(-t)			
痕	ən(-t)	ən(-t)	重中重	開	臻攝、輕重俱等、開口呼
臻	ĕn(-t)	en(-t)			
真	ǐen(-t)	ǐen(-t)			
東紅	uŋ(-k)?	oŋ(-k)	重中重	開	通攝、重少輕多
東融	ǐuŋ(-k)	ǐoŋ(-k)			
江	ɔŋ(-k)	ɔŋ(-k)	重中重	開合*	宕攝、全重
唐岡	ɑŋ(-k)	ɑŋ(-k)	重中重	開	宕攝、重多輕少、開口呼
陽良	ǐaŋ(-k)	ǐɑŋ(-k)			
庚羹	ɐŋ(-k)	aŋ(-k)	重中重	開	梗攝、重多輕少、開口呼
庚京	ǐɐŋ(-k)	ǐaŋ(-k)			
清征	iæŋ(-k)	ǐɛŋ(-k)			
耕爭	ɐŋ(-k)	æŋ(-k)	重中重	開	梗攝、重多輕少、開口呼
清征	ǐæŋ(-k)	ǐɛŋ(-k)			
青經	ieŋ(-k)	ieŋ(-k)			
登燈	əŋ(-k)	əŋ(-k)	重中重	開	曾攝、重多輕少、啟口呼
蒸丞	ǐəŋ(-k)	ǐəŋ(-k)			
之	i:	ǐə	重中重(內重)	開	止攝、重少輕多、開口呼(?)
支移	iĕ	ǐɛ	重中輕(內	開合＊	止攝、重少

			重)		輕多、開口呼(?)
微衣	ɐi	ǐəi	重中重(內輕)	開	止攝、重少輕多、開口呼(?)
泰蓋	ɑ:i	ɑi	重中輕	開	蟹攝、輕重俱等、開口呼
佳街	a:i	æi			
祭例	ǐæi	ǐɛi			
山艱	an(-t)	ɐn(-t)	重中輕	開	山攝、輕重俱等、開口呼
元言	ǐɐn(-t)	ǐɐn(-t)			
仙延	iæn(-t)	ǐɛn(-t)			
欣	ǐən(-t)	ǐən(-t)	重中輕	開	臻攝、輕重俱等、開口呼
模	uo	u	輕中輕	開合*	遇攝、重少輕多
虞	iu	ǐu			
戈鍋	uɑ	uɑ	輕中輕	合	果攝、重少輕多，合口呼
戈靴	ǐuɑ	ǐuɑ			
麻瓜	ua	ua	輕中輕(一作重)	合	果攝、重少輕多、合口呼
泰外	uɑ:i	uɑi	輕中輕	合	蟹攝、輕重俱等、合口呼
佳蛙	wa:i	uæi			
祭歲	ǐwæi	ǐuɛi			
支為	wiĕ	ǐuɛ	輕中輕	合	止攝、重少輕多、合口呼
凡	ǐwɐm(-p)	ǐuɐm(-p)	輕中輕	合	咸攝、重輕俱等、合口呼

山鰥	wan(-t)	uɐn(-t)	輕中輕	合	山攝輕重俱等、合口呼
元原	ǐwɐn(-t)	ǐuɐn(-t)			
仙緣	iwæn(-t)	ǐuɛn(-t)			
魂	uɔn(-t)	uɔn(-t)	輕中輕	合	臻攝、輕重俱等、合口呼
諄	ǐucn(-t)	ǐucn(-t)			
文	ǐuɔn(-t)	ǐuɔn(-t)			
冬	uoŋ(-k)	uŋ(-k)	輕中輕	開合*	通攝、重少輕多
鍾	ǐwoŋ(-k)	ǐuŋ(-k)			
唐光	wɑŋ(-k)	uɑŋ(-k)	輕中輕	合	宕攝、重多輕少、合口呼
陽方	ǐwaŋ(-k)	ǐuɑŋ(-k)			
庚橫	wɐŋ(-k)	uaŋ(-k)	輕中輕	合	梗攝、重少輕多、合口呼
清傾	iwæŋ(-k)	ǐuɛŋ(-k)			
耕宏	wɐŋ(-k)	uæŋ(-k)			
青螢	iwcŋ(-k)	iucŋ(-k)			
登肱	wɔŋ(-k)	uɔŋ(-k)	輕中輕	合	曾攝、重多輕少、合口呼
蒸域	iwɔŋ(-k)	ǐuɔk			
微歸	wči	ǐuɔi	輕中輕(內輕)	合	止攝、重少輕多
廢穢	iwɐi	ǐuɔi			
灰	uɑi	uɔi	輕中輕	合	蟹攝、輕重俱等、合口呼
皆懷	uai	uɐi			
祭歲	ǐwai	ǐuɐi			
齊圭	iwci	iuci			
桓	uɑn(-t)	uɑn(-t)	輕中輕	合	山攝、輕重俱等、合口呼
刪關	wa:n(-t)	uan(-t)			
仙緣	ǐwæn(-t)	ǐuɛn(-t)			
先玄	iwcn(-t)	iucn(-t)			
脂追	wi	ǐuc			

高氏擬音，雖不盡如人意㊷，本人擬音雖有改進，亦不敢自謂當也。但用作參稽，則仍有其價值也。

至於《等子》各攝或云「重少輕多」，例如通攝。則因《七音略》東為「重中重」，冬鍾為「輕中輕」。重者僅東董送屋四韻，而輕者則有冬鍾腫宋用沃濁七韻，故云「重少輕多」也。又或云「全重無輕」，例如效攝，《七音略》二十五轉、二十六轉收此諸韻並為「重中重」故云「全重無輕」也。又或云：「重多輕少」，例如宕攝，《七音略》第三轉，江為「重中重」三十四轉陽唐為「重中重」，三十五轉陽唐為「輕中輕」，前兩轉字多，後一轉字少，故云「重多輕少」也。又或云「輕重俱等」，例如蟹攝，《七音略》十三轉為「重中重」，十四轉為「輕中重」，十五轉為為「重中輕」，十六轉為「輕中輕」，合而計之，輕重約略相等，故云「輕重俱等」也。其餘類推。

《等子》之輕重與開合既如上述，然其等列亦有極異於《韻鏡》與《七音略》者，即三四等字之相混是也。三四等既已相混，而支、脂、真、諄、祭、仙、宵、清諸韻之重紐字，則仍沿早期韻圖之例，有通入四等者。

三、《四聲等子》之聲母

《四聲等子》聲母之排列，亦以三十六字母排列成二十三行，首見、溪、群、疑；次端、透、定、泥，而以知、徹、澄、娘附於

㊷ 例如魚擬作ǐwo與《韻鏡》、《七音略》皆不合，東擬作uŋ、ǐuŋ亦然，今改魚作ǐo，東作oŋ、ǐoŋ，則合於《韻鏡》與《七音略》矣。

其下；再次為幫、滂、並、明，而以非、敷、奉、微附之；又次為精、清、從、心、邪，照、穿、床、審、禪附於其下；又次為曉、匣、影、喻；殿以來、日二母。其聲類之排列與《韻鏡》、《七音略》不同者，計有三事：

㈠牙音與脣音異位。

㈡先曉、匣次影、喻，與《韻鏡》《七音略》以影、曉、匣、喻為次者異。

㈢清濁之名，有「全清」、「全濁」、「不清不濁」、「半清半濁」之稱。

茲錄其聲母於後：

	見溪群疑	端透定泥	幫滂並明	精清從心邪	曉匣影喻	來日
韻圖	屬牙音	屬舌頭音 具二等 舌頭一在四等一 舌頭二在四等四 真二等 假二等	屬脣音重 具四等	屬齒頭音 具兩等 兩一 兩二 兩一在四等一 兩二在四等四	屬喉音	屬半舌半齒音
四四等聲	具四等	知徹澄娘 屬舌上音 具二等 舌上一在四等二 舌上二在四等三 真二等 假二等	屬輕脣音 只具第三等	照穿床審禪 屬正齒音 具兩等 兩一 兩二 兩一在四等二 兩二在四等三	具四等	具四等

	角	徵	宮	商	羽	半徵半商
平上去入四一	此中字屬牙音 四一	此中字屬舌頭音一 在四等一	此中字屬(重)脣音 四一	此中字齒頭音精等 兩一在四等一	此中字屬喉音 四一	此中字屬來 四一
平上去入四二	此中字屬牙音 四二	此中字屬舌上音一 在四等二	此中字屬重脣音 四二	此中字正齒音照等 兩一在四等二	此中字屬喉音 四二	此中字屬來 四二
平上去入四三	此中字屬牙音 四三	此中字屬舌上音二 在四等三	此中字屬重脣音 四三 七輕韻只居此第一等有輕無重	此中字正齒音照等 兩二在四等三	此中字屬喉音 四三	此中字屬來 四三
平上去入四四	此中字屬牙音 四四	此中字屬舌頭音二 在四等四	此中字屬重脣音 四四	此中字齒頭音精等 兩二在四等四	此中字屬喉音 四四	此中字屬來 四四

上圖凡言四一者，謂四等中之第一等也，或稱四等一者亦然。言四二者，謂四等中之第二等也，或稱四等二，言四三者，謂四等中之第三等也，或稱四等三。言四四者，謂四等中之第四等也，或稱四等四。茲按其聲母之排列分別說明之。

㈠牙音下云具四等者，謂四等俱全也。

㈡舌頭下云舌頭一在四等一、舌頭二在四等四者，謂舌頭音只有兩類，一居四等中之第一等，一居四等中之第四等也。舌上下云舌上一在四等二，舌上二在四等三者，謂舌上音兩類，一居四等中之第二等，一居四等中之第三等也。又云真二等假二等者，指音和與類隔言也，真二等者音和切也，假二等者類隔切也。

㈢脣音下四一欄云：「此中字屬脣音」屬下當脫一重字，四二、四三、四四各欄皆有一「重」字可證。又云：「七輕韻只居此第一等，有輕無重」。七輕韻不知何所指，然《廣韻》各韻後世變輕脣者，有東、鍾、微、虞、文、元、陽、尤、凡、廢十韻，東、陽、尤三韻七音略為重中重，若此則所謂七輕韻者，殆指鍾、微、虞、文、元、凡、廢七韻歟！此七韻《七音略》皆為輕中輕，故云有輕無重也。

㈣齒音下云兩一、兩二者，謂齒頭音與正齒音俱各兩類，齒頭音兩類之一在四等中之第一等也，兩類之二在四等中之第二等也；正齒音兩類之一在四等中之第二等也，兩類之二在四等中之第三等也。

㈤喉音云具四等，謂四等全也。然喉音四等全者僅曉影而已，匣缺三等，喻缺一二等也。

㈥舌齒音欄云具四等，亦謂四等全也，四等全者僅來而已，日則僅有三等也。

除此之外，此書七音綱目以脣為宮、喉為羽[43]頗變《玉篇》五音之舊，然其聲母仍列二十三行，則與《七音略》、《韻鏡》相近，而與《切韻指掌圖》棋列三十六者異矣。

---

[43] 《七音略》脣為羽，喉為宮。

通攝內一　重少輕多韻

四聲等子

字母	一等平	一等上	一等去	一等入	二等平	二等上	二等去	二等入	三等平	三等上	三等去	三等入	四等平	四等上	四等去	四等入
見	公	顜	貢	穀	○	○	○	○	恭	拱	供	菊	○	○	○	○
溪	空	孔	控	哭	○	○	○	○	穹	恐	㤟	曲	○	○	○	○
羣	䫏	○	○	○	○	○	○	○	窮	梁	共	侷	○	○	○	○
疑	㟅	湡	○	𡽹	○	○	○	○	顒	○	○	玉	○	○	○	○
端知	東	董	凍	縠	○	○	○	○	中	冢	湩	瘃	○	○	○	○
透徹	通	桶	痛	禿	○	○	○	○	忡	寵	蹱	棟	○	○	○	○
定澄	同	動	洞	獨	○	○	○	○	蟲	重	仲	躅	○	○	○	○
泥孃	農	繷	齈	耨	○	○	○	○	醲	○	拔	傉	○	○	○	○
幫非	○	琫	○	卜	○	○	○	○	封	覂	葑	福	○	○	○	○
滂敷	⿰彳夆	○	○	扑	○	○	○	○	封	捧	○	蝮	○	○	○	○
並奉	蓬	菶	蓬	暴	○	○	○	○	逢	奉	鳳	伏	○	○	○	○
明微	蒙	蠓	幪	木	○	○	○	○	○	○	○	○	○	○	○	○
精照	糉	總	糉	鏃	○	○	○	⿰糸戚	鍾	腫	種	燭	○	○	○	○
清穿	蔥	○	謥	瘯	○	○	○	珿	衝	⿰重隹	揰	觸	○	○	○	○
從牀	叢	嵸	⿰叢攴	族	崇	○	⿰崇刂	⿱崇鳥	○	○	○	贖	○	○	○	○
心審	檧	⿰悤攴	送	速	○	○	○	縮	舂	○	○	束	○	○	○	○
邪禪	○	○	○	○	○	○	○	○	鱅	尰	○	蜀	○	○	○	○
曉	烘	嗊	烘	嗀	○	○	○	○	胷	洶	𧼮	旭	○	○	○	○
匣	洪	澒	哄	縠	○	○	○	○	雄	○	○	○	○	○	○	○
影	翁	蓊	甕	屋	○	○	○	○	邕	擁	雍	郁	○	○	○	○
喻	○	○	○	○	○	○	○	○	○	○	○	○	○	○	○	○
來	籠	籠	弄	祿	○	○	○	○	龍	隴	贚	錄	○	○	○	○
日	○	○	○	○	○	○	○	○	茸	宂	䩸	褥	○	○	○	○
韻	東	董	送	屋					鍾	腫	用	燭				

冬腫宋沃　東冬鍾相助

六　咫進齋叢書　歸安姚氏刊

資料來源：採自藝文印書館《等韻五種》而稍加剪輯而成。

第五節　切韻指掌圖

一、《切韻指掌圖》之時代

《切韻指掌圖》因刊有司馬光敘，故向來言等韻者，皆信以為溫公所著。但經今人考證，知云司馬光著者，實出於後人偽託，然其時代亦必不致太遲，因刊行《指掌圖》之董南一，實有其人。董南一為嘉泰年間人，嘉泰為南宋寧宗之年號，故《切韻指掌圖》之時代，當不致晚於南宋。

二、《切韻指掌圖》之依據

前人多以為《切韻指掌圖》據《廣韻》而作。例如邵光祖檢例即云：「按《廣韻》凡兩萬五千二百字，其中有切韻者三千八百九十。文正公取其三千一百三十，定為二十圖，而以三十六字母列其上，了然如指掌也。」實際上，邵氏之言，亦未必然。據下列事實可知：

㈠二十圖中有四十五字，《廣韻》所無，乃採之於《集韻》者。

㈡某類字《廣韻》、《集韻》韻部不同，而圖中標目恰與《集韻》相符，例如四圖「剎」字櫛韻，《集韻》同，《廣韻》見質韻。

㈢某類字《廣韻》、《集韻》反切不同，而圖中地位適與《集韻》相合。例如九圖「瀙」字列穿母下，《集韻》楚莘切，《廣韻》側詵切。

㈣某類字《廣韻》與《集韻》寫法有異，圖多與《集韻》合。例如十八圖「迤」字，《集韻》同，《廣韻》作「迱」。

由以上四點看來，《指掌圖》與《廣韻》之關係，遠不如《集韻》之密切，然則《切韻指掌圖》是否純據《集韻》而作？是又不然。因為圖內字亦有異於《集韻》而合於《廣韻》者。例如：

㈠十一圖「柂」字，《集韻》無，見《廣韻》。

㈡十三圖「篍」字列從母下《集韻》「即兩切」與此不合，《廣韻》「即兩切」又「秦杖切」，又切與此合。

是《指掌圖》亦有據於《廣韻》之處。除此之外，尚有部分音切，出於《廣韻》、《集韻》二者之外。例如〈辨來日二母切字例〉所引「如六切肉」、「如精切寧」、「仁頭切羺」、「日交切鐃」之類。由此可知《指掌圖》非據《廣韻》而作，而亦非盡依《集韻》。二者之外，尚雜有其他材料。

《指掌圖》之圖式多因襲《四聲等子》而成，不過將攝名削去，而成論圖不論攝之形式。不僅圖式因襲《四聲等子》，即董南一之跋文，亦抄撮《四聲等子》原序而成。茲錄於後：並注等子相異之處。

以三十六字母總三百八十四聲㊹，列為二十圖㊺，辨開闔以分輕重㊻，審清濁以訂虛實㊼，極五音六律之變㊽，分四聲

㊹　《等子》總作約。

㊺　《等子》列字作別，圖下有畫為四類四字。

㊻　《等子》作審四聲開合以權其輕重。

㊼　《等子》作辨七音清濁以明其虛實。

八轉之異㊾。遞用則名音和（徒紅切同），傍求則名類隔（補微切非），同歸一母則為雙聲（和會切會），同出一韻則為疊韻（商量切商），同韻而分兩切者，謂之憑切（乘人切神，丞真切辰），同音而分兩韻者，謂之憑韻（巨宜切其，巨沂切祈），無字則點窠以足之，謂之寄聲，韻闕則引鄰以寓之，謂之寄韻。按圖以索二百六韻之字，雖有音無字者，猶且隨口而出，而況有音有字者乎！

董同龢先生嘗謂：

《四聲等子》字母分二十三行橫列，拿二十三乘上縱列的四聲十六行，得三百六十八個格子，再加上標寫韻目的十六格，共是三百八十四聲無誤。《指掌圖》則不然，字母三十六行，乘十六再加十六是五百九十二。由這一點看，董序盲目抄襲《等子》序出了岔子，已無疑義。

據董同龢先生所言，則董南一抄襲《等子》之序，已無可疑。

三、《切韻指掌圖》之韻攝

《指掌圖》各圖之首，僅標圖次，不載「攝」或「轉」之名稱。其辨獨韻與開合韻例云：「總二十圖，前六圖係獨韻，應所切

㊽　《等子》作極六律之變。

㊾　《等子》作分八轉之異。

字多互見。」此所謂韻大體與《四聲等子》之攝相當。合併之後，其六獨韻算六攝，十四開合韻共七攝，總計十三攝，茲列其韻攝表於後：

次第	開合	平				上				去				入			
		一	二	三	四	一	二	三	四	一	二	三	四	一	二	三	四
一	獨	豪	爻	宵	宵 蕭	皓	巧	小	小 篠	號	效	笑	笑 嘯	鐸	覺	藥	藥
二	獨	東 冬	東	東 鍾	鍾	董	○	腫	腫	送	送	送 用	送 用	屋 沃	屋	屋 燭	屋 燭
三	獨	模	魚	魚 虞	魚	姥	麌 語	語 麌	語 麌	暮	遇 御	遇 御	御 遇	屋 沃	屋 燭	屋 燭	屋 燭
四	獨	侯	尤	尤	尤 幽	厚	有	有	黝	候	宥	宥	幼 宥	德	櫛	迄 質	質
五	獨	談 覃	咸 銜	鹽嚴 凡	鹽 沾	敢 感	豏 檻	琰 范	琰 忝	勘 闞	陷 鑑	驗豔 梵	㮇 豔	合 盍	洽 狎	業葉 乏	葉 帖
六	獨		侵	侵	侵		寑	寑	寑		沁	沁	沁		緝	緝	緝
七	開	寒	山 刪	僊 元	先 僊	旱		獮 阮	獮 銑	翰	諫 襇	願 線	霰 線	曷	黠 鎋	薛 月	屑 薛
八	合	桓	刪山 先	僊 元	先 僊	緩	潸	獮 阮	獮 銑	換	諫 襇	線 願	霰 線	末	黠 鎋	薛 月	薛 薛
九	開	痕	臻	真 欣	真 諄	很	準	隱 軫	軫 準	恨	稕	焮震 稕	震 稕	德	櫛	迄 質	質
十	合	魂	○	諄文 魂	諄真 文	準 吻	混 ○ 準	隱		焮 問	慁 ○ 稕	稕		迄 術 術	沒 質	質 術 質	
十一	開	歌	麻	麻	麻	哿	馬	馬	馬	箇	禡	禡	禡	曷	鎋 黠	薛 月	屑 薛

十二	合	戈	麻	麻	麻	果	馬	馬	馬	過	禡	○	○	末	黠 鎋	薛 月	薛 屑
十三	開	唐	陽	陽	陽	蕩	養	養	養	宕	漾	漾	漾	鐸	覺	覺	藥
十四	合	唐	江	陽	○	蕩	講	養	○	宕	絳	漾	○	鐸	覺	藥	○
十五	合	庚 耕	登	庚 蒸	清 青	梗	梗	梗	梗迥 靜	映 諍	○	勁 映	徑	陌 麥	德 麥	職	錫 昔
十六	開	登	庚 耕	庚清 蒸	清 青	等	耿 梗	耿 靜	靜 迥	嶝 映	諍	勁映 證	勁映 證	德	陌麥 職	職陌 昔	昔職 錫
十七	開	咍	皆 佳	皆 佳	○	海	駭蟹 海	薺	○	泰 代	夬卦 怪	祭	○	曷	鎋 黠	○	○
十八	開	之 支	之支 脂	之支 脂	齊支 之脂	紙 旨	紙	止 紙	薺旨 紙	至 志	志	志 至	霽至 霽	德	櫛	質	質
十九	合	灰	支	微脂 支	齊支 脂	賄	○	旨紙 尾	紙	隊 泰	寘 至	未寘 至	至寘 霽	沒	質	迄術 質物	術 質
二十	合	○	皆咍 佳	○	○	○	蟹 海	○	○	○	夬 怪	卦	○	○	鎋	○	○

從上表觀之，《切韻指掌圖》韻攝之特徵為：

㈠《指掌圖》有同圖同等而並列二韻目者，即表示此二韻在《切韻指掌圖》是同音，故圖內所列之字，僅取一韻之字。例如東、冬二韻併列，取東韻字則不取冬韻字。

㈡凡《切韻指掌圖》三等伸入四等者，則必填列韻目，此顯示真二等與假二等，真四等與假四等間，均已難加區分。雖歸字有承襲舊圖者，就音言，實難分辨也。

㈢庚耕本非一等韻，原為二等韻；登則為一等，非二等，然《指掌圖》庚耕與登在合口圖倒置，開口則否。可能《指掌圖》庚耕已與登混，庚耕原為二等字，其牙喉開口有顎化可能，列一等非所宜，合口則因有介音[-u-]故不顎化，而韻母與登韻同，性質與一等無異。登韻開口有舌頭、齒頭音之字，非列一等不可，合口僅有喉牙音，一二等內可隨意安置，故合口倒置而開口則否。此顯示梗曾二攝合流，合口一二等混同。

㈣支脂之三韻本為細音，《指掌圖》將精系字提升到一等，顯示此三韻韻母在齒頭聲母後，其元音為聲母同化成了舌尖前高元音[ɿ]矣。

㈤《切韻指掌圖》江宕合流，梗曾合流，假果合流，故僅得十三攝，蟹攝三四等又與止攝三等合流，此皆其特色也。

㈥《指掌圖》各攝皆以三十六字母科別清濁而橫列之，以平上去入及《集韻》韻目而縱列之，先分四聲，後分四等，每類之中，又以四等字多寡為次，字多者列前，字寡者列後，一至六圖為獨圖，高攝居首者，以字多也。餘按《廣韻》、《集韻》之次，七至十四圖開合互配，先開後合，惟十五、十六兩圖則先合後開，又十七圖實與二十圖互為開合，依例應改二十圖為十八圖，十八、十九兩圖為十九、二十兩圖也。

㈦二十圖總目以、公、孤、鉤、金、干、根，歌、剛、觥、該、傀十三字代表十三攝。

四、《切韻指掌圖》之入聲分配

與十三攝相配之入聲僅七類，或承一攝，或承二攝，下列陰陽入三聲相配表，並附擬音，擬音以開口一等為代表，無開口則舉合口，無一等則舉三等。茲列表於下：

陽　聲	入　聲	陰　聲
唐江陽[ɑŋ]	鐸覺藥[ɑk]	豪爻宵蕭[ɑu]
東冬鍾[uŋ]	屋沃燭[uk]	模魚虞[u]
痕魂真臻諄欣文[ən]	(德)沒櫛迄質術物[ək][ət]	侯尤幽[əu]灰微齊支脂之[əi][i][ï]
談覃咸銜嚴凡添[ɑm]	合盍洽狎葉業乏帖[ɑp]	
侵[iəm]	緝[iəp]	
寒桓刪山元仙先[ɑn]	曷末鎋黠月薛屑[ɑt]	歌戈麻[ɑ]咍泰佳皆夬祭[ɑi]
登庚耕蒸清青[əŋ]	德陌麥職昔錫[ək]	

此類分配，於音韻系統上相當整齊，入承陰陽，實後人所謂陰陽對轉、入為樞紐之先驅。

五、《切韻指掌圖》之聲母與等列之關係

聲母以自然之限制，各母不能全具四等之音，故等韻之分等，不僅以韻為準，亦兼及於聲，《切韻指掌圖·檢例》有分辨等歌云：

見溪群疑四等連，端透定泥居兩邊。
知徹澄娘中心納，幫滂四等亦俱全。
更有非敷三等數，中間照審義幽玄。
精清兩頭為真的，影曉雙飛亦四全。
來居四等都收後，日應三上是根源。

此歌之意，蓋謂《切韻指掌圖》之三十六字母，惟牙音見溪群疑、脣音幫滂並明、喉音影曉及半舌來等十一母具備四等，其餘則端系惟一四等，知系惟二三等，輕脣非系及半齒日母則惟出現於三等韻也，精系見於一四等，照審所以幽玄者，則因韻書反切上字照系有照莊二組，《指掌圖》凡照組列三等，莊組列二等也。其圖雖仍列三十六字母，而於端精兩系之二三等皆留空白，知照兩系之一四等亦然。非系與日母之一二四等亦然。以明此類聲母於此諸圖，非特無字，亦且無音也。

按《切韻指掌圖》之例，凡有音有字之處填其字，有音無字之處作圈以足之，至無字無音則空其處也。

江永《音學辨微·等位圖歌》云：

重脣牙喉四等通。輕脣三等獨日同。

舌齒之頭一四等，照穿知徹二三中。

一二等無群與喻，一等無邪二無禪。

有禪三等有邪四，三雖無匣來音全。㊿

《指掌圖》除邪母有一等字外，餘皆與江氏永等位圖歌合，玆再列表以明之：

㊿　江原歌來日異位，與等第不合，今正。

等第／字母	一	二	三	四
見	○	○	○	○
溪	○	○	○	○
群	●	●	○	○
疑	○	○	○	○
端	○			○
透	○			○
定	○			○
泥	○			○
知		○	○	
徹		○	○	
澄		○	○	
娘		○	○	
幫	○	○	○	○
滂	○	○	○	○
並	○	○	○	○
明	○	○	○	○
非			○	
敷			○	
奉			○	
微			○	
精	○			○
清	○			○
從	○			○
心	○			○
邪	○			○

照		○	○	
穿		○	○	
床		○	○	
審		○	○	
禪		●	○	
影	○	○	○	○
曉	○	○	○	○
匣	○	○		○
喻			○	○
來	○	○	○	○
日			○	

一獨	見	溪	羣	疑	端	透	定	泥	知	徹	澄	娘	幫	滂	竝	明	非	敷
平	高	尻	○	敖	刀	饕	陶	猱					褒	橐	袍	毛		
	交	敲	○	聱					嘲	颮	桃	鐃	包	胞	庖	茅		
	驕	趫	喬	○					朝	超	晁	○	鑣	○	○	苗	○	○
	驍	鄡	翹	堯	貂	祧	迢	○					飇	票	瓢	蜱		
上	暠	考	○	䫨	倒	討	道	腦					寶	○	抱	蓩		
	絞	巧	○	齩					獠	○	○	獿	飽	○	鮑	卯		
	矯	槁	蹻	鱎					○	巐	肇	○	表	麃	藨	○	○	○
	皎	磽	○	磽	鳥	朓	窕	嬲					褾	縹	摽	眇		
去	誥	鎬	○	傲	到	韜	導	腝					報	○	暴	冃		
	教	敲	○	樂					罩	趠	棹	橈	豹	奅	靤	貌		
	驕	趬	嶠	䖀					○	朓	召	○	裱	○	驃	廟	○	○
	叫	竅	翹	顤	弔	糶	藋	尿					○	剽	○	妙		
入	各	恪	○	咢	○	託	鐸	諾					博	䪙	泊	莫		
	覺	㱿	○	嶽					斲	逴	濁	搦	剝	璞	雹	邈		
	腳	卻	噱	虐					芍	㲋	著	逽	○	○	○	○	○	○
	○	○	○	○	○	○	○	○					○	○	○	○		

一 獨

聲調	奉	微	精	清	從	心	斜	照	穿	牀	審	禪	影	曉	匣	喻	來	日	韻
平			糟	操	曹	騷	○						爊	蒿	豪	○	勞		豪
								[illegible]	[illegible]	巢	梢	○	[illegible]	虓	肴	○	顟		肴
	○	○						昭	怊	○	燒	韶	妖	囂	○	鴞	燎	饒	宵
			焦	鍬	樵	蕭	○						幺	膮	○	遙	聊		蕭
上			早	草	皁	嫂	○						襖	好	晧	○	老		晧
								爪	煼	[illegible]	[illegible]	○	拗	○	澩	○	○		巧
	○	○						沼	麨	○	少	紹	夭	○	○	○	繚	擾	小
			勦	悄	○	篠	○						杳	鐃	皛	鷕	了		篠
去			竈	操	漕	喿	○						奧	耗	号	○	嫪		号
								抓	鈔	巢	稍	○	靿	孝	效	○	○		效
	○	○						照	○	○	少	邵	要	○	○	○	尞	饒	笑
			醮	陗	噍	嘯	○						窔	敲	○	燿	顟		嘯
入			作	錯	昨	索	○						惡	臛	涸	○	落		鐸
								捉	娖	浞	朔	○	渥	吒	學	○	犖		覺
	○	○						灼	綽	○	爍	妁	約	謔	○	○	略	若	藥
			爵	鵲	嚼	削	○						○	○	○	藥	○		

開 二

資料來源：藝文印書館《等韻五種》。

第六節　經史正音切韻指南

一、《切韻指南》之特色

《經史正韻切韻指南》為元關中劉鑑所作，其書與《五音集韻》相輔而行，劉氏自序云：「僕於暇日，因其舊制，次成十六通攝，作檢韻之法，析繁補隙，詳分門類，並私述玄關六段，總括諸門，盡其蘊奧，名之曰《經史正音切韻指南》，與韓氏《五音集韻》互為體用，諸韻字音，皆由此韻而出也。」劉氏自序所謂舊制，究何所指？熊澤民序云：「古有《四聲等子》為流傳之正宗，然而中間分析尚有未明，不能曲盡其旨。」據熊氏序言，則《指南》所據舊制為《四聲等子》，殆無疑也。故其書圖式，與《四聲等子》同，獨《等子》總二十圖，《指南》分為二十四圖為異耳。所以多四圖者，江攝獨立一圖也，梗攝獨立分為開合二圖，又增二圖也。咸攝凡范梵乏四韻別為一圖，故合計增多四圖。以通、江、止、遇、蟹、臻、山、效、果、假、宕、梗、曾、流、深、咸為十六攝。全書共十六攝二十四圖，每圖首行，皆先標攝名，內外轉次，續明開合與獨韻，以廣通侷狹諸門分記其下。內轉八攝，通、遇、流、深為獨韻，止、果、宕、曾各分開合；外轉八攝，江、效、咸為獨韻，蟹、臻、山、假各分開合，獨韻一攝一圖，惟咸攝增一圖，共八圖，其分開合者，開合各分一圖，惟假併於果，故共十圖，加獨韻八圖，共為二十四圖。

聲母以三十六字母橫列六欄二十三行，首欄為牙音，見溪群疑；次欄舌音，端透定泥，知徹澄娘附其下；三欄為脣音，幫滂並明，非敷奉微附於其下；四欄為齒音，精清從心邪，照穿床審禪附於其下，五欄為喉音，曉匣影喻；六欄為舌齒音，來日。

入聲字兼配陰陽，於陰聲各攝下注，此入聲見於某陽聲韻攝。韻目併列二行者，取彼則不此，示此等韻《指南》已無可區別矣，或亦明言某韻宜併入某。所用韻目以《五音集韻》百六十韻為主，無取於《廣韻》之二百零六也。

二、《切韻指南》之聲母

《切韻指南》所據者仍為守溫三十六字母。三十六字母又分隸於五音，《切韻指南》分五音歌云：

見溪群疑是牙音
端透定泥舌頭音　知徹澄娘舌上音
幫滂並明重脣音　非敷奉微輕脣音
精清從心邪齒頭音　照穿床審禪正齒音
曉匣影喻是喉音　來日半舌半齒音

既分五音，又科別清濁，其辨清濁歌云：

端見純清與此知　精隨照影及幫非
次清十字審心曉　穿透滂敷清徹溪
全濁群邪澄並匣　從禪定奉與床齊
半清半濁微娘喻　疑日明來共八泥

除以次濁稱半清半濁有久明確外，餘皆與今人分析相同。❺❶至於字母之等列，則多襲傳統韻圖之舊。其明等第歌云：

端精二位兩頭居　知照中間次第呼
來曉見幫居四等　日非三等外全無

此歌之意，謂端系與精系僅出現一四兩等，知系與照系則惟見於二、三兩等也。來、曉、影與見、幫兩系則四等俱全，日母與非系則僅出現於三等也。❺❷字母雖依三十六，然當時語音則聲母多已簡化，如知照無別，非敷難分，泥娘混同，穿徹不異，澄床弗殊，疑喻合一。此種混同見於交互歌：

知照非敷遞互通。泥孃穿徹用時同。
澄床疑喻相連續，六母交參一處窮。

三、《切韻指南》之韻攝

《切韻指南》末附檢韻十六攝，茲錄於後：

內八轉

東董送屋	脂旨至質
通攝冬〇宋屋	止攝

❺❶ 參見拙著《音略證補》。

❺❷ 按此亦大略言之，其細別又稍有出入。

鍾腫用燭

魚語御屋

遇攝虞麌遇燭

模姥暮沃

陽養樣藥

宕攝

唐蕩宕鐸

尤有宥燭

流攝

侯厚候屋

微尾未物

歌哿箇鐸

果攝

戈果過鐸

蒸拯證職

曾攝

登等嶝德

深攝侵寑沁緝

內轉歌訣

通攝東冬韻繼鍾　止攝脂微次第窮

遇攝魚虞模三位　果攝歌戈二韻從

宕攝陽唐君記取　曾攝蒸登兩韻風

流攝尤侯無他用　深攝孤侵在後宮

外八轉

齊薺（霽廢祭）質

皆駭怪鍇

江攝江講絳覺

蟹攝

灰賄隊末

咍海代（泰）曷

真軫震質	
諄準稕術	元阮願月
文吻問物	寒旱翰曷
臻攝	山攝桓緩換末
殷隱焮迄	山產諫鎋
痕很恨沒	仙獮線薛
魂混慁沒	
宵小笑藥	
效攝肴巧效覺	假攝麻馬禡鎋
豪皓號鐸	
庚梗諍陌	覃感勘合
梗攝清靜勁昔	鹽琰豔葉
青迥徑錫	咸攝
	咸豏陷洽
	凡范梵乏

外轉歌訣

江攝孤江只是江　　蟹攝齊皆灰咍強
臻攝真魂六韻正　　山攝仙元五韻昌
效攝宵肴豪三位　　假攝孤麻鎮一方
梗攝庚清青色字　　咸攝覃鹽凡四鄉

《經史正音切韻指南》以入聲兼配陰陽，故又有入聲九攝（通、宕、曾、深、江、臻、山、梗、咸）。

咸通曾梗宕江山　　深曾九攝入聲全

流遇四等通攝借　　咍皆開合在寒山

齊止借臻鄰曾梗　　高交元本宕江邊

歌戈一借岡光一　　四三并二卻歸山。

當時語音入聲既兼配陰陽，恐已無強輔音韻尾-p、-t、-k 之區別矣。不僅此也，各攝之間亦有混同，其叶聲韻歌云：

梗曾二攝與通疑　　止攝無時蟹攝推

江宕略同流參遇　　用時交互較量宜

不但各攝多有混同，輕脣音亦產生於十韻之中，如輕脣十韻歌云：

輕韻東鍾微與元，凡虞文廢亦同然

更有陽尤皆一體，不該十韻重中編。

茲再以《廣韻》韻類分配《切韻指南》十六攝各等於下：

1.通攝（合口）內一

一等：東董送屋①　冬○宋沃

三等：東○送屋②　鍾腫用燭

2.江攝獨韻（脣牙喉開舌齒屬合）外一

二等：江講絳覺

3.止攝內二

三等開：支紙寘①　　脂旨至①　　之止志　　微尾未①

　　合：支紙寘②　　脂旨至②　　○○○　　微尾未②

4.遇攝獨韻（合口）內三

一等：模姥暮

三等：魚語御　　虞麌遇

5.蟹攝外二

一等開：咍海代　〇〇泰①

　　合：灰賄隊　〇〇泰②

二等開：皆駭怪①　佳蟹卦①　〇〇夬①

　　合：皆駭怪②　佳蟹卦②　〇〇夬②

三等開：〇〇祭①

　　合：〇〇祭②　〇〇廢

四等開：齊薺霽①

　　合：齊薺霽②

6.臻攝：外三

一等開：痕很恨〇

　　合：魂混慁沒

二等開：臻〇〇櫛

三等開：真軫震質　欣隱焮迄

　　合：諄準稕術　文吻問物

7.山攝：外四

一等開：寒旱翰曷

　　合：桓緩換末

二等開：刪潸諫鎋①　山產襇黠①

　　合：刪潸諫鎋②　山產襇黠②

三等開：仙獮線薛①　元阮願月①

　　合：仙獮線薛②　元阮願月②

四等開：先銑霰屑①

　　合：先銑霰屑②

8.效攝：獨韻（開口）外五

一等：豪皓號

二等：肴巧效

三等：宵小笑

四等：蕭篠嘯

9.果攝：內四

一等開：歌哿箇

　　合：戈果過①

三等開：戈〇〇②

　　合：戈〇〇③

10.假攝：外六

二等開：麻馬禡①

　　合：麻馬禡②

三等開：麻馬禡③

11.宕攝：內五

一等開：唐蕩宕鐸①

　　合：唐蕩宕鐸②

三等開：陽養漾藥①

　　合：陽養漾藥②

12.梗攝：外七

二等開：庚梗映陌①　耕耿諍麥①

　　合：庚梗映陌②　耕耿諍麥②

三等開：庚梗映陌③　清靜勁昔①

　　合：庚梗映陌④　清靜勁昔②

四等開：青迥徑錫①

合：青迥勁錫②

13.曾攝：內六

一等開：登等嶝德①

合：登〇〇德②

三等開：蒸拯證職①

合：〇〇〇職②

14.流攝：獨韻（開口）內七

一等：侯厚候

三等：尤有宥　　幽黝幼

15.深攝：獨韻（開口）內八

三等：侵寢沁緝

16.咸攝：外八

一等開：覃感勘合　　談敢闞盍

二等開：咸豏陷洽　　銜檻鑑狎

三等開：鹽琰豔葉　　嚴儼釅業

合：凡范梵乏

四等開：添忝㮇帖

四、《切韻指南》之門法

《切韻指南》後附玉鑰匙門法，總一十三門。茲錄於後，並略加疏釋。

㈠音和門：音和者謂切脚二字，上者為切，下者為韻，先將上一字歸知本母，於為韻等內本母下便是所切之字，是名音和。故曰：音和切字起根基。等母同時便莫疑。記取古紅公式樣，故教學切起初知。

【按】凡字與其切語上字於韻圖同屬一母，與其切語下字同列一等之內者為音和。此為韻圖歸字之基本原則，依反切以求所切字音，在原則上僅須知切語上字屬何聲母，切語下字屬何等列，於兩者交錯之處，即可切出所求之字音。此為切語之正例，亦開宗明義之第一章也。

音和之例，如下圖所示：

匣	曉						溪	見↓	
紅	——	——	——	——	——	——	——→	公	等一
									等二
									等三
									等四

古紅切公，古屬見母，紅在一等，由紅橫推到見母下一等處，即可得「公」字。

㈡類隔門：類隔者謂端等一四為切，韻逢二三便切知等字，知等二三為切，韻逢一四卻切端等字，為種類阻隔而音不同也。故曰類隔。如都江切椿字，徒減切湛字之類是也。唯有陟邪切爹字是麻韻不定切。

【按】端系字依例不出現於二三等韻，但韻書中保留若干較早期以端系切二三等韻之例外切語，韻圖既從實際音系歸字，若據此類字求音，則必須變端系音為二三等韻實有之知系音。圖示於後：

泥 娘	定 澄	透 徹	端 知		疑	群	溪	見	
								↓	等一
			椿	←——	——	——	——	江	等二
									等三
									等四

都江切椿，都屬端母，應在一等，惟江字在二等，故隨韻切知。

泥 娘	定 澄	透 徹	端 知		疑	群	溪	見	
	↓								等一
	湛	←——	——	——	——	——	——	—減	等二
									等三
									等四

徒減切湛，徒屬定母，應在一等，惟減在二等，故隨韻切澄，因二等必屬澄也。不得切一等之定也。

㈢窠切門：窠切者謂知等第三為切，韻逢精等影喻第四，並切第三，為不離知等第三之本窠也。故曰窠切。如陟遙切朝，直猷切儔字之類也。

【按】三等韻知系字，韻圖列三等，而精系與喻母及一部分脣牙喉音例置四等，若有知系字以精喻等母為切語下字者，須注意所切之字不應隨切語下字列四等，應置於知系定居之三等。圖示於下：

匣	曉	喻	影		娘	澄	徹	知	
								|	等一
								↓	等二
								朝	等三
		遙—	——	——	——	——	——	→	等四

陟遙切朝，陟為知母字，遙為喻母四等字，此朝字不得隨遙列四等，應列知系之三等也。

匣	曉	喻	影		娘	澄	徹	知	
						|			等一
						↓			等二
						儔			等三
		猷—	——	——	——	→			等四

直猷切儔，直為澄母字，猷為喻母四等字，此儔字不得隨猷列四等，應列佑系之三等也。

㈣輕重交互門：輕重交互者謂幫等重音為切，韻逢有非等處諸母第三便切輕脣字，非等輕脣為切，韻逢一二四皆切重脣字，故曰輕重交互。如匹尤切颩字，芳桮切肧字之類是也。

【按】反切脣音字韻圖分為輕脣與重脣，用反切韻圖上以求脣音字，自不免時感乖違，然輕重脣卻有一定之分際，即東、鍾、微、虞、文、元、陽、尤、凡、廢十韻及其相配之上去入聲韻全為輕脣，其他各韻為重脣。因此凡反切下字屬東、鍾、微、虞、文、元、陽、尤、凡、廢各韻，無論上字輕脣抑重脣，皆應於輕脣下求之，反之，若係其他各韻之反切下字，則於重脣下求之。圖示於下：

匣	曉	喻	影		明 微	並 奉	滂 敷	幫 非	
							|		等一
							↓		等二
		尤—	——	——	——	——→	颮		等三
									等四

匹尤切颮，匹屬滂母，而所切之颮，則屬敷母，故於敷母旁加一直線，表示讀同敷母而置於三等也。

					明 微	並 奉	滂 敷	幫 非	
							肧	←桮	等一
									等二
									等三
									等四

芳桮切肧，芳屬敷母應列三等，而所切之肧字，則隨切語下字桮列於滂母下一等處，特於字母滂旁注以↓號，表示讀同滂母也。

㈤振救門：振救者謂不問輕重等第，但是精等為切，韻逢諸母第三並切第四，是振救門。振者舉也，救者護也。為舉其綱領能整三四，救護精等之位，故曰振救。如私兆切小字，詳里切似字之類是也。

【按】三等韻精系字，韻圖例置四等，同韻類之其他各母則置三等，若遇精系字以其他各母三等為切語下字時，須注意所切之字不應隨反切下字置列三等，而應置於精系定居之四等。圖示於下：

邪 禪	心 審	從 床	清 穿	精 照	泥 娘	定 澄	透 徹	端 知	
	｜								等一
	｜								等二
	↓	←——	——	——	——	—兆			等三
	小								等四

私兆切小字，兆為澄母三等字，而所切之小字，則置於四等，因為私屬心母，必居四等也。

日	來			邪 禪	心 審	從 床	清 穿	精 照	
				｜					等一
				｜					等二
	里—	——	——	→↓					等三
				似					等四

詳里切似，里為三等來母字，而所切之似字，則置於四等，因為詳屬邪母，必置於四等也。

㈥正音憑切門：正音憑切者，謂照等第一為切（照等第一即四等中之第二等是也），韻逢諸母三四，並切照一，為正齒音中憑切也。故曰正音憑切。如楚居切初，側鳩切鄒字是也。

【按】三等韻之莊系字，韻圖例置二等，同韻類之其各母則多在三四兩等，故莊系字若以其他各母字為反切下字，無論其下字屬何等，均應於二等下求之。憑切者，謂只憑反切上字以定其等列也。圖示於下：

禪	審	床	穿	照	疑	群	溪	見	
			↓						等一
			初						等二
			←	——	——	——	——	居	等三
									等四

楚居切初，居為三等字，而所切之初，應隨其反切上字定居於正齒音二等也。

禪	審	床	穿	照	疑	群	溪	見	
				↓					等一
				鄒					等二
				←	——	——	——	—鳩	等三
									等四

側鄒切鄒，鳩為三等字，而所切之鄒，應隨其反切上字定居於正齒音二等也。

㈦精照互用門：精照互用者，謂但是精等字為切，韻逢諸母第二，只切照一字；照等第一為切，韻逢諸母第一卻切精一字，故曰精照互用。如士垢切鯫字，則減切斬字之類是也。

【按】精系字依例不出現於二等韻，莊系字則不出現於一等韻。然韻書中保留若干以精系字切二等，以及以莊系字切一等韻之早期切語。韻圖依實際音讀列字，以精系切二等韻者列莊系之地位，莊系切一等者列精系之地位。故若遇此類切語，設其下一字屬一等，則上字雖屬莊系，亦得改於一等精系下相當之音處求之。反之，若下字屬二等韻，上字雖屬精系，亦得改於二等莊系相當之音處求字。圖示於下：

邪 禪	心 審	從↓ 床	清 穿	精 照	疑	群	溪	見	
		鯫←	——	——	——	——	——	—垢	等一
		○							等二
									等三
									等四

三十六字母的的照穿床審四母在《廣韻》聲母中實包含照穿神審與莊初床疏八類聲母，所謂莊系字實指莊初床疏四紐而言。在韻圖上只有照穿床審四母，這是我們首現應該理解的。像上圖仕垢切鯫，仕屬床母，本應置於二等，惟垢為一等韻，故仕雖屬床母，而鯫仍置於一等從母處也。故在表上從母旁，以↓號表示之。而在床母本應列置之二等，則以○表示之。

邪 禪	心 審	從 床	清 穿	精 照	疑	群	溪	見	
				↓					等一
				斬←	———	———	———	—減	等二
									等三
									等四

則減切斬，則屬精母，本應置於一等，惟減為二等韻，故則雖屬精母，而斬仍置於二等照（莊）母處。

由此可知，若下一字為一等字，上字雖屬照（莊）系，仍應視作精系字處理；若下字為二等韻字，則上字雖屬精系，亦應視作照（莊）系處理也，故謂之精照互用也。

㈧寄韻憑切門：寄韻憑切者，謂照等第二為切（照等第二，即四等中之第三等也。）韻逢一四，並切照二。言雖寄於別韻，只憑為切之等也。故曰寄韻憑切。如昌來切犕字，昌紿切茝字之類是也。

【按】照系字依例不見於一等韻，然韻書中有若干照系字，借用一等韻字作切語下字，其實乃三等字而切語下字則借一等字，故不能從切語下字求得，必須從切語上字於三等照系求之。圖示於下：

日	來			禪	審	床	穿	照	
	來—	———	———	———	———	———	→|		等一
							↓		等二
							犕		等三
									等四

來屬一等韻，然昌屬穿母，所切之犕字，不從來字居一等，而隨昌字居三等。

禪	審	床	穿	照	泥	定	透	端	
			|←	——	——	—紿			等一
			↓						等二
			茝						等三
									等四

紿屬一等韻，然昌屬穿母，所切之茝字，不從紿字居一等，而隨昌字居三等。

又照系字韻圖既一概列於三等，而同韻類之其他各系字亦有列於四等者，照系字若以此類字為切語下字時，亦不能據切語下字之等第以求字，必須於照系定居之三等字求之，此又為另外一種寄韻憑切之型態。如職容切鍾字是也。圖示如下：

匣	曉	喻	影			床	穿	照	
								|	等一
								↓	等二
								鍾	等三
		容—	——	——	——	——	——	→	等四

職容切鍾，容為喻母四等字，職屬照母字，所切之字，不隨下字容置於四等，而隨上字歸入照系所定居之三等。故也稱為寄韻憑切。

㈨喻下憑切門：喻下憑切者，謂單喻母下，三等為覆，四等為仰，仰覆之間，只憑為切之等也。故曰喻下憑切。如余昭切遙字，于聿切颫字之類是也。

【按】韻書「為」紐與「喻」紐字，韻圖均列於喻母下，但卻使「為」紐字居三等，而「喻」紐字居四等以區別之。但「為」紐字之反切下字並非皆在三等，「喻」紐字之反切下字亦並非皆在四等，故欲於韻圖求字，不能以切語下字之等第為準，只憑其切語上字以求，上字屬「為」紐，必置三等，上字屬「喻」紐，則必置四等。圖示於下：

喻	影			禪	審	床	穿	照	
|									等一
|									等二
↓←	——	——	——	——	——	——	——	— 招	等三
遙									等四

余招遙，招為照母三等字，余屬喻紐，所切之遙，隨反切上字置於四等。

喻	影				疑	群	溪	見	
|									等一
↓									等二
颫									等三
聿									等四

于聿切颮，聿為四等字，于屬為紐，所切之颮，隨反切上字置於三等。

㈩日寄憑切門：日寄憑切者，謂日字母下第三為切，韻逢一二四並切第三，故曰日寄憑切。如汝來切荋字，如華切桵，如延切然字之類是也。

【按】日母字僅見於三等韻，韻圖亦均列三等，然其切語下字，亦有借用一、二等韻者，亦有雖屬同韻而韻圖列於四等者，不論何類切語下字，若上字屬日母，均應於三等之，可不論其下字之等第。圖示於下：

日	來				疑	群	溪	見	
|←	一來								等一
↓									等二
荋									等三
									等四

汝來切荋，來在一等，汝屬日紐，所切荋字，隨上字置三等。

日	來				匣	曉	喻	影	
|									等一
↓←	——	——	——	——	—華				等二
桵									等三
									等四

儒華切桵，華在二等，儒屬日紐，所切桵字，隨上字置三等。

日	來				匣	曉	喻	影	
｜									等一
↓									等二
然									等三
←	——	——	——	——	——	——	—延		等四

如延切然，然在四等，如屬日紐，所切之然字，隨反切上字置三等。

㈩廣通門：通廣者謂脣牙喉下為切，以脂韻真諄是名通，仙祭清宵號廣門。韻逢來日知照三，通廣門中四上存。所謂廣者，以其第三通及第四等也，故曰通廣。如符真切頻，芳連切篇之類是也。

【按】古脂真諄祭仙宵清八韻有一類脣牙喉音韻圖列四等，若此類字以來日知照諸系三等字為切語下字時，則不據切語下字所居之三等求之，而應於四等求之。圖示於下：

禪	審	床	穿	照	明 微	並 奉	滂 敷	幫 非	
						｜			等一
						｜			等二
				真—	——	→↓			等三
						頻			等四

符真切頻，真在三等，所切之頻字，則置脣音並母四等下。

日	來				明 微	並 奉	滂 敷	幫 非	
							|		等一
							|		等二
	連—	——	——	——	——	——	→↓		等三
							篇		等四

芳連切篇，連在三等，而所切篇字，則置滂母下四等。

㈩侷狹門：侷狹者亦謂脣牙喉下為切，韻逢東鍾陽魚蒸為侷，尤鹽侵麻狹中依，韻逢精等喻下四，侷狹三上莫生疑。所謂局狹者，第四等字少，第三等字多，故曰侷狹。如去羊羌字，許由切休字之類是也。

【按】東鍾陽魚蒸尤鹽侵麻八韻脣牙喉音（喻母除外），韻圖置三等，若以同韻而韻圖取居四等之系喻母字為切下字時，所切字偲於三等求之。圖示於後：

喻	影						溪	見	
								|	等一
								↓	等二
								羌	等三
羊—	——	——	——	——	——	——	——	→	等四

去羊切羌，羊在四等，所切之羌，卻在溪母下三等地位。

		喻	影	匣	曉				
					|				等一
					↓				等二
					休				等三
		由—	——	——	→				等四

許由切休，由在四等，所切之休，卻在曉母下三等地位。

〈董同龢·論廣通侷狹〉

《玉鑰匙》分支脂真諄為「通」，仙祭清宵為「廣」，似有所謂而實無關宏旨。原來前者在韻圖沒有獨立四等韻居其下；後者則有（即先齊青蕭）。「侷狹門」也是似的。以東鍾陽魚無四等韻者為「侷」，尤鹽侵厤之另有字者為「狹」。分不分都是不要緊的。

㈢內外門：內外者謂脣牙喉舌來日下為切，韻逢照一，內轉切三，外轉切二，故曰內外，如古雙切江，矣殑切熊字之類是也。

【按】三等韻之莊系字，在韻圖上是離開本韻其他各系字而獨居於二等，然韻書亦有以莊系字作為其他各系反切下字者，若以此類切語於韻圖求字，則不能據下字之二等以求，而當於三等或四等求之。圖示於後：

禪	審	床	穿	照			溪	見	
									等一
	雙—	——	——	——	——	——	——	→江	等二
									等三
									等四

古雙切江，雙在二等，所切之江亦在二等，此所謂外轉切二也。

喻	影			禪	審	床	穿	照	
|									等一
|←	——	——	——	——	殑				等二
↓									等三
熊									等四

矣熊切殑，殑在二等，所切之熊在三等，此所謂內轉切三也。

經史正音切韻指南序

夫讀書必執韻執韻須知切乃為學之急務吾儒之不可闕者古有四聲等子為傳流之正宗然而中間分析尚有未明不能曲盡其旨又且溺於經堅仁然之法而失其真者多矣安西劉君士明通儒也特造書府來訪於余出示其所編前賢千載不傳之秘欲鋟諸梓以廣其傳名曰經史正音切韻指南余嘉其能求古之道以正今之失俾四方學者得其全書易求誨於先覺云後至元丙子歲仲冬吉日

雲谷熊澤民序

聲韻之學其來尚矣凡窮經博史以聲求字必得韻而後知韻必得法而後明法必得傳而後通誠諸韻之總括訂字之權衡也辨五土之音均同一致孰不以韻為則焉但能歸韻母之横豎審清濁之重輕即知切脚皆有名派聲音妙用本乎自然咨以浮淺小法一槩求切而不究其源者予亦未敢輕議其非但恐施於誦讀之間則習為蔑裂矣略如時忍切腎字時掌切上字同是濁音皆當呼如去聲却將上字呼如清音賞字其蹇切件字其兩切強字亦如去聲又以強字呼如清音礁丘仰切字然則亦以時忍切如哂字其蹇切如遣字可乎倘因礙致思而欲叩其詳者止是清濁之分也又如符羈切肥字本是皮字都江切如當字本是樁字士魚切如殊字本是鉏字詳里切如洗字本是似字

此乃門法之分也如是誤者豈勝道耶其雜稱
齋癸稱貴菊稱韭字之類乃方言之不可憑者
則不得已而姑從其俗至讀聖賢之書首貴乎
知音其可不稽其本哉其或稽者非口授難明
幸得傳者歸正隨謬者成風以致天下之書不
能同其音也故僕於暇日因其舊制次成十六
通攝作檢韻之法析繁補隙詳分門類并私述
玄關六段總括諸門盡其蘊奧名之曰經史正
音切韻指南與韓氏五音集韻互為體用諸韻
字音皆由此韻而出也末兼附字音動靜顛與
朋友共之庶為斯文之一助云爾至元二年歲
在丙子良月關中劉鑑士明自序
旹大明弘治九年仲冬吉日金臺釋子思宜重刊

新編經史正音切韻指南

分五音

見溪羣疑是牙音

端透定泥舌頭音　知徹澄孃舌上音

幫滂並明重脣音　非敷奉微輕脣音

精清從心邪齒頭音　照穿床審禪正齒音

曉匣影喻是喉音　來日半舌半齒音

辨清濁

端見純清與此知　精隨照影及幫非

次清十字審心曉　穿透滂敷清徹溪

全濁羣邪澄並匣　從禪定奉與床齊

半清半濁微孃喻　疑日明來共八泥

明等第

端精二位兩頭居　知照中間次第呼
來曉見幫居四等　日非三等外全無

交互音

知照非敷遞互通　泥孃穿徹用時同
澄床疑喻相連屬　六母交參一處窮

撿篇韻法

篇中類出韻中字　韻內分開篇內音
見字求聲篇內撿　知聲取字韻中尋

撿篇卷數捷法

一序二見溪三內是群疑端透泥定四澄孃徹
五知幫滂六內取明並七為基非數微八奉精
清從九歸心邪十內有照穿床十一審禪行十
二曉匣影十三諭母俱十四來日十五宜

通攝內一												侷門					
見		公	贛	貢	穀	○	○	○	○	恭	拱	供	輂	○	○	○	○
溪		空	孔	控	哭	○	○	○	○	銎	恐	恐	曲	○	○	○	○
群		硔	○	○	○	○	○	○	○	蛩	[illegible]	共	局	○	○	○	○
疑		[illegible]	湡	○	擢	○	○	○	○	顒	○	○	玉	○	○	○	○
端	知	東	董	凍	豰	○	○	○	○	中	冢	湩	瘃	○	○	○	○
透	徹	通	侗	痛	秃	○	○	○	○	蹱	寵	蹱	楝	○	○	○	○
定	澄	同	動	洞	獨	○	○	○	○	重	重	重	躅	○	○	○	○
泥	孃	齈	繷	齈	耨	○	○	○	○	醲	○	○	傉	○	○	○	○
幫	非	○	琫	○	卜	○	○	○	○	封	覂	諷	匚	○	○	○	○
滂	敷	烽	○	○	扑	○	○	○	○	峯	捧	葑	蝮	○	○	○	○
並	奉	蓬	菶	槰	暴	○	○	○	○	逢	奉	俸	幞	○	○	○	○
明	微	蒙	蠓	幪	木	○	○	○	○	[illegible]	○	艨	媢	○	○	○	○

精	照	葼	總	糉	鏃	○	○	○	縬	鍾	腫	種	燭	縱	樅	縱	足
清	穿	悤	○	謥	瘯	○	○	○	珿	衝	[illegible]	揰	娖	樅	慫	○	促
從	床	叢	從	敤	族	崇	○	[illegible]	鷟	○	○	○	贖	從	○	從	[illegible]
心	審	檧	[illegible]	送	速	○	○	○	縮	舂	○	○	束	蜙	悚	○	粟
邪	禪	○	○	○	○	○	○	○	○	鱅	慵	○	蜀	松	○	頌	續
曉		烘	嗊	烘	嗀	○	○	○	○	胷	洶	[illegible]	旭	○	○	○	○
匣		洪	澒	哄	穀	○	○	○	○	雄	○	○	○	○	○	○	○
影		翁	蓊	甕	屋	○	○	○	○	邕	擁	雍	郁	○	○	○	○
喻		○	○	○	○	○	○	○	○	○	○	適	囿	容	勇	用	欲
來		籠	曨	弄	祿	○	○	○	○	龍	隴	贚	錄	○	○	○	○
日		○	○	○	○	○	○	○	○	茸	宂	𩋺	辱	○	○	○	○
	韻	東	董	送	屋					鍾	腫	用	燭				
		冬	○	宋	沃					此攝指掌作獨韻者所用之字不出本圖之內							

江攝外一

見幫曉喻屬開　知照來日屬合

見	溪	群	疑	端	透	定	泥	幫	滂	並	明
				知	徹	澄	孃	非	敷	奉	微
江	腔	○	㟯	椿	惷	幢	[illegible]	邦	胮	龐	厖
講	控	○	○	○	○	○	擃	[illegible]	[illegible]	棒	[illegible]
絳	[illegible]	○	○	戇	[illegible]	[illegible]	鬞	○	肨	○	[illegible]
覺	殼	[illegible]	嶽	斲	逴	濁	搦	剝	璞	雹	邈
開口呼	開口呼	開口呼	開口呼	合口呼	合口呼	合口呼	合口呼	開口呼	開口呼	開口呼	開口呼

精	清	從	心	邪	曉	匣	影	喻	來	日	韻
照	穿	床	審	禪							
○	囱	淙	雙	○	肛	栙	胦	○	瀧	○	江
○	傯	○	[illegible]	○	傋	項	慃	○	○	○	講
○	[illegible]	漴	淙	○	[illegible]	巷	○	○	○	○	絳
捉	娖	浞	朔	○	吒	學	渥	○	犖	○	覺
合口呼	合口呼	合口呼	合口呼	合口呼	開口呼	開口呼	開口呼		合口呼	合口呼	

此攝指掌亦作獨韻

止攝內二　開口呼　通門　入声字見於臻攝

見	溪	群	疑	端 知	透 徹	定 澄	泥 孃	幫 非	滂 敷	並 奉	明 微
○	○	○	○	○	○	○	○	○	○	○	○
○	○	○	○	○	○	○	○	○	○	○	○
○	○	○	○	○	○	○	○	○	○	○	○
○	○	○	○	○	○	○	○	○	○	○	○
○	○	○	○	○	○	○	○	陂	○	○	糜
○	○	○	○	○	○	○	○	彼	破	被	羙
○	○	○	○	○	○	○	○	○	合口呼		○
○	○	○	○	○	○	○	○	○			○
飢	敧	奇	狋	知	絺	馳	尼	陂	鈹	皮	縻
几	起	技	擬	徵	褫	豸	柅	彼	破	被	羙
冀	器	芰	劓	智	屎	緻	膩	賁	帔	備	糜
暨	○	姞	耴	窒	抶	秩	暱	筆	拂	弼	密
○	○	祇	觬	○	○	○	○	卑	紕	舭	彌
枳	企	○	○	○	體	弟	○	匕	諀	婢	渳
繫	棄	○	○	帝	○	地	○	庳	譬	鼻	寐
吉	詰	佶	齯	窒	○	耋	昵	必	匹	邲	蜜

韻　微韻宜併入脂韻

精 照	清 穿	從 床	心 審	邪 禪	曉	匣	影	喻	來	日	韻
○	○	○	○	○	○	○	○	○	○	○	
○	○	○	○	○	○	○	○	○	○	○	
○	○	○	○	○	○	○	○	○	○	○	
○	○	○	○	○	○	○	○	○	○	○	
菑	差	茌	釃	○	○	○	○	○	○	○	
批	刺	士	史	○	○	○	○	○	○	○	
裝	廁	○	駛	○	○	○	○	○	○	○	
櫛	剌	齜	瑟	○	○	○	○	○	○	○	
支	鴟	○	詩	時	犧	○	醫	○	離	而	脂 微
止	齒	舓	始	視	喜	○	倚	矣	邐	爾	旨 尾
志	翄	示	屍	嗜	戲	○	懿	○	吏	二	至 未
質	叱	實	失	[illegible]	肸	○	乙	○	栗	日	質 物
貲	雌	慈	思	詞	咦	○	伊	移	○	○	
姊	此	薦	枲	似	○	○	○	以	○	○	
恣	次	自	四	寺	○	系	撎	異	○	○	
聖	七	疾	悉	○	欯	○	一	逸	○	○	

止攝內二

合口呼

通門

入声字見於臻攝

見	溪	群	疑	端知	透徹	定澄	泥孃	幫非	滂敷	並奉	明微
○	○	○	○	○	○	○	○	○	○	○	○
○	○	○	○	○	○	○	○	○	○	○	○
○	○	○	○	○	○	○	○	○	○	○	○
○	○	○	○	○	○	○	○	○	○	○	○
○	○	○	○	○	○	○	○	○	○	○	○
○	○	○	○	○	○	○	○	○	○	○	○
○	○	○	○	○	○	○	○	○	○	○	○
○	○	○	○	○	○	○	○	○	○	○	○
龜	虧	逵	危	追	○	鎚	○	非	霏	肥	微
軌	巋	跪	硊	○	推	○	萎	匪	斐	膹	尾
騩	喟	匱	偽	轛	○	墜	諉	沸	費	狒	未
亥	屈	倔	崛	㤕	黜	术	貀	弗	拂	佛	物
睽	闚	葵	○	○	○	○	○	○	○	○	○
癸	跬	揆	峞	○	○	○	○	○	○	○	○
瞡	觖	悸	○	○	○	○	○	○	○	○	○
橘	○	繘	○	○	○	○	○	○	○	○	○

微韻宜併入脂韻、

脂旨至質

精照	清穿	從床	心審	邪禪	曉	匣	影	喻	來	日	韻
○	○	○	○	○	○	○	○	○	○	○	
○	○	○	○	○	○	○	○	○	○	○	
○	○	○	○	○	○	○	○	○	○	○	
○	○	○	○	○	○	○	○	○	○	○	
蓑	衰	○	衰	○	○	○	○	○	○	○	
○	揣	○	○	○	○	○	○	○	○	○	
○	○	○	帥	○	○	○	○	○	○	○	
茁	○	○	率	○	○	○	○	○	○	○	
錐	吹	○	○	垂	麾	○	逶	帷	纍	蕤	微
捶	○	○	水	菙	毀	○	委	蔿	壘	蘂	尾
惴	吹	○	䬽	睡	毀	○	餧	位	類	枘	未
○	出	術	絀	○	䫻	○	蔚	颹	律	○	物
嶉	㛵	厜	綏	隨	隓	○	洼	惟	○	○	
觜	趡	惢	髓	[illegible]	瞲	○	○	[illegible]	○	○	
醉	翠	萃	邃	遂	孈	○	恚	遺	○	○	
卒	焌	萃	卹	○	獝	驈	○	聿	○	○	

遇攝內三　獨韻　侷門　入声字在通攝

聲母	一等	二等	三等	四等
見	孤古顧穀	○○○○	居舉據蘜	○○○○
溪	枯苦袴哭	○○○○	虛去㰦曲	○○○○
群	○○○○	○○○○	渠巨遽局	○○○○
疑	吾五誤擢	○○○○	魚語御玉	○○○○
端／知	都覩妒轂	○○○○	豬貯著瘃	○○○○
透／徹	稌土菟秃	○○○○	攄楮絮楝	○○○○
定／澄	徒杜渡獨	○○○○	除佇箸躅	○○○○
泥／孃	奴怒笯耨	○○○○	袽女女傉	○○○○
幫／非	逋補布卜	○○○○	跗甫付匚	○○○○
滂／敷	[illegible]普怖扑	○○○○	敷撫赴○	○○○○
並／奉	酺簿捕暴	○○○○	扶父附幞	○○○○
明／微	模姥暮木	○○○○	無武務媢	○○○○
精／照	租祖作鏃	菹阻詛○	諸𧥷翥燭	且苴怚足
清／穿	麤蔖厝瘯	初楚楚○	樞杵處娖	疽跛覷促
從／床	徂粗祚族	鉏齟助鷟	○紓○贖	○咀堅○
心／審	蘇○訴速	䟽所䟽數	書暑恕束	胥諝絮粟
邪／禪	○○○○	○○○○	蜍野署蜀	徐敘㕽續
曉	呼虎謼𣪊	○○○○	虛許嘘旭	○○○○
匣	胡戶護穀	○○○○	○○○○	○○○○
影	烏隖汙屋	○○○○	於傴飫○	○○○○
喻	侉○○○	○○○○	于羽芋○	余與豫欲
來	盧魯路祿	○○○○	臚呂慮錄	○○○○
日	○○○○	○○○○	如汝洳辱	○○○○
韻	模姥暮屋		魚語御燭	

虞麌遇

蟹攝外二　開口呼　廣門

聲母	一	二	三	四
見	該改蓋葛	皆鍇誡鶷	○○猘暨	雞鷄計吉
溪	開愷磕渴	揩楷炌𥢕	○○憩○	谿啓契詰
群	○○隑○	○䓜䶗○	○○偈姞	○○○佶
疑	皚騃艾嶭	崖騃睚聐	○○劓耴	倪堄詣鯢
端 知	𪒠等帶怛	桯釲媞哳	○○𤸷窒	低邸帝窒
透 徹	胎臺泰闥	搋○蠆獺	○○跇扶	梯體替○
定 澄	臺駘大達	嵽徥○𨁾	○○滯秩	啼弟第耋
泥 孃	能乃奈捺	搱嬭褦痆	○○娣暱	泥禰泥昵
幫 非	○𤓔貝○	𩒎擺𢷋捌	○○○筆	豍䏶閉必
滂 敷	㛂俖霈○	𤰩忙○汃	○○○拂	磇頩媲匹
並 奉	焙倍旆○	排罷○拔	○○○弼	鼙陛薜邲
明 微	○穤眛𣀲	䁹買賣㥿	○○○密	迷米謎蜜
精 照	栽宰載䰆	齋㧋瘵札	○○制質	齎濟霽堲
清 穿	猜采蔡攃	釵𦬸差刹	摛茝掣叱	妻泚砌七
從 牀	裁在載𢧵	豺○慫齺	○○挈實	齊薺嚌疾
心 審	腮諰賽躠	崽灑㳒殺	○○世失	西洗細悉
邪 禪	○○○○	○○○○	○○逝槷	○○○○
曉	咍海餀頢	俙○譮瞎	○○歇肸	醯○欸欯
匣	孩亥害曷	諧蟹邂黠	○○○○	奚徯蒵○
影	哀欸藹遏	娃挨隘軋	○○緆乙	鷖吚翳一
喻	頣䐅○○	○○○○	○○○○	○○賢逸
來	來䠹賴剌	唻攋○○	○○例栗	黎禮麗○
日	○○○○	○○○○	諾疠○日	○○○○
韻	咍海泰曷	皆駭怪鎋	齊薺祭質	齊薺霽質

代韻宜併入泰韻

祭韻宜併入齊韻

蟹攝外二 合口呼 廣門

見	溪	群	疑	端	透	定	泥	幫	滂	並	明
				知	徹	澄	孃	非	敷	奉	微
傀	恢	○	鮠	磓	[illegible]	穨	捼	桮	肧	裴	枚
頍	魁	○	頠	腲	骽	錞	餧	悖	琣	琲	浼
憒	塊	饋	磑	對	退	隊	內	背	配	佩	妹
括	闊	○	枂	掇	侻	奪	○	撥	鏺	跋	末
媧	匯	○	詭	○	○	[illegible]	○	○	○	○	○
丫	胯	○	○	儒	○	掙	○	○	○	○	○
卦	蒯	[illegible]	聵	膪	顡	鰶	聉	庍	湃	憊	昒
劀	劊	○	刖	鵽	頪	○	妠	○	○	○	○
○	○	○	○	○	○	○	○	○	○	○	○
○	○	○	○	○	○	○	○	○	○	○	○
劌	[illegible]	[illegible]	[illegible]	綴	惙	[illegible]	○	廢	肺	吠	○
亥	屈	倔	崛	拙	黜	术	貀	弗	拂	佛	物
圭	睽	○	[illegible]	○	○	○	○	○	○	眭	○
○	○	○	○	○	○	○	○	○	○	○	○
桂	[illegible]	○	○	○	○	○	○	○	副	○	○
橘	○	繘	○	○	○	○	○	○	○	○	○

精	清	從	心	邪	曉	匣	影	喻	來	日	韻	
照	穿	床	審	禪								
嗺	崔	摧	[illegible]	○	灰	回	隈	○	靁	○	灰	泰韻合口字宜併入隊韻
檇	皠	辠	崔	○	賄	瘣	猥	阭	磥	○	賄	
晬	倅	啐	碎	○	誨	潰	[illegible]	[illegible]	纇	○	隊	
繓	撮	柮	[illegible]	○	豁	活	斡	○	捋	○	末	
○	磪	膗	[illegible]	○	[illegible]	懷	蛙	○	[illegible]	○	皆	
○	㩪	○	○	○	扮	夥	崴	○	○	○	駭	
○	啐	[illegible]	[illegible]	○	[illegible]	壞	[illegible]	○	○	○	怪	
茁	[illegible]	○	刷	○	聒	頢	婠	○	○	○	鎋	
○	○	○	○	移	○	○	○	○	○	○	齊	廢韻宜併入霽韻
○	○	○	○	○	○	○	○	○	○	○		
贅	毳	○	稅	[illegible]	喙	○	穢	衛	○	芮	廢	
○	出	術	[illegible]	○	颰	○	蔚	颵	律	○	術	
○	○	○	○	○	眭	攜	烓	○	○	○	齊	
○	○	○	○	○	○	○	○	○	○	○	薺	
蕝	毳	○	歲	篲	嘒	慧	○	銳	○	○	霽	
卒	焌	崒	卹	○	獝	驈	○	聿	○	○	術	

臻攝外三 開口呼 通門

見	溪	群	疑	端知	透徹	定澄	泥孃	幫非	滂敷	並奉	明微
根	𪽪	○	垠	○	吞	○	○	○	○	○	○
頣	墾	頎	限	○	○	○	○	○	○	○	○
艮	硍	○	鎧	○	[illegible]	○	○	○	○	○	○
扢	○	○	[illegible]	○	○	○	○	○	○	○	○
○	○	○	○	○	○	○	○	○	○	○	○
○	○	○	○	○	○	○	○	○	○	○	○
○	○	○	○	○	○	○	○	○	○	○	○
○	○	○	○	○	○	○	○	○	○	○	○
巾	緊	殣	銀	珍	獜	陳	紉	彬	砏	貧	珉
卺	螼	○	釿	駗	辴	紖	○	○	○	○	愍
抻	撳	僅	憖	鎮	疢	敶	○	○	○	○	愍
暨	○	姞	耴	窒	抶	秩	暱	筆	拂	弼	密
○	○	趣	○	顛	天	田	年	賓	繽	頻	民
緊	螼	○	○	○	○	○	○	臏	碌	牝	泯
○	菣	○	○	○	○	○	○	儐	宷	○	○
吉	詰	佶	鼿	窒	○	耋	昵	必	匹	邲	蜜

精照	清穿	從床	心審	邪禪	曉	匣	影	喻	來	日	韻	
○	○	○	○	○	○	痕	恩	○	○	○	痕	殷韻宜併
○	○	○	洒	○	○	很	穏	○	○	○	很	
○	○	○	𢯱	○	○	恨	饐	○	○	○	恨	
○	○	○	○	○	○	麧	○	○	○	○	沒	
臻	瀙	蓁	莘	○	○	○	○	○	○	○		入真韻
[illegible]	齔	濜	○	○	○	○	○	○	○	○		
縥	櫬	酳	阠	○	○	○	○	○	○	○		
擳	𠞩	齜	瑟	○	○	○	○	○	○	○		
真	瞋	神	申	辰	欣	○	咽	○	粼	仁	真	殷隱焮迄
軫	○	○	矧	腎	[illegible]	○	迎	○	嶙	忍	軫	
震	○	○	眒	愼	[illegible]	○	隱	○	遴	刃	震	
質	叱	實	失	𡗔	肸	○	乙	○	栗	日	質	
津	親	秦	新	○	[illegible]	礥	因	寅	○	○		
榼	笉	盡	囟	○	○	○	○	引	○	○		
晉	親	○	信	賮	○	○	印	胤	○	○		
堲	七	疾	悉	○	欯	○	一	逸	○	○		

臻攝外三

合口呼

通門

字母	一等平	一等上	一等去	一等入	二等平	二等上	二等去	二等入	三等平	三等上	三等去	三等入	四等平	四等上	四等去	四等入
見	昆	緄	睔	骨	○	○	○	○	麏	庫	攈	亥	均	○	昀	橘
溪	坤	閫	困	窟	○	○	○	○	囷	稇	壼	屈	○	麇	○	○
群	○	○	○	○	○	○	○	○	羣	窘	郡	倔	憌	○	○	繘
疑	俥	○	顐	䯤	○	○	○	○	輑	輑	○	崛	○	○	○	○
端知	敦	頓	頓	咄	○	○	○	○	屯	○	鈍	怵	○	○	○	○
透徹	暾	畽	黗	宊	○	○	○	○	椿	𥟍	○	黜	○	○	○	○
定澄	屯	囤	鈍	突	○	○	○	○	䤖	蝽	○	术	○	○	○	○
泥孃	黁	炳	嫩	訥	○	○	○	○	○	○	○	貀	○	○	○	○
幫非	奔	本	奔	不	○	○	○	○	分	粉	糞	弗	○	○	○	○
滂敷	濆	栩	噴	誖	○	○	○	○	芬	忿	湓	拂	○	○	○	○
並奉	盆	獖	坌	勃	○	○	○	○	汾	憤	分	佛	○	○	○	○
明微	門	懣	悶	沒	○	○	○	○	文	吻	問	物	○	○	○	○

文韻宜併入諄韻

字母	一等平	一等上	一等去	一等入	二等平	二等上	二等去	二等入	三等平	三等上	三等去	三等入	四等平	四等上	四等去	四等入
精照	尊	𠟃	焌	卒	峻	○	○	[illegible]	諄	準	稕	○	遵	○	儁	卒
清穿	村	忖	寸	猝	帩	○	○	○	春	蠢	○	出	逡	蹲	○	焌
從牀	存	鱒	鐏	捽	○	○	○	○	脣	盾	順	術	鷷	𤅢	○	崪
心審	孫	損	巽	窣	○	○	○	率	○	賰	舜	絀	荀	筍	峻	卹
邪禪	○	○	○	○	○	○	○	○	純	○	○	○	旬	揗	殉	○
曉	昏	總	惛	忽	○	○	○	○	薰	○	訓	颰	○	○	○	獝
匣	魂	混	慁	搰	○	○	○	○	○	○	○	○	○	○	○	驈
影	昷	穩	揾	頞	○	○	○	○	贇	惲	醞	蔚	蜎	○	○	○
喻	○	○	○	○	○	○	○	○	筠	殞	運	颶	勻	尹	○	聿
來	論	怨	論	敕	○	○	○	○	淪	輪	論	律	○	○	○	○
日	○	○	○	○	○	○	○	○	犉	蝡	閏	○	○	○	○	○
韻	魂	混	慁	沒					諄	準	稕	術				
	文	韻	宜	併	入	諄	韻		文	吻	問	物				

山攝外四

開口呼

廣門

見	干	笴	旰	葛	間	簡	諫	鸛	攑	蹇	建	孑	甄	繭	見	結
溪	看	侃	侃	渴	慳	齦	○	鞨	愆	繾	[illegible]	朅	牽	遣	譴	挈
群	○	○	○	○	○	○	○	○	乾	件	健	傑	○	○	○	○
疑	豻	○	岸	嶭	顏	眼	鴈	聐	言	齴	彥	孽	妍	齞	硯	齧
端 知	單	亶	旦	怛	譠	○	○	哳	邅	展	驏	哲	顛	典	殿	窒
透 徹	灘	坦	炭	闥	○	[illegible]	[illegible]	獺	脠	搌	○	屮	天	腆	瑱	鐵
定 澄	壇	但	憚	達	撚	○	袒	[illegible]	纏	邅	邅	轍	田	殄	電	姪
泥 孃	難	攤	攤	捺	[illegible]	赧	[illegible]	痆	○	趁	輾	○	秊	撚	晛	涅
幫 非	○	○	○	○	○	○	扮	捌	○	辡	變	莂	鞭	○	徧	鷩
滂 敷	○	○	○	○	○	盼	○	汃	○	鴘	○	○	篇	萹	騙	撆
並 奉	○	○	○	○	瓣	版	辦	拔	○	辯	卞	別	便	楩	便	蹩
明 微	○	○	○	[illegible]	○	○	慢	[illegible]	[illegible]	免	○	○	眠	○	麪	蔑
精 照	籛	趲	賛	[illegible]	○	醆	○	札	饘	[illegible]	戰	哲	箋	翦	箭	節
清 穿	餐	○	粲	攃	[illegible]	剗	羼	刹	○	闡	硟	掣	千	淺	蒨	切
從 牀	殘	瓚	濽	巀	潺	棧	輚	鍘	○	○	○	舌	前	戩	賤	截
心 審	跚	散	繖	躠	山	產	訕	殺	羶	燃	扇	設	仙	獮	霰	屑
邪 禪	○	○	○	○	○	○	○	○	鋋	善	繕	○	㳄	[illegible]	羨	○
曉	頇	罕	漢	顯	羴	○	○	瞎	嘕	幰	獻	娎	祆	顯	韅	奆
匣	寒	旱	翰	曷	閑	限	骭	黠	○	○	○	紇	賢	峴	見	纈
影	安	侒	按	遏	黰	軋	晏	軋	焉	放	躽	[illegible]	煙	蝘	宴	噎
喻	○	○	○	○	○	○	○	○	漹	○	○	○	延	演	衍	抴
來	蘭	嬾	爛	剌	斕	○	○	○	連	輦	[illegible]	列	蓮	○	練	○
日	○	○	○	○	○	○	○	○	然	蹨	韌	熱	○	○	○	○
韻	寒	旱	翰	曷	山	產	諫	鎋	仙	獮	線	薛				
									元	阮	願	月				

元韻宜与仙韻通

刪不當合入[illegible]韻

山攝	見	溪	群	疑	端知	透徹	定澄	泥孃	幫非	滂敷	並奉	明微
外四	官	寬	○	岏	端	湍	團	渜	般	潘	槃	瞞
	管	款	○	輐	短	疃	斷	煗	粄	坢	伴	滿
	貫	鏉	○	玩	鍛	彖	段	偄	半	判	叛	縵
	括	闊	○	枂	掇	侻	奪	○	撥	鏺	跋	末
合口呼	關	○	攑	頑	○	○	窀	奻	班	攀	○	蠻
	○	○	○	○	窡	○	○	○	版	○	○	矕
	慣	○	攑	薍	○	○	○	奻	扮	襻	○	○
	劀	䯓	○	刖	鵽	頒	○	妠	○	○	○	○
廣門	勬	弮	權	元	[illegible]	猭	椽	○	蕃	翻	煩	樠
	卷	綣	圈	阮	轉	腞	篆	䎡	反	[illegible]	飯	晩
	眷	䝿	倦	願	囀	猭	傳	○	販	嬔	飯	万
	蹷	闕	䟸	月	輟	敓	○	吶	髮	怖	伐	韈
	涓	○	○	○	○	○	○	○	○	○	○	○
	く	犬	蜎	○	○	○	○	○	褊	○	○	緬
	睊	䟃	○	○	○	○	○	○	○	○	○	○
	玦	闋	○	○	○	○	○	○	○	○	○	○

精照	清穿	從床	心審	邪禪	曉	匣	影	喻	來	日	韻	
鑽	鋑	攢	酸	○	歡	桓	剜	○	鑾	○	桓	元類宜与先類通，抑不當合入仙韻
纂	[illegible]	○	算	鄹	澣	緩	椀	○	卵	○	緩	
穳	竄	攢	筭	○	喚	換	惋	○	亂	○	換	
繓	撮	柮	[illegible]	○	豁	活	斡	○	捋	○	末	
跧	○	狗	栓	○	豩	湲	彎	○	爤	○	山	
蟤	㦃	撰	○	○	○	睆	綰	○	○	○	產	
孨	纂	饌	[illegible]	○	○	患	綰	○	○	○	諫	
茁	篡	○	刷	○	聐	頢	婠	○	○	○	鎋	
專	穿	船	○	遄	暄	○	嬽	員	孿	堧	元	仙
剸	舛	○	○	膞	咺	○	宛	遠	臠	輭	阮	獮
剸	釧	○	縛	捶	楦	○	怨	瑗	戀	[illegible]	願	線
拙	歠	○	說	啜	旻	○	噦	越	劣	爇	月	薛
鐫	詮	全	宣	旋	鋗	玄	淵	沿	○	○		
臇	○	雋	選	[illegible]	蠉	泫	蜎	兗	○	○		
恮	縓	泉	選	漩	絢	縣	餇	掾	○	○		
蕝	膬	絶	雪	[illegible]	血	穴	抉	悅	○	○		

效攝外五

聲母	平	上	去	入	平	上	去	入	平	上	去	入	平	上	去	入
					獨韻				廣門							
見	高	暠	誥	各	交	絞	教	覺	驕	矯	驕	腳	驍	皎	叫	○
溪	尻	考	犒	恪	敲	巧	敲	殼	趫	槁	趬	卻	蹺	磽	竅	○
群	○	○	櫭	○	○	○	○	[illegible]	喬	驕	嶠	噱	翹	[illegible]	翹	○
疑	敖	䫜	傲	咢	聱	齩	樂	嶽	○	○	[illegible]	虐	堯	[illegible]	[illegible]	○
端知	刀	倒	到	沰	嘲	[illegible]	罩	○	朝	○	○	芍	貂	鳥	吊	○
透徹	饕	討	韜	託	[illegible]	[illegible]	趠	○	超	[illegible]	趒	[illegible]	祧	朓	糶	○
定澄	陶	道	導	鐸	桃	○	棹	○	鼂	肇	召	著	迢	窕	藋	○
泥孃	猱	惱	腝	諾	鐃	獿	橈	○	○	○	○	逽	嬈	嬲	尿	○
幫非	褒	寶	報	博	包	飽	豹	剝	鑣	表	裱	○	飆	褾	標	○
滂敷	橐	皫	[illegible]	[illegible]	胞	砲	奅	璞	○	麃	○	○	嫖	縹	剽	○
並奉	袍	抱	暴	泊	庖	鮑	靤	雹	瀌	藨	○	○	瓢	摽	驃	○
明微	毛	蓩	帽	莫	茅	卯	皃	邈	苗	○	廟	○	蜱	眇	妙	○
精照	糟	早	竈	作	聁	爪	抓	○	昭	沼	照	灼	焦	湫	醮	爵
清穿	操	草	操	錯	[illegible]	煼	抄	○	怊	麨	覞	綽	鍫	悄	陗	鵲
從床	曹	皂	漕	昨	巢	[illegible]	巢	○	○	○	○	○	樵	潐	噍	嚼
心審	騷	嫂	喿	索	梢	數	稍	○	燒	少	少	爍	宵	小	笑	削
邪禪	○	○	○	○	○	○	○	○	韶	紹	邵	妁	○	○	○	○
曉	蒿	好	秏	臛	虓	嗃	孝	吒	囂	○	○	謔	膮	鐃	[illegible]	○
匣	豪	晧	号	涸	肴	澩	效	學	○	○	○	○	○	皛	顥	○
影	爊	襖	奧	惡	顤	拗	靿	握	妖	夭	○	約	要	杳	要	○
喩	○	○	○	○	猇	○	○	○	鴞	○	○	○	遙	鷕	燿	藥
來	勞	老	嫪	落	顟	[illegible]	○	○	燎	繚	尞	略	聊	了	[illegible]	○
日	○	○	○	○	○	○	○	○	饒	擾	饒	若	○	○	○	○
韻	豪	皓	号	鐸	肴	巧	効	覺	宵	小	笑	藥				

果攝內四
假攝外六
佚門（果攝入聲字在宕攝　假攝入聲字在山攝）

		一等平	一等上	一等去	一等入	二等平	二等上	二等去	二等入	三等平	三等上	三等去	三等入	四等平	四等上	四等去	四等入
見		歌	哿	箇	各	嘉	檟	駕	鵅	迦	○	○	孑	○	○	○	○
溪		珂	可	坷	恪	齣	跒	髂	鞨	佉	○	○	朅	○	○	欯	猰
群		翗	○	○	○	○	○	○	○	伽	○	○	傑	○	○	○	○
疑		莪	我	餓	咢	牙	雅	迓	聐	○	○	○	○	○	○	○	○
端	知	多	嚲	跢	沰	奓	縿	吒	哳	○	○	○	○	爹	哆	○	窒
透	徹	佗	袉	拖	託	侘	奼	詫	獺	○	○	○	○	○	○	○	○
定	澄	駝	爹	馱	鐸	茶	跺	蛇	噠	○	○	○	○	○	○	○	○
泥	孃	那	橠	奈	諾	拏	絮	䏧	痆	○	○	○	○	膧	○	○	涅
幫	非	○	○	○	○	巴	把	霸	捌	○	○	○	○	○	○	○	○
滂	敷	○	○	○	○	葩	土	怕	汃	○	○	○	○	○	○	○	○
並	奉	○	○	○	○	爬	跁	皅	拔	○	○	○	○	○	○	○	○
明	微	○	○	○	○	麻	馬	禡	傛	○	○	○	○	咩	乜	○	蔑
精	照	𧳧	左	佐	作	樝	鮓	詐	扎	遮	者	柘	哲	嗟	姐	借	節
清	穿	蹉	瑳	○	錯	叉	艾	瘥	刹	車	奲	赿	掣	磋	且	笡	切
從	牀	醝	鹺	○	昨	楂	槎	乍	鐁	蛇	○	射	舌	査	姐	褯	截
心	審	娑	縒	些	索	鯊	灑	嗄	殺	奢	捨	舍	設	些	寫	蝑	屑
邪	禪	○	○	○	○	○	○	○	○	闍	社	堍	○	邪	灺	謝	○
曉		訶	歌	呵	臛	煆	閜	嚇	瞎	○	○	○	○	苛	○	○	○
匣		何	荷	賀	涸	遐	下	暇	黠	○	○	○	○	○	○	○	○
影		阿	閜	椏	惡	鴉	啞	亞	軋	○	○	○	○	○	○	○	○
喻		○	○	○	○	○	○	○	○	○	○	○	○	耶	野	夜	抴
來		羅	攞	邏	○	○	藞	○	○	儸	跍	○	○	○	○	○	○
日		○	○	○	○	○	○	○	○	若	若	偌	○	○	○	○	○
韻		歌	哿	箇	鐸	麻	馬	禡	鎋								

內外混等

果攝內四

假攝外六

合口呼

見	溪	群	疑	端知	透徹	定澄	泥孃	幫非	滂敷	並奉	明微	精照	清穿	從床	心審	邪禪	曉	匣	影	喻	來	日	韻
戈	科	○	訛	除	詑	柁	捼	波	頗	婆	摩	侳	遳	矬	莎	○	○	和	倭	訏	臝	○	戈
果	顆	○	婐	朵	妥	墮	㛂	跛	叵	爸	麼	○	脞	坐	鎖	○	火	禍	婐	○	裸	○	果
過	課	○	卧	桗	唾	惰	愞	播	破	䯢	磨	挫	剉	座	膹	○	貨	和	涴	○	臝	○	過
郭	廓	○	瓁	○	○	○	○	○	○	○	○	嚛	○	○	○	○	霍	穫	臒	○	硦	○	鐸
瓜	誇	○	㰈	撾	○	○	○	○	○	○	○	挫	○	○	○	○	華	華	窊	○	鼃	○	麻
寡	髁	○	瓦	丆	欆	磋	○	○	○	○	○	蛆	䂳	○	葰	○	○	踝	搲	○	○	○	馬
坬	跨	○	瓦	○	○	○	○	○	○	○	○	○	○	○	誜	○	化	摦	搲	○	○	○	禡
刮	劀	○	刖	鵽	頢	○	妠	○	○	○	○	茁	篡	○	刷	○	䡓	頢	婠	○	○	○	鎋
○	骩	瘸	○	○	○	○	○	○	○	○	○	○	○	○	○	○	鞾	○	肥	○	臁	桵	
○	○	○	○	○	○	○	○	○	○	○	○	○	○	○	○	○	○	○	○	○	○	○	
○	○	○	○	○	○	○	○	○	○	○	○	○	○	○	○	○	○	○	○	○	○	○	
○	闕	獗	○	○	○	○	○	○	○	○	○	○	○	○	○	○	旻	○	噦	○	劣	爇	
○	○	○	○	○	○	○	○	○	○	○	○	○	○	○	○	○	○	○	○	○	○	○	
○	○	○	○	○	○	○	○	○	○	○	○	○	○	○	○	○	○	○	○	○	○	○	
○	○	○	○	○	○	○	○	○	○	○	○	○	○	○	○	○	○	○	○	○	○	○	
○	○	○	○	○	○	○	○	○	○	○	○	○	○	○	○	○	○	○	○	○	○	○	

合口呼

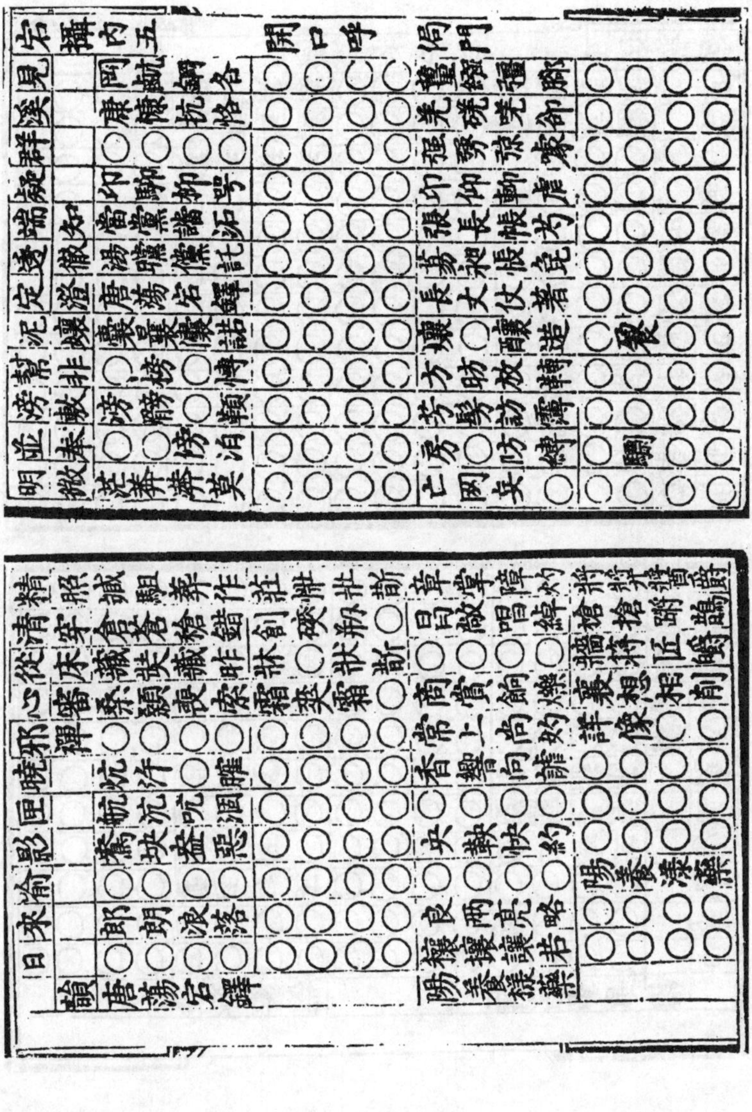

宕攝內五

合口呼

侷門

見	溪	群	疑	端知	透徹	定澄	泥孃	幫非	滂敷	並奉	明微
光	觥	○	○	○	○	○	○	幫	○	傍	○
廣	懭	○	○	○	○	○	○	○	○	○	○
桄	曠	○	○	○	○	○	○	螃	[illegible]	○	○
郭	廓	○	蒦	○	○	○	○	○	○	○	○
○	○	○	○	○	○	○	○	○	○	○	○
○	○	○	○	○	○	○	○	○	○	○	○
○	○	○	○	○	○	○	○	○	○	○	○
○	○	○	○	○	○	○	○	○	○	○	○
[illegible]	匡	狂	○	○	○	○	○	○	○	○	○
獷	恇	俇	○	○	○	○	○	○	○	○	○
誑	眶	狂	○	○	○	○	○	○	○	○	○
玃	躩	戄	○	○	○	○	○	○	○	○	○
○	○	○	○	○	○	○	○	○	○	○	○
○	○	○	○	○	○	○	○	○	○	○	○
○	○	○	○	○	○	○	○	○	○	○	○
○	○	○	○	○	○	○	○	○	○	○	○

精照	清穿	從床	心審	邪禪	曉	匣	影	喻	來	日	韻
○	○	○	○	○	荒	黃	汪	○	○	○	唐
○	○	○	○	○	慌	晃	汪	○	○	○	蕩
○	○	○	○	○	荒	攩	汪	○	○	○	宕
啋	○	○	○	○	霍	穫	臒	○	䂮	○	鐸
○	○	○	○	○	○	○	○	○	○	○	
○	○	○	○	○	○	○	○	○	○	○	
○	○	○	○	○	○	○	○	○	○	○	
○	○	○	○	○	○	○	○	○	○	○	
○	○	○	○	○	○	○	○	王	○	○	陽
○	○	○	○	○	怳	○	枉	往	○	○	養
○	○	○	○	○	況	○	○	迋	○	○	樣
○	○	○	○	○	矆	○	嬳	籰	○	○	藥
○	○	○	○	○	○	○	○	○	○	○	
○	○	○	○	○	○	○	○	○	○	○	
○	○	○	○	○	○	○	○	○	○	○	
○	○	○	○	○	○	○	○	○	○	○	

曾攝內六 開口呼 侷門

見	溪	群	疑	端 知	透 徹	定 澄	泥 孃	幫 非	滂 敷	並 奉	明 微	精 照	清 穿	從 牀	心 審	邪 禪	曉	匣	影	喻	來	日	韻
搄	肎	○	○	登	鼟	騰	能	崩	漰	朋	瞢	增	[illegible]	層	僧	○	○	恒	鞥	○	棱	○	登
亙	肯	○	○	等	鼞	䠬	能	○	倗	[illegible]	瞢	噌	○	○	○	○	○	亙	○	○	○	○	等
亘	堩	○	○	嶝	磴	鄧	[illegible]	[illegible]	[illegible]	倗	懵	增	蹭	贈	[illegible]	○	○	○	○	○	倰	○	嶝
械	刻	○	○	德	忒	特	[illegible]	北	覆	蔔	墨	則	墄	賊	塞	○	黑	劾	餩	○	勒	○	德
○	○	○	○	○	○	○	○	○	○	○	○	○	○	磳	殅	○	○	○	○	○	○	○	
○	○	○	○	○	○	○	○	○	○	○	○	○	○	○	殅	○	○	○	○	○	○	○	
○	○	○	○	○	○	○	○	○	○	○	○	○	○	○	○	○	○	○	○	○	○	○	
○	○	○	○	○	○	○	○	○	○	○	○	側	測	崱	色	○	○	○	○	○	○	○	
兢	硱	殑	凝	徵	僜	澂	○	冫	砯	凭	儚	蒸	稱	繩	升	承	興	○	膺	熊	陵	仍	蒸
○	○	殑	○	○	庱	澄	○	○	○	凴	○	拯	齒	○	○	○	○	○	○	○	○	耳	拯
○	㱍	殑	凝	○	覴	瞪	[illegible]	冰	湇	砅	○	證	稱	乘	勝	丞	興	○	應	○	[illegible]	認	證
殛	[illegible]	極	嶷	陟	敕	直	匿	○	○	○	○	職	瀷	食	識	寔	赩	[illegible]	憶	○	力	日	職
○	○	○	○	○	○	○	○	○	○	○	○	[illegible]	○	繒	[illegible]	○	○	○	○	蠅	○	○	
○	○	○	○	○	○	○	○	○	○	○	○	○	○	○	○	○	○	○	○	○	○	○	
○	○	○	○	○	○	○	○	○	○	○	○	甑	[illegible]	○	○	○	○	○	○	孕	○	○	
○	○	○	○	○	○	○	○	○	○	○	○	即	○	堲	息	○	○	○	○	弋	○	○	

曾攝內六 合口呼 侷門

韻	見	溪	群	疑	端知	透徹	定澄	泥孃	幫非	滂敷	並奉	明微	精照	清穿	從牀	心審	邪禪	曉	匣	影	喻	來	日
登	肱	鞃	○	○	○	○	○	○	○	○	○	○	○	○	○	○	○	薨	弘	泓	○	○	○
等	○	○	○	○	○	○	○	○	○	○	○	○	○	○	○	○	○	○	○	○	○	○	○
嶝	○	○	○	○	○	○	○	○	○	○	○	○	○	○	○	○	○	○	○	○	○	○	○
德	國	○	○	○	○	○	○	○	○	○	○	○	○	○	○	○	○	[illegible]	或	○	○	○	○
	○	○	○	○	○	○	○	○	○	○	○	○	○	○	○	○	○	○	○	○	○	○	○
	○	○	○	○	○	○	○	○	○	○	○	○	○	○	○	○	○	○	○	○	○	○	○
	○	○	○	○	○	○	○	○	○	○	○	○	○	○	○	○	○	○	○	○	○	○	○
	○	○	○	○	○	○	○	○	○	○	○	○	○	○	○	○	○	○	○	○	○	○	○
蒸	○	○	○	○	○	○	○	○	○	○	○	○	○	○	○	○	○	○	○	○	耺	○	○
	○	○	○	○	○	○	○	○	○	○	○	○	○	○	○	○	○	○	○	○	○	○	○
	○	○	○	○	○	○	○	○	○	○	○	○	○	○	○	○	○	○	○	○	○	○	○
職	○	○	○	○	○	○	○	○	逼	堛	愎	[illegible]	○	○	○	○	○	洫	○	○	域	○	○
	○	○	○	○	○	○	○	○	○	○	○	○	○	○	○	○	○	○	○	○	○	○	○
	○	○	○	○	○	○	○	○	○	○	○	○	○	○	○	○	○	○	○	○	○	○	○
	○	○	○	○	○	○	○	○	○	○	○	○	○	○	○	○	○	○	○	○	○	○	○
	○	○	○	○	○	○	○	○	○	○	○	○	○	○	○	○	○	○	○	○	○	○	○

梗攝外七 開口呼 廣門

見	○○○○	庚梗更格	驚警敬觀	頸剄徑激
溪	○○○○	鏗伉○客	卿○慶隙	輕謦罄憿
群	○○○○	○○○○	檠○競劇	頸痙○○
疑	○○○○	娙○鞕鷊	迎○迎逆	娙脛○鷁
端知	○○○○	打盯倀摘	貞冣○䵂	丁頂矴的
透徹	○○○○	瞠○牚㾓	檉逞遉彳	汀珽聽剔
定澄	○○○○	棖瑒鋥宅	呈徎鄭擲	庭挺定悌
泥孃	○○○○	儜擰○疒	○○䆨○	寧顈寗鑈
幫非	○○○○	閍浜迸伯	兵○柄碧	并鞞摒辟
滂敷	○○○○	怦皏亨拍	○○病鼓	聘頩聘僻
並奉	○○○○	彭鮩倂白	平○病欂	瓶竝屏擗
明微	○○○○	甍猛孟陌	明○命○	名眳詺覓

精照	○○○○	争浄諍責	征整政隻	精井精積
清穿	○○○○	琤瀞瀞策	○○○尺	清請倩皵
從床	○○○○	傖○○齚	○○○麝	情靜淨籍
心審	○○○○	生省生捒	聲○聖釋	星省性昔
邪禪	○○○○	○○○○	成○盛石	餳○○席
曉	○○○○	脝䛭諱赫	○○○虩	馨鸎欯款
匣	○○○○	行幸行覈	○○○○	刑婞脛檄
影	○○○○	甖䁝瀴戹	霙影映○	嬰癭纓益
喻	○○○○	○○○○	○○○○	盈郢○繹
來	○○○○	磷冷○礐	跉令令○	靈領零歷
日	○○○○	○○○○	穰䭢○○	○○○○
韻		庚梗諍陌	清靜勁昔	青迥徑錫

青韻宜併入清韻

梗攝外七　合口呼　廣門

見	溪	群	疑	端知	透徹	定澄	泥孃	幫非	滂敷	並奉	明微	精照	清穿	從床	心審	邪禪	曉	匣	影	喻	來	日	韻
○	○	○	○	○	○	○	○	○	○	○	○	○	○	○	○	○	○	○	○	○	○	○	
○	○	○	○	○	○	○	○	○	○	○	○	○	○	○	○	○	○	○	○	○	○	○	
○	○	○	○	○	○	○	○	○	○	○	○	○	○	○	○	○	○	○	○	○	○	○	
○	○	○	○	○	○	○	○	○	○	○	○	○	○	○	○	○	○	○	○	○	○	○	
觵	鐃	○	○	○	○	○	○	○	○	○	○	○	○	○	○	○	諻	宏	泓	弘	○	○	庚
礦	界	○	○	○	○	○	○	○	○	○	○	○	○	○	○	○	澋	卝	䁝	○	○	○	梗
○	○	○	○	○	○	○	○	○	○	○	○	○	○	○	○	○	轟	蝗	宖	○	○	○	諍
蟈	螂	趡	○	○	○	○	○	○	○	○	○	[illegible]	○	[illegible]	摵	○	謋	嚄	擭	[illegible]	○	○	陌
○	○	○	○	○	○	○	○	○	○	○	○	○	○	○	○	○	兄	○	謍	榮	○	○	清　青
憬	憬	○	○	○	○	○	○	丙	○	○	皿	○	○	○	○	○	克	○	○	永	○	○	靜　迥
[illegible]	寎	○	○	○	○	○	○	○	○	○	○	○	○	○	○	○	寎	○	○	詠	○	○	勁　徑
攫	躩	○	○	○	○	○	○	○	○	○	○	菓	○	○	○	○	○	○	○	棫	○	○	昔　錫
泂	傾	瓊	○	○	○	○	○	○	○	○	○	屐	○	○	騂	○	騂	○	縈	營	○	○	
頍	頃	○	○	○	○	○	○	○	○	○	○	○	○	○	頼	○	怳	迥	濙	頴	○	○	
扃	高	○	○	○	○	○	○	○	○	○	○	○	○	○	○	○	夐	濙	鎣	○	○	○	
郥	闃	○	○	○	○	○	○	○	○	○	○	○	旻	○	○	○	眼	○	○	役	○	○	

流攝內七　獨韻　狹門

見	鉤	苟	遘	穀	○	○	○	○	鳩	久	救	菊	樛	糾	赳	○
溪	彄	口	寇	哭	○	○	○	○	丘	糗	⿰鼻丘	曲	區	⿱嫗皿	⿰𧾷臭	○
群	○	○	○	○	○	○	○	○	裘	舅	舊	局	虯	蟉	蚪	○
疑	齵	藕	偶	擢	○	○	○	○	牛	⿰齒求	鼽	玉	聱	○	○	○
端 知	兜	斗	鬭	穀	○	○	○	○	輈	肘	晝	瘃	○	○	○	○
透 徹	偷	黈	透	禿	○	○	○	○	抽	丑	畜	⿰扌束	○	○	○	○
定 澄	頭	蕍	豆	獨	○	○	○	○	儔	紂	胄	躅	○	○	○	○
泥 孃	羺	㝅	槈	耨	○	○	○	○	惆	狃	糅	傉	○	○	○	○
幫 非	○	掊	○	卜	○	○	○	○	不	缶	富	匚	彪	○	○	○
滂 敷	捊	剖	仆	扑	○	○	○	○	颩	恒	副	○	○	○	○	○
並 奉	裒	部	踣	暴	○	○	○	○	浮	婦	復	幞	滮	○	○	○
明 微	呣	母	茂	木	此下二字併入頭等				謀	○	莓	媢	繆	○	謬	○
精 照	緅	走	奏	鏃	鄒	掫	縐	縬	周	帚	呪	祝	遒	酒	僦	足
清 穿	誰	趣	輳	瘯	搊	⿱艹掫	簉	珿	犫	醜	臭	俶	⿰秋欠	○	趥	促
從 牀	⿰聚刂	鯫	⿰聚刂	族	愁	⿰犭聚	驟	鷟	○	○	⿱萑鳥	贖	酋	湫	就	○
心 審	涑	叜	漱	速	搜	溲	瘦	縮	收	首	狩	束	脩	滫	秀	粟
邪 禪	○	⿰魚叜	○	○	○	○	○	○	讎	受	授	蜀	囚	○	岫	續
曉	齁	吼	蔻	謦	○	○	○	○	休	朽	齅	旭	飍	○	螑	○
匣	侯	厚	候	縠	○	○	○	○	○	○	○	○	○	○	○	○
影	謳	歐	漚	屋	○	○	○	○	憂	⿰風憂	憂	○	幽	黝	幼	○
喻	○	○	○	○	○	○	○	○	尤	有	宥	○	猷	酉	狖	欲
來	樓	塿	陋	祿	○	○	○	○	劉	柳	溜	録	鏐	○	○	○
日	○	○	○	○	○	○	○	○	柔	蹂	輮	辱	○	○	○	○
韻	侯	厚	候	屋					尤	有	宥	燭				

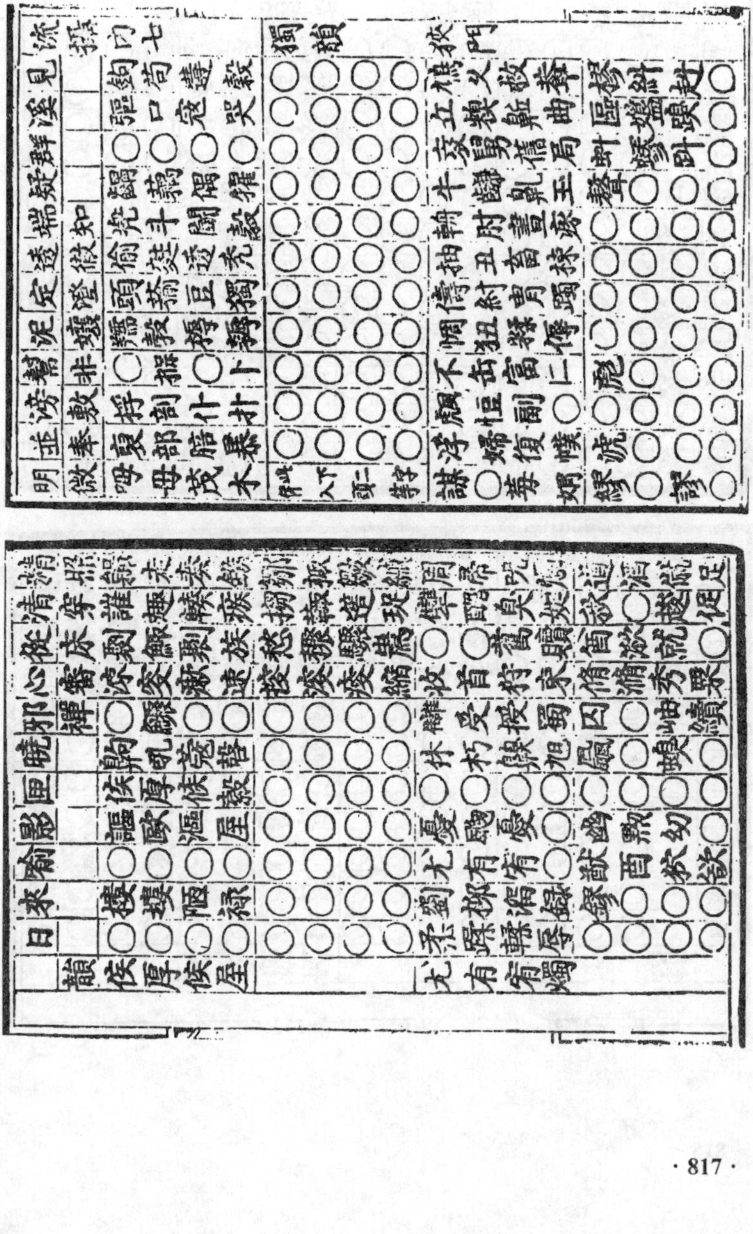

深攝內八　獨韻　欽門

見	溪	群	疑	端知	透徹	定澄	泥孃	幫非	滂敷	並奉	明微
○	○	○	○	○	○	○	○	○	○	○	○
○	○	○	○	○	○	○	○	○	○	○	○
○	○	○	○	○	○	○	○	○	○	○	○
○	○	○	○	○	○	○	○	○	○	○	○
○	○	○	○	○	○	○	○	○	○	○	○
○	○	○	○	○	○	○	○	○	○	○	○
○	○	○	○	○	○	○	○	○	○	○	○
○	○	○	○	○	○	○	○	○	○	○	○
金	欽	琴	吟	碪	琛	沈	誑	○	○	○	○
錦	顩	噤	僸	戡	踸	朕	拰	稟	品	○	○
禁	搇	[illegible]	吟	椹	闖	[illegible]	賃	稟	○	○	○
急	泣	及	岌	縶	湁	蟄	孴	鵖	○	駜	○
○	○	○	○	○	[illegible]	○	○	○	○	○	○
○	○	○	○	○	○	○	○	○	○	○	○
○	○	○	○	○	○	○	○	○	○	○	○
○	○	○	○	○	○	○	○	○	○	○	○

精照	清穿	從床	心審	邪禪	曉	匣	影	喻	來	日	韻
○	○	○	○	○	○	○	○	○	○	○	
怎	○	○	○	○	吽	○	○	○	○	○	
○	○	○	○	○	○	○	○	○	○	○	
○	○	○	○	○	○	○	○	○	○	○	
兂	參	岑	森	○	○	○	○	○	○	○	
[illegible]	墋	頷	㾕	○	○	○	○	○	○	○	
譖	讖	[illegible]	滲	○	○	○	○	○	○	○	
戢	㞕	霵	澀	○	○	○	○	○	○	○	
斟	覘	○	深	諶	歆	○	音	○	林	任	侵
枕	瀋	葚	沈	甚	廞	○	飲	○	廩	荏	寑
揕	瀋	○	深	甚	諴	○	蔭	顲	臨	妊	沁
執	斟	○	溼	十	吸	○	邑	煜	立	入	緝
祲	侵	鮮	心	尋	○	○	愔	淫	○	○	
[illegible]	寑	蕈	罧	○	○	○	○	潭	○	○	
浸	沁	鮗	[illegible]	鐔	○	○	○	[illegible]	○	○	
喋	緝	集	[illegible]	習	○	○	揖	熠	○	○	

咸攝外八　獨韻　狹門

見		弇	感	紺	閤	緘	鹻	餡	夾	黚	撿	○	約	兼	孂	兼	頰
溪		龕	坎	勘	溘	鵮	床	歁	恰	㦰	預	○	㾜	謙	㰋	傔	愜
群		○	○	黔	○	○	○	○	○	鍼	儉	鐱	极	浬	○	○	○
疑		坩	顉	儑	儑	巖	顩	[illegible]	聖	嚴	顩	驗	○	○	○	○	○
端	知	眈	黕	馾	答	詀	鮎	鮎	剳	霑	○	○	輒	髻	點	店	聑
透	徹	舑	菼	賧	榻	○	闞	○	[illegible]	覘	諂	悃	鍤	添	忝	舔	怗
定	澄	覃	禫	醰	沓	儳	湛	賺	[illegible]	[illegible]	湛	○	[illegible]	甜	簟	磹	牃
泥	孃	南	腩	妠	魶	諵	[illegible]	諵	囡	黏	○	○	聶	鮎	淰	念	苶
幫	非	○	○	○	○	○	○	○	○	砭	貶	窆	鴘	○	○	○	○
滂	敷	○	○	○	○	○	○	○	○	○	○	○	姂	○	○	○	○
並	奉	○	○	○	○	[illegible]	○	[illegible]	○	犯	○	○	○	○	○	○	○
明	微	媌	[illegible]	媌	○	麥	○	○	○	○	○	○	○	○	○	○	○
精	照	簪	昝	篸	帀	嶃	斬	蘸	眨	詹	颭	占	讋	尖	僭	鑯	接
清	穿	參	慘	謲	趁	攙	醶	[illegible]	插	譫	○	[illegible]	謵	籤	憯	壍	[illegible]
從	床	蠶	歜	暫	雜	巉	瀺	儳	[illegible]	○	○	○	○	潛	漸	[illegible]	捷
心	審	三	糝	三	趿	攕	摻	釤	翜	苫	陝	閃	攝	銛	[illegible]	[illegible]	燮
邪	禪	○	○	○	○	○	○	○	○	棎	剡	贍	涉	燅	餤	○	○
曉		唅	喊	顑	欱	㰹	[illegible]	[illegible]	呷	[illegible]	險	○	偞	馦	○	○	弽
匣		含	頷	鑑	盍	咸	豏	陷	洽	○	○	○	○	嫌	鼸	○	協
影		諳	唵	暗	姶	猪	黯	錆	鴨	淹	奄	俺	[illegible]	懕	黶	厭	魘
喻		佔	○	○	○	佔	○	○	○	炎	○	○	曄	鹽	琰	豔	葉
來		藍	覽	顲	拉	[illegible]	臉	[illegible]	拉	廉	斂	殮	獵	鬑	○	稴	[illegible]
日		○	○	○	○	○	○	○	○	[illegible]	冉	染	讘	○	○	○	○
韻		覃	感	勘	合	咸	豏	陷	洽	鹽	琰	豔	葉				

合口呼

咸攝外八	見	溪	群	疑	端知	透徹	定澄	泥孃	幫非	滂敷	並奉	明微
狹門	黔	顩	黔	嚴	○	○	[illegible]	○	○	芝	凡	[illegible]
	○	凵	拑	冂	○	[illegible]	○	○	貶	釩	范	錽
	劒	欠	[illegible]	[illegible]	○	○	○	黏	○	汎	梵	[illegible]
	劫	怯	路	業	○	[illegible]	[illegible]	[illegible]	法	[illegible]	乏	○

精照	清穿	從床	心審	邪禪	曉	匣	影	喻	來	日	韻
[illegible]	○	○	○	○	[illegible]	○	醃	炎	○	○	凡
拈	○	○	○	○	險	○	埯	[illegible]	○	○	范
○	○	○	[illegible]	○	脅	○	[illegible]	○	獫	○	梵
○	○	○	○	○	脅	○	[illegible]	[illegible]	○	○	乏

門法玉鑰匙目録 總一十三門

(一)音和門 (二)類隔門 (三)窠切門

(四)輕重交互門 (五)振救門 (六)正音憑切門

(七)精照互用門 (八)寄韻憑切門 (九)喻下憑切門

(十)日寄憑切門 (十一)通廣門 (十二)偏狹門

(十三)內外門

玉鑰匙門法

(一)音和者謂切腳二字上者為切下者為韻先將上一字歸知本母於為韻等內本母下便是所切之字是名音和門故曰音和切字起根基等母同時便莫疑記取古紅公式樣故教學切起初知

(二)類隔者謂端等一四為切韻逢二三便切知等字知等二三為切韻逢一四却切端等字為種類阻隔而音不同也故曰類隔如都江切樁字徒減切湛字之類是也唯有陟邪切爹字是麻韻不定切

(三)窠切者謂知等第三為切韻逢精等影喻第四並切第三為不離知等第三之本窠也故曰窠切如陟遙切朝字直猷切儔字之類是也

(四)輕重交互者謂幫等重音為切韻逢有非等處諸母第三便切輕脣字非等輕脣為切韻逢一二四皆切重脣字故曰輕重交互如匹尤切颩字芳桮切胚字之類是也

(五)振救者謂不問輕重等第但是精等字為切韻逢諸母第三並切第四是振救門振者舉也

整也救者護也為皋其谿領能整三四救護精
等之位也故曰振救如私兆切小字許里切似
字之類是也
⑥正音憑切者謂照等第一為切（照等第一即四等中第二是也）韻逢
諸母三四並切照一為正齒音中憑切也故曰
正音憑切如楚居切初側鳩切鄒字之類是也
⑦精照互用者謂但是精等字為切韻逢諸母
第二只切照一字照等第一為切韻逢諸毋第
一却切精一字故曰精照互用如士垢切鯫字
則減切斬字之類是也
⑧寄韻憑切者謂照等第二為切（照等第二即等中第三也）韻逢
一四並切照三言雖寄於別韻只憑為切之等
也故曰寄韻憑切如昌来切犢字昌紿切茝字

之類是也
⑨喻下憑切者謂單喻母下三等為覆四等為
仰仰覆之間只憑為切之等也故曰喻下憑切
如余招切遥字于聿切颱字之類是也
⑩日寄憑切者謂日字母下第三為切韻逢一
二四並切第三故曰日寄憑切如汝来切荋字
儒華切椄如延切然字之類是也
⑪通廣者謂唇牙喉下為切以脂韻真諄是名
通仙祭清霄號廣門韻逢来日知照三通廣門
中四上存所謂通廣者以其第三通及第四等
也故曰通廣如符真切頻芳連切篇字之類是
也
⑫偏狹者亦謂唇牙喉下為切韻逢東鍾陽魚

黙為偏尤鹽侵麻狹中依韻逢精等喻下四偏
狹三上莫生疑所謂偏狹者為第四等字少第
三等字多故曰偏狹如去羊切羌字許由切休
字之類是也
⑬內外者謂脣牙喉舌來日下為切韻逢照一
內轉切三外轉切二故曰內外如古雙切江矣
殊切熊字之類是也　十三門法終
總括玉鑰匙玄關歌訣
牙音
切時若用見溪群四等音和隨韻臻臻至也此
四母下字隨四等韻去皆是音和如古紅切公
古行切庚豈俱切匽古賢切堅字之類是也照
類兩中一作韻兩中一於四等中為第二也後
皆傚此內三外二自名分韻逢兩中一即分內
外如居霜切姜是內三門古雙切江是外二門
精雙喻四為其法㑹狹須歸三上親韻逢精二
喻四於偏狹門中切第三如去羊切羌是偏門
巨監切鹹是狹門來日舌三并照二來日舌三
照二皆是第三等也廣通必取四為真韻逢來
日舌三照二於廣通門中切第四等也如渠脂
切祇是通門居正切勁是廣門
舌音
一四端泥三二知一等四等歸端等二等三等
歸知等相乘類隔已明之端等一四與知等二
三於玉鑰匙內已明言之矣知逢影喻精邪四
寱切憑三有定基只是知母第三為切韻逢精

等影喻第四並切第三是也正齒兩中一韻處
內三外二表玄微韻逢正齒音兩等中第一即
分內外如丁驪切知是內三門德山切憎是外
二門是也舌頭舌上輕分析留與學人作指歸

脣音

幫非為切最分明照一須隨內外形韻逢照一
即分內外如夫側切逼是內三門布山切班是
外二門來日舌三并照二廣通第四取真名韻逢
來日舌三照二於廣通門中切第四如符真切
頻是通門芳連切篇是廣門精雙喻四為其韻
偈狹却將三上迎韻逢精二并喻四於偈狹門
中切為第三如府容切風是偈門缺狹門切腳
輕見重形須切重輕脣音為切隨韻切出重脣
音字是輕重交互門如武登切瞢方開切蹁字
之類是也重逢輕等必歸輕重脣音為切隨韻
切出輕脣字亦是輕重交互門如匹尤切飄芳
杯切胚字之類是也唯有東尤非等下相違不
與衆同情重遇前三隨重體重請重脣音在第
一等名後一若遇前三等諸母下字為韻當切
出輕脣音字今却是重脣字如莫浮切謀莫六
切目字之類是也輕逢後一就輕聲輕謂第三
等輕脣音為前三若遇後一等諸母下字為韻
當切出重脣字今却是輕脣音字如馮貢切鳳
字之類是也

齒音

精邪若見一為韻定向兩中一上認精邪五母

下字為切韻逢四等中第一定要向精邪一四
兩等中切出第一等字只是音和門四二相違
互用呼韻逢四等第二當切出照等字四三還
歸四名振韻逢諸母第三並切第四是振救門
照初卻見四中一互用還歸精一順韻逢四等
第一當切出精等字逢三遇四盡歸初正音憑
切成規訓韻逢諸母三四並切照一是正音憑
切門如士尤切愁是第三憑切門山幽切摻是
第四憑切門照二若逢一四中只從寄韻三中
論照二即四等中第三也後皆倣此韻逢一四
並切照二如昌來切犆昌紿切茝字之類是也
切三韻二不離初第三照等為切韻逢第二照
等只切第二如充山切狦字之類是也精照昭

然真可信
喉音
曉喻四音隨韻至法同見等不差恭曉匣影喻
四音隨四等韻去皆是音和亦如見等無少差
恭也韻三來日連知照通廣門中四上諸韻逢
來日知照三等於通廣門中切第四如下弥切
獘是通門呼世切呭是廣門精喻四時何以辨
當於侷狹第三函韻逢精等喻下四於侷狹門
中並切第三如許容切胷是侷門許由切休是
狹門如逢照一言三二韻逢照一內轉切三外
轉切二也喻母復從三四談除曉匣影三母外
再從單喻母三等四等言之若逢仰覆但憑切
三等為覆四等為仰仰覆之間只憑為切之等

也如余招切遥是仰于聿切颸是覆玄論分明
有指南
半舌半齒音
来逢四類但音和 四類即四等也随四等韻去
皆是音和切日止憑三寄韻歌 日字母下為切
韻逢一二四止要切於第三是日寄憑切門如
汝来切蒻如延切然字之類是也全得照初分
内外韻逢照一即分内外精雙喻四事如何謂
来逢精双喻四如何為法廣通偈狹憑三等於
廣通偈狹門中切第三是也如力小切撩是廣
門力遂切類是通門良蒋切兩是偈門力塩切
廉是狹門四位相通理不訛玄妙欲求端的處
五音該盡更無過　通止遇果　江蟹臻山

撿韻十六攝内八轉 [illegible] 用色貼子對貼八字 [illegible] 用色貼子對貼八字
宕曾流深　效假梗咸
内八轉
東董送屋　止攝　脂旨至質
通攝　冬〇宋沃
鍾腫用燭　微尾未物
魚語御屋　歌哿箇鐸
遇攝　虞麌遇燭　果攝　戈果過鐸
模姥暮沃　蒸拯證職
陽養樣藥
宕攝　曾攝
唐蕩宕鐸　登等嶝德
尤有宥燭

流攝　　深攝侵寢沁緝

侯厚候屋

內轉歌訣

通攝東冬韻繼鍾　止攝脂微次第窮

遇攝魚虞模三位　果攝歌戈二韻從

宕攝陽唐君記取　曾攝蒸登兩韻風

流攝尤侯無他用　深攝孤侵在後宮

外八轉　　齊薺霽祭廢質

蟹攝　　皆駭怪鎋

江攝江講絳覺　　灰賄隊末

咍海代泰曷

臻攝　　山攝

眞軫震質　　元阮願月

諄準稕術　　寒旱翰曷

文吻問物　　桓緩換末

殷隱焮迄　　山產諫鎋

痕狠恨沒　　仙獮綫薛

魂混慁沒

效攝　　假攝

宵小笑藥　　麻馬禡鎋

肴巧效覺

豪晧号鐸

梗攝　　咸攝

庚梗諍陌　　覃感勘合

清靜勁昔　　鹽琰豔葉

青迴徑錫　　咸鑒陷洽
凡梵梵乏

外轉歌訣

江攝孤江只是江　蟹攝齊皆灰咍強
臻攝真䰟六韻正　山攝仙元五韻昌
效攝宵肴豪三位　假攝孤麻鎮一方
梗攝庚清青色字　咸攝覃鹽凡四鄉

入聲九攝通宕曾深。江臻山梗咸

咸通曾梗宕江山　深臻九攝入聲全
流遇四等通攝借　咍皆開合在寒山
齊止借臻鄰曾梗　高交元本宕江邊
歌戈一借岡光一　四三弁二卻歸山

叶聲韻

梗曾二攝與通疑　止攝蟹時蟹攝推
江宕略同流叅遇　用時交互較量宜

輕唇十韻

輕韻東鍾微與元　凡虞文廢亦同然
更有陽尤皆一體　不該十韻重中編

辨開合不倫

諸韻切法皆有定式隹開合一門絕無憑據直須於開合兩處韻中較訂始見分明如蒲干切槃下沒切紇俱萬切建字之類是也 詁

夫藝有精粗學有是否藝之粗者堪容學之否者宜辯如今之切韻者多用因煙人然經堅丁顛之類此法極是浮淺乃前賢訓蒙誘引切韻入門之法耳甚不足為儒者所尚反害其正音

如古今韻會中打字作丁乇切其不知揆類隔門法卻切𠢐字上聲其打字本是都冷切按類隔門法切作爭字上聲不知後世緣何變作打字此字訛又如卦字本是怪字之類甚不可便作丁乇切此其不知正音切法是以管窺天停流而失其真者也又將反切二字說作子母相生之義此等瑣碎穿鑿皆是從此法中來故使後之學者疑惑而不決其實反切二字本同一義反即切也切即反也如德紅切反云德丁顛東再作德紅反切云德丁顛東或作反或作切皆可通用是字雖異而義同也學者詳之反平声

呼吸辨

凡字之聲出者為呼不出者為吸略如東通刀叨四字其東字與刀字屬吸通字與叨字皆屬呼也

鄉談辯括

鄉談豈但分南北　每郡相鄰便不同
經史故教音韻證　不因指示又難通

又

屢見高明賢氣質　渺無憑據字從訛
韻明經史方歸正　信是儒宗第一科

詳夫東冬脂微真殷等每二韻中酌其五音清濁輕重等第字音並同是不當分而分者及爭元魂二韻聲相背戾而反通押是何其若此之不倫也然而攷文之事孰敢擅專宜待名公賢士倘肎聞

上攺正而痠明之俾吾儕皆得便益是亦斯文
之幸也
平声東冬脂微真殷諄文仙元清青鹽凡上声
旨尾語麌軫隱準吻獮阮靜迥琰范去声送宋
至未御遇泰代霽祭霰㳄稕問線願勁徑豔梵
入声屋沃質迄術物薛月昔錫葉乏
凡可併者小字當併入大字韻中
經史動靜字音
凡字之動者在諸經史當以朱筆圈之靜者不
當圈也
王平声君也君有天下曰王去声
女上声如也以女嫁人曰女去声
妻平声與夫齊者也以女適夫曰妻去声

親平声婣也婚婣相親曰親去声
賓平声客也以禮會賓曰賓去声
衣平声身章也施諸身曰衣去声
冠平声首服也加諸首曰冠去声
枕上声藉首木也首在木曰枕去声
飲上声酒漿也所以歠曰飲去声
麾平声旌旗也所以使人曰麾去声
氷平声水凝也所以寒物曰氷去声
膏平声脂凝也所以潤物曰膏去声
文平声釆章也所以飾物曰文去声
粉上声白飾也所以傅物曰粉去声
巾平声所以飾物曰巾去声
熏平声煙出也所以羃物曰熏去声

陰平聲氣之濁也所以庇物曰陰去聲
釆上聲取也所以取食曰釆去聲
輕平聲浮也所以自用曰輕去聲
兩上聲偶數也物相偶曰兩去聲
三平聲奇數也審用其數曰三去聲
左上聲左手也左右助之曰左去聲
右上聲右手也左右助之曰右去聲
先平聲前也前之曰先去聲
卑平聲下也下之曰卑去聲
遠上聲疏也疏之曰遠去聲
離平聲兩也兩之曰離去聲
傍平聲近也近之曰傍去聲
空平聲虛也虛之曰空去聲

沉平聲没也没之曰沉去聲
重平聲再也再之曰重去聲
數上聲計也計之有多少曰數去聲
量平聲酌也酌之有大小曰量去聲
度上聲約也約之有長短曰度去聲
高平聲崇也度高曰高去聲
深平聲下也測深曰深去聲
長平聲永也探長曰長去聲
廣上聲闊也量廣曰廣去聲
染上聲濡也既濡曰染去聲
折旨列切屈也既屈曰折常列切
别皮列切辨也既辨曰别彼列切
貫平聲穿也既穿曰貫去聲

縫平声紩也既紩曰縫去声

過平声逾也既逾曰過去声

斷都管切絶也既絶曰斷徒管切

盡即忍切極也既極曰盡慈忍切

分平声別也既別曰分去声

解佳買切釋也既釋曰解胡買切

行平声履也履迹曰行去声

施平声行也行惠曰施去声

相平声共也共助曰相去声

從平声隨也隨後曰從去声

走上声趨也趨嚮曰走去声

奔平声趨也趨走曰奔去声

散上声分也分布曰散去声

還平声回也回遶曰還去声

和平声調也調絜曰和去声

調平声和也和適曰調去声

凝平声結也結固曰凝去声

彊平声堅也堅固曰彊去声

齊平声等也等平曰齊去声

延平声長也長引曰延去声

著張畧切置也置定曰著直畧切

冥平声暗也暗甚曰冥去声

塵平声土也土污曰塵去声

煎平声烹也久烹曰煎去声

炙之石切炮也炮肉曰炙之夜切

收平声斂也斂穫曰收去声

欽上声收也收聚曰欽去声
陳平声列也成列曰陳去声
呼平声声也號声曰呼去声
悔上声過也改過曰悔去声
如平声似也審似曰如去声
應平声當也相當曰應去声
當平声宜也得宜曰當去声
帥入声總也總人者曰帥去声
将平声持也持衆者曰将去声
監平声莅也莅事者曰監去声
使上声命也将命者曰使去声
援平声引也引着曰援去声
障平声壅也壅者曰障去声

防平声禦也禦者曰防去声
任平声堪也堪其事曰任去声
中平声适也适其宜曰中去声
間平声卬也厠其中曰間去声
足即玉切止也益而止曰足子句切
勝平声舉也舉之克曰勝去声
觀平声視也謂視曰觀去声
號平声呼也謂呼曰號去声
争平声鬬也謂鬬曰争去声
迎平声逆也謂逆曰迎去声
攻平声伐也謂伐曰攻去声
守上声保也謂保曰守去声
選上声擇也謂擇曰選去声

聽平声聆也聆謂之聽去声
禁平声制也制謂之禁去声
知平声識別也識謂之知去声
思平声慮度也慮謂之思去声
評平声訂也訂語謂之評去声
論平声說也說言謂之論去声
便平声欲也得所欲謂之便去声
好上声善也嚮所善謂之好去声
惡烏各反否也心所否謂之惡烏故切
喜上声悅也情所欲謂之喜去声
怨平声尤之也意有所尤謂之
操平声持也志有所持謂之操去声
語上声言也以言告之謂之語去声

令平声使也所使之言謂之令去声
教平声使也所使之言謂之教去声
雨上声天澤也謂雨自上下曰雨去声
宿息逐切止也謂日星所止舍曰宿息救切
種上声五穀也謂播穀曰種去声
生平声育也謂育子曰生去声
乳上声生子也謂飼子曰乳去声
吹平声呴也謂呴氣曰吹去声
烝平声氣噓也謂氣噓而澤曰烝去声
經平声東西也謂東西其緯曰經去声
緣平声循也謂循飾其傍曰緣去声
編平声次也謂所次列曰編上声
封平声授爵土也謂所授爵土曰封去声

載（去声濁音）舟車所致物也謂致物曰載（去声清音）
張（平声）陳也謂所陳享曰張（去声）
藏（平声）入也謂物所入曰藏（去声）
處（上声）居也謂所居曰處（去声）
爨（平声）炊也謂所炊爨曰爨（去声）
柱（上声）支也謂支木曰柱（去声）
乘（平声）登車也謂其車曰乘（去声）
卷（上声）曲也謂其曲曰卷（去声）
祝（之六切）祭主贊詞者也謂贊詞曰祝（職救切）
要（平声）約也謂約書曰要（去声）
傳（平声）授也記所授曰傳（去声）
名（平声）目也目諸物曰名（去声）
首（上声）頭也頭所嚮曰首（去声）

踶（平声）獸足也足相踶曰踶（去声）
始（上声）初也緩言有初曰始（去声）
聞（平声）聆聲也聲著於外曰聞（去声）
稱（平声）舉也舉事得宜曰稱（去声）
譽（平声）稱也稱名當體曰譽（去声）
平（平声）均也品物定法曰平（去声）
治（平声）理也致理成功曰治（去声）
衷（平声）中也處事用中曰衷（去声）
裁（平声）制也體制合宜曰裁（去声）
勞（平声）勤也賞勤勸功曰勞（去声）
興（平声）舉也舉物寓意曰興（去声）
累（上声）連也牽連為敗曰累（去声）
與（上声）授也授而共之曰與（去声）

比上声近也近而親之曰比去声
難平声艱也動而有所艱曰難去声
繫古詣切屬也屬而有所著曰繫胡計切
爲平声造也造而有所循曰爲去声
遲平声緩也緩而有所待曰遲去声
屬之欲切聯也聯而有所係曰屬去声
享上声獻也神受其獻曰享去声
棺平声柩也以柩斂尸曰棺去声
緘平声束也謂斎棺束曰緘去声
含平声實口中也謂口中實曰含去声
遣上声逸也送終之物曰遣去声
引上声曳也曳車之紼曰引去声
臨平声莅也哭而莅衰曰臨去声

取於人曰假上声與之曰假去声
取於人曰借子亦切與之曰借子夜切
取於人曰乞入声與之曰乞去声
取於人曰貸他得切與之曰貸他代切
毁之曰壞音怪毁曰壞戶怪切
毁他曰敗博怪切自毁曰敗蒲敗切
壞他曰毁上声自壞曰毁去声
上化下曰風平声下刺上曰風去声
上臨下曰見古電切下朝上曰見胡彥切
視之曰見古電切示之曰見胡孝切
下曰上告古沃切上布下曰告古報切
上育下曰養上声下奉上曰養去声
上賦下曰共平声下奉上曰共去声

有所亡曰遺(平声)有所與曰遺(去声)
設之曰施(書之切)及之曰施(羊吏)
因而改曰更(平声)捨故而作曰更(去声)
除之曰去(上声)自離曰去(去声)
聚之曰畜(勅六切)養之曰畜(許六切)
死亡曰喪(平声)失亡曰喪(去声)
意遺曰忘(平声)意背曰忘(去声)
善功曰巧(上声)僞功曰巧(去声)
懼之急曰恐(上声)疑之曰恐(去声)
復之速曰還(音旋)繚之曰還(音圜)
命中曰射(羊益切)以禮曰射(神夜切)
制師從已曰取(七庾切)屈已事師曰取(七句切)
上委下曰仰(去声)下瞻上曰仰(上声)

凡廣曰大(徒蓋切)其極曰大(土蓋切)
凡微曰少(上声)其降曰少(去声)
焉(於乾切)何也常居語初焉(于乾切)中也常居語末
相合曰會(胡外切)聚合曰會(古外切)
開謂之披(平声)分謂之披(上声)
揚謂之播(上声)布謂之播(上声)
下謂之降(古巷切)伏謂之降(戶江切)
傾曰覆(入声)蓋曰覆(去声卽是覆副二音)
聲和曰樂(五角切)志和曰樂(盧各切)
旦日曰朝(陟遙切)旦見曰朝(直遙切)
餐謂之食(時力切)餉謂之食(祥志切)
目汁曰涕(土禮切又音啼)鼻汁曰涕(他計切)
剚謂之刺(入声)傷謂之刺(去声)

承曰奉扶勇切拱曰奉扶用切
人之美稱曰父音甫家之尊曰父扶雨切
著謂之被皮彼切寢衣也覆謂之被平義切
牽和曰合古沓切自和曰合侯閤切
居高定體曰上時亮切自下而升曰上時掌切
居卑定體曰下胡雅切自上而降曰下胡駕切
居其後曰後胡苟切從其後曰後胡茂切
相鄰曰近渠隱切相親曰近巨刃切
四方廣大曰夏胡雅切中夏也萬物盛大曰夏胡嫁切
夏也

動靜字音終　　　　助緣比丘道謹

第七節　附錄——內外轉之討論

《韻鏡》、《七音略》之四十三轉，各轉皆標內外之名。《四聲等子·辨內外轉例》云：

> 內轉者，脣舌牙喉四音更無第二等字，唯齒音方具足。外轉者，五音四等都具足。今以深、曾、止、宕、果、遇、流、通括內轉六十七韻。江、山、梗、假、效、蟹、咸、臻括外轉一百三十九韻。

《切韻指掌圖·辨內外轉例》略與此同。然齒音獨具二等者何以謂之內？五音皆具二等者何以謂之外？猶未有明確之解釋，學者殊未能愜於心也。羅常培〈釋內外轉〉一文，以為內轉外轉當以主要元音之弇侈分。遂基於瑞典高本漢氏之《切韻》音讀，以為內轉皆含有後元音[u]、[o]，中元音[ə]及高元音[i]、[e]之韻；外轉者皆含有前元音[e]、[ɛ]、[æ]、[a]，中元音[ɐ]及後元音[ɑ]、[ɔ]之韻。如自元音圖第二標準元音[e]，引一斜線至中元音[ə]以下一點，更由此平行線達於第六標準元音[ɔ]以上一點，則凡在此線上者，皆內轉元音，在此線下者，皆外轉元音，惟[e]之短元音應屬內，長音應屬外耳。其分配如下圖：

內外轉元音分配圖

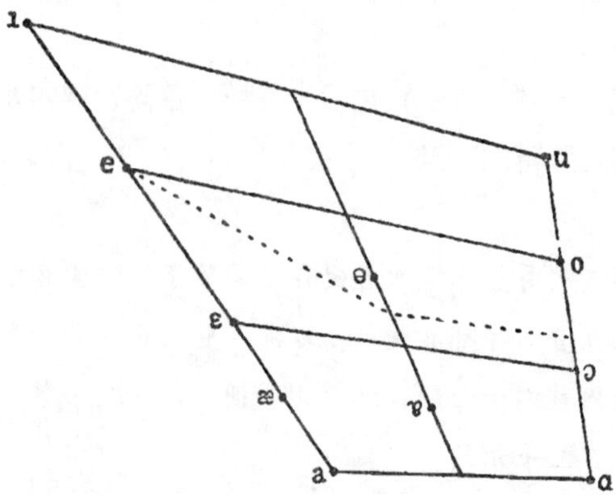

資料來源：《羅常培語言學論文選集》，頁98。

羅氏以為線以上之元音，非後即高，後則舌縮，高則口弇，故謂之內，線以下之元音，非前即低，前則舌舒，低則口侈，故謂之外。除音理解釋內外轉之本質外，更列內外轉之特徵。氏以為內轉之特徵有五：

1. 二等只有正齒音，不得再有其他諸音。
2. 除第二十二轉（元），第四十一轉（凡）及第十六轉之寄韻（廢）外，輕脣音祇存在於內轉而不屬於外轉。
3. 匣母不見於三等，又除十七轉（真）外，亦不現於二四等。
4. 除第三十七轉（幽）外，來母不見於四等。
5. 照穿床審喻及精清從心邪，幫滂並明，見溪群疑諸母因聲而異等。

至於外轉亦有五項特徵：

1.脣舌牙喉半舌與齒音並得列二等。

2.脣音在二等全部為重，在三等除第二十二（元），第四十一（凡）兩轉及第十六轉之寄韻（廢）外，皆為重脣音。

3.匣母不見於三等，與內轉同，其所異者，即能現於四等。

4.來母得現於四等。

5.同一圖內無因聲而異等者，有則另列一圖，如《七音略》二一、二三仙四，二三、二四仙三，二五宵三，二六宵四，三一鹽三，三二鹽四，三六、三七清四。但麻陽兩韻是例外。

然羅氏以臻攝改列內轉，果宕改列外轉，與《等子》、《指掌圖》之說內外各八者異趣，學者固未易信也。

董同龢《等韻門法通釋》評之云：

> (1)內轉與外轉內容不能改換。因為羅先生據以改訂材料本身實有問題；並且深曾止遇宕果通流恰為六十七韻，江山梗假效蟹咸臻恰為一百三十九韻，足證韻圖與門法不誤。
>
> (2)內轉的莊系字獨居三等應居之外，而所切之字，又在三等之內，故名內，外轉莊系字相反，故名外。

先師許世瑛先生〈評羅董兩先生釋內外轉〉一文，亦從董說而否定羅氏之說。詩英師云：

> 內轉者，乃無二等性韻母，亦即無二等韻也。其二等地位本應無字，唯齒音二等地位，如該轉三等韻如有正齒音莊系字，則被安置於齒音二等地位，於是二等齒音有字矣。然此

> 二等性韻母，乃三等性韻母之字也。若該轉三等韻無正齒音莊系字，於是二等地位全部無字矣，如果攝是也。至於通、止，遇、宕、流、曾、深七攝，因所屬三等韻均有有正齒音莊系字，於是二等齒音有字矣。外轉者，乃有二等性韻母也。亦即有二等韻也。其中江、蟹、山、效、假、咸、梗七攝中之二等韻中有有脣、舌、牙、齒、喉、舌齒之字，故二等地位全部有真正屬於二等性韻母之字。而與三等韻中屬三等性韻母之字，絕不相混也。至於臻攝二等韻臻櫛二韻，僅有正齒音莊系字。於是二等地位亦唯有齒音有字矣。表面上雖與內轉通、止、遇、宕、流、深、曾七攝唯二等齒音有字之情形相似，然此七攝中二等齒音字，乃三等性韻韻母之莊系字來借地位者也。而臻攝雖亦僅齒音二等有字，然此乃真正二等性韻母之字，非借地位之三等性韻母之正齒音莊系字也。

詩英師於內外轉之區別，仍以有無真正二等韻字為區別，然有真正二等字者何以謂之外？無者謂之內，仍無解說。杜其容女士〈釋內外轉名義〉一文釋之云：

> 內外轉之名，係為區分二、四等字之屬三等韻或屬二等韻而設立。三等居二、四等之內，故二、四等字屬三等韻者謂之內轉，而屬二、四等韻者，相對謂之外轉。

其說仍本董同龢之說推闡而來，然將四等字亦一併論及，則前人之所未道及。惟以臻攝改入內轉，則變更內外轉之內容矣。先師高仲華（明）先生評之云：

> 依常理言，二、四等字居二、四等內，應為內，三等字外居於二、四等中，應為外。今反以前者為外，而後者為內，與常理似不合。又杜女士論臻攝必為內轉，是改《等子》之書以就辨例，於是內轉有九攝，而外轉僅七攝，與《等子》內外各八，似有未合。

故先師以為內外轉之別仍繫元音之性質，其口腔共鳴器窄小者，音轉於內，故稱內轉，口腔共鳴器寬大者，音轉於外，故稱外轉。惟所擬音值與羅氏有異。

周法高氏〈論切韻音〉一文，以表現於等韻門法者，內外轉之區別，在於有無獨立二等韻。若從審音立場，則於元音之性質大有關係，故提出內轉有短元音，外轉有長元音之新說。然以果宕隸外，臻攝屬內，仍改變內外轉之內容，縱言之成理，恐亦非等韻門法上之所謂內外轉也。余於此不敢妄下雌黃，僅提幾點問題就海內外方家。

㈠張麟之〈韻鏡序作〉引鄭樵《七音略·序》云：「作內外十六轉圖，以明胡僧立韻得經緯之全。」假若十六轉圖確與梵書十六轉韻有關係，而梵文十六韻有長短之別，則等韻之內外轉，難道與長短音不發生關係？

㈡談內外轉絕不可更改內外轉之內容，內轉六十七韻，外轉一百三十九韻，韻數亦不得擅改。

㈢內外轉必與獨立二等性韻母有關係。

㈣《韻鏡》、《七音略》每轉必標內外，似各轉之內外，概括全轉各韻而言，又非僅指某一等第之字而言也。

㈤今諸家所擬《切韻》音值是否確信已得玄珠於赤水，否則若以尚無定論之構擬，進探內外轉之真象，其有不合，則改古人以就己，豈非削足以適履！

在此諸端尚未獲解決之前，寧墨守舊說，以待來者。

第八節　反　切

一、反切之名稱

先師瑞安林景伊（尹）先生曰：「反切者，合二字之音，以為一音也。以今言之，即拼音之道，實至淺且易。」先師又曰：「反切之名自南北朝以上，多謂之反，雖有言切者，亦不常見。[53]唐季韻書，改而言切，蓋以當時諱反，故避而不用也。如《荀子》「口行相反」，《戰國策》「上黨之民皆反為趙。」《淮南子》「談語而不稱師是反也。」《家語》「其強禦足以反是獨立」；今本並作「返」。《梁書·侯景傳》「取臺城如反掌」，亦作「返」，皆後人所改也。隋以前不避反字，漢器首山宮鐙「蒲阪」字作「蒲反」；而《水經》《說文》「汳」字，唐人亦寫作「汴」。《路

---

[53] 原注：如《顏氏家訓》云：「徐仙民《毛詩音》，反驟為在遘，《左傳音》，切椽為徒緣。」

史》謂：「隋煬帝惡其作反易之。」自此以後，相沿為諱。故唐玄度《九經字樣·序》曰：「避以反言，但紐四聲，定其音旨。」其卷內之字：「蓋」字下云：「公害翻」，代反以翻；「受」字下云：「平表紐」，代反以紐。則是反也，翻也，切也，紐也，其名雖異，其實一也。

反切立法之初，蓋謂之反，不謂之切，其後或言反，或言切，或言翻，或言紐，或言體語，或言反語，或言反音，或言切音，或並言反切。此皆因時代之影響，稱說之習慣，偶舉其名，不覺其不一致。

二、反切之原始

至於論及反切之原始，先師云：「《顏氏家訓·音辭篇》曰：『九州之人，言語不同，生民以來，固常然矣。自《春秋》標齊言之傳，《離騷》目楚辭之經。此蓋其較明之初也。後有楊雄著《方言》，其言大備，然皆考名物之同異，不顯聲讀之是非也。逮鄭玄注六經，高誘解《呂覽》、《淮南》，許慎造《說文》，劉熹製《釋名》，始有"譬況""假借"以證字音。而古語與今殊別，其間輕重清濁，猶未可曉。加以"內言""外言""急言""徐言"[54]"讀若"之類，益使人疑。孫叔然創《爾雅音義》，是漢末人獨

---

[54] 周祖謨《漢語音韻論文集·顏氏家訓音辭篇注補》云：案內言、外言、急言、徐言，前人多不能解。今依音理推之，其義亦可得而說。考古人音字，言內言外言者，凡有四事：《公羊傳·宣公八年》：「曷為或言而，或言乃？」何休注：「言乃者內而深，言而者外而淺。」此其一。《漢書·王子侯表上》：「襄嚵侯建。」晉灼：嚵音內言毚兔。此其二。「猇

節侯起。」骨灼：虢音內言鴞。此其三。《爾雅・釋獸・釋文》「貏骨灼音內言餲」此其四。據此四例推之，所謂內外者，指韻之洪細而言。言內者洪音，言外者細音。何以言內者為洪音？案毚唐王仁昫《切韻》在琰韻，音自染反。（敦煌本、故宮本同。）《篆隸萬象名義》、《新撰字鏡》並音才冉反，與王韻同。惟顏師古此字作士咸反，（今本《玉篇》同。）則在咸韻也。如是可知毚字本有二音：一音自染反，一音士咸反。自染即漸字之音，漸三等字也。士咸即毚字之音，毚二等字也。二等、三等元音之洪細不同，且三等有 i 介音，二等無 i 介音。二等為洪音字，三等為細音字。骨灼音毚為毚兔之毚，是作洪音讀，不作細音讀也。顏注士咸反，正與之合。蓋音之侈者，口腔共鳴之間隙大；音之斂者，口腔共鳴之間隙小。大則其音若發口內，小則其音若發自口杪。故曰毚音內言毚兔。是內外之義，即指音之洪細而言無疑也。依此求之，虢節侯之虢，骨灼音內言鴞，鴞唐寫本《切韻》在宵韻，音于驕反。（王國維抄本第三種。以下言《切韻》者并同，凡引第二種者，始分別標明。）考《漢書・地理志》濟南郡有虢縣，應劭音箎，蘇林音爻。爻《切韻》胡茅反，在肴韻，匣母二等字也。鴞則為喻母三等字。喻母三等，古歸匣母，是鴞爻聲同，而韻有弇侈之異。今骨灼音內言鴞，正讀為爻，與蘇林音同。（《切韻》此字亦音胡茅反。）此藉內言二字可以推知其義矣。復次，《爾雅・釋獸》「貏貐，類貙，虎爪，食人，迅走。」《釋文》云：「貏、字亦作猰，諸詮之烏八反，韋昭烏繼反，服虔音醫，骨灼音內言餲。字書餲音噎。」今案噎《切韻》烏結反，在屑韻，四等字，餲、曹憲《博雅音》作於結反，（見〈釋言〉。）與字書音噎同。考《淮南子・本經篇》「貏貐鑿齒。」高誘云：「貏讀車軋履人之軋。」軋《切韻》烏黠反，在黠韻，二等。今骨灼此字音內言餲正作軋音，與高誘注若合符節。（《切韻》猰音烏黠反，即本高誘、骨灼也。）然則內言之義，指音之洪者而言，已明確如示諸掌矣。至如外言所指，由何休《公羊傳・注》可得其確解。何休云：「言乃者內而深，言而者外而淺。」乃《切韻》音奴亥反，在海韻，一等字也。而如之反，在之韻，三等字也。乃屬泥母，而屬日母。乃而古為雙聲，惟韻有弇侈之殊。乃既為一等字，則其音侈；而既為三等字，則其音弇。乃無 i 介音，而有 i 介音。故曰言乃者內而深，言而者外而淺。

是外言者，正謂其音幽細，若發自口杪也。夫內外之義既明，可進而推論急言、徐言之義矣。考急言徐言之說，見於高誘之解《呂覽》《淮南》。其言急氣者，如《淮南·俶真篇》「牛蹄之涔，無尺之鯉。」注：「涔讀延祜曷問，（此四字當有誤。）急氣閉口言也。」〈墬形篇〉「其地宜黍，多旄犀。」注：「旄讀近綢繆之繆，急氣乃得之。」〈氾論篇〉「太祖軵其肘。」注：「軵，擠也。讀近茸，急氣言乃得之也。」〈說山篇〉「牛車絕轔。」注：「轔讀近藺，急舌言之乃得也。」〈說林篇〉「亡馬不發戶轔。」注：「轔、戶限也。楚人謂之轔。轔讀近鄰，急氣言乃得之也。」〈修務篇〉「腃讀權衡之權，急氣言之。」（腃正文及注，刻本均誤作啳，今正。）此皆言急氣者也。其稱緩氣者，如：《淮南子·原道篇》「蛟龍水居。」注：「蛟讀人情性交易之交，緩氣言乃得耳。」〈本經篇〉「飛蛩滿野。」注：「蛩、一曰蝗也，沇州謂之螣，讀近殆，緩氣言之。」（《呂覽·仲夏紀》「百螣時起。」注：「螣讀近殆，兗州人謂蝗為螣。」與此同。）〈修務篇〉「胡人有知利者，而人謂之駤。」注：「駤讀似質，緩氣言之，在舌頭乃得。」《呂覽·慎行篇》：「相與私鬨。」注：「鬨讀近鴻，緩氣言之。」此皆言緩氣者也。即此諸例觀之，急氣緩氣之說，可有兩解，一解指聲調不同，一解指韻母洪細不同。蓋凡言急氣者，均為平聲字，凡言緩氣者，除蛟字外均為仄聲字，此一解也。別有一解即指韻母之洪細而言，如涔故宮本王仁昫《切韻》鋤簪反，在侵韻，案涔三等字也。旄讀近綢繆之繆（《切韻》旄莫袍反。）繆《切韻》武彪反，在幽韻，四等字也。軵讀近茸，（《說文》亦云「軵讀若茸。」《廣韻》而容、而隴二反切。）茸《切韻》（王搴本第二種）而容反，在鍾韻，三等字也。轔讀近藺若鄰（《切韻》轔力珍反。）藺、《廣韻》良刃切，在震韻。鄰《切韻》力珍切反，在真韻。鄰藺皆三等字也。腃讀若權衡之權，（敦煌本王仁昫《切韻》及《廣韻》字作臛，音巨員反。）權《切韻》巨員反，在仙韻，三等字也。以上諸例，或言急氣言之，或言急察言之，字皆在三四等。至如蛟讀人情性交易之交，（蛟《切韻》古肴反）交《切韻》古肴反，在肴韻，二等字也。螣讀近殆，螣《廣韻》徒得切，在德韻，殆、徒亥切，在海韻，螣殆雙聲，皆一等字也。（《呂覽·任地篇》高注：兗州讀蜮為螣，音相近也。蜮《廣韻》音或與螣同在德

知反語，至於魏世，此事大行，高貴鄉公不解“反語”55，以為怪

韻。《廣韻》螣音徒德切，與高注相合。）閧讀近鴻，（《廣韻》閧胡貢切。）鴻《切韻》（王摹本第二種。）音胡龍（新雄案：龍當作籠）反，在東韻，一等字也。以上諸例，同稱緩氣，而字皆在一二等。夫一二等為洪音，三四等為細音，故曰凡言急氣者皆細音字，凡言緩氣者皆洪音字。惟上述之駤字，高云讀似質，緩氣言之，適與此說相反。蓋駤《廣韻》音陟利切，在至韻，與交質之質同音，（質又音之日切）駤質皆三等字也。三等為細音，而今言緩氣，是為不合，然緩字殆為急字之誤無疑也。如是則急言緩言之義已明。然而何以細音則謂之急，洪音則謂之緩？嘗尋繹之，蓋細音字均為三等字，皆有 i 介音，洪音字為一二等字，皆無 i 音。有 i 介音者，因 i 為高元音，且為聲母與元音間之過渡音，而非主要元音，故讀此字時，口腔之氣道必先窄而後寬，而筋肉之伸縮，亦必先緊而後鬆。無 i 音者，其音舒緩自然，故高氏謂之緩言。急言緩言之義，如是而已。此亦與何休、晉灼所稱之內言外言相似。（晉灼，晉尚書郎，其音字稱內言某，內言之名當即本於何休。）當東漢之末，學者已精於審音，論發音之部位，則有橫口在舌之法。論韻之洪細，則有內言外言急言緩言之目。論韻之開合，則有踧口籠口之名。論韻尾之開閉，則有開脣合脣閉口之說。（橫口踧口開脣合脣並見於劉熙《釋名》。）論聲調之長短則有長言短言之別。（見《公羊傳·莊公二十八年》何休注。）剖析毫釐，分別黍累，斯可謂通聲音之理奧，而能精研極詣者矣。惜其學不傳，其書多亡，後人難以窺其用心耳。嘗試論之，中國審音之學，遠自漢始。迄今已千有餘年。於此期間，學者審辨字音，代有創獲。舉其大者，凡有七事：一漢末反切未興以前經師之審辨字音，二南朝文士讀外典知五音之分類，三齊梁人士之辨別四聲，四唐末沙門之創製字母，五唐末沙門之分韻為四等，六宋人之編製韻圖，七明人之辨析四呼。此七事者，治聲韻學史者固不可不知也。

55 據《三國志·魏書·三少帝紀第四》云：帝幸太學問諸儒曰：「聖人幽贊神明，仰觀俯察，始作八卦，後聖重之為六十四，立爻以極數，凡斯大義，罔有不備，而夏有連山、殷有歸藏，周曰周易。易之書其故何也？」易博士淳于俊對曰：「包羲因燧皇之圖而制八卦，神農演之為六十四，黃

帝堯舜通其變，三代隨時質文，各繇其事，故易者變易也。名曰連山，似山而出內，氣連天地也。歸藏者，萬事莫不歸藏於其中也。」帝又曰：「若使包羲因燧皇而作易，孔子何以不云燧人氏沒，包羲氏作乎？」俊不能答。帝又問曰：「孔子作彖象，鄭玄作注，雖聖賢不同，其所釋經義一也，今彖象不與經文相連而注連之何也？」俊對曰：「鄭玄合彖象於經者，欲使學者尋省易了也。」帝曰：「若鄭玄合之，於學誠便，則孔子曷為不合以了學者乎？」俊對曰：「孔子恐其與文王相亂，是以不合，此聖人以不合為謙。」帝曰：「若聖人以不合為謙，則鄭玄何獨不謙邪！」俊對曰：「古義弘深，聖問奧遠，非臣所能詳盡。」帝又問曰：「《繫辭》云：黃帝堯舜垂衣裳而天下治，此包羲神農之世為無衣裳，但聖人化天下，何殊異爾邪？」俊對曰：「三皇之時，人寡而禽獸眾，故取其羽皮而天下用足。及至黃帝，人眾而禽獸寡，是以作為衣裳以濟時變也。」帝又問：「乾為天而復為金、為玉、為老馬，與細物並邪？」俊對曰：「聖人取象，或遠或近，近取諸物，遠則天地。」講《易》畢，復命講《尚書》。帝問曰：「鄭玄云：稽古同天。言堯同于天也。王肅云：堯順考古道而行之。二義不同，何者為是？」博士庾峻對曰：「先儒所執，各有乖異，臣不足以定之。然〈洪範〉稱三人占，從二人之言，賈馬及肅皆以為順考古道，以〈洪範〉言之，肅義為長。」帝曰：「仲尼言唯天為大，唯堯則之，堯之大美，在乎則天，順考古道，非其至也。今發篇開義，以明聖德，而舍其大更稱其細，豈作者之意邪！」峻對曰：「臣奉遵師說，未喻大義，至于折中，裁之聖思。」次及四嶽舉鯀，帝又問曰：「夫大人者與天地合其德，與日月合其明，思無不周，明無不照，今王肅云：『堯意不能明鯀，是以試用。』如此，聖人之明有所未盡邪？」峻對曰：「雖聖人之弘，猶有所未盡，故禹曰：『知人則哲，惟帝難之，然卒能改授聖賢，緝熙庶績。』亦所以成聖也。」帝曰：「夫有始有卒，其唯聖人，若不能始，何以為聖？其言惟帝難之，卒能改授。蓋謂知人聖人所難，非不盡之言也。經云『知人則哲，能官人。』若堯疑鯀，試之九年，官人失敘，何得謂之聖哲？」峻對曰：「臣竊觀經傳，聖人行事，不能無失。是以堯失之四凶，周公失之二叔，仲尼失之宰予。」帝曰：「堯之任鯀，九載無成，汨陳五行，民用昏墊。至於仲尼失之宰予，言行之閒，輕重不同異。自滋厥後，音韻蜂出，各有土風，遞相非笑56，共以帝王都邑，參校方俗，考覈古今，為之折衷。』此蓋述聲韻之學，出於反語，而反語之刱，由于孫叔然也。

自此以後，言『反切』之緣起者，大抵與顏相同。陸德明《經典釋文·敘錄》曰：『古人音書，止為譬況之說，孫炎（叔然）始為反語，魏朝以降漸繁。』張守節《史記正義論例》曰：『先儒音字，比方為音，至魏秘書孫炎，始作反音。』先師又云：「至謂反切始創于孫炎，證之故記，亦尚未能盡合，蓋『反切』之語，自漢以上，即以有之。謂孫炎取反切以代直音則可，謂『反切』刱自孫

也。至於周公管蔡之事，亦《尚書》所載，皆博士所當通也。」峻對曰：「此皆先賢所疑，非臣寡見所能究論。」次及有鰥在下曰虞舜。帝問曰：「當堯之時，洪水為害，四凶在朝，宜速登賢聖濟民之時也。舜年在既立，聖德光明，而久不進用，何也？」峻對曰：「堯咨嗟求賢，欲遜己位。嶽曰：『否！德忝帝位。』堯復使嶽揚舉仄陋，然後薦舜，薦舜之本，實由於堯，此蓋聖人欲盡眾心也。」帝曰：「堯既聞舜而不登用，又時忠臣亦不進達，乃使嶽揚仄陋而後薦舉，非急於用聖恤民之謂也。」峻對曰：「非臣愚見，所能逮及。」於是復命講《禮記》。帝問曰：「太上立德，其次務施報，為治何由而教化各異？皆脩何政而能致於立德施而不報乎！」博士馬照對曰：「太上立德，謂三皇五帝之世，以德化民。其次報施，謂三王之世，以禮為治也。」帝曰：「二者致化，薄厚不同，將主有優劣邪？時使之然乎！」照對曰：「誠由時有樸文，教化有厚薄也。」由上所引，高貴鄉公於《易》《書》《禮記》皆有深詣，博士為之語塞，而竟不解反語，故人以為怪異也。周祖謨《漢語音韻論文集·顏氏家訓音辭篇注補》云：案《經典釋文·敘錄》，魏高貴鄉公有《左傳音》三卷，此云高貴鄉公不解反語，以為怪異，事無可考。

56 《顏氏家訓·音辭篇》原文在「遞相非笑」句後尚有「指馬之諭，未知孰是」二句當補。

炎則不可也。是故餘杭章君云：『《經典釋文·序例》謂漢人不作音，而王肅《周易音》，則〈序例〉無疑辭，所錄肅音，用反語者十餘條。尋《魏志·王肅傳》云："肅不好鄭氏，樂安孫叔然授學鄭玄之門人，肅《集聖證論》以譏短玄，叔然駁而釋之。"假令反語始於叔然，子雍（肅字）豈肯承用其術乎！又尋《漢地理志》，廣漢郡梓潼下。應劭注："潼水所出，南入墊江，墊音徒浹反。"遼東郡沓氏下，應劭注："沓水也，音長答反。"是應劭時已有反語，則起於漢末也。』

三、反切之方法

反切之理，上一字定其聲理，不論其何韻，下一字定其韻律，不論其何聲。質言之：即上字祇取發聲，去其收韻；下字祇取收韻，去其發聲。故上一字定清濁，下一字定開合。假令上字為清聲，而下字為濁聲，切成之字仍清聲，不得為濁聲也。假令下字為合口，而上字為開口，切成之字仍合口也。

今舉一例：

東、德紅切，德清聲，紅濁聲，切成之字為東，仍隨德為清聲，不得隨紅為濁聲。紅合口，德開口，切成之字為東，仍合口，不得隨德為開口。

反切上一字，與切成之字必為雙聲，故凡雙聲者，皆可為上一字，如東與德，雙聲也，然東與端、與都、與當、與丁等，亦雙聲也。故東為德紅切可，為端紅、都紅、丁紅亦無不可也。

反切下一字，與切成之字必為疊韻，故凡疊韻者，皆可為下一字；如東與紅，疊韻也，然東與翁、與烘、與工、與空等，亦疊韻也。故東為德紅切可，為德翁、德烘、德工、德空亦無不可也。

錯綜言之，下列之音，同其效果。

德紅　德翁　德烘　德工　德空

端紅　端翁　端烘　端工　端空

都紅　都翁　都烘　都工　都空

當紅　當翁　當烘　當工　當空

丁紅　丁翁　丁烘　丁工　丁空

上設二十五反切，皆切東字。

據以上所列，則用多數字以表明反切上一字，與指定一字以表明反切上字者，其理無殊；亦與造一字母以表明反切上一字者，無殊。然至今雜用多數者，從習慣也。

又據以上所列，則用多數字以表明反切下一字，與指定一字以明反切下一字者，其理無殊；亦與造一字母以表明反切下一字者，無殊。然至今雜用多數者，亦從習慣也。

如依吾儕之私議，則四十一聲類，即指定之反切上一字，而下一字，則於母韻中專指一字亦可。

譬如德當都丁同為端母，吾儕但指定一「端」字以表明反切上一字；紅、翁、工、空同屬東韻，吾儕但指定一「翁」以表明反切下一字。故東、德紅切，可改為「端翁切」，而其實無絲毫之不同。

按反切之法，上一字取其聲，下一字取其韻。則上字之韻，與下字之聲，必須棄去，今舉一列而以國際音標表明之。例如：同、徒紅切。

徒[t‘u]—(棄韻)[t‘(u)]+紅[xuŋ˦]—(棄聲)[(x)uŋ˦]=同[t‘uŋ˦]

據此而言，反切即拼音，其理至易明瞭。然今日人尚多不明反切切之義者，乃若據此法以切語拼切國音，多有未能符合者。殊不知《廣韻》切語原兼古今南北之語，聲有清濁輕重之殊，韻有開合洪細之異，調有平上去入之別，而國音則全濁聲及入聲皆消失，而平聲又有陰陽之分。是以由《廣韻》演變至國音，歷經千有餘年，聲音多起變化。故純以此法，乃有不能密合者。然亦有條理可尋。首先吾人應熟稔反切上下字之類別，然後知若干韻類，屬於《經史正音切韻指南》十六攝中何攝。明乎此，則可按表稽尋得其音讀。《經史正音切韻指南》之攝分等與《廣韻》各韻類之相配表，參見本章第六節經史正音切韻指南·三切韻指南之韻攝。表中《廣韻》韻類參用第三章廣韻之韻類·七二百六韻分為二百九十四韻類表。

既明《廣韻》韻類與《經史正音切韻指南》各攝分等之關係，然後再按《廣韻聲紐與國語聲母比較表（如附表一），及《廣韻》韻母與國語韻母對照表（如附表二及附表三），聲調變化表（如附表四），即可求得正確之國語讀音。茲舉二例以明之。

㈠蟲、直弓切。

1. 先查弓字屬東韻第 2 類。（查第三章·七、二百六韻分為二百九十四韻類表）
2. 查本章第六節·三、切韻指南之韻攝，東 2 類屬通攝合口三等。
3. 查直字屬澄紐。（查第二章·五、廣韻之四十一聲紐表）
4. 查附表一，澄紐為全濁平聲讀ㄔ[tʂ‘]。
5. 查附表三合口表，三四等知系陽聲通攝下，韻母為ㄨㄥ[uŋ]。

6.查附表四，平聲全濁下聲調為[˧˥]。

7.故知「蟲」國語注音為ㄔㄨㄥˊ[tʂ‘uŋ˧˥]。

㈡知、陟離切。

1.先查離字屬支韻第 1 類。（查第三章·七、二百六韻分為二百九十四韻類表）

2.查本章第六節·三、切韻指南之韻攝，支 1 類屬止攝三等開口。

3.查陟字屬知紐。（查第二章·五、廣韻之四十聲紐表）

4.查附表一，知紐為全清，讀ㄓ[tʂ]。

5.查附表二（開口）三四等知系陰聲止攝下韻母為 ï。由表二注可知注音符無韻符，僅以聲符注音。

6.查附表四平聲清聲下聲調為˥。

7.故知「知」字國語注音為ㄓ，國際音標為[tʂï˥]

【附表一】廣韻聲紐與國語聲母較表

	全清	次清	全濁		次濁	次清	全濁	
			平	仄			平	仄
重脣	幫 ㄅp	滂 ㄆp‘	並 ㄆp‘	ㄅp	明 ㄇm			
輕脣	非 ㄈf	敷 ㄈf	奉 ㄈf		微 ○ ㄨu [57]			

[57] 尤、東 2、屋 2 三韻之反切上字微類非微紐，乃明紐。

<table>
<tr><td colspan="3">舌頭(娘併入，來附)</td><td>端
ㄉt</td><td>透
ㄊt'</td><td>定
ㄊt'</td><td>ㄉt</td><td>泥娘
ㄋn
來
ㄌl</td><td></td><td></td><td></td></tr>
<tr><td rowspan="2">舌上</td><td colspan="2">梗入二等讀音</td><td>知
ㄗ
ts</td><td>徹
ㄘts'</td><td></td><td>澄
ㄗ
ts</td><td></td><td></td><td></td><td></td></tr>
<tr><td colspan="2">其他</td><td>知
ㄓ
tʂ</td><td>徹
ㄔtʂ'</td><td>澄
ㄔtʂ'</td><td>澄
ㄓ
tʂ</td><td></td><td></td><td></td><td></td></tr>
<tr><td rowspan="2">齒頭</td><td colspan="2">洪音❺❽</td><td>精
ㄗ
ts</td><td>清
ㄘ
ts'</td><td>從
ㄘ
ts'</td><td>從
ㄗ
ts</td><td></td><td>心
ㄙ
s</td><td>邪
ㄘㄙ
ts' s</td><td>邪
ㄙ
s</td></tr>
<tr><td colspan="2">細音</td><td>精
ㄐ
tɕ</td><td>清
ㄑ
tɕ'</td><td>從
ㄑ
tɕ'</td><td>從
ㄐ
tɕ</td><td></td><td>心
ㄒ
ɕ</td><td>邪
ㄑㄒ
tɕ' ɕ</td><td>邪
ㄒ
ɕ</td></tr>
<tr><td rowspan="4">正齒附半齒</td><td rowspan="2">莊系</td><td>深及梗曾通入</td><td>莊
ㄗ
ts</td><td>初
ㄘ
ts'</td><td></td><td>床
ㄗ
ts</td><td></td><td>疏
ㄙ
s</td><td></td><td></td></tr>
<tr><td>其他</td><td>莊
ㄓ
tʂ</td><td>初
ㄔ
tʂ'</td><td>床
ㄔ
t'</td><td>床
ㄓㄕ
tʂ ʂ❺❾</td><td></td><td>疏
ㄕ
ʂ</td><td></td><td></td></tr>
<tr><td rowspan="2">照系</td><td>止攝開口</td><td rowspan="2">照
ㄓ
tʂ</td><td rowspan="2">穿
ㄔ
tʂ'</td><td rowspan="2">神
ㄔㄕ
tʂ' ʂ</td><td rowspan="2">神
ㄕ
ʂ</td><td>日
ㄦ
ï</td><td rowspan="2">審
ㄕ
ʂ</td><td rowspan="2">禪
ㄔㄕ
tʂ' ʂ</td><td rowspan="2">禪
ㄕ
ʂ</td></tr>
<tr><td>其他</td><td>日
ㄖ
ʐ</td></tr>
</table>

❺❽　洪音細音指現代韻母而言，此類聲母之演變，悉以現代韻之洪細為條件。表中所有洪細皆同此，後不更注。

❺❾　止攝字變ㄕ[ʂ]，其他變ㄓ[tʂ]。

<table>
<tr><td rowspan="5">牙曉匣移此</td><td rowspan="3">開口</td><td colspan="2">洪音</td><td>見
ㄍ
k</td><td>溪
ㄎ
k‘</td><td></td><td></td><td>疑
○</td><td>曉
ㄏ
x</td><td>匣
ㄏ
x</td></tr>
<tr><td rowspan="2">細音</td><td>三等</td><td rowspan="2">見
ㄐ
tɕ</td><td rowspan="2">溪
ㄑ
tɕ‘</td><td>群
ㄑ
tɕ‘</td><td>群
ㄐ
tɕ</td><td>疑
ㄋ○
n 一 i</td><td rowspan="2">曉
ㄒ
ɕ</td><td rowspan="2">匣
ㄒ ɕ</td></tr>
<tr><td>其他</td><td></td><td></td><td>○
一 i</td></tr>
<tr><td rowspan="2">合口</td><td colspan="2">洪音</td><td>見
ㄍ
k</td><td>溪
ㄎ
k‘</td><td>群
ㄎ
k‘</td><td>群
ㄍ
k</td><td>疑
○
ㄨ u</td><td>曉
ㄏ
x</td><td>匣
ㄏ
x</td></tr>
<tr><td colspan="2">細音</td><td>見
ㄐ
tɕ</td><td>溪
ㄑ
tɕ‘</td><td>群
ㄑ
tɕ‘</td><td>群
ㄐ
tɕ</td><td>疑
○
ㄩ y</td><td>曉
ㄒ
ɕ</td><td>匣
ㄒ
ɕ</td></tr>
<tr><td rowspan="4">喉</td><td rowspan="2">開口</td><td colspan="2">洪音</td><td>影
○</td><td rowspan="4" colspan="3"></td><td></td><td rowspan="4" colspan="2"></td></tr>
<tr><td colspan="2">細音</td><td>影
○
一 i</td><td>喻為
○
一 i</td></tr>
<tr><td rowspan="2">合口</td><td colspan="2">洪音</td><td>影
○
ㄨ u</td><td>喻為
○
ㄨ u</td></tr>
<tr><td colspan="2">細音</td><td>影
○
ㄩ y</td><td>喻為
○
ㄩ y</td></tr>
</table>

【附表二】廣韻韻母與國語韻母對照表一

<table>
<tr><td rowspan="3" colspan="2"></td><td colspan="18">開口</td></tr>
<tr><td colspan="5">一等</td><td colspan="5">二等</td><td colspan="8">三四等</td></tr>
<tr><td>幫系</td><td>端系</td><td>精系</td><td>見系</td><td>影系</td><td>幫系</td><td>知系</td><td>莊系</td><td>見系</td><td>影系</td><td>幫系</td><td>端系</td><td>精系</td><td>莊系</td><td>知系</td><td>照系</td><td>見系</td><td>影系</td></tr>
<tr><td rowspan="5">陰聲</td><td>果</td><td></td><td colspan="2">ㄨㄛ
uo</td><td colspan="2">ㄜ
ɤ</td><td colspan="5"></td><td colspan="6"></td><td>ㄧㄚ
ia
ㄧㄝ
ie</td><td></td></tr>
<tr><td>假</td><td colspan="5"></td><td colspan="3">ㄚ
a</td><td colspan="2">ㄧㄚ
ia</td><td colspan="2"></td><td>ㄧㄝ
ie</td><td colspan="2"></td><td>ㄜ
ɤ</td><td></td><td>ㄧㄝ
ie</td></tr>
<tr><td>遇</td><td colspan="5"></td><td colspan="5"></td><td></td><td colspan="2">ㄩ
y</td><td colspan="3">ㄨ
u</td><td colspan="2">ㄩ
y</td></tr>
<tr><td>蟹</td><td></td><td colspan="4">ㄞ
ai</td><td colspan="3">ㄞ
ai</td><td colspan="2">ㄧㄝ
ie
ㄞ
ai
ㄧㄚ
ia [60]</td><td colspan="3">ㄧ
i</td><td colspan="3"></td><td colspan="2">ㄧ
i</td></tr>
<tr><td>止</td><td colspan="5"></td><td colspan="5"></td><td>ㄧ
i
ㄟ
ei</td><td>ㄧ
i</td><td colspan="4">ï [61]</td><td colspan="2">ㄧ
i</td></tr>
</table>

---

[60] 溪母影母為ㄞ[ai]，其他為ㄧㄝ[ie]，佳韻某些字為ㄧㄚ[ia]。

[61] 凡遇[ï]號，注音符號不注韻符，僅以聲符注音，止攝開口日母為儿，無聲符。

	效	ㄠ au				ㄠ au		ㄧㄠ iau ㄠ au [62]	ㄧㄠ iau			ㄠ au		ㄧㄠ iau
	流	ㄨ u ㄡ ou ㄠ au	ㄡ ou						ㄧ ㄠ iau ㄧ ㄡ iou	ㄧㄡ iou		ㄡ ou		ㄧㄡ iou
陽聲	咸		ㄢ an				ㄢ an	ㄧㄢ ian	ㄧㄢ ian			ㄢ an		ㄧㄢ ian
陽聲	山	ㄢ an				ㄢ an		ㄧㄢ ian	ㄧㄢ ian			ㄢ an		ㄧㄢ ian
陽聲	宕	ㄤ aŋ								ㄧㄤ iaŋ		ㄨ ㄤ uaŋ	ㄤ aŋ	ㄧㄤ iaŋ
陽聲	江					ㄤ aŋ	ㄨㄤ uaŋ	ㄧㄤ iaŋ						
陽聲	深								ㄧㄣ in			ㄣ ən		ㄧㄣ in
陽聲	臻	ㄨㄣ uən		ㄣ ən					ㄧㄣ in			ㄣ ən		ㄧㄣ in
陽聲	曾	ㄥ əŋ							ㄧㄥ iŋ				ㄥ əŋ	ㄧㄥ iŋ
陽聲	梗					ㄥ əŋ		ㄥ əŋ ㄧㄥ iŋ	ㄧㄥ iŋ				ㄥ əŋ	ㄧㄥ iŋ
陽聲	通													
入	咸		ㄚ a	ㄜ ɤ			ㄚ a	ㄧㄚ ia		ㄧㄝ ie			ㄜ ɤ	ㄧㄝ ie

[62] 影母為ㄠ[au]，其他為ㄧㄠ[iau]。

聲	山		ㄚ a	ㄜ ɤ			ㄚ a	ㄧㄚ ia		ㄧㄝ ie		ㄜ ɤ	ㄧㄝ ie
	宕	ㄨㄛ uo	ㄠ au	ㄜ ɤ					ㄩㄝ ye	ㄧㄠ iau		ㄨㄛ uo ㄠ au	ㄩㄝ ye ㄧㄠ iau
	江					ㄨㄛ uo ㄠ au	ㄨㄛ uo	ㄩㄝ ye ㄧㄠ iau					
	深									ㄧ i		ㄨ u ï[63]	ㄧ i
	臻				ㄜ ɤ					ㄧ i	ï ㄜ ɤ	ï	ㄧ i
	曾	ㄟ ei ㄨㄛ uo	ㄜ ɤ ㄟ ei							ㄧ i	ㄜ ɤ ㄞ ai	ï	ㄧ i
	梗					ㄞ ai ㄨㄛ uo	ㄜ ɤ ㄞ ai	ㄜ ɤ		ㄧ i		ï	ㄧ i
	通												

[63] 日母為ㄨ[u]，其他為[ï]。

【附表三】廣韻韻母與國語韻母對照表二

<table>
<tr><td colspan="2" rowspan="3"></td><td colspan="17">合口</td></tr>
<tr><td colspan="5">一等</td><td colspan="4">二等</td><td colspan="8">三四等</td></tr>
<tr><td>幫系</td><td>端系</td><td>精系</td><td>見系</td><td>影系</td><td>幫系</td><td>莊系</td><td>見系</td><td>影系</td><td>非系 64</td><td>端系 65</td><td>精系</td><td>莊系</td><td>知系</td><td>照系</td><td>見系</td><td>影系</td></tr>
<tr><td rowspan="6">陰聲</td><td>果</td><td colspan="3">ㄨㄛ
uo</td><td colspan="2">ㄨㄛ
uo
ㄜ
ɤ</td><td colspan="4"></td><td colspan="7"></td><td>ㄩㄝ
ye</td></tr>
<tr><td>假</td><td colspan="5"></td><td></td><td colspan="3">ㄨㄚ
ua</td><td colspan="8"></td></tr>
<tr><td>遇</td><td colspan="5">ㄨ
u</td><td colspan="4"></td><td>ㄨ
u</td><td colspan="2">ㄩ
y</td><td colspan="3">ㄨ
u</td><td colspan="2">ㄩ
y</td></tr>
<tr><td>蟹</td><td>ㄟ
ei</td><td>ㄨㄟ
uei
ㄟ
ei 66</td><td>ㄨㄟ
uei</td><td colspan="2">ㄨㄟ
uei
ㄨㄞ
uai 67</td><td></td><td colspan="3">ㄨㄞ
uai
ㄨㄚ
ua 68</td><td>ㄟ
ei</td><td></td><td>ㄨㄟ
uei</td><td></td><td colspan="4">ㄨㄟ
uei</td></tr>
<tr><td>止</td><td colspan="5"></td><td colspan="4"></td><td>ㄟ
ei
ㄨㄟ
uei</td><td colspan="2">ㄟ
ei</td><td>ㄨㄟ
uei</td><td>ㄨㄞ
uai</td><td colspan="3">ㄨㄟ
uei</td></tr>
<tr><td>效</td><td colspan="5"></td><td colspan="4"></td><td colspan="8"></td></tr>
</table>

---

64 尤、東2、屋2脣音次濁是明非微，微母合口，其他開口。

65 三等只有泥、來。

66 泥、來母是ㄟ[ei]，其他是ㄨㄟ[uei]。

67 泰韻某些字是ㄨㄞ[uai]。

68 佳、夬兩韻有些字是ㄨㄚ[ua]。

陽聲	流							ㄨ u ㄡ ou	一ㄡ iou				
	咸							ㄢ an					
	山	ㄢ an	ㄨㄢ uan			ㄨㄢ uan		ㄢ an ㄨㄢ uan	ㄢ an ㄨㄢ uan	ㄩㄢ yan		ㄨㄢ uan	ㄩㄢ yan
	宕			ㄨㄤ uaŋ				ㄤ ɑŋ ㄨㄤ uaŋ					ㄨㄤ uaŋ
	江												
	深												
	臻	ㄣ ən	ㄨㄣ uən					ㄣ ən ㄨㄣ uən	ㄨㄣ uən	ㄩㄣ yn ㄨㄣ uən		ㄨㄣ uən	ㄩㄣ yn
	曾			ㄨㄥ uŋ									
	梗						ㄨㄥ uŋ						ㄩㄥ yuŋ 一ㄥ iŋ

	通	ㄥ ɔŋ	ㄨㄥ uŋ					ㄥ ɔŋ	ㄨㄥ uŋ				ㄨㄥ uŋ ㄩㄥ yuŋ	ㄩㄥ yuŋ
入聲	咸							ㄚ a						
	山	ㄨㄛ uo				ㄨㄚ ua		ㄚ a ㄨㄚ ua	ㄩㄝ ye			ㄨㄛ uo	ㄩㄝ ye	
	宕			ㄨㄛ uo				ㄨ u					ㄩㄝ ye	
	江													
	深													
	臻	ㄨ u ㄨㄛ uo		ㄨ u				ㄨ u	ㄩ y		ㄨㄞ uai	ㄨ u	ㄩ y	
	曾			ㄨㄛ uo										ㄩ y
	梗						ㄨㄛ uo						ㄩ y	ㄧ i
	通	ㄨ u						ㄨ u	ㄨ u ㄩ y	ㄨ u	ㄨㄛ uo	ㄨ u ㄡ ou	ㄩ y	

【附表四】《廣韻》國語聲調變化表

演變條件 調	清	次濁	全濁	國語聲調 廣韻聲調
平	˥	˧˥		平
上	˨˩˦		˥˩	上
去	˥˩			去
入	˥　˧˥ ˨˩˦　˥˩	˥˩	˥　˥˩	入

【說明】

1.平聲清聲變˥，濁聲變˧˥。

2.上聲清聲及次濁變˨˩˦，全濁變˥˩。

3.去聲全變˥˩。

4.入聲次濁變˥˩，全濁大體變˧˥，少數例外變˥˩，清聲最無條理，˥、˧˥、˨˩˦、˥˩四調皆有。大體上全清變入˧˥者為多，次清變入˥˩者為多。

第五章 《廣韻》以後之韻書

第一節 《韻略》

《韻略》一書，今已無存。大致說來，與《廣韻》乃詳略之異，王應麟《玉海》卷四十五云：

> 景德四年，龍圖待制戚綸等，承詔詳定考試聲韻。綸等以殿中丞丘雝所定《切韻》同用、獨用及新定條例參定。按《崇文目》，雝撰《韻略五卷》，略取《切韻》要字，備禮部科試。

據王氏此言，則所謂《韻略》也者，實為刪節《廣韻》而成，以備禮部科試之用。故戴震《聲韻考》云：

> 是時無《禮部韻略》之稱，其書名《韻略》與所定《切韻》同日頒行，獨用、同用例不殊。明年，《切韻》改賜新名《廣韻》，而《廣韻》、《韻略》為景德、祥符間詳略二書。

據戴氏所考，可知《韻略》與《廣韻》在韻部與韻目上並無實質上之差異，今據戴震所考列目於後：

上平聲	上聲	去聲	入聲
東一獨用	董一獨用	送一獨用	屋一獨用
冬二鍾同用	湩鴆等字附見腫韻	宋二用同用	沃二燭同用
鍾三	腫二獨用	用三	燭三
江四獨用	講三獨用	絳四獨用	覺四獨用
支五脂之同用	紙四旨止同用	寘五至志同用	
脂六	旨五	至六	
之七	止六	志七	
微八獨用	尾七獨用	未八獨用	
魚九獨用	語八獨用	御九獨用	
虞十模同用	麌九姥同用	遇十暮同用	
模十一	姥十	暮十一	
齊十二獨用	薺十一獨用	霽十二祭同用	
		祭十三	
		泰十四獨用	
佳十三皆同用	蟹十二駭同用	卦十五怪夬同用	
皆十四	駭十三	怪十六	
		夬十七	
灰十六咍同用	賄十四海同用	隊十八代同用	
咍十六	海十五	代十九	
		廢二十獨用	

真十七諄臻同用	軫十六準同用	震二十一稕同用	質五術櫛同用
諄十八	準十七	稕二十二	術六
臻十九	𪗪齓字附見隱韻	齓字附見焮韻	櫛七
文二十獨用	吻十八獨用	問二十三獨用	物八獨用
欣二十一獨用	隱十九獨用	焮二十四獨用	迄九獨用
元二十二魂痕同用	阮二十混很同用	願二十五慁恨同用	月十沒同用
魂二十三	混二十一	慁二十六	沒十一
痕二十四	很二十二	恨二十七	
寒二十五桓同用	旱二十三緩同用	翰二十八換同用	曷十二末同用
桓二十六	緩二十四	換二十九	末十三
刪二十七山同用	潸二十五產同用	諫三十襉同用	黠十四鎋同用
山二十八	產二十六	襉三十一	鎋十五
下平聲	上聲	去聲	入聲
先一仙同用	銑二十七獮同用	霰三十二線同用	屑十六薛同用
仙二	獮二十八	線三十三	薛十七
蕭三宵同用	篠二十九小同用	嘯三十四笑同用	
宵四	小三十	笑三十五	

肴五獨用	巧三十一獨用	效三十六獨用	
豪六獨用	皓三十二獨用	硓三十七獨用	
歌七戈同用	哿三十三果同用	箇三十八過同用	
戈八	果三十四	過三十九	
麻九獨用	馬三十五獨用	禡四十獨用	
陽十唐同用	養三十六蕩同用	漾四十一宕同用	藥十八鐸同用
唐十一	蕩三十七	宕四十二	鐸十九
庚十二耕清同用	梗三十八耿靜同用	映四十三諍勁同用	陌二十麥昔同用
耕十三	耿三十九	諍四十四	麥二十一
清十四	靜四十	勁四十五	昔二十二
青十五獨用	迥四十一獨用	徑四十六獨用	錫二十三獨用
蒸十六登同用	拯四十二等同用	證四十七嶝同用	職二十四德同用
登十七	等四十三	嶝四十八	德二十五
尤十八侯幽同用	有四十四厚黝同用	宥四十九候幼同用	
侯十九	厚四十五	候五十	
幽二十	黝四十六	幼五十一	
侵二十一獨用	寑四十七獨用	沁五十二獨用	緝二十六獨用
覃二十二談同用	感四十八敢同用	勘五十三闞同用	合二十七盍同用

談二十三	敢四十九	闞五十四	盍二十八
鹽二十四添同用	琰五十忝同用	豔五十五㮇同用	葉二十九怗同用
添二十五	忝五十一	㮇五十六	怗三十
咸二十六銜同用	豏五十二檻同用	陷五十七鑑同用	洽三十一狎同用
銜二十七	檻五十三	鑑五十八	狎三十二
嚴二十八凡同用	儼五十四范同用	釅五十九梵同用	業三十三乏同用
凡二十九	范五十五	梵六十	乏三十四

第二節　《禮部韻略》

景祐四年刊修《韻略》，改名為《禮部韻略》。《禮部韻略》共五卷，其獨用、同用之例，已非《廣韻》之舊矣。戴震《聲韻考》云：

> 景祐四年，更刊修《韻略》，改稱《禮部韻略》；刊修《廣韻》，改稱《集韻》。《集韻》成於《禮部韻略》頒行後二年，是為景祐、寶元間詳略二書。獨用、同用之例，非復《切韻》之舊，次第亦稍改遂矣。

《禮部韻略》為宋代官韻，禮部科試，悉以為憑。陳振孫《直齋書錄解題》云：

> 雍熙殿中丞邱雍，景德龍圖待制戚綸所定，景祐知制誥丁度重修，元祐太常博士增補，其曰略者，舉子詩賦所常用，蓋字書聲韻之略也。

其書雖較《廣韻》為簡略，然因定為官書，凡有增損，必經廷議，故其去取，隻字不苟。邵長蘅《古今韻略·敘錄》云：

> 《禮部韻略》五卷，宋景祐四年詔國子監頒行，《藝文志》載景祐《禮部韻略》五卷，又淳熙監本《禮部韻略》五卷。吾意當時雖有《廣韻》《集韻》二書，不甚通行，蓋《廣韻》多奇字，《集韻》苦浩繁也。禮韻雖專為科舉設，而去取實亦不苟。每出入一字，必經看詳，禮部頒下，故又有申明續降諸字。字既簡約，義多雅馴，學士翕然宗之。中間奇字僻韻多遭刊落，頗為嗜古者所少，其實沿用至今。

至其與《廣韻》之異同，蓋有三端：

㈠韻目之改易：

1. 《廣韻》上平聲二十一殷，《禮部韻略》改為二十欣，「殷」避宣祖諱。
2. 《廣韻》二十三魂，《禮部韻略》改為二十三䰟，以「魂」為第二字。
3. 《廣韻》二十六桓，《禮部韻略》改為二十歡，「桓」避欽宗諱。

4.《廣韻》下平二仙，《禮部韻略》改為二僊，以「仙」為第二字。

5.《廣韻》下平五肴，《禮部韻略》改為五爻。

6.《廣韻》上聲五十二儼，《禮部韻略》改為五十二广。

7.《廣韻》去聲三十七号，《禮部韻略》改為三十七號，於「號」字下注云：「亦作号。」

8.《廣韻》去聲四十三映，《禮部韻略》改為四十三敬。

9.《廣韻》入聲八物，《禮部韻略》改為八勿。

10.《廣韻》入聲十五鎋，《禮部韻略》改為十五轄，以「鎋」為第二字。

11.《廣韻》入聲三十怗，《禮部韻略》改為三十帖。

㈡通用之寬嚴：

戴震《聲韻考》云：

> 顧炎武《音論》曰：「此書始自宋景祐四年，而今所傳者則衢州免解進士毛晃增注，于紹興三十二年十二月表進。與《廣韻》頗不同。《廣韻》上平聲二十一殷，改為二十一欣（殷字避宣祖諱），《廣韻》二十文獨用，二十一殷獨用，今二十文與欣通。《廣韻》二十四鹽二十五添同用，二十六咸二十七銜同用，二十八嚴二十九凡同用，今升嚴為二十六與鹽添同用，降咸為二十七，銜為二十八，與凡同用。《廣韻》以六韻通為三韻，今通為兩韻；《廣韻》上聲十八吻獨用，十九隱獨用，今十九吻與隱通；《廣韻》去聲二十三問

獨用，二十四焮獨用，今二十三問與焮通；《廣韻》入聲八物改為八勿，《廣韻》八物獨用，九迄獨用，今八勿與迄通；《廣韻》三十怗改為三十帖，《廣韻》二十九葉三十怗同用，三十一洽三十二狎同用，三十三業三十四乏同用，今升業為三十一，與葉帖同用，降洽為三十二，狎為三十三與乏同用，《廣韻》以六韻通為三韻，今通為兩韻。」

按景祐中以賈昌朝請韻窄者凡十三處，許令附近通用，于是合欣于文，合隱于吻，合焮于問，合迄于物，合廢于隊代，合嚴于鹽添，合儼于琰忝，合釅于豔㮇，合業于葉帖，合凡于咸銜，合范于豏檻，合梵于陷鑑，合乏于洽狎。顧氏考唐宋韻譜異同，舉其八而遺其五，當為之補曰：《廣韻》五十琰五十一忝同用，五十二豏五十三檻同用，五十四儼五十五范同用，今升广為五十二（《音論》云：《廣韻》五十二儼改為五十二广，今按當云五十四儼改為五十二广。）與琰忝通，降豏為五十三，檻為五十四，與范通。《廣韻》以六韻通為三韻，今通為兩韻。《廣韻》十八隊十九代同用，二十廢獨用，今十八隊與代廢通，《廣韻》五十五豔五十六㮇同用，五十七陷五十八鑑同用，五十九釅六十梵同用，今升釅為五十七與豔㮇通，降陷為五十八，鑑為五十九與梵通，《廣韻》以六韻通為三韻，今通為兩韻。

㈢字數之多寡：

《廣韻》原收二萬六千一百九十四字，《禮部韻略》只收九千五百九十字，申明續降一百八十三字。紹興三十二年毛晃表進其所撰《增修互註禮部韻略》五卷，共增二千六百五十五字。

至其版本，則《四庫全書總目提要》云：

> 其傳於今者，題曰《附釋文互註禮部韻略》。每字之下，皆列官注於前，其所附互注則題一“釋”字別之。凡有二本；一為康熙丙戌曹寅所刻，冠以余文育所作歐陽德隆《押韻釋疑·序》一篇，郭守正重修序一篇，重修條例十則，淳熙文書式一道。一本為常熟錢孫保家影鈔宋刻。

現存《禮部韻略》則有郭守正重修本及毛晃增修本。

第三節　《集韻》

《集韻》共十卷，平聲四卷，上去入各二卷，字數五萬三千五百二十五，比《廣韻》多二萬七千三百三十一。宋以前群書之字，略見於此矣。斯書可謂集傳統韻書大成之作，亦為自《切韻》以來最後之一部傳統韻書，多有變更《廣韻》之部居者。王應麟《玉海》云：

> 《集韻》十卷，景祐四年翰林學士丁度等承詔撰，寶元二年九月書成，上之，十一日進呈頒行。

《集韻·韻例》曰：

先帝時令陳彭年、丘雍因法言韻就為刊益，景祐四年太常博士直史館宋祁、太常丞直史館鄭戩建言彭年、雍所定多用舊文，繁略失當，因詔祁、戩與國子監直講賈昌朝、王洙同加脩定，刑部郎中知制誥丁度、禮部員外郎知制誥李淑為之典領，今所撰集，務從該廣，經史諸子及小學書更相參定。凡字訓悉本許慎《說文》，慎所不載，則引它書為解。凡古文見經史諸書可辨識者取之，不然則否。凡經典字有數讀，先儒傳授各欲名家，今並論著，以梓群說。凡通用韻中，同音再出者，既為冗長，止見一音。凡經史用字，頗多假借，今字各著義，則假借難同，故但言通作某。凡舊韻字有別體，悉入于注，使奇文異畫，湮晦難尋；今先標本字，餘皆並出，啟卷求義，爛然易曉。凡字有形義並同，轉寫或異，如坪垩、吝吅、心忄、水氵之類，今但注曰或書作某字。凡一字之左·舊注兼載它切，既不該盡，徒釀細文，況字各有訓，不煩悉箸。凡姓望之出，舊皆廣陳名系，既乖字訓，復類譜牒，今之所書，但曰某姓；惟不顯者，則略著其人。凡字有成文，相因不釋者，今但曰闕，以示傳疑。凡流俗用字，附意生文，既無可取，徒亂真偽；今於正文之左，直釋曰俗作某非是。凡字翻切，舊以武代某，以亡代茫，謂之類隔，今皆用本字。述夫宮羽清重，篆籀後先，總括包并，種別彙聯，列十二凡箸于篇端云。字五萬三千五百二十五（新增二萬七千三百三十一字），分十卷，詔名曰《集韻》。

《集韻》之韻數，與《廣韻》全同，韻目則與《廣韻》、《禮部韻略》均有異同，如改霙為嚝，改鍩（禮韻作轄）為犖之類。外此歧異，尚得而言：

㈠獨用同用之注：

戴震《聲韻考》云：

景祐中以賈昌朝請，韻窄者凡十三處，許令附近通用，于是合欣于文，合隱于吻，合焮于問，合迄于物，合廢于隊、代，合嚴于鹽、添，合儼于琰、忝，合釅于豔、㮇，合業于葉、帖，合凡于咸、銜，合范于豏、檻，合梵于陷、鑑，合乏于洽、狎。……

茲據錢學嘉韻目表所附改併十三處表，照錄於後，以資說明：

	考訂廣韻舊次	集韻改併
㈠	二十文獨用 二十一欣獨用	二十文與欣通 二十一欣
㈡	二十四鹽添同用 二十五添 二十六咸銜同用	二十四鹽與沾嚴通 二十五沾 二十六嚴
㈢	二十七銜 二十八嚴凡同用 二十九凡	二十七咸與銜凡通 二十八銜 二十九凡
㈣	十八吻獨用 十九隱獨用	十八吻與隱通 十九隱

(五)	五十琰忝同用 五十一忝 五十二豏檻同用	五十琰與忝广通 五十一忝 五十二广
(六)	五十三檻 五十四儼范同用 五十五范	五十三豏與檻范通 五十四檻 五十五范
(七)	十八隊代同用 十九代 二十廢獨用	十八隊與代廢通 十九代 二十廢
(八)	二十三問獨用 二十四焮獨用	二十三問與焮通 二十四焮
(九)	五十五豔㮇同用 五十六㮇 五十七陷鑑同用	五十五豔與㮇驗通 五十六㮇 五十七驗
(十)	五十八鑑 五十九釅梵同用 六十梵	五十八陷與鑒梵通 五十九鑒 六十梵
(十一)	八物獨用 九迄獨用	八勿與迄通 九迄
(十二)	二十九葉怗同用 三十怗 三十一洽狎同用	二十九葉與帖業通 三十帖 三十一業
(十三)	三十二狎 三十三業乏同用 三十四乏	三十二洽與狎乏通 三十三狎 三十四乏

然上表所列《廣韻》獨用、同用例之舊第，與今通行之《廣韻》亦復不同，其故則《四庫全書總目提要》言之詳矣。其言曰：

> 今以《廣韻》互校，平聲併殷於文，併嚴於鹽添，併凡於咸銜，上聲併隱於吻，去聲併廢於隊代，併焮於問，入聲併迄於物，併業於葉帖，併乏於洽狎，凡得九韻，不足十三。然《廣韻》平聲鹽添咸銜嚴凡與入聲葉帖洽狎業乏皆與本書部分相應，而與《集韻》互異，惟上聲併儼於琰忝，併范於豏檻，去聲併釅於豔㮇，併梵於陷鑑，皆與本書部分不應，而乃與《集韻》相同，知此四韻亦《集韻》所併，而重刊《廣韻》者，誤據《集韻》以校之，遂移其舊第耳。

㈡韻中收音之殊：

每韻中所收之音，《廣韻》與《集韻》歧異處頗多，今列於下；

1. 諄準稕、魂混、緩換、戈果九韻，《廣韻》僅有合口呼，《集韻》兼有開口呼。
2. 隱焮迄恨四韻，《廣韻》僅有開口呼，《集韻》兼有合口呼。
3. 《集韻》軫震二韻，只有照系及日紐字，其他各紐在《廣韻》屬軫震者，於《集韻》全屬準稕。
4. 《廣韻》平聲真韻影喻兩紐及見系開口四等字，於《集韻》入諄韻。
5. 《廣韻》吻問物三韻之喉牙音，於《集韻》屬隱焮迄，故

《集韻》吻問勿僅有脣音字。

6.《廣韻》痕很兩韻之疑紐字，於《集韻》屬魂混。

7.《集韻》恩韻僅有喉牙音，其他各紐於《廣韻》屬恩韻者，在《集韻》屬恨韻。

8.《廣韻》旱翰兩韻之舌音、齒音、半舌音，於《集韻》盡入緩換。

9.《集韻》平聲歌韻僅有喉牙音，其他各紐在《廣韻》屬歌者，於《集韻》盡入於戈。

10.《廣韻》諄韻無舌頭音，《集韻》諄韻有舌頭古音（如顛天田年）屬開口呼。

㈢改類隔為音和：

《集韻・韻例》謂：「凡字之翻切，舊以武代某，以亡代茫，謂之類隔，今皆用本字。」例如：鈹《廣韻》敷羈切，《集韻》攀糜切；皮《廣韻》符羈切，《集韻》蒲麋切；悲《廣韻》府眉切，《集韻》逋眉切；眉《廣韻》武悲切，《集韻》旻悲切。椿《廣韻》都江切，《集韻》株江切。凡《廣韻》為類隔者，《集韻》悉改為音和。

㈣盡刪互注切語：

《廣韻》一字兩音互注切語，例如：中、陟弓切又陟仲切，《集韻》則僅有陟隆切一音。

㈤字次先後有序：

《廣韻》一書，同韻之中，字之先後，雜亂無章，翻檢匪易；《集韻》據聲紐發音之類別，以安排字之先後，例如同屬舌頭音端透定泥者，其韻字前後相屬，此類安排，顯受等韻之影響。茲錄

《廣韻》《集韻》二書平聲東韻之字次先後於後，以比較其異同：

廣韻							集韻						
韻字	切語	聲紐	清濁	韻類	開合	等第	韻字	切語	聲紐	清濁	韻類	開合	等第
東	德紅	端	全清	東一	開	一	東	都籠	端	全清	東一	開	一
同	徒紅	定	全濁	東一	開	一	通	他東	透	次清	東一	開	一
中	陟弓	知	全清	東二	開	三	同	徒東	定	全濁	東一	開	一
蟲	直弓	澄	全濁	東二	開	三	籠	盧東	來	次濁	東一	開	一
終	職戎	照	全清	東二	開	三	蓬	蒲蒙	並	全濁	東一	開	一
忡	敕中	徹	次清	東二	開	三	蒙	謨蓬	明	次濁	東一	開	一
崇	鋤弓	床	全濁	東二	開	三	檧	蘇叢	心	次清	東一	開	一
嵩	息弓	心	次清	東二	開	三	悤	麤叢	清	次清	東一	開	一
戎	如融	日	次濁	東二	開	三	葼	祖叢	精	全清	東一	開	一
弓	居戎	見	全清	東二	開	三	叢	徂聰	從	全濁	東一	開	一
融	以戎	喻	次濁	東二	開	三	洪	胡公	匣	全濁	東一	開	一
雄	羽弓	為	次濁	東二	開	三	烘	呼公	曉	次清	東一	開	一
瞢	莫中	明	次濁	東二	開	三	空	枯公	溪	次清	東一	開	一
穹	去宮	溪	次清	東二	開	三	公	沽公	見	全清	東一	開	一
窮	渠弓	群	全濁	東二	開	三	翁	烏公	影	全清	東一	開	一
馮	房戎	奉	全濁	東二	開	三	峎	五公	疑	次濁	東一	開	一
風	方戎	非	全清	東二	開	三	夆	樸蒙	滂	次清	東一	開	一
豐	敷隆❶	敷	次清	東二	開	三	豐	敷馮	敷	次清	東二	開	三
充	昌終	穿	次清	東二	開	三	風	方馮	非	全清	東二	開	三
隆	力中	來	次濁	東二	開	三	馮	符風	奉	全濁	東二	開	三
空	苦紅	溪	次清	東一	開	一	瞢	謨中	明	次濁	東二	開	三
公	古紅	見	全清	東一	開	一	嵩	思融	心	次清	東二	開	三

❶　豐《廣韻》敷空切誤，今據《切三》正作敷隆切。

蒙	莫紅	明	次濁	東一	開	一	充	昌嵩	穿	次清	東二	開	三
籠	盧紅	來	次濁	東一	開	一	終	之戎	照	全清	東二	開	三
洪	戶公	匣	全濁	東一	開	一	戎	而戎	日	次清	東二	開	三
叢	徂紅	從	全濁	東一	開	一	崇	鉏弓	床	全濁	東二	開	三
翁	烏紅	影	全清	東一	開	一	中	陟隆	知	全清	東二	開	三
悤	倉紅	清	次清	東一	開	一	忡	敕中	徹	次清	東二	開	三
通	他紅	透	次清	東一	開	一	蟲	持中	澄	次濁	東二	開	三
葼	子紅	精	全清	東一	開	一	隆	良中	來	次濁	東二	開	三
蓬	薄紅	並	全濁	東一	開	一	融	余中	喻	次濁	東二	開	三
烘	呼東	曉	次清	東一	開	一	雄	胡弓	為	次濁	東二	開	三
㠜	五東	疑	次濁	東一	開	一	弓	居雄	見	全清	東二	開	三
樬	蘇公	心	次清	東一	開	一	穹	丘弓	溪	次清	東二	開	三
							𧮫	火宮	曉	次清	東二	開	三
							窮	渠弓	群	全濁	東二	開	三
							硧	於宮	影	全清	東二	開	三
							雝	蚩工	徹	全清	東二	開	三

從上表看來，《集韻》顯然已作一番整理工夫，例如韻類相同者相連排列，聲母發音部位相同者，相連排列。與《廣韻》之雜亂無章者，迥然不同矣。

㈥改進切語上字：

《廣韻》切語上字往往與所切之字，聲調不同，《集韻》於此等處往往改為同一聲調。即平聲字反切上字用平聲，上聲字反切上字用上聲等。又《集韻》四等字反切上字，亦分別用各等字之反切上字，而《廣韻》中只三等字反切上字自成一類，其餘一、二、四等則未加區別。

(七)**反切上字增多：**

考《廣韻》反切上字僅四百五十餘字，《集韻》則增加為八百六十多字。幾乎增加一倍。今以上平聲一東韻為例，依其韻紐之序，比較二者切語上字之差異：

《廣韻》：

德、徒、陟、直、職、敕、鋤、息、如、居、以、羽、莫、去、渠、房、方、敷、昌、力、苦、古、盧、戶、徂、烏、倉、他、子、薄、呼、五、蘇共三十三字。

《集韻》：

都、他、徒、盧、蒲、謨、蘇、麤、祖、徂、胡、呼、沽、烏、五、樸、敷、方、符、思、昌、之、而、鉏、陟、敕、持、良、余、居、丘、火、渠、於、蚩共三十五字。

(八)**字音多寡不同：**

《廣韻》所收反切共三千八百七十五音，《集韻》共有四千四百七十三音，計增五百九十八音。

(九)**聲紐數目有異：**

《廣韻》聲紐據陳澧、黃侃二氏所考為四十一；《集韻》聲紐據白滌洲〈集韻聲類考〉所考為三十九類，比較守溫三十六字母，則照穿床審分出莊初崇生與章昌船書八類，喻母分以、云二類，而泥、娘不分，船、禪無別。

第四節　《五音集韻》

《五音集韻》是金人韓道昭（約 1170-1230）所撰，根據《崇慶新彫改併五音集韻》上平聲卷第一所載，知道昭為滹陽松水昌黎郡人，關於道昭家世，在《改併五音集韻》卷四寒韻匣母「韓」字下，注有韓氏家族簡史，茲錄於次：

> 至大宋國，有韓宗魏公為相，有三子，長曰韓綱，尚書員外郎；次曰韓綜，刑部員外郎；幼曰韓絳，昭文館學士，乃定州中山府尹，故建塔立碑焉。又有韓退之在昌黎郡太守，故作《昌黎集》也，因以為郡。故有昌黎、潁川、南陽三望也。復至大金國，有昌黎郡韓孝彥者，乃滹陽松水人也。注《切韻指玄論》，撰《切韻澄鑑圖》，作《切韻滿庭芳》，述《切韻指迷頌》，將《玉篇》改作《五音篇》，皆印行於世，故立昌黎氏焉。有三子：長曰道浩，次曰道昭，幼曰道昉，俱通韻筭術也。又至泰和戊辰年間，昌黎氏次子韓道昭再行改併《五音之篇》，改併《五音集韻》，芟削重錯，剪去繁蕪，增添俗字故訓，昌黎子者，乃韓道昭自稱也。併《篇》部為四百四十有四，分布五音，立成一十五卷也。又併《韻》為一百六十數也，亦分一十五卷也。故將《篇》《韻》全部乃計三十冊數也，有子韓德恩，亦通書史，精加注解，各同詳校正之名也。

甯忌浮云：

> 「松水」在何處？筆者于一九八四年夏赴河北正定一帶考察，在滹沱河北岸靈壽縣找到松陽河，河遶縣城西南，南入

滹沱。城西四公里，有傾井村，為韓姓聚居地。韓氏宗譜、家廟早蕩然無存。無人知韓孝彥、韓道昭的名字，有老者記起祖宗有韓億、韓綱、韓絳，此或即昌黎氏族裔。松水即靈壽。韓道昭生卒失考，主要學術活動時間在金泰和、大安、崇慶間，即十二世紀末十三世紀初。

甯氏又云：

韓道昭及其《改併五音集韻》的出現，不是偶然的，大約從十世紀起，漢語進入一個新的歷史時期。《切韻》系統韻書與現實語言的距離越來越遠，語言的發展變化需要有新的韻書出世。宋金時代，等韻學蓬勃發展，人們的審音能力提到一個新水平。金代學者用等韻學理論對《廣韻》《集韻》作了精審分析，指出它們許多重韻「開合無異，等第俱同」，是「同聲同韻兩處安排」，「山刪、獮銑、謙檻、庚耕、支脂之本是一家，怪卦夬何分兩類？」金人批評的目的是改革，是取而代之。皇統年間，即十二世紀四十年代，真定洨川（今河北寧晉）荊璞，字彥寶，「善達聲韻幽微，博覽群書奧旨」，最先用三十六字母重新編排《廣韻》《集韻》二百零六韻的各小韻，完成《五音集韻》一書，按字母次第排列小韻，是韻書編纂向科學化邁進的重要一步，到十三世紀初，韓道昭在荊氏基礎上重新編纂。他做了大量的增、改、併工作。「引諸經訓，正諸訛舛，陳其字母，序其等第」，「增添俗字廣，改正違門多，依開合等第之聲音，棄一母復張之切腳。」將二百六韻併為一百六十，公元一二〇八年，金泰和戊辰，韓氏將重編的《五音集韻》名之曰《改併五音集韻》，簡稱為《五音集韻》。按韓道昇的〈至元庚寅重刊改併五音集韻序〉，可知序寫於崇慶元年（1212），而書成於金章宗泰和八年，當南宋寧宗嘉定元年（1208）。是由真定府松水昌黎郡韓孝彥及次男韓道昭改併重編，道昭子韓德恩、姪韓德惠、婿王德珪同詳定。道昭崇慶元年壬申自序云：

「聲韻之學，其來尚矣，書契既造，文籍乃生。然訓解之士，猶多闕焉。迄於隋唐，斯有陸生、長孫之徒，詞學過人，聞見甚博，于是同劉臻輩，探賾索隱，鉤深致遠，取古之所有，今之所記者，定為《切韻》五卷，析為十策。夫切韻者蓋以上切下韻，合而翻之，因其號以為名，則《字統》《字林》《韻集》《韻略》不足比也。議者猶謂注有差錯，文復漏誤，若無刊正，何以討論？則《唐韻》所以修焉。採摭群言，撮其樞要，六經之文，自爾煥然，九流之學，在所不廢，古人之用心，為何如哉！嘗謂以文學為事者，必以聲韻為心，以聲韻為心者，必以五音為本，則字母次第，其可忽乎！故先覺之士，其論辯至詳，推求至明，著書立言，蔑無以加。然愚不揆度，欲修飾萬分之一，是故引諸經訓，正諸訛舛，陳其字母，序其等第，以見母牙音為首，終於來日字。廣大悉備，靡有或遺，始終有倫，先後有別，一有檢閱，如指諸掌，庶幾有補於初學，未敢併期於達者。已前印行音韻既增加三千餘字，茲韻也方之於此，又以《龍龕》訓字增加五千餘字焉。是以再命良工，謹鏤佳版，學者觀之，目擊而道存。」

由此序可知，其書以三十六字母各分四等，排比諸字先後，其所收字以《廣韻》為主，增入字則以《集韻》為據，共收五萬三千五百二十五字。此書變更《廣韻》《集韻》最顯著者，尤在韻部。《廣韻》二百六部之目，《集韻》雖有改併，只在獨用同用之間，至《五音集韻》乃併為一百六十部，於是《廣韻》之面目，乃大變矣。茲錄其一百六十韻於後：

上平聲	上聲	去聲	入聲
一東	一董	一送	一屋
二冬	二宋	二沃	
三鍾	二腫	三用	三燭
四江	三講	四絳	四覺
五脂(支之)	四旨(紙止)	五至(寘志)	
六微	五尾	六未	
七魚	六語	七御	
八虞	七麌	八遇	
九模	八姥	九暮	
十齊	九薺	十霽	
	十一祭		
	十二泰		
十一皆(佳)	十駭(蟹)	十三怪(卦夬)	
十二灰	十一賄	十四隊	

十三咍	十二海	十五代	
		十六廢	
十四真(臻)	十三軫	十七震	五質(櫛)
十五諄	十四準	十八稕	六術
十六文	十五吻	十九問	七物
十七殷	十六隱	二十焮	八迄
十八元	十七阮	二十一願	九月
十九魂	十八混	二十二慁	十沒
二十痕	十九很	二十三恨	
二十一寒	二十旱	二十四翰	十一曷
二十二桓	二十一緩	二十五換	十二末
二十三山(刪)	二十二產(潸)	二十六諫(襇)	十三鎋(黠)
下平聲			
一仙(先)	二十三獮(銑)	二十七線(霰)	十四薛(屑)
二宵(蕭)	二十四小(篠)	二十八笑(嘯)	
三肴	二十五巧	二十九效	
四豪	二十六晧	三十號	
五歌	二十七哿	三十一箇	
六戈	二十八果	三十二過	
七麻	二十九馬	三十三禡	
八陽	三十養	三十四漾	十五藥
九唐	三十一蕩	三十五宕	十六鐸
十庚(耕)	三十二梗(耿)	三十六映(諍)	十七陌(麥)
十一清	三十三靜	三十七勁	十八昔

十二青	三十四迥	三十八徑	十九錫
十三蒸	三十五拯	三十九證	二十職
十四登	三十六等	四十嶝	二十一德
十五尤(幽)	三十七有(黝)	四十一宥(幼)	
十六侯	三十八厚	四十二候	二十二緝
十八覃(談)	四十感(敢)	四十四勘(闞)	二十三合(盍)
十九鹽(添)	四十一琰(忝)	四十五豔(㮇)	二十四葉(怗)
二十咸(銜)	四十二豏(檻)	四十六陷(鑑)	二十五洽(狎)
二十一凡(嚴)	四十三范(儼)	四十七梵(釅)	二十六乏(業)

《五音集韻》非僅將《廣韻》二百六韻合併為一百六十部而已，且其部次，亦不盡依《廣韻》原序。《四庫全書總目提要》以為其併合處，亦多取於《廣韻》之舊例，而景祐所變更之十三處，猶犂然可考。然細察之，併合處雖有取於《廣韻》之舊例，然與唐人同用之例，亦有參差，可能斟酌當時北方實際語音系統而訂定。

根據甯忌浮之研究，考知《五音集韻》有下列諸點聲韻學上之價值：

㈠十六攝之名稱已經出現：

韓道昭的《改併五音集韻》目錄後編有〈入冊檢韻術曰〉，是全書各卷韻部歸攝

綱目表，抄錄如下：

上平一···通江止攝一（六韻）

上平二···遇蟹新為二（七韻）

中平三···臻攝戴元三（七韻）

中平四···山效果假四（七韻）

下平五···宕梗曾須五（七韻）

下平六···流深咸六次（七韻）

甯氏以為值得注意的是「元」韻的歸屬，既不入臻攝，也不歸山攝，而是被「戴」到臻攝下。這便跟《廣韻》不同，下面是「元」韻在二書的位置：

《廣韻》：文欣元魂痕寒桓。

《五音集韻》：文殷痕魂元寒桓。

因此甯氏說《五音集韻》可能是十六攝名稱出現最早之記錄。

㈡三十六字母之次第：

以《改併五音集韻》之字母次第與五部等韻名著相比較，即可知其差別：

《五音集韻》：見溪群疑端透定泥知徹澄娘幫滂並明非敷奉微精清從心邪照穿床審禪曉匣影喻來日

《韻鏡》：幫滂並明非敷奉微端透定泥知徹澄娘見溪群疑精清從心邪照穿床審禪影曉匣喻來日

《七音略》：幫滂並明非敷奉微端透定泥知徹澄娘見溪群疑精清從心邪照穿床審禪影曉匣喻來日

《切韻指掌圖》：見溪群疑端透定泥知徹澄娘幫滂並明非敷奉微精清從心邪照穿床審禪影曉匣喻來日

《四聲等子》：見溪群疑端透定泥知徹澄娘幫滂並明非敷奉微精清從心邪照穿床審禪曉匣影喻來日

《切韻指南》：見溪群疑端透定泥知徹澄娘幫滂並明非敷奉微精清從心邪照穿床審禪曉匣影喻來日

甯氏云：「三十六字母在韓書是一列三十六行順排，與《切韻指掌圖》看不出大分別來。但在昌黎子心目中，卻是兩列二十三行，端知、透徹、定澄、泥娘、幫非、滂敷、並奉、明微、精照、清穿、從床、心審、邪禪同行。與《四聲等子》、《切韻指掌圖》相同。《七音略》《韻鏡》雖然也是兩列二十三行，但次序不同。昌黎子心中耿耿有一韻圖在。」甯氏舉寑韻精母一等「怎」字注為例說明云：「子吽切，語辭也。《五音篇》中先人立作字，無切腳可稱，昌黎子定作『枕』字第一等呼。」「枕」字屬照母三等字，「怎」字作「枕」字第一等，可見在其心目中精照排一縱行。

㈢**顯現等韻門法：**

韓道昭《五音集韻》對荊璞安氏某些切語及單字聲韻等第之改動，往往與等韻門法有關，此類細微改動最能表現韓氏等韻學修養。「增添俗字廣，改正違門多」，並非溢美之詞。所謂「違門」，即是違背等韻門法。昌黎子依據門法，改動韻字，或增添單字，有時加案語說明理由，可窺見其書與門法之關係。茲舉數例以說明之。

例一、養韻泥母四等：「㼕、乃顯切，近也，忽也，咫尺見也。昌黎子為並母之下有毗養切，第四等字，違其侷狹門法。故創安泥母用乃顯切㼕，為第四音和。卻用毗㼕切顯，亦是第四音和，此二字互相切，不違門法者也。」「顯」《廣韻》毗養切，《七音略》列四等，依侷狹門法，「顯」字當列三等，反切與門法矛盾，如果改動反切，切下字不用喻紐及精組字，就可以繞開侷狹門法之藩籬。然而養韻別無四等字，於是昌黎子創立一個泥母四等字㼕，乃顯切㼕，毗㼕切顯，都是音和。

例二、鹽韻日母第十五、十六字「䑎䶃，龜甲邊也。此字元在談韻中汝甘為寄韻憑切，為談韻唯收第一，昌黎子改於鹽韻，趁其第三等取，豈不妙哉。後進詳之，知不謬爾。」「明䶂二字，《集韻》收於談韻，汝甘切，切上字三等，切下字一等，類隔。此正是後來「日寄憑切」門法所管轄的類隔現象。昌黎子將汝甘切改為汝鹽切，並將其移入鹽韻，汝鹽切明，音和。

例三、東韻微母三等：「瞢、謨中切……甍、瘵言。此上一十一字，形體可以歸明，卻謨中切，正按第三為用，違其門法。今昌黎子改於微母，以就俗輕，風豐逢瞢，共同一類。引先人《澄鑑論》云：『隨鄉談無以憑焉，逐韻體而堪為定矣。』正明此義者也。」「瞢」、《集韻》謨中切，荊氏作明母。《切韻指掌圖》列明母三等，與實際語言相符。按第三互用門法(劉鑑稱輕重交互)，「中」為三等字，「謨中切」必讀輕脣音，荊氏違背門法，門法與活語言矛盾。昌黎子墨守庭訓，不隨鄉談而逐韻體。強行改讀微母。

例四、質韻幫母四等卑吉切第八字：「佛、梵音也，此字《金剛經》真言有之，方逸切也。昌黎子依第四互用切，與畢字同呼，故安此處為正也。」《廣韻》質韻畢吉切，《集韻》壁吉切均無「佛」字，韓氏新增。方逸切，切上字為輕脣音，切下字為第四等，依據「第四互用」(即「輕重交互」)門法，方逸切當讀四等重脣，所以韓氏將「佛」字增入卑吉切下，與「畢」字同音。

昌黎子所引用的門法，與後來等韻學上所用不盡相同，他的「第三互用」「第四互用」，劉鑑稱作「輕重交互」，他的「寄韻憑切」，實際上是後來的「日寄憑切」，「日寄憑切」在韓道昭時代是包含在「寄韻憑切」內的。「日寄憑切」本是「寄韻憑切」之一種。《四聲等子》已有「日母寄韻門法」，但與「正音憑切門」、「互用門憑切」、「寄韻憑切門」、「喻下憑切門」共居於「辨正音憑切寄韻門法例」這一大門例之內，到元代，劉鑑才把「日寄憑切門」獨立出來。

㈣《五音集韻》與《四聲等子》：

甯氏云：如將韓書跟幾種韻圖做全面比較，會進一步發現，韓道昭對等韻學的貢獻遠在劉士明和真空之上，劉、真發揚光大了昌黎子的等韻學說，金元明三代，等韻學一脈相承，《切韻指南》作者自我交待：「與韓氏《五音集韻》互為體用，諸韻字音皆由此韻而出也。」《四聲等子》作者失考，現將《等子》跟韓書作如下比較：

1.《等子》的三十六字母次第及排列方法與韓書完全相同。

2.十六攝名稱及各韻歸攝，除元韻，均與韓書相同。

3.二十圖內所標注的韻部數目，實際上也是一百六十個。韻部名稱與韓書不同的祇有五個：「�臻櫛襇敬」，韓書作「虞殷迄諫諍」，此外，「薛」又用「屑」，「鎋」又用「黠」「轄」，用「敬」「屑」「黠」，或與平水韻有關，《等子》對韓氏百百六十韻很尊重，合併時不是徑自刪去，而是標注說明，如「魚虞相助」，「江陽借形」等。

4.第十五圖三等平聲麻韻：

見：迦、溪：佉、群：伽、照：遮、穿：車、審：奢、禪：闍、來：儸、日：若。

「迦」「佉」「伽」三個小韻，《廣韻》《集韻》在戈韻，「遮」「車」等小韻在麻韻，《等子》將「迦」等併入麻韻，並注為「內外混等」。戈韻三等字併入麻韻，始於昌黎子。韓書麻韻見母「迦」字注：「居伽切，釋迦，出《釋典》。又音加。此字元在戈韻收之，今將戈韻第三等開合共有明頭八字，使學者難以檢尋，今韓道昭移此麻韻中收之，與遮、車、蛇、奢同為一類，豈不妙哉！達者細詳，知不謬矣。」

㈤《五音集韻》之音系

甯忌浮氏認為《五音集韻》呈現兩套音系，其第一音系乃由三十六字母和十六攝一百六十韻部及一二三四等交織而成。韓氏將《廣韻》二百六韻合併為一百六十韻。甯氏認為其第二音系乃全濁聲母清化。再者三四等合流，亦其第二音系之特徵。

第五節　《壬子新刊禮部韻略》

將二百六部加以合併，雖始於韓道昭。而劉淵《壬子新刊禮部韻略》更進一步合併為一百零七部，於是《廣韻》部目乃完全變更，非復唐韻之舊矣。其書今已不傳，其韻目為黃公紹《古今韻會》所採用。且《韻會·凡例》於劉淵之上，每冠以「江北平水」四字，故後人多以劉氏書為平水韻。《韻會·凡例》云：

> 舊韻上平廿八韻，下平廿九韻，上聲五十五韻，去聲六十韻，入聲三十四韻。近平水劉淵始併通行之韻，以省重複；上平十五韻，下平十五韻，上聲三十韻，去聲三十韻，入聲一十七韻。

劉書將通用諸韻合併為一部，此外又將不同用之徑、證、嶝三韻亦併為一部，故為一百零七部。茲錄其一百七韻韻目如後：

上平：一東、二冬、三江、四支、五微、六魚、七虞、八齊、九佳、十灰、十一真、十二文、十三元、十四寒、十五刪。

下平：一先、二蕭、三肴、四豪、五歌、六麻、七陽、八庚、九青、十蒸、十一尤、十二侵、十三覃、十四鹽、十五咸。

上聲：一董、二腫、三講、四紙、五尾、六語、七麌、八薺、九蟹、十賄、十一軫、十二吻、十三阮、十四旱、十五潸、十六銑、十七篠、十八巧、十九皓、二十哿、二十一馬、二十二養、二十三梗、二十四迥、二十五拯、二十六有、二十七寢、二十八感、二十九琰、三十豏。

去聲：一送、二宋、三絳、四寘、五未、六御、七遇、八霽、九泰、十卦、十一隊、十二震、十三問、十四願、十五翰、十六諫、十七霰、十八嘯、十九效、二十號、二十一箇、二十二禡、二十三漾、二十四敬、二十五徑、二十六宥、二十七沁、二十八勘、二十九豔、三十陷。

入聲：一屋、二沃、三覺、四質、五物、六月、七曷、八黠、九屑、十藥、十一陌、十二錫、十三職、十四緝、十五合、十六葉、十七洽。

以上一百七部，盡變傳統韻書之面目，顧炎武《音論》嘗評之云：

> 平水劉氏，師心變古，一切改併，其以證嶝併入徑韻，則又景佑之所未詳，毛居正之所不議，而考之於古，無一合焉者也。

按《廣韻》二百六韻之目，酌古沿今，兼顧南北，以之審音，誠信美矣。然自唐以來，語言多變，作文之士，苦其苛細，故許敬宗初奏合於唐世，賈昌朝再請併於景佑也。故二百六部之併合為一百七部，乃因語言變遷之趨勢，為今韻書自然演變結果，故亦難以「師心變古」而訾之也。蓋欲究古今音變之跡，自應以《廣韻》為宗，欲為行文賦詩之便，則當以劉書為寬。

第六節　《平水新刊禮部韻略》

錢大昕見元槧本王文郁《平水新刊韻略》，乃疑併韻之書，非起於劉淵，蓋出自王文郁。錢氏跋云：

> 《平水新刊韻略》許古敘云：「平水書籍王文郁攜新韻見頤庵老人曰：『稔聞先《禮部韻略》，或譏其嚴且簡。今私韻歲久，又無善本。文郁留意隨方，見學士大夫精加校讎，又少添注語，不遠數百里，徵求韻引。』」

錢氏據許古敘稱平水書籍王文郁，又據《金史·地理志》，平水在平陽府屬，王文郁為平水書籍之官，故其書名《平水韻略》，至江北劉氏不應有平水之稱。錢氏云：

> 許敘稱平水書籍王文郁，初不能解。後讀《金史·地理志》，平陽府有書籍，其倚郭縣平陽有平水，是平水即平陽也。史言有書籍者，蓋設局於此。元太宗八年，用耶律楚材言，立經籍所於平陽，當是因金之舊。然則平水書籍者，文郁之官稱耳。劉淵亦題平水而黃公紹《韻會·凡例》又稱江北劉氏，平陽與江北相去甚遠，何以有平水稱？是又可疑也。

其實劉氏書一百七韻，而王氏書上平下平各十五，上聲為二十九，去聲三十，入聲十七，僅一百六韻，已併上聲拯韻入迥韻，蓋當初功令如此，故二者皆有所據也。王國維《觀堂集林·書王文郁新刊韻略張天錫草書韻會後》云：

> 自王文郁《新刊韻略》出世，人始知今韻一百六部之目，不始於劉淵矣。余又見張天錫《草書韻會》五卷，前有趙秉文序，署至大八年（1329）二月，其書上下平各十五韻，上聲二十九韻，去聲三十韻，入聲十七韻，凡一百六部，與王文郁同。王韻前有許古序，署至大六年己丑季夏，前乎張書之成才一年有半。又王韻刊於平陽，張書成於南京，未必即用王韻部目，是一百六部之目，並不始於王文郁，蓋金人舊韻如是，王張皆用其部目耳。何以知之？王文郁書名《平水新

> 刊禮部韻略》劉淵書亦名《新刊禮部韻略》，韻略上冠以「禮部」字，蓋金人官書也。宋之《禮部韻略》，自寶元迄於南渡之末，場屋用之者二百年。後世遞有增字，然必經群臣疏請，國子監看詳，然後許之。惟毛晃增注本，加字乃逾二千，而其書於三十二年表進，是亦不啻官書也。然歷朝官私所修改，惟在增字增注，至於部目之分合，則無敢妄議者，金韻亦然。許古序王文郁韻，其於舊韻，謂之嚴簡，簡謂注略，嚴謂字少，然則文郁之書，亦不過增字增注，與毛晃書同；其於部目，固非有所合併也。故王韻并宋韻同用諸韻為一韻，又併宋韻不同用之迥拯等及徑證嶝六韻為二韻者，必金時功令如是。考金源詞賦一科，所重惟在律賦，律賦用韻，平仄各半，而上拯等二韻，《廣韻》惟十二字，《韻略》又減焉。金人場屋，或曾以拯韻字為韻，許其與迥通用，於是有百七部之目，如劉淵書；或因拯及證，於是有百六部之目，如王文郁書、張天錫所據韻書。至拯證之平入兩聲，猶自為一部，則因韻字較寬之故。要之，此種韻書為場屋而設，故參差不治如此，殆未可以聲音之理繩之也。

王氏所論，頗為入理。然則劉淵江北人，何以亦有平水之稱，按黃氏《韻會·凡例》所稱江北劉淵，實與江南毛晃對舉者，蓋元時以江南指南宋，江北指金元，實為中國北部之泛稱，平水屬平陽，自在江北範圍，設若劉淵為平水人，又何嫌黃氏冠以江北之名乎！

第七節　《古今韻會》

《古今韻會》元黃公紹撰。❷黃氏此書實承襲《集韻》及《五音集韻》體例，將韻目與等韻配合，以為審音辨讀而設。其部目據劉淵，字紐從道昭，本之《說文》，參以古籀隸俗，以至律書、方技、樂府、方言、經史、子集、六書、七音、靡不研究。可謂彙集元以前韻書字書之大成。因「編帙浩瀚，四方學士，不能徧覽。」熊忠乃取《禮部韻略》，增以毛劉二韻及經傳當收未載之字，別為《古今韻會舉要》一編，凡三十卷。據李添富云：「依熊忠自序考知其書成於元成宗大德元年（西元 1297 年）。」《古今韻會舉要》收錄字數，據〈韻例〉第 1 條云：「《禮部韻略》本以資聲律，便檢閱，今以《韻會》補收闕遺，增添注釋，凡一萬二千六百五十二字。」茲錄其韻目表於下：

---

❷ 據李添富〈古今韻會舉要與禮部韻略七音三十六母通考比較研究〉謂「黃書不知成於何時，今以熊忠書有廬陵劉辰翁『壬辰十月望日』題序，考知其書之成，當不晚於元世祖至元二十九年（西元 1292 年）。」日本花登正宏著《古今韻會舉要研究》引清顧嗣立編《元詩選》二集甲集〈黃處士公紹〉云：「公紹、字直翁，邵武人，咸淳進士，嘗讀胡文定公語『心要在腔子裏』，自作有警，因作小軒，名之曰在。友人吳昇海邊，為之記。宋亡後，隱居樵溪，長齋奉佛，嘗謂少時讀康節詩，有『車書萬里舊江山』之句。嘗恨此生不見斯事，今四海一家，而余老矣，惟知北游玄水之上，問道於無為而已，所著有《韻會舉要》行世。」花登氏又引清李清馥《閩中理學淵源考》卷 39〈黃退圃先生大昌〉云：「黃大昌、字退圃，邵武人，黃永存之孫，隱德不仕，所著有《兼山語錄》。子公紹，字直翁，宋咸淳元年進士，所著有《韻會》。」按當以所著為《韻會》為是。

平聲 30 韻	上聲 30 韻	去聲 30 韻	入聲 17 韻
1.東獨用	1.董獨用	1.送獨用	1.屋獨用
2.冬與鍾通	2.腫獨用	2.宋與用通	2.沃與燭通
3.江獨用	3.講獨用	3.絳獨用	3.覺獨用
4.支與脂之通	4.紙與旨止通	4.寘與至志通	
5.微獨用	5.尾獨用	5.未獨用	
6.魚獨用	6.語獨用	6.御獨用	
7.虞與模通	7.麌與姥通	7.遇與暮通	
8.齊獨用	8.薺獨用	8.霽獨用	
		9.泰獨用	
9.佳與皆通	9.蟹與駭通	10.卦與怪夬通	
10.灰與咍通	10.賄與海通	11.隊與代廢通	
11.真與諄臻通	11.軫與準通	12.震與稕通	4.質與術櫛通
12.文與欣通	12.吻與隱通	13.問與焮通	5 勿與迄通
13.元與魂痕通	13.阮與混狠通	14.願與慁恨通	6.月與沒通
14.寒與桓通	14.旱與緩通	15.翰與換通	7.曷與末通
15.山與刪通	15.潸與產通	16.諫與襉通	8.黠與鎋通
1.先與僊通	16.銑與獮通	17.霰與線通	9.屑與薛通
2.蕭與宵通	17.篠與小通	18.嘯與笑通	
3.爻獨用	18.巧獨用	19.效獨用	
4.豪獨用	19.晧獨用	20.號獨用	
5.歌與戈通	20.哿與果通	21.箇與過通	
6.麻獨用	21.馬獨用	22.禡獨用	
7.陽與唐通	22.養與蕩通	23.漾與宕通	10.藥與鐸通
8.庚與耕清通	23.梗與耿靜通	24.敬與諍勁通	11.陌與麥昔通
9.青獨用	24.迥獨用	25.徑與證嶝通	12.錫獨用

10.蒸與登通	25.拯與等通		13.職與德通
11.尤與侯幽通	26.有與厚黝通	26.宥與候幼通	
12.侵獨用	27.寑獨用	27.沁獨用	14.緝獨用
13.覃與談通	28.感與敢通	28.勘與闞通	15.合與盍通
14.鹽與添嚴通	29.琰與忝儼通	29.豔與㮇釅通	16.葉與帖業通
15.咸與銜凡通	30.豏與檻范通	30.陷與鑑梵通	17.洽與狎乏通

《古今韻會舉要》字母韻表　舒聲

平上去	平上去	平上去	平上去
1.孤古顧	2.居舉據	3.歌哿箇	4.戈果過
5.牙雅訝	6.瓜寡跨	7.嘉賈駕	8.嗟且借
9.迦灺藉	10.瘸	11.貲紫恣	12.媯軌媿
13.雞啟計	14.羈己寄	15.規癸季	16.惟唯恚
17.麾毀諱	18.該改蓋	19.乖掛卦	20.佳解懈
21.鉤耇茾	22.裒掊戊	23.浮婦復	24.樛糾齅
25.鳩九救	26.高杲誥	27.交絞教	28.驍皎叫
29.驕矯撟	30.瞀　譖	31.金錦禁	32.歆
33.甘感紺	34.緘減鑑	35.兼歉歉	36.嫌
37.箝檢劍	38.杴險	39.根懇艮	40.昆袞睔
41.分	42.欣緊焮	43.巾謹靳	44.鈞稇攈
45.筠隕運	46.雲	47.干笴旰	48.官管貫
49.關撰慣	50.閒簡諫	51.賢峴現	52.堅繭見
53.鞬寋建	54.涓畎睊	55.卷卷㢧	56.揯肯亙
57.公孔貢	58.泓	59.行杏行	60.經剄勁
61.瓊	62.京景敬	63.雄頃	64.兄

65.弓拱供	66.岡吭鋼	67.黃晃	68.光廣誑
69.莊甐壯	70.江講絳		

《古今韻會字母韻總表》 入聲

1.櫛	2.穀	3.匊	4.葛	5.括	6.怛
7.刮	8.戛	9.結	10.訐	11.玦	12.厥
13.黑	14.克	15.國	16.吉	17.訖	18.橘
19.聿	20.洫	21.額	22.虢	23.格	24.各
25.郭	26.覺	27.爵	28.腳	29.矍	

甯忌浮的《古今韻會要及相關韻書》云：

字母韻不全是韻母的類別標識，同一字母韻的字韻母相同，不同字母韻的字韻母未必不同。例一、《韻會》卷之四、八齊：

雞 堅奚切 雞字母韻

谿 牽奚切 雞字母韻

醯 馨夷切 雞字母韻

兮 弦雞切 雞字母韻

氐 都黎切 羈字母韻

齊 前西切 羈字母韻

鷖 煙奚切 羈字母韻

倪 研奚切 羈字母韻

黎 憐題切 羈字母韻

《通攷》平聲上、八齊

見雞雞溪雞谿曉雞醯匣雞兮端羈氐……從羈齊……幺雞鷖喻雞倪來羈黎

例二、《韻會》卷之五、十二文與欣通：

斤　舉欣切　巾字母韻

勤　渠斤切　巾字母韻

齦　疑斤切　巾字母韻

殷　於巾切　巾字母韻

欣　許斤切　欣字母韻

《通攷》平聲上、十二文與欣通：

見巾斤群巾勤疑巾齦影巾殷……曉欣欣

例三、《韻會》卷之六、一先與僊通

箋　將先切　堅字母韻

千　倉先切　堅字母韻

先　蕭前切　堅字母韻

前　才先切　犍字母韻

《通攷》平聲下、一先與僊通：

精堅箋精堅煎清堅千清堅遷心堅先心堅僊……從犍前從犍錢

甯忌浮云：「以上三例，《韻會》、《通攷》（《蒙古字韻》）完全相同，每例中的韻字都分成兩組，屬兩個字母韻。為什麼要分成兩組？是他們韻母不同嗎？這兩組字在《禮部韻略》、《韻鏡》、《切韻指掌圖》以及《中原音韻》和現代方言裡，韻母都是相同的，怎麼會在《韻會》一系韻書裏就突然分化成兩個韻母了呢？它們的區別不可能在韻母。第一例中的『雞字母韻』和『羈字韻母』不是韻母不同，『雞』字和『氐』字韻母本無別，『氐』字屬『羈字母韻』，即『氐』字與『羈』字韻母相同，那麼『雞』字和『羈』字也必然同韻母。然而，『雞』與『羈』並出，差別在什麼地方呢？在聲母。」

李添富云：「不同字母韻韻母未必不同，但並非聲母不同，應是中古來源不同所致。」

第八節 《韻府群玉》

《韻府羣玉》元陰時夫撰。清《四庫全書總目提要》云：

> 元代押韻之書，今皆不傳，傳者以此書為最古，又今韻稱劉淵所併，而淵書亦不傳；世所通行之韻，亦從此書錄出。是《韻府》、詩韻皆以為大輅之椎輪。

按此書時夫所撰，其弟中夫所注，實為一以韻隸事之類書。其凡例云：

> 或考辯疑義，訓釋奇事，場屋或一助云。

可見此書非純為審音而作，乃明清數百年來政府考試功令，文人撰作詩賦，皆奉為準率。明潘恩依其部目，作《詩韻輯略》五卷，其後潘雲杰作《詩韻釋要》注釋聲韻，參訂頗詳。梁應圻更因以翻刻補葺，實為坊間《詩韻集成》、《詩韻合璧》等書所自出。

清康熙時敕撰的《佩文韻府》，即用其部目，加以增訂而成的。

《佩文韻府》奉清聖祖敕撰，康熙四十三年敕撰，五十年書成，歷時八年，此書分韻事，薈萃《韻府群玉》、《五車韻綸》而大加增補。首列【韻藻】，即二書所已錄者，次標【增字】，即新收之字也。皆以二字、三字、四字相從，依末字分韻，分隸於韻目之下。故其書雖無聲韻之價值，然卻為檢查典故與辭藻之重要工具書也。茲錄斯書一百零六韻與《廣韻》部目對表於下：

平聲			上聲			去聲			入聲		
次第	詩韻	廣韻	次第	詩韻	廣韻	次第	詩韻	廣韻	次第	詩韻	廣韻
1	東	東	1	董	董	1	送	送	1	屋	屋
2	冬	冬鍾	2	腫	腫	2	宋	宋用	2	沃	沃燭
3	江	江	3	講	講	3	絳	絳	3	覺	覺
4	支	支脂之	4	紙	紙旨止	4	寘	寘至志			
5	微	微	5	尾	尾	5	未	未			
6	魚	魚	6	語	語	6	御	御			
7	虞	虞模	7	麌	麌姥	7	遇	遇暮			
8	齊	齊	8	薺	薺	8	霽	霽祭			
						9	泰	泰			
9	佳	佳皆	9	蟹	蟹駭	10	卦	卦怪夬			
10	灰	灰咍	10	賄	賄海	11	隊	隊代廢			
11	真	真諄	11	軫	軫準	12	震	震稕	4	質	質術

		臻									櫛
12	文	文欣	12	吻	吻隱	13	問	問焮	5	物	物迄
13	元	元魂痕	13	阮	阮混很	14	願	願慁恨	6	月	月沒
14	寒	寒桓	14	旱	旱緩	15	翰	翰換	7	曷	曷末
15	刪	刪山	15	潸	潸產	16	諫	諫襉	8	黠	黠鎋
1	先	先仙	16	銑	銑獮	17	霰	霰線	9	屑	屑薛
2	蕭	蕭宵	17	篠	篠小	18	嘯	嘯笑			
3	肴	肴	18	巧	巧	19	效	效			
4	豪	豪	19	皓	皓	20	號	號			
5	歌	歌戈	20	哿	哿果	21	箇	箇過			
6	麻	麻	21	馬	馬	22	禡	禡			
7	陽	陽唐	22	養	養蕩	23	漾	漾宕	10	藥	藥鐸
8	庚	庚耕清	23	梗	梗耿靜	24	敬	敬諍勁	11	陌	陌麥昔
9	青	青	24	迥	迥	25	徑	徑證嶝	12	錫	錫
10	蒸	蒸登			拯等				13	職	職德
11	尤	尤侯幽	25	有	有厚黝	26	宥	宥候幼			
12	侵	侵	26	寑	寑	27	沁	沁	14	緝	緝
13	覃	覃談	27	感	感敢	28	勘	勘闞	15	合	合盍
14	鹽	鹽添嚴	28	儉	琰忝儼	29	豔	豔㮇釅	16	葉	葉怗業
15	咸	咸銜凡	29	豏	豏檻范	30	陷	陷鑑梵	17	洽	洽狎乏

第九節　《中原音韻》

一、《中原音韻》產生背景

作《中原音韻》的周德清，只想把《中原音韻》定作當時戲曲用韻的規範，實際上細微的出入仍是不免的，可是基本上它的語音系統，仍是根據十三、十四世紀北方官話的語音系統。

二、《中原音韻》作者簡介

關於《中原音韻》的作者周德清，我們知道的不多，而且歷史上的記錄也不多。虞集的序說：

> 高安周德清工樂府，善音律，自著《中州音韻》一帙，分若干部，以為正語之本，變雅之端，其以聲之清濁，定字之陰陽，如高聲從陽，低聲從陰，使用字者，隨聲高下，措字為詞，各有攸當，則清濁得宜，而無淩犯之患矣。以聲之上下，分韻之平仄，如入聲直促，難諧音調，成韻之入聲派三聲，誌以黑白，使用韻者，隨字陰陽，置韻成文。各有所協，則上下中律，而無拘拗之病矣。是書既行，於樂府之士，豈無補哉！又自製樂府若干調，隨時體製，不失法度，屬律必嚴，比字必切，審律必當，擇字必精，是以和於宮商，合於節奏，而無宿昔聲律之弊矣。

根據現在所知的材料，我們得出這樣的簡史：

周德清字挺齋，元代江西高安暇堂人，作有《中原音韻》。同時也精於音律，善作曲子。

三、《中原音韻》內容分析

《中原音韻》的內容，分為兩大部分，第一部分就是韻書，第二部分是正語作詞起例。《中原音韻》收了五、六千字，他的編排，首先是按著北曲的押韻，把所收的字，分隸於十九個韻類，每一個韻類都拿兩個字標目，因此有人說《中原音韻》分十九個韻，嚴格的講，《中原音韻》的韻跟傳統韻書的韻是不相同的。《中原音韻》每一個韻類，都包含四種不同聲調的字，而且四種聲調也不是傳統的平、上、去、入，而是平聲陰、平聲陽、上聲跟去聲。❸換言之傳統韻書是先分聲調，後分韻類；《中原音韻》則先分韻類，後分聲調。

除此之外，《中原音韻》在支思、齊微、魚模、皆來、蕭豪、歌戈、家麻、車遮、尤侯等九個韻類中，又有所謂「入聲作平聲」，並且在第一次出現時注明「陽，後同。」❹上聲與去聲之

---

❸ 《中原音韻》的四個調類系統，與傳統韻書的平上去入不同，而與國語比較起來，則大致相合，平聲陰相當陰平（第一聲）、平聲陽相當陽平（第二聲）、上聲即上聲（第三聲）、去聲即去聲（第四聲）。

❹ 《中原音韻》的支思韻，只有入聲作上聲的字。齊微韻有入聲作平聲，後注「陽，後同。」魚模、皆來、蕭豪、歌戈、家麻、車遮、尤侯各韻也有入聲作平聲的字，但沒有注，那意思就是說：凡入聲作平聲的，在這幾個韻裏頭，都跟齊微一樣，是作「平聲陽」的。

後，也分別有所謂「入聲作上聲」與「入聲作去聲」的字。這裏所謂的「入聲」，當是傳統韻書或其時別的方言裏，還與平、上、去有分別的一種聲調，不過在北曲語言裏已分別變成平聲陽、上聲、去聲裏頭去了。照理說，周德清應該把這些字直接併入上述三聲之中，而無須區分。但他到底是南方人，總不免受自己方言的影響，又難免受傳統韻書的羈絆，所以雖併而仍留有痕跡。他在《中原音韻·正音起詞作例》裡說：

> 平、上、去、入四聲，音韻無入聲，派入平、上、去三聲，前輩佳作中間，備載明白，但未有以集之者，今撮其同聲。

這就表明北曲語言裏已經沒有入聲了。但他又說：

> 入聲派入平、上、去三聲者，以廣其押韻，為作詞而設耳，然呼吸語言之間，還有入聲之別。

這就表明他自已的語言裡或其他方言還是有入聲存在，因為如此，所以他最後的措置是：

> 入聲派入平上去三聲……次本韻後，使黑白分開，以別本聲。

聲調之下，《中原音韻》就再沒有甚麼音的劃分了。周氏只把同音字列在一起，把同音的字群用圓圈「○」與不同音的字群隔開。一共約有一千六百多組同音字群，相當於一千六百多個音節。

第二部分正語作詞起例，是理論部分。討論一些曲的用韻，以及音韻收字的標準。例如有許多連綿字的上一字，因為很少用為韻腳，所以《中原音韻》沒有收。

四、《中原音韻》聲韻系統

㈠聲母方面

根據合理的推斷，《中原音韻》的聲母跟它的音值❺：

p：崩、並、斑、辨。字母幫、並仄。

p‘：烹、蓬、盤、判。字母滂、並平。

m：蒙、慢。字母明。

f：風、豐、馮、番、反、飯。字母非、敷、奉。

v：亡、晚。字母微。

t：東、洞、丹、但。字母端、定仄。

t‘：通、同、壇、歎。字母透、定平、

n：膿、濃、難。字母泥、娘。

l：龍、闌。字母來。

ts：宗、匠、贊、尖。字母精、從仄。

ts‘：匆、叢、餐、錢。字母清、從平。

s：嵩、頌、珊、先。字母心、邪。

tʃ：莊、鍾、中、仲、狀、展、棧。字母照、知、澄仄、床

❺ 詳細推論過程，請參看拙稿《新編中原音韻概要》，學海出版社印行。民國九十年五月（2001）初版。

仄。

tʃʻ：窗、充、寵、床、長、臣、廛。字母穿、徹、床平、澄平、禪。

ʃ：雙、舂、繩、申、是、時、山。字母審、床、禪。

ʒ：而、戎、然。字母日。

k：工、共、干、堅。字母見、群仄。

kʻ：空、窮、看、牽。字母溪、群平。

ŋ：仰、傲。字母疑。

x：烘、紅、漢、現。字母曉、匣。

0：央、養、義、安、顏。字母影、喻、疑。

㈡**韻母方面**

東鍾：-uŋ、-iuŋ。

江陽：-aŋ、-iaŋ、-uaŋ。

支思：-ï。

齊微：i、ei、uei。

魚模：-u、-iu。

皆來：-ai、-iai、-uai。

真文：-ən、-iən、-uən、-iuən。

寒山：-an、-ian、-uan。

桓歡：-ɔn。

先天：-ien、-iuen。

蕭豪：-au、-iau、-ieu。❻

歌戈：-o、-io、-uo。

家麻：-a、-ia、-ua。

車遮：-ie、-iue。

庚青：-əŋ、-iəŋ、-uəŋ、-iuəŋ。

尤侯：-ou、-iou。

侵尋：-əm、-iəm。

監咸：-am、-iam。

廉纖：-iem。

第十節　《中州樂府音韻類編》

卓從之所著《中州樂府音韻類編》，據趙蔭棠〈中原音韻研究〉一文所考，乃據周德清之《中原音韻》未定稿編成，其書體例內容大致與《中原音韻》相同，故亦簡稱《中州音韻》，或《中州韻》。斯書與《中原音韻》惟一不同者，乃平聲之下又分「陰」、「陽」與「陰陽」三類。茲舉江陽韻平聲為例：

陰—姜邦雙章商漿莊岡桑康光當。

陽—忙良穰忘娘郎航囊昂。

陰陽—窗床香降鎊傍腔強鴦陽方防昌長湯塘湘詳槍牆匡狂倉

❻ 或者有人說 a 與 e 主要元音不同，怎麼可以同在一部呢？其實ɑ與 a 也不是相同的元音啊！皆來的-iei 歸入齊微，寒山的-ien 別出先全，監咸的-iem 分出廉纖，只不過蕭豪的-ieu 還沒有分出罷了。

藏荒黃。

凡陰類屬陰平調，陽類屬陽平調，陰陽類前一字屬陰平，後一字屬陽平，所以如此安排者，則以字之有陰無陽者概歸陰類，有陽無陰者概歸陽類，其陰陽可以偶配者，則歸陰陽類。

第十一節　《洪武正韻》

是書為明樂韶鳳等奉敕撰，書成於洪武八年，參與撰集者有樂韶鳳（安徽全椒）、宋濂（浙江浦江）、王撰、李叔允、朱右（浙江臨海）、趙壎（江西新喻）、朱廉（浙江義烏）、瞿莊、鄒孟達、孫蕡（廣東順德）、荅祿與權（蒙古）、汪廣洋（江蘇高郵）、陳寧（湖南茶陵）、劉基（浙江青田）、陶凱（浙江臨海）諸人，除荅祿與權外，多為南人。然而其書受中原雅音之影響甚深。是書與《中原音韻》之主要差異為：

㈠聲調分平上去入，平聲不分陰陽。

㈡入聲字獨立，自成十韻，分別與各陽聲韻配合，韻尾有-p、-t、-k之區別。

㈢聲母據劉文錦之研究，共有三十一類。錄之如下：

古類見	苦類溪	渠類群	五類疑
呼類曉	胡類匣	烏類影	盧類來
博類幫	普類滂	蒲類並	莫類明
方類非	符類奉	武類微	以類喻及疑一部分
陟類知照	丑類徹穿	直類澄床	時類禪及床一部分
而類日	子類精	所類審	蘇類心

徐類邪　　七類清　　昨類從及床澄二母一部分

都類端　　佗類透　　徒類定　　奴類泥娘

其最大特色則為尚保留濁塞聲、濁塞擦聲及濁擦聲。

(四)韻部共分七十六部，平上去三聲共六十六部。下附趙蔭棠所擬音值。

1.東董送 uŋ　2.支紙寘 ï　3.齊薺霽 i　4.魚語御 y

5.模姥暮 u　6.皆解泰 ai　7.灰賄隊 ei　8.真軫震 en

9.寒旱翰 œn　10.刪產諫 an　11.先銑霰 iɛn　12.蕭篠嘯 au

13.爻巧效 ɑu　14.歌哿箇 o　15.麻馬禡 a　16.遮者蔗 ɛ

17.陽養漾 ɑŋ　18.庚梗敬 eŋ　19.尤有宥 ou　20.侵寑沁 im

21.覃感勘 ɑm　22.鹽琰豔 iɛm

入聲十部，分別配陽聲，其部目如下：

1.屋 uk 配東　2.質 et 配真　3.曷 œt 配寒　4.轄 at 配刪

5.屑 iɛt 配先　6.藥 ɑk 配陽　7.陌 ek 配庚　8.緝 ip 配侵

9.合 ɑp 配覃　10.葉 iɛp 配鹽。

第十二節　《瓊林雅韻》

明寧獻王朱權所作，寧獻王朱權，太祖第十六子，洪武二十四年就封大寧，永樂元年改封南昌。著有《太和正音譜》、《瓊林雅韻》等書。

據趙蔭棠〈中原音韻研究〉一文以為《瓊林雅韻》一書在中國已不多見，惟江蘇省立第一圖書館尚存一部，即錢塘丁氏所舊存者。趙氏發現是書之後，費了一年的光陰方抄到手。是書成於洪武戊寅（1398）。此書與卓從之《中州音韻》之異點。其大略如下：

㈠韻目字面改變：《瓊林雅韻》亦分十九韻，然十九韻之韻目，每兩字均有意義，與《中原》《中州》之無意義不同。其十九韻韻目如下：

1.穹窿　2.邦昌　3.詩詞　4.丕基　5.車書　6.泰階
7.仁恩　8.安閑　9.鯿鸞　10.乾元　11.簫韶　12.珂和
13.嘉華　14.硨磲　15.清寧　16.周流　17.金琛　18.潭巖
19.恬謙。

㈡平聲不分陰陽：《中原》、《中州》平聲分陰陽，是書為繼《洪武正韻》後取消陰陽之分之第一部韻書。

㈢所收字數加多：《中州韻》只收四千零九十四字，是書增為八千一百六十七字，多出一倍有奇。

㈣是書增加注釋：解注之創始人為寧獻王朱權。

第十三節　《菉斐軒詞林要韻》

是書據趙蔭棠考證為陳鐸所作，趙氏據《人名大詞典》的記載說：

> 陳鐸，下邳人，家南京，字大聲，號秋碧。正德中，世襲指揮。工詩，善畫，尤工樂府，有《秋碧軒》、《月香亭》諸集。

成書的年代，據《千頃堂書目》所載，有成化癸卯序，成化癸卯為 1438 年。此書韻目字面，有同乎《中原》《中州》者，有同乎《瓊林》者，其目如下：

一、東紅　二、邦陽　三、支時　四、齊微　五、車夫
六、皆來　七、真文　八、寒山　九、鸞端　十、先天
十一、蕭韶　十二、和何　十三、嘉華　十四、車邪
十五、清明　十六、幽游　十七、金音　十八、南山
十九、占炎

顯然可知，是書實據《中原》《中州》及《瓊林》拼合而成。

第十四節　《中州全韻》

《中州全韻》作者為范善臻，范氏事蹟，他無所考，字昆白。少居嘉定，長遊姑蘇。他的十九韻與卓從之、周德清相同，惟字面有異耳。茲錄於下：

東同　江陽　支思　機微　居魚　皆來　真文　干寒　歡桓
天田　蕭豪　歌羅　家麻　車蛇　庚亭　鳩尤　侵尋　監咸
廉纖

范氏書有註解，有反切，去聲分陰陽，為此書最大特色。

第十五節　《中州音韻輯要》

《中州音韻輯要》作者為王鵕，字履青，崑山人，號槆林散人。其書成於乾隆辛丑（1781），序云：

> 近世詞家率以《中原》為宗，而註切未明，陰陽互混；及見《中州全韻》，而覺遠勝於彼。惟纂雜過繁，而應備之字卻尚未盡，並較對疏略，字略多訛，重複舛誤之處亦不少。不揣剪陋，斟酌兩本，刪其僻而輯其要，並辨正字體；適復參證《詩詞通韻》，更得歸準反切，釐分異音。管窺所及，悉考據精審，而後增改。通卷註釋，雖半為參易，無不本諸字典也。

王氏分韻亦為廿一，比周范多出兩韻，他所以多出兩韻者，凡例云：

> 齊微、魚模二韻，字多而音不一，茲為分出歸回、蘇模兩韻，各歸門類，庶聲有別。兩韻甚寬，分韻為得。

本來《中原音韻》齊微韻有兩音，一為 i，一為 ei；魚模亦有兩音，一為 u，一為 iu。這正是梅開[ei]、題齊[i]、烏合[u]、迂撮[iu]四大類之分。

第十六節　《曲韻驪珠》

《曲韻驪珠》作者為沈乘麐，沈字苑賓，分十九韻為二十一，另定入聲八韻。其二十一韻韻目如下：

東同（鼻音）江陽（鼻音）支思（直音）機微（直音）灰回（收噫）
居魚（撮口）姑模（滿口）皆來（收噫）真文（抵腭）干寒（抵腭）

歡桓(抵腭) 天田(抵腭) 蕭豪(收嗚) 歌羅(直音) 家麻(直音) 車蛇(直音) 庚亭(鼻音) 鳩侯(收嗚) 侵尋(閉口) 監咸(閉口) 纖廉(閉口)

入聲八韻：

屋讀(滿口) 恤律(撮口) 質直(直口) 拍陌(直音) 約略(直音) 曷跋(撮口) 豁達(直音) 屑轍(直音)

其二十一部之分與王鵕所分者相同，不過易歸回為灰回，易蘇模為姑模而已。

第十七節 《韻略易通》

《韻略易通》作者為蘭茂，蘭茂字廷秀，雲南楊林人；又號和光道人，又云字止庵，其實一人也。楊慎有詩云：

> 蘭叟和光臥白雲。賈生東畝挹清芬。何人為續嵇康傳，題作楊林兩隱君。

畢拱辰《韻略匯通》序云：

> 正統中蘭止庵先生編《韻略易通》一卷，汰繁就簡，披覽如列眉，喜惠後學甚殷。

蘭氏之編《韻略易通》本為平民識字之用，自然要收入應用便俗字樣，而不及經史音釋。也因為此故，其書乃取名為《韻略易通》。蘭氏曰：

> 《玉篇》見字之形始知其音，《廣韻》即字之聲而尋其文，深有便於學者，然其間有「古文」、「籀文」、「通用」等字，又有形同音異，形異音同，數十萬言，難於周覽。此編只以應用便俗字樣收入，其音義同而字形異者，止用其一，故曰：《韻略》。
>
> 《篇》、《韻》之字，或有音切隱奧，疑似混淆，方言不一，覽者不知孰是？且字母三十有六，犯重者十六，似有惑焉。此編以〈早梅詩〉一首，凡二十字為字母，標題於上，即各韻平聲字為子，叶調於下，得一字之平聲，其上聲、去聲、入聲字一以貫之，故曰《易通》。一切字音皆可叶矣。

蘭氏此書，共分二十韻，其目如下：

一、東洪　二、江陽　三、真文　四、山寒　五、端桓
六、先全　七、庚晴　八、侵尋　九、緘咸　十、廉纖
十一、支辭　十二、西微　十三、居魚　十四、呼模
十五、皆來　十六、蕭豪　十七、戈何　十八、家麻
十九、遮蛇　二十、幽樓

蘭氏又以〈早梅詩〉一首，代表二十類聲母。詩云：

> 東風破早梅。向暖一枝開。冰雪無人見，春從天上來。

此二十字代表之聲母如下：

p 冰	p'破	m 梅	f 風	v 無
t 東	t'天	n 暖	l 來	
ts 早	ts'從	s 雪		
tʃ枝	tʃ'春	ʃ上	ʒ人	
k 見	k'開	x 向		
0 一				

分韻與聲母，承襲《中原音韻》，入聲附陽聲，則承襲《洪武正韻》。

第十八節　《韻略匯通》

明畢拱辰撰，拱辰字星伯，萬曆丙辰進士。畢氏據蘭茂《韻略易通》，加以分合刪補，期於簡便明備。畢氏云：

> 壬申歲，遼左叛逆圍萊，原板散失，每用惋惜。今秋持冀甯節，詰戎之暇，檢得原帙，更為分合刪補；非敢僭也，期於簡便明備，為童蒙入門嚆矢耳。稍易其名，曰《韻略匯通》。匯者取水回而復合之義，茲編雖分流別派，疏瀹惟勤，然總合於元韻之淵源者。

畢氏書與蘭氏《韻略易通》最大的不同，就在於「分合刪補」上發展出來的，茲錄其凡例數則，以見其概。

> 凡例一：《韻略》舊編止為求蒙而設，故前十韻東洪等為四

聲全者，後十韻支辭等為無入聲者，較諸韻書至為簡便。然真文之與侵尋，先全之與廉纖，山寒之與緘咸，有何判別而更立一韻乎？今悉依《集成》例，合併為一，用省檢覓之煩。

凡例二：真文前三聲雖同，而文字入聲特異，舊混為一。一韻兩呼，參差無當，今以文韻入聲歸東洪，仍易真文為真尋焉。

凡例三：庚晴二韻入聲亦各易，今以晴字入聲併歸真尋韻內。

凡例四：端桓前三聲與山寒相同，入聲與江陽相同，亦各分割，併歸同聲焉。

凡例五：四聲全者舊為十韻，今約為六。無入聲十韻尚仍其舊。但西微二韻，亦自各異。今以西韻諸字併歸居魚，復易西微為灰微，如《集成》之目。

若將其書凡例與內容加以考察，可得如下之結果：

1. 母下調上加反切，依《洪武正韻》而有出入。

2. 平聲分上平下平，即今之陰平陽平。

3. 東洪與庚晴稍有調動。此顯示 uŋ與 uəŋ互混。

4. 端桓由œn 變為 an，歸於山寒。

5. 緘咸由 am 變為 an，歸於山寒；有少數之齊齒音歸於先全。

6. 廉纖歸於先全。

7. 侵尋由 im 變為 in，歸於真文，而合為真侵。

8. 西微中之 i 韻全歸於居魚，所餘者為 ei，故曰灰微。

9.入聲配入陽聲韻，仍蘭氏之舊，但甚為淩亂，不如蘭氏之有規則。❼

其十六部及擬音如下：

一、東洪uŋ	二、江陽aŋ	三、真尋en	四、庚晴eŋ
五、先全ieṇ	六、山寒an	七、支辭ï	八、灰微ei
九、居魚y, i	十、呼模u	十一、皆來ai	十二、蕭豪au
十三、戈何o	十四、家麻a	十五、遮蛇ɛ	十六、幽樓ou

第十九節　《五方元音》

《五方元音》作者為樊騰鳳，字淩虛，唐山西良村人。其《五方元音·序》云：

> 因按《韻略》一書，引而伸之，法雖淺陋，理近精詳，但從前老本，韻拘二十，重略多弊，聲止有四，錯亂無門，且母失次序，韻少經緯。余不辭僭竊，妄行刪補，於韻之重疊者裁之，減二十為十二，以象時月世會，與天地之一元相配而不可增損；於聲之錯亂者而敘之，添四聲為五聲，以象行數方音，與天地之五位相當而並無遺失。卷分上下配兩儀，前六韻入聲俱無，輕清上浮以象天，後六韻入聲全備，重濁下凝以配地。複韻複音，裁歸簡便；上平下平，敘循統屬。刪煩就簡，韻有兼該；博收約取，音有同歸；理出自然，法本

❼ 5、6、7三則凡例顯現韻尾-m → -n，即-m韻尾消失。

天籟；歸母入韻，不加勉強；橫行直撞，各就經緯。未敢自以為是，同邑太學生魏大來，宗孔孟正傳，猶精於韻學，余與之往復參訂，共成《五方元音》一書。

由這段序言，吾人得知數事：

一、刪補《韻略易通》。

二、減二十韻為十二。

三、添四聲為五聲。

四、入聲配入陰聲韻。

五、參訂人是魏大來。

何以見得刪補的《韻略》定是《韻略易通》呢？因為序云「韻拘二十」，除《韻略易通》外，再無其他韻書分韻為二十的。此外尚有一旁證，其五聲釋下云：

蘭廷秀〈早梅詩〉刪煩就簡，似覺洒然，而缺略無統；且入聲有無，法久自然，俱未備天地之元音。

由此可見此書與蘭茂之書關係密切。《五方元音》作於何時？考《唐山縣志》載：

崇禎十一年皇清兵治唐山城外，生員王莊魏運泰入營。

按魏運泰即魏大來，魏斯時尚為生員，當然非太學生，又考康熙《縣志》載魏大來是順治甲午例貢，由此可知稱為太學生當在順治十一年以後，蓋清制五貢皆得入監肄業也。康熙十二年《縣志》即載《五方元音》之書，故由此可推，書的產生當在順治十一年（1654）與康熙十二年（1673）之間。

《五方元音》十二韻韻目與擬音如下：

天 an	人 en	龍 uŋ、eŋ	羊 aŋ	牛 ou	獒 au
虎 u	駝 o	蛇 ɛ	馬 a	豺 ai	地 i、y、ei、ï

《五方元音》分聲母為二十，其名稱與擬音如下：

梆 p	匏 p‘	木 m	風 f
斗 t	土 t‘	鳥 n	雷 l
竹 tʂ	蟲 tʂ‘	石 ʂ	日 ʐ
剪 ts	鵲 ts‘	絲 s	雲 0
金 k、tɕ	橋 k‘、tɕ‘	火 x、ɕ	蛙 0

《五方元音》之二十字母與蘭氏比較，大致相同，所異者惟少一 v 母，即蘭氏「無」母。何以知之？因樊氏將「無」母歸入「蛙」母去矣。此於畢拱辰書內已露端倪，畢氏凡例八云：

> 勿物等字應入東洪「無」字母下，因本母缺上三聲字，亦炤《集成》併歸「一」字母下，取其音相近也。

樊氏將 v 母取消後，乃將「一」母劃分為「雲」「蛙」兩母，仍湊足二十之數。樊氏在〈五聲釋〉裏邊除譏〈早梅詩〉缺略無統外，又說：

> 《指南》之三十六，併之止該十九，《韻譜》之七十六，四

分之亦止十九；而雲蛙二母相近而實相分，亦經緯所必至，理數所不能無，是在同志者加意而已。

其實樊氏不過將開合口的無聲母字歸入蛙，齊齒與撮口歸之於雲母而已。

中華民國九十三年四月十四日陳新雄
脫稿於台北市和平東路二段鍥不舍齋

參考書目

一、中日文之部

《廣韻》的反切和今音　昌厚　中國語文 1964 年 2 期　1964 年 9 月　北京市

《韻鏡》研究　李新魁　語言研究創刊號 p.p.125-166　華中工學院出版社　1981 年 7 月　武漢市

丁邦新語言學論文集　丁邦新　商務印書館　1998 年 1 月 1 日　北京市

上古音系研究　余迺永　香港中文大學出版社　1985 年 1 月　香港

上古音研究　李方桂　商務印書館　1980 年 7 月第一版　2001 年 3 月 4 刷　北京市

上古音芻議　龍宇純　中央研究院歷史語言研究所集刊第 96 本第 2 分　1998 年 6 月　臺北市

上古音討論集　趙元任·高本漢等著　學藝出版社　民國五十九年元月（1970）初版　臺北市

上古音韻表稿　董同龢　中央研究院歷史語言研究所單刊甲種之二十　中央研究院歷史語言研究所　中華民國五十六年六月（1967）初版　臺北市

上古陰聲韻尾再檢討　陳新雄　第十五屆聲韻學研討會　1997 年 5

月　臺中市
上古韻祭月是一個還是兩個韻部　李毅夫　《音韻學研究》第一冊 286-293 頁　中華書局　1984 年 3 月第 1 版　北京市
不規則音變的潛語音條件　許寶華·潘悟云　語言研究 8 期　1985 年 5 月　武漢市
中上古漢語音韻論文集　龍宇純　五四書店·利氏學社聯合出版 2002 年 12 月　臺北市
中古音　李新魁　漢語知識叢書本　商務印書館　1991 年 11 月 北京市
中國小學史　胡奇光　上海人民出版社　1987 年 11 月　上海市
中國文學教科書　劉師培　劉申叔遺書本　大新書局　1965 年 8 月　臺北市
中國古代語言學資料匯纂——音韻學分冊　張斌·許威漢主編　福建人民出版社　1993 年 9 月　福州市
中國古音學　張世祿　先知出版社　1972 年 4 月　臺北市
中國近三十年之聲韻學下　齊佩瑢　中國學報 1 卷 3 期　1944 年 5 月　北平市
中國近三十年之聲韻學上　齊佩瑢　中國學報 1 卷 2 期　1944 年 4 月　北平市
中國音韻論集　賴惟勤　汲古書院　1989 年 2 月　東京都
中國音韻學史（上下）　張世祿　臺灣商務印書館　1965 年 11 月 臺北市
中國音韻學研究　高本漢著　趙元任·李方桂·羅常培譯　臺灣商務印書館　民國五十一年六月（1962）臺一版　臺北市

中國音韻學論文集　周法高　中文大學出版社　1984 年 1 月　香港

中國語之性質及其歷史　高本漢原著、杜其容譯　中華叢書委員會　1963 年 5 月　臺北市

中國語文論叢　周法高　正中書局　1970 年 5 月　臺北市

中國語文學論文選　俞敏　光生館　1984 年 3 月　東京都

中國語言學史　濮之珍　書林出版有限公司　1990 年 11 月　臺北市

中國語言學史話　中國語文學社　中國語文雜誌社　1969 年 9 月　北京市

中國語言學現狀與展望　許嘉璐·王福祥·劉潤清主編　外語教學與研究出版社　1996 年 8 月　北京市

中國語言學論文集　周法高　聯經出版事業公司　1975 年 9 月　臺北市

中國語言學論集　幼獅月刊社主編　幼獅文化事業公司　1977 年 1 月　臺北市

中國語音史　董同龢　中華文化事業委員會　1954 年 2 月　臺北市

中國語言學史　趙振鐸　河北教育出版社　2000 年 5 月　石家莊市

中國語音韻論　藤堂明保　光生館　1980 年 5 月　東京都

中國語與中國文　高本漢原著、張世祿譯　文星書局　1965 年 1 月　臺北市

中國聲韻學　姜亮夫　1931 年 1 月　臺北市

中國聲韻學　潘重規·陳紹棠　東大圖書公司　1978 年 8 月　臺北市

中國聲韻學大綱　高本漢著、張洪年譯　中華叢書委員會　1972 年 2 月　臺北市

中國聲韻學大綱　謝雲飛　蘭臺書局　1971 年 12 月　臺北市

中國聲韻學通論　林尹　世界書局　1961 年 9 月　臺北市

五均論　鄒漢勛　斅藝齋遺書本

今本廣韻切語下字系聯　陳新雄　語言研究 91 年增刊　華中理工大學出版部　1991 年 11 月　武漢市

六十年來之聲韻學　陳新雄　文史哲出版社　1973 年 8 月　臺北市

六書音韻表　段玉裁　音韻學叢書　廣文書局　1966 年 1 月　臺北市

切韻 â 的來源　李方桂　史語所集刊 3 本 1 分　1931 年 8 月　北平市

切韻 j 聲母與 i 韻尾的來源問題　鄭張尚芳　紀念王力先生九十誕辰文集.p.p.160-179　山東教育出版社　1991 年 12 月　濟南市

切韻五聲五十一紐考　曾運乾　木鐸 3、4 合期轉載　中國文化學院中文系刊行　1975 年 11 月　臺北市

切韻考　陳澧　音韻學叢書本　廣文書局　1966 年 1 月　臺北市　又臺灣學生書局　1965 年 4 月　臺北市

切韻研究　邵榮芬　中國社會科學院出版社　1982 年 3 月　北京市

切韻音系　李榮　鼎文書局　1972年9月　臺北市
切韻音系的性質及其他　何九盈　中國語文 1961年9月號　1961年9月　北京市
切韻純四等韻的主要元音　馬學良·羅季光　中國語文 121期　1962年12月　北京市
切韻純四等韻的主要元音及相關問題　張賢豹　語言研究 9期　1994年11月　武漢市
切韻綜合研究　黃典誠　廈門大學出版社　1994年1月　廈門市
切韻與方言　張光宇　臺灣商務印書館　1990年1月　臺北市
文字音韻學論叢　劉盼遂　北平人文書店
文字學音篇　錢玄同　臺灣學生書局　1964年7月　臺北市
文字聲韻訓詁筆記　黃侃　木鐸出版社　1983年9月　臺北市
文字聲韻論叢　陳新雄　東大圖書公司　1994年1月　臺北市
文始　章炳麟　章氏叢書本　世界書局　1958年7月　臺北市
文藝音韻學　沈祥源　武漢大學出版社　1998年1月　武漢市
方言·共同語·語文教學　詹伯慧　澳門日報出版社　1995年5月　澳門
方言與音韻論集　李如龍　香港中文大學　1996年10月　香港
古今韻會舉要及相關韻書　甯忌浮　中華書局　1997年5月第1版　北京市
古今韻會舉要研究　花登正宏　汲古書院　1997年10月30日發行　東京都
古代文字音韻論文集　趙誠　中華書局　1990年3月　北京市
古代濁聲考　敖士英　輔仁學誌二卷一期　1930年1月　北平市

古音之旅　竺家寧　國文天地雜誌社　1987年10月　臺北市
古音系研究　魏建功　中華書局　1996年12月第1版　北京市
古音研究　陳新雄　五南圖書出版有限公司　民國 89 年 11 月（2000）初版二刷　臺北市
古音略例　楊慎　函海本
古音說略　陸志韋　臺灣學生書局　1971年8月　臺北市
古音學發微　陳新雄　文史哲出版社　1972年1月　臺北市
古等呼說　湯炳正　史語所集刊11本
古漢語韻母系統與切韻　張琨夫婦　中央研究院史語所　1972年5月　臺北市
古韻分部定論商榷　陳紹棠　新亞學術年刊6期
古韻三十部歸字總論　何九盈·陳復華　《音韻學研究》第一冊207-252頁　中華書局　1984年3月第1版　北京市
古韻廿八部音讀之假定　錢玄同　木鐸第二期轉載　1934年12月　臺北市
古韻學源流　黃永鎮　臺灣商務印書館　1966年1月　臺北市
古韻譜　王念孫　音韻學叢書本　廣文書局　1966 年 1 月　臺北市
四聲三問　陳寅恪　清華學報九卷二期　1936年1月　北平市
四聲五音九弄反紐圖簡釋　殷孟倫　山東大學學報第一期　1957年1月　濟南市
四聲切韻表　江永　音韻學叢書本　廣文書局　1966 年 1 月　臺北市
求進步齋音韻　張煊　求進步齋音論　國故第一期

再談《切韻》音系的性質——與何九盈·黃淬伯兩位同志討論　中國語文 1962 年 12 月號　1962 年 12 月　北京市

江永聲韻學述評　董忠司　文史哲出版社　1988 年 4 月　臺北市

宋代漢語韻母系統研究　李新魁　語言研究 14 期 p.p.51-65　華中工學院出版社　1988 年 5 月　武漢市

李方桂先生《上古音研究》的幾點質疑　陳新雄　中國語文 231 期　1992 年 11 月　北京市

周、隋長安方音再探　尉遲治平　語言研究 7 期 p.p.105-114　華中工學院出版部　1984 年 11 月　武漢市

周、隋長安方音初探　尉遲治平　語言研究 3 期 p.p.18-33　華中工學院出版部　1982 年 11 月　武漢市

周秦古音結構體系（稿）　嚴學宭　《音韻學研究》第一冊 92-130 頁　中華書局　1984 年 3 月第 1 版　北京市

定本觀堂集林上下　王國維　世界書局　1964 年 9 月　臺北市

明清等韻學通論　耿振生　語文出版社　1992 年 9 月　北京市

林炯陽教授論學集　林炯陽　文史哲出版社　2000 年 4 月　臺北市

近代漢語綱要　蔣冀騁·吳福祥　湖南教育出版社　1997 年 3 月　長沙市

邵榮芬音韻學論集　邵榮芬　首都師範大學出版社　1997 年 7 月　北京市

俞敏語言學論文集　俞敏　商務印書館　1999 年 5 月　北京市

耶穌會士在音韻學上的貢獻　羅常培　史語所集刊 1 本分　1928 年 1 月　北平市

述韻　夏燮　番陽官廨本
重校增訂音略證補　陳新雄　文史哲出版社　民國六十七年九月（1978）增定初版　民國八十年十月（1991）增訂初版十四刷　臺北市
重紐研究　李新魁　語言研究第 7 期 p.p.73-104　華中工學院出版社　1986 年 7 月　武漢市
音切譜　李元　道光戊申孟冬鐫本　1848 年
音論　章炳麟　中國語文研究　中華書局　1956 年 5 月　臺北市
音學五書　顧炎武　音韻學叢書本　廣文書局　1966 年 1 月　臺北市
音學辨微　江永　廣文書局　民國五十五年一月（1966）初版　臺北市
音韻　李思敬　商務印書館　1985 年 6 月　北京市
音韻比較研究　劉廣和　中國廣播電視出版社　2002 年 1 月　北京市
音韻與方言研究　麥耘　廣東人民出版社　1995 年 4 月　廣州市
音韻學引論　黃耀堃　書林出版有限公司　民國八十四年十二月（1995）一版
音韻學教程　唐作藩　北京大學出版社　1987 年 5 月　北京市
音韻學通論　馬宗霍　泰順書局　1972 年 3 月　臺北市
音韻學綱要　趙振鐸　巴蜀書社　1990 年 7 月　成都市
音韻學講義　曾運乾　中華書局　1996 年 11 月　北京市
音韻叢書　何九盈　商務印書館　2002 年 3 月 1 版　北京市
音譯梵書與中國古音　鋼和泰著·胡適譯　國學季刊一卷一號

1923年1月　北平市
唐五代西北方音　羅常培　史語所專刊之十二　1933年1月　上海市
唐五代韻書集成　周祖謨　臺灣學生書局　1996年1月　臺北市
徐通鏘選集　徐通鏘　河南教育出版社　1993年11月　鄭州市
殷煥先語言論集　殷煥先　山東大學出版社　1990年4月　濟南市
訓詁學上冊　陳新雄　臺灣學生書局　1996年9月　臺北市
問學集上下冊　周祖謨　中華書局　1966年1月　北京市
國故論衡　章炳麟　章氏叢書本　世界書局　1958年7月　臺北市
張世祿語言學論文集　張世祿　學林出版社　1984年10月　上海市
從切韻序論切韻　趙振鐸　中國語文1962年10月號　1962年10月　北京市
從史實論切韻　陳寅恪　陳寅恪先生論文集　1974年1月　臺北市
從兩周金文用韻看上古韻部陰入間的關係　語言研究91年增刊　1994年6月　武漢市
從漢藏語的比較看重紐問題（兼論上古-rj-介音對中古韻母演變的影響）　龔煌城　聲韻論叢第六輯　1997年4月　臺北市
第十五屆全國聲韻學學術研討會論文集　逢甲大學中文系主編　逢甲大學出版　1997年5月　臺中市
許世瑛先生論文集　許世瑛　弘道書局　1974年1月　臺北市

陳獨秀韻學論文集　陳獨秀　中華書局　2001年12月　北京市
陸志韋語言學著作集（一）　陸志韋　中華書局　1985年5月　北京市
陸志韋語言學著作集（二）　陸志韋　中華書局　1999年3月　北京市
陸志韋語言學著作集（三）　陸志韋　中華書局　1990年4月　北京市
陸宗達語言學論文集　陸宗達　北京師範大學出版社　1996年3月　北京市
普通語言學　高名凱　劭華文化服務社　1968年1月　香港
普通語言學概論　羅·亨·羅賓斯著、李振麟·胡偉民譯　上海譯文出版社　1986年5月　上海市
普通語音學綱要　羅常培·王均編著　科學出版社　1957年2月　北京市
等韻一得　勞乃宣　光緒戊戌刻本
等韻五種　藝文印書館編　藝文印書館　民國六十三年九月（1974）初版　板橋市
等韻述要　陳新雄　藝文印書館　1974年7月　臺北市
等韻源流　趙蔭棠　文史哲出版社　1974年2月　臺北市
答馬斯貝囉（Maspero）論切韻之音　高本漢原著、林玉堂譯　國學季刊一卷三號　1923年7月　北京市
黃侃論學雜著　黃侃　學藝出版社　1969年5月　臺北市
黃典誠語言學論文集　黃典誠　廈門大學出版社　2003年8月　廈門市

傳統音韻學實用教程　鄒曉麗　上海辭書出版社　2002年1月第1版　上海市

廈門音系及其音韻聲調之構造與性質　羅常培·周辨明　古亭書屋　1975年3月　臺北市

新校宋本廣韻　洪葉文化事業有限公司　2001年9月初版　臺北市

新編中原音韻概要　陳新雄　學海出版社　民國九十年五月（2001）初版　臺北市

當代中國音韻學　李葆嘉　廣東教育出版社　1998年10月　肇慶市

經典釋文音系　邵榮芬　學海出版社　民國八十四年六月（1995）初版　臺北市

經典釋文異音聲類考　謝雲飛　師大國研所集刊4號　1959年6月　臺北市

董同龢先生語言學論文集　丁邦新編　食貨出版社　民國七十四年（1985）十一月一日　臺北市

解語　黃綺　河北教育出版社　1988年3月　石家莊市

漢文典修訂本　高本漢著、潘悟雲等譯　上海辭書出版社　1997年11月　上海市

漢字古音手冊　郭錫良　北京大學出版社　1986年11月　北京市

漢字語源辭典　藤堂明保　學燈社　1965年8月　東京都

漢語方言詞匯　北京大學中文系　文字改革出版社　1964年5月　北京市

漢語方言概要　袁家驊等　文字改革出版社　1960年2月　北京

市
漢語方音字匯　北京大學中文系語教室　文字改革出版社　1962年9月　北京市
漢語史音韻學　潘悟云　上海教育出版社　2000年7月　上海市
漢語史稿　王力　科學出版社　1958年8月　北京市
漢語史論集　郭錫良　商務印書館　1997年8月　北京市
漢語研究小史　王立達　商務印書館　1959年11月　北京市
漢語音史論文集　張琨　華中工學院出版部　1987年12月　武漢市
漢語音韻　王力　中華書局　1984年3月　香港
漢語音韻中的分期問題　鄭再發　史語所集刊36本　1966年1月　臺北市
漢語音韻史學的回顧和前瞻　崇岡　語言研究3期　1982年11月　武漢市
漢語音韻論文集　周祖謨　商務印書館　1957年12月　上海市
漢語音韻學　王力　中華書局　1955年8月　北京市
漢語音韻學　李新魁　北京出版社　1986年7月　北京市
漢語音韻學　董同龢　廣文書局　1968年9月　臺北市
漢語音韻學論文集　馮蒸　首都師範大學出版社　1997年5月　北京市
漢語音韻學導論　羅常培　太平書局　1987年1月　香港
漢語現狀與歷史的研究　江藍生·侯精一主編　中國社會科學出版社　1999年12月　北京市
漢語等韻學　李新魁　中華書局　1983年11月　北京市

漢語傳統語言學綱要　韓崢嶸・姜聿華　吉林大學出版社　1991年12月　長春市
漢語語言學　趙杰　朝華出版社　2001年10月　北京市
漢語語音史　王力　中國社會科學出版社　1985年5月　北京市
漢語語音史概要　方孝岳　商務印書館香港分館　1979年11月　香港
漢語聲調起源窺探　語言研究20期　1991年5月　武漢市
漢語聲調語調闡要與探索　郭錦桴　北京語言學院出版社　1993年7月　北京市
語文論叢　李榮　商務印書館　1985年11月　北京市
語言文史論集　周祖謨　五南圖書出版有限公司　1992年11月　臺北市
語言文字論稿　高福生　江西高校出版社　1999年5月　南昌市
語言問題　趙元任　臺灣商務印書館　1968年11月　臺北市
語言論　高名凱　科學出版社　1965年6月　北京市
語言學大綱　董同龢　中華叢書編審委員會　1964年5月　臺北市
語言學新論　宋一平　學林出版社　1985年12月　上海市
語言學概論　張世祿　臺灣中華書局　1958年7月　臺北市
語言學綱要　葉蜚聲・徐通鏘　書林出版有限公司　1993年3月　臺北市
語言學論文集　張清常　商務印書館　1993年10月　北京市
語言學論叢　林語堂　文星書店　1967年5月　臺北市
趙元任語言學論文集　趙元任著、吳宗濟・趙新那編　商務印書館

2002年1月第1版　北京市
齊梁陳隋時期詩文韻部研究　周祖謨　語言研究總第二期 p.p.6-17　華中工學院出版部　1982年5月　武漢市
廣韻二百六韻擬音之我見　陳新雄　語言研究27期 p.p.94-112　華中理工大學出版社　1994年11月　武漢市
廣韻研究　張世祿　國學小叢書本　商務印書館　1933年2月　上海市
廣韻祭泰夬廢四韻來源試探　孔仲溫　臺灣師範大學國文學報16期　1987年6月　臺北市
廣韻導讀　嚴可均　巴蜀書社　1990年4月　成都市
慧琳一切經音義反切考　黃淬伯　史語所專刊之六
潛研堂集　錢大昕　嘉慶十一年家刻本
談反切　趙少咸　漢語論叢文史哲叢刊4
論古漢語之顎介音　燕京學報三十五期　1948年1月　北平市
論古韻合怗屑沒曷五部之通轉　俞敏　燕京學報三十四期
論開合口　燕京學報二十九期　1941年1月　北平市
論開合口——古音研究之一　史語所集刊55本1分　1984年3月　臺北市
論隋唐長安方音和洛陽音的聲母系統——兼答劉廣和同志　尉遲治平　語言研究9期 p.p.38-48　華中工學院出版部　1985年11月　武漢市
論聲韻集合——古音研究之二　史語所集刊56本1分　1985年3月　臺北市
魯國堯語言學論文集　魯國堯　江蘇教育出版社　2003年10月

南京市
歷史語言學　徐通鏘　商務印書館　2001年7月3刷　北京市
積微居小學金石論叢　楊樹達　臺灣大通書局　1971年5月　臺北市
諧聲補逸　宋保　叢書集成本　商務印書館
龍蟲並雕齋文集　王力　中華書局　1982年7月　北京市
戴氏聲類表蠡測　趙邦彥　國學論叢一卷四期
戴東原對於古音學的貢獻　馬玉藻　國學季刊二卷二號　1929年12月　北京市
戴震聲類表研究　郭乃禎　國立臺灣師範大學國文研究所碩士論文　1997年7月　臺北市
聲說　時庸勱　光緒十八年刊本
聲韻考　戴震　音韻學叢書本　廣文書局　1966年1月　臺北市
聲韻要刊（許氏說音）　許桂林　排印本
聲韻論叢第一輯　中華民國聲韻學會主編　臺灣學生書局　1991年5月　臺北市
聲韻論叢第二輯　中華民國聲韻學會主編　臺灣學生書局　1992年5月　臺北市
聲韻論叢第三輯　中華民國聲韻學會主編　臺灣學生書局　1994年4月　臺北市
聲韻論叢第四輯　中華民國聲韻學會主編　臺灣學生書局　1994年5月　臺北市
聲韻論叢第五輯　中華民國聲韻學會主編　臺灣學生書局　1996年9月　臺北市

聲韻論叢第六輯　中華民國聲韻學會主編　臺灣學生書局　1997年4月　臺北市
聲韻論叢第七輯　中華民國聲韻學會主編　臺灣學生書局　1998年3月　臺北市
聲韻論叢第八輯　中華民國聲韻學會主編　臺灣學生書局　1999年5月　臺北市
聲韻論叢第九輯　中華民國聲韻學會主編　臺灣學生書局　2000年11月　臺北市
聲韻論叢第十輯　中華民國聲韻學會主編　臺灣學生書局　2001年5月　臺北市
聲韻論叢第十一輯　中華民國聲韻學會主編　臺灣學生書局　2002年10月　臺北市
聲韻論叢第十二輯　中華民國聲韻學會主編　臺灣學生書局　2002年4月　臺北市
聲韻學　林燾・耿振生　三民書局　1997年11月　臺北市
聲韻學　竺家寧　五南圖書出版公司　1991年7月　臺北市
聲韻學大綱　葉光球　正中書局　1959年4月　臺北市
聲韻學中的觀念和方法　何大安　大安出版社　1987年12月　臺北市
聲韻學表解　劉賾　啟聖圖書公司　民國六十一年十月（1972）再版　高雄市
聲韻學研討會論文集　中山大學中文系所　1992年5月　高雄市
聲韻學論文集　陳新雄・于大成　木鐸出版社　1976年5月　臺北市

聲韻叢說　毛先舒　昭代叢書本

聲類表　戴震　音韻學叢書本　廣文書局　1966年1月　臺北市

聲類新編　陳新雄　臺灣學生書局　1992年9月3刷　臺北市

鍥不舍齋論學集　陳新雄　臺灣學生書局　民國七十九年十月（1990）初版

彝語概說　陳士林　中國語文125期　1953年8月　北京市

禮書通故（六書通故）　黃以周　光緒黃氏試館刊本

藏語的聲調及其發展　瞿靄堂　語言研究創刊號 p.p.177-194　華中工學院出版社　1981年7月　武漢市

轉注古音略　楊慎　函海本

魏建功文集（共 5 卷）　魏建功　江蘇教育出版社　2001 年 7 月第1版　南京市

魏晉南北朝韻之演變　周祖謨　東大圖書公司滄海叢刊　1996年1月　臺北市

瀛涯敦煌韻輯　姜亮夫　鼎文書局　1972年9月　臺北市

瀛涯敦煌韻輯新編　潘重規　新亞研究所　1972年11月　香港

羅常培語言學論文選集　中國科學院語言研究所編　中華書局　1963年9月第1版　北京市

關于漢語音韻研究的幾個問題——與陸志韋先生商榷　施文濤　中國語文　1964

關於研究古音的一個商榷　敖士英　國學季刊二卷三號　1930年9月　北平市

韻尾塞音與聲調——雷州方言一例　余靄芹　語言研究4期　1983年5月　武漢市

韻補上下　吳棫　音韻學叢書本　廣文書局　1966 年 1 月　臺北市
韻補正　顧炎武　音韻學叢書本　廣文書局　1966 年 1 月　臺北市
韻學源流　莫友芝　天成印務局刊本
韻學源流注評　陳振寰　貴州人民出版社　1988 年 10 月　貴陽市
韻鏡研究　孔仲溫　臺灣學生書局　1987 年 10 月　臺北市
韻鏡音所代表的時間和區域　葛毅卿　學術月刊 1957 年 8 月號 1957 年 8 月　北京市
韻鏡校注　龍宇純　藝文印書館　1960 年 3 月　臺北市
類音　潘耒　遂初堂刊本
讀王榮寶歌戈魚虞模古讀考書後　李思純　學衡二六期

二、西文之部

"A Linguistic Study of The Shih Ming Initials and Consonant Clusters" Bodman, Nicholas Cleaveland Harveard University Press 1954 Cambridge, Massachusetts
"Compendium of Phonetics in Ancient and Archaic Chinese" Karlgren, Bernhard Printed in Sweden Elanders Boktryckeri Aktiebolag Göteborg 1970/1
"Final -d and -r in Archaic Chinese" Karlgren, Bernhard BMFEA34 (Stockholm) 1962/1
"Grammata Serica Recensa" Karlgren, Bernhard Museum of Far East (Stockholm) 1964/1

"Grammata Serica Script and Phonetics of Chinese and Sino-Japanese"

"Language" Bloomfild, L. Holt, Rinehart & Winsto, New York, 1961/7

"On Archaic Chinese ər and əd" Malmqvist, Gören BMFEA34 (Stockholm) 1962/1

"Proto-Chinese and Sino-Tibetan: Data towards establishing the nature of the relationship" Bodman, Nicolas C. . Leiden 1980/1

"Studies in Old Chinese rhyming: Some futher result" Baxter, W.H.M Paper present to the Twelfth international Conference on Sino-Tibetan Languages and Linguistics. University of Alabama 1979/1

"The Chinese Language" Forrest, R.A.D. Faber and Faber Ltd. (London) 1965/1

"Tibetan and Chinese" Karlgren, Bernhard 通報 28 期 Paris 1931/1

"Tones in Archaic Chinese" Karlgren, Bernhard BMFEA 32 (Stockholm) 1964/1

"Word Families in Chinese" Karlgren, Bernhard BMFEA5 (Stockholm) 1934/1

Karlgren, Bernhard Republished by Ch'eng-wen Publishing Co. Taipei, Taiwan, The Republic of China 1966/1

作者簡介

陳新雄字伯元，江西省贛縣人。生於民國二十四年二月六日，現年實歲為六十九，虛歲七十。國立臺灣師範大學國文研究所博士班畢業，中華民國國家文學博士。曾任中國文化大學中國文學系教授兼主任、國立政治大學中文系所兼任教授、國立高雄師範大學國文研究所兼任教授、淡江大學中文系兼任教授、美國喬治城（Georgetown）大學中日文系客座教授、香港浸會學院中文系首席講師、香港中文大學中國文化研究所訪問學人、香港珠海大學文史研究所兼任教授、香港新亞研究所兼任教授、國立中山大學中文研究所兼任教授、北京清華大學中文系客座教授、國立臺灣師範大學國文系所教授、東吳大學中文研究所兼任教授、中國聲韻學會理事長、中國訓詁學會理事長、中國文字學會理事長、中國經學研究會理事長。現任國立臺灣師範大學國文研究所兼任教授、輔仁大學中文研究所兼任教授、中國語文雜誌編委、語言研究編委、詩經研究學會顧問、中國語文通訊顧問。擅長聲韻學、訓詁學、文字學、詩經、東坡詩、東坡詞等。著作有《春秋異文考》、《古音學發微》、《音略證補》、《六十年來之聲韻學》、《等韻述要》、《新編中原音韻概要》、《鍥不舍齋論學集》、《聲類新編》、《旅美泥爪》、《香江煙雨集》、《放眼天下》、《詩詞吟唱及賞析》、《文字聲韻論叢》、《訓詁學》、《古音研究》、《伯元倚聲·和蘇樂府》、《伯元吟草》、《古虔文集》、《東坡詞選析》、《東坡詩選析》、《家國情懷》、《詩詞作法入門》、《聲韻學》、《廣韻研究》等二十多種。

國家圖書館出版品預行編目資料

廣韻研究

陳新雄著. – 初版. – 臺北市：臺灣學生，
2004[民 93]
面；公分
參考書目：面

ISBN 957-15-1236-2(精裝)

1. 中國語言 – 聲韻

802.421　　　　93019681

廣韻研究（全一冊）

著作者：陳新雄
出版者：臺灣學生書局有限公司
發行人：盧保宏
發行所：臺灣學生書局有限公司
臺北市和平東路一段一九八號
郵政劃撥帳號：00024668
電話：(02)23634156
傳眞：(02)23636334
E-mail：student.book@msa.hinet.net
http：//www.studentbooks.com.tw

本書局登記證字號：行政院新聞局局版北市業字第玖捌壹號

印刷所：長欣彩色印刷公司
中和市永和路三六三巷四二號
電話：(02)22268853

定價：精裝新臺幣一〇〇〇元

西元二〇〇四年十一月初版

80290

ISBN 957-15-1236-2(精裝)

臺灣 學生書局 出版

中國語文叢刊

❶ 古今韻會舉要的語音系統 竺家寧著

❷ 語音學大綱 謝雲飛著

❸ 中國聲韻學大綱 謝雲飛著

❹ 韻鏡研究 孔仲溫著

❺ 類篇研究 孔仲溫著

❻ 音韻闡微研究 林慶勳著

❼ 十韻彙編研究 葉鍵得著

❽ 字樣學研究 曾榮汾著

❾ 客語語法 羅肇錦著

❿ 古音學入門 林慶勳、竺家寧著

⓫ 兩周金文通假字研究 全廣鎮著

⓬ 聲韻論叢・第三輯 中華民國聲韻學會
輔仁大學中文系所主編

⓭ 聲韻論叢・第四輯 中華民國聲韻學會
東吳大學中文系所主編

⓮ 經典釋文動詞異讀新探 黃坤堯著

⓯ 漢語方音 張　琨著

⑯ 類篇字義析論　孔仲溫著

⑰ 唐五代韻書集存(全二冊)　周祖謨著

⑱ 聲韻論叢・第一輯　中華民國聲韻學學會 臺灣師範大學國文系 主編

⑲ 聲韻論叢・第二輯　中華民國聲韻學會、臺灣師範大學國文系所、高雄師範大學國文系所 主編

⑳ 近代音論集　竺家寧著

㉑ 訓詁學(上冊)　陳新雄著

㉒ 音韻探索　竺家寧著

㉓ 閩南語韻書《渡江書》字音譜　王順隆編著

㉔ 簡明訓詁學(增訂本)　白兆麟著

㉕ 音韻闡微　(清)李光地等編纂

㉖ 聲韻論叢・第五輯　中華民國聲韻學會 中正大學國文系所 主編

㉗ 漢藏語同源詞綜探　全廣鎮著

㉘ 聲韻論叢・第六輯　中華民國聲韻學會、臺灣師範大學國文系所、中央研究院歷史語言研究所 主編

㉙ 聲韻論叢・第七輯　中華民國聲韻學會、逢甲大學中文系所、臺灣師範大學國文系所 主編

㉚ 聲韻論叢・第八輯　中華民國聲韻學學會、國立彰化師範大學國文系所 主編

㉛ 玉篇俗字研究　孔仲溫著

㉜ 聲韻論叢・第九輯　中華民國聲韻學學會、國立臺灣大學中國文學系 主編

㉝ 聲韻論叢・第十輯　中華民國聲韻學學會、輔仁大學中國文學系所 主編

㉞ 辭格比較概述　蔡謀芳著

㉟	孔仲溫教授論學集	孔仲溫著
㊱	修辭格教本	蔡謀芳著
㊲	古漢語字義反訓探微	葉鍵得著
㊳	聲韻論叢・第十一輯	中華民國聲韻學學會、輔仁大學中國文學系所主編
㊴	聲韻論叢・第十一輯特刊（英文本）	中華民國聲韻學學會、輔仁大學中國文學系所主編
㊵	聲韻論叢・第十二輯	中華民國聲韻學學會、輔仁大學中國文學系所主編
㊶	廣韻研究	陳新雄著